Johannes Mario Simmel, geboren 1924 in Wien, wurde 1948 durch seinen ersten Roman »Mich wundert, daß ich so fröhlich bin« bekannt. Mit seinen brillant erzählten zeit- und gesellschaftskritisch engagierten Romanen und Erzählungen hat sich Simmel international einen Namen gemacht. Seine Bücher sind in 26 Sprachen übersetzt und erreichten eine Auflage von mehr als 50 Millionen. Fast alle seine Romane wurden verfilmt.

Von Johannes Mario Simmel sind als Knaur-Taschenbücher erschienen:

»Es muß nicht immer Kaviar sein« (Band 29)
»Bis zur bitteren Neige« (Band 118)
»Liebe ist nur ein Wort« (Band 145)
»Ich gestehe alles« (Band 193)
»Lieb Vaterland, magst ruhig sein« (Band 209)
»Gott schützt die Liebenden« (Band 234)
»Alle Menschen werden Brüder« (Band 262)
»Und Jimmy ging zum Regenbogen« (Band 397)
»Der Stoff, aus dem die Träume sind« (Band 437)
»Die Antwort kennt nur der Wind« (Band 481)
»Niemand ist eine Insel« (Band 553)
»Hurra – wir leben noch!« (Band 728)
»Zweiundzwanzig Zentimeter Zärtlichkeit« (Band 819)

In der Reihe *Knaur Jugendbuch* sind von Johannes Mario Simmel erschienen:

»Ein Autobus, groß wie die Welt« (Band 643)
»Meine Mutter darf es nie erfahren« (Band 649)
»Weinen streng verboten« (Band 652)

Vollständige Taschenbuchausgabe

Umschlagfoto: SOLARIS-Film im Constantin-Verleih
Gesamtherstellung Ebner Ulm
Printed in Germany · 27 · 20 · 1183
ISBN 3-426-00209-4

Gesamtauflage dieser Ausgabe: 658 000

Johannes Mario Simmel:
Lieb Vaterland magst ruhig sein

Roman

Knaur

Weltpolitische Ereignisse zwischen 1945 und 1965,
anomale Zustände in der Stadt Berlin und sich aus diesen Zuständen ergebende Konsequenzen bilden den Hintergrund des Romans.
Es sind ausnahmslos historische Tatsachen.
Die Handlung hingegen ist völlig frei erfunden.
Ähnlichkeiten mit lebenden oder verstorbenen Personen wären deshalb rein zufällig.

ISBN 3-426-00209-4 580

Dem Arzt und Freund
Dr. Kornelius Kryspin-Exner
zugeeignet

Nun wachet! Uns geht auf der Tag,
an dem wohl Angst ergreifen mag
jeglichen Christen, Juden oder Heiden.
Wir haben der Zeichen viel gesehen,
dran wir sein Kommen wohl erspähen,
wie uns die Schrift mit Wahrheit läßt bescheiden.
Die Sonne hat ihren Schein verkehret,
Untreue ihren Samen ausgeleeret
allenthalben auf den Wegen:
Der Vater bei dem Kind Untreue findet,
der Bruder seinen Bruder belüget,
geistlich Leben in Kutten trüget,
das uns führen sollte zu Himmelssegen:
Gewalt geht auf, Recht vor Gerichte schwindet.
Wohlauf! Hier ist zu viel gelegen.

WALTHER VON DER VOGELWEIDE
UM 1200

Prolog: Die Helfer

1

Die Frau ist zu dick. Sie kommt nicht durch das Einsteigloch des Tunnels, so sehr sie sich auch bemüht. Bei den einunddreißig Leuten vor ihr ging alles glatt. Nun stockt der Transport. Das ganze Unternehmen ist durch die Dicke gefährdet. Sie weiß es. Darum beginnt sie zu weinen. Lautlos. Wenn sie laut weinte, wäre überhaupt gleich alles aus – nicht nur für sie, sondern auch für die neununddreißig Männer, Frauen und Kinder, die im Hinterhof des Hauses Mottlstraße 35 stehen und warten, ratlos, angstvoll, wütend. Diese dicke Olle, die hat uns gerade noch gefehlt!

Der dicken Ollen rinnen Tränen der Verzweiflung über das breite, fleischige Gesicht, das vor Aufregung, Anstrengung und Schmerz violett angelaufen ist. Ja, auch vor Schmerz! Denn die im Tunnel unten zerren an ihren Füßen, und die im Hof stemmen sich auf ihre Schultern. Vergeblich. Da steckt die Arme, halb drin, halb draußen. Es ist 23 Uhr 17 am Donnerstag, dem 13. August 1964. Eine warme Nacht, eine schöne Nacht mit klarem Himmel, vielen Sternen und einem leuchtenden, honigfarbenen Mond.

»Mutti, schau doch! Schon wieder!« flüstert ein kleines Mädchen mit riesigen Augen in dem schmalen Gesicht. Das kleine Mädchen, das einen Teddybären an sich gepreßt hält, hebt die freie Hand nach oben. Eine Sternschnuppe fällt. August und September sind die Sternschnuppenmonate. Man darf sich etwas wünschen, wenn man eine sieht, aber man darf nicht sagen, was man sich wünscht, sonst geht es nicht in Erfüllung. Das kleine Mädchen, seine Mutter und alle anderen im Hof, auch die Unglückliche im Loch, sehen die Schnuppe, die aus den Höhen des unendlichen Firmaments stürzt, und sie alle wünschen sich etwas, keiner sagt, was, alle wünschen sich das gleiche: Die Dicke soll durch das Loch kommen, endlich!

Am innigsten wünscht sich das die Dicke. Aber umsonst, umsonst. Die Schnuppe ist verschwunden, verglüht, und die Dicke flüstert: »Also, ich kann nicht in den Westen, weil ich zu fett bin?«

Und die Kinder, die Frauen, die Männer um sie herum blicken sie an und sagen kein einziges Wort. Da weiß die Dicke, daß es Christenpflicht ist, wieder aus dem Loch zu kriechen, damit wenigstens die anderen in den Westen flüchten können. Sie versucht sich hochzustemmen. Ein paar Männer helfen ihr dabei, von unten wird sie gestoßen, bis alle entsetzt merken: Das geht ja auch nicht! Kleid und Hüfthalter der Frau zerreißen. Durch das Stoßen von oben und das Ziehen von unten und nun wieder das Stoßen von unten und das Ziehen von oben hat sich das breite Becken der Dicken verklemmt. Sie keucht. Auf ihrer Stirn steht der Schweiß in dicken Tropfen. Sie stöhnt, sehr vorsichtig. Und sehr vorsichtig stöhnen die Neununddreißig mit ihr. Da haben wir die Katastrophe! Das unselige Geschöpf kann aus dem Loch nicht einmal wieder heraus. Fängt eine bleiche Frau laut zu beten an: »Lieber Vater im Himmel, hilf uns, mach...«

»Schnauze!« zischt ein alter Mann.

Schweigt die bleiche Frau sofort und hält sich erschrocken eine Hand vor den Mund.

Im Hausflur stehen ein junger Arbeiter und ein Student an dem versperrten Tor. Das sind die Wachen. Wenn draußen auf der Mottlstraße einer kommt und gegen das harte Holz klopft, lang, lang, lang, kurz, lang, kurz, und wenn er »Zarah Leander!« sagt, dann öffnen die Wachen das Eingangstor mit einem Dietrich, denn dann sind sie sicher, daß das auch einer ist, der flüchten will. So sicher sind sie, wie man in derartigen Situationen eben sicher ist. Die Wachen haben Pistolen. Volkspolizei kann von dem Klopfzeichen wissen und von dem Kennwort auch.

Bisher ging alles gut. Wenn es schiefgehen sollte, kommt es darauf an, wer schneller schießt und ob man das Tor wieder zubekommt, bevor Vopos in den Hof stürmen. Oder Männer vom Staatssicherheitsdienst. Man hat alles ganz genau überlegt und geplant.

Alles?

Eben nicht! Mit einer so dicken Frau, zum Beispiel, hat niemand gerechnet. Sonst hätte man das Einsteigloch größer gemacht. Dazu ist es nun zu spät. In der todstillen Nacht kann hier keiner mit Spitzhacke und Spaten zu arbeiten beginnen.

»Scheiße«, sagt der Student der Philosophie Horst Lutter. »Dafür haben wir nun sechs Monate geschuftet!«

Es waren sogar sechseinhalb Monate.

Am 28. Januar haben sie mit der Arbeit begonnen, drüben in der Hasenauerstraße 67, im Keller der stillgelegten Dampfwäscherei Friedrich Czibilsky. Drüben: 140 Meter entfernt von dem Loch, in dem nun die Dicke steckt. Drüben: Im Französischen Sektor von Berlin. Der Hof hier, der gehört schon zum Demokratischen Sektor. Zum Russischen Sektor. Zum Sowjetsektor. Zum Hoheitsgebiet der DDR. Zum – es gibt eine Menge Namen für das Gebiet, auf dem dieser Hof liegt. Man kann kurz sagen: Er liegt im Osten. Die Hasenauerstraße liegt, kurz gesagt, im Westen. Zwischen dem Loch im

Hof und dem Keller der aufgelassenen Dampfwäscherei verläuft eine Grenze.
Die Welt kennt diese Grenze unter der Bezeichnung ›Die Mauer‹. Heute hat die Mauer ihren dritten Geburtstag. Darum wurde der 13. August 1964 als Fluchttag gewählt: Weil da die Volkspolizei und die Volksarmee und der SSD alle Hände voll zu tun haben am Brandenburger Tor und in der Bernauer Straße und am Checkpoint Charley und am Kontrollpunkt Chausseestraße, überall. Es demonstrieren nämlich ein paar hunderttausend Westberliner. Sie schmeißen Steine gegen die Mauer und schwingen Transparente und tragen Fackeln und brüllen in Sprechchören.
Westberliner Polizei muß verhindern, daß die Menge irgendwo versucht, die Mauer zu stürmen. Denn das könnte unabsehbare Folgen haben. Deshalb treiben Westberliner Polizisten die Westberliner Demonstranten immer wieder zurück, und Männer vom Westberliner Senat stehen auf Kombiwagen und halten beschwörende Ansprachen durch Megaphone.
»Bewahrt Ruhe! Bewahrt Besonnenheit, Freunde!«
»Ihr schadet doch nur euern Brüdern drüben!«
»Ihr gefährdet den Frieden!«
Und aus den Lautsprechern der Polizeiwagen tönt es: »Zurückgehen, bitte!«
Wasserwerfer schwenken drohend ihre Rohre, wo die Menge nicht zurückgeht.
Und amerikanische und französische und englische Panzer und Schützenpanzerwagen und Jeeps und schwerbewaffnete Soldaten stehen vor der langen Mauer, als wollten sie sie beschützen.
Auf den Wachtturmplattformen hinter dem Bauwerk stehen Volkspolizisten neben Scheinwerfern, deren gleißende Lichtbahnen über das Durcheinander jenseits der Grenze streichen. Neben den Vopos stehen Zivilisten. Alle schauen hinüber in den Westen. Keiner schaut den anderen an.
Und auch im Osten sind Panzer und Jeeps aufgefahren, und Soldaten, deutsche und sowjetische, riegeln einen breiten Streifen hinter der Mauer hermetisch ab. Auch kein Ostberliner darf heran.
Ein richtiges internationales Rendezvous gibt man sich heute. So etwas ist selten! Wo immer es geht, bleiben sonst die Angehörigen der Besatzungsmächte unsichtbar und überlassen den Deutschen aus dem einen Deutschland und den Deutschen aus dem andern Deutschland die Verantwortung für Ruhe und Ordnung längs der Mauer. An diesem 13. August 1964 ist das unmöglich. Wäre viel zu riskant! Vor drei Tagen bereits haben in Westberlin Protest-

kundgebungen und Krawalle begonnen. Auch in Ostberlin sind die Menschen unruhig. Verdammte Berliner! Ost und West haben sich übel hineingeritten in diesen Schlamassel um die ehemalige Reichshauptstadt. Nicht die einen die anderen. Jeder sich selber. Mit Garantien und Faustpfand im Kalten Krieg und so weiter. Keiner von den Mächtigen unserer Welt in Ost und West darf nachgeben. Damit sie ihr Gesicht wahren können, brauchen sie die Kleinen, Namenlosen, die keiner gefragt hat, die keiner kennt, jene, die jetzt also diese Mauer bewachen.
Der Mensch kann denken. Das unterscheidet ihn vom Vieh.
Unteroffizier Wassili Gorokin denkt: 5. August 1941. Unser Dorf hinter Gomel. Vater, Mutter, Tante Ljuba, Onkel Pjotr, meine Schwester Jelisaweta – sie haben auf dem Feld gearbeitet an diesem Tag. Schöner Tag. Blauer Himmel. Sonnenschein. Heiß. Mich haben sie unter einen Baum gelegt, in den Schatten. Ich war drei Jahre alt. Dann ist dieses Sausen gekommen, lauter und lauter, furchtbar laut. Deutsche Flieger. Sie haben Vater und Mutter erschossen, Tante Ljuba, Onkel Pjotr, meine Schwester Jelisaweta. Das Heu und unser kleines Haus haben sie in Brand geschossen. Ich blieb unverletzt. Kam in ein Waisenhaus. Kam in ein Staatsinternat. Kam zur Roten Armee. Jetzt stehe ich in Berlin und passe auf, daß die einen Deutschen den anderen Deutschen nichts tun. Es wächst wieder Korn auf unserem Feld. Das Haus ist aufgebaut. Ich habe eine Frau. Mein Sohn Mischa ist drei Jahre alt. Ich habe Angst, daß alles noch einmal geschieht.
Volksarmist Günther Polzin, neben ihm, denkt: Tobt nur, ihr Faschistenschweine da drüben, ja, tobt nur! Endlich haben wir uns geschützt vor euch durch die Mauer. Habt ihr vielleicht geglaubt, wir sehen ewig zu, wie ihr Agenten und Saboteure rüberschickt, die das Volk aufhetzen, Kartoffelkäfer einschleppen und in den Betrieben spionieren? Habt ihr geglaubt, wir warten, bis uns die letzten Ärzte, Lehrer und Anwälte weglaufen, dieses feige Intellektuellengesindel, das sein Volk auf Anhieb im Stich läßt, zu allen Zeiten, unter allen Regimen?
Jetzt werden sie schön die Schnauze halten, sie und die Ewig-Gestrigen. Dazu gehören auch meine Alten. Denen habe ich aber Zunder gegeben! Wenn ich sie noch *einmal* dabei erwische, daß sie RIAS hören, zeige ich sie an. Was denn? Ich habe schon viele angezeigt. Das ist meine Pflicht!
Auf der anderen Seite der Mauer, der amerikanische Soldat Jack Ebony Clark, der denkt: Im Juni 1963 war unser Präsident Kennedy in Berlin. Da hatte ich auch Dienst. Vor dem Schöneberger Rat-

haus rief der Präsident damals: »Ich bin ein Berliner!« Er wollte den armen Menschen hier Mut machen und ihnen die Furcht nehmen. Im November 1963 wurde Kennedy ermordet. Ich möchte auch ›ein Berliner‹ sein, so einer wie John Fitzgerald Kennedy. Vielleicht setzt sich die Anständigkeit und die Ehrlichkeit und die Freundlichkeit doch noch durch in der Welt, wenn wir uns sehr bemühen. Dann werden meine Kinder mit allen anderen Kindern zur Schule gehen dürfen, bei mir daheim in Birmingham, Alabama. In ein und dieselbe Schule. Obwohl sie schwarz sind.

Der französische Caporal Louis Tilmant denkt: 1871 ist mein Urgroßvater gefallen im Krieg gegen die Deutschen. Ein netter Kerl, erzählte man mir, ich habe ihn natürlich nie gesehen. 1916 ist mein Großvater gefallen im Krieg gegen die Deutschen. Soll auch ein netter Kerl gewesen sein. Habe ihn auch nie gesehen. 1940 ist mein Vater gefallen im Krieg gegen die Deutschen. Den *habe* ich gesehen. Fünf Jahre war ich alt, als er fortging. Soll ein besonders netter Kerl gewesen sein, höre ich. Heute sind Frankreich und Deutschland Freunde. Aber doch nur das *halbe* Deutschland! Wenn die Mauer einmal verschwindet, und die ganze Zonengrenze, und das andere halbe Deutschland kommt dazu – was wird dann sein? Es ist bisher immer das *ganze* Deutschland gewesen, mit dem wir Krieg geführt haben. Darum bin ich so gegen die Wiedervereinigung. Die Menschen hier und drüben können einem leid tun, sicherlich. Aber ich bin noch so jung, und ich bin auch ein netter Kerl, sagen die Mädchen. Ich möchte noch eine Weile leben. Wiedervereinigung? *Viel* zu gefährlich! Die Mauer muß bleiben!

Volkspolizist Herbert Wagner, auf einem Wachtturm, denkt: Ach, hört doch auf zu schreien, ihr da drüben! Glaubt ihr, unsere Leute haben die Mauer freiwillig gebaut? Mit Gewehren mußten wir die Arbeiter bewachen. Und uns bewachten Kerle vom SSD, solche wie der da neben mir! Der hat mich übrigens auf dem Kieker. Er behauptet, ich hätte schon zweimal in die Luft geschossen, als welche von uns geflüchtet sind. Stimmt auch. Aber wie oft werde ich noch in die Luft schießen können? Tut doch nicht so erhaben da drüben! Euch haben die Amis hochgepäppelt! Uns keiner. Haben wir den Krieg ganz alleine verloren?

SSD-Mann Karl Zschinschke, der neben ihm steht, denkt: Noch hat das Gesocks hier Angst, noch kuscht es. Aber was, wenn Chruschtschow Ulbricht fallenläßt und der gestürzt wird? Oder wenn Chruschtschow selber gestürzt wird? Man hat schon Pferde kotzen sehen. Wird dieser Hund, der Wagner, in die Luft schießen, wenn *ich* türme?

Drüben, der englische Sergeant Tommy Payne, der denkt: Coventry. Ich bin in Coventry geboren. In Coventry. In Coventry. Verflucht, kann ich nichts anderes denken? Nein, kann ich nicht.
Solches denkt Polizeimeister Josef Schulz von der Westberliner Bereitschaftspolizei: Hier ging es schon mittags los. Aber ich hatte frei bis 17 Uhr. Vorher habe ich noch meinen Bruder in Frankfurt angerufen. Da hat der einen netten kleinen Laden. Sagt mein Bruder: »Unsere ganze Stadt hält den Atem an!« – »Nu, nu«, sage ich, »habt doch nicht immer gleich die Hosen voll. Das bißchen Rummel! Passiert schon nichts!« – »Wovon redest du eigentlich?« fragt er. – »Wovon redest *du*?« frage ich. – »Na, Mensch«, sagt er, »Josef«, sagt er, »ich sitze doch am Radio und höre alles! Ganz schlecht ist mir! Zweite Spielzeithälfte Eintracht Frankfurt gegen Borussia Dortmund. Sechsundachtzigste Minute! Und noch *immer* null zu null!« Habe ich eingehängt ...
Einer vom Senat, der auf einem Kombiwagen steht und zur Menge spricht, denkt: Ja, ich rede hier, ich, ein kleiner Beamter! Warum ist der Kanzler nicht hier? Oder der Bundespräsident? Und all die tapferen Minister? Die haben ihr Plansoll erfüllt. Auf Kundgebungen. Mit flammenden Reden. Besonders flammend haben jene geredet, die unseren Regierenden Bürgermeister immer weiter dafür beschimpfen, daß er während des Dritten Reichs in Schweden war und nicht hergekommen ist, um in einem KZ zu verrecken als Antifaschist. »Was hat Herr Brandt in diesen Jahren *draußen* gemacht?« hat so ein feiner Politiker auf einer Kundgebung vor den letzten Wahlen gerufen. »*Wir* wissen, was wir in diesen Jahren *hier drin* gemacht haben!« Ja? Viele wissen das aber auch nicht mehr! Egal: Heute lassen sie den Regierenden in Ruhe, heute ist sogar er ein feiner Mann, heute sind wir alle feine Leute, lauter Helden – und das ganze übrige Jahr durch wären sie froh, wenn es Berlin nicht gäbe, alle miteinander! Aber das darf ich den Leuten natürlich nicht sagen, die da vor mir stehen und schreien und protestieren, die armen, dummen, längst verratenen Leutchen. Nein, ich muß weiter rufen: »Bitte, provoziert nicht! Denkt an unsere Brüder und Schwestern im Osten! Wir sind ihre letzte Hoffnung! Wir müssen Geduld beweisen, verhandeln, Ruhe bewahren! Nur so können wir helfen ...«
Die Brüder und Schwestern drüben im Osten sehen aus den Fenstern ihrer Wohnungen dem Schauspiel an der Mauer zu. Das Licht in den Zimmern haben sie abgedreht, sie neigen sich kaum aus den Fenstern.
Nur eine Frau ...

Frieda! Um Himmels willen, winke nicht! Hast du den Verstand verloren? Die sehen es ja doch nicht, wegen der Scheinwerfer. Aber Bergers über uns können es sehen. Und die Kornmannsche unter uns. Weißt du, warum der Kornmann drei Monate lang weg war und sein Frauchen allein gelassen hat? Weil er auf Spezialausbildung war in einer SSD-Schule. Sei ruhig, der junge Kornmann ist beim SSD – in einer Sonderabteilung! Kannst du mir glauben. Ich hab' es von Jantzen. Jantzen wußte schon immer alles. Komm endlich vom Fenster weg. Was können wir denn tun? Überhaupt nichts ... Nein, hier, in der Wöhlertstraße 1, Ecke Chausseestraße, kann heute keiner etwas tun. Auch nicht beim Übergang Invalidenstraße oder am Brandenburger Tor oder hinter dem Reichstag.

Aber in der Hasenauerstraße ...

Da sieht es anders aus. Da gibt es keine Demonstranten, keine Polizei, keine Soldaten, keine Panzer. Da ist es ruhig. Kaum ein Mensch läßt sich blicken.

Hier kann man etwas tun heute nacht.

Flüchten zum Beispiel.

Leichter als sonst!

Wenn man nicht eben das Unglück hat, so dick zu sein wie jene arme Frau, die im Einsteigloch eines Tunnels steckengeblieben ist und damit vielen anderen Unglück zu bringen droht in dieser herrlichen Augustnacht, durch die immer neue glückbringende Sternschnuppen fallen.

2

Das Haus Hasenauerstraße 67 ist sehr groß. Es gibt Geschäfte und Büros und Wohnungen. Gott sei Dank! Im Keller eines Hauses, in dem nicht viele Menschen arbeiten, leben, aus und ein gehen, hätte man nie einen Tunnelbau beginnen können.

Auf der vierten Etage wohnen Heisterbergs. Er ist Wirtschaftsredakteur bei der ›Weltpresse‹ und sieht mit seinen achtundvierzig Jahren noch sehr gut aus, die Frauen schauen ihm nach. Seiner Frau schaut kein Mann nach. Eine abgearbeitete, farblose Person ist die siebenundvierzigjährige Margot. Am Vormittag geht sie als Sprechstundenhilfe zu einem Gynäkologen. Wirtschaftsredakteure verdienen nicht viel. Und der Egon, der schmeißt mit dem bißchen auch noch um sich, als wäre es Dreck. Margot weiß, daß die Weiber hinter ihm her sind, und sie weiß auch, was der Egon für einer ist. Der läßt nichts aus. Torschlußpanik!

Voriges Jahr ging es ihm richtig elend im Winter, schwere Thrombose. Er dachte, er müsse sterben. Da hat er den Schwestern in der Klinik dauernd vorgejammert: »Viel zu wenig Frauen habe ich gehabt in meinem Leben, jetzt ist es aus, jetzt kann ich nichts mehr nachholen ...« Eine Schwester hat das der Margot erzählt.
Kaum war der Egon wieder auf den Beinen, da hat er angefangen mit Nachholen, aber wie!
Es ist schon zum Lachen, wenn Margot die Redaktion (da halten sie natürlich alle zu ihm) anruft, und er ist gerade wieder bei einer, und es heißt dann »*Den* Moment weggegangen!«, »*Eben* noch dagewesen!«, »Muß *gleich* wiederkommen, ist nur zum Umbruch!«
Umbruch!
Kann sich seine Zeit hübsch einteilen, der Egon. Selbst die ungeheuerliche Geschmacklosigkeit besitzt er, bereits ein Weib in die Wohnung zu bringen, am Vormittag, wenn Ulli, der vierzehnjährige Sohn, in der Schule ist und Margot unabkömmlich bei Dr. Vlies. In die Wohnung, jawohl! Und seit Monaten geht das! Nachbarinnen haben das Mädchen zuerst gesehen. Dann haben sie es Frau Heisterberg beigebracht. Schonend natürlich. Und Frau Heisterberg hat die Person einmal – durch einen glücklichen Zufall! – in Fleisch und Blut erblickt, als sie gerade das Haus verließ. Allein natürlich. Wird nicht Arm in Arm mit Egon losziehen. Ganz nahe ist diese junge, hübsche Rothaarige an Margot vorübergegangen!
Natürlich streitet Egon alles ab. Aber was Margot gesehen hat, das hat sie gesehen. Und wenn sie sich noch nicht scheiden ließ, so nicht etwa Ullis wegen, der ist schon mächtig selbständig und frühreif, nein, nur wegen der letzten fehlenden Beweise! Margot wird sie bald haben. Sie muß wissen, wie die Rothaarige heißt und wo sie wohnt. Dicht auf den Fersen ist Margot dem Luder. Ein paar Wochen noch, dann klappt die Falle zu. Dann soll Egon was erleben! Schuldig geschieden wird er werden, aber *so*! Die Wohnung wird er räumen müssen, und Alimente zahlen, jawohl! Dauert nicht mehr lange, die Herrlichkeit. Zu Weihnachten soll er längst ganz klein und arm und häßlich dastehen. Nur noch ein Weilchen muß man es aushalten mit ihm, gereizt natürlich, böse natürlich, ewig zankend. Was verdient so ein Hurenbock denn anderes? Vor dem Ulli nimmt Margot sich zusammen. Das Kind ist unschuldig. Ihr ein und alles. Ullichen darf nicht leiden.
So sitzen die Heisterbergs, falls der Egon zu Hause ist und nicht ›Dienst‹ hat, haha!, so sitzen sie dann abends am Fernsehapparat, denn Ulli sieht gerne fern. Die Eltern auch. Sie wüßten nicht, was sie sonst – außer streiten – tun sollten.

Ist es elf Uhr, manchmal zum Wochenende auch zwölf Uhr, stehen alle drei sofort auf, wenn der Apparat abgeschaltet wird. Ganz schnell! Vater und Sohn räumen weg, was herumsteht, Gläser, Flaschen, Aschenbecher. Mutter klopft die Kissen zurecht und lüftet, Ulli wäscht sich blitzartig und verschwindet, dann marschiert Vater ins Badezimmer, während Mutter noch in der Küche rumort. Kommt sie ins Badezimmer, ist Egon schon im Schlafzimmer. Und kommt sie ins Schlafzimmer, schläft er schon. Oder er tut so, als ob. Und sie legt sich neben ihn (könnte man auf der Couch im Wohnzimmer schlafen, wäre sie längst übersiedelt!) und tut auch so, als ob. Da liegen sie oft stundenlang wach. Und um ein, zwei Uhr morgens beginnen sie dann wieder zu streiten im Finstern, und sind fest davon überzeugt, daß Ulli nichts hört; der Junge hat einen so festen Schlaf. *Gehabt!* Jetzt schläft er nervös und wacht leicht auf, und dann hört er alles durch die Wand ...

»Geld rausschmeißen für diese Mistweiber, und die eigene Frau kann arbeiten!«

»Zwinge ich dich? Machst es ja freiwillig!«

»Freiwillig! Ich mach's, weil es sonst immer noch nicht reichen würde! Aber treib's nur so weiter! Deine blauen Wunder wirst du erleben! Die Rothaarige, die hat das Faß zum Überlaufen gebracht!«

»Geht *das* wieder los!«

»Ist dir peinlich, was? Schlampe, gemeine! In die Wohnung von einem verheirateten Mann!«

»Ich sage es dir jetzt zum hundertsten Mal, ich *kenne* keine Rothaarige, habe nie eine gekannt! Du bist ja hysterisch!«

»Hysterisch, ja, das möchtest du wohl! Erzählst es ja auch überall herum! Aber ich arbeite bei einem Frauenarzt, und der weiß, ich bin die ruhigste und normalste Person von der Welt!«

»Ha! Hahaha!«

»Schriftlich gibt der mir das! Laß mich in Ruhe! Rühr mich nicht an! Du stinkst ja nach der Roten! Alle Roten stinken! Du genauso! Dein Haar am meisten! Übel kann einem werden, ähhh!«

»Ja, ähhh! Da hast du recht! Rackert man sich ab den lieben, langen Tag, und nachts darf man sich anklaften lassen!«

»Ach, du mein Armer! Hast dich wieder schwer abrackern müssen heute? Bist eben doch nicht mehr der Jüngste. Und so eine Rothaarige, so ein geiles, junges ...«

»Halt jetzt den Mund, verflucht!«

»Schrei nicht! Du weckst den Ulli!«

Ja, den Ulli, den sie bereits vor einer Stunde geweckt haben und der sich alles anhört ...

So also geht es zu bei Heisterbergs in mancher Nacht, und am Abend danach sitzt man wieder vor dem Flimmerkasten – wie heute, wie jetzt.
Ein langweiliger Abend ist das, ein schiet-feierlicher mit einem ganz miesen Programm. Der Ulli brummt und raunzt.
»Wollen wir nur noch den Mann zu Ende hören, dann drehen wir ab«, sagt Vater.
Der Mann ist der Professor Golo Mann, und er spricht zum Jahrestag der Errichtung der Berliner Mauer. Er warnt davor, alle Sowjetzonenpolitiker rundweg zu verteufeln und zu glauben, daß der Kommunismus mit Stumpf und Stiel ausgerottet werden kann und muß.
»Mensch, das ist ja selber 'n Kommunist!« sagt Ulli und trinkt Apfelsaft.
»Halt den Mund! Was verstehst du schon davon!« sagt Vater und trinkt Kognak.
»Ganz recht hat er«, sagt Mutter.
»Wollt ihr vielleicht ruhig sein?« knurrt Vater drohend und verschüttet etwas aus seinem Glas, als er es hinsetzt.
Und der Professor auf der Mattscheibe fordert dazu auf, jenen Menschen in der Zone zu helfen, die freiere, anständigere und produktivere Formen des Sozialismus erstreben, anstatt sämtliche Menschen, die dort irgend etwas mit Politik zu tun haben, in Bausch und Bogen zu verdammen.
»Die Mauer«, sagt der Professor, »ist eine Schmach für alle: Für das Deutschland von 1933 bis 1945, das dieses Elend vorbereitet hat, für die alliierten Politiker, die den Mauerbau nicht verhindern konnten und sich auch nicht gerade leidenschaftliche Mühe darum gegeben haben, und für die Bundesrepublik selber.«
»Bravo!« ruft Vater, der 1936 in die NSDAP eingetreten war, damit er Redakteur werden konnte, was zu sein ihm dann von 1945 bis 1949 verboten wurde. »Endlich einer, der die Wahrheit sagt! Was haben die Amis denn getan vor drei Jahren? Und die Franzosen? Und die Engländer? Und die braunen Brüder in Bonn?«
»Egon!« ruft Mutter empört. »Vielleicht reißt du dich wenigstens vor dem Kind zusammen! Du bist ja schon wieder blau! Wenn der Ulli alles in der Schule erzählt, was du im Suff daherredest ...«
»Im Suff? Sag mal, was fällt dir ...«
»Ich erzähle nie was!« mault der Ulli, unterbrechend.
»Du?« fährt Vater ihn an. »Jeden Piep erzählst du! Machst du doch am liebsten!«
»Laß den Jungen in Ruhe!« ruft Mutter. Sie trinkt in letzter Zeit

abends auch ein wenig (die Nerven), und so fällt die pädagogische Wendung um 180 Grad ganz leicht: »Der Ulli weiß, was er aus dem Haus tragen darf und was nicht!«
»Das will ich meinen«, sagt Ulli. »Würdet schön dastehen, alle beide, wenn ich es nicht wüßte!«
»Was soll denn *das* heißen?«
»Na, wäre es dir vielleicht angenehm, wenn ich erzähle, daß du Mutter sechsundvierzig nur geheiratet hast, weil du damals nicht arbeiten durftest und Mutter eine heile Wohnung hatte und die Stelle bei Doktor Vlies?«
»Noch ein Wort und ...«
»Und? Und? Was denn und?« Der Ulli ärgert sich gräßlich über diesen sabbelnden Professor, er hat gehofft, es würde eine schicke Show geben mit hübschen Mädchen oder wenigstens einen Krimi, und wenn es ›77 Sunset Strip‹ gewesen wäre, und weil er sich so ärgert, wird er nun frech, aber mächtig: »Und dann klebst du mir eine, Vater, ja? Dafür, daß ich nie was von den Babys erzähle, die Mutter bei Doktor Vlies hat wegmachen lassen ...«
»Also, das ist doch ...«
»*Deine* Erziehung, Margot!«
»... bis du nach der Währungsreform endlich wieder in einer Redaktion rumkriechen durftest und ein bißchen mehr Geld da war und ihr gedacht habt, jetzt könnt ihr euch mich leisten?«
»Du bist ja verrückt! Von wem hast du diesen Quatsch?«
»Von *euch!* Nicht mal mehr schlafen kann man in dieser Bude, weil ihr euch ausgerechnet in der Nacht anschreien müßt mit all dem! Und mit deinem Saufen, Vater, und mit deinem Keifen, Mutter, und mit deinen Weibern, Vater, und mit deiner Hysterie, Mutter, und mit dieser dämlichen Rothaarigen, die herkommt, wenn ich in der Schule bin und du bei dem ollen Kratzer, und mit der Vater dann in die Betten ...«
Da hat er eine weg, daß ihm der Bonbon aus dem Mund fliegt, an dem er gelutscht hat. Er heult los.
Die Mutter schreit: »Mein Sohn wird nicht geschlagen, verstanden, Egon? Von dir nicht! Nicht von so einem wie dir!«
»Ach, Margot, weißt du, was du kannst? Du kannst ...«
»*Egon!!*«
»Ich hab den Kanal voll!« brüllt der Ulli plötzlich los. »Mir reicht es jetzt mit unserer Ehe! Ich gehe zum Jugendamt! Ich will in ein Heim, aber sofort! Da habe ich wenigstens meine Ruhe!«
»... zwar«, sagt Professor Golo Mann, »vermochte die Bundesrepublik nach Westen hin schöne, konstruktive Erfolge zu erringen,

doch diese waren nur möglich auf Kosten der Menschen in der Zone...«

3

Auf dem Dachboden des Eckhauses Hasenauerstraße 67 gibt es viele Lattenverschläge, in denen Möbel, Koffer, Geschirr und tausenderlei Krimskrams der Mieter lagern. Jeder Verschlag hat eine Tür, und an jeder Tür hängt ein Schloß. An einer Tür hängt keines. Jedenfalls nicht außen. Innen schon. Versperrt.

Der Verschlag hat dem Chef der stillgelegten Dampfwäscherei, Herrn Czibilsky, gehört. Eine feste Wand besitzt dieser Verschlag: Das ist die Dachschräge. In ihr gibt es eine kleine Luke. Durch sie kann man über die Mauer hinweg in jenen Teil der Mottlstraße sehen, der im Osten liegt. Sie ist hell erleuchtet, die Ost-Mottlstraße. Weit hinten steht ein Wachtturm. Steht aber zur Zeit kein Vopo da oben, und die Scheinwerfer sind nicht eingeschaltet.

Haben wir völlig richtig überlegt, denkt der vierundzwanzigjährige Kurt Mittenzwey, der an der Luke sitzt und mit einem starken Feldstecher alles beobachtet, was drüben vorgeht. Zuviel Wirbel die ganze Mauer entlang. Zu wenig Mannschaften. Hier ist es still. Also passen sie hier nicht einmal so auf wie sonst...

Der ruhige, besonnene Kurt Mittenzwey hat noch 1961 in Ostberlin Jus studiert. Er wollte lernen, er wollte in Frieden gelassen werden. Er tat, was man ihm zu tun befahl. Er tat nichts, was verboten war. Ein Musterbürger der DDR. Kein Feigling oder Dummkopf! Nur ein Realist. Wenn die Sowjets es wollten, dann wurde Deutschland wiedervereinigt. Wenn die Sowjets es nicht wollten, half keine Verschwörung, keine Agitation, war jeder Widerstand von vornherein zum Scheitern verurteilt.

Mittenzweys Eltern lebten nicht mehr, er besaß keine Verwandten. Er lernte Barbara Tomkin kennen, eine Medizinstudentin. Sie verliebten sich ineinander, die schöne, einundzwanzigjährige Barbara mit dem flammend roten Haar und der sehr hellen Haut und der große, schlanke Kurt mit dem braunen Haar und den braunen, skeptischen Augen. Dann begannen sie einander zu lieben. Barbara war wundervoll, fand Mittenzwey. Alle seine Ansichten teilte sie, nur lernen wollte auch sie, etwas werden, nichts wissen von Politik, sich nicht engagieren, sich heraushalten aus allem.

So schien es. Aber es schien nur so.

Am 13. August 1961 stand plötzlich die Mauer da. Und am 14.

August in aller Frühe stürzte Barbara, völlig aufgelöst, in Mittenzweys Zimmer.
»Was ist geschehen?« rief Mittenzwey.
Schlimmes, sehr Schlimmes war geschehen in der vergangenen Nacht. Man hatte einen Professor verhaftet und eine Studentengruppe. Unter Leitung dieses Professors waren von der Gruppe Flugzettel zu Tausenden produziert worden. Ausgezeichnete, wirksame Zettel, auf denen gegen den Ulbricht-Staat polemisiert wurde. Polemisiert, nicht gehetzt! Da gab es nur nüchterne Zahlen, Fakten, Daten, die niemand bezweifeln, niemand abstreiten konnte. Kurz und klar war jeder Satz. Jeder mußte ihn begreifen, jeder mußte glauben, was da stand. Die Zettel waren nicht nur in Ostberlin, sondern auch in der Zone verbreitet worden.
»Jetzt sind wir aufgeflogen«, berichtet Barbara atemlos.
»*Wir?*« Mittenzwey springt entsetzt hoch. »Was heißt das? Warst du denn auch ...«
»Von Anfang an ... Als einzige bin ich noch in Freiheit ...«
»Warum hast du mir nie etwas davon erzählt? Warum hast du mir die Unpolitische vorgespielt?«
»Ich wollte dich nicht belasten ... nicht verlieren ... Ich hatte solche Angst vor dem Verlieren ... Du bist doch alles, was ich habe ... Nun muß ich flüchten. Nicht mal mehr heim kann ich, ein paar Sachen holen ... Und ich weiß nicht, wie ich rüber komme ...«
»Aber ich«, sagt er und fährt in seine Kleider.
»*Was?*«
»Ich weiß es. Ich komme mit dir.«
»Du ...«
»Hast du gedacht, ich bleibe? Ach Barbara ...«
Da hat man nun also jahrelang stur nach bestimmten Regeln gelebt, vorsichtig, allein, nur für sich. Und von einer Minute zur andern ist all das vorbei. Menschen ändern sich nicht? Oh, sie tun es! Es gibt nichts, was Menschen nicht tun – unter Zwang. ›People under pressure‹ – jemand schrieb einmal ein Buch, das hieß so ...
Eine Stunde nachdem Barbara bei Mittenzwey erschienen war, hat der aus dem Fuhrpark eines Städtischen Großküchenbetriebes einen Fünftonner geklaut und rast – seine rothaarige Geliebte liegt auf dem Boden der Fahrerkabine – durch den Osten, wird wüst beschossen – und durchbricht die Mauer auf dem Wilhelmsburger Damm. Beide Flüchtlinge sind unverletzt. Der Laster ist schrottreif. Steht viel in den Zeitungen über diese tollkühne Flucht. Mittenzwey, der Held des Tages. Ausgerechnet Mittenzwey! Zuerst ist er wütend, dann ärgert er sich nur noch, zuletzt lacht er.

Nach seiner Heirat, da lacht er nicht. Am 5. September 1961 ist das. Die Behörden haben rasch gearbeitet. Nur ganz kurz mußten Barbara und Kurt ins Lager Marienfelde, zur Vernehmung durch amerikanische CIC-Beamte und britische MI-5-Agenten. Kleidung erhielten sie da und jeder hundert Mark Friedland-Hilfe. Auf dem Wohnungsamt erklärten sie, sofort heiraten zu wollen. Wurden also bevorzugt behandelt, bekamen Flüchtlingsausweis C. Neue Personalausweise hatten sie schon nach den Vernehmungen bekommen. Eine kleine Wohnung in einem Neubau der Bleibtreustraße, dicht beim S-Bahnhof Savignyplatz, findet sich. Und auf dem Standesamt Charlottenburg werden sie getraut. Danach fahren sie zur Bernauer Straße, denn da leben Barbaras Eltern. Das Haustor ist nun zugemauert, sieht Mittenzwey, der Unpolitische, Mittenzwey, der Ohne-Mich-Mann, Mittenzwey, der Realist. Denn Barbaras Elternhaus liegt schon hinter der Mauer. Oben, im dritten Stock, blicken die alten Leutchen aus einem Fenster. Barbara hält ihren Hochzeits-Blumenstrauß im Arm und sieht zu Vater und Mutter empor und weint, ganz schrecklich weint sie. Und auch den Eltern stehen Tränen in den Augen. Der Vater hat einen Arm um die Mutter gelegt, weißhaarig ist er, Mutter trägt eine Brille, die immer rutscht, und Vater versucht, sie zu trösten, so wie Mittenzwey versucht, Barbara zu trösten. An einem Bindfaden lassen die Eltern ein Päckchen auf die Straße herab. In dem Päckchen liegt das Hochzeitsgeschenk. Barbara knüpft ihren Hochzeitsstrauß an den Bindfaden, und die Eltern ziehen die Blumen empor. Das ist das Geschenk für sie.

4

Barbara Mittenzwey nimmt ihr Studium der Medizin an der Freien Universität Berlin wieder auf, ihr Mann das der Jurisprudenz. Aber er kommt nur zu zwei Vorlesungen. Dann hat er etwas Wichtigeres zu tun.

Barbaras Eltern sind noch drüben. Sie lieben ihr Kind. Und Barbara liebt ihre Eltern. Sie kann nicht schlafen vor Angst und Sorge. Und Mittenzwey liebt seine Frau. Gibt es da überhaupt noch die Frage, *was* er zu tun hat?

Ach, Mittenzwey, ruhiger, skeptischer Mittenzwey, jetzt reißt dich das Leben doch in den unheimlichen, finsteren Strudel aller Gefahren, denen du so lange und so geschickt ausgewichen bist!

Es reißt dich?

Du wirfst dich ja hinein in den Mahlstrom, zu allem entschlossen,

bedenkenlos! Du machst es dem Leben leicht, dich zu zerstören. Natürlich zerstört das Leben uns alle, früher, später, ob wir uns nun bewahren wollen oder nicht. Aber du, Mittenzwey, du wolltest es einmal, und nun willst du es nicht mehr. Wir werden sehen, was solchen geschieht wie dir, wir werden es sehen ...
Mittenzwey hört herum. Er erfährt, daß es in Westberlin Gruppen gibt, die Tunnel unter der Mauer durchgraben und Menschen herüberholen. Immer mehr Gruppen entstehen. Einer von ihnen schließt Mittenzwey sich an und baut an einem solchen Tunnel mit, im Oktober 1961. Eine schwere und langwierige Arbeit ist das. Mit ihm buddeln Studenten, die selber geflohen sind, Studenten aus Westberlin, junge Arbeiter, ein paar Spezialisten. Es gibt einen Boß, der leitet alles, der schafft das Geld ran, das man braucht.
Woher kommt das Geld?
Mittenzwey interessiert sich nicht dafür. Noch nicht. Er will Barbaras Eltern in den Westen holen, das ist alles, was er zunächst will. Er holt sie. Zweiundfünfzig Flüchtlinge kommen insgesamt durch den Tunnel, bevor er drüben entdeckt wird. Barbaras Eltern werden als politische Flüchtlinge anerkannt wie Mittenzwey und seine Frau, sie bekommen Aufenthaltserlaubnis und Rente. Sie wohnen bei den Kindern in der Bleibtreustraße. Nur vorübergehend, denn die Wohnung ist zu klein für vier Personen. Die Eltern werden bald ein eigenes Heim zugewiesen erhalten. Es dauert alles seine Zeit. Sie sind im Westen – das ist die Hauptsache! Auch in einer zu kleinen Wohnung können vier Menschen leben, wenn sie aufeinander Rücksicht nehmen. Und eigentlich sind es meistens ja überhaupt nur drei Menschen. Denn seltener und seltener ist Kurt Mittenzwey daheim. Seit er bei der Flucht der Zweiundfünfzig half, seit er die Gesichter der Flüchtlinge sah, seit er das alles erlebte, die furchtbare Angst zuerst, das fassungslose Glück dann später, hat ihn eine fixe Idee ergriffen: Mehr Menschen muß man zur Flucht verhelfen! Zweiundfünfzig – das ist lächerlich!
Es hat keinen Sinn, in einer gesetzesfeindlichen, alle Gesetze brechenden und mißachtenden Welt noch Gesetze zu studieren und zu versuchen, mit ihrer Hilfe Recht zu sprechen. Recht *sprechen* – das ist gar nichts! Recht *tun* muß man!
Mittenzwey gibt seine Juristerei auf. Er besucht keine Vorlesungen mehr. Bei einer anderen Gruppe baut er einen zweiten Tunnel. Diesmal interessiert er sich schon für die finanziellen Hintergründe. Immerhin, das weiß er nun, kostet der Bau eines Stollens zwischen 30 000 und 50 000 Mark.
Woher kommt das Geld? fragt Mittenzwey eines Abends den Tun-

nelboß. Das ist ein geflüchteter Mechaniker, zweiunddreißig Jahre alt, ein knochiger Mann mit eingeschlagener Nase und Totalglatze. Ein paar Zähne fehlen ihm auch. Lamprecht heißt er. Einen Arm haben sie ihm kaputtgeschossen, als er durch die Spree geschwommen ist. Mußte amputiert werden. Mit Mechaniker hat es sich also. Nichts mehr zu machen.
Lamprecht ist ganz offen zu Mittenzwey, er sagt, wie das zugeht, und Mittenzwey kennt sich nun bei Menschen schon genug aus, um zu wissen, der Lamprecht, der lügt nicht.
Das Geld also kommt von Otto Fanzelau, dem Inhaber der bekannten gleichnamigen Privatbank, Bankhaus Fanzelau. Das ist ein Begriff! Nicht nur in ganz Deutschland, nein, in der ganzen Welt. Otto Fanzelau, glaubt Lamprecht, finanziert überhaupt alle Tunnel. »Ich kriege die Baukosten auf Raten«, erzählt der einarmige Ex-Mechaniker. Er geht mit Mittenzwey auf dem Kurfürstendamm spazieren bei diesem Gespräch, es ist sehr kalt, aber die Luft, die frische Luft an diesem Februartag 1962, tut gut. Der Schnee knirscht unter ihren Schuhen. »Immer, wenn eine Rate alle ist, rufe ich Fanzelau an und sage, wieviel ich weiter brauche. Dann läßt er mich am nächsten Tag kommen und gibt mir das Geld. Hat es daheim. In einem Tresor. Ich muß abrechnen, genau, weißt du, mit allen Belegen, und die Beträge, die ich erhalte, muß ich quittieren.«
»Finanziert der das alles aus eigener Tasche?«
»Möglich. Aber ich habe keine Ahnung. Vielleicht zahlt auch der Senat, und er gibt die Penunse nur weiter. Vielleicht zahlt irgendeine Organisation.«
»Eine Westberliner?«
»Ja. Oder eine westdeutsche. Oder eine ausländische. Können auch politische Parteien dahinterstecken. Ist uns doch egal! Fanzelau sagte mir gleich beim erstenmal, ich darf keine Fragen stellen. Also stelle ich keine. Er gibt die Penunse, wir bauen. Wenn wir bestimmte Leute rüberholen wollen, melde ich es ihm rechtzeitig, und er verständigt sie.«
»Wie macht er das?«
»Weiß ich nicht. Jedenfalls sind die Leute immer da, wenn wir durchbrechen. Gibt doch noch so viele Möglichkeiten! Schau mal: Jeder Ausländer, ja jeder aus Westdeutschland darf bei den Übergangsstellen rüber. Wenn er mal drüben ist, kann er reden, mit wem er will. Auch Briefe kann man schreiben oder schreiben lassen. Sogar telefonieren.«
»Ach, von Westberlin nach Ostberlin?«
»Sei nicht so dämlich, Kurt. *Das* natürlich nicht! Aber von Westber-

lin mit der ganzen Bundesrepublik! Und aus der ganzen Bundesrepublik mit Ostberlin und der Zone!«
Stimmt. Über den kleinen Umweg von fünfhundert oder achthundert oder tausend Kilometern Telefonkabel kann jeder Mensch aus Westberlin einem Menschen aus Ostberlin in dringenden Fällen und kürzester Zeit eine telefonische Nachricht zukommen lassen. Die beiden Menschen sind vielleicht nur einen Kilometer voneinander entfernt. Triumph der Technik!
»Außer den Leuten, die *wir* rüber haben wollen, Angehörige von denen, die mit uns buddeln, oder Gefährdete vor der Verhaftung und so«, erzählt Lamprecht, »kommen immer welche, die keiner von uns kennt. Das sind dem Fanzelau seine. Wichtige Leute.«
»Wichtig für wen?«
»Für ihn oder für die, die hinter ihm stehen. Wer immer die sind. Hat keinen Sinn zu fragen. Kriegst doch keine Antwort. Aber Geld kriegst du. Und kannst buddeln. Wenn Fanzelau dich fest anstellt – so wie mich –, hast du ein regelmäßiges Einkommen. Wer verlangt mehr mit einem Arm? Ich habe eben einen neuen Beruf. Reich will ich ja schließlich nicht werden an der Sache!«
Hatte Mittenzweys zweiter Boß gesagt.
Der dritte schien reich werden zu wollen. Der ließ sich den Tunnelbau zweimal finanzieren. Einmal von diesem Privatbankier Fanzelau und dann noch einmal von einer westdeutschen Illustrierten. Der bot er exklusiv das Recht an, das ganze Unternehmen Stufe um Stufe zu fotografieren und die Geschichten abzudrucken, welche die Flüchtlinge erzählen würden.
Als dies herauskam, nämlich durch das Erscheinen von Fotografen und Reportern der Illustrierten, kriegte Mittenzwey Krach mit seinem dritten Boß. »Das ist eine Sauerei«, sagte Mittenzwey. »Du machst aus einer guten Sache ein dreckiges Geschäft.«
Der dritte Boß des ehemaligen Jus-Studenten war ein bleicher, schwindsüchtig wirkender Mann von etwa dreißig Jahren namens Rucker. Woher er kam, das wußte keiner.
»Nun laß es dir nicht gleich in die Hosen gehen«, sagte Rucker. »Was heißt dreckiges Geschäft? Okay, ich nehme Geld von der Illustrierten. Die hat Millionen, Mensch! Was sind da Fünfzigtausend? Für *die* Reklame? Können sie dann doch schreiben: Soundso viele Menschen verdanken unserer Illustrierten die Freiheit!«
»Ja, und wenn das ordentlich knallig serviert wird, dann steigt die Auflage, und mit der Auflage steigen die Inseratenpreise, und die Illustrierte verdient an ihrem Edelmut, und du verdienst an deinem Edelmut, und alles ist in Butter!«

Den Streit haben die beiden im September 1962, an einem milden, windstillen Tag. Sie sitzen neben der Avus und sehen amerikanischen Soldaten zu, die in den Wäldern Manöver abhalten. Hinter ihnen jagen Wagen über die Autobahn. Pneus singen. Vier bis sechs Monate dauert ein Stollenbau. Bis August war Mittenzwey noch bei Lamprecht beschäftigt gewesen. Da hatten sie den Tunnel fertig gebaut. Aber durch den kam kein Flüchtling rüber ...
Als sie drüben durchstießen, kletterte Lamprecht zuerst aus dem Loch. Ein ungeschriebenes Gebot: Als erster geht immer der Boß. Dies war nämlich der gefährlichste Moment. Mittenzwey und drei andere Kameraden kauerten im Tunnel. Sie warteten und wagten nicht, sich zu rühren, bevor sie Lamprechts Stimme hörten. Sie mußten lange warten, mindestens fünf Minuten. Dann erklangen Schritte. Und dann hörten sie Lamprecht schreien: »Ich soll rufen: Kommt alle raus, da liegt ein Angeschossener! Aber da liegt gar keiner! Die Vopos haben mich erwischt, sie warteten schon! Haut ab! Haut ...« Das zweite ›ab‹ konnte Lamprecht nicht mehr brüllen. Zwei Schüsse knallten, trocken, kurz.
Röcheln. Stöhnen. Stille.
Sie waren zurückgestürzt durch den Stollen, Mittenzwey und die drei anderen. Sechs Monate Arbeit umsonst. Lamprecht zweifellos tot. Aber jeder der Gruppe suchte sich sofort Arbeit unter einem anderen Tunnelboß. Damals gab es schon zwei Dutzend in Westberlin. Mittenzwey landete bei dem bleichen, ewig hustenden, ewig rauchenden Rucker. Und mit dem hat er jetzt Streit ...
»Junge, Junge«, sagt Rucker und spuckt ins Gras und zündet eine Zigarette am Stummel einer anderen an, »nun mach aber 'n Punkt. Na schön, ich verdiene! Ich muß verdienen! Wenn ich nämlich nicht spätestens in einem halben Jahr in der Schweiz bin, in irgendeinem Sanatorium hoch oben, dann ist Feierabend bei mir. Sagt der Doktor. Und das, weißt du, möchte ich nun gerade nicht. Pointe: Lungensanatorium in Davos bezahlt die Wohle nicht.«
»Wenn ich so krank wäre, würde ich weniger rauchen«, erklärt Mittenzwey nachdrücklich.
»Das laß man meine Sorge sein, ja?« sagt Rucker. Und böse spuckt er wieder ins Gras. »Immer noch besser, ich verschaffe mir mit der Illustrierten mein Geld, als es so zu machen wie die Brüder, die sich von Fanzelau bezahlen lassen und dann noch in Westberlin rumlaufen oder in die Bundesrepublik fliegen und sich pro Flüchtlingskopf und -nase von Angehörigen sechs- bis achttausend Piepen geben lassen! Wenn da keiner für den, der flüchten will, zahlt, dann kann der verschimmeln drüben! Mensch, im Juni sind doch zwei Flücht-

linge von solchen Fluchthelfern sogar umgenietet worden, weil sie ohne Bezahlung rüber wollten!«

Umnieten, das heißt erschießen, Mittenzwey weiß es. Es gibt viele Fachausdrücke in diesem Gewerbe. Und er hat auch die Geschichte von den beiden Flüchtlingen gehört, denen sich in einem Tunnel Westberliner in den Weg stellten und sie zurückjagen wollten. Nach einer kurzen Prügelei waren die zwei Flüchtlinge zwei Leichen gewesen. Namen der Mörder? Nie bekannt geworden. Intern weiß man natürlich Bescheid ...

Treuherzig sagte also Tbc-Boß Rucker: »Wenn du was gegen *solche* Dreckschweine hast – bitte sehr! Die verdienen sich wirklich dumm und dämlich! Die rechnen mit Hunderttausenden Reingewinn. Devise: Wer zahlt, darf fliehen, wer nicht zahlt, der nicht. Das nenne ich auch eine Sauerei. Aber meine Illustrierte ...«

»Mensch, kapierst du denn nicht, daß deine Illustrierte ihr Geschäft mit der Lebensgefahr von denen drüben und deinen Kumpels und dir macht?«

»Klar kapiere ich das. Soll sie doch. Meine Lunge ...«

»Deine Kumpels haben auch Lungen!«

»Aber gesunde.«

»Ja, *noch*. Mein letzter Boß ist hopsgegangen im August.«

»Künstlerpech. Jedenfalls nieten *wir* keinen um!«

»Bist mächtig stolz darauf, was? Vielleicht kommt's noch. Ich will dir mal was sagen: Ich war gestern im Martin-Luther-Krankenhaus.«

Rucker wird plötzlich knallrot und schreit: »Was hast du mir nachzuspionieren?«

Ungerührt antwortet Mittenzwey: »Mit deinem Arzt habe ich gesprochen.«

»Woher weißt du ...«

»Einer von den Reportern hat es mir erzählt. Die sind auf Draht! Haben sich erkundigt über dich, bevor sie einstiegen, deine Illustriertenfreunde. Ihnen genügt, daß sie das Krankenhaus kennen, in dem du gelegen hast. Mir hat das nicht genügt. Ich bin hingegangen und habe mit deinem Arzt geredet. Also, einen Monat warst du dort, dann hat der Doktor durchgesetzt, daß du in den Schwarzwald geschickt wirst. Prima Heilstätte. Kostenlose Behandlung. Auch Geld hast du gekriegt.«

»Der Doktor hatte überhaupt nicht das Recht, dir irgendwelche Auskünfte zu erteilen! Du bist kein Angehöriger von mir!«

»Ich habe ihm gesagt, meinem Bruder ginge es ausgezeichnet, er ließe sich herzlich bedanken und schön grüßen. Hast also das Geld genommen und bist dageblieben. Unbedingt Davos, was? Schwarzwald ist dir nicht fein genug. Bist ja auch ein ganz schwerer Fall, glatter Todeskandidat! Er hätte dich natürlich auch in Berlin hingekriegt, sagte der Doktor. Vernarbte Tb. Lunge an den Narbenstellen geschrumpft. Als du zu ihm kamst, hattest du einen Sekundär-Katarrh in dem geschrumpften Gewebe. Auswurf *niemals* positiv. Mit Neoteben wäre es weggegangen wie nichts. Er wollte dir bloß was Gutes tun, du solltest dich mal ausruhen und anfressen, sagte der Doktor. Würde sich freuen, wenn er wüßte, daß du hier die Gegend vollschleimst.«

»Aber das ist doch bloß Mache!« schreit Rucker, plötzlich zusammenbrechend.

»Was ist Mache?«

»Ich habe immer weiter Neoteben geschluckt! Der Katarrh hat ganz aufgehört. Ich bin gesund!«

»Deshalb mußt du ja schnellstens nach Davos.«

»Davos! *Schulden* habe ich, Mensch, *grausige Schulden.*«

Mittenzwey steht auf. In seinem Rücken hört er die Autos sausen, die Pneus singen. Er schaut Rucker kurz an, dann geht er los, zurück zur Stadt, auf den Funkturm zu.

Rucker rennt ihm nach.

»Du! Ich gebe dir Fünftausend, wenn du die Schnauze hältst!«

»Die gib diesem Reporter. Trell heißt er. Ich halte schon meine Schnauze. Aber ich habe sie auch voll. Ich buddle nicht weiter.«

Rucker wird weinerlich: »Kannst du das nicht verstehen? Hast du noch nie Schulden gehabt? Die Husterei mache ich doch nur, damit die anderen mir die Illustrierte verzeihen! Deshalb rauche ich so viel... Sobald ich rauche, muß ich husten...«

»Na, dann rauch man schön weiter«, sagt Mittenzwey. »Und nimm die Hand von meiner Schulter, bitte. Geh zu Trell. Gib ihm Fünftausend und erzähle ihm was Hübsches. Wird sich richtig erschütternd lesen: Schwer Lungenkranker als Fluchthelfer. Das letzte Wort, das er herauskotzte, war Freiheit!«

5

Otto Fanzelau.

Im Telefonbuch steht er nicht. Hat eine Geheimnummer, der große Bankier. Aber im Adreßbuch steht er. Mittenzwey fährt hinaus in den Grunewald, wo der kapitalkräftige Menschenfreund eine kleine, hübsche Villa in der Koenigsallee bewohnt.

Ein gepflegter Park. Die Häuser rechts und links von Bomben getroffen, nie mehr aufgebaut.
Ein Wolfshund. Ein vornehmer Diener. Herr Fanzelau.
Sonst wohnt niemand in der Villa, erklärt der Hausherr seinem jugendlichen Besucher, während er ihn durch Räume mit kostbaren Teppichen und Möbeln, Gobelins und Bildern von Renoir und Picasso, Modigliani, Klimt und Cézanne führt.
Herr Otto Fanzelau ist der kleinste Mann, den Mittenzwey jemals gesehen hat. Eine zierliche Riesenpuppe mit edlem Gesicht, wohlgeformtem Schädel, stahlblauen Augen und eisgrauem Haar.
Leise und hoch klingt die Stimme: »Ich freue mich, Sie kennenzulernen, Herr Mittenzwey! Ich habe schon soviel von Ihnen gehört. Zuletzt über Ihren Streit mit Herrn Rucker.«
»Wer hat...«
Eine Handbewegung. »Ich weiß es, das genügt doch, nicht wahr? Ja, bitte, John?«
»Der Tee, Sir.«
»Danke. Kommen Sie, Herr Mittenzwey...«
Den Tee trinken sie in einer großen Halle, Wände und Plafond sind kunstvoll getäfelt. Antiquitäten stehen und liegen und hängen da, Totems aus fernen Ländern, schwarze Fruchtbarkeitsgöttinnen, Dämonen, griechische Vasen. Ein mächtiger Tisch in einer Ecke ist beladen mit Glückselefanten in allen Größen und aus vielen Materialien: Elfenbein, Holz, Gold, Silber, Marmor. Mindestens hundert Elefanten stehen auf dem Tisch, alle den Rüssel nach oben. Sonst bringen sie kein Glück. Behaupten jene, die so etwas sammeln, weiß Mittenzwey...
»Herrn Rucker habe ich sofort entlassen. Ein anderer Mann übernahm bereits die Gruppe. Die Illustrierte hat ihr Geld zurückerhalten. Sie können also beruhigt sein.«
»Herr Fanzelau...«
»Sie wollen selbst eine Gruppe leiten, ich weiß.«
»Woher...«
»Ich weiß es, das genügt doch, nicht wahr?«
»Ja. Natürlich...«
Mittenzwey fühlt sich ein wenig schwindlig.
Herr Fanzelau zeigt sich völlig informiert: Über ihn, über Barbara, Barbaras Eltern, Mittenzweys Vergangenheit und bisherige Tätigkeit im Westen.
»Wenn Sie nicht zu mir gekommen wären, hätte ich Sie gerufen, mein Freund«, sagt der elegante Zwerg mit der Perle in der Krawatte, dem englischen Diener, dem riesigen Wolfshund zu seinen

Füßen. »Sie sind ein rechtlich denkender, integrer Mensch. Ich habe Vertrauen zu Ihnen. Verzeihen Sie, wenn ich mich kurz fasse, es kommen noch einige andere Besucher. Ich möchte Sie gerne fest engagieren. Sagen wir achthundert Mark monatlich?«

»Das ist . . .«

»Also gut, tausend! Nicht zu versteuern. Einverstanden?«

Was heißt einverstanden? Am liebsten möchte Mittenzwey den kleinen Herrn umarmen. Aber da bräche er ihm sicher das Rückgrat, so unerhört zart ist der kleine Herr.

Nach einer halben Stunde steht Mittenzwey wieder auf der Koenigsallee. Alles geregelt, alles abgemacht. Ein Ehrenmann, dieser Otto Fanzelau, ein wirklicher Gentleman! denkt Mittenzwey, der zur Halenseebrücke hinuntergeht. Wer immer hinter ihm steht, in wessen Auftrag immer er handelt: Otto Fanzelau hat in seinem ganzen Leben keine einzige unanständige Handlung begangen, das sieht man auf den ersten Blick!

6

In den nächsten zwei Jahren baut Kurt Mittenzwey vier Tunnel. Alle werden von Fanzelau bezahlt. Auf Heller und Pfennig rechnet Mittenzwey ab. Mit der Monatsgarantie kann er den Haushalt und das Studium seiner Frau finanzieren und die Eltern unterstützen, die inzwischen eine eigene Wohnung erhalten haben.

Durch die ersten drei Tunnel kommen insgesamt zweihunderteinunddreißig Menschen, bevor die Einsteiglöcher entdeckt werden. Mittenzwey hat seine feste Mannschaft, wieder Studenten, Arbeiter und ein paar Spezialisten. Die nennen ihm jedesmal Namen von Freunden und Verwandten oder von Verwandten und Freunden von Freunden und Verwandten, die rüber wollen oder müssen. Bei den ersten drei Tunnel sind das zusammen vierundsiebzig Menschen. Die restlichen einhundertsiebenundfünfzig heißen ›Fanzelau-Leute‹. Mittenzwey kennt keinen einzigen von ihnen. Alle Flüchtlinge kommen sofort in das Auffanglager Marienfelde. Mittenzwey sieht sie nie wieder.

Er ist ein erstklassiger Tunnelbauer geworden, der alle Tricks und Bluffs und Sicherheitsmaßnahmen kennt. Sein Leben hat einen Sinn! Davon ist auch die schöne, rothaarige Barbara überzeugt. Sie liebt ihren Mann noch mehr nach dessen Wandlung. Nun erst sind sie richtig eins geworden in ihrem Kampf um die Freiheit. Ein großer, pathetischer, eher furchtbarer Begriff ist das, ›Freiheit‹!

Wer kann ihn definieren? Wer wagt es überhaupt?
Barbara Mittenzwey.
»Freiheit, das ist immer die Freiheit der anderen!« sagt sie. Und diesen Satz findet ihr Mann wunderbar, ganz glücklich macht es ihn, sich die Worte wieder und wieder vorzusprechen. Denn um *anderen* Freiheit zu bringen, buddelt er doch weiter und weiter wie ein Berserker. Barbara hilft, wo sie kann. Auch sie ist glücklich: Im Westen darf sie den Kampf weiterführen, den sie im Osten unterbrechen mußte.
Zwei glückliche Menschen – eine glückliche Ehe. Was macht es, daß Mittenzwey oft wochenlang in einem fremden Keller, an einer neuen Baustelle schläft? Überhaupt nichts! Barbara kommt ihn besuchen. Sie plant doch jedesmal von Anfang an mit – auch im Januar 1964, als der vierte Tunnel in Angriff genommen wird.
Einen ganzen Monat hat das Ehepaar Mittenzwey überlegt und gesucht, bevor es sich für die Hasenauerstraße 67 entschied. Ausschlaggebend dabei war der Umstand, daß Herr Friedrich Czibilsky seine Dampfwäscherei daselbst ab 1. Januar 1964 stillgelegt hat. Der alte Herr, der in Wilmersdorf wohnt, schaffte es nicht mehr. Die Angestellten behumpsten ihn.
Herr Czibilsky will sich nicht zu Tode ärgern. Er wird den Laden verkaufen! Und er gibt eine Annonce in der ›B. Z.‹ auf.
Das ist der Moment, da Kurt Mittenzwey erscheint. Die Leute in der Hasenauerstraße 67 dürfen nicht ahnen, was er vorhat, aber Herrn Czibilsky sagt er es. Der wohnt erstens ganz woanders, zweitens haben sie seinen Bruder in der Zone bei der großen Kollektivierung gräßlich gepiesackt, weil er nicht gleich jubelnd in eine Landwirtschaftliche Produktionsgenossenschaft eintreten wollte, drittens hat Czibilsky also eine Riesenwut auf die Roten, und viertens ist er enorm geldgierig. Das hilft natürlich am meisten.
»Sie geben mir Vollmacht, alle Verhandlungen bei Behörden und mit Firmen über den Umbau Ihrer Wäscherei zu führen. Die Arbeiten werden spätestens Ende August abgeschlossen sein. Bis dahin bieten Sie den Laden niemandem zum Verkauf an. Wir renovieren ihn vollkommen – es kostet Sie keinen Groschen. Im Gegenteil: Sie erhalten noch zweitausend Mark von mir, sobald wir das alles schriftlich fixiert haben. Wenn Sie jedoch ein Wort darüber verlieren, was in Ihrem Keller wirklich geschieht ...«
»Nun machense aber'n Punkt, junger Mann, ja? Wollen Sie mir beleidigen? Nach allem, was mein Bruder, der arme Franz, gelitten hat ...«
»Also, Sie sind einverstanden?«

Klar ist Czibilsky einverstanden.
Und so kann es am 28. Januar dann losgehen, ganz öffentlich.
GESCHLOSSEN WEGEN TOTALUMBAU steht auf breiten Papierstreifen, die quer über den Auslagescheiben der Wäscherei kleben. TOTALUMBAU – das ist ein wichtiges Wort. Immerhin wird es ein halbes Jahr dauern, bis der Tunnel fertig ist. Eine gewöhnliche Renovierung würde nie so lange dauern. Ein Totalumbau – neues Geschäft, neuer Wäschereibetrieb, alles neu – das ist etwas anderes! Das kann so lange dauern. Sieht jeder ein, nicht wahr? Auch die Vopos...
Ah, und total umgebaut wird! Junge Männer in Overalls, Windjacken, Pullovern und Pelzjacken erscheinen mit Werkzeugen. Ein Kleinbus bringt Material: Holz, Farben, Beton, Maschinen.
Wie die im Geschäft herumwerken, den Fußboden herausreißen, neue Wände ziehen, Kabel legen! Alle Leute, die im Hause zu tun haben oder da wohnen, sehen es. Und ab und zu sieht es sicherlich auch ein Volkspolizist. Aus einem Fenster der Häuser auf der anderen Straßenseite. Die Häuser auf der anderen Straßenseite sind nämlich in der Hasenauerstraße so etwas wie der Mauerersatz. Quer durch die Riesenstadt läuft die Mauer, mit Stacheldrahtverhauen, Wachttürmen, Betonsperren, Stahlbarrieren, Sichtblenden, Scheinwerfern und Stolperdrähten. Tja, aber manchmal ist gerade eine Häuserfront die Grenze des Demokratischen Sektors, oder sie läuft durch die Spree oder den Wannsee. Im Wasser kann man keine Mauer bauen. Da patrouillieren Tag und Nacht Motorboote der Volksarmee. Wenn eine Häuserfront das Pech hatte, an der Grenze zu liegen, dann wurden alle Türen und Fenster vermauert. Weil es ja doch die einfachste Sache von der Welt gewesen wäre, aus den Haustoren zu gehen oder aus den Fenstern zu springen – in den Westen. Das war in der ersten Zeit tatsächlich auch die große Masche.
Nicht lange. Am 24. September 1961 wurden allein auf der Ostseite der Hasenauerstraße 2000 Menschen aus ihren Wohnungen evakuiert. Heute sind 50 Hauseingänge, 67 Läden und 1235 Fenster vermauert – auf einer Strecke von 750 Metern.
Wie jede Straße, so hat natürlich auch die Hasenauerstraße Kreuzungen mit anderen Straßen. Die sind jetzt keine Kreuzungen mehr. An der Ostseite verbindet die *richtige* Mauer zwei vermauerte, leere Häuser. Auch auf den Dächern dieser Gespensterhäuser hat man Drahtsignalsperren und Stolperdrähte angebracht. Damit keiner, juppheidi, juppheida, vom Dach eines fünf- oder sechsstöckigen Gebäudes springt.

So ein Gespensterhaus ist Mottlstraße 35. Kein Mensch wohnt mehr darin. Erst wieder in 34 und 171. Bei manchen Fenstervermauerungen fehlt ein Ziegel. Das ist keine Schlamperei! Das sind Sehschlitze. Durch sie beobachten Vopos von Zeit zu Zeit Leben und Treiben auf der Westseite der Hasenauerstraße. Ab 28. Januar können sie sehen und lesen, daß da die Wäscherei Czibilsky umgebaut wird. Total.

Nach Rücksprache mit dem kleinen Herrn Fanzelau baut Mittenzwey den Laden tatsächlich um. Hypermodern! Czibilsky ist selig und läßt sich nicht blicken.

Selbstverständlich arbeitet nur ein Teil von Mittenzweys Crew im Laden, die meisten schuften im Keller. Schichtweise. Ohne Pause. Ursprünglich hatten sie eine Tiefe von siebzehn Metern unter der Erdoberfläche für den Tunnel geplant. Damit wäre er nämlich außerhalb der Reichweite aller Horchgeräte gewesen. Als sie im Keller aber einen zwölf Meter tiefen Schacht gegraben haben, bricht plötzlich Wasser ein. Der Schacht droht einzustürzen.

Die jungen Arbeiter und Studenten hetzen sich ab wie irre. Sie füllen den Schachtgrund mit Holz und Sandsäcken auf und stützen die Wände ab. Alles im eiskalten Wasser. Jeder einzelne muß immer wieder an einem Stahlseil in die Tiefe hinabgelassen oder heraufgeholt werden. Endlich haben sie den Wassereinbruch besiegt. Nun beginnen sie, horizontal zu buddeln, Richtung Osten. Der Tunnel soll unter der Hasenauerstraße und den Kellern des Hauses gegenüber verlaufen – bis in den Hinterhof von Mottlstraße 35. Da will man dann schräg aufwärts stoßen.

Nachdem sie zwanzig Meter weit gegraben haben, zeigen sich Folgen von Sauerstoffmangel. Mittenzwey kennt das. Aber diesmal ist es besonders schlimm. Ein paar Leute brechen zusammen, alle leiden unter rasenden Kopfschmerzen, und zuletzt gehen den Männern, die in den Schacht hinabgelassen werden, die Zigaretten bereits aus, wenn sie die Schachtsohle erreichen. Ein Exhaustor mußte her, um Frischluft in den Tunnel zu pumpen!

Den Exhaustor bringt Barbara Mittenzwey. Elegant gekleidet, in einem geliehenen Leopardenmantel, geschminkt und kokett, so fährt sie eines Tages im Februar mit dem Taxi vor.

Das Ganze war Mittenzweys Einfall. Immerhin, wenn so ein Laden umgebaut wird, dann erscheint doch von Zeit zu Zeit der neue Besitzer, um nach dem Rechten zu sehen, nicht wahr? Ist der Besitzer eine schöne, junge Frau, wird sein Besuch zur optischen Annehmlichkeit für alle. Auch für die Vopos. Und gerade eine Wäscherei kann sehr gut eine Besitzer*in* haben.

überlegte Mittenzwey.
Aber kenne einer das menschliche Herz! Sage einer voraus, was Menschen denken werden!
Zuerst geht alles gut: Der Chauffeur schleppt die schwere Kiste mit dem Exhaustor in die Wäscherei, und keiner beachtet ihn, denn Barbara Mittenzwey führt inzwischen auf der Straße vereinbarungsgemäß ein ganz hübsches Theater auf: Lächeln, Flirten, Blicke schmeißen, Arbeiter befragen.
Viele Leute sehen dieses Theater – hauptsächlich Geschäftsleute, Tipsen und Ehefrauen, es ist Vormittag, und die Männer sind weg, die im Hause wohnen. Bei Heisterbergs, im vierten Stock, rührt sich vormittags meist überhaupt nichts, nur manchmal erscheint der Volkswagen des Wirtschaftsredakteurs, und Egon Heisterberg rennt die Treppen hoch, weil er irgend etwas vergessen oder zu erledigen hat...
Na schön, einmal kann so was Aufgedonnertes, Nuttiges ja herkommen, finden die Damen, die im Hause wohnen. Neue Besitzerin der Wäscherei ist die natürlich *nie*! Viel zu jung! Aber vielleicht eine Verwandte? Sollte sie im Laden als *Angestellte* auftauchen, wird man sie schon weggraulen, darüber sind die Damen sich einig. Das ist und war immer ein anständiges Haus. Und wenn die Herren Ehemänner so etwas sehen – kommt ja gar nicht in Frage! Alle Ehen in Nummer 67 sind vorbildlich. Bis auf die – na ja, traurig, traurig, bis auf die von Heisterbergs natürlich.
Wäre Barbara Mittenzwey nur einmal gekommen, um den Exhaustor zu bringen, alles hätte noch gutgehen können. Aber nach Mittenzweys Plan kommt sie immer wieder. Nun ist sie ja doch schon bekannt, denkt Mittenzwey. Nun kann sie kochen für die im Keller, allerlei im Taxi heranbringen, was, anders herangebracht, vielleicht auffällig wäre, und sie darf – Mittenzwey ist auch nur ein Mensch – Gott behüte die eine oder andere Nacht bei ihrem Mann verbringen, nicht wahr? Weiß ja keiner, daß sie da ist. Beobachtet sie ja keiner mehr. – So kann man sich irren.
Die Damen im Haus beobachten schärfer denn je. Natürlich interessiert es sie nicht, wenn Barbara in den Laden geht. Die macht sich ja doch bloß wichtig. Den Arbeitern soll sie ruhig die Köpfe verdrehen! Daß Barbara kocht und manchmal übernachtet, bemerken die Damen gar nicht. Alles um den Laden herum ist ihnen gleichgültig. Ihretwegen mag es die Nutte da unten auch ruhig mit den Handwerkern treiben. Nur ins Haus herein – also *dann* kann sie was erleben!
Das Ehepaar Mittenzwey fühlt sich sehr sicher. Bei Berechnungen

und Vermessungen für den Tunnelverlauf ist es oft nötig, auf den Dachboden hinaufzugehen und da vor der Luke in Czibilskys Verschlag mit allerlei Gerät zu hantieren. Zuerst geht Mittenzwey allein hinauf. Dann kommt Barbara nach. Sie hilft ihm. Sie versteht sich auf Theodoliten und solche Dinge.
Das Unglück will es, daß man sie im Stiegenhaus sieht. Einmal. Zweimal. Das drittemal an einem Vormittag, an dem Egon Heisterberg kurz aus der Redaktion zurückkommt, weil er ein Manuskript vergessen hat. Er wird genauso gesehen wie Barbara. Ihre Wege kreuzen sich zu allem anderen auch noch im vierten Stock, sie geht hinunter, er geht hinauf. Danach steht es bei den Damen fest: Die Nutte ist Heisterbergs Freundin!
Zunächst einmal allgemeine Erleichterung. Gott sei Dank, die gehört also zu Heisterberg. Konnte man sich ja denken. So wie es mit *der* Ehe steht. Anschließend wird die Sache bei einem Damenkränzchen durchgehechelt. Es ist beileibe nicht Sadismus, beileibe nicht Schadenfreude (obwohl die Heisterbergsche sich wirklich nie richtig beliebt gemacht hat, diese hysterische Zicke!), welche die Damen zu der Ansicht bringt, daß es nötig ist, der Betrogenen die Augen zu öffnen. Weibliches Solidaritätsgefühl allein schon gebietet das.
So wird die farblose, früh gealterte Margot Heisterberg also informiert. So kommt der Tag, an dem sie Barbara Mittenzwey wahrhaftig und wirklich begegnet, als sie eines Mittags das Haus betritt. Da geht dieses rothaarige Flittchen leibhaftig an ihr vorüber!
Margot Heisterberg stürzt in die Wohnung hinauf. Natürlich ist Egon nicht da. Schon vor dem Flittchen weggegangen. Margot hat noch Barbaras Parfümduft in der Nase, nun glaubt sie, ihn in der Wohnung zu spüren, überall!
Daß Egon dann am Abend, zur Rede gestellt, den Idioten spielt, der von nichts weiß, hat Margot erwartet.
Oh, diese Gemeinheit!
Wie dankbar ist sie den lieben Damen, die sie aufmerksam machten. Was für ein Teufel ist dieser Egon!
Margot muß wissen, wie das Flittchen heißt. Margot beginnt ihre Nachforschungen. Immer wieder, wenn sie nachmittags einmal Barbara Mittenzwey verfolgt, vorsichtig, vorsichtig, um herauszufinden, wo das Aas lebt, immer wieder verliert sie das Mädchen aus den Augen. Aber sie gibt nicht auf. Bis zur Hardenbergstraße hat sie die Rote einmal schon verfolgen können. Irgendwo in Charlottenburg muß sie wohnen. Margot Heisterberg wird herausfinden, wo!
O ja, sie wird es herausfinden, und Unheil, schweres Unheil wird

sie anrichten mit ihrer manischen Besessenheit, mit ihrer fanatischen Überzeugung, daß ihr Mann und diese Hure sie betrügen, im eigenen Haus, in der eigenen Wohnung, im eigenen Bett.

7

Der Tunnelbau geht prächtig voran.

Der Exhaustor erweist sich auch als für kleine Scherze verwendbar. So kann man durch seine Polyäthylenschläuche, je nachdem, wer gerade unten buddelt, alten Hartsäufern den Geruch von Kümmel, Korn oder Kognak um die Nase wehen lassen, Kettenrauchern Zigarettenqualm, einem besonders tüchtigen und wohlgelittenen stud. rer. pol., der leider anders herum ist, den Duft von Chanel Nr. 5 und – Ferkel, elende! – natürlich auch Gerüche völlig anderer Art.

Mit Theodoliten und Schlauchwaage hat das Ehepaar Mittenzwey, unterstützt von zukünftigen Hoch- und Tiefbauingenieuren, den Verlauf des Tunnels und seine Länge genau berechnet und vorgezeichnet. Alles ist okay, bis man nach 130 Meter Stollenlänge Ende Juli mit einem schweren Werkzeug plötzlich auf eine dicke Röhre stößt – das Abflußrohr des Hauses Mottlstraße 35!

Ein paar Minuten lang bringt keiner auch nur ein einziges Wort hervor. Alle haben den Krach gehört, die im Keller, die im Stollen. Man *muß* ihn auch auf der Straße gehört haben! Es ist halb zwei Uhr morgens. Und wenn in dem leeren Haus gerade Vopos patrouillieren ... und wenn das Abflußrohr jetzt platzt ... Dann sind die, die ganz vorn arbeiten, nicht zu retten. Dann ist der Tunnel in Sekunden überschwemmt.

Das Rohr platzt nicht. Und niemand scheint etwas gehört zu haben. Unfaßbares Glück! Nur eine riesige Muffe hat ihren Teil abgekriegt, das Rohr ist heil geblieben.

In ihrer Seligkeit werden die Fluchthelfer richtig albern. Sie schmieren mit schwarzer Farbe auf einem großen Stück Pappe herum und befestigen diese an einer Tunnelwand, just dort, wo sie die Grenze passiert. Auf der Pappe steht:

ACHTUNG! SIE VERLASSEN JETZT DEN
DEMOKRATISCHEN SEKTOR!

Die nächste Aufregung bringt dann der Durchbruch drüben im Hinterhof. Mittenzwey und sechs Mann stehen bereit, alle bewaffnet. Als erster, wie immer, klettert der Boß ins Freie. Das passiert am Donnerstag, dem 13. August 1964, um 21 Uhr 24. Eine warme,

schöne Sommernacht ist das. Zentimeter um Zentimeter schiebt der Boß sich aus dem Loch, die Kumpel halten ihn an den Beinen fest. Mittenzwey muß an den einarmigen Lamprecht denken, und er schwitzt, sein Herz klopft wie verrückt, er hat Angst. Natürlich hat er Angst. Wenn da Vopos oder SSD-Agenten in einem Versteck warten und ihn überfallen, sobald er draußen ist...
Wenigstens umnieten wird er noch ein paar, bevor sie ihn umnieten! Ja, wird er?
Lamprecht hatte auch eine Pistole.
Er nietete niemanden um. Sie müssen es sehr geschickt machen, die Brüder, wenn sie es machen.
In hellem Mondschein liegt der Hof, verlassen und leer. Das bedeutet noch nichts. Da gibt es Abfalleimer, Gerümpel, Kellerluken – überall können die warten. Pistole in der einen, Taschenlampe in der anderen Hand, so bewegt Mittenzwey sich auf Strümpfen, geräuschlos und geduckt, über den Hof. Sucht ihn ab. Leuchtet in alle Winkel, alle Luken. Nichts.
»Kommt raus!« flüstert er, nachdem er zum Loch zurückgeeilt ist. Nun sind sie sieben. Das sieht schon besser aus. Sieben können sich ganz anders wehren als einer, falls ein Überfall im Inneren des Hauses erfolgt, das sie nun natürlich auch durchsuchen müssen. Alle auf Strümpfen, alle mit Taschenlampen und Pistolen, so schleichen sie durch die Stockwerke, drei Mann zusammen, zwei Mann zusammen, noch einmal zwei Mann.
Die Wohnungstüren stehen offen. Sämtliche Zimmer müssen betreten werden, die Klos, die Badezimmer, der Dachboden, die Kellerräume.
Nichts.
Kein Mensch.
Das Haus ist leer, absolut leer. Und das Haustor ist verschlossen. Einer der Dietriche, die sie mitgebracht haben, paßt. Von fern hört man Geschrei, Gesang und Sirenen. Der große Wirbel entlang der Mauer ist in vollem Gang. Wunderbar! Mindestens einundsiebzig Flüchtlinge sollen in der nächsten Stunde hier eintreffen. So viele stehen auf der Liste, die der kleine Herr Fanzelau Mittenzwey gegeben hat und die drüben, im Westen, liegt. Siebzehn davon sind Menschen, welche auf Wunsch der Tunnelbauer verständigt wurden, die anderen vierundfünfzig sind ›Fanzelau-Leute‹, die keiner kennt. Es können natürlich viel mehr kommen. Hoffentlich!
Jetzt muß Mittenzwey zurück, hinauf auf den Dachboden der Hasenauerstraße 67. Vier Mann bleiben im Hof. Zwei als Wachen beim Tor, zwei beim Tunneleinstieg. Sie sollen den Flüchtlingen helfen.

Es ist 21 Uhr 59, als der Boß im Einstieg verschwindet, um in den Westen zu eilen.

8

23 Uhr 36.
In Czibilskys Lattenverschlag sitzt Kurt Mittenzwey vor der zwischen die Dachziegel eingelassenen kleinen Glasluke, und mit dem Feldstecher sieht er hinüber in den Teil der Mottlstraße, der im Osten liegt. Auf dem Wachtturm da hinten steht noch immer kein Vopo.
In den letzten anderthalb Stunden sind dreiundneunzig Menschen die Mottlstraße heruntergekommen, Frauen, Männer und Kinder. Von diesen dreiundneunzig gingen achtundsechzig auf besondere Art: Zunächst den Bürgersteig entlang, der dem Haus Nummer 35 gegenüberliegt. Knapp vor einer Laterne überquerten sie die Straße dann, marschierten auf dem anderen Bürgersteig weiter und klopften an das Tor von Nummer 35. Diese Leute waren Kunden. Sie wußten, daß man sie vom Westen aus beobachtete, und das Fahrbahnüberqueren bei der Laterne war verabredet, genauso wie das Klopfzeichen und das Kennwort ›Zarah Leander‹.
Jedesmal, wenn einer bei der Laterne den Bürgersteig wechselt, nimmt Mittenzwey ein Funksprechgerät, eine Art überdimensionales viereckiges Telefon mit langer Antenne, das in einem Lederetui steckt, ans Ohr und alarmiert einen Mann unten im Keller, der gleichfalls solch ein Gerät am Ohr hält.
»Mann mit Frau.«
»Okay. Ich gebe es durch.«
Diese Sprechgeräte sind den ›Walkie-Talkies‹ nachgebaut, wie sie die Amerikaner im zweiten Weltkrieg verwendet haben. Leider besitzt die Gruppe nur zwei dieser Apparate. Ein dritter war nicht aufzutreiben gewesen. Darum hatte man durch den Tunnel eine Telefonleitung legen müssen. Der Mann im Keller telefoniert mit einem Kameraden, der am anderen Ende des Stollens sitzt.
»Mann mit Frau.«
Etwas später: »Mann, Frau, Kind.«
Danach: »Mann allein.«
Dann: »Zwei Kinder.«
Der Kumpel am Ostende ruft die Meldungen leise zu den beiden Fluchthelfern hinauf, die neben dem Einsteigloch im Hof stehen. Einer von diesen wieder jagt auf Strümpfen zum Tor und infor-

miert die beiden Wachen, den Studenten der Philosophie Horst Lutter und den jungen Arbeiter. Die sind also jedesmal vorbereitet, wenn es klopft.

Das Verfahren wird mühsam und zeitraubend bei so vielen Leuten, aber es ist wichtiger, daß der Mann im Keller, der die Aufgabe hat, die Flüchtlinge ruhig, fließend und ohne Stocken durch den Stollen zu schleusen, stets schnellstens von Mittenzwey informiert wird, als daß die Wachen drüben im Hof sein Gerät haben. In ihrer Ausgesetztheit können sie, wenn etwas geschieht, ohnedies nur um ihr Leben rennen. Dann gibt es sowieso Mord und Totschlag beim Tunneleinstieg. Natürlich, noch ein Gerät mehr wäre eine Riesenhilfe gewesen.

Nichts zu machen. Alles bekam man, nur kein drittes ›Walkie-Talkie‹ mehr!

Die Gruppe besaß einmal fünf Stück, doch sie sind ruiniert. Die neuen haben je DM 1500.- gekostet. Sie erscheinen in der Gesamtabrechnung, die Kurt Mittenzwey dem kleinen Herrn Fanzelau, zusammen mit unzähligen Einzelbelegen, überreicht hat:

Ankauf eines v w-Busses zur Personen- und Materialbeförderung	DM	3000.–
Transportkosten für Speditions- od. Mietwagen	DM	1763.50
Wäschereimiete	DM	2000.–
Strom	DM	1458.67
Teilverpflegung (Zigaretten usw.) für jeweils 11 Mann während der Schicht	DM	5821.15
Elektroartikel (Motoren, Kabel, Sicherungen, Heizsonne, 2 Walkie-Talkies, etc.)	DM	9859.85
Seile (Perlon und Stahl)	DM	2121.25
Belüftungsanlage	DM	2343.80
Werkzeuge	DM	2571.20
Holz	DM	1115.75
Winden	DM	4516.50
Reisekosten u. Zuschüsse zum Lebensunterhalt .	DM	8125.30
Neubau Wäscherei, gesamt	DM	44696.97

Dazu kommen noch Mittenzweys 1000 Mark Monatsgarantie. Es ist ein verdammt teurer Tunnel geworden.

Der Boß denkt: In so einer Nacht, da können aber vielleicht hundert Leute herüberkommen. Hundertfünfzig, zweihundert – wer weiß, wie viele! Und wer weiß, was für welche! Seine Leute müssen Fanzelau das Geld wert sein – ihm oder wem immer. Was für Leute das

wohl sind? Keine Zeit, darüber nachzudenken. Da ist was los, da drüben!
Was?
Zuerst ging alles wie geschmiert. Die Menschen kamen, wurden eingelassen, verschwanden aus Mittenzweys Blickfeld. In den Hof konnte er nicht sehen, aber über Sprechfunk erhielt er Bescheid aus dem Keller.
»Der erste ist da ... der zweite ... der neunte ... der dreizehnte ... der vierzehnte ... der achtzehnte ... der vierundzwanzigste ... der einunddreißigste ...«
Nachdem der einunddreißigste im Westen eingetroffen war, mußte im Osten irgend etwas passiert sein ...
Es kommen immer neue Kunden die Mottlstraße auf die bestimmte Art herab, Mittenzwey meldet sie an, sie werden eingelassen und verschwinden, aber der Mann im Keller meldet plötzlich keine Herübergelotsten mehr.
Mittenzwey nimmt sich zusammen. Er weiß: Was immer geschehen ist, nur die im Keller, die im Stollen und die drüben im Hof können es in Ordnung bringen, er darf sie nicht stören, den Boß spielen, herumkommandieren. Wenn es nicht mehr in Ordnung zu bringen ist, wird er es früh genug erfahren.
In dem toten Haus gibt es keine Vopos! Sie haben doch alle Wohnungen durchsucht! Und die Leute, die bisher gekommen sind, haben sich völlig koscher benommen. Natürlich kann man *nie* wissen! Wenn da doch ein SSD-Mann drunter gewesen ist?
Nein, das gibt es nicht! Einer allein wäre nie gekommen!
Aber was ist es dann?
Ruhe, Mittenzwey, Ruhe! Da sind wieder welche ...
»Frau mit Mann ... ein Junge, allein ...«
»Okay. Ich sag's weiter ...« Die Stimme des Mannes im Keller klingt bedrückt. Der weiß etwas. Und will offenbar Mittenzwey nicht nervös machen. Aber so geht das auch nicht.
»Walter ...«
»Ja?«
»Was ist eigentlich los bei euch?«
»Nichts ... warum?«
»Mensch, ununterbrochen kommen Neue in den Hof rein, aber seit einer Viertelstunde kommt keiner mehr rüber! Natürlich weißt du, warum! Sag es mir!«
»Herrgott, reg dich nicht auf!«
»Ich reg mich überhaupt nicht auf! Aber ich muß wissen, was los ist! Also!«

Ein Seufzen.
Dann: »Betriebsunfall.«
»Was?«
»Eine Frau. Zu dick. Schafft nicht den Einstieg. Hat schon alles versucht.«
Mittenzwey fühlt, wie ihm Schweiß über den Rücken läuft.
»Steckt fest?«
»Leider. Kann nicht runter und nicht rauf. Völlig verklemmt. Die Idioten haben auch noch an ihr gezogen und herumgerissen.«
»Himmelarschund ... ein Mann! Ein Mann kommt, Walter!«

9

Dieser Mann hat ein Gesicht, das enorm an einen Seehund erinnert. Weißblond liegt das naßgeklatschte Haar, genau gescheitelt, auf dem kugeligen Schädel, schlau und gutmütig zugleich wirken die hellblauen Augen. Leicht fliehende Stirn, leicht fliehendes, schwaches Kinn, schmallippiger kleiner Mund, kurze, platte Schnüffelnase: Ein Seehundsgesicht, wie aus ›Brehms Tierleben‹!
In seltsamem Kontrast dazu befindet sich der Körper: Breite Schultern, lange Glieder, starke Knochen. Der Mann ist groß, er wirkt hager, aber nicht abgemagert oder schwach. O nein, im Gegenteil! Mit dem möchtest du nicht gerade Krakeel kriegen – bei all seiner freundlichen Seehündigkeit. Wenn der zuschlägt – Junge, Junge! Dabei sind seine Hände zart, aristokratisch, mit langen, gepflegten Fingern und edlen Gelenken. Halb Seehund, halb Steppenwolf – der Gesamteindruck hat etwas Rührend-Komisches.
Dazu trägt noch die Kleidung bei. Dieser Mann, der Ende Vierzig sein dürfte, hat sich offenbar eigens für die Flucht völlig neu eingepuppt: Er trägt einen blauen Anzug mit weißen Streifen, die nicht gerade verschämt schmal sind. Konfektionsanzug natürlich. Zweireiher. Die Jacke mächtig wattiert, die Hosen haben Aufschläge. Im Osten sind sie noch nicht soweit mit der Mode. Zu diesem Anzug, den er keinesfalls länger als die ersten zwei Stunden trägt (man riecht direkt noch das HO-Kaufhaus, wenn man ihn sieht!), hat der Mann ein Hemd gewählt, das ist weißrosa gestreift und auch krachneu. Genauso neu wie die dottergelbe Krawatte und die dottergelben Halbschuhe mit den dicken Gummisohlen. Aus der Brusttasche des Anzugs lugt ein violettes Seidentüchlein. Hat eben jeder seinen eigenen Geschmack. Krawatte und Schuhe passen übrigens zum Haar. Auch zur Gesichtsfarbe. Die ist ein bißchen zitronengelb, sehr

hell. Kann an der Pigmentierung liegen. Oder an Mangel an frischer Luft. So sehen Leute aus, die lange nicht im Freien waren, Krankenhauspatienten oder Gefangene zum Beispiel.
Zigarette im Mundwinkel, leicht schnüffelnd, mit vorsichtigen, behutsamen Schritten, so kommt der Mann heran. Den Gang haben Gewohnheitstrinker, die wissen, daß sie auf sich achtgeben müssen. Aber die Vorsicht dieses Mannes verdankt ihre Entstehung nicht dem Schnaps. Das ist kein Säufer, bestimmt nicht!
Jetzt hat er die Laterne erreicht, überquert die Fahrbahn, hält vor Nummer 35, klopft.
Lang, lang, lang, kurz, lang, kurz.
»Zarah Leander!«
Auf geht das Tor.
Schnüffelnd tritt der Mann in den Flur, erblickt die beiden Wachen, läßt die Zigarette aus dem Mund fallen, tritt sie aus.
»Tach«, sagt der Mann. Angenehm, freundlich und sanft klingt seine Stimme. »Bruno Knolle«, stellt er sich vor.
Der Student der Philosophie Horst Lutter sieht ihn plötzlich neugierig an. Neugierig und erleichtert. Nur einen Moment, die beiden anderen bemerken es gar nicht.
»Schon gut«, sagt der Arbeiter. »Namen wollen wir hier nicht wissen.«
»Ick dachte ...« Unterwürfig wirkt dieser Bruno Knolle, demütig wie ein oft geprügelter Hund. Er lächelt die Wachen verzagt an. »Und nu?«
»Nu jarnischt«, sagt der Arbeiter und weist mit dem Kinn zum Hof, der im Mondschein liegt. Bruno Knolle erblickt die Flüchtlinge (jetzt sind es schon viel mehr als neununddreißig) um das Einsteigloch und die arme Dicke, die aussieht, als wäre sie aus dem Boden gewachsen. Ein Menschenkohl.
»Ach du liebe Jüte«, sagt Bruno Knolle. »Vastopfung, wa?«
»Aber gründlich! Und da schreiben die bei uns immer, ihr habt nischt zu fressen«, sagt der Arbeiter grimmig.
»Ick werde mir mal kümman«, murmelt Bruno. Er geht in den Hof hinein.
»Herrje«, flüstert eine Frau, »schon wieder einer!«
»Lassen Sie mir mal bitte durch«, flüstert Bruno. Die Leute treten zur Seite, ganz verschiedene: Einfache und feine, Angestellte, Arbeiter, Hausfrauen, denkt der Bruno, aber auch reiche Pinkel, Gebildete, Ärzte, Wissenschaftler, Professoren. Kann sein Politiker, kann sein Schauspieler, und hübsche Weiber, die gewiß nie im Leben gearbeitet haben. Und so eine Menge Kinder! Da kann man noch

nicht sagen, wo die herkommen. Kinder sind Kinder. Alle Anwesenden haben natürlich ihr bestes Zeug an – wenn sie schon sonst alles zurücklassen müssen!

Bruno kniet neben der Dicken nieder, die ihn völlig verzweifelt anblickt.

»Furchtbar«, flüstert sie. »Daß ich den Herrschaften das antun muß ... Aber ich kann doch nichts dafür!«

»Nu mal stille«, sagt Bruno. Ganz zart versucht er, die Dicke zu bewegen. »Ick passe schon uff. Tut nich weh.« Die Menschen betrachten ihn, und plötzlich scheinen sie von neuer Hoffnung erfüllt. Dieser fremde Mann hat die Hoffnung mit sich gebracht – wie ein Arzt, wenn er am Bett eines Kranken erscheint. Da fühlen sich auch die Angehörigen und der Kranke gleich ruhiger, selbst wenn es noch so schlimm steht!

Der Bruno kauert auf dem dreckigen Hofboden und überlegt einen Moment. Dann sagt er leise und freundlich: »Heben Sie doch bitte mal den Kopf, liebe Dame. Sehen Sie mich an! Noch 'n bißchen höher, wenn's geht. Ja, det ist *sehr* schön.« Im nächsten Moment ballt er die rechte Hand zur Faust, holt aus und knallt der Dicken einen klassischen Kinnhaken, genau zwei Zentimeter links unter die Kieferspitze.

Ein paar Menschen kreischen unterdrückt auf. Ein Mann beginnt: »Sie! Hören Sie mal ...«

»Stieke«, sagt Bruno Knolle, während die Dicke schon ohnmächtig geworden und ihr Kopf auf die linke Schulter gerollt ist. »Oder wüßten Sie 'ne andere Möglichkeit, Herr? Ick denke, wir müssen hier wegmachen, nich? Na also! Die arme Dame war ja schon völlig plemplem. Ne einzije Verkrampfung. Bei Bewußtsein hätten wir ihr nie durchjebracht. Den Haken, den hatse kaum jespürt. Jäha Ruck im Nackenwirbel. Blutleere im Jehirn. Boxers Lieblingstraum. Sehnse, wie weich der Körper jetzt is?« Er beugt sich vor, berührt mit dem Mund den Boden und spricht leise: »Ihr da unten, könnt ihr mir hören?«

»Ja«, kommt eine Stimme aus der Tiefe. »Wer bist du denn?«

»Och'n Flüchtling.« Keiner der anderen hat seinen Namen genannt. Der da tut es offenbar gerne. »Bruno Knolle heiß ick«, sagt er.

»Was hast du mit der Dicken gemacht? Die hängt auf einmal ganz reglos. Die Beine baumeln.«

Der Bruno sieht triumphierend zu den Menschen auf, die um ihn herumstehen, als wollte er sagen: Na bitte!

Dann legt er wieder den Mund auf die Erde neben das Loch.

»Habse k.o. jeschlagen. Mußte sein. Hat eena von euch 'n Strick?«

»Einen Gürtel . . .«
»Och jut. Bind ihn ihr um det rechte Been. Üban Knöchel, sonst rutscht er. Haste? So. Und nu zieht! Zieht, so fest ihr könnt! Det rechte Been muß vor. Det mir keena an det linke jeht! Wir müssen den Knochenbau verändan. Wenn ihr feste jenuch zieht, verschiebt sich och det Becken. Allet verschiebt sich. Se wird länga, die arme Dame, und deshalb wirdse dünna. Hier oben, wir, wir machen 't umjekehrt. Wir ziehn am linken Arm. Wartet noch 'n Momang. Zählt bis drei, denn fangt an!«
Der Bruno steht schnell auf und hebt den linken Arm der Bewußtlosen hoch. Zu einem Mann sagt er: »Helfense mir doch bitte!« Und dann ziehen die beiden an dem Arm, so fest sie können. Totenstill ist es im Hof.
Alle starren Bruno an, sogar der Mann, der mit ihm zieht.
Zunächst geschieht nichts. Dann hört man ein Knirschen, dann ein Kratzen. Dann hört man Knochen knacken. Richtig knacken!
»Fester!« keucht Bruno.
Ein zweiter Mann springt hinzu.
Sie ziehen noch stärker.
Das Knochenknacken wird lauter.
Und auf einmal – es ist nicht zu fassen, man kann seinen Augen nicht trauen! – gibt es einen Ruck, und die Dicke verschwindet so schnell im Loch, daß die beiden Männer, die mit Bruno gezogen haben, zu Boden stürzen, weil sie nicht rechtzeitig loslassen konnten. Der Bruno hat rechtzeitig losgelassen. Er steht und blinzelt mit seinen Seehundsaugen. Alles starrt ihn bewundernd an.
»Sie kommt zu sich«, ertönt eine Stimme aus der Erde. »Vorwärts, weiter geht's!«
Der Bruno winkt sich ein kleines Mädchen heran, hebt es behutsam hoch und läßt es in das Loch gleiten. Eine Frau folgt. Ein Mann folgt. Der nächste Mann ist einer von den Feinen. »Nach Ihnen«, sagt er zu Bruno.
»Nee, nee, hopsen *Sie* man. Ick bleibe. Für 'n Fall, det noch mal wat passiert.«
Und so verschwinden die Menschen nun rasch, einer nach dem anderen, im Einstieg. Die Wachen haben ein paar neue Flüchtlinge hereingelassen.
Ein Herr mit Schmissen flüstert: »Fabelhaft, wie Sie das gemacht haben! Was sind Sie? Artist?«
»Nee«, sagt Bruno, während er immer weiter beim Einstieg hilft. »Ick jeh bloß viel int Kino. Am liebsten Krimis. Da hab ick schon ixmal jesehn, wie eena aus 't Jefängnis flieht. Sie nie? Er sägt zwei

Jittastäbe durch. Normal, beede Arme zugleich, käm er nich durch! Wat macht er also? Een Arm weit vor, Kopp in die Schulterkuhle, janz dicht an die durchjesägte Tralje vorbei...« Er unterbricht sich plötzlich, denn er hat bemerkt, daß der Herr ihn eigenartig ansieht. Als ob Bruno vielleicht nicht deshalb so gut Bescheid wüßte, weil er gern ins Kino geht. »'n bißken dalli«, sagt Bruno, und seine weiche, freundliche Stimme wird um eine Spur härter.

10

»Die Dicke trifft eben ein!« tönt es aus dem ›Walkie-Talkie‹.
Mittenzwey, oben auf dem Dachboden, atmet auf. »Einer hat sie durchgekriegt. Mit einem Trick. Bruno Knolle heißt er, sagt er.«
Ungewöhnlich, daß das einer sagt, solange er drüben ist! Die meisten sagen es sogar höchst ungern und Mittenzwey möglichst ins Ohr, wenn sie im Westen sind und er mit seiner Liste herumgeht. Die Namen, die ihm dann genannt werden, sind sehr oft Tarnnamen. Darauf kommt es nicht an. Es kommt darauf an, ob die gleichen echten oder falschen Namen auf der Liste stehen. Solange nicht alle Namen auf der Liste abgestrichen werden können, ist die offizielle Aktion nicht beendet. Ungemeldete Flüchtlinge *müssen* kommen! Sonst ist etwas passiert.
›Fanzelau-Leute‹, die sich mit ihren Listennamen nicht melden, wenn der Tunnel drüben entdeckt wird und die Operation automatisch zu Ende ist, hat Mittenzwey dem Tunnel-Financier sofort telefonisch zu melden. Das mußte er schon ein paarmal, und immer hat Fanzelau dann die gleichen Worte gesagt: »Schlimm, schlimm!«
Bruno Knolle...
Einer, der gleich drüben und vor einem Haufen Menschen seinen Namen nennt!
Hm. Mal sehen.
Die Liste liegt auf Mittenzweys Knien. Er knipst eine Taschenlampe an. Bruno Knolle. Da ist er schon. Kein Fanzelau-Mann. Kommt auf Wunsch des Studenten Horst Lutter...
»Knolle sagt, er bleibt noch drüben und hilft«, meldet Walter.
Was soll man da antworten?
»Fein«, antwortet Mittenzwey und knipst die Taschenlampe aus.
»Der sechsunddreißigste«, meldet Walter aus dem Keller. Er spricht jetzt schneller, denn es geht nun alles schnell. »Der vierzigste... der fünfundvierzigste... der dreiundfünfzigste... der achtundsechzigste...«

Der Wäschereikeller wird immer voller, die Flüchtlinge schleichen lautlos die Treppe hinauf in die Hinterräume des Ladens. Kein Licht. Kein Geräusch. Warten. Jetzt darf niemand auf die Straße. Das ist klar.

Unten, an der Schachtsohle, dirigiert ein junger Elektriker den Verkehr. Flüchtling um Flüchtling tritt auf ein schmales Brett, an dem ein Stahlseil befestigt ist, und hält sich daran fest. Eine Winde zieht Brett, Seil und Menschen in den Keller empor. Und der nächste. Der nächste. Der nächste ...

Manche Flüchtlinge weinen vor Aufregung, Schwäche oder Freude, ein paar Leuten wird schlecht. Sie bekommen Kognak.

Die Dicke hat jetzt ein Nilpferdkinn, das immer noch weiter anschwillt und sich bereits verfärbt, und sie fragt dauernd nach dem lieben Herrn, der sie k.o. geschlagen hat.

»Ich will ihm schenken, was er sich wünscht! Ich habe Verwandte im Westen. Die haben Geld. Er kann alles kriegen. *So* ein guter Mensch!«

Ein kleiner Junge sagt: »Aber in der Höhle waren ja gar keine wilden Tiere, Mutti!«

Und immer neue Menschen werden mit der Winde heraufgezogen, immer neue ...

Auf dem Dachboden hat Mittenzwey wieder den Feldstecher vor den Augen, das Sprechgerät am Ohr. Er meldet weitere Flüchtlinge, welche die Mottlstraße herunterkommen. Ein Ehepaar. Eine Frau mit Kind. Zwei Männer. Ein Mann.

Das Geschäft blüht!

Wenn Mittenzwey über die Mauer blickt, muß er ständig die großen Tafeln sehen, die davor stehen, besser gesagt, stehen geblieben sind. SIE VERLASSEN DEN FRANZÖSISCHEN SEKTOR liest man auf der einen, VOUS SORTEZ DU SECTEUR FRANCAIS auf der anderen. Daß hier ein Sektor zu Ende ist, daß es hier nicht weitergeht, das würde man ja wohl auch ohne die Tafeln bemerken. Aber die Franzosen haben sie mit voller Absicht stehen lassen. Sie wollen damit zum Ausdruck bringen, daß sie die Mauer nicht anerkennen. Dasselbe haben die Engländer und die Amerikaner in ihren Sektoren getan. Nein, die Alliierten werden die Mauer nicht anerkennen. Niemals!

Damit verschwindet das Ding natürlich keineswegs, aber *alles* kann man schließlich nicht haben! Vielleicht, denkt Mittenzwey, hätte man die Tafeln jedoch auf viel höhere Pfosten und andersherum stellen sollen. So wie sie da stehen, vermag sie nämlich kein Mensch im Osten zu sehen, womit diese Dokumentation unerbittlicher westlicher Entschlossenheit viel von ihrer Wirkung verliert.

Mittenzwey holt jäh Luft.
Eben lag die Mottlstraße noch verlassen. Jetzt rasen plötzlich zwei Motorräder heran, noch zwei ... acht ... zehn ... sechzehn ... und auf dem Wachtturm flammen, blendend hell, Scheinwerfer auf!
»Vopos!« schreit Mittenzwey in das Sprechfunkgerät. »Alarm ... sofort weg vom Hof!«
Unten im Keller reißt Student Walter Lehner den Telefonhörer ans Ohr und gibt die Warnung zum anderen Tunnelende weiter. Der Junge dort brüllt in den Hof: »Vopos!«
Panik bricht aus.
Etwa zwanzig Menschen wollen noch in den Einstieg – nun alle auf einmal. Sie schreien und fluchen, sie treten und schlagen. Die beiden Fluchthelfer prügeln mit den Kolben ihrer Pistolen auf sie ein.
»Seid doch vernünftig!«
»Frauen und Kinder zuerst!«
»Wollt ihr zurück! Idioten! So kommt überhaupt keiner durch!«
»Lassen Sie die Frau vor!«
»Sie feiger Hund, warten Sie doch 'n Moment!«
»Dir werde ich geben, du Aas! Treten, was?«
Der sanfte, stille Bruno Knolle schreit (jetzt kann man ruhig schreien) den Wachen zu: »Laßt den Dietrich im Schloß!«
Draußen braust ein Motorenschwarm heran, dann hört man, wie die Räder aufs Pflaster fliegen, dann trampeln Stiefel.
»Weg vom Tor!« schreit Bruno.
Die Wachen kommen zum Einsteigloch gerannt. Hier haben inzwischen die Vernünftigen gesiegt. Acht kräftige Männer sorgen für Ordnung, sie verteilen Ohrfeigen, Hiebe und Schwinger an jeden, der sich vordrängt.
Da wird an das Tor geschlagen – nicht mit Fäusten. Das müssen Kolben von Maschinenpistolen sein.
»*Aufmachen*!«
Der Bruno Knolle bekommt einen Lachanfall. »Sofort!« schreit er. »Bloß 'n kleen Moment, wir sind noch nich janz anjezogen!«
In die letzten Worte hinein dröhnt schon der erste MP-Feuerstoß.
»Kriegen det Schloß nicht uff wegen den Dietrich«, sagt Bruno, während er einer alten Frau hilft, die entsetzlich zittert. »Jetzt werden sie 't rausschießen.«
Stimmt.
Ein zweiter Feuerstoß. Ein dritter. Holz splittert. Plötzlich schwirren Kugeln durch die Luft. Querschläger treffen auf Steine, schlagen Funken, knallen in verrückten Umschlagwinkeln gegen die Hofwände, pfeifen den letzten Menschen beim Einstieg um die Ohren.

»Hinlegen!« brüllt Bruno.
Die Vopos schießen mit drei, vier, fünf Maschinenpistolen.
Noch drei Leute vor dem Einstieg. Noch zwei. Noch einer: Bruno Knolle. Er hat bis zuletzt gewartet. Jetzt schwingt er sich in das Loch. Mit dem Teddybären des kleinen blassen Mädchens. Der ist nämlich liegengeblieben. Als Bruno in die Tiefe gleitet, sieht er, wie das schwere Tor auffliegt und die Vopos in den Hof stürmen.
Die drüben im Keller hören das wahnsinnige Belfern der Schüsse. Sie sind verzweifelt. Sie können sich nicht vorstellen, daß da auch nur noch einer durchkommt. In sechzig Sekunden zählen sie über hundertzwanzig Schüsse.
Aber: »*Sie kommen*!« schreit der Elektriker an der Schachtsohle.
Gleich darauf wird eine Frau heraufgewunden. Und noch eine. Und ein Mann. Und ein Junge. Neun, zehn, dreizehn, fünfzehn Menschen tauchen nacheinander aus dem Schacht empor, taumelnd, zerschrammt, blutend, außer Atem. Die beiden Wachen. Die Helfer vom Einstieg. Der Ost-Telefonist. Und immer weiter die Schüsse. Sehr nahe jetzt. Das muß *im* Tunnel sein! Zum Glück verläuft der in zwei Biegungen. Aber wie weit die Vopos sich vorwagen ...
Offenbar *sehr* weit, denn da rattert, überlaut, wieder eine MP los.
Der Elektriker hat genug. »Zieht mich rauf!« schreit er.
Sie ziehen ihn herauf. Kaum ist er oben im Keller, da klingt eine Stimme aus der Tiefe: »He! Und icke? Wollt ihr mir hier vermodern lassen?«
Nicht zu fassen: Da steht doch tatsächlich dieser Bruno Knolle, der von sämtlichen Beteiligten bereits mit dem größten Bedauern als Totalverlust abgebucht worden ist, auf dem Schachtgrund. Sein neuer Anzug und sein niedliches Hemd sind ein bißchen verdreckt. Er gestikuliert wild.
»Runter det Seil! Los, los!«
Sie lassen es hinunter.
Sie winden den Bruno hoch.
Sein grinsender Seehundsschädel erscheint, seine ganze lange, hagere Gestalt. Den Teddybären hält er unter dem Arm. Sägemehl rieselt aus dem Spielzeug. Das kleine Mädchen, dem der Bär gehört, heult los. »Nu weene man nich«, sagt Bruno Knolle tröstend. »Kriegst ooch 'n janz feinen neuen von Mutti! Siehste, der da, der hat mir det Leben jerettet. Ich habe mir verteidigt mit ihm. Wäre dir lieba jewesen, die Vopos hätten in mir ringeballert statt in ihn?«
»*Klar*!« sagt die Kleine treuherzig, und Bruno lacht.
Im nächsten Moment gibt es einen Krach, als stürze der ganze Kel-

ler ein. Aus dem Schacht schießt eine Druckwelle, die alle durcheinanderwirft, auf den Boden, gegen die Wände. Die Vopos haben Sprengkörper in den Tunnel geschmissen. Wäre noch einer unten gewesen, es hätte ihm die Lungen zerfetzt.
Der Boden, die Wände schwanken heftig.
Die Menschen sind so angsterfüllt, daß keiner die Kraft aufbringt, zu schreien oder zu fluchen. Es bleibt ganz still im Keller. Endlich ertönt Brunos Stimme: »Willste nu wieder 'n braunen Bären haben oda zur Abwechslung mal 'n schwarzen?«

11

Alle Fenster des Hauses Hasenauerstraße 67 sind hell erleuchtet, alle geöffnet. Menschen schauen heraus. In den Nebenhäusern, in der ganzen Straße ist das so. Fern hört man schon die Sirenen von Überfallkommandos.
»Geht's los?«
»Krieg?«
»Was war das? Bomben?«
»Quatsch, Bomben! Schüsse! Explosionen!«
»Sage ja, Explosionen!«
»Aber die Mauer steht doch noch!«
»Ja, bei uns! Und woanders?«
»Kommen die Russen?«
»Ach Anton, und ich habe nicht mal zwei Pfund Reis im Haus!«
Kurt Mittenzwey rast vom Dachboden herab, prallt gegen verschreckte Menschen auf den Treppen.
»Wer sind denn *Sie*?«
»Was haben Sie da oben gemacht?«
»He, stehenbleiben!« Einer hat sich auf Mittenzwey geworfen.
Der stürzt, reißt den Angreifer mit sich und schlägt ihm die Taschenlampe über den Schädel. Fanzelaus Namenliste steckt in Mittenzweys Tasche. Der Feldstecher ist oben geblieben. Gott sei Dank. So hat er die andere Hand frei. Und er braucht sie, dieser Kerl ist zähe. Sie rollen auf dem Boden hin und her. Mittenzwey schlägt wieder mit der Lampe zu.
»Aua!« brüllt der Wirtschaftsredakteur Egon Heisterberg. Seine Frau und sein Sohn stehen auch auf dem Treppenabsatz. Sie sind alle angezogen, der Monsterstreit heute abend hat noch kein Ende genommen. Blinde Wut packt Heisterberg, als er sieht, daß Margot zufrieden lächelt, als er hört, daß Ulli losmeckert. Statt ihm zu hel-

fen! Jetzt schleichen endlich zwei Männer heran. Mittenzwey erblickt sie auch. Er muß in den Keller! Heisterberg kriegt einen Tritt, daß er sich aufheulend überschlägt, Mittenzwey taumelt hoch, da springen ihn die beiden anderen an.

»Laßt mich los, ihr Idioten! Wir haben einen Tunnel gegraben, da sind zwei Stunden lang Flüchtlinge rübergekommen...« Er ist schon wieder gestürzt.

Die beiden, die eben noch auf ihn eingeschlagen haben, erstarren.

»Guckt's euch doch an, wenn ihr's nicht glaubt!« schreit Mittenzwey. Das Hemd hängt ihm aus der Hose, seine Jacke ist zerrissen. Die anderen, auch Heisterberg, sehen ähnlich aus. Mit den beiden Männern rennt Mittenzwey die Treppe hinunter. Ulli folgt.

»Du bleibst hier!« schreit seine Mutter.

Da kann sie lange schreien.

Egon Heisterberg läuft in die Wohnung, zum Telefon, wählt in fliegender Hast die Nummer der Redaktion.

»Wolfgang? Heisterberg! Schick sofort Leute her! Gab eben 'ne wüste Schießerei hier! 'n Tunnel haben sie gegraben... ja doch, von unserem Haus aus!... Weiß ich nicht. Welche Fotografen sind noch da?... Rappert und Schiff? *Großartig!* Sollen losbrausen!... Ja, gib ihnen Reporter mit...«

Er legt den Hörer hin und sagt laut zu sich selbst: »Wenn wir die Story als erste haben – mit Fotos von *Rappert und Schiff* –, dann muß der Chef fünfhundert Emm ausspucken für mich!« Und sofort kleinmütig: »Fünfhundert? Mehr als zweihundert nie im Leben. Verdammt, tut mir mein Knie weh!«

Draußen auf dem Flur steht Margot Heisterberg. Allein. Alle sind dem fremden jungen Mann nachgelaufen, diesem Tunnelbauer, der Egon in so dankenswerter Weise verkloppt hat. Der Mann war sicher auf dem Boden, um alles drüben zu beobachten, denkt Margot. Sind doch Luken dort...

Plötzlich wird ihr Blick starr.

Auf dem Flur liegt Egons Brieftasche. Geldstücke liegen da. Sein Feuerzeug. Muß alles bei der Prügelei herausgefallen sein. Margot hebt die Sachen auf.

Was ist denn *das*?

Eine kleine grüne Lederhülle ist das.

Margot denkt zuerst an einen Taschenkalender.

Dann bemerkt sie, daß die Hülle sich aufschlagen läßt.

Die eine Hälfte dient als Schutz für die andere. In einem Rahmen, unter Cellophan, steckt ein Farbfoto. Als sie das Foto erblickt, schnappt Margot nach Luft. Sie sieht ein Bild der Rothaarigen!

Mit zitternden Fingern zieht sie es aus dem Rahmen. Sie lacht, diese Hure, jung, schön, verführerisch lacht sie. Grüne Augen, weiße Haut, großer Mund, schöne Zähne. Margot bebt. Sie dreht das kleine Foto um. Da steht: B 431/63.
Margot muß sich an die Wand lehnen.
Egons Stimme! Schnell steckt sie den Lederumschlag und das Foto unter ihr Kleid, in den Büstenhalter. Brieftasche, Geld und Feuerzeug läßt sie wieder fallen.
Und hier erscheint Egon schon, dieser Verbrecher, dieser Schuft!
»Was machst denn du?«
»Ich schreie nach Ulli. Der Junge ...«
»Muß meine Brieftasche ... Da ist sie ja!« Und Egon bückt sich. »Feuerzeug auch ... und Geld! «
Margot beobachtet Egon scharf. Der läßt den Blick über den Boden wandern, befühlt seine Taschen, schaut wieder.
»Fehlt was?« fragt Margot harmlos.
»Nein, ich glaube nicht. Liegt ja auch nichts mehr da. Hättest das Zeug auch aufheben können!« sagt Egon Heisterberg und läuft die Treppe hinunter.
»Wo gehst du hin?«
»Kommen gleich welche aus der Redaktion!«
Weg ist er.
Langsam holt Margot wieder das Bild hervor.
Haß glüht in ihren Augen. Da sind keine Tränen!
Du Schwein. Du Lump. Hat sie dir heute geschenkt, wie? Noch keine Zeit gehabt, in deinen Schreibtisch zu sperren. Hättest du doch getan, was? Tust du doch jeden Abend. Was ich nicht sehen soll, kommt in die linke Schreibtischlade. Die hat ein Yale-Schloß. Den Schlüssel trägst du an deiner Armbanduhr, und die nimmst du nie ab, auch nicht im Bett ...
Nun hat allerdings Frau Margot Heisterberg an einer Lade ihrer Schminkkommode mit dem dreiteiligen Spiegel auch ein Yale-Schloß anbringen lassen, verwahrt dort Dinge, die Egon nichts angehen, und versteckt den Schlüssel tagsüber in ihrer Kleidung, nachts unter der Matratze ihres Bettes. Sie hat sogar *zuerst* so ein Schloß anbringen lassen. Aber bloß, weil Egon nicht wissen muß, daß sie ein Sparkassenbuch besitzt und wieviel darauf ist. Zu dem Buch in der Schminkkommoden-Lade haben sich im Laufe der Zeit noch eine Menge anderer Dinge gesellt: Briefe von irgendwelchen Weibern, Kinokarten, Rechnungen für Blumen, über Barbesuche zu zweit, über Essen zu zweit ...
Was dir jetzt durch den Kopf geht, möchte ich wissen, denkt Mar-

got und fühlt sich auf einmal wunderbar. Daß du das Bild der Nutte verloren hast, mußt du sofort gemerkt haben. Darum hast du ja so verzweifelt gesucht. Dann bist du runtergelaufen.
›Kommen gleich welche aus der Redaktion‹ – pah! *Angst* hast du! Überzeugt bist du, daß *ich* das Bild habe! Ich habe es ja auch. Und jetzt zitterst du: Was wird die Alte sagen?
Gar nichts, mein Lieber, gar nichts wird die Alte sagen. Kein einziges Wort. Sie ist ja nicht dumm, die Alte. Sie hat sofort neben der Kennzahl auch den Geschäftsstempel auf der Rückseite des Bildes gelesen.
FOTO–ROLAND
BERLIN–CHARLOTTENBURG
GROLMANSTRASSE 21
Da wird sie mal hingehen, die Alte.
Nach Charlottenburg.
In die Grolmanstraße 21.
Zu Foto-Roland.

12

»Das Kotzen kann einem kommen«, sagt der Polizeimeister der Berliner Bereitschaftspolizei Josef Schulz, dessen Bruder in Frankfurt heute nachmittag der Atem stockte, weil das Fußballspiel Eintracht Frankfurt gegen Borussia Dortmund in der 86. Minute immer noch 0 : 0 stand. Polizeimeister Schulz sitzt neben dem Fahrer des Überfallkommandos, das der Hasenauerstraße zurast. Die Schupos, die hinter ihm hocken, sind genauso erledigt und sauer wie er. »Endlich ist es da unten ruhiger geworden, und nun fängt's hier oben an!«
»Is aba ooch der verschissenste Mauer-Jeburtstag, den wir bisher jehabt ham«, sagt der Fahrer und nimmt eine Ecke, daß die Reifen wimmern. »Mit de Zeit jewöhnt der Mensch sich an alles, heißt et – sowat Dämlichet! Kiek mal: Die Franzosen sind ooch schon da!«
Die Hasenauerstraße herab sieht Schulz Jeeps und Laster mit Soldaten angebraust kommen, dahinter noch zwei Westberliner Überfallkommandos.
»Heute haben sogar unsere Besatzer was davon«, brummt der Polizeimeister.
Bremsen kreischen.
Die Wagen halten.

Männer springen heraus, Waffen im Anschlag. Scheinwerfer von drüben streichen über sie hin. Es fällt kein Schuß. Aber es kann jeden Moment einer fallen. Die Soldaten suchen Schutz in Hauseinfahrten, hinter Mauerecken, nehmen im westlichen Teil der Mottlstraße Deckung.
Unter ihnen befindet sich der Caporal Louis Tilmant, dessen Urgroßvater, Großvater und Vater im Krieg gegen Deutschland verreckt sind, in drei Kriegen und einem Zeitraum von neunundsechzig Jahren.
Ich suche mir das sicherste Plätzchen, das es gibt, denkt Caporal Tilmant. In meiner Familie sind genug Männer verreckt. Schießen werde ich nur, wenn einer auf mich schießt. Oder auf einen Kameraden. Deutsche auf Deutsche? Aber bitte sehr! Sales boches.
Die Bewohner des Hauses Hasenauerstraße 67 haben sich mittlerweile beruhigt. Wer wollte, durfte einen Blick in die Räume der Dampfwäscherei und sogar in den Keller hinunter werfen.
Mächtig stolz sind die Bewohner des Hauses 67 auf einmal.
Ein Tunnel! In ihrem Haus!
Tapfere Jungs!
»Tut mir leid«, sagt Heisterberg zu Mittenzwey. »Ich hatte keine Ahnung . . .«
»Schon gut.«
Sie schütteln einander die Hände.
Ulli möchte ein Autogramm.
»Unsinn! Meine Herrschaften, bitte gehen Sie wieder hinauf! Sie sehen doch, wir können uns hier kaum bewegen! *Bitte*!«
»Dürfen wir nicht helfen?«
»Was zu essen? Zu trinken?«
»Nein. Vielen Dank. Nur weggehen.«
Die Hausbewohner ziehen sich zurück. Heisterberg schickt seinen Sohn nach oben. Er wartet im Hausflur auf die Reporter. Da ihm das Foto in der Lederhülle nie gehört hat, vermißt er es auch nicht. Mittenzwey hat den Verlust noch nicht bemerkt. An Hand seiner Liste stellt er fest, daß diesmal alle, die herüberkommen sollten, herübergekommen sind. Alle einundsiebzig. Auch Bruno Knolle hat es noch geschafft, sagt Walter Lehner, der Telefonist.
Ungemeldet sind zweiundvierzig Flüchtlinge gekommen. Zusammen hundertdreizehn. Nicht schlecht. Würden aber viel, viel mehr sein, wenn die Vopos nicht erschienen wären. Da hätte man bis zum Morgen und vielleicht noch in der kommenden Nacht arbeiten und einen Rekord erreichen können!
Mittenzwey grübelt.

Wie ist dieser Vopo-Überfall zu werten?
Irreführung? Absicht? Warum erschienen die erst so spät? Überlastung? Planung? Sollten erst alle, die Mittenzwey auf der Liste hat, im Hof sein?
Das sind unsinnige Überlegungen nur für den, der sich in diesem Gewerbe nicht auskennt. Mittenzwey kennt sich aus. Er rechnet mit allem. Immer. Warum hat Bruno Knolle...
»Herr Knolle!«
Keine Antwort.
Lauter: »Herr Bruno Knolle!«
Nichts.
Mittenzwey ruft noch dreimal. Kein Knolle.
»Horst!«
Der Student der Philosophie Horst Lutter kommt heran. Er ist aufgeregt und sieht aus, als sei ihm alles andere als wohl zumute. Mittenzwey zieht ihn mit sich in eine kleine Kammer. Da brennt eine trübselige Birne, die an einem Draht von der Decke herabhängt.
»Hör mal, dieser Knolle, der kam doch auf deinen Wunsch, nicht?«
»Ja. Nein. Ja. Das heißt, nein.«
»Also was?« Mittenzwey verliert die Geduld. Draußen im Keller ist es sehr laut geworden. Die Menschen sind aufgeregt. Mittenzwey schreit durch die offene Tür. »Ruhe! Ist doch keine Gefahr mehr! Schon gar nicht hier unten! Hören Sie denn die Sirenen nicht? Gleich erscheint die Polizei und...«
»Ist schon da«, ertönt die Stimme des Polizeimeisters Schulz. Mit einem Dutzend Schupos kommt er in den Keller getrampelt.
Die Wartenden atmen auf.
»Also, da fängt der Tunnel an. Und so viele sind rübergekommen. Gratuliere! Wenn Sie sich noch ein bißchen gedulden, bitte. Wir haben ein paar Einsatzwagen gerufen. Mit denen können Sie dann nach Marienfelde rausfahren, ins Lager. Die Laster werden in der Mottlstraße parken, ein Stück hinter der Kreuzung. Da ist auch ein Ausgang. Und Sie brauchen überhaupt nicht mehr auf die Hasenauerstraße. Sicher ist sicher.« Schulz redet freundlich und ermunternd, obwohl er ein paar Stunden hinter sich hat, die nicht von schlechten Eltern waren, und obwohl er denkt: Wie die mich angukken. *Das* Glück! *Die* Hoffnung! *Die* Erlösung! *Die* Erwartung! Als wäre ich der Weihnachtsmann. Aber der bin ich nicht. Keiner im Westen ist es. Immer, wenn ich Flüchtlinge sehe, fällt mir ein, was mir einer sagte, vor einem halben Jahr, nachdem er schon drei Monate mit Frau und zwei Kindern in Westberlin saß. Das hat er gesagt, dieser Mann: »Solange man im Osten lebt, ist man so opti-

mistisch, wenn man an den Westen denkt und an die Möglichkeit, hinzukommen. Sie können sich das gewiß nicht vorstellen, aber was haben wir drüben alles gehört über den Westen! Wie wunderbar er ist! Und wie uns jeder helfen wird! Und die Freiheit!« Der Polizeimeister Schulz hat erwidert: »Euern Optimismus, ich meine den, mit dem ihr rüberkommt, den habe ich nie begreifen können. Die Sehnsucht nach Freiheit, die schon. Freiheit, das ist was anderes!« Der Flüchtling hat gesagt: »Heute kann ich meinen Optimismus auch nicht mehr begreifen. Aber damals – ach, Freiheit! –, Sie reden eben als einer aus dem Westen.« Hat der Schulz gesagt: »Na, aber jetzt leben Sie ja auch im Westen!« – »Und wie sieht er aus, der Westen?« hat der Flüchtling gefragt. »So sieht er aus für uns: Alle, die rüberkommen, sind zuerst ganz hilflos in der großen Freiheit. Sie wagen nichts zu erzählen, von sich nichts und nichts von drüben. Das isoliert sie und erschwert alles noch mehr. Ganz unbeholfen sind sie. Jeder muß die richtigen Wege alleine finden. Die Behandlung auf den Ämtern ist sehr verschieden – und oft genug ausgesprochen unfreundlich. Nur die Alliierten sind nett, wenn sie einen ausfragen im Lager. Wenn man dann entlassen ist, kümmert sich kein Mensch mehr um einen, vor allem nicht in der Bundesrepublik – schreiben die, die schon dort sind. Ich und meine Familie, wir leben ja noch immer im Lager. Wir wollten in Berlin bleiben, denn meine Mutter wohnt hier. Aber ich kriege keine Bleibe, nicht mal ein Zimmer. Vor einem Jahr noch soll das viel leichter gewesen sein. Jetzt ist es *ganz* schlimm! Die Hauswirte haben immer 'n neuen Dreh, um einen abzuwimmeln, wenn man ein, zwei Räume zugewiesen erhielt. Und die, die ausgeflogen werden? Die kommen wieder in ein Lager, in eines bei Bonn, habe ich gehört, dort soll es *sehr* schlecht sein. *Wir* werden wohl hinmüssen, es hilft nichts ...« An dieses Gespräch muß Polizeimeister Schulz seitdem immer denken, wenn er Flüchtlinge sieht, so wie jetzt die hier im Keller. Ach, schwer werdet ihr es haben, ihr Glücklichen!

Schulz hat in der Kammer Mittenzwey und Lutter entdeckt und tritt ein. Daß sie nicht von drüben sind, erkennt er sofort an der Kleidung und an den Gesichtern. Die beiden sehen überhaupt nicht glücklich aus! Im Gegenteil. »Schön' guten Abend«, grüßt Schulz. »Sie sind Fluchthelfer, nicht wahr?«

»Ja«, sagt Mittenzwey, und leise nennt er seinen und Lutters Namen. Die draußen brauchen das nicht zu hören.

»Was gibt's denn? Jemand von euch draufgegangen?«

»Nein, Herr Polizeimeister.«

»Verwundet?«

»Auch nicht.«
»Warum guckt ihr dann so? Ist doch eure Freudennacht? Was ist denn los, Herr Mittenzwey?«
Mittenzwey sagt, was ihn bedrückt.
Schulz räuspert sich. Gefällt ihm nicht, was er da hört. Gefällt ihm gar nicht. Macht einen ordentlichen Eindruck, dieser Horst Lutter – aber was heißt schon ordentlicher Eindruck? Das ist genauso, wenn Zeugen sagen: »Also, wie ein Mörder hat er nicht ausgesehen, Herr Wachtmeister!« Da pflegt Schulz immer zu antworten: »Wie, meinen Sie, muß ein Mörder denn aussehen?« Und dann blickt er immer in verblüffte Gesichter.
Wie, meinen Sie, muß ein Verräter denn aussehen?
»Nun rede endlich, Mensch!« zischt Mittenzwey.
Lutters Gesicht glüht jetzt. Vor Erregung? Vor Wut? Vor Furcht?
»Er ist auf Wunsch meines Onkels gekommen. Der war mit ihm im Krieg«, stößt Lutter böse hervor.
»Sagen Sie mal, was ist denn los mit Ihnen, Herr Lutter?«
»Gar nichts!« schreit Lutter wild.
»Na, na, na!« Mittenzwey wirft Schulz einen Blick zu. »Du hast doch schon drei Tunnel mit mir gebaut, Horst«, sagt er freundlich. »Das ist nun der vierte. Dein Onkel weiß, was du machst, hast du mir erzählt.«
»Weiß er auch!«
»Und warum hat er dich dann erst beim vierten Tunnel gebeten, daß du diesen Knolle rüberholst?«
»Ich ... ich ...«
»Also wirklich, Herr Lutter ...«, fängt Schulz wieder an.
Der Student hat ein offenes Gesicht mit hellen, offenen Augen.
»Mein Onkel hat plötzlich Nachricht gekriegt, daß der Knolle in Gefahr ist und schnellstens rüber muß.«
»Von wem hat er denn die Nachricht bekommen?«
»Fragen Sie meinen Onkel!«
»Immer hübsch ruhig, Herr Lutter, ja? Wir *werden* Ihren Onkel fragen, verlassen Sie sich drauf! Was für 'ne Gefahr denn? Wissen Sie natürlich auch nicht.«
Lutter ballt die Hände zu Fäusten.
»Sie glauben doch nicht etwa, daß ich ein Spitzel bin, Herr Wachtmeister?«
»Ich *bitte* Sie!« sagt Schulz, der das natürlich glaubt. »*Spitzel!* Was für eine Vorstellung! Aber untersuchen muß man die Sache doch – finden Sie nicht? Ich meine: Kommt da so ein Mann rüber und verschwindet sofort!«

»Vielleicht ist er nicht verschwunden. Vielleicht ist er irgendwo im Haus ...« Mittenzwey tut Lutter leid. Was hat der bloß?
»Werden wir bald wissen, ob er noch im Haus ist.« Der Polizeimeister ruft seine Schupos. Von Walter Lehner bekommen sie Bruno Knolles Personalbeschreibung. So, wie der aussieht, wie der angezogen ist, kann man ihn nur schwer übersehen.
»Also, denn man los!« sagt Schulz. »Das ganze Gebäude, meine Herren. Von oben bis unten!«
Sie durchsuchen das ganze Gebäude, von oben bis unten.
Bruno Knolle wird nicht gefunden.

13

Pralon ... Pramann ... Pramm ... Prandon ... Prang ... Prange ... Prangel Alfred, Prangel Anton, Prangel August, Prangel Berthold!
Da ist er.
36 04 21.
Der Bruno hält einen wohlgeformten, langen Finger unter die Nummer, die er in dem aufgeschlagenen Telefonbuch gefunden hat. Die Lampe in der Telefonzelle ist kaputt. Nur Licht von Straßenlaternen fällt durch die Glasscheiben. Man sieht schlecht. Gut so! Bruno wählt, nachdem er zwei Zehnpfennigstücke in den Apparat geworfen hat.
Wieso besitzt der Westgeld, wenn er gerade aus Ostberlin geflüchtet ist? würde sich jeder fragen, der ihn da in der Zelle am Bayerischen Platz stehen sähe und wüßte, daß er gerade geflüchtet ist. Es weiß nur niemand. Die drei Taxichauffeure, die den Bruno in den letzten dreißig Minuten durch Berlin gefahren und von ihm Westgeld erhalten haben, hatten natürlich auch keine Ahnung. Sie haben sich nur alle drei darüber geärgert, daß er kein Trinkgeld gegeben hat.
In die erste Taxe ist Bruno vor dem Lazarus-Krankenhaus gestiegen. Von der Ackerstraße hat er sich bis zum S-Bahnhof Tiergarten bringen lassen. Da hat er die zweite Droschke genommen. Bis zur Deutschen Oper. Ist zweimal um den Riesenbau gelaufen und hat dauernd angestrengt gelinst. Aber er konnte niemanden entdecken, der ihm folgte. Er eilte vor bis zum Ernst-Reuter-Platz und stieg in ein drittes Taxi.
»Bayerischer Platz!«
Da steht er nun. Und während er die Nummer wählt, überlegt er

schnell, ob er alles richtig gedreht hat. Namen schon im Osten genannt? Ja. Menschen auf sich aufmerksam gemacht? Ja. Die Dicke! Sehr gut hat er das hingekriegt, das wird man sich merken! Wenn die drüben bloß auch so tadellose Arbeit geleistet hätten. Natürlich war der Vopo-Überfall vorgesehen, damit es *ganz* echt aussah. Aber auf Flüchtlinge schießen? Sogar noch im Tunnel?! Und ausgerechnet auf *ihn*?! Das müssen doch Vollidioten gewesen sein. Wenn ihm nun was passiert, wenn er tot wäre, verletzt? Schießen auf den Mann, den sie rüberschicken. Nein, das kann sich nur um einen Regiefehler gehandelt haben. Verdammte Bummelei! Hat ein Amt wieder mal nicht gewußt, was das andere tut. Typisch. Scheißbürokratie! Bruno sollte sich so etwas leisten ...

Weiter!

Hat er im Keller genug Tamtam gemacht? Ja. Sich allen ordentlich gezeigt? Ja.

Er betet diese Fragen lautlos herunter. Wie sie es ihm eingebleut haben.

Weiter, Bruno!

Getürmt, bevor die Polente kam? Ja. Alles genau so, wie es ihm befohlen worden ist. Das Türmen ging bei dem mächtigen Durcheinander übrigens ganz leicht. Bruno verdrückte sich in einen Gang, dessen Ende eine Holztür bildete. Sie war offen. Bruno stand ein paar Stufen unterhalb eines Hofes. Speditionswagen parkten da. Neben dem großen Tor zur Straße gab es eine kleine Tür. Das Schloß versperrt. Mit gebogenem Draht hatte Bruno es nach zwei Minuten offen. Kinderspiel!

Nun war er in der westlichen Mottlstraße, etwa dreißig Meter von der Kreuzung Hasenauerstraße entfernt. Ein breites Stück Hauswand befand sich noch vor dem großen Tor. In einer Ecke sah Bruno einen französischen Soldaten kauern.

»Meine Hochachtung«, sagte er höflich.

»Merde!« sagte der Caporal Louis Tilmant. Er hatte es sich richtig gemütlich gemacht. Bruno schien, als wäre der Soldat sogar eingenickt gewesen und durch das Öffnen der kleinen Tür geweckt worden. Er saß so, daß er von der Kreuzung nichts sehen konnte.

»Pardong«, schnüffelte Bruno und trat über die Beine des Franzosen hinweg.

Louis Tilmant gab keine Antwort.

Hübsch langsam ging Bruno die Mottlstraße hinauf, in Richtung Lazarus-Krankenhaus. Er sah viele französische Soldaten, die herumliefen. Er sah Laster, Jeeps, Überfallkommandowagen der Westberliner Polizei und eine Masse Polizisten. Auch sie liefen herum,

sie hatten es alle furchtbar eilig und achteten nicht auf ihn. Dauernd kamen neue Wagen. Ein Auto bremste neben Bruno. An der Windschutzscheibe klebte ein Zettel: PRESSE.
Zwei Männer mit Kameras und zwei ohne Kameras stolperten heran. »Hasenauer 67?«
Bruno wies mit dem Daumen über die Schulter.
»Kann man da vor? Wird nicht geschossen?«
»I wo«, sagte Bruno. Die vier rannten los. Bruno marschierte weiter, in der entgegengesetzten Richtung...
Also auch diesen Auftrag erfüllt? Ja.
Von da an hat er allerdings nicht mehr auftragsgemäß gehandelt. Sondern sozusagen ganz und gar im Gegenteil. Weil er beschattet wurde (das wurde er, sie hatten es ihm gesagt), mußte er zuerst die Schatten loswerden. Darum der Taxiwechsel, das Kreuzundquerfahren, das Laufen um die Deutsche Oper. Spätestens da mußten sie seine Spur verloren haben, bestimmt, er hatte verflucht aufgepaßt.
Ausrede später?
Na selbstverständlich die: »Im Keller sind sie mißtrauisch geworden. Mußte Polente abschütteln.«
Das glauben sie mir unbedingt.
...4...2...1!
Das Freisignal ertönt.
Lieber Gott, mach, daß er daheim ist!
Wieder das Freisignal.
Ich muß ihn sprechen! Sofort!
Wieder das Freisignal.
Himmel. Vielleicht ist der Kriminalrat noch im Dienst. Vielleicht macht er Urlaub? In Italien, in Griechenland, in Spanien?
Ogottogottogott!
Der Bruno merkt, daß seine Knie schlackern.
Das kommt davon, wenn man sich so superschlau fühlt!
Und wieder das Frei...
Nein, da hebt einer ab! Lieber Gott, bitte mach...
»Prangel!«
Als er die tiefe, brummige Männerstimme hört, durchflutet den Bruno ein solches Glücksgefühl, daß er fast anfängt zu heulen.
»Hallo... wer ist denn da? Melden Sie sich gefälligst!«
»Hier ist Knolle, Herr Kriminalrat«, würgt der Bruno heraus.
»*Wer?*«
»Bruno Knolle! Sie müssen sich doch an mir ainnern, Herr Kriminalrat! Knolle! Bruno Knolle!«
»Was? *Mein* Bruno?«

Ach, danke, lieber Gott, danke.
»Ja, Ihr Bruno, Herr Kriminalrat!«
»Was machst denn du im Westen? Ich denke ...«
Der Bruno unterbricht hastig. Zu lange darf er nicht quasseln: »Azähl ick Ihn' allet, Herr Kriminalrat! Ick muß Sie sehen! Sofort!«
»Jetzt? Mitten in der Nacht? Ich liege schon im Bett, Mensch!«
»Et jing nich früher ... *bitte!* Stehense uff! Se werden 't nich bereuen. *So* ne Sache!«
»Worum geht es denn?«
Darauf sagt Bruno ernst: »Um Tod und Leben.«
»Scheiße.«
»Ick schwöre ...«
Der andere seufzt schwer.
»Also schön. Wann kannst du hier sein?«
Bruno sieht ins Telefonbuch. Meraner Straße wohnt der Kriminalrat. Ein Katzensprung.
»Fünf Minuten!«
»Ich warte unten auf dich. Mach schnell.«
»Danke, Herr Kriminalrat, ick danke Ihnen!«
»Nun komm schon!«
»Jawoll, sofort!« Bruno hängt ein. Zieht an seiner Krawatte. Streicht über sein Haar. Sieht mit seinen listigen wimperlosen Seehundsaugen nach allen Seiten, als er aus der Zelle tritt. Niemand zu erblicken. Ich bin eben doch ein Masselmolch, denkt Bruno und setzt sich in Trab.

14

Als Bruno Knolle anrief, hatte der Kriminalrat Berthold Prangel tatsächlich schon seit einer Stunde im Bett gelegen und gelesen. Das war sein Schönstes! Liegen und lesen, bis ihm die Augen zufielen. Er las, wie ein Drüsengestörter ißt: Unmäßig, süchtig. Allerdings nur Romane, Novellen und Theaterstücke. Diese Beschränkung auf das Fiktive hatte natürlich ihren Grund, ebenso wie Prangels Lesewut überhaupt, ebenso wie alles seinen Grund hat, was ein Mensch tut oder nicht tut – dieser Bericht bemüht sich, das zu beweisen.
Was einer tut, ist unbegreiflich, wenn man nicht weiß, was er schon alles getan hat. Warum einer so ist, wie er ist, versteht man nur, wenn man weiß, was für einer er war. Immer muß man das Gestern der Menschen kennen, bevor man über ihr Heute urteilt. Was nun den Kriminalrat anging ...

Berthold Prangel, fünfundfünfzig Jahre alt, ein stets leicht angewidert wirkender Mann mit untersetzter Gestalt, kurz geschnittenem schwarzem Haar, hoher Stirn, klugen Augen und ausgeprägtem Kiefer, wirkte stets leicht abwesend und etwas melancholisch. Er war ein hervorragender Kriminalist, man zog ihn zu den kompliziertesten Fällen heran. Er klärte sie fast ausnahmslos, dank der wunderbaren Begabung, sich in andere Menschen hineindenken zu können. Bei der Untersuchung jedes Verbrechens stellte er sich von Anbeginn vor, er selbst sei der Täter.

In seinem Leben hatte Prangel ein einziges Mal wirklich geliebt: Seine Frau Anna. 1940 waren sie vor den Standesbeamten getreten. Da hatte der Einunddreißigjährige bereits Außerordentliches geleistet und war eben Kommissar im Dezernat Einbruch–Raub geworden.

Die Ehe der Prangels blieb kinderlos. Der Kommissar besaß keine Geschwister. Seine Frau hatte einen Bruder, Werner. Werner May. An diesen Bruder hatte Anna, wie manche Schwester, ihr Herz gehängt, ihr ganzes Herz. Prangel konnte sich das zuerst nicht recht erklären, denn nach allem, was er von Anna erfuhr, war Werner von Jugend an besonders egozentrisch und grausam gewesen. Er hatte Annas Puppen zerbrochen, hatte sie lügenhaft vieler Dinge bezichtigt, die auf sein Schuldkonto gingen, so daß oft sie für ihn bestraft wurde. Er war eigentlich der schlechteste aller Brüder. Und trotzdem liebte Anna ihn so sehr!

Aufmerksame Beschäftigung mit vielen Menschen, Männern und Frauen, in seinem Beruf lehrte Prangel dann bald, daß es Unsinn war zu sagen, Frauen seien rätselhaft. Sie hatten einfach eine andere Art zu denken und zu reagieren. Männern erschien diese Art unlogisch. Aber sie *war* es nicht, wenn man davon ausging daß die Auffassung über das *Reale* bei den Geschlechtern völlig unterschiedlich ist.

Vom weiblichen Realitätsstandpunkt aus (den kein Mann sich zu eigen machen kann) war Annas Verhalten durchaus logisch. Sie selbst konnte das nie erklären (und keine der unzähligen Frauen, die Prangel zu verhören hatte, vermochte Derartiges in ihrem speziellen Fall), aber der Kriminalrat – damals noch Kommissar – begriff auch so. Deshalb errang er beruflich Erfolg um Erfolg. Deshalb liebte Anna ihn immer mehr: Weil er als einziger begriff, daß sie immer weiter mit der rührenden, bewundernden Liebe der Kindheit an Bruder Werner hing, der mittlerweile beim SD gelandet war und sich in Polen und Rußland umtat. Zu Ehren und Würden brachte Werner May es beim SD, Männer wie Kaltenbrunner und

Eichmann sagten ›du‹ zu ihm, und mit dieser Feststellung wollen wir es bewenden lassen, denn sie genügt.
Als dann der Krieg zu Ende war, versuchte May, der blonde, blauäugige Endlöser, sich in den Westen durchzuschlagen. Das Unternehmen mißglückte. Die Sowjets fingen May und brachten ihn nach Sibirien. Sie hätten ihn erschießen können, das wäre nach den Hunderttausenden, die auf Mays Befehl ausgelöscht worden waren, völlig in Ordnung gewesen.
Aber die Russen erschossen May nicht. Ihr Geheimdienst hatte nämlich herausgefunden, daß er eine Schwester in Westberlin besaß, die ihn abgöttisch liebte, und daß diese Schwester mit einem hochtalentierten Kriminalbeamten verheiratet war, der seine Frau – auf andere Art – ebenso abgöttisch liebte. So ließen die Sowjets May einen ersten Brief an seine Schwester schreiben, versuchsweise ganz allein und nicht nach Diktat, und der Brief fiel genauso aus, wie man ihn wollte: Klagend, weinerlich, jämmerlich.
Er sei zu lebenslänglicher Zwangsarbeit verurteilt worden, schrieb Werner. Was allein ihn am Dasein nicht vollends verzweifeln lasse, das sei Annas Liebe, deren er nach wie vor gewiß sei, und das Lesen in der Bibel, diesem wunderbarsten aller Bücher, dem May entnommen hatte, daß man nach Gottes Willen seine Nächsten ebenso lieben sollte wie seine Feinde. – Was wohl soviel hieß, daß der Herr Standartenführer den Russen zu vergeben gewillt war.
Als Anna Prangel diesen Brief gelesen hatte, unternahm sie einen Selbstmordversuch. Sie trank Lysol. Wochenlang war sie in Lebensgefahr. Wochenlang schlief Berthold bei ihr in der Klinik und eilte nur tagsüber fort, seinen Dienst zu tun, und auch das nicht immer, nämlich dann nicht, wenn es mit Anna wieder dem Tode zuging.
Er liebte Anna! Den Bruder verfluchte und haßte er abgründig. Aber er war nun einmal da, dieser Bruder, er würde – das sah Prangel voraus – noch oft schreiben. Und was das Bibelwort betraf, so überlegte der Kriminalist, verlangte es wohl deshalb von den Menschen, Nächste wie Feinde gleichermaßen zu lieben, weil es sich, bei *wirklichen* Feinden und *wirklichen* Nächsten, wie das gegenständliche Beispiel beweist, um dieselben Menschen handelt.
Noch während Anna in der Klinik lag, im Herbst 1946, machte Prangel die Bekanntschaft eines Mannes, der sich Wieland nannte. Bei einem tristen Erbsenessen im halbzerstörten ›Prälaten‹, einem Lokal am Alexanderplatz, kam Herr Wieland endlich zur Sache: »Ich spreche im Auftrag eines Freundes. Ihr Freund hat mir viel von Ihnen erzählt. Von Ihnen, Ihrer armen Frau und Ihrem Schwager.«

Ach! dachte Prangel, und er löffelte schweigend seine Erbsen.
»Sie könnten meinem Freund große Dienste erweisen, Herr Prangel. Und er, wiederum, könnte Ihnen helfen.«
»Wie?« fragte Prangel, obwohl er die Antwort schon kannte.
»Ihr Schwager wurde zu lebenslänglicher Zwangsarbeit in Sibirien verurteilt, nicht wahr? Nun, mein Freund ist ein hoher sowjetischer Offizier. Er könnte erreichen, daß Ihr Schwager in fünf Jahren freigelassen wird.«
Prangel stand auf.
»Im übrigen«, bemerkte Wieland beiläufig, »hat jemand heute vormittag Ihre Frau in der Klinik angerufen und ihr dasselbe gesagt.«
Prangel warf Geld auf den Tisch und raste in das Krankenhaus. Als er ankam und zu Anna eilen wollte, hielt ihn ein Arzt auf.
»Sie können nicht zu Ihrer Frau, Herr Kommissar.«
»Warum nicht?«
»In ihrem Befinden ist heute vormittag jäh eine arge Verschlechterung eingetreten. Nach einem Kollaps hat die Nierentätigkeit völlig ausgesetzt. Die kommenden achtundvierzig Stunden werden entscheiden, ob sie diese Krise überwindet. Es tut mir leid, aber ich muß Ihnen die Wahrheit sagen: Die Chancen sind *sehr* gering ...«

15

Die nächsten achtundvierzig Stunden verließ der Kommissar die Klinik nicht. Er saß auf dem Gang vor der Tür zum Krankenzimmer seiner Frau. Manchmal schlief er ein. Einmal fiel er dabei von der Bank. Dann wurde er in das Zimmer des diensthabenden Stationsarztes gerufen. Jemand verlangte ihn am Telefon.
»Sollten Sie es sich überlegen, Herr Prangel«, sagte Wieland, der seinen Namen nicht nannte, »ich esse jeden Mittag im ›Prälaten‹.«
Der ›Prälat‹ am Alexanderplatz lag im Sowjetischen Sektor von Berlin. Es war nicht gefährlich für Herrn Wieland, sich dort mit Berthold Prangel zu treffen. Gefährlich war das bloß für Berthold Prangel.
»Guten Appetit«, sagte der Kommissar, und er hörte den anderen lachen, bevor er einhängte.
»Wir müssen operieren«, sagte der diensthabende Arzt. »Sofort. In einer halben Stunde ist es zu spät. Haben wir Ihr Einverständnis? Ihre Frau kann ich nicht fragen, die ist ohne Besinnung.«
Prangel nickte, unterschrieb ein Formular, und dann saß er wieder auf dem Gang. Und während seine Frau operiert wurde, schwor er

sich selbst etwas. Er hätte es Gott geschworen, wenn er an Gott geglaubt hätte, aber er vermochte das ebensowenig, wie er – nach all seinen Dienstjahren – an ein einziges, unverrückbares ›Recht‹, eine einzige, universelle ›Wahrheit‹ zu glauben vermochte. Es gab, schien ihm, so viele Arten von ›Wahrheit‹, wie es Menschen gab, und für jeden einzelnen Menschen eine besondere Art von ›Recht‹. Vermutlich gab es also auch exakt so viele verschiedene Arten Gott wie verschiedene Arten Menschen, die an Gott glaubten, und da er nicht zu diesen gehörte, blieb ihm nichts übrig, als sich selbst dies zu schwören: Wenn Anna nicht starb, wollte er wieder in den ›Prälaten‹ gehen und als Agent für die Sowjets arbeiten. Das war nun das ›Recht‹, das er für *sich* in Anspruch nahm: Der Frau, die er liebte, seine Liebe beweisen zu dürfen!

Anna starb nicht.

Zuletzt ließ man Prangel, der vor Müdigkeit taumelte, zu ihr.

Wachsbleich war Annas Gesicht, sie konnte nur flüstern: »Wirst du es tun?«

Und er küßte ihre Lippen, die bitter schmeckten, und er nickte beruhigend und sehr deutlich und lächelte dabei.

Da lächelte auch Anna, und sie flüsterte: »Danke ...«

So arbeitete der Kommissar Berthold Prangel also in den düsteren Jahren des Nachkriegselends, der Spaltung und der Blockade für die Sowjets. Es gab noch keinen richtig funktionierenden deutschen Polizeiapparat, das erleichterte die Tätigkeit. Ohne große Furcht vor Entdeckung konnte Prangel den Mittelsmännern des Wieland Akten, Fotokopien und Informationen liefern.

Anna erholte sich schnell.

Neue Briefe Werners kamen über das Rote Kreuz. Optimistische Briefe! Glückliche Briefe! Seine Strafe war bereits auf fünfundzwanzig Jahre herabgesetzt worden! Er hoffte auf eine Amnestie! Es ging ihm gut, er hatte eine Schreibstubenstelle, erhielt besseres Essen und gewisse Vergünstigungen, teilte Werner mit.

Und dann kam die ganz große Freude für Anna: Ihr Bruder schrieb, daß er schon nach fünf Jahren Zwangsarbeit entlassen werde.

»All das danke ich dir«, sagte Anna immer wieder zu Prangel, und ihre Augen leuchteten voll Seligkeit. Und er verriet weiter, was die Sowjets zu wissen wünschten, er lieferte alle Informationen, die verlangt wurden, er war ein vorbildlicher Agent. Wenn er später an diese Jahre zurückdachte, so erschienen sie ihm als die glücklichsten seines Lebens.

1951 begann Anna unruhig zu werden. Die fünf Jahre waren bald um, und dann, und dann ...

Dann wurde der Kommissar Ende Oktober in das amerikanische Hauptquartier in Zehlendorf gerufen. Ein gewisser Mr. Low – er sprach fließend deutsch – bot Prangel Whisky an, sie tranken miteinander, und danach nannte Mr. Low dem Kommissar aus dem Gedächtnis alle Fälle, in denen dieser den Osten mit Material beliefert hatte, er nannte Art des Materials, Daten und die jeweilige Methode der Übergabe an die Mittelsmänner, er vergaß kein einziges Mal, er hatte ein vorzügliches Gehirn, und es machte ihm Spaß, das zu beweisen. Dann ging er zu einer Tür, öffnete sie mit einer Kopfbewegung, und herein kam der Mann, der sich Wieland nannte.

»Wir sind aufgeflogen«, sagte Wieland ganz ruhig zu Prangel, der ihn seit Jahren nicht mehr gesehen hatte. »Die ganze Gruppe. Das CIC weiß alles. Hat keinen Sinn mehr, Prangel. Lassen Sie sich umdrehen – so wie ich.«

»Das würde ich auch empfehlen«, meinte Mr. Low, schenkte ein drittes Glas voll und füllte die beiden anderen nach. »Sie werden weiter mit Herrn Wieland arbeiten – über Kontaktmänner natürlich. Sie sind beide so tüchtig und wissen so viel, daß wir Sie sofort übernehmen. Herr Wieland geht in den Osten zurück – wir haben ihn erst seit ein paar Stunden hier, niemand drüben kann auch nur den leisesten Verdacht haben. Natürlich haben wir Herrn Wieland fotografiert und seine Fingerabdrücke registriert. Herr Wieland hat eine hübsche Tonbandaussage gemacht, in der er alle Missionen verriet, die er mit Ihnen, Herr Prangel, gemeinsam im Auftrag des Ostens ausführte. Er hat gesagt, daß wir ihn festnahmen und daß er sich bereit erklärte, von nun an für uns zu arbeiten. Diese Erklärung haben wir auch schriftlich, von ihm unterzeichnet.«

»Selbstverständlich konnte Mr. Low mich nicht einfach laufenlassen und auf mein Wort vertrauen«, erläuterte Wieland dem Kriminalrat. »Ich erklärte darum auch, daß es nun meine CIC-Mission sei, mit Ihnen zusammen im Osten ein Agentennetz aufzubauen.«

»Das tat Herr Wieland«, sagte Mr. Low. »Und wenn es jetzt eine Panne gibt, gehen diese seine Aussagen direkt an den Staatssicherheitsdienst drüben. Sie sehen, *so können* wir Herrn Wieland laufenlassen.«

»Nur Ordnung mußte eben zuerst geschaffen werden«, bemerkte Wieland zynisch und trank Whisky. »Ihrer Loyalität wird man sich in ähnlicher Weise versichern, Herr Prangel.«

»Ähnlicher Weise?«

»Nun, gewiß doch.« Mr. Low lächelte friedlich. »Wir fotografieren auch Sie, nehmen auch Ihre Fingerabdrücke, und auch Sie geben eine Tonband- und eine schriftliche Erklärung darüber ab, was Sie bisher im Dienste des Ostens gegen den Westen getan haben und was Sie nunmehr im Dienste des Westens gegen den Osten zu tun bereit sind. Es darf auch bei Ihnen keine Panne geben, Herr Prangel, das sehen Sie ein, nicht wahr? Gibt es doch eine, so werden wir die deutschen Justizbehörden mit Ihrem Fall bemühen müssen – leider, leider.«

Nun trank auch Prangel.

Mr. Low lächelte weiterhin friedlich, während er sprach: »Aber an diese häßlichen Eventualitäten wollen wir gar nicht denken. Sie sind doch beide Gentlemen. Herr Wieland wird nun alle jene Männer einsetzen, die Sie ihm hinüberschicken, Herr Kommissar. Diese Männer werden die verschiedensten Aufgaben erfüllen. Wir sagen Ihnen jedesmal, was wir wünschen – Sie suchen dann die Geeigneten aus.«

»Aber ...«

»Oh, Sie bekommen von uns natürlich Namen! Wir machen Sie mit interessanten Persönlichkeiten bekannt! Es gibt eine Menge interessante Persönlichkeiten in Westberlin, Herr Kommissar! Sie können sich selbstverständlich weigern. Dann muß ich Sie verhaften. Das täte mir leid. Besonders, wenn ich an die Sinnlosigkeit einer solchen Weigerung denke. Immerhin haben Sie den Westen aus einem menschlich verständlichen Motiv verraten. Das Motiv existiert nur seit langem nicht mehr. Ihr Schwager ist 1948 gestorben.«

Prangel warf sein Glas um. Der Whisky floß über den Tisch.

»Aber meine Frau bekommt doch ständig Briefe!«

»Die wird sie auch weiter bekommen«, sagte Wieland. »Mindestens noch fünf Jahre. Man hat Ihren Schwager auf Vorrat schreiben lassen. Das wird stets so gemacht. Es liegen bestimmt mehr als hundert vordatierte Briefe in Sibirien. Herrn May wird es immer besser gehen, nur die Entlassungsfrist wird sich aus diesem oder jenem Grund immer wieder hinausschieben – weil ein Kamerad geflüchtet ist oder weil Sie nicht fleißig genug waren. Diesen Vorwurf hat Ihr seit drei Jahren toter Schwager vor seinem Ableben schriftlich immer heftiger gegen Sie erhoben. In geziemend verschlüsselter Form natürlich. Ihre Frau wird dennoch verstehen.«

»Aber wenn ich nun vom CIC verhaftet werde und ins Zuchthaus komme ...«

»Frauen sind komisch«, sagte Mr. Low gedankenvoll. »Ganz anders als Männer. Selbstverständlich wird Ihre Frau Ihnen *trotzdem* die Schuld geben. Wären Sie wirklich tüchtig gewesen, hätten wir Sie nie gefaßt! Sie haben sich eben nicht genug Mühe gegeben. Sie haben Ihren Schwager von Anfang an gehaßt, das ist bekannt, nun

ja, und mit der Zeit haben Sie eben aufgehört, Ihre Frau zu lieben.«
»Das ist nicht wahr!«
»Natürlich ist es nicht wahr. Aber Ihre Frau wird es glauben und Sie hassen. Dann haben Sie alles verloren: Frau, Beruf, Freiheit. Und immer neue, anklagende Briefe werden kommen ...«
»Wer sagt mir, daß Sie nicht lügen?«
»Niemand, Herr Kommissar«, erklärte Mr. Low lächelnd. »Sie müssen es mir schon glauben. Sie *müssen* übrigens nicht. Sie können sich auch einsperren lassen. Wenn Sie für uns arbeiten, werden wir dafür sorgen, daß Ihre Frau nur noch zwei oder drei Briefe erhält, die von uns zensiert sind und keine Vorwürfe enthalten. Und dann bekommt sie die Mitteilung vom Tod ihres Bruders.«
»Die schicken *Sie* ihr?«
»Gewiß. Die Sowjets tun es nie. Wir versprechen Ihnen, daß *nach* dieser Mitteilung keine Briefe mehr eintreffen werden. Noch einen Whisky, meine Herren?«

16

So arbeitete der Kommissar Prangel also von diesem Tag an für die Amerikaner, denn er besaß einen männlichen Verstand und eine männliche Logik, und sein Sinn für Realitäten sagte ihm, daß es keine andere Möglichkeit gab.
Tatsächlich kamen nur noch drei Briefe von Werner May.
Dann kam die Todesnachricht.
Lungenentzündung.
Es war ein offizieller Bescheid des Roten Kreuzes, ausgezeichnet gefälscht.
Einen Tag später unternahm die Frau des Kommissars ihren zweiten Selbstmordversuch. Diesmal gelang er.
Am 18. Dezember 1952 wurde Anna Prangel, geborene May, begraben. Sie war neununddreißig Jahre alt geworden.
Ab 1. Januar 1953 durfte Berthold Prangel den Titel ›Kriminalrat‹ tragen. Er arbeitete im Einbruchsdezernat des Westberliner Polizeipräsidiums, einer der tüchtigsten und erfolgreichsten Beamten, von Vorgesetzten geschätzt, von Mitarbeitern bewundert und verehrt.
Nun gab es, streng logisch betrachtet, keinen Grund mehr für Prangel, seine Agententätigkeit fortzusetzen. Die Frau, um derentwillen er für Geheimdienste gearbeitet hatte, war tot. Prangel hätte – wäre er ein Mann von Charakter gewesen, bereit, für seine Handlungen

einzustehen und zu büßen – hingehen müssen zu den Amerikanern und sich weigern, weiterzumachen.
Er tat es nicht.
Die Erklärung dafür ist ganz einfach, wenn auch nicht schön. Prangel fand sie selbst sofort: Er war *kein* Mann von Charakter, er war *nicht* bereit, für seine Handlungen einzustehen und zu büßen.
Ein Mann von ›Charakter‹ wäre schon nie auf das Angebot des Wieland eingegangen – und wenn er seiner noch so geliebten Frau damit einen noch so großen Schmerz zugefügt, ja, wenn er diese Frau deshalb verloren hätte!
So ein Mann war Berthold Prangel nun eben nicht.
Er wußte genau, was er war: Ein sentimentaler Feigling. So kam es, daß sein Gesicht einen Ausdruck von beständigem Ekel annahm. Das war der Ekel vor sich selber.
Natürlich fand er auch Entschuldigungen für sein Betragen, und viele Entschuldigungen waren gar nicht so schlecht: Ein Jahr lang hatte er das Agentennetz in der Zone aufgebaut. Wenn er nun Schluß machte, brach dieses Netz zusammen, Hunderte waren verloren, die nur er, wenn er weiterarbeitete, schützen zu können – *hoffen* durfte!
Oder: Der Kalte Krieg wurde immer unbarmherziger. In Westberlin und in Westdeutschland wimmelte es von Ostagenten. Mit tödlicher Wut wurde der Kampf im Dunkeln geführt. Prangel war eine der wichtigsten Figuren in diesem Kampf geworden, ein außerordentlich fähiger Chef, dem eine fast geniale kriminalistische Begabung geschenkt war. Gab er auf, hatte die andere Seite ihren Triumph und einen mächtigen Vorsprung.
Oder – ach, Entschuldigungen gab es so viele!
Der Kommissar verzichtete mit der Zeit darauf, sie zu seiner Rechtfertigung durchzudenken. Er verzichtete allerdings mit der Zeit auch darauf, an sich als das zu denken, was er war und blieb: Ein Feigling.
Die Zeit verwischt zuletzt eben doch alles, alles wird zur Gewohnheit, auch das, wovon man einmal gedacht hat, daß man sich nie daran gewöhnen kann.
Auf das gewissenhafteste versah der Kommissar seinen Dienst im Präsidium, und ebenso gewissenhaft erfüllte er die ihm vom CIC gestellten Aufgaben. Mr. Low war von Mr. Green abgelöst worden. 1960 wurde Mr. Green von Mr. Snowden abgelöst. Das war ein älterer Mann, umgänglich und melancholisch wie Prangel. Die ständige Verschlechterung der politischen Lage und die wachsende Spannung in Berlin erlaubten es dem Kommissar, seiner Agententätig-

keit fast offen nachzugehen. Nach der Errichtung der Mauer mußte er keine Angst mehr haben, wenn er mit einem amerikanischen Kontaktmann gesehen wurde. Auch Mr. Snowden durfte er nun, da amerikanische und Westberliner Sicherheitsbehörden innig zusammenarbeiteten, gelegentlich offiziell besuchen. Mr. Snowdens Büro befand sich nicht im Hauptquartier in der Clay-Allee, sondern in einer Villa an einer kurzen Seitenstraße, von Kiefern umstanden, nachts von Scheinwerfern angestrahlt.

Die Verbindung zu Wieland, den Prangel seit 1951 nie mehr gesehen hatte, blieb über Bayreuth erhalten. Agenten schleuste man nun entlang der Zonengrenze in die DDR, Berlin ließ man ausfallen.

Im Präsidium wurde der Kriminalrat langsam eine legendäre Gestalt. Das Dezernat Einbruch – Raub wäre ohne ihn nicht mehr denkbar gewesen. Beruflich unermüdlich (aber durch soviel Routine fast nur noch mechanisch) tätig, zeigte der Witwer sich privat immer schwerer zugänglich, scheuer, abweisender, leiser. Wo es nur ging, wich er Einladungen und Geselligkeiten aus. Die Wohnung in der Meraner Straße blieb genauso, wie sie zu Annas Lebzeiten gewesen war. Darauf achtete er ängstlich. Natürlich verschenkte er ihre Kleider, die Wäsche, die Schuhe und Mäntel, sie wären ja bald wertlos geworden, brüchig, zerfallen; aber ansonsten hob er jede Kleinigkeit auf, die an Anna erinnerte, jeden Kamm, jede Brosche, ihre Korrespondenz, sogar die Briefe von Werner May.

Seit zwölf Jahren stand Annas Bastkörbchen auf dem Tisch am Fenster des Wohnzimmers. Längst fleckig und rostig gewordene Strick- und Häkelnadeln lagen darin, und immer neue Wollknäuel. Der Kommissar mußte sie von Zeit zu Zeit ersetzen. Der Motten wegen. Auch das kleine Ölbild blieb über seinem Schreibtisch hängen. Anna hatte wohlhabende Eltern gehabt, die konnten schon einen Maler bezahlen, keinen schlechten! Das Gemälde zeigte einen vielleicht sechzehnjährigen blonden, blauäugigen Jungen, der lachend und selbstbewußt den Arm um ein schüchternes, etwas jüngeres Mädchen gelegt hat ...

Wann immer Prangel dieses Bild betrachtete, und er betrachtete es öfter und öfter, dachte er grübelnd über die toten Geschwister nach, und mächtiger und mächtiger wuchs in ihm die Überzeugung, daß die beiden immer eins gewesen waren, und daß er das nur nicht rechtzeitig genug bemerkt hatte, und da lag seine Schuld.

Seine Schuld, ja!

Denn nie hatte er seine Schuld vergessen – Schuld an vielen schlimmen Dingen. Er wußte, daß wenigstens ein Viertel der Agenten, die er in die Zone schleuste, gefaßt wurde, und er wußte auch, was mit solchen Menschen geschah. Er wußte, was mit jenen geschehen war, die er den Sowjets in die Hände geliefert hatte und, danach, den Amerikanern. Aus Liebe zu Anna hatte er alles getan. Demnach war die Liebe wohl die furchtbarste, mörderischste und ekelerregendste Sache von der Welt.

Nicht um Anna zu vergessen (wie hätte er das je gekonnt?) hütete er also die Wohnung gleich einem Museum der Vergangenheit, nein, *um niemals auch nur einen Augenblick seine Schuld zu vergessen!* Deshalb das Bild über dem Schreibtisch.

Die Tröstungen der Religion blieben ihm selbst dann versagt, er wurde selbst dann nicht fromm und flüchtete in den Schoß der Kirche, als ihm das Ausmaß seiner Verbrechen immer fürchterlicher vor Augen trat, je älter er wurde. Er flüchtete in die Literatur, und da natürlich nur in die Belletristik, die Poesie, das Drama! Denn hier gab es Liebe und Verstrickung, Schuld und Sühne, hier konnte er sich identifizieren mit immer neuen Phantasiegestalten eines Autors, und ihre Rechtfertigungen waren die seinen, ihre Gedanken hatte auch er gedacht, dermaleinst, ihren Weg verfolgte er atemlos – zum bitteren Ende oder auch zur Erlösung, die einer selbstlosen, nicht auf Grund starker Leidenschaften begangenen Tat zu folgen pflegte, sehr häufig synchron mit dem Ableben des also Erlösten. Denn die Autoren, fand Prangel, neigten zu Melancholie wie er, zu Feigheit wie er, zu Angst vor dieser Welt wie er, sie sahen keine Rettung für diese Welt, und die sah Prangel auch nicht, und darum waren also die Bücher sein Trost.

Als der Bruno anrief, hatte der Kommissar gerade in den ›Eingeschlossenen‹ von Jean-Paul Sartre gelesen, etwas, das Franz Gerlach sagt: ›Dieses Jahrhundert wäre gut gewesen, wenn dem Menschen nicht aufgelauert worden wäre von seinem grausamen Feind seit Menschengedenken, von jener fleischfressenden Spezies, die ihm den Untergang geschworen hat, von dem reißenden Tier ohne Fell: Vom Menschen ...‹

Nun ist er aufgestanden, der Kriminalrat, nur Strümpfe, Pantoffel und einen Morgenrock zieht er an, dann geht er durch das alte Treppenhaus mit den ausgetretenen Stufen, über die so viele Jahre lang die Anna geschritten ist, hinunter, um die Haustür zu öffnen. Denn Bruno Knolle hat gesagt, daß er in fünf Minuten da sein will. *Eine* gute Tat, denkt Prangel, von Furcht und Ekel frei: Ob ich sie noch begehen werde? Ob sie die arge Schuld noch von mir nehmen wird, zuletzt?

17

Da sitzen sie in dem großen Wohnzimmer mit den Lederfauteuils, den Eichenholzmöbeln, dem Schreibtisch, dem Bild darüber, dem Nähtisch und dem Körbchen darauf und mit den vielen Büchern, für die in dem einen schmalen Regal schon lange kein Platz mehr ist, weshalb sie der Kriminalrat in hohen Stößen auf dem Teppich stapelt, denn neue Regale kommen nicht in Frage! Alles muß so bleiben, wie es die Anna zuletzt sah.
Der Bruno hat dem Kommissar von der Flucht durch den Tunnel erzählt, er ist sehr aufgeregt, er hat so viel zu berichten, und Angst hat er auch, nun merkt er es: Sie wird immer ärger, die Angst! Wie gut, hier zu sitzen, vor diesem Mann mit den traurigen Augen, den er seit fünfundzwanzig Jahren kennt und der ihm ohne Ungeduld zuhört und nur ab und zu eine Bewegung macht, um die Weingläser wieder zu füllen, die vor ihnen stehen, oder um seine Pfeife neu zu stopfen, was den Bruno plötzlich ausrufen läßt: »Ach Jott, imma noch rauchense Feife, Herr Kriminalrat! So wie damals, neununddreißich, wiese mir vahaftet ham. Bei de Verhöre hamse ooch Feife jeroocht! Und mir hamse 'ne Zijarre jejem – jenauso wie heute!«
Seine wimpernlosen Knopfaugen unter den hellblonden Brauen werden feucht, er sieht Prangel ergriffen an: »Die Zookasse, erinnanse sich, Herr Kriminalrat?«
Prangel nickt. Der Bruno Knolle, das ist ein Mensch, den muß man reden lassen, immer reden, Kraut und Rüben, dann kommt schon raus, was man hören will, anders geht das nicht. 1939 hat Prangel auch geduldig zugehört, stundenlang, tagelang, wochenlang! Er trinkt einen Schluck.
»Fümf Jahre hamse jebraucht, bisse mir jeschnappt ham!«
»Ja, Bruno. Das war aber auch verdammt geschickt gemacht von dir. Wieviel hast du damals eigentlich gefischt? Dreißigtausend?«
»Wat? Mehr als vürzich, Herr Kriminalrat! Und Se hätten mir *nie* jeschnappt, wenn mir nich Klärchen verpfiffen hätte, aus Eifasucht. Ach ja, wie jung wir damals waren, Herr Kriminalrat!«
»Tja, Bruno. Das gab's nur einmal, das kommt nie wieder.«
»Wem sagense det?« Der Bruno ist plötzlich traurig. In der Blüte seiner Jahre war er Berlins berühmtester Safeknacker. Auch nach dem Krieg arbeitete er noch. (Zuchthausstrafen hat er nur eine bekommen: Für den Einbruch in der Berliner Volksbank, Filiale Leninallee, in Ostberlin. Ein Vorstrafenregister mit Gefängnisurteilen hat er – das geht über drei Schreibmaschinenseiten. Für die Zookasse wurde er von den Nazis seinerzeit zum Tode verurteilt.)

»Wieso bist du schon raus aus Brandenburg?« forscht Prangel. »Die fünf Jahre sind meiner Erinnerung nach doch erst Ende Januar fünfundsechzig um.«
»Se ham mir früha entlassen, wejen jute Führung.«
»Das freut mich aber für dich! Ist es auch wirklich wahr? Bist du nicht stiftengegangen, Bruno?«
»Nee, nee ...«
»Sag es mir lieber gleich! Wenn in dieser Stadt auch alles geteilt ist: Die Polizei hier und drüben arbeitet noch immer zusammen, *trotz* der Mauer! Ich meine natürlich die *anständige* Polizei, die Kripo, nicht den SSD«, sagt Prangel, angeekelt wie immer von sich selbst. »Das muß ja auch so sein. Sonst hauen Verbrecher einfach von der einen Seite in die andere ab. Durch 'n Tunnel, wenn's nicht anders geht. Für Ganoven wäre das direkt das Paradies.« Prangel lächelt gutmütig. »War nicht persönlich gemeint, Bruno.«
»Weeß ick doch, Herr Kriminalrat! Aber die ham mir wirklich früha rausjelassen. Von wegen: Jute Führung! Wenn ick gleich Bescheid jewußt hätte, ick hätte wat anjestellt in 'n Knast, damit ick noch 'n Jahr krieje! Jetzt sitz ick in de Scheiße.« Der Bruno schreit auf einmal: »Aber die ham sich jetäuscht! Ick mach et nich! Und wenn ick druffjehe dabei! Ick mach et nich ...«
»Langsam«, sagt Prangel, »langsam. Nicht so wirr. *Was* machst du nicht, Bruno?«
»Na, wat die wolln! Se müssen mir 'n Tip jeben, Herr Kriminalrat, sonst bin ick valoren!«
So schnell gerät der Bruno aus dem Konzept. Jetzt ist er ganz durcheinander. Er zerrt an der Krawatte, die Hände zittern.
»Ruhig, Bruno, ruhig. Wann bist du rausgekommen?«
»Am 27. Juli, Herr Kriminalrat.«
»Sehr schön. Und nun bist du also geflüchtet?«
»Nich freiwillich«, sagt Bruno.
»Was heißt, nicht freiwillig?«
»Heißt, wat et heißt! Ick bin sozusagen jeflüchtet worden ...« Jetzt zittert der ganze Bruno. »Det is sone komplizierte Geschichte ...«
»Wir werden sie aufdröseln. Laß dir bloß Zeit, Junge!«
»*Zeit*? Ick habe keene Zeit! Det muß schnell jehn jetzt! Wissense, wat ick hier soll?«
»Natürlich nicht. Aber du wirst es mir schon sagen. Deshalb bist du doch gekommen, nicht?«
»Seit ick loofen kann, war ick 'n anständja Einbrecha!« schreit der Bruno wieder los. »Und jetzt so wat, nee, wissense, Herr Kriminalrat, nee! *Den* Auftrag führ ick nich aus! Ick nich! *Nie!*«

»Schrei nicht, Bruno!«
»Se müssen ma helfen!«
»Will ich ja. Werde ich ja. Aber nun sage mir endlich, was für einen Auftrag du hast, Mensch!«
In Momenten starker Erregung, hervorgerufen durch Freude oder Schreck, Abscheu oder Bewunderung, spricht Bruno reines Hochdeutsch: »Ich soll jemanden entführen, Herr Kriminalrat.«
»Du sollst ...« Prangel starrt sein Gegenüber an.
»Menschenraub, ja! Schmutziger, gemeiner Menschenraub! Das ist mein Auftrag!«
Danach bleibt es lange still in dem altmodischen Wohnzimmer.
Also wieder CIC, denkt Prangel. Also wieder Mr. Snowden. Sartre. Werner May. Das Ölbild. Der grausamste Feind des Menschen: Der Mensch. Ob ich die Tat noch begehen werde, die eine, die gute, die erlösende?
Prangel sagt: »Nun aber immer schön der Reihe nach, ja? Wen sollst du entführen?«
»Det isset ja, Herr Kriminalrat!« ruft der Bruno unglücklich. »Det isset ja! Ick weeß nich, wen!«

Erstes Buch: Die Fürsorger

1

Am 27. Juli 1964, um 8 Uhr früh, ist der Bruno Knolle also aus dem Zuchthaus Brandenburg entlassen worden. War ein schöner, sonniger Tag, sehr heiß. Er sollte sofort nach Berlin fahren und sich bei der Fürsorge melden, hat Direktor König dem Bruno zum Abschied eingeschärft.

»Se meinen de Wohle, Herr Direkter?«

»Ja. Ihre zuständige Fürsorgestelle, Knolle. Sie haben doch zuletzt in Berlin-Friedrichshain gewohnt, nicht?«

»Revaler Straße 102.«

»Dann ist die Warschauer Straße für Sie zuständig. Nummer 115. Zimmer 314. Melden Sie sich da bei dem Fürsorge-Sachbearbeiter Bräsig. Dem haben wir schon Ihren Arbeitslohn überwiesen.«

»Aba wieso denn?« Der Bruno regt sich auf. »Ick denke, den krieje ick hier, bei de Entlassung! 853 Mark und 50 Fennije! Andre kriejen ihr Geld doch ooch bei de Entlassung!«

Der Bruno hat hart gearbeitet im Knast, dafür wurde ihm Groschen um Groschen, Mark um Mark gutgeschrieben.

»Wer wegen guter Führung vorzeitig entlassen wird, kriegt es nicht. Wir dürfen gerade solche Menschen nicht in Versuchung führen«, antwortet der rosige Gefängnisdirektor Wilhelm König milde. Der Speckjäger, der ist immer milde! Und die falscheste Sau von allen, du weißt es, Bruno, also nimm dich in acht! »Sehen Sie mal, Sie waren ein vorbildlicher Sträfling. Sie haben gezeigt, daß Sie wieder ein vollwertiges Mitglied der Gesellschaft werden wollen. Das haben Sie bewiesen. Darum bringen wir Ihnen auch Vertrauen entgegen. Aber nun treten Sie wieder ins Leben hinaus. Das ist schwer, Knolle, sehr schwer, besonders zuerst. Sie müssen sich in unsere sozialistische Gesellschaftsordnung einfügen lernen. Stellen Sie sich doch bloß mal vor, ich gebe Ihnen das ganze Geld, Sie hauen es sofort auf den Kopf, besaufen sich und richten was an – gleich sind Sie wieder da, und dann kann kein Mensch mehr helfen! Nein, nein, Ihr Fürsorge-Sachbearbeiter, der Kollege Bräsig, wird mit Ihnen über die Zukunft sprechen und Ihnen immer Geld von dem Guthaben geben, wenn Sie welches brauchen. Sie werden in Berlin bleiben?«

»Jewiß, Herr Direkter«, antwortet der Bruno und denkt: Wo sonst? Schweinerei! Mein ganzes Geld bei der verdammten Wohle. Aber das wollen die ja gerade! So können sie einen fein im Auge behalten, die Hunde. Ist sicherlich auch so ein Hund, der Fürsorger Bräsig.

»Sie brauchen doch auch eine Bleibe, nicht wahr«, sagt der Direktor. »Und die Zuzugsgenehmigung. Für die Arbeitsvermittlung. Und dann die Arbeit selbst. Herr Bräsig wird Ihnen behilflich sein. Nicht den Mut verlieren, wenn nicht alles sofort klappt. Im sozialistischen Produktionsprozeß wird sich für Sie schnell der richtige Arbeitsplatz finden. Sie haben ja außerdem Reserven. Begreifen Sie jetzt, daß es am besten ist, wenn die Herr Bräsig verwaltet?«

»Ja«, sagt Bruno, der dasteht in einem sauberen, aber immerhin fünf Jahre alten grauen Anzug und in ziemlich vertretenen Schuhen. Ausgefranst ist die Krawatte, das blaue Hemd hat einen abgescheuerten Kragen und abgescheuerte Manschetten – es ist die Kluft, in der er eingeliefert wurde, Anfang Januar 1960, schöner ist die nicht geworden! »Aber ick brauche neue Klamotten, Herr Direkter! Wenn ick die koofe, is mein Jeld sowieso gleich alle!«

»Neue Sachen bekommen Sie bei der Fürsorge. Das wichtigste sind jetzt die Papiere!«

»Det is richtig«, meint Bruno, »ohne Papiere, da is der Mensch ja keen Mensch!« Das sagt er ernst, beinahe feierlich, denn er hat erfahren im Leben, daß so ein Papier, so ein amtliches Dokument, schön verziert mit Siegeln und Stempelmarken und Prägestempel, viel, viel mehr wert ist als ein Mensch. Ein Mensch, das ist nur Dreck! Dreck vom Dreck ist der Mensch ohne Papier, ohne *viele* Papiere! Die machen ihn erst zum Menschen.

»Da haben Sie die Fahrkarte bis Berlin. Sie werden sich doch noch zurechtfinden?«

»Hoffentlich, Herr Direkter.«

»Und hier zehn Mark für Telefon oder ein Bier oder sonst was. Einen Karton voll Lebensmittel bekommen Sie mit. Und nun, Kopf hoch, lieber Knolle: Das neue Leben beginnt! Machen Sie es gut. Ich wünsche Ihnen von ganzem Herzen das Allerbeste. Ordnen Sie sich ein in die sozialistische Aufbauarbeit für unseren Arbeiter- und Bauernstaat!«

Hat er gesagt, der Direktor, diese falscheste Sau von allen! Ganz genau hat dieses Vieh damals schon gewußt, was dem Bruno gleich blühen würde, vorbereitet hat er es, der Speckjäger, der verfluchte! Hübsch ist das dann in der Bahn: Alte Klamotten, der Persilkarton mit Fressen, der Wintermantel, mit dem man sich schleppen muß, weil es eben Winter war, als man eingeliefert wurde. Jetzt ist es Juli, die Sonne brennt, der Bruno schwitzt, und alle Menschen im

Abteil rücken ein wenig ab und sehen an ihm vorbei. Woher der kommt, ist klar, dazu mußte er gar nicht auch noch in Brandenburg an der Havel einsteigen!

Der Bruno kümmert sich nicht um die Leute. Er ist zu aufgeregt. Keine Gitter mehr, ein Zug, der durch sommerliches Land fährt – schon ein wenig unheimlich das alles, kann einem richtig schwindlig werden! Dabei ist es noch gar nichts. Als er nach Berlin hereinkommt, da muß er dauernd blinzeln und sich irgendwo festhalten, damit er nicht umfällt. Menschen und Autos und Motorräder, Straßenbahnen und Busse und Fahrräder – das ist einfach zu viel für ihn.

So viele Menschen! Und alle in Eile! Im Knast hatte keiner Eile. Gott, war es ruhig im Knast! Da hat auch mal einer gelacht, ein Wachtmeister, ein Kalfaktor, ein Raubmörder, da waren sie doch auch mal vergnügt. Oft sogar! Hier draußen lacht niemand. Nicht mal lächeln tut einer. Sorgen müssen die Leute haben, denkt Bruno, viele Sorgen.

Na, aufgebaut haben sie nicht gerade bienenfleißig in den letzten viereinhalb Jahren, kann man nicht sagen. Abgerissen, das schon, das mächtig. Aber aufgebaut? Ja, die Mauer natürlich, diese Mauer, von der sie so oft geredet haben im Knast, jene, die sie noch sahen, und jene, die sie noch nie sahen. Wie Bruno. Und er *muß* sie endlich sehen! Gleich!

Der Bruno Knolle sieht die berühmte Mauer zum erstenmal an der Bornholmer Straße. Bei Pankow fängt die U-Bahn an. Aber bevor er einsteigt, geht er die Berliner Straße südwärts und schaut rechts in die Bornholmer Straße. Da sieht er die Mauer, die hinten die Bornholmer Straße abriegelt.

Das ist also die Mauer, die teure, moderne Mauer, zu deren Bau 9500 Kubikmeter Material verwendet worden sind, eine Menge, die ausgereicht hätte, fünfzig bis sechzig viergeschossige Wohnhäuser zu errichten. Die nackten Materialkosten betrugen:

Für die Mauer	7,5 Millionen Mark
Für den Stacheldraht	6,5 Millionen Mark
Für Todes- und Schußstreifen	3,5 Millionen Mark
Für Schlagbäume, Wachttürme, Lautsprecher, Telefonleitungen . . .	4,0 Millionen Mark
Insgesamt also	21,5 Millionen Mark

Umgerechnet auf D-Mark West!

Bruno kennt die Zahlen. Einer aus dem Westen, ein Agent, der geschnappt wurde, hat ihm alles in Brandenburg erzählt. Der Agent bekam lebenslänglich. Weil er, wie er sagte, ein wichtiger Agent ist.

Da heben sie ihn sich auf, um ihn bei Gelegenheit einzutauschen gegen einen eigenen Mann, den man in der Bundesrepublik erwischt. Alle anderen Mitglieder seiner Gruppe, erzählte der Lebenslängliche, wurden hingerichtet, er weiß es bestimmt. (Drüben, in Westberlin, ein gewisser Kriminalrat Berthold Prangel, der weiß es auch, und ein gewisser Mr. Snowden auch, und ein paar Herren in Bayreuth desgleichen.)
Natürlich, hat der Lebenslängliche berichtet, blieb es nicht bei den nackten Materialkosten. Unterkünfte, Bunker (es gibt 238 rund um Westberlin), technische Einrichtungen und Löhne haben noch rund 100 Millionen D-Mark verschlungen. 15 Kilometer ist die ›echte‹ Mauer lang. Die Stacheldrahtverhaue erreichen eine Länge von 130 Kilometern, der verwendete Stacheldraht eine von 12 000 Kilometern. Der zehn Meter breite Todesstreifen läuft 170 Kilometer um ganz Westberlin herum.

2

Die Mauer da hinten und all die Zahlen, an die er eben denken mußte, und all das Menschengewühl um ihn herum genügen: Dem Bruno wird schlecht.
Verändert hat sich Berlin, verändert hat sich die Welt. Nie wird er sich mehr zurechtfinden in ihr! Alles wird schiefgehen! Er ist verloren, ach!
So elend fühlt sich der Bruno auf einmal!
In der Seelower Straße entdeckt er eine kleine Kneipe. Da läuft er schnell rein. Kneipen haben immer etwas Besonderes für ihn bedeutet, etwas Wundervolles. Aber in diese Seelower-Straßen-Kneipe stürzt er ohne jede Feierlichkeit, heftig schwitzend, mit dem ollen Wintermantel und dem dämlichen Persilkarton, auf Beinen, die marmeladenweich sind. Er muß sich verpusten. Nicht zuviel auf einmal. Ist doch so weit bis zur Warschauer Straße!
»'ne Molle und 'n Korn, bitte«, sagt er, höflich schnüffelnd.
Und dann läßt er zuerst sehr vorsichtig den Schnaps durch die Kehle gluckern, zum Magenanwärmen. Bei der Hitze! Wenn er da mit Bier anfinge, hätte er sofort Dünnschiß! (Ganz verzweifelt ist der Bruno also nicht mehr. Nämlich seit er die dunkle Kneipe betreten und die feindliche Welt draußen gelassen hat.) So, und nun das Bier, das erste seit viereinhalb Jahren. Ach! Ach nein! Ach Gott! Ach, ist das eine Wonne ...
Schnell bestellt Bruno noch einmal dasselbe.

Nun wird er ruhiger.
Und während er so aus dem Fenster auf die schmutzige Straße blickt, denkt er (Flucht in die Vergangenheit!) an die guten alten Zeiten vor 1960, damals, als es noch keine Mauer gab und er noch nicht saß – *vor* dem Ding mit der Berliner Volksbank.
Da war es in Berlin auch schon kein Honiglecken mehr gewesen. Sie riegelten bereits die Sektorengrenze ab, wollten sie zur Staatsgrenze erklären und ließen deshalb Bürger aus Westdeutschland nur noch mit Passierschein rüber.
Aber trotzdem: Es ging!
Der Bruno denkt an Frohnau, an den Friedhof Hainbuchenstraße. Da liegen nämlich die Eltern begraben. Nach seinem großen Coup, 1935, als er gerade in Penunse schwamm und Mutter noch lebte, da hat Bruno hier sofort ein Grab gekauft. Nachdem sie erfahren hatten, daß Vater gestorben war, in jener Anstalt...
Mutter gefiel der Friedhof so gut, und also kam Vater hierher, in einem plombierten Sarg, ein schönes Begräbnis war das, Bruno hatte ein Familiengrab gekauft – für Mutter und ihn gab es auch noch Platz!
Mutter bezog den ihren vier Jahre später, es war wieder ein schönes Begräbnis – gleich danach ging Bruno hoch, wegen der Zookasse. Der Kriminalrat Prangel (damals war er noch Inspektor, erst Bruno machte ihn, sozusagen, zum Kommissar) hatte ihn erwischt.
Nun wurde es lange Zeit nichts mit Friedhofsbesuchen, aber nach dem Krieg fuhr Bruno sehr oft hinaus, nicht nur zu den beiden Sterbetagen und am Totensonntag. Er schmückte das Grab, hielt es in Schuß, war eines der schönsten auf dem ganzen Friedhof! Leider kann kein Mensch in die Zukunft sehen, sonst hätte Bruno sein Geld an einer anderen Stelle des Geländes investiert. So, wie das Familiengrab lag, lief mittendurch die Grenze zwischen dem Französischen Sektor und der Zone. Der SBZ. Der DDR. Vater ruhte in Westberlin, Mutter im Osten. Wo Bruno einmal ruhen würde, war ganz ungewiß. Eigentlich sollte es neben Mutter sein, damit die zwischen ihren Männern ruhte. Aber das war dann ja *noch* weiter im Osten! Man sah die Grenze deutlich, zwischen den Grabreihen standen große Betonpfähle. Natürlich gab es dauernd Zwischenfälle. Westberliner, die Gräber von Angehörigen besuchen wollten und das Pech hatten, daß diese im Osten lagen, wurden oft verhaftet und erst nach ein, zwei Tagen wieder freigelassen. Einmal kam es sogar zu einer richtigen Schießerei zwischen West- und Ostpolizei. Die Beamten hatten sich hinter Gedenksteinen versteckt und ballerten aufeinander los, Kugeln pfiffen über Gräber hinweg. Dann ga-

ben die im Osten nach, und ihre Patrouillen zogen sich hinter den Friedhof zurück. Aber bis zu diesem Tag hatte der Bruno jedesmal nasse Hände, wenn er sich über Vaters westliche Grabseite zu Mutters östlicher legte, flach auf den Bauch, um auch diese Hälfte mit Blumen zu schmücken. Zu fünfzig Prozent war er dann sozusagen jedesmal schon in die DDR eingedrungen. Aber das riskierte er! Stets pflegte er Mutters Seite mit derselben Liebe wie Vaters Seite. Ach ja ...

Der Bruno seufzt.

»Noch mal dasselbe, bitte!«

Gott sei Dank hat er außer den zehn Mark des Herrn Direktor König noch fünfzig weitere. Die stammen von einem Neuen, der bei der Einlieferung nicht ganz genau gefilzt wurde. Der Neue hatte eine Menge Geld in den Bau geschmuggelt. Manchmal untersuchten sie einen eben nicht auf Hämorrhoiden.

Machon hieß der Neue, Ingenieur war er gewesen in irgendeinem VEB in Weißensee. Drei Jahre für versuchte Republikflucht mußte er abreißen. Die fünfzig Emm hatte er Bruno gegeben, damit der bei ihm zu Hause anrief. Schien da mit einer Freundin zu leben, soviel hatte Bruno herausbekommen. Und die Freundin sollte nun sehr lieb zu Machons Sohn Jürgen sein. Einen Sohn hatte er – geschieden war er. Triste Verhältnisse ...

Bruno beschließt, diese unangenehme Mission noch ein paar Stunden aufzuschieben, bis ihm besser geworden ist. So kann er keinem Mut zusprechen!

»Bitte sehr, der Herr. Ihr Bierchen und der Schnaps!«

»Danke schön«, sagt Bruno. Er merkt, wie der so lange vermißte Alkohol bereits zu wirken beginnt. Junge, geht das schnell. Der billigste billige Jakob!

Ein bißchen dösig wird dem Bruno, es ist so warm, Fliegen summen an die Fensterscheibe, er sieht sie nicht, er denkt wieder daran, wie das war, damals, vor dem Knast, wie ulkig es da noch zuging in Berlin ...

In Glienicke zum Beispiel, wo sein Freund Knarje einmal wohnte. Da spielte die Grenze rund um Westberlin urplötzlich verrückt. Man ließ sie aus ihrer Bahn hüpfen und zog sie neu, mitten durch Groß-Glienicke und den See. Damit der Flugplatz Gatow im Britischen Sektor lag.

Knarje, Brunos bester Freund (Oskar Knargenstein heißt er richtig, aber kein Aas nennt ihn so), also was dieser Knarje ist, der wurde 1954 ein Jahr lang eingebuchtet. Bloß Gefängnis, nicht Zet. Kleine Sache. Hatte sie ohne Bruno gedreht. War ja darum auch prompt

schiefgegangen. Als Knarje das Jahr abgerissen hatte, mußte er eine Zeitlang leise treten.
Gottes gütiger Ratschluß ließ gerade da Knarjes Tante sterben. Die hatte ein kleines Siedlungshaus in Groß-Glienicke, auf der Seite, die nun zu Westberlin gehörte, denn die Grenze lief durch den See. Das Haus erbte Knarje. Machte aus der Stadt fort und spielte Kaninchenzüchter für eine Weile. Seine Nachbarn, eben noch Zonenbewohner, waren gleich ihm nun Westberliner. Aber nur halbe! Bis 1957 besaßen sie zum Beispiel kein Wahlrecht. Steuern mußten sie nach Nauen in der Zone zahlen, später sogar noch einmal an das nächste Westberliner Finanzamt, wo dann die Steuern für Nauen wieder angerechnet wurden.
Das Wasserwerk von Groß-Glienicke lag auf Westberliner Gebiet, wurde von östlicher Seite verwaltet und belieferte beide Teile des gespaltenen Dorfes. Die Westbewohner hatten ihren Wasserverbrauch allerdings in D-Mark zu entrichten, auf ein Westberliner Postscheckkonto mit Ostberliner Anschrift.
In Groß-Glienicke, wo die Grenze nicht nur mitten durch den See, sondern auch durch die Gebäude eines Gutshofes läuft, war damals der Pastor Wilhelm Stintzing tätig. Der wohnte im Pfarrhaus neben der siebenhundert Jahre alten Dorfkirche, in der sich die Gruft eines Herrn befand, den das Gedicht eines anderen Herrn bekannt gemacht hat. Der in der Gruft lag, glaubt sich Bruno zu erinnern, hieß von Ribbeck. Der Herr, der das Gedicht schrieb, hieß Fontane, das weiß Bruno sicher. Er hat das Gedicht im Knast gelesen. Alle Sachen von diesem Fontane.
Ja, also Pastor Stintzing: Der betreute auch Menschen am anderen Seeufer, auf Westberliner Gebiet. Zweimal wöchentlich radelte er bei Regen, Sonne, Schnee und Wind einen zwanzig Kilometer langen Umweg, damit er in der neuerbauten kleinen Strohdachkirche im westlichen Glienicke sein heiliges Amt ausüben konnte. Knarje war ein frommer Mensch. Der ging zu jedem Gottesdienst. Er besaß eine so schöne Stimme, der Knarje. Einmal hatte er Bruno an einem Sonntag rumgekriegt, mit in die Kirche zu gehen, als der gerade zu Besuch war. Ach, wie ergreifend hatte Knarje, Brunos alter Kompagnon, da gesungen: »Ein' feste Burg ist unser Gott!«
Was ist aus Knarje geworden?
Plötzlich hat der Bruno wieder Angst.
Angst vor dieser ›Freiheit‹, vor diesem ›Neuen Leben‹!
Wie soll denn das nun werden? Immer mehr Ängste plagen ihn jetzt, natürlich auch die, die er seit Jahren hat: Was wird mit Mädchen sein? Wird es überhaupt noch gehen? Ihm ist so bange.

Er trinkt.
Der ›Erste-Tag-Koller‹. Haben sie ihm vorhergesagt im Bau...
Nicht an Mädchen denken. Lieber noch einmal an damals, an die Zeit vor der Mauer. Bruno kam viel herum in Berlin, nun erinnert er sich an vieles, der Alkohol hilft ihm beim Erinnern, sanft und verschwommen gleiten Bilder vorüber...
Wie eine Kinderfaust ragte die winzige Ortschaft Eiskeller am nordwestlichen Zipfel Berlins in die Zone hinein. Da kannte Bruno einen Bauern, der versteckte oft frische Sore für ihn, bis sie nicht mehr heiß war. Telefon, Licht oder fließendes Wasser gab es nicht da oben. Britische Soldaten und Westberliner Zöllner fuhren mehrmals am Tag durch Eiskeller, um nach dem Rechten zu sehen. Darum hatte Bruno den Platz als Versteck gewählt. Nirgends ist man sicherer als in der Höhle des Löwen. Weiß jeder Säugling. Und die Sore wurde so wenigstens nicht geklaut, sie war gut bewacht.
Zwei kleine Mädchen hatte der Bauer. Wenn die morgens zur Schule nach Spandau gingen – ein weiter Weg –, dann passierten sie stets das Spalier der Vopos zu beiden Seiten ihres schmalen Pfades. Kannten sich gut, die Vopos und die kleinen Mädchen...
Und die Bouchéstraße in Neukölln! An der Ecke Harzer Straße stand eine Riesentafel, weiß der Bruno noch:

ACHTUNG! BEIDE BÜRGERSTEIGE UND DIE FAHRBAHN GEHÖREN ZUM SOWJETSEKTOR! VORGÄRTEN UND HÄUSER DER RECHTEN STRASSENSEITE GEHÖREN ZUM WESTSEKTOR!

Da hat Bruno sich mal verlaufen, ordentlich besoffen, zusammen mit seiner großen Liebe, der Nelly. Die war genauso blau wie er. Sie hatten sich einen schönen Tag gemacht, aber die Tafel übersehen. Und Vopos nahmen sie hopp, sperrten sie ein, die Nacht lang, in eine Zelle.
In eine Zelle! Ach, war das eine Nacht...
Der Bruno grinst verloren, dann zittert seine Unterlippe plötzlich, er schwitzt und hat so schreckliche Angst, weil er an Nelly gedacht hat, an ein Mädchen eben, *daran* eben...
Ach, Nelly!
Wo ist der Schnee vom vergangenen Jahr?
Aber andere Mädchen gibt es, so viele!
Und wird Bruno je wieder... darf Bruno je wieder...? Viereinhalb Jahre Knast... da passiert jedem mal was, und wenn er noch so normal ist!
Ach, noch eine letzte Lage, bevor er sich auf den Weg macht! Ihm

ist so flau. Und das soll der in der Warschauer Straße doch nicht merken, das darf der doch nicht merken, dieser Dingsda, wie heißt er gleich, dieser Fürsorger Bräsig.

3

Wilhelm Bräsig ist ein vierundsechzigjähriger Mann mit grauem Haar, grauen Augen und grauen, buschigen Brauen darüber. Groß und ungebeugt. Noch sehr stramm für sein Alter und nach all der schweren Arbeit, die er in seinem Leben geleistet hat!
Die schwarzen Glanzstoff-Blenden an den Bürofenstern sind herabgelassen, es ist um diese glutheiße Mittagsstunde hier drinnen dämmrig und kühl.
Der massive, bullige Mann sitzt an seinem Schreibtisch und starrt das Telefon da an. Neben dem Apparat liegt eine Mappe, auf der steht: KNOLLE BRUNO. Aber die Mappe sieht Bräsig nicht. Er sieht überhaupt nichts, nur das Telefon! Einen sehr unruhigen Eindruck macht er. Drei Minuten lang sitzt er schon reglos da, jetzt sind es gleich vier Minuten. Das Telefon schweigt. Wenn ich es hypnotisiere, denkt Bräsig, ob es dann ...
Blödsinn! Ein *Telefon* hypnotisieren!
Anschließend hypnotisiert Bräsig das Telefon. Als er vom Glotzen gerade die ersten Kopfschmerzen kriegt, beginnt das Ding zu läuten. Schnell fährt Bräsigs graubehaarte Hand vor und reißt den Hörer hoch.
Atemlos: »Ja, Marie? Also was war? Hast du ...« Pause. Mit veränderter Stimme: »Ach so, Sie, Kollege Neider. Er ist schon da? Na schön. Muß noch einen Moment warten.«
Bräsig legt auf und erhebt sich unmutig. Das Büro hat zwei Türen. Die eine führt in das Vorzimmer, wo Bräsigs Sekretär Neider sitzt, die andere, neben einem Waschbecken, führt in ein zweites Büro. Da hockt jetzt der Neue, den Bräsig schulen soll. Wieder ein Neuer. Bräsig schult dauernd die Neuen, dauernd wechselt dieses Büro nebenan den Besitzer.
Der bullige Mann in dem zerdrückten, grünlich-grauen Sommeranzug klopft.
»Herein!« ruft eine schneidige Stimme.
Schneidig ist dieser Neue, voll Tatendrang und Idealismus, eifrig und lernbegierig. Ein widerlicher Hund, denkt Bräsig und öffnet die Tür.
Der Neue hat in irgendeiner Akte gelesen, jetzt sieht er auf.

»Ja?«
»Knolle ist da. Es kann losgehen«, sagt der andere.
Aufgeregt erhebt sich der Neue. Sechsunddreißig Jahre alt ist Ernst Kornmann, braungebrannt, schlank, Körper durchtrainiert, ein hübscher Junge mit intelligentem Gesicht, grünen, großen Augen, vollen, roten Lippen, braunem gelocktem Haar. Richtig smart angezogen, der Knabe! Ganz westlich: Die Hosen seines hellen, leichten Anzugs werden unten schmal und haben keine Aufschläge, die Schultern der Jacke fallen modisch ab, das Nylonhemd besitzt einen breiten Kragen, die dezente Krawatte ist mit einer Goldnadel am Hemd festgeklemmt, und um diese ganz weichen, ganz leichten Slipper kann man den Mann richtig beneiden. So etwas bekommt man nicht im Osten! Wo bekommt Kornmann das alles her?
Es handelt sich bei diesem Kornmann um jenen, dem die Bewohner des Hauses Wöhlertstraße 1, das Ecke Chausseestraße liegt, ganz knapp hinter der Mauer, dem also alle Bewohner (mit Ausnahme seiner jungen Frau) ängstlich aus dem Weg gehen, seit der Jantzen von 19, dieser Jantzen, der immer alles weiß, und es stimmt dann auch immer alles, was er sagt, gesagt hat, daß Kornmann beim Staatssicherheitsdienst ist und vor kurzem einen Sonderlehrgang von drei Monaten beendet hat, weshalb man ihn drei Monate lang nicht in der Wöhlertstraße sah.
»Na, dann wollen wir mal«, sagt dieser Kornmann, und er folgt Bräsig nach nebenan. Der Alte öffnet da schon einen Wandschrank, in dem steht eine verchromte kleine Wanne, wie sie jeder Arzt zum Auskochen von Injektionsspritzen in der Praxis hat. Zum selben Behufe hat Bräsig so eine Wanne im Schrank. Er nimmt den Einsatz heraus, geht zum Waschbecken und füllt ihn mit Wasser. Dabei blickt er in den Spiegel über dem Becken und findet, daß er scheußlich aussieht. Das findet er immer, wenn er in einen Spiegel blickt, seit drei Jahren. Trotzdem blickt er immer wieder. Eine Art Masochismus. Himmel, welche Fresse! Na ja, so sieht man eben aus, wenn man seit drei Jahren diese Dreckarbeit macht.
Bräsig trägt den gefüllten Einsatz zum Schrank zurück, setzt ihn in die Wanne und geht dann mit einem Kabel, das an dieser hängt, zu einer elektrischen Steckdose. Er stöpselt den Kontakt ein. Das Wasser muß kochen. Über der Steckdose hängt ein Bild des Genossen Ulbricht.
»Nun die Spritze«, sagt Bräsig.
Der Schrank hat viele Fächer. Auf einem liegen drei Nickelkästchen. Der junge Kornmann nimmt eines und holt eine ziemlich große Injektionsspritze heraus, danach die dazu passende Nadel, die in dem

Kästchen von einer kleinen Klemme gehalten wird. Die Spritze wurde von zwei großen gehalten. Nadel und Spritze wirft Kornmann in das Wasser, das schon warm wird.
»Gut so«, lobt der Alte. Loben, den Stiesel, den widerlichen, damit er mich nicht anschwärzt bei denen oben. Alle lobe ich, so widerlich können sie nicht sein, daß ich sie nicht lobe. Ein Jahr noch, dann muß ich keine Angst mehr vor dem Gesindel haben, dann kriege ich meine Rente. Ach, allein der Gedanke! Nicht mehr ausgeliefert sein diesen Schweinen, nicht mehr abhängig von ihnen. Drei Jahre habe ich alles runtergewürgt und gekuscht. Nur noch ein Jahr. Ein Jahr nur noch!
Das Widerlichste an diesem Kornmann ist seine Vertraulichkeit, sein Freundlichtun, seine Intimität. Muß man auch über sich ergehen lassen. Jetzt wird er mich gleich fragen, ob meine Frau noch immer nicht angerufen hat...
»Ihre Frau hat immer noch nicht angerufen?« fragt Kornmann.
»Nein. Leider. Ich dachte vorhin schon, sie wäre es. Sie sollte doch sofort telefonieren, wenn es geklappt hat. Auch wenn es schiefging.«
»Geht nicht schief, Kollege Bräsig!«
Schnell klopft Bräsig dreimal auf Holz. »Nicht berufen!« Er steckt einen Finger in das Wasser. »Das dauert wieder!« Er versinkt in Gedanken, und für eine ganz kurze Weile vergißt er seine Abscheu vor Kornmann und sieht lächelnd ins Leere. »Ach, Kollege, so was von einem Häuschen haben Sie noch nicht gesehen! Na endlich.« Das gilt dem Wasser, welches zu blubbern begonnen hat.
Kornmann holt eine flache Pappschachtel aus einem anderen Fach des Schranks, entnimmt ihr eine Ampulle, die mit einer goldgelben Flüssigkeit gefüllt ist, und eine kleine Feile.
»Zehn Kubik – nicht zuviel?« fragt er.
»Nee, nee, nehmen Sie ruhig. Der muß richtig am eigenen Leibe erfahren, wie einen das umhaut. Nur so hat er dann das nötige Selbstvertrauen. Können Sie die Ampulle abfeilen, ja? Na, zeigen Sie mal!«
Ganz eifrig, Zungenspitze zwischen den kirschroten Lippen, feilt Kornmann.
»Bravo! Das geht ja prächtig!« (Loben. Immer loben, die Hunde.)
»Ach, Kornmann, wenn meine Marie es doch schafft, fahre ich morgen mit Ihnen raus zu dem Häuschen! Steinwurf weit entfernt von unserer Wohnung! Direkt am Müggelsee! Mit einem Kamin! Mein Leben lang habe ich mir einen Kamin gewünscht. Und jetzt stirbt der Besitzer! Ein einziges Haar ist in der Suppe.«

»Nämlich?«
»Der Angelsteg. Sind *solche* Burschen im See, Kornmann! Aber die Erben wollen den Steg nicht mitverkaufen. Da ist ein Neffe, der angelt selber. Na egal! Alles kann man nie haben. Hauptsache das Häuschen – wegen meiner Marie.«
Eigentlich darf er einem leid tun, der reaktionäre alte Sack, denkt Kornmann und fragt: »Wie lang sind Sie verheiratet, Kollege Bräsig?«
»Einunddreißig Jahre«, antwortet Bräsig sinnend.
»Und es wurde immer schlimmer?«
»Immer schlimmer. Jetzt ist sie fast ganz blind. Darum bleiben wir ja auch da draußen am See. Weil meine Marie sich nur noch in Friedrichshagen auf die Straße wagt. Da kennt sie jeden Stein! Da kann sie sich lang tasten mit'm Stock. Und wenn ich jetzt meine Rente kriege...« Bräsig nimmt sich zusammen. »So, das hat lange genug gekocht! Wollen Sie's zusammensetzen?«
»Gerne!« Wie ein richtiger Streber in der Schule drängt Kornmann heran, holt mit einer silbernen, dünnen und langen Ärztezange zuerst die Spritze aus dem Wasser, nimmt die offene Ampulle in eine Hand und neigt sie schief. In der anderen hält er die Spritze. Er drückt den Kolben ganz runter, steckt den Metallansatz der Spritze, der die Nadel tragen soll, in die Ampulle und saugt langsam den Inhalt auf.
»Brauchen neue Spritzen«, brummt der Alte. »Sehen Sie doch, wie der Kolben wackelt!« Er zieht den Kontakt aus der Steckdose, verwahrt das Kabel wieder im Schrank und erkundigt sich: »Aufgeregt?«
Während Kornmann die leere Ampulle in einen Papierkorb wirft, geschickt die Nadel aus dem Wasser fischt und an der Spritze festschraubt, lächelt er verlegen. »Natürlich! Mein erster Bewährungsauftrag! Ich möchte so gern alles richtig machen!«
»Machen Sie schon. Ich passe doch auf.«
»Schon toll, nicht?«
»Was?«
»Daß unsere Chemiker dieses Präparat entwickelt haben, das einen Mann sofort umhaut, auch wenn man es nur intramuskulär spritzt!«
»Hm.«
»Lauter alte, verdiente Genossen, sagten mir meine Ausbilder.«
»Wer?« fragt Bräsig abwesend, denn er denkt an das Häuschen.
»Na, die Chemiker, die das da für uns entwickelten! Die Ausbilder natürlich auch.«

»Natürlich«, sagt der alte Mann und denkt: Lauter alte, verdiente Genossen – von wegen! Lauter Arschlöcher, hochgeschwemmt durch Beziehungen. So ein Mittel, das können bestimmt auch die Chemiker im Westen entwickeln. Haben sie wahrscheinlich schon getan. Und wären unsere Ausbilder wirklich so prima, dann brauchte man ja wohl *mich* nicht für die jungen Herren vom SSD, die keine Ahnung von richtiger Praxis, keinen Schimmer von Tuten und Blasen haben, wenn sie hierherkommen. Dann müßte ich diesen Herren ja wohl nicht seit drei Jahren beibringen, wie man Menschen fängt und Menschen in die Pfanne haut. Ich, der mit dem großen Gennat zusammengearbeitet hat und mit Trettin! Aber was sollte ich denn machen? Ging doch so lange Zeit gut. Man ließ mich zufrieden im Präsidium. Bei richtiger Kripo-Arbeit. Bis vor drei Jahren. Vor drei Jahren, da verlangten sie dann, daß ich SSD-Leute für Spezialaufträge schulte; daß ich meine alte Wohnung verließ und da hinaus an den Müggelsee zog, wo die Marie und mich keiner kannte; weil sie mir nämlich für meine neue Tätigkeit auch einen neuen Namen gaben. Geben *mußten*, sagten sie; den Namen Wilhelm Bräsig. Bis dahin hatte ich Wilhelm Herterich geheißen. Aber in meiner neuen Position benötigte ich wirklich einen neuen Namen – des Westens wegen. Drüben erinnern sich noch viele an den Wilhelm Herterich. Der mußte also verschwinden. Seit drei Jahren *ist* er verschwunden. Seit drei Jahren gibt es nur noch einen Wilhelm Bräsig. Marie, die Gute, nahm das alles ganz gelassen hin, als sei es selbstverständlich. Sie ist so lange mit einem Kriminalisten verheiratet. Ich sagte ihr, es sei beruflich notwendig, den Namen zu wechseln – das genügte ihr völlig. Sie fragt mich nie nach meiner Arbeit. Gott sei Dank. Liebe, liebe Marie. Was hast du alles erlebt mit mir! Und immer warst du zufrieden und glücklich. Immer und mit allem. Auch damit, daß ich stets Kommissar blieb – und bleiben werde. Das tun die absichtlich, natürlich, damit ich mich schön ducken muß und den Fürsorger ordentlich spiele.

Warschauer Straße 115 – das war einmal ein Finanzamt. Nun ist es angeblich ein Fürsorgeamt. In Wahrheit handelt es sich um eine der vielen getarnten Außenstellen der SSD-Zentrale. Hier werden ganz bestimmte Aktionen geplant und ausgeführt.

Nicht eine einzige Frau arbeitet in dem vierstöckigen Haus, nur Männer. Männer ersetzen sogar die Putzfrauen. Kleine Zuträger und V-Männer des Staatssicherheitsdienstes sind das, die sich ein paar Mark nebenbei verdienen. Das Haus Warschauer Straße 115 hat einen tiefen Keller, da hört man weder im Gebäude noch auf der Straße, wenn einer schreit. Nicht einmal nachts. Und wenn er sich totschreit. Viele sinnreiche Vorrichtungen sind in diesem Haus eingebaut, an dessen Tor die Emailletafel angebracht ist:

FÜRSORGEAMT VB
DIENSTSTUNDEN TÄGLICH VON 8–13 UHR
SONNABENDS VON 8–12 UHR

Natürlich gibt es hier keine festen Dienststunden. Nachts arbeitet man hinter geschlossenen Fensterläden. Die Fensterläden sind innen angebracht. Außen sind Jalousien, wie bei den Häusern links und rechts. Die werden runtergelassen, ehe man die Fensterläden schließt.

Die Menschen, die herkommen, plaudern nichts aus. Weil sie nach der Fürsorgebetreuung nicht mehr plaudern können, oder weil sie wissen, was ihnen bevorsteht, wenn sie es doch tun.

Alle, die in diesem Hause arbeiten, sind Mitglieder des SSD – mit einer einzigen Ausnahme, und die heißt Bräsig. Der Kommissar Bräsig ist, wie gesagt, zum Anlernen hier. Bei derart kitzligen Unternehmungen benötigt man einen gewieften Kriminalisten, Liebe zum Arbeiter- und Bauernstaat genügt da nicht.

Bräsigs Sonderstellung ist gefährlich. Wenn er sich zuviel herausnimmt, holt man ihn eines Tages ab, das weiß er. Also ruhig, Wilhelm, ruhig. Selbst wenn du manchmal glaubst, du kannst nicht mehr atmen unter diesem Pack. Du weißt, für wen du es tust. Und in einem Jahr hast du es überstanden!

Unten, beim Eingang, sitzt ein SSD-Mann als Portier. Der paßt auf, daß kein Falscher hereinkommt. Die Nachbarn ahnen nichts. Dafür hat Bräsig gesorgt, das war seine erste Aufgabe: Den Laden dicht machen.

Ist dem Kommissar Bräsig erstklassig gelungen.

4

»Ja, also intramuskulär«, sagt Fürsorge-Sachbearbeiter Bräsig zum Kollegen Kornmann. »In den Hintern, in die Oberschenkel, durch die Kleider, egal. Nur nicht zu hoch, sonst...«

»Ja, ich weiß.«

Bräsig nimmt Kornmann die Spritze aus der Hand. »So müssen Sie sie halten, sehen Sie. Flach. Und flach stechen – aber mit aller Kraft! Muß so tief reingehen wie möglich.« (Unter den Nazis ist es mir geglückt, bis zum Schluß bei der Kripo am Alex zu bleiben. Die haben mich nicht zur Gestapo gekriegt, die nicht! War jünger damals, kannte mehr Tricks und Ausreden, immer ließ mich ein Vorgesetzter unabkömmlich schreiben. Damit ist es jetzt vorbei. Jetzt befiehlt der SSD – und da gibt es keine Unabkömmlichkeit mehr. *Meine* Spezialausbildung habe ich schon nach der Blockade bekommen. Mußte die Kurse besuchen, da war nichts zu machen. Jetzt darf ich mein Wissen weitergeben.) »Aufpassen, daß er Ihnen nicht aufs Gesicht fällt, Kornmann. Tut sich sonst weh und kann nicht reden, selbst wenn er will. Probieren Sie mal.«

Kornmann nimmt die Spritze, wiegt sie auf der flachen Hand hin und her, stößt dann jäh vor.

»Gut! Den Knolle, den behandle ich. Da können Sie sehen, wie es funktioniert.«

»Jawohl, Kollege Bräsig.«

»Vorher – in Fällen wie Knolle – machen Sie auf Freundschaft, Freundschaft.«

Kornmann strahlt. »Psychologische Vorbereitung, verstehe! Ich bin sehr glücklich, daß ich Sie bei meinem ersten Bewährungseinsatz zur Seite habe, Kollege Bräsig! Sie sind einer der Besten, sagten meine Ausbilder.«

»Quatsch mit Soße. Nur so lange dabei bin ich, das ist alles. Schon 1920 habe ich angefangen – als gewöhnlicher Schupo. Geben Sie mir jetzt die Spritze wieder, ich denke, wir fangen an.« Bräsig sperrt den Schrank ab, trägt die Spritze vorsichtig zum Schreibtisch, öffnet die Mittellade, und da legt er die Spritze auf ein steriles Tuch, das er aus einem Seitenfach der Chromwanne mitgenommen hat. Er schlägt die Spritze sorgfältig ein, schließt die Lade wieder.

»Na, dann gehe ich zu mir rüber«, meint Kornmann.

»Gut.«

Der Spiegel über dem Waschbecken ist einer von denen, durch die man hindurchblicken kann. Von einer Seite. Von Kornmanns Büro aus. Neben dem Spiegel hat man einen kleinen Lautsprecher angebracht. Das Mikrophon dazu befindet sich in der Lampe auf Bräsigs Schreibtisch. Der Kommissar schaltet es ein, während Kornmann in sein Zimmer geht und die Tür schließt.

»Schicken Sie jetzt den Knolle rein, Kollege Neider«, sagt der Kommissar, der wieder zum Telefonhörer gegriffen hat.

5

Der Bruno kommt herein, und natürlich merkt Bräsig gleich, daß der Mann einen sitzen hat. Nicht richtig besoffen, bewahre, nur so ein bißchen betütert.

Der Bruno weiß selber, daß er duhn ist. Früher, da konnte er saufen wie ein Loch, und keiner merkte was! Aber die viereinhalb Jahre, die er da eben runtergerissen hat, die haben ihn ganz entwöhnt. Wenn das bei den Mädchen nun auch so ist – achgottachgott, nicht schon wieder!

Dazu natürlich die Hitze. Viel zu warm angezogen ist er, der Persilkarton wiegt seine zehn Pfund, und der verfluchte Wintermantel ist auch nicht aus Papier. Er hat ihn im Vorzimmer an einen Haken gehängt und den Karton drunter gestellt, und jetzt duftet er kräftig nach Bier und Schnaps und Schweiß. Dieser junge Mann draußen hat gleich die Fenster aufgerissen – das hat den Bruno gekränkt! Ihm wird überhaupt immer weinerlicher zumute, seit er aus dem Knast raus ist. Fast denkt er: Wär' ich bloß drin geblieben! Das ist natürlich blöde.

Aber in irgendein stilles Pensionszimmer würde er sich wohl gern verkriechen, die Tür versperren, warten, bis es dunkel wird. Dann sehen die Menschen einen nicht so genau, Bruno würde sich sicherer fühlen, wenn er zu den Mädchen ginge.

Schon wieder!

Er *könnte* ja nicht mal, wenn er wollte!

Die haben doch sein Geld an die Wohle geschickt! Diese schwer erackerten 853 Mark und 50 Pfennig, für die er viereinhalb Jahre lang in der Küche geschuftet und den Kumpels den Fraß gebracht und die großen Essenbehälter gewienert hat. Dies Geld will er wiederhaben! Aber da muß er hier höflich sein.

Also reißt er die Hacken zusammen und ruft stramm: »Entlassener Strafjefangener Bruno Knolle meldet sich zur Stelle, Herr Fürsorjer!«

Bräsig kommt um den Schreibtisch herum und gibt dem Bruno die Hand. Ganz leger und sehr herzlich tut er das.

Armer Kerl. Kaum raus aus dem Bau und schon ...! Der Kommissar muß eine jähe, heiße Wutwelle in sich niederkämpfen. Armer, armer Kerl! Sieht so nett aus. Wie alle Menschen, denkt auch Bräsig sofort an einen Seehund, wenn er Bruno ansieht. Diese gutmütigen (jetzt ein wenig schwimmenden und geröteten) Äuglein, das vorgezogene Gesicht, das in der Schnuffelnase ausläuft und dann beim Kinn zurückweicht, wirklich, ein Seehund. Tapsig und freundlich. Stinkt wie ein Wiedehopf! Aber der Kommissar reißt *nicht* die Fenster auf wie dieser Fatzke, der Neider, nein, er offeriert Zigarren, während er sagt: »Lassen Sie doch den Unfug, Herr Knolle! Und setzen Sie sich.« Er drückt Bruno auf einen Sessel vor dem Schreibtisch, hübsch nahe bei der Tischlampe, und er gibt ihm Feuer für die Zigarre und zündet die eigene an, und das alles geht so schnell, daß der Kollege Kornmann hinter dem Zauberspiegel im Zimmer nebenan bewundernd den Kopf wiegt. Der hat eben doch mächtig was auf dem Kasten, der alte Bräsig!

Der alte Bräsig meint: »Ordentliches Kraut, wie, Herr Knolle?«

Dem Bruno wird ganz anders. ›Herr Knolle!‹ Viereinhalb Jahre lang hat das nur ›Knolle!‹ geheißen, ›Doofe Sau!‹, ›Scheißkerl!‹, ›Mistvieh!‹, ›Schleimscheißer!‹ ›Arschkriecher!‹ Und jetzt: ›Ordentliches Kraut, wie, *Herr Knolle*?!‹

»Sehr ordentlich, Herr Fürsorjer – Hr! Hrhrhrrr! – ja wirklich, Herr Fürsorjer!«

»Hören Sie doch mit dem ewigen Fürsorger auf, Mensch! Sagen Sie Bräsig zu mir!« (Noch ein bißchen mehr Zigarrenqualm, und man kann den Gestank aushalten und muß den armen Kerl nicht beleidigen.) »Entspannen Sie sich ein wenig! Die Temperatur draußen ... der weite Weg ... und die Aufregung, nicht? Kenne ich doch, kann ich mir vorstellen. Locker werden, Herr Knolle, ganz locker!« (Sonst geht nachher die Nadel so schwer rein.)

Das ist ja ein dufter Opa, denkt der Bruno, da habe ich Schwein gehabt! Der läßt mit sich gewiß über die Penunse reden. Vielleicht gibt er mir alles. Und dann? Was mache ich dann? Ausbaldowern die Lage zuerst, ich weiß ja überhaupt nicht mehr Bescheid. Freunde muß ich besuchen. Mit ihnen reden. Keine schiefen Sachen mehr, bei Gott nicht! Ja, aber was sonst? Ich komme mir so beschissen hilflos vor. Was sonst? Was sonst? Keine Ahnung. Wenn ich das Geld erst habe, fällt mir bestimmt was ein. Erst das Geld also!

»Sie sind 'n freundlicher Mensch, Herr Fürsor ... Herr Bräsig!«

»Die Leute, die zu mir kommen, haben Schweres hinter sich. Was soll ich da anders sein als freundlich? Ein gutes Wort, das Gefühl der Menschenwürde wieder vermitteln, Selbstbewußtsein, Selbstvertrauen: Das ist mein Job. Sonst gar nichts!«

»Ach, wie Sie so reden, Herr Bräsig! Viereinhalb Jahre hat keiner so geredet mit mir!«

Bräsig geht zum Schreibtisch, setzt sich, greift nach der Mappe.

»Die wollen wir nun möglichst schnell vergessen, diese viereinhalb Jahre. Ich helfe Ihnen schon beim Vergessen!« Er schlägt die Mappe auf. »Also, Sie heißen Bruno Knolle. Geboren 22. Mai 1915 in Berlin. Evangelisch. Ledig. Beruf: Kellner. Strafregisterauszug ...«

Bräsig pfeift langgezogen. »Donnerwetter, *Herr Knolle*!«
Bruno schämt sich. ›Nich doch, Herr Bräsig!«
»Ich wollte Sie nicht veräppeln!«
»Herr Bräsig, glaubense mir, det war allet Schicksal, hartet Schicksal! Nu bin ick neunundvürzich, und wenn ick hier und jetzt tot umfalle und komme in' Himmel und muß sagen, wat ick jemacht habe uff Erden, und sage jeknackt und jesessen und jeknackt und jesessen – nee, Herr Bräsig, nee, da wäre der Liebe Jott schön saua uff mir. Und mit Recht! Für so wat schenkt er einen nich det Leben, für so wat nich!«
Der Satz bedrückt den Bräsig. Er sagt, etwas heiser: »Neunundvierzig, das ist doch kein Alter! Herr Knolle, nun geht es erst richtig los! Wie fanden Sie's denn draußen – auf dem Herweg, meine ich?«
»Ach, scheen, Herr Bräsig«, lügt der Bruno seelenvoll, »nur noch so unjewohnt. Die vielen Autos und Menschen. Ick bin furchtbar unsicha in Verkehr.« Es ist seine Zwangsidee: »Uff de *Straße*, meine ick – an det andere wage ick jarnich zu denken!«
»Na, na! Herr Knolle! Ein kräftiger Mann in den besten Jahren! Was glauben Sie, wie das flutschen wird! Mensch, was sich bei Ihnen aufgespeichert hat! Ich bin vierundsechzig. *Ich* hätte Grund, traurig zu sein! Für mich hätte es wirklich keinen Sinn, in die Gotlindestraße zu gehen.«
»Gotlindestraße?«
Der Kommissar grient. »Ist natürlich verboten! Wenn Sie mich verpfeifen, kriege ich Ärger.«
»Ick hab in die janzen Jahre nie Lampen jemacht, Herr Bräsig! Ick habe nie eenen vapfiffen. Also da sind Bienen, in de Gotlindestraße?«
»Auf 131, ja. Nun wissen Sie wenigstens, wo Sie nachher abladen können.«
»Det is *sehr* liebenswürdig von Ihnen, Herr Bräsig!« Der Bruno muß lachen. »Ooch noch Gotlindestraße! Janz in de Nähe bin ick jeboren! Siegfriedstraße 204! Zweeta Hof, Parterre. Scheen war et nich, aber wenigstens Wanzen hatten wa keene. Zu feucht, vastehnse?« Bräsig denkt: Der Kornmann linst durch den Spiegel. Die Marie hat immer noch nicht angerufen. Sicher schiefgegangen mit dem Häuschen. Bräsig fühlt auf einmal schreckliches Mitleid mit sich selbst. Er ist genauso ein armes Schwein wie dieser Knolle. Er kann ihm nicht helfen. Keiner kann keinem helfen.
An die Arbeit, Bräsig!
Der Bubi da hinter dem Spiegel soll jetzt mal sehen, wie ein anständiger Kriminalist so etwas macht nach der guten alten Schule.

Vertrauen muß der Knolle gewinnen! Quatschen muß man ihn lassen, bis er ganz beruhigt ist. So haben wir es früher immer gehalten, am Alex. Nicht quälen oder ängstigen. Nein, so als wären wir selber Ganoven. Je besser man sich in den anderen hineindenken kann, um so weiter kommt man. Es besteht kein Unterschied zwischen der Methode Prangel und der Methode Bräsig. Die gute alte Schule eben!

»Ich lese da, daß Sie zwei Brüder haben, Herr Knolle.«

»*Hatten!* Beide jefallen. Aujust und Kalle.«

»Wann gefallen?« (Wird schon warm der Junge, erzählt schon. Funktioniert immer. Merk dir das, Kornmann, hinter dem Spiegel, kannst was lernen, Widerling!)

»In Frankreich, 1917. Für Kaisa un Vataland. Ick bin 'n Spätling. War zu jung für'n ersten Weltkrieg, mir hamse erst bein zweeten nehmen können.« Der Bruno kommt mächtig in Fahrt. »Diese Jemeinheit, Herr Bräsig! Mein Vata, sehnse, det war so'n juta Mensch! Malermeesta. Hat sich ruffjearbeit. 1917 ham wa schon übasiedeln könn, nach't Hallesche Ufa! Vata hatte 'n richtijen Laden! Jing uns jut, Möbel ham wa gekooft, mit Essen war janischt mehr in Deutschland, aber 'n bißcken Jeld ham wa beiseite jeleecht, so wie die kleen Leute imma, wenn se glooben, se ham't jeschafft, und in Wirklichkeit sind se schon anjeschissen! Denn kaum warn wa an't Hallesche Ufer, da riefense Aujusten und Kalle. Aba die jingen nich! Sie töten keene Menschen, hamse jesacht. Sehnse, det macht die Erziehung!«

»Wieso die Erziehung?« fragt Bräsig. Er beginnt, Sympathie für diesen Knolle zu empfinden, und das geht natürlich nicht. Darum macht sich der Kommissar an der Schreibtischlade zu schaffen, in der die Spritze liegt. Kornmann beobachtet alles. Scheißkornmann! Wenn man *einmal* mutig wäre und den Krempel hinschmisse! Wenn man *einmal* aufhörte, feige zu sein! Himmelherrgott! Ja, aber Marie? Die ist dann doch ganz verloren, wenn sie mich einlochen. Die Spritze. Ich halte sie ein wenig in der Hand. Kornmann sieht es ...

Inzwischen hat der Bruno geantwortet: »Na, mein Olla, der war doch Sozialdemokrat! Und überzeugta Pazifist. Und so hatta uns erzogen. Bitte! 1917, da sind se jekomm, die Hunde, Bajonett uffjeflanzt, und hamse abjeführt, meine Brüda. Alle haben't jesehn! Und wenn Mutta nu einholen jing, denn ham die Weiba vor ihr ausjespuckt und jerufen: ›Rote Sau!‹ Det hat Mutta sich so zu Herzen jenomm. Rot jing ja noch – aber *Sau*! Wose doch immer so uff ihre Anständichkeit jehalten hat...« Der Bruno entgleist, er kann seine

Gedanken nicht zusammenhalten, sie wandern, sie wandern. »Mein Jeld, Herr Bräsig! 853,50! Könnte ick nich vielleicht doch allet uff einmal kriejen? Ick hab bloß die ollen Sachen, ick muß mir neu einpuppen, und die Meechens...«
»Nee, Herr Knolle, nee. Eines nach dem anderen. Wir reden schon noch über Ihr Geld, keine Angst! Aber ich muß noch ein bißchen mehr von Ihnen erfahren, um mir ein Bild machen zu können, um zu wissen, wie Ihnen am besten zu helfen ist! Also, das war natürlich eine schlimme Zeit für Sie alle...«
»Wurde noch schlimma, Herr Bräsig!« Der Bruno pafft erregt. »Vatas Jeschäft hamse boykottiert, keen Aas ließ mehr streichen, det Jeld jing weg wie nischt...« Es ist Bräsigs Freundlichkeit, die sanfte Besoffenheit, die Kühle im Raum, die Bruno, der sonst einer von den Stillen ist, dermaßen aus sich herausgehen läßt. »Meine Brüder hamse so jepiesackt in de Kaserne, bis se sich doch ham an die Front schicken lassen. Aujust is gleich in de erste Woche krepiert. Bei Kalle hat's länga gedauat. Zwee Monate. Und im Sommer 1918, allet war längst im Eima, da hamse doch wahrhaftig noch Vatan jeholt! Der war da schon 'n jebrochna Mann. Jeschäft vakooft. Schulden. Vaschüttet issa jewordn. Oktoba 1918. Denkense mal: *Oktoba 18!* Een Monat späta sind se denn jetürmt, unsa jeliebta Kaisa und sein tapfra Sohn!«
»Ihr Vater ist also auch gefallen?«
Der Bruno knirscht mit den Zähnen. Er hat jetzt einen feuerroten Kopf. »Wär' er man! Nee, zurückjekomm issa! Een Zittera! So eena!« Und er macht einen Zitterer nach, der Bruno, er schlenkert wie eine Puppe mit allen Gliedern, und dabei bebt seine Unterlippe, und die Lider klappen auf und zu, es sieht scheußlich aus. »Konnte nich mehr reden, nich mehr essen, det andre ooch nich. Zwee Röhrchen hamse rinjesteckt in ihn. Und einjesperrt in 'ne Anstalt in de Mark. Da hatta noch drin jelebt, *siebzehn Jahre*! Wenn Mutta ihn besucht hat, wollte er ihr jedesmal erwürjen. Aber Kaisachen saß ja in Holland, und Kronprinzen ooch. Und hatten zu fressen, und warn jesund, und wir hatten den Kriech wegen den Dolchstoß valoren! Als ick det jehört habe, det mit den Dolchstoß, da war ick achte, aba helle, Herr Bräsig! Mächtich helle! Und ick hab 'n Haß jekricht, 'n furchtbaren Haß! Imma hab ick mir jesagt, ick muß se rächen, Vatan, Aujusten, Kalle, unsan schön Laden. Imma hab ick jedacht: Der Kaisa is schuld, und die Scheißjeneräle! Richtig jedröhnt hat det in mein Schädel!«
Bräsig wirft einen Blick zum Spiegel, als wollte er sagen: Na, das dürfte dir doch gefallen, Kornmann – oder?

Tja, Kornmann...
Natürlich gefällt ihm, was er da hört, in seinem Büro, neben dem Lautsprecher stehend, vor dem von seiner Seite durchsichtigen Spiegel.
Bräsig hat seine guten Gründe für das, was er tut, Prangel hat sie, Mittenzwey hat sie, *alle* haben sie Gründe – Kornmann nicht? Ist das wirklich bloß so einer, der jagen und foltern will aus Spaß und Perversion?
Ach nein, auch Ernst Kornmann hat natürlich Gründe...
Das ist ja das Schlimme, daß wir alle, alle von uns, Gründe haben, gute Gründe für das, was wir tun!
Kornmanns Eltern waren Kommunisten. Beide kamen schon 1935 ins KZ. Den Jungen steckten die Nazis in ein Zwangserziehungsheim. Da kniff er aus, als er vierzehn war. Lebte versteckt und illegal, ohne Papiere, ohne Schutz. Fand eine kommunistische Widerstandsgruppe. Wurde Kurier, schmierte Hauswände, U-Bahnhöfe, S-Bahnhöfe und das Pflaster voll mit Anti-Hitler-Parolen. Natürlich erwischte ihn die Gestapo. 1944 kam er in ein KZ. Die Russen befreiten ihn – im letzten Moment. Kornmann war schon halb hinüber. Lag ein Jahr im Krankenhaus.
Erfuhr, daß sie tot waren, Vater, Mutter, die ganze Verwandtschaft, alle Freunde und Genossen der Gruppe. Tot. Tot. Tot. Da wuchs der Haß in Ernst Kornmann, und er wuchs weiter, als er sah, wie die Töter drüben im Westen wieder auftauchten als Politiker, Richter, Staatsanwälte, Publizisten. Die Amerikaner unterstützten das, fütterten die Brut fett und rund, damit alles noch einmal kommen konnte, alles noch einmal!
SS-Verbände wurden nicht verboten, die durften ihre Treffen veranstalten, die hatten ihre eigene Zeitung, die durften alles! Die KP, die wurde verboten. Und ihre Funktionäre gingen ins Gefängnis. Und alles kam wirklich wieder, alles kam wieder! Dem Ernst Kornmann ist es in diesem Sommer 1964 so, als wäre es Sommer 1932. Er hat eine Frau. Kinder hat er keine. Sie trauen sich nicht, seine Frau und er.
Warum ging er zum SSD?
Aus Begeisterung?
Aus Angst!
Aus Angst davor, daß die Faschisten wieder an die totale Macht gelangen, daß er und seine Frau genauso im KZ verrecken, wie Vater und Mutter verreckt sind. Deshalb ist er ein Zweihundertprozenti-

ger, wie sie ihn nennen, er weiß das. Es macht ihm nichts, wie sie ihn nennen, was sie von ihm denken. Alle können ihn gern haben. Er pfeift auf ihre Meinung. Auch auf die von dem alten, feigen Bräsig, den man braucht, leider. Leider, weil man Spezialisten eben immer braucht. Aber auch was der von ihm denkt, ist Kornmann egal! Das einzige Wichtige: Die Faschistenbrut da drüben *darf* nicht noch einmal über *ganz* Deutschland kommen! Sie *darf* nicht! Sie *darf* nicht!

Um dieses Ärgste zu verhindern, ist Kornmann bereit, alles zu tun! Alles, jawohl! Er ist viel zu intelligent, um sich nicht zu sagen, daß die Methoden des SSD kaum feiner sind als die der Nazis. (Von Gaskammern und dergleichen abgesehen – das hat bisher den Braunen *keiner* nachgemacht!) Er ist auch zu intelligent, um nicht zu sehen, daß in der DDR Unrecht, schreiendes Unrecht geschieht. Egal! Egal! Dieser Mann hat Scheuklappen. Alles, was er sieht, sind die Faschisten. Ihnen gilt sein ganzer, maßloser Haß. Tröstung: Brecht, der schrieb: ›Ach, wir, die wir den Boden bereiten wollten für Freundlichkeit, durften nicht freundlich sein ...‹

Ja, so einer ist der Ernst Kornmann, der durch den Spiegel schaut und hört, was nebenan vorgeht.

Welche sind, die haben eine böse Saat gesät, einmal, vor langer Zeit. Wer waren die? Wann war das? Niemand weiß es. Aber sie geht immer wieder auf, die Saat, und sie macht den Menschen zu des Menschen Wolf.

Kornmann sieht Bräsig und Knolle, er hört ihre Stimmen aus dem Lautsprecher ...

»... der Kaisa! Der Kaisa!« ruft der Bruno gerade erregt. »Einen solchen Über-Rochus hab ick jekricht auf den, det ick et überall azählt habe, wie ick den hasse! Und da sind denn so'n paar Kerle jekommen, die ham jesagt, jeh doch mit, und da bin ick mitjejangn. War man jerade erst zwee Jahre in de Schule, als wir den Einbruch jemacht ham bei ihm.«

»Beim Kaiser?«

»Sage ick doch!«

Der Bräsig fängt an zu lachen. Na ja, denkt Kornmann, der ihn betrachtet. Ist ja auch zum Lachen. Nur: Ich konnte nie lachen in meinem Leben. Über nichts.

»Tatsächlich!« kommt Bräsigs Stimme aus dem Lautsprecher, während Kornmann sieht, wie er liest. »Im Hohenzollernmuseum wart ihr! Das war ja nun zwar nicht gerade direkt beim Kaiser, aber immerhin ...«

Und Brunos Stimme: »Rinjejangn sind bloß die Kerle. Ick stand nur

Schmiere. Aba wat ham wa da rausjeholt, Herr Bräsig! Jold! Un Silba! Un nochma Jold! Ick hatte det janze Vatrauen von die Kerle – wejen mein Haß. Vastehnse?«
»Klar. Aber gefaßt seid ihr worden, lese ich da.«
»Eena hat jequatscht, im Suff. Hamse uns alle hochjenommen. Die Kerle krichten Zet, mir hamse in Jugendzwangserziehung jejeben, in ein Heim.«
»Bis zum fünfzehnten Lebensjahr«, liest Bräsig nebenan in der Akte.
»Ja. Se hatten mir an een Budika vamittelt, damit ick 'n Beruf lerne. Kellna! Ick fing janz unten an. Mit achtzehn hatte ick allet jelernt, wat et zu lernen jab! Ick war 'n prima Kellna.«
»Warum sind Sie es nicht geblieben?«
»Ach, Herr Bräsig! Sie wissen doch: Eine Weile jeht's jut, denn fängt det Jeflüsta an: Der hat jesessen, der war im Knast, in Jugendhaft, in Zwangserziehung! Mein ersta Kneipjeh, der hat mir trotzdem jehalten, lange! Zuletzt *konnte* er nicht mehr. Die Jäste blieben ihm meinetwegen weg. Da mußte er mir kündijen. Und so kam der neechste. Und der neechste. Und 'n Restaurang. Und ne Kneipe. Und noch 'n Restaurang. Und immer mußte ick wieda weg. Nich wegen schlechte Arbeit. Eben weil et sich rumsprach. Ach, det ham Sie sicha schon hundertmal jehört, die Leia!«
»Tausendmal!« sagt Bräsig, spielt unter dem Schreibtisch mit der Spritze und sieht in die Mappe. »Sie wurden also dauernd rückfällig. 1934. 1936. 1937. Immer Einbruch?«
»Nur! *Niemals* Jewalt!« ruft Bruno stolz.
»1940 hat man Sie dann zum Tode verurteilt.«
»Ja, wejen de Zookasse!« Bruno strahlt auf. »Det war mein jrößtet Ding! Ick meine: Die Volksbank hier war ooch nich schlecht, aber et steckte nich so viel Ehrjeiz dahinta, sie ham mir ja ooch schnell erwischt. Die Zookasse, die war mein Meestastück! Fümf Jahre, von 34 bis 39, hat der Kommissar Prangel jebraucht, bis er mir schnappn und übaführn konnte.«
Als der Bruno ›Prangel‹ sagte, ist der Kommissar zusammengezuckt. Bruno hat es nicht gemerkt.
Prangel! denkt Bräsig, und auf einmal schämt er sich so für sich und dafür, daß er hier sitzt, mit der Spritze in der Hand, wie er sich noch nie geschämt hat im Leben.
Berthold Prangel!
Oft hatten sie zusammengearbeitet. Damals durfte Bräsig noch seinen richtigen Namen verwenden bei der Arbeit: Wilhelm Herterich. Unter diesem Namen kannte ihn Prangel – würde ihn auch heute

noch so ansprechen, wenn er ihm begegnete. Wilhelm *Bräsig* – davon weiß Prangel natürlich nichts, kann er nicht wissen. Gott sei Dank. Der würde ja ausspeien vor ihm!
Sie waren beide Spezialisten. Damit hatten sie im Dritten Reich ihre Ruhe. Man ließ sie zufrieden. Die Partei quatschte ihnen nicht rein, sie mußten keine Mitglieder werden. Vor einer Versetzung zur Gestapo drückte auch Prangel sich immer wieder. Beide hatten sie Glück, es gelang ihnen bis zuletzt, nur saubere, unpolitische Kripo-Arbeit zu leisten. Anderen gelang das nicht so ...
Prangel – ach Gott! Jünger war er als ich. Dürfte jetzt so fünfundfünfzig sein. Wenn er ...
»Lebt ...«, beginnt Bräsig und bricht jäh ab.
Verflucht! Ich muß aufpassen.
Er sagt schnell: »Kommissar Prangel, ja, hier steht es. Haben Sie den je wieder gesehen ...« – vorsichtig – »... nach dem Krieg?«
»Oft, Herr Bräsig!« Der Bruno ahnt nicht, was er mit seinen Worten anrichtet. »Wenn der nich in de letzten vier Jahre abjenippelt is, arbeitet er wohl immer noch feste. Seine Frau, die Arme, die is ja jestorben, 1953. Oder 1952. Ick weeß et nich ufft Jahr.«
»Ge ...« Wieder beherrscht Bräsig sich im letzten Moment. Die Anna ist gestorben? Vor so langer Zeit schon! Den Knolle da, den darf er nicht weiter fragen. Armer Prangel! War eine glückliche Ehe – wie die seine.
Oft haben Prangels Herterichs eingeladen, als die Marie noch besser sehen konnte.
Und Prangels waren bei Herterichs zu Gast. Die Frauen verstanden sich gut. Die Abende, an denen er mit Prangel kegeln ging! Die Ausflüge an den Wannsee! Die Baumblüte in Werder! Da sah Marie schon sehr schlecht, aber Anna Prangel erzählte ihr alles; wie die Blüten aussahen, und welche Farben sie hatten, und Zweige pflückte Anna, damit Marie die Blüten betasten und mitnehmen konnte nach Hause ...
Der Krieg ging zu Ende.
Prangel verdrückte sich beizeiten und lebte ein paar Wochen im Untergrund, mich haben sie ganz zuletzt noch zum Volkssturm gesteckt, rausgejagt. Am dritten Tag schon haben mich die Russen gekascht. Als ich heimkam, war es Anfang 1948. Namensverwechslung mit einem anderen Wilhelm Herterich, der etwas ausgefressen hatte. Bis die Verwechslung geklärt war, saß ich im Lager bei Odessa. Alle entschuldigten sich zuletzt sehr, ich wurde sogar mit einem Eisenbahnzug, reserviert für Offiziere der Roten Armee, zurückgeschickt.

Arme Marie! Sie ging fast ein in dieser Zeit, als ich fort war. Zuerst hatten immer noch Prangels nach ihr gesehen, aber dann, Ende 1946, kamen sie nicht mehr. Na ja, da fing ja auch schon die Spannung an, das Mißtrauen, der Kalte Krieg.
Ich wurde gleich wieder eingestellt bei der Kripo – im Osten! Und 1948 war es schon soweit, daß sie mich zwangen, meinem Freund Prangel auf dem Dienstweg mitzuteilen, ich hätte als Angestellter des Staates Weisung, jeden privaten Kontakt mit Staatsbeamten im Westen abzubrechen. Gleich danach ging die Blockade los. Nie wieder habe ich etwas von meinem Freund Prangel gehört...
Oft sagt Marie noch: »Es ist so schade, Wilhelm. Ich bin sehr traurig.«
»Aber du darfst nicht traurig sein! Ich bin doch bei dir!« rufe ich dann immer. »Wir zwei sind zusammen! Und wir werden es immer bleiben! *Uns* können sie nicht spalten! Nie! Ich tu alles, was sie wollen, Marie, alles!«
Na ja, denkt Wilhelm Bräsig nun voll Bitterkeit, und, wahrhaftig, das tue ich!
Alles!
Pfui Teufel!
Bräsig, wie Herterich jetzt also heißt, reißt sich zusammen. Er versteckt die Injektionsspritze so in der Hand, daß nur die Nadel frei ist, steht auf, hält die Hand auf dem Rücken, tritt vor den Schreibtisch und wiederholt: »1940 zum Tod verurteilt...«
»Ja, von Rüben-Mülla. Den berühmten Landjerichtsdirekter, Sie erinnan sich jewiß. Bei den war imma jleich die Rübe ab – kch! Nach 'n Krieg issa in Westen jemacht. Im Zet hamse azählt, er is heute wieda bei't Jericht. Kann natürlich 'ne Scheißhausparole sein. Entschuldigense det harte Wort. War besonders wild uff Politische, der Rüben-Mülla. Mir hat er janz lustlos verurteilt. Zookasse – wat war det schon für so een'! Se ham et denn ja ooch nich so eilich jehabt mit de Hinrichtung und nischt dajejen, det ick begnadigt worden bin zu Frontbewährung in 'ne Strafkompanie.«
»Sie haben *fünf Jahre Strafkompanie* überlebt?«
»I wo! Zum Jlück fing der Krieg mit Rußland an. Warten werde ick, bisse mir abknalln! Im Dezember 41 war ick schon in sowjetische Jefangenschaft. Weil ick mir jleich rübajerettet habe un noch 'n Dutzend Kumpel mitjebracht, durfte ich 47 nach Hause. Kam ick zurück aus Karaganda. Weita Weg bis in de Chimanistraße!«
»Chimanistraße?« Bräsig tritt näher an Bruno heran.
»Da hab ick Nellyn kennenjelernt. Meine jroße Liebe! Herrje, heute is det schon allet wie im Märchen. Aber damals, Herr Bräsig, 47, da

hättense mir sehn solln! Richtich stattlich war ick da noch! Und meine Nelly, det war die tollste Biene uff den neuen Strich. Die konnte verlangen, wat se wollte! Wie wahnsinnig warn die Kerle nach die! R-Mark-Zeit! Jeld hat Nelly natürlich nie jenomm! Bloß Fressen, Zigaretten, Schnaps! Jelebt ham wa wie Jott in Frankreich.« Der Bruno lächelt trübe. »Ja, det war Nelly. Die is nu ooch schon ihre fümf Jahre in Westen. Düsseldorf. Der Ruf der Industrie!«
Nun steht Bräsig halbwegs hinter Bruno, Oberschenkel, denkt er. Flach die Hand, ausholen, und jetzt...
Und jetzt dreht sich der Bruno um, denn er ist ein höflicher Mensch und weiß, man muß die Leute ansehen, wenn man zu ihnen spricht. Der Kommissar kann die Hand mit der Spritze gerade noch hinter den Rücken bringen, und während er ›verflucht!‹ denkt, sagt er freundlich: »Was haben Sie denn damals gemacht?«
»Kellneriert ha 'ck«, antwortet der Bruno ebenso freundlich. Er hat nicht das geringste gemerkt. »In eene Kindl-Stube.«
»Nanu!«
»Herr Bräsig, bedenkense mal! 47, da jab et doch noch nischt zu klaun! Meine janzen Freunde warn damals außerberuflich tätig.«
»Hatten Sie viele?« Das ist wichtig, das muß der Kommissar wissen – für später.
»Kann man wohl sagen! Viele sind ja jefalln oder warn vermißt. Aber immer noch jenuch übrich! Bei de Blockade, da konnten wa wieda anfangen. Hauptsächlich in Villen. Alle drei Minuten so 'n Rosinenbomba von de Amis über de Köppe, Tag und Nacht! Damals hat jeda injebrochen, wat bloß für 'n Jroschen Jrütze in Kopp hatte! Se konnten doch nischt hörn bei den Lärm!«
Bräsig geht um Bruno herum. Versuchen wir es mal von der anderen Seite. Aber gerade, als er wieder ausholen will, dreht der Bruno sich wieder um, und es ist wieder nichts. Himmelherrgott!
»Wat machense denn da dauernd hinta mir, Herr Bräsig? Is da wat? Beim Rausjehn aus 'n Knast hat mir nämlich der an't Tor dreimal anjespuckt. Symbolisch. Der hat mir doch nich etwa 'ne Auster ruffjerotzt?«
»Da ist so ein kleiner, feuchter Fleck«, lügt Bräsig.
»Und det finden nu manche Leute komisch, Herr Bräsig!« regt Bruno sich auf.
Der Kommissar kann sich nicht helfen, er findet es bereits komisch, daß es ihm nicht gelingt, dem Bruno die Nadel reinzurennen. Er grinst einmal in Richtung Spiegel. Aber dieser Kornmann, das ist ja ein Vieh, der grinst nie, der lacht nie!
Bräsig seufzt, tritt vor Bruno, mit der Hand natürlich wieder auf

dem Rücken, und nickt: »Tja, Herr Knolle, und dann war diese wunderbare Blockade-Zeit vorüber, Sie waren wieder im Milieu, und Sie haben weiter geknackt und weiter geknackt, bis Sie bei der Volksbank hochgegangen sind. Und nun sitzen Sie da. Mit einem Guthaben von 853 Mark und 50 Pfennig. Und sonst nichts.«
»Und sonst nischt«, wiederholt Bruno beklommen. »Wat soll werden mit mir? Wieda anfangen als Kellna? So 'n ollen Knastbruda nimmt doch keena! Uff meine Abmeldung steht ooch noch druff: Letzta Wohnort: Zuchthaus Brandenburg. *Det* is 'ne Empfehlung, wat! Da krieje ick nich mal 'n Zimma, wenn det 'ne Wirtin sieht! Ick bin nich umsonst so deprimiert.«
»Na, na, na«, sagt Bräsig, »nun weinen Sie nicht gleich, Herr Knolle. Das mit dem Meldezettel, das kriegen wir schon hin.« (Hör gut zu, Kornmann, Mistvieh, wie elegant ich zur Sache komme.) »Herr Direktor König hat mir erzählt, daß Sie im Zuchthaus immer von einer eigenen Kneipe phantasiert haben.«
»Von meine eijene Kneipe«, murmelt Bruno leise und verloren. »Ja, da hab ick wohl oft phantasiert von, Herr Bräsig.« Und nun, wie stets, wenn ihn etwas besonders erregt oder ergreift, kann er fast einwandfreies Hochdeutsch sprechen: »Selbst wenn ich genug Geld hätte, eine Kneipe bekäme ich nie. *Nie*!« Unglücklich blicken die Seehundsaugen. »Mit *meine* Vorstrafenlatte? Da gibt es keine Konzession!« Das hat er laut gesagt. Nun hoffnungslos: »Und *trotzdem* habe ich geträumt von meine eigene Kneipe! Was will man tun gegen Träume? Das geht Ihnen doch sicher auch so.«
Der Kommissar runzelt die Stirn.
»Wie?«
»Daß Sie einen Traum mit sich rumschleppen und wissen genau, er kann sich nie erfüllen!«
Bräsig hustet und sieht zum Telefon.
Immer noch kein Anruf von Marie.
Was dieser Knolle da sagt... ist es wahr? Gehen solche Träume wirklich nie in Erfüllung?
»Sehen Sie«, meint Bruno, der des Kommissars Schweigen als Zustimmung auffaßt. Er klopft sich ans Herz. »Hier drin, da ist eine kleine Kammer, stelle ich mir immer vor. Und in der Kammer, da wohnt er, der Traum. Bei jedem Menschen ein anderer natürlich. Sind wir jung, dann denken wir: Klar geht er in Erfüllung, na was denn! Werden wir älter und klüger, dann wissen wir: Nichts ist mit der Erfüllung!« Bruno redet traurig und ernst, und ernst und traurig schaut ihn der Kommissar an. »Plötzlich spürt man: Er ist ausgezogen, der Traum, leer ist die kleine Kammer, und das tut weh,

schrecklick weh, ganz verrückt macht es einen! Na ja, und dann kommt der Tag, da setzen wir was anderes rein in die kleine Kammer, jeder von uns!«

Bräsig ist ein bißchen durcheinander, er kommt sich plötzlich furchtbar armselig und schäbig vor, schäbig und armselig, sein ganzes Leben war es, und er fragt leise: »Was setzen wir rein, Herr Knolle?«

Antwortet Bruno eifrig, man sieht, er hat oft nachgedacht darüber: »Den Lieben Gott am häufigsten! Darum werden die alten Leute wohl alle noch so gläubig. Wie viele habe ich im Bau kennengelernt, die sagten immer: Lieber Gott? Mein Lieber Gott ist in meiner Hose! Ach herrje – warten wir noch zwanzig Jahre! Ich denke mir, diese Träume und die kleine Kammer, die hat der Liebe Gott nur geschaffen, damit auch noch die *Allerärmsten* amen sagen können, wenn's zu Ende geht.«

Ich muß handeln, denkt der Kommissar und erwidert deshalb: »Aber bei Ihnen, Herr Knolle, da ist die kleine Kammer noch nicht leer, da ist der Traum noch drin!«

»Nicht mehr«, antwortet Bruno. »Aber es ist noch nichts anderes da. Deshalb phantasiere ich, verstehen Sie? Deshalb weiß ich noch genau, wie er aussah, mein Traum.«

»Und wie sah er aus?«

Hilflos und sehr zaghaft lächelt da der Bruno, und er spricht andächtig und etwas schwerzüngig: »Ja, wie sah er aus... Klein sollte sie sein, meine Kneipe. Kein Personal! Nur ich und... und...« Er druckst. »... und vielleicht eine...« Aber er bringt es nicht heraus.

Der Kommissar hilft, ebenso leise: »Und vielleicht eine Frau?«

Der Bruno nickt und schluckt: »Ja, Herr Bräsig. Die Frau hätte kochen können – alles andere wäre meine Sache gewesen!«

Er steht unsicher auf. Sein alkoholumflorter Blick geht durch den Kommissar hindurch und durch die Wand hindurch, die er anstarrt, weit weg geht der Blick Brunos, und er merkt gar nicht, daß er auf einmal in der Gegenwart spricht und gar nicht mehr Hochdeutsch: »Die Tische scheuere ick blütenweiß... den Boden schrubber ick... die Theke, die blitzt man bloß so! Jeden Morgen putz ick det Nikkel! Die Bierhähne! Die Kanten! Und denn steh ick da vor meine Jläsa, neben det Schränkchen mit de Buletten und die Rollmöpse...«

»... und den Bratheringen«, ergänzt der Kommissar und tritt näher, denn nun, das ist klar, wird der Bruno die Nadel nicht merken, nun kann es gleich losgehen, nur noch ein *bißchen* weiter träumen soll er, der arme Kerl!

»...und die jute Sülze!« Der Bruno lächelt entrückt. »Und hinta mir die Pullen, die Zijarrenschachteln! Nie Ärja mit de Polizei... Krach und Prüjel, det gibt et nicht bei Bruno Knolle, der läßt bloß anständije Leute rin, friedliche, stille! Mit die spielt er manchmal Skat oder trudelt sich 'ne Runde aus, der Bruno, und Musik machta, hat so 'n Automaten mit Platten... wenna alleene is, denn spielta sich immer die eene vor, die er am liebsten hat... so wie er't jemacht hat in Brandenburch...«

»Was haben Sie da gemacht?«

Der Bruno sieht den Kommissar lächelnd an, aber er sieht ihn in Wirklichkeit nicht, er sieht seine Kneipe. »War doch 'n Grammophon in Aufenthaltsraum... 'n altet... und 'n Haufen alte Platten... und da habe ick sie mir vorjespielt, immer wieda... *meine* Platte... hick! 'tschuldigung... mein Lied...«

»Wie heißt es denn?«

»Ach, Sie kenn et sicherlich! ›Wenn die Sonne hinter den Dächern versinkt!‹ Nich, Sie kennen et?«

Der Kommissar nickt. Und als sein Besucher die süße, wehmütige Melodie zu summen beginnt, da summt er mit.

Brunos Erregung hat sich in euphorisches Wohlbefinden verwandelt.

»Also: Wenn ick det höre, Herr Bräsig! Det janze olle Berlin steht vor mir uff! Wissense noch? Witwenball bei Waltachen? Un Resi? Die Bulljonkella un die Ringvereine! Die Bjutis von de Scala! Haus Vataland! Treptow in Flammen...« Er summt wieder ein bißchen: »Carows Lachbühne, wat? Bockbierfest in de Hasenheide! Spazierenjehn in Pläntawald?«

Der Kommissar neben ihm assistiert: »Und die Löffelerbsen und die Brötchen bei Aschinger!«

»Und die Baumblüte in Werda!« murmelt Bruno und merkt nicht, daß der Kommissar sich auf die Lippe beißt, weil ihm wieder die Ausflüge mit dem Ehepaar Prangel eingefallen sind. »Und die Züge mit de Besoffenen«, setzt Bruno als Gedankenassoziation zu ›Baumblüte‹ fort.

»Sechstagerennen«, murmelt der Kommissar und tritt ganz dicht neben Bruno.

Der nickt selig, und mit unsicherer Stimme beginnt er zu singen: »Wenn die Sonne hinter den Dächern versinkt, bin ich mit meiner Sehnsucht allein...«

Der Kommissar fällt ein: »...wenn die Kühle in meine Einsamkeit dringt...«

Und nun zusammen: »...kommen ins Zimmer Schatten herein!«

Bei ›herein‹ holt der Kommissar aus und haut dem Bruno die Spritznadel endlich durch die Hose in den Oberschenkel. Blitzschnell drückt er den ausgeleierten Kolben herunter.
Bruno verstummt. Mit offenem Mund steht er da, starrt vor sich hin, stöhnt einmal, sehr zart, dann kippt er schon um. Sehr zart fängt der Kommissar ihn ab und läßt den Körper auf den Fußboden gleiten. Da läutet das Telefon!
Bräsig rennt zum Schreibtisch, reißt den Hörer ans Ohr.
»Ja?« Er hält noch die Spritze in der Hand, jetzt wird er auf einmal mächtig kurzatmig. »*Marie? Endlich!* Also?«
Aus seinem Büro kommt Kornmann. Er geht zu Bruno, der da liegt wie ein Kartoffelsack und starrt ihn begeistert an.
Indessen hat der Kommissar gesagt: »Nein, Marie, nein, du störst überhaupt nicht! So rede doch! Nur ein Herr, der...« Er bemerkt, daß Kornmann den reglosen Bruno hochheben will, legt eine Hand auf den Hörer und sagt: »Nicht! Liegenlassen! Schließen Sie die Tür zu.« Und denkt: Will der den Knolle nun spazierenführen? Was für ein Kretin!
Kornmann steht auf, geht zu der Tür von Neiders Büro und dreht den Schlüssel im Schloß.
Der Kommissar, am Telefon, gerät derweilen in immer größere Aufregung, die buschigen Brauen sträuben sich, er atmet schwer: »*Geschafft!* Was?... Nein, du kannst ruhig reden, Liebling... Also wirklich unterschrieben der Vertrag? Ach, du meine Süße!«
Und reglos liegt der Bruno auf dem Boden.
»Der Angelsteg *auch*?« Die Stimme des Kommissars überschlägt sich. »Das hast du fertig gebracht? Marie, meine Gute, meine Beste! Wenn du jetzt hier wärst...«
Und reglos liegt der Bruno auf dem Boden.
»Heute komme ich bestimmt nicht später als zehn! Dann feiern wir! Ich bringe ein paar Pullen Sekt mit. Krimsekt, hast du doch am liebsten!«
Und reglos liegt der Bruno auf dem Boden, und Kornmann ist neben ihn getreten, aber er starrt ihn nicht mehr an, sondern er lauscht voll Interesse des Kommissars Gespräch.
»Nein, früher wird es nicht gehen, leider. Ich habe noch etwas zu erledigen. Bis zehn also. Wiedersehen! Wiedersehen, meine Brave!«
Damit legt Bräsig den Hörer nieder.
Sein bulliges Gesicht hat sich gerötet, er strahlt, er kann nicht sprechen vor lauter Glückseligkeit. Da kommt Kornmann zu ihm, schüttelt seine Hand, und weil er alles kapiert hat, sagt er: »Ich gratuliere, Herr Kommissar. Ich gratuliere von ganzem Herzen!«

Bräsig blinzelt. Das ist doch der Kornmann, das Ekel. Ach, Ekel! Was heißt Ekel? Piepegal jetzt! Die Marie hat es geschafft!
»Danke, mein Freund«, sagt der Kommissar, beinahe gerührt über die Glückwünsche dieses Dreckskerls. »Das ist der schönste Tag meines Lebens! Und *mitsamt* dem Angelsteg, Kornmann! Den haben sie *auch* verkauft! Auch den Angelsteg!« Er lacht dröhnend. Dann bricht er plötzlich ab und geht zu Bruno hinüber, der da liegt und sich nicht rührt, grau im Gesicht, die sanften Äuglein geschlossen.
Leise sagt Bräsig: »Du mit deiner kleinen Kammer ... sei jetzt vernünftig ... Dann geht dein Traum so in Erfüllung wie meiner!« Und er denkt: Sag ja, so wie ich ja gesagt habe, pfeif auf alle, denk an dich, mach die Schweinerei mit, ich habe so viele Schweinereien mitgemacht, damit dieser Tag heute kommt!
Ach, Bruno Knolle, denkt der Kommissar, ich bitte dich, sei kein Held. Das ist keine Zeit für Helden. Das ist eine Zeit für Feiglinge. Sei feige, Bruno Knolle, bitte. Bist so ein netter Mensch ...
»Und nun?« fragt Kornmann.
Bräsig zuckt zusammen. Hat dieses Schwein etwas in meinem Gesicht gelesen? Meine Gedanken? Noch ist das Glück nicht gesichert! Noch muß ich ein Jahr lang kuschen! Achtung! Vorsicht! Das Häuschen!
»Jetzt fahren wir ihn hin«, sagt Bräsig. »Ist alles vorbereitet?«
»Beim Lastenaufzug, jawohl. Der Wagen steht im Hof. Wir können direkt verladen.«
»Erst noch die Platte«, sagt der Kommissar.
»Was für eine Platte?«
»Sein Lied. Wir müssen die Platte mitnehmen.«
»Wo kriegen wir ...«
»Rufen Sie beim Funk an! Das Lied ist doch nicht verboten! Sie sollen uns die Platte leihen.«
»Glauben Sie nicht, es genügt, wenn er die Kneipe sieht?«
»Nein«, sagt der Kommissar bockig. »Seine Kneipe ohne sein Lied, das wäre unvollkommen. Das wäre so ... so wie mein Häuschen ohne den Angelsteg!«

7

Bruno Knolle hat einen scheußlichen Traum. Er träumt, daß ihn eine Biene gestochen hat. Eine Biene in Werder. Da war er und hat sich die ganze Pracht angesehen und ordentlich gesoffen, und beim Saufen ist ihm das Tierchen zwischen die Lippen gekommen und hat ihn gestochen. In die Zunge. Nun wird die Zunge dicker und dicker, sie schwillt an, der Bruno kann kaum noch atmen, denn die Zunge legt sich über die Luftröhre, und sie wird immer noch größer, da jachtert der Bruno mit einem erstickten Schrei hoch. Und damit ist er wieder bei Bewußtsein und setzt sich auf.

Er fühlt schweren Schwindel, aber Schmerzen hat er keine, nur die Zunge, die ist zwar nicht so fürchterlich geschwollen wie im Traum, aber ganz pelzig und trocken, der Bruno vermag nicht zu schlucken. Dann schluckt er doch.

Vor Entsetzen!

Wenn einem so etwas passiert, kann man schon außer sich sein vor Entsetzen.

Der Bruno hat gemerkt, daß er auf dem blankgeputzten Boden einer kleinen Kneipe sitzt, in der elektrisches Licht brennt. Ganz allein sitzt er da. Und er sieht weißgescheuerte Tische, eine blitzende Theke, dahinter eine Wand voller Gläser und Pullen und Zigarrenschachteln. Und neben der Theke steht eine große, wunderschöne Music-Box!

»Ogottogottogott«, stöhnt der Bruno, »et jeht los! Ick habse nich mehr alle beisamm! Ick jehör in de Klapsmühle! Oder *is* det schon die Klapsmühle? *Hilfe!*« schreit er und krabbelt hoch, schwankt dabei, haut sich an einem Tisch die Hüfte an und stolpert zur Theke. »He!« schreit er. »Hallo!« Er merkt nicht, daß er sich mit einer Hand auf die Bierabfüllung gestützt hat. Mechanisch drückt er den Schalthebel herunter – und fährt zurück, als aus dem Hahn goldweißes Bier zischt.

»Nee!« ruft er zurückweichend. »Nich! Nich! Det soll uffhörn!« Aber das Bier strömt weiter, und der Bruno fällt im Rückwärtstaumeln über einen Stuhl.

»Aua!!!«

Das hat vielleicht weh getan. Bruno hält sich den Schädel. Wieder steht er auf. Immer noch zischt das Bier. Der Bruno macht ein paarmal die wimpernlosen, geröteten Äuglein auf und zu, dann geht er entschlossen zur Theke, greift sich ein Glas und hält es unter den Hahn. »Wenn ick schon in Dalldorf bin, will ick doch sehn, ob die hier jeden Verrückten ooch Freibier jebn!« murrt er. Das Glas ist voll, es hat eine Riesenschaumkrone. Bruno drückt den Hebel zurück und hält sich an ihm fest, während er das Glas, das sich zu beschlagen beginnt, mit zitternder Hand zum Mund führt. Er leckt an dem Schaum. Er nimmt einen kleinen Schluck. Er stiert. Er stottert: »Pipipi ... *Pils!!!*«

Dann trinkt er das halbe Glas auf einen Zug aus.
»Schmeckt, was?« sagt eine Männerstimme.
Der Bruno läßt vor Schreck das Glas fallen.
»Na, na, na!« sagt der bullige Mann mit dem grauen Haar und den grauen buschigen Brauen, der aus einer Tür tritt, die wahrscheinlich zur Küche führt. »Sehen Sie mal, das schöne Glas, Herr Knolle! Und das gute Bier!«
»Wer sind ...«, fängt Knolle an, dann fällt es ihm ein: *»Herr Fürsorjer Bräsig!«*
»Richtig«, sagt der Kommissar. Er geht auf Bruno zu, der weicht vor ihm zurück. »Nun hören Sie aber auf! Sie sind nicht meschugge und nicht in Dalldorf! Reißen Sie sich ein bißchen zusammen!« Damit füllt er zwei Gläser mit Bier, sucht eine Flasche, füllt zwei kleinere Gläser mit Steinhäger und stellt das alles zwischen sich und Bruno auf die Theke.
»Trinken wir einen zusammen, los, kommen Sie!«
So trinken sie einen zusammen.
Den Steinhäger stürzt der Bruno in einem Zug hinunter. Er braucht ihn. Sein Blick fällt auf eine Uhr an der Wand, irrt zum Ausgang, zu den Fenstern.
Der Ausgang ist geschlossen, vor den Türen sind Rolläden herabgelassen. Dem Bruno wird es wieder unheimlich.
»Halb sieben! Als ick zu Ihnen kam, war et halb eins. Is' mir schlecht jeworden, Herr Bräsig? Hab ick 'n Anfall jekricht?«
Der Kommissar in seinem zerknautschten, grün-grauen Anzug wischt sich Bierschaum vom Mund und schweigt.
»Sie!« schreit Bruno wild. »Herr Fürsorjer! Hörense mir nich?«
Darauf sieht sich der Kommissar langsam im Raum um, und nach einer Weile fragt er versonnen: »Wäre das da ungefähr das Richtige für Sie?«
»Für ... wat soll denn det?« Jetzt schaut der Bruno wirklich wie ein Idiot aus, der Mund steht offen, er feixt blöde.
Der Kommissar meint: »*Günstigste* Lage. *Eckkneipe.* Neben einer Bushaltestelle. Gegenüber ein Taxistand. Und ein großes Filmkopierwerk. Wollen Sie den Laden haben?«
»Wat?«
Der Kommissar denkt daran, daß er vor zehn Uhr zu Hause bei der Marie sein will und daß jetzt der ärgste Teil kommt. Schnell hinter sich bringen möchte ihn der Kommissar. Sei vernünftig, Junge, denkt er, bitte, sei vernünftig – so wie ich! Und sagt: »Die Kneipe! Ob Sie die haben wollen! Sie erhalten eine Konzession, trotz Ihrer Vorstrafen, ich habe mit dem Justizministerium gesprochen. Sofort

bekommen Sie die Konzession! *Und* einen langfristigen Kredit. Die Höhe bestimmen Sie.«
Es vergeht nur so viel Zeit, wie man braucht, um bis fünf zu zählen. Dann hat Bruno kapiert.
»Ach so is det«, sagt er. »Sie sind überhaupt keen Fürsorjer. Sie sind ...« (Aber ich habe doch nichts getan, ich komme doch direktemang aus dem Knast, die können doch nicht schon wieder ... Die? Die können alles! Nein, ist das eine Scheiße!) »Sie sind vom SSD!«
»Genau«, sagt der Kommissar Bräsig. »Immer eine Freude für mich, wenn ich es mal mit einem intelligenten Menschen zu tun habe. Gibt so wenige.«
Bißchen laut sagt er das, findet Bruno.
Er weiß nicht, daß in der Küche der Kornmann steht.

8

Haben die Brüder also alles geplant - von Direktor König, dem Speckjäger, an, denkt der Bruno. Gut geplant, muß man ihnen lassen! Ein Hund ist der Bräsig! Jetzt erinnere ich mich wieder an sein Büro und unser Gespräch. Dieser schleimige Lump! Ausgehorcht hat er mich. Schön getan hat er mir. ›Herr‹ hat er gesagt. So also sind die, die Herr sagen zu einem wie mir.
Er muß mich abgespritzt haben, denkt der Bruno, denn dieses Wort ›abgespritzt‹, das in den Konzentrationslagern der Nazis geboren wurde, ist schon lange zum festen Bestandteil des deutschen Wortschatzes geworden, es wird gedankenlos und seelenruhig gebraucht von honorigen, netten Leuten, die auch, ebenso seelenruhig und gedankenlos, ›fertigmachen‹ sagen, ›durch den Ofen pusten‹, ›zur Schnecke machen‹ und ›ausradieren‹ (im Sinne von total vernichten), ›Erfassung‹, ›Volkskörper‹, ›Durchführung‹, ›Einsatz‹, ›restlos‹, ›erstmalig‹ und ›einmalig‹.
Ich habe mich für clever gehalten, denkt Bruno, und bin so doof wie ein Ei. Mein Hintern tut weh. Jetzt fällt mir auch der Moment wieder ein, wo ich den Stich spürte. Dann wurde es duster. Böse sagt der Bruno: »Vielen Dank, Herr Fürsorger. Herzlichen Dank, Herr Fürsorger! Sie haben sich soviel Mühe gemacht mit mir, Herr Fürsorger. Die Spritze wäre wirklich nicht nötig gewesen. Wenn ich gewußt hätte, daß Herr Fürsorger vom Staatssicherheitsdienst sind, wäre ich auch so mitgegangen, wie ein Schäfchen.« Er ist furchtbar empört, der Bruno, er spricht Hochdeutsch! »Womit kann ich also dienen – ich meine: *Muß* ich also dienen, Herr Fürsorger?«

Bräsig kippt einen zweiten Schnaps. Solche Momente sind immer noch die schlimmsten für ihn, da packt ihn immer noch das Schaudern vor sich selber, sogar heute, wo doch das Häuschen da ist, mitsamt Angelsteg. Bräsig sagt verlegen: »Nennen Sie mich nicht Fürsorger. Ich bin der Kommissar Wilhelm Bräsig.«

»Ach, verzeihen Sie, Herr Kommissar! Wird nicht mehr vorkommen, daß ick Herr Fürsorger zu Ihnen sage, Herr Kommissar. Und was wollen Sie von mir, wenn die Frage gestattet ist, Herr Kommissar?«

Mensch, sei doch vernünftig, bittet Bräsig stumm und antwortet: »Ich will Ihnen die Kneipe hier verschaffen.«

»Ach nein!«

»Ach ja.«

»Die Kneipe muß doch einen Besitzer haben!«

»Hatte einen.«

Die Schweine haben ihn kaltgemacht! überlegt Bruno in Panik. Der hat irgend etwas getan, was ihnen nicht gepaßt hat, und schon haben sie ihn liquidiert!

»Friede seiner Asche«, sagt Bruno. Nachdem der erste Schock vorbei ist, wird er jetzt aggressiv. Das hat er auch im Knast gelernt: Wann man kuschen muß, und wann man frech sein muß. Der Bräsig, das Aas, will doch was von ihm!

»Der Mann ist an Krebs gestorben«, sagt das Aas ganz ruhig. »Die Witwe möchte die Kneipe verkaufen. Da haben wir immer schon eine Anzahlung geleistet.«

»Der SSD?«

»Die Fürsorge natürlich. Für einen Mann, der heute entlassen wurde. Einen Mann namens Bruno Knolle. Der möchte nämlich so eine Kneipe haben. Wir, die Fürsorge, wollen ihm dazu verhelfen. Die Witwe hat uns die Schlüssel zum Hintereingang gegeben, damit der Herr Knolle sich alles angucken kann, wenn er kommt.«

»Und damit er nich weeß, wo sie is, die Kneipe, und damit er sich nich selbst in Verbindung setzen kann mit die Witwe«, meditiert Bruno, dessen Erregung gleichmäßig mit seinem Anfall von einwandfreiem Deutsch abklingt. »Darum hamse ihm ooch 'n ordentlichen Mickey Finn rinjehaun, den Herrn Knolle, wa?«

»Nicht darum. Sondern damit Sie Vertrauen fassen.«

»Damit ick wat fasse?«

»Vertrauen.«

»Zu'n SSD?«

»Zur Wirkung der Spritze.«

»Versteh ick nich«, sagt Bruno, der zu verstehen beginnt, aber

denkt: Nun laß den anderen reden, irgendwas ist mit dem auch nicht in Ordnung, der tut sich ja mächtig schwer, wischt sich den Schweiß von der Stirn und säuft schon den dritten Steinhäger, der Opa. Muß eine *ganz* krumme Sache sein!
»Sie sollen uns einen kleinen Dienst erweisen«, sagt Bräsig. »Hinten gibt's übrigens noch ein Billardzimmer.«
»Wat forn Dienst?«
»Und ein Riesenschnapslager im Keller. Kohlen. Vorräte. Wollen Sie sich nicht mal den Musikkasten ansehen? Fünfundsiebzig Platten!«
»Wat forn Dienst, Herr Kommissar?« fragt der Bruno laut und langsam.
Müde erwidert Bräsig: »Drüben in Westberlin sitzt einer. Den sollen Sie uns herüberschaffen.«

9

Das also ist die Freiheit!
Au verflucht. Ach du liebes Jesulein. Ach, war das schön im Zet!
Sagt der Bruno heiser: »Menschenraub!«
Sturer Bock, elender, denkt Bräsig. Glaubst du, *jetzt* läßt man dich noch laufen, wenn du es *nicht* tust? Mensch, nimm deinen Verstand zusammen! Du hast ja keine Ahnung, was dir passiert, wenn du nein sagst. Sei ein Feigling, eine Drecksau – wie ich. Dann bleibst du wenigstens am Leben!
»Menschenraub!« sagt der Kommissar klagend. »Was ist denn das für ein Wort? Ein schlimmes Wort ist das, ein ganz schlimmes, eines der schlimmsten! Dieser Mann, den Sie holen sollen, der gehört gar nicht in den Westen. Das ist ein alter Kollege von uns. Ist ausgerissen und hat eine Menge drüben verraten und verrät immer weiter. Ein Schuft, Herr Knolle! Das müssen Sie doch zugeben, daß das ein Schuft ist! Da kann doch keine Rede von Menschenraub sein. Da kann man doch nur sagen: So einer *muß* zurückgebracht werden, damit er seine verdiente Strafe bekommt. Habe ich recht?«
»Aber jewiß doch, Herr Kommissar! Der SSD hat imma recht!«
Bruno weiß, daß er jetzt nicht mehr frech sein darf, daß er sich um Kopf und Kragen redet, aber nun ist es stärker als er, ein ungeheurer Rochus hat ihn gepackt auf diese ganze Gesellschaft, die ihn schurigelt und herumstößt und für die er nur ein Stück Mist ist, kein Mensch.
Sollen sie ihn doch wieder einlochen! Er wußte ja, daß er keine

Chance hat. Lieber gleich zurück ins Loch, als noch lange herumkrebsen. Aber wenn es die Rübe kostet?
Dann kostet es eben die Rübe! denkt der Bruno, der, wie jeder von uns manchmal, einen heldischen Idiotenmoment hat. Wird gleich vorübergehen, aber im Moment hat er ihn. »Diesa Schuft muß zurückjebracht werden, klar! Unta alle Umstände ...«
»Na also!«
»... aba nich von mir! Nee, Herr Kommissar, nee. Da müssense sich schon 'n andan suchen. Sowat is bei mir nich drin, vastehnse? Und nu piekense ma wieda scheen in Arsch und bringen ma zurück zu'n SSD und machen, watse wollen.«
Da ist er also ganz heroisch, der Bruno, heroischheroisch sozusagen! In dem Moment kommt Kornmann aus der Küche, der braungelockte, tatenfrohe Kornmann.
Langsam geht er auf Bruno zu, der mit einer Stimme, die schon alles andere als heroischheroisch ist, fragt: »Wer sind *Sie* denn?«
»Tut mir leid, Herr Knolle«, sagt der Kommissar, »aber als ich mich im Justizministerium wegen Ihrer Konzession erkundigte, bestand dieser Herr darauf, mitzukommen und Sie zu sprechen.«
Damit geht er achselzuckend zu den Pullen, langt sich eine, Wodka diesmal, füllt ein anderes Glas, kippt es und trinkt Bier nach.
Alles vorher besprochen natürlich: Bräsig hat vorgearbeitet, nun löst Kornmann ab. War der eine freundlich, muß der andere brutal sein. Alte Regel. Die Therapie hat Bräsig vor Jahren festgelegt.
Kornmann schnauzt Bruno also scharf an: »Kommen Sie mal näher!«
Zitternd tritt Bruno vor die Theke.
(Ende des idiotischen Heroenmoments.)
»Bruno Knolle, im Auftrag der Staatsanwaltschaft Stadtgericht Berlin-Mitte verhafte ich Sie. Kommen Sie mit!« Und Kornmann packt Bruno grob an der Schulter. Der hat zwar gerade noch große Töne gespuckt von wegen: Macht doch mit mir, was ihr wollt! – aber bei dem Wort verhaftet ist es ihm fast in die Hosen gegangen, und jetzt kann er nur noch stottern: »Aba, aba, aba ... wieso denn? Ick ... habe doch nischt ausjefressen!«
Kornmann hält ihm einen Wisch hin und sagt: »Einbruch in die Hauptkasse Ost der Berliner Verkehrsbetriebe am 21. April 1959.«
»Die BVG? Da ha'ck nie wat zu tun jehabt mit!«
»Es liegen uns lückenlose Beweise vor. Kennen Sie einen gewissen Peter Seelos?«
»Nie jehört.« (Ajajajaj!)

»Sie lügen«, sagt Kornmann kalt. »Seelos war einer Ihrer alten Kumpane. Ist vor einem Jahr im Zuchthaus Sonnenburg gestorben. Bevor er starb, hat er zugegeben, mit Ihnen die BVG-Kasse Ost ausgeraubt zu haben. Und er hat uns alles nötige Material geliefert.«

Nun Moment mal, Bruno. Langsam. Laß dir Zeit. Nachdenken. Die beiden Kerle spielen zusammen, das ist klar. Bei der BVG Ost bist du eingebrochen, das läßt sich nicht leugnen. Mit dem Seelos. Tot ist der? War doch höchstens fünfzig. Ganz gesund. Woran der gestorben ist? Ist er überhaupt gestorben? Wenn ja, dann vielleicht, weil er auch gesagt hat, nee, danke, ich hole keinen aus dem Westen rüber?

Jetzt möchte ich gern einen Schnaps. Aber der läßt mich ja nicht los. Scheiß mit Reis!

»Seit ein Jahr hamse also Beweise jejen mir? Warum bin ick denn da iebahaupt entlassen worn in Brandenburch?« (Auf doof spielen.) »Warum hattet denn nich jleich 'ne neue Vahandlung jejebn und ick bin drin jebliebn?« (Ihr habt mich natürlich nur rausgelassen, um mich nun erpressen zu können. Junge, Junge, müssen *die* vorgeplant haben! Muß *denen* an dem Herrn im Westen liegen!)

»Sie kommen schon wieder rein«, verspricht Kornmann. »Keine Bange! Aber diesmal für den Rest Ihres Lebens, Knolle, als unverbesserlicher Asozialer. *Für den Rest Ihres Lebens!*«

»Hab ick schon bei't erste Mal jehört«, gibt Bruno bekannt, während er überlegt: Wenn ich Bräsigs Angebot angenommen hätte und wäre im Westen hochgegangen, was ja immer drin ist, dann würde ich kriegen – laß mal sehen: Einbruch im wiederholten Rückfall, Menschenraub – na, mindestens fünfzehn Jahre! Das haben die Brüder sich natürlich auch überlegt. Und kapiert, daß da auch für den miesesten Lumpen das Risiko zu groß und die Chance zu klein gewesen wäre. Deshalb der Anreiz mit der Kneipe. Denn die *ist* natürlich ein Anreiz!

Der Kommissar, wie in einem gut gebauten Theaterstück, löst nun den bösen Kornmann ab, kommt nach vorn, gibt dem Bruno Wodka und fängt wieder mit der lieben Tour an: »Nun trinken Sie mal erst noch einen auf den Schreck, Herr Knolle. Darf ich bitten, sich zu bedienen, Herr Hauptreferent?«

»Ich bin Antialkoholiker.«

Und hast keinen Familiennamen, Scheißer, denkt Bruno erbittert.

Der Kommissar spielt zwar, wie es verabredet ist, aber er spielt mit echten Gefühlen: »Lassen Sie mich noch mal mit dem Mann reden, bitte!«

Kornmann zuckt die Achseln.
»Ich habe das Belastungsmaterial gesehen. Böse Sache, Herr Knolle. Da gehen Sie ein und kommen wirklich nie mehr raus, wenn Anklage erhoben wird.«
»Und die *wird* erhoben!« ruft Kornmann.
»Es sei denn, nicht wahr, Herr Hauptreferent, so ist es doch mit dem Justizministerium besprochen, der Herr Knolle tut uns den kleinen Gefallen. Dann wollen Sie Gnade vor Recht ergehen lassen.«
Kornmann nickt.
»Feinet Recht«, sagt Bruno.
»Schnauze!« brüllt Kornmann ihn an.
Der Kommissar vermittelt: »Aber, aber, meine Herren! Ich verstehe Sie nicht, Herr Knolle. Im Büro haben Sie einen so vernünftigen Eindruck gemacht.« *Vernünftig* – ein Wort, an das Bräsig sich klammert, seit einer Ewigkeit klammert! »Und jetzt? Wollen Sie sich unter allen Umständen unglücklich machen? Die Sache nimmt Sie ein, zwei Wochen in Anspruch an Vorbereitungen, dauert dann ein paar Stunden – und alles ist vorüber!«
Bruno sieht ihn so gramvoll an, daß der Kommissar den Kopf wegdrehen muß, er hält diesen Blick nicht aus.
»Warum hamse jerade mir ausjesucht für sowat, Herr Kommissar? Warum jerade mir?«
Der Kommissar findet keine Worte.
Zum Glück kläfft Kornmann los: »Weil Sie ein Gewohnheitsverbrecher sind natürlich! Für solche Sachen nimmt der SSD nur Kriminelle! Wenn Sie beim Einbruch erwischt werden, glaubt niemand an ein politisches Verbrechen. Sie sind ja auch der Polizei drüben bestens bekannt.«
Bitte, Bruno! *Lieber* Bruno, tu es, fleht der Kommissar stumm, während Kornmann ein silbernes Etui aus der Tasche nimmt und öffnet. Injektionsspritze und sterile Nadeln liegen darin. Eine Ampullenschachtel holt Kornmann ebenfalls hervor. Geschickt sägt er die Ampulle an, köpft sie, füllt die Spritze, wie vor ein paar Stunden.
Der Kommissar hat einen dicken Kloß im Hals, krampfhaft denkt er an seine Marie, aber das macht es nicht besser, denn vor ihm steht dieser Bruno Knolle, dieses arme Würstchen, und starrt entsetzt Kornmann an.
Vergessen die großkotzigen Sprüche, die forsche Aufforderung, ihm doch wieder eine Nadel in den Arsch zu hauen, alles vorbei! Angst, menschgewordene Angst steht da zitternd und bebend vor der Theke, gräßliche Angst, was machen Menschen aus Menschen, denkt Bräsig. O Gott, und ich bin mit schuld daran, mit schuld seit Jah-

ren! Werde ich diesen Knolle je vergessen können, wenn ich dann in meinem Häuschen sitze oder auf dem Angelsteg? Nie!
So viele Bruno Knolles werden mich verfolgen und mir erscheinen im Wachen und Träumen, Tag und Nacht, und sagen werden sie: Mörder! Schlimmer warst du als Kornmann, viel schlimmer! Kornmann ist ein Idealist, alle Idealisten sind Fanatiker, alle Fanatiker sind lebensgefährlich. Du bist kein Idealist, du glaubst an überhaupt nichts und hast uns trotzdem in die Pfanne gehauen, verbraten, krepieren lassen. Du bist der Ärgste von allen! Du mit deiner Vernunft! Aus Vernunftsgründen hast du Verbrechen begangen. Aus popeligen persönlichen Gründen. Mit deiner exakten, hervorragenden Vernunft!
Während der Kommissar solches denkt, hat der Bruno gestammelt: »Wat... wat soll denn det!«
Und Kornmann hat erwidert: »Sie bekommen nun die Spritze. Sie wollten ja so gern eine haben vorhin. Was halten Sie von unserer Bedienung? Wenn Sie zu sich kommen, sind Sie längst in U-Haft. Sie haben keine Zeugen für das, was geschehen ist. Den Kommissar und mich werden Sie nie wiedersehen.«
Brunos Atem beginnt zu fliegen, er tritt zu Bräsig.
»Herr Fürsorja, helfen Sie mir! Helfen Sie mir doch! Ick will nich mehr in Knast!« Jetzt schreit er, als würde er gemartert: »Ick will nich zurück! Det halte ick nich aus!«
Der Kommissar hält es auch kaum noch aus. Aber er zuckt die Schultern und schweigt und sieht zu, wie Kornmann den Knolle auf einen Stuhl stößt und hinter ihn tritt, die Spritze in der rechten Hand. Die Beuge des linken Arms nimmt Brunos Hals in einen Schraubstock, reißt den Kopf hoch, Kornmann drückt zu.
»Nich...«, röchelt Bruno, »nich... bitte... bitte..., nich... warten Sie... ick muß nachdenken... aber ick kann nich atmen so...«
Was der Kornmann ist, der denkt: Also ein bißchen lockerer der Würgegriff. Nicht viel. Sonst kommen wir nie zu Rande. Ich habe nichts gegen dich, du großer Haufen Jammer! Der, gegen den ich etwas habe, der sitzt nicht auf diesem Stuhl, der sitzt drüben, im Westen. Alle, gegen die ich etwas habe (und die gegen mich etwas haben), sitzen im Westen! Pech, Bruno Knolle, daß du uns so gut in den Kram paßt. Deine Gefühle in Ehren. Aber kennst du die Gefühle von diesem Kerl, von allen diesen Kerlen im Westen? *Ich*, ich kenne sie! *Ich*, ich habe alles verloren durch diese Kerle, alles: Meine Eltern, meine Kameraden, meine Jugend.
Anita und ich möchten so gern ein Kind. Ihre Eltern waren Bibel-

forscher. Gingen auch drauf damals. Anita hat nur mich. Ich habe nur Anita. Wenn wir ein Kind wollen, muß zuerst dieser Lump drüben unschädlich gemacht sein – und alle anderen Lumpen auch! Vielleicht sind wir alte Leute, bis es soweit ist. Vielleicht erleben wir es nicht mehr.
Und der Ernst Kornmann denkt wieder an das, was der Autor Bertolt Brecht schrieb, denn er findet Trost und Rechtfertigung darin, so wie ein gewisser Kriminalrat Prangel den seinen findet in den Büchern anderer Autoren.
Das schrieb Brecht, denkt Kornmann, Bruno an sich gepreßt: ›Auch der Haß gegen die Niedrigkeit verzerrt die Züge. Auch der Zorn über das Unrecht macht die Stimme heiser. Ach, wir, die den Boden bereiten wollten für Freundlichkeit, konnten selber nicht freundlich sein...‹
Und dann sieht Kornmann, der den Boden bereiten will für Freundlichkeit und der beim SSD gelandet ist deswegen, den Kommissar Bräsig an, der eigentlich Herterich heißt und eine blinde Frau hat und sie beschützen will und deswegen beim SSD gelandet ist, und Bräsig weiß, was der Blick bedeutet. Er selber hatte die Idee.
Seine Finger zittern, als er die Music-Box in Gang setzt. Bunte Lichter flammen auf. Bräsig drückt auf einen Knopf. Von einem mechanischen Arm wird eine Platte auf den rotierenden Teller gehoben, der weiße Tonabnahmestab senkt sich über sie, und zärtlich, leise, traurig-schön erklingt Musik, eine Frauenstimme...
»Wenn die Sonne hinter den Dächern versinkt, bin ich mit meiner Sehnsucht allein. Wenn die Kühle in meine Einsamkeit dringt, kommen ins Zimmer Schatten herein...«
Da rollen dem Bruno dicke Tränen über die blassen, gelblichen Wangen, er kann sie nicht wegwischen, denn er darf sich ja nicht rühren, und er denkt: Wie gemein, oh, wie ist das gemein!
Weiter tönt die Musik durch die Kneipe, Geigen schluchzen, ein Klavier ist ohne Hoffnung, die Frauenstimme melancholisch: »... Sie starren mich an und bleiben ganz stumm. Da warte ich dann und weiß nicht, warum, auf ein Wunder...«
Und Kornmann drückt nun die Nadel gegen Brunos Schenkel, so fest, daß der sie durch den Stoff seiner Hose spürt, und sagt: »Wenn Sie sich bewegen, wenn Sie schreien...«
»Ick schreie nich... aba... aba det is doch völlich unmöchlich, watse von mir verlangn... och, wenn ick wollte...
»Sie wollen also?« fragt der Kommissar und kommt wieselflink heran. »Sie würden...«
»Moment!« unterbricht Kornmann. »Nur damit Knolle sich keinen

Illusionen hingibt: Der Einbruch in die BVG war ein gemeines Verbrechen, hatte nichts mit Politik zu tun, da ist noch alles drin. Wenn Sie jetzt rübergebracht werden, weil Sie das selbst wollen« (O die Gemeinheit, die Gemeinheit von diesem Gesindel! denkt Bruno), »dann sind natürlich unsere Leute da, die Sie auf Schritt und Tritt beschatten. Ein *falscher* Tritt – und die West-Kripo bekommt das Auslieferungsersuchen von uns, zusammen mit Fotokopien des ganzen Materials. Die West-Kripo findet Sie in dieser Inselstadt sofort, das wissen Sie selber! Und Sie werden ausgeliefert an uns, das kann ich Ihnen fest versprechen. Bei gewöhnlichen Verbrechen arbeitet die Kripo auf beiden Seiten immer noch zusammen. Wir liefern auch Leute aus, die aus dem Westen fliehen, wenn sie etwas Kriminelles gemacht haben! Liegt das Material dann vor, dürfen Sie erzählen, was Sie wollen – kein Mensch wird Ihnen glauben. Sie können ja nicht einmal sagen, *wen* Sie entführen sollen!« spricht Kornmann.
»Wiewiewie ...«, stottert Bruno.
»Na!«
»Wie soll ick 'n denn entführen, wenn ick nich mal weeß, *wer* et is?«
Er hat begriffen: *Tut* er jetzt nicht wenigstens so, als ob, dann ist es aus! Dann haben ihn diese Verbrecher. Er muß also Theater spielen. Erst mal in Freiheit sein, etwas ausbaldowern, vielleicht wirklich rüber in den Westen – nein, das geht nicht wegen des Auslieferungsersuchens! Aber untertauchen hier im Osten, irgend etwas ... Es wird ihm etwas einfallen, es ist ihm noch immer etwas eingefallen. Es gibt im Moment keine andere Möglichkeit, als Theater zu spielen, denkt der Bruno. Die haben mich in der Zange. Großer Gott, haben die mich vielleicht in der Zange! Ich muß sehen, wie ich mich rette, allein, helfen wird mir keiner.
Und die Geigen, die Harfe, das Klavier ...
»Wenn Sie alles vorbereitet haben, erfahren Sie, wer der Mann ist.«
»Aba ... aba wat soll ick denn vorbereiten?« stammelt Bruno.
Er weiß, es muß jetzt überzeugend klingen, nicht *freudig*, nein, sondern so, wie es klingt, wenn einer einsieht, daß er keine Wahl hat. Doch er stammelt nicht deshalb. Das Stammeln kommt von allein. Es kommt von der Angst, die Bruno gefangenhält, genauso wie sie den Kommissar Bräsig gefangenhält und den Genossen Kornmann und den Kriminalrat Prangel.
»Ich erkläre es Ihnen, Knolle.«
»Und wie komm ick rüba? Mit de Mauer und so? Und wie komm ick zurück?«

»Erkläre ich Ihnen auch, Knolle. Der Fall ist in allen Einzelheiten vorbereitet, das können Sie mir glauben.«
Bitter sagt Bruno: »Ach ja, det gloob ick Ihnen. *Aaahhh!* Kann man die nicht abstellen, diese Musik, verfluchte?«
»Nein.«
»*Bitte*, Herr Kommissar!«
»Ich habe ein paar Groschen in den Automaten geworfen.«
Ja, und weil Bräsig das getan hat, schwenkt die Nadel eben wieder zur äußersten Rille zurück, und von neuem beginnt Brunos Lieblingslied.
»Wenn die Sonne hinter den Dächern versinkt...«
»Tut mir leid, Herr Knolle, wirklich«, sagt der Kommissar. Er nimmt einen vorgedruckten Bogen Papier aus der Tasche. »Aber da Sie ja nun vernünftig« (*vernünftig!*) »sind und uns helfen wollen, gehört das alles hier Ihnen, und Sie werden Ihr Lied wieder gern hören!«
»... wenn die Kühle in meine Einsamkeit dringt, kommen ins Zimmer Schatten herein...«
Nicht zu willig tun, denkt Bruno. Raunzen, zweifeln! Er knurrt: »Ja, det versprechense mir. Aba könnse mir *jarantieren*, det ick die Kneipe krieje?«
Die Nadel am Schenkel ist wieder da, scharf und kalt!
»Da müssen Sie schon Herrn Bräsigs Wort nehmen, Knolle«, sagt Kornmann. »Sie sind wohl wahnsinnig geworden! Vielleicht auch noch einen Eigentumsvertrag vorweg, damit Sie ihn drüben rumzeigen können! Garantieren können wir Ihnen nur, was geschieht, wenn Sie *nicht* tun, was wir verlangen!«
»... sie starren mich an und bleiben ganz stumm. Da warte ich dann und weiß nicht, warum, auf ein Wunder, das Licht in mein Dunkel bringt...«
Der Kommissar hat das Formular aufgeschlagen und einen Kugelschreiber hervorgeholt.
»Unterschreiben Sie, Knolle!«
»Wat is'n det?«
»Lesen Sie!«
»Kann nich... zu weit weg vom Papier...« Kornmanns linker Arm gibt endlich Brunos Hals frei. Bruno neigt sich vor und liest stockend: »An Eides Statt erkläre ich hiermit...«
Der Kommissar unterbricht: »Sie erklären zunächst nur grundsätzlich Ihr Einverständnis, freiwillig und ohne Zwang jeden Ihnen vom SSD übertragenen Auftrag ausführen zu wollen.«
»*Jeden?*«

»Das bezieht sich bei Ihnen natürlich nur auf die Entführung!«
»Warum is det denn aba so komisch vorjedruckt?«
Ja, warum? denkt der Kommissar. Weil das Pipibrüder sind, die vollgefressenen Bonzen oben. Ein Dutzendmal mindestens habe ich schon angeregt, daß der Text der Erklärung psychologisch besser abgefaßt wird.
Diese Formulierung *muß* ja jeden abstoßen!
»Wollen wir jetzt vielleicht Stiluntersuchungen treiben?« keift Kornmann. »Geben Sie dem Kerl Ihren Stift, Herr Kommissar!«
Bräsig legt den Kugelschreiber neben das Papier.
Brunos Blick irrt durch die ganze Kneipe, diese wunderbare Traumkneipe, die er sich so gewünscht hat. Er vergräbt das Gesicht in beiden Händen. (*Noch* etwas mehr Theater!)
Kornmann ist nervös. Über Brunos Kopf schaut er Bräsig an.
Der nickt beruhigend.
Und tatsächlich: Nach einer Minute etwa nimmt der Mann am Tisch den Kugelschreiber und kritzelt da, wo ›Eigenhändige Unterschrift‹ steht, seinen Namen hin: Bruno Knolle.
»... wenn die Sonne hinter den Dächern versinkt, bin ich mit meiner Sehnsucht allein ...«

10

Die Mitzi Szapek wird im Oktober 1964 zwanzig Jahre alt. Sie ist staatenlos und unehelich geboren. Ihre Mutter, Franzi Szapek, war desgleichen staatenlos und unehelich geboren. Ihre Großmutter Clementine Szapek war nicht staatenlos und wurde ehelich geboren. Alle drei muß man als Opfer militärischer und politischer Willkür bezeichnen.
Die Großmutter stammte aus Prag. Ihr Vater war General und so abenteuerlich geistdurchtobt wie die Generäle, die im ›Braven Soldaten Schwejk‹ vorkommen. Die Mutter war eine Frau Generalin. Clementine sollte mit einem Herrn Oberstleutnant verheiratet werden. Der war unwesentlich weniger geistdurchtobt und unwesentlich weniger alt als der Herr General. Deshalb riß die Clementine mit siebzehn Jahren aus. Zuerst ging sie nach Pilsen, dann nach Preßburg, dann nach Brünn.
Als Dienstmädchen arbeitete sie. Dienstmädchen, die ganz allein sind, haben es schwer.
1917 verliebte sich die damals zweiundzwanzigjährige Großmutter in einen *feschen* österreichisch-ungarischen k. u. k. Major. Der war

intelligent, charmant, sagte, daß er die Clementine liebte, machte ihr ein Kind und sich aus dem Staub. Kam aus Innsbruck, hatte er Clementine erzählt. Aber als man dann später Nachforschungen anstellte, erwies sich, daß das nicht stimmte. Wie gesagt, ein intelligenter Offizier.
1918 gebar Clementine ein Mädchen, die Franzi. In einem Wiener Krankenhaus. Denn Clementine war nach Wien gefahren, um von hier und besser den k. u. k. Major verfolgen zu können. Leider war ihr das nicht möglich, denn die Geburt der Franzi kostete sie das Leben. Sepsis. Ging damals gerade sehr unordentlich zu auf den Gebärstationen für die armen Leut.
Den Säugling steckte man in ein Waisenheim. Mutter tot, Vater unbekannt, die Tschechoslowakei mit dem Ende des ersten Weltkriegs ein souveräner Staat: Was anderes konnte man der kleinen Franzi also geben als einen Nansen-Paß für Staatenlose, denn eine solche war sie ja nun! Daß des Vater ein *Tscheche* gewesen sei, hatte die Mutter niemals behauptet. Und daß er *wirklich* Österreicher gewesen war, ließ sich nicht nachweisen. Eine Tote kann keine Recherchen anstellen, ein Kleinstkind auch nicht. Na, und bei dem Lebenswandel der seligen Clementine Szapek ... Nansen-Paß, werden wir doch keine langen Würschtel machen!
Als kleines Kind hatte die Clementine von den Eltern ein goldenes Kettchen mit einem Amulett erhalten. Zu ihrem siebten Geburtstag. Auf dem Amulett gab es ein wunderschönes Bild der heiligen Beatrix zu sehen, die man im Tschechischen Božena nennt, und um das Porträt der Heiligen herum liefen im Halbkreis diese Worte:

ABY TE SVATÁ BOŽENA OCHRÁNILA!

Das heißt:

MÖGE DICH DIE HEILIGE BEATRIX BESCHÜTZEN!

Die Totenweiber nahmen der Clementine das Kettchen mit dem Amulett ab und befestigten es um den Hals der Franzi. So begann die Wanderung des Geschenks aus Prag.
Auch die Franzi wurde Dienstmädchen. Sie blieb in Wien. Ein uneheliches, staatenloses Mädchen, ganz allein in einer fremden Stadt, hat es schwer. Weil Franzi hübsch war, gab es stets Ärger mit den gnädigen Herren. Sie mußte dauernd die Stelle wechseln. Dann wurde ihr das zu dumm, und sie ging auf den Strich. Eine Registrierte. Mit dem Büchel. Auf den feinen Strich ging sie, auf den in der Kärntnerstraße. Verdiente viel Geld. Wurde nie krank. Paßte sehr auf. Jeden Kunden untersuchte sie vorher fast so genau wie der Polizeiarzt, der allwöchentlich sie untersuchte.

1943 erwischte es sie dann: Die große Liebe! War ein *fescher* reichsdeutscher Major aus Berlin. (Wieder ein Major). Ein edler Mensch. Die Franzi müsse von der Straße weg, sagte er, denn er liebe sie, und er könne doch keine Hure lieben!
War die Franzi selig! Kaufte die Franzi sich ganz schnell eine Wohnung in der Marxergasse im Dritten Bezirk. Geld hatte sie ja! Ging nicht mehr auf den Strich. War nur noch für den Major da, den feschen. Der machte ihr Geschenke. Und ein Kind.
Als das feststand, nämlich daß die Franzi schwanger war, wurde der Major von einem Tag zum anderen versetzt. Besser: Von einer Nacht zur anderen. Nicht einmal Zeit hatte er mehr, seiner geliebten Franzi Lebewohl zu sagen. Herbert Scharowski hieß er.
Die Franzi brachte ihre Tochter, die Mitzi, am 15. Oktober 1944 zur Welt. Da war es längst unmöglich geworden, den Major Scharowski aus Berlin zu finden. Die Alliierten waren in Italien und am Atlantik gelandet, die Russen standen in Ostpreußen. Die Suche nach Franzis großer Liebe mußte vertagt werden. Ziemlich lange vertagt. Zuerst ging das Tausendjährige Reich in den Eimer, dann folgten die Hunger- und Elendsjahre, dann bekamen die Westmächte in Berlin Krach mit den Sowjets – immer passierte etwas! Die österreichischen Behörden, in jenen Jahren bemüht, so viele deutsche Staatsbürger wie möglich aus dem Land zu bringen und so wenigen wie möglich die österreichische Staatsbürgerschaft zuzuerkennen, sahen im Falle der Mitzi Szapek weder Grund zu dem einen noch zu dem anderen. Auch für das kleine Mädchen fand sich ein Nansen-Paß ...
Eingedenk eigener Lebenserfahrungen erzog die Mutter ihre Mitzi sehr streng. Sie hatte immer noch genug Geld, um leben zu können. Bescheiden natürlich! Zwei Zimmer der Wohnung vermietete sie. An alleinstehende Herren. Damenbesuche untersagte sie strengstens.
Als die Mitzi sieben Jahre alt und schon in einer Klosterschule war, bekam sie zum Geburtstag das Kettchen mit dem Amulett, dem Bild der heiligen Beatrix und der Inschrift:
ABY TE SVATÁ BOZENA OCHRÁNILA!
So wanderte das Geschenk aus Prag weiter ...
Die Mutter arbeitete als Heimnäherin für ein großes Geschäft. Sie tat sich immer schwerer dabei, denn sie litt an fortschreitender Gewebeverhärtung, einer sehr qualvollen Krankheit, die sehr lange dauert. Nach ein paar Jahren wurde die Mutter häufig vor Schmerzen ohnmächtig. Nun konnte sie nicht mehr arbeiten.
Knapp nach ihrem vierzehnten Geburtstag brachte die Mitzi ihre

arme Mutter ins Krankenhaus. Da blieb die Mutter. Mitzi wurde flugs von einem der alleinstehenden Herren defloriert. Die Sache tat weh und machte keinen Spaß, aber der alleinstehende Herr schenkte der Mitzi Geld, und das machte Spaß. Und so wiederholte sich der Vorgang – mit diesem Herrn und mit anderen. Mit Buben nie. Die hatten doch kein Geld.
Immer noch von der brennenden Sehnsucht erfüllt, den Scharowski zu finden und ihn zur Anerkennung der Vaterschaft zu bewegen, wurde der todkranken Mutter auf ihrem Schmerzenslager noch dieser Triumph zuteil: Das Rote Kreuz, durch das sie den Treulosen jahrelang hatte suchen lassen, teilte mit, daß der Scharowski in Berlin lebte, in der Dunckerstraße 23, Verwaltungsbezirk Prenzlauer Berg, als Untermieter einer gewissen Frau Viktoria Lasser.
Der Bezirk Prenzlauer Berg befindet sich im Ostteil der Stadt, aber Österreich ist eine ›Befreite Nation‹, da konnten die Behörden den Herbert Scharowski bei Viktoria Lasser ohne weiteres schriftlich befragen, wie das denn nun wäre mit der Vaterschaft. Exakt: Die österreichischen Behörden verständigten die entsprechenden Ostberliner Behörden, und *die* befragten den Major a. D., der, so durfte man annehmen, deshalb in Untermiete wohnte, weil seine eigene Wohnung zerstört war, wie so viele Wohnungen in Berlin, und noch nicht wieder aufgebaut, wie so viele Wohnungen in Berlin, insbesondere in Ostberlin.
Ja, antwortete der Scharowski, er sei der Vater der Mitzi.
Daß er es sogleich zugab, rührte die Mutter zu Tränen des Glücks. Was für ein anständiger Mensch, der Herbert Scharowski! Die Sowjets hatten ihn nicht etwa bis 1958 in Gefangenschaft gehalten, weil er etwas auf dem Kerbholz hatte, Kriegsverbrechen etwa, nein, sondern nur, weil er als Chemiker an der Entwicklung der sogenannten ›Wunderwaffen‹ beteiligt gewesen war, und weil die Sowjets ihn so lange dienstverpflichteten, bis er all seine Erfahrungen und Erkenntnisse russischen Wissenschaftlern weitergegeben und diese geschult hatte. Schrieb er. Allerdings müsse er, aus verständlichen Gründen, in der Sowjetischen Besatzungszone Deutschlands bleiben. Was nun die Alimente betraf …
Aber da winkte die Franzi energisch ab! Sie brauchte kein Geld! Sie hatte selbst immer noch ein wenig Geld, bald würde die Mitzi arbeiten können, und gewiß sahen sie einander alle rasch wieder! Franzi wollte samt Tochter nach Berlin kommen. Dann konnte sie ihre große Liebe heiraten! Und war nicht länger staatenlos, und ihr Kind war nicht länger unehelich!
Auf Zukunftsvisionen dieser Art, die den Scharowski, bei Viktoria

Lasser, schriftlich erreichten, antwortete er stets umgehend. Er hatte nämlich durch einen Wiener Bekannten in Erfahrung gebracht, daß die Franzi Szapek an Gewebeverhärtung litt und höchstens noch ein paar Monate zu leben hatte. Da wollte er ihr jede Freude machen, die er konnte, der Gute.

Er machte sie. Als Franzis Schmerzen unerträglich wurden, erhielt sie Morphium. Euphorisch erzählte sie der Tochter, wenn die zu Besuch kam, dann von der großen Seligkeit, die ihnen beiden bevorstand: »Der beste Mensch von der Welt ist er, Mitzilein, wirst ihn gleich lieb haben! Heiraten werden wir und leben in Berlin! Wenn er nicht nach Wien darf – *ich* find eine richtige Wohnung für uns drei! Eine Frau Major werde ich sein. Du wirst die Matura machen und dich gut verheiraten. Wer hätt gedacht, daß alles noch ein so schönes Ende nimmt ...«

Ein Ende mit der Franzi nahm es am 19. Februar 1960, und es war kein schönes Ende, trotz des vielen Morphiums.

Die Mitzi und eine Freundin aus der Klosterschule waren die einzigen, die dem Sarg auf dem Zentralfriedhof folgten. Ein gütiger Geistlicher Herr sprach die Grablitanei: »Die Seele dieser Verstorbenen möge durch Gottes Erbarmen ruhen in Frieden!«

Dieselbe Bitte, fällt uns gerade ein, sprach ein Feldgeistlicher am Grab des Vaters jenes Caporals Louis Tilmant, der am 13. August 1964 in Westberlin die Mauer bewachen half.

11

Daß die Mutter gestorben sei, schrieb die nunmehr sechzehnjährige Mitzi dem Herbert Scharowski, ihrem Vater, nach Ostberlin. Dieser antwortete mit bewegten Worten. Entsetzlich! Wer hätte an einen so frühen Tod gedacht? Nun war natürlich auch eine Vereinigung im heiligen Stand der Ehe unmöglich geworden. Herr Scharowski laborierte übrigens an einem Herzleiden, das ihm schwer zu schaffen machte. Er hatte das bisher verschwiegen, um die Mutter nicht zu ängstigen, schrieb er, und das begriff die Mitzi gut, denn Mutter hatte dem Scharowski, um ihn nicht zu ängstigen, ja auch ihre Krankheit verschwiegen. Er lebte mehr schlecht als recht von einer Rente, nur ein Zimmer nannte er sein eigen, eben bei jener Viktoria Lasser, unmöglich konnte er die Mitzi zu sich kommen lassen. Plötzlich also stellte sich heraus, daß es dem Scharowski hundselend ging. Auch das hatte er verschwiegen, aus Scham, aus Offiziersstolz – aber vor allem, damit die Mutti sich nicht grämte.

Was für ein wunderbarer Mann, fand die Mitzi. Natürlich war es unmöglich, zu ihm zu reisen und ihn zu belasten!
Mitzi blieb also in Wien. Mit allen Mitteln versuchte sie, die Wohnung in der Marxergasse zu halten. Doch nun war Muttis Geld wirklich zu Ende, letzte Reserven hatte das Begräbnis verschlungen. Mitzi – schwarzhaarig, blauäugig, bildhübsch – ging in ein Büro. Die Arbeit war schwer, das Gehalt klein. *Zu* klein. Mitte 1961 hatte Mitzi schreckliche Schulden und war ganz verzweifelt. Der Dritte ist nicht der feinste Bezirk Wiens, es wohnen nicht die reichsten Leute dort. Was die Mitzi bekam, wenn sie es mit einem Mann tat, war wenig. Manchmal bekam sie nichts, der Kerl brannte durch. Einmal bekam sie sogar Prügel statt Geld.
Ihre Freundin wollte in der Klosterschule das Abitur machen. Auf einmal verdiente sie enormes Geld. Wie? Sie erklärte der Mitzi wie. Auf dem Graben, in der Seilerstätte und auf dem Neuen Markt war ein neuer Strich entstanden. Die Wiener nannten ihn den ›Baby-Strich‹. Weil die Huren hier alle so jung waren, keine älter als achtzehn! Dieser ›Baby-Strich‹ brachte die erwachsene Konkurrenz an den Rand des Ruins. Die Männer waren entzückt über den jugendlichen Nachwuchs. Es gab so viele feine Hotels im Ersten Bezirk, da wohnten reiche Fremde, die man richtig ausnehmen konnte. In der Marxergasse kam die Mitzi natürlich nie auf einen grünen Zweig!
Das sah sie ein.
Die Freundin lieh ihr das Startkapital: Für ein paar Kleider, Schuhe und Reizwäsche. Und dann marschierte auch die Mitzi auf dem ›Baby-Strich‹. Sie war ein phantasiebegabtes Mädchen!
Wie pervers Männer sein konnten, erfuhr sie schnell in Pensionszimmern und Absteigen. Je größer die Perversion, je höher die Bezahlung. Die Mitzi heckte etwas Tolles aus!
In der Stephanskirche, neben der Capistrankanzel, befindet sich der Eingang zur sogenannten Herzogsgruft, die von 1720 an als Begräbnisstätte für illustre, gekrönte Persönlichkeiten diente.
Man kann da, unter dem Dom, noch viele Särge sehen. Sie stehen in Nischen. In anderen Nischen sieht man Totenschädel und allerlei menschliches Gebein. Regelmäßige Führungen werden veranstaltet. Die Herzogsgruft ist Mittelpunkt eines weitverzweigten Systems von unterirdischen Gängen und Kammern, den sogenannten Katakomben, einem gewaltigen Labyrinth, in dem man sich unschwer rettungslos verirren kann.
Durch die Keller vieler alter Häuser vermag man in dieses Labyrinth zu gelangen, das fast den ganzen Ersten Bezirk unterhöhlt.

Die Eingänge sind natürlich verschlossen, Hausmeister oder Hausmeisterinnen haben die Schlüssel. Im zweiten Weltkrieg wurden die Katakomben als Luftschutzkeller benutzt.
Zunächst einmal besichtigte die Mitzi nun bei ein paar Führungen die Herzogsgruft, bis sie sich da unten einigermaßen auskannte. Danach schloß sie Freundschaft mit der Hausmeisterin eines alten Gebäudes in der vom Dom nicht weit entfernten Wollzeile, hüllte sie in ihre Pläne ein und traf mit der Concierge eine Vereinbarung: Die Hausmeisterin gab der Mitzi die Schlüssel zu der schweren Tür, welche sich im Keller vor dem Abstieg in die Katakomben befand, desgleichen den Haustorschlüssel, so daß Mitzi das Gebäude auch bei Nacht betreten konnte, und versprach, gegen angemessene Entlohnung, ihre Augen nichts sehen zu lassen und ihren Mund zu halten.
Dann war es endlich soweit. Die Mitzi konnte ihren Freiern etwas ganz und gar Einzigartiges bieten.
Durch den Einstieg in der Wollzeile führte sie die Herren in die Katakomben hinab, bog, mit einer starken Taschenlampe bewaffnet, um so manche Ecke, durchquerte so manches Gewölbe – um schließlich in einem kleinen Raum zu landen, woselbst es auch Nischen mit Knochen und Totenschädeln, ja sogar einen vermoderten, aber durch viele Eisenbeschläge stabil gebliebenen Sarg gab. Nach und nach hatte die Mitzi diese Requisiten aus der Herzogsgruft und der nächsten Umgebung zusammengeklaut. Decken und Kerzen, Whisky, französischen Kognak und Gin gab es gleichfalls.
Die Herren waren außer sich vor Begeisterung!
So etwas hatten sie noch nicht erlebt. So etwas existierte nicht in Rom, nicht in Paris. Wien blieb eben Wien!
Je nach Bezahlung gab die Mitzi sich den Herren auf dem Sarg eine halbe Stunde, eine Stunde, auch zwei Stunden hin. Das kostete dann aber schon ein Vermögen – von dem die Hausmeisterin, wie von jedem einzelnen Sakrileg, ihren Anteil erhielt.
Leider bemerkte ein Mieter des Hauses etwas von der Sache und erstattete Anzeige. Gegen Mitzi und die Concierge wurde sofort Anklage erhoben, die Affäre selbst möglichst vertuscht.
Jene Hausmeisterin war eine ordentliche Wienerin mit einem ordentlichen österreichischen Paß. Trotzdem mußte sie natürlich mit Gefängnis rechnen. Ja, aber erst die Mitzi! Die war keine ordentliche Wienerin, die besaß, als Staatenlose, nur einen Nansen-Paß. Schlecht hatte sie die Gastfreundschaft Österreichs gelohnt. Ihre Strafe würde bedeutend schwerer ausfallen, das sagte man ihr, das wußte sie.

Was also tun?
Verschwinden, bevor es zur Verhandlung kam!
Wohin?
Da fiel der Mitzi der Scharowski ein.
Der Vater!
Wenn er bloß mit ihr zu den ostdeutschen Behörden ging, wenn er bloß die Verantwortung für sie übernahm, die Vormundschaft, bis sie großjährig war – dann mußte man sie wohl doch in Ostberlin leben lassen, nicht wahr? Sie würde Vater nie zur Last fallen. Arbeiten würde sie in Ostberlin. Doch wie kam man da hin?
Na, das war leicht! Fernfahrer sind Männer wie alle anderen. Mitzi war willig, sie verlangte nur, gut versteckt bis nach Ostberlin gebracht zu werden. Das gelang. In diesen großen Lastzügen gibt es viele Verstecke. Quer durch die Tschechoslowakische Volksrepublik, durch die Deutsche Demokratische Republik ging die Reise – mit einigen Aufenthalten, Fahrzeug-, Fahrer- und Beifahrerwechseln. Auch ein Volksarmist durfte erleben, was die Wiener Madln so goldig macht.
Dann hat Mitzi ihr Ziel erreicht.
Sofort eilt sie in die Dunckerstraße 23, Bezirk Prenzlauer Berg. Um 19 Uhr am 2. Mai 1962 trifft sie da ein. Im dritten Stock findet sie eine Tür mit einer Messingtafel, auf der steht:
VIKTORIA LASSER
Das ist also diese Lasser, denkt die Mitzi. Da wohnt der arme Vati in Untermiete. In seinem einen Zimmer ...
Sie läutet. Eine etwa fünfzigjährige Frau mit hartem Gesicht, die das Haar zu einem festen Knoten gebunden trägt und eine Indianernase hat, öffnet.
»Bitte?«
»Grüß Gott«, sagt die Mitzi. »Ich bin die Tochter vom Herrn Scharowski.«
»Aha«, sagt die mit dem Knoten.
»Ja«, sagt die Mitzi. »Ich komme grade aus Wien. Kriegens keine Angst! Es ist bloß so ...«
»Treten Sie doch ein«, sagt die Frau. »Das müssen wir uns ja nicht alles zwischen Tür und Angel erzählen!« Sie führt die Mitzi in ein Zimmer, da riecht es nach Mottenkugeln. Über Stühlen und Tischen hängen weiße Schutzbezüge, die Möbel sind altdeutsch und scheußlich. Ein Eisenbett gibt es. Aber kein Bettzeug!
»Übrigens«, sagt die Strenge mit der Indianernase, »ich bin Frau Scharowski.«
Die Mitzi fährt zusammen.

»Sie sind ...«
»Ja, wußten Sie nicht, daß wir geheiratet haben?«
Die Mitzi kann nur den Kopf schütteln.
»Typisch«, meint die Frau, die behauptet, Frau Scharowski zu sein, böse. »Da hat er mir also auch vorgelogen, er hätte das Ihrer Mutter geschrieben.«
»Meine Mutter ist schon im Februar 1960 gestorben!«
»Und wir haben schon im April 1958 geheiratet, gleich, als er aus der Gefangenschaft kam!«
Die Mitzi ringt nach Luft.
»Darf ... bittschön, darf i mich setzen?«
Die Frau macht eine Handbewegung. Krallenhand!
Mitzi setzt sich auf den kalten Schutzüberzug, der über einem der Sessel liegt. Ihr ist schrecklich elend zumute. Der Vater hat also gelogen? Und schon 1958 geheiratet? Und ausgerechnet die da?
Die da sagt: »Wohnte zuerst in Untermiete bei mir, der Herbert. Ich fütterte ihn durch. Dann bekam er seine Rente. Da heiratete er mich sofort. Aus Dankbarkeit natürlich – in *unserem* Alter! Aber ich habe auch wirklich *alles* für ihn getan!«
Die lügt, denkt Mitzi. Diese Bestie lügt!
»Da stimmt doch was net!« ruft sie. »Wieso, wenn er Sie geheiratet hat, steht draußen an der Tür immer noch großmächtig Viktoria Lasser?«
»Das ist mein Mädchenname. Die Wohnung gehört mir«, antwortet die Frau kalt. »Wir haben mit Gütertrennung geheiratet. Er hätte sich ja eine zweite Messingtafel mit *seinem* Namen machen lassen können. Daneben, nicht wahr? Wollte nicht.«
Die Mitzi hat genug. »I glaub Ihnen ka Wort!« sagt sie heftig. »Wo is mein Vater? Ich will ihn sprechen!«
»Da kommen Sie zu spät.«
»Zu spät?« Der Mitzi wird kalt.
»Ihr Vater ist vor zwei Wochen gestorben. Herzinfarkt. Was glauben Sie, was ich für Rennereien hatte seinetwegen!«
»Rennereien ...«, wiederholt die Mitzi verloren.
»Aber da ist nichts zu machen! Ich bekomme die Rente nicht weiter! Dazu hätten wir fünfzehn Jahre verheiratet sein müssen! So sieht das aus, liebes Fräulein! Da hat man sich abgerackert und abgemüht mit dem Kerl, ihn durchgefüttert, und dann stirbt er und läßt einen zurück, ohne Rente! Eingeredet hat er mir, ich bekäme sie automatisch weiter! Wußte *genau*, daß das eine Lüge war! Aber er hat ja immer gelogen! Wenn er nur den Mund auftat, log er!«
Die letzten Sätze hört die Mitzi ganz verschmiert und undeutlich,

sie sieht auch plötzlich alles ganz unscharf und undeutlich, selbst daß diese schreckliche Person nun aufsteht und in das Nebenzimmer geht. Eine Tür bleibt offen. Die Person läßt Mitzi nicht aus den Augen. Was ist das, was da drüben steht? Ein Telefonapparat. Da wählt diese Person nun eine Nummer, und erst, als sie zu sprechen beginnt, versteht die Mitzi wieder ganz klar, sieht sie wieder ganz klar.

»Frau Viktoria Scharowski«, spricht die Schreckliche. »Ja, die. Dunckerstraße 23. Dieses Mädchen, das Sie erwarten, ist jetzt gekommen... Wie?... Haha! Keine Bange! Ob ich stärker bin als sie! Und die Wohnungstür habe ich natürlich sofort abgesperrt...«

12

Eine Stunde nachdem Frau Scharowski telefoniert hat, sitzt die Mitzi bereits in einem Büro des Hauses Warschauer Straße 115, vor einem grauhaarigen, grauäugigen bulligen Mann mit buschigen, grauen Brauen. Sie weiß bereits, daß in diesem Haus keine Fürsorgestelle untergebracht ist und daß der Herr Bräsig kein Fürsorgeangestellter ist, sondern ein Kriminalbeamter im Dienst des Staatssicherheitsdienstes der Zone. Er hat es ihr gleich gesagt.

Er hat ihr auch gleich gesagt, daß Herr Scharowski wirklich tot ist und daß seine Frau sich weigert, irgendwelche Garantien für die Mitzi zu übernehmen. Infolgedessen wird man die Mitzi zunächst einmal einsperren. Denn sie hat ja nicht nur in ungesetzlicher Weise die Deutsche Demokratische Republik betreten, es ist mehr als wahrscheinlich, daß sie mit einem ganz bestimmten Auftrag gekommen ist.

»Was für einem Auftrag?«

»Das werden wir schon herausfinden, Fräulein Szapek. Die Geschichte in Wien, von der wir natürlich wissen, war doch eine fingierte Sache.«

»Nein, ich hab wirklich ausm Land müssen! Wo hätt' ich denn hin sollen? Und er war doch mein Vater, der Herr Scharowski!«

»Und Raketenspezialist war er auch, und lange in der Sowjetunion, und wußte über so manches Bescheid, das der Westen gern erfahren möchte.«

»Und da meinen Sie, daß ich ihn...«

»Mhm.«

»Aber er ist doch *tot*!«

»Erst seit zwei Wochen. Und Sie wissen es erst seit einer Stunde.

Als man Sie losschickte, wußten Sie es nicht. Ihre Auftraggeber ...«
»Ich *hab* keine Auftraggeber!«
»... wußten es offenbar auch nicht. Schlecht informiert. Nicht auf dem laufenden. Haben miese Agenten ...«
Das ist natürlich nichts als ›Psychologische Vorbereitung‹. Der Kommissar glaubt keinen Augenblick, daß die Mitzi wirklich losgeschickt wurde, um zu spionieren. Kein Mensch glaubt das hier, nicht einmal die doofsten Nüsse in der Zentrale! Aber der SSD hat sich da gerade wieder etwas Großartiges einfallen lassen, ein ganz neues Projekt, der Kommissar wurde mit der Ausarbeitung beauftragt. Im Rahmen dieses Projektes ist die Mitzi glänzend zu brauchen, das war dem Kommissar gleich klar, als er von ihrem Lebenslauf, der Wiener Affäre und der Flucht nach Ostberlin erfuhr. Jetzt, wo er die Mitzi leibhaftig sieht, ist es ihm sozusagen sonnenklar. Was für ein hübsches Mädchen! Welch ein Gewinn!
Natürlich muß zunächst jeder Widerstand in ihr gebrochen werden. Wie man menschlichen Widerstand bricht, ohne den ganzen Menschen zu brechen, das wird der Kommissar Bräsig an diesem 2. Mai 1962 und an vielen folgenden Tagen dem SSD-Mann Konrad Vlach demonstrieren. Der Vlach steht im Zimmer nebenan, hinter dem Zauberspiegel über Bräsigs Waschbecken.
Vor seinem ›Schüler‹ Vlach nimmt Bräsig sich stets besonders in acht, da brilliert er stets besonders, denn dieser Vlach, heißt es, ist um drei Ecken herum mit dem Genossen Ulbricht verwandt.
»Woher ... woher habens denn überhaupt gwußt, daß ich komme?« ruft die Mitzi.
»*Wer* sagt, daß wir es wußten?«
»Die Frau Scharowski! Sie hat gesagt: ›Das Mädel, das Sie erwarten, ist jetzt gekommen‹ – wie sie telefoniert hat!«
»So? Sagte sie das?«
»Ja! Ja! Ja!«
»Fräulein Szapek, also *schreien* dürfen Sie wirklich nicht mit mir. Woher wir wußten, daß Sie kamen? Nun, zum Glück ist auf unsere pflichtbewußten jungen Volksarmisten an den Grenzen Verlaß.«
Der Strizzi! denkt die Mitzi verzweifelt, der dreckige Strizzi! Drübergelassen habe ich ihn. Geschworen hat er, daß er mich nicht verraten wird. Jetzt weiß ich, wohin der so schnell verschwunden ist, gleich hinterher. Zum nächsten Telefon! Saukerl!
Und mechanisch tastet die Mitzi über ihre Kostümjacke nach dem Amulett, das da an dem Kettchen hängt. Das tut sie manchmal, seit Mutti tot ist. Wenn sie *ganz* unglücklich ist.
Bräsig hat gute Augen und ein gut funktionierendes Gehirn. Mit

zwei Schritten ist er bei Mitzi, zieht das Kettchen hoch, hält den Talisman in der Hand, das kleine Emaillebildchen ...
»Nicht!« fleht die Mitzi.
Die ist ja noch ein Kind, denkt der Kommissar. Scheußlich. Mein Gott, bin ich ein Schuft. Aber dieser Vlach. Und meine Marie ...
Er öffnet die Schließe des Kettchens und nimmt es der Mitzi weg.
»Tschechisch! Was heißt das auf deutsch?«
»Möge ... möge dich die heilige Beatrix beschützen!« schluchzt die Mitzi, die sich ohne Kettchen plötzlich vorkommt, als sei sie splitternackt und umgeben von Eisblöcken. Sie zittert.
Na also, denkt Bräsig. Er geht mit dem Kettchen zurück zu seinem Schreibtisch und legt es in eine Lade. So landet das alte Geschenk aus dem alten Prag beim SSD in Ostberlin.
»Bitte, geben Sie es mir wieder! *Bitte*!«
»Später«, sagt Bräsig.
»Wann später?«
»Nach den Verhören.«
»*Verhören?*«
»Nun, natürlich. Was dachten denn Sie? Ab sofort sind Sie in Haft. Morgen beginnen die Verhöre. Dann kommt das Gericht. Dann das Urteil. Dann das Zuchthaus. Wahrscheinlich wird es das Zuchthaus in ...«
»Hörns auf!« schreit die Mitzi. »I bin doch unschuldig!«
»Unschuldig«, sagt Bräsig trübe, »natürlich. Unschuldig. Das sind wir alle. Alle unschuldig.«

13

Foltern – das verabscheut der Kommissar Bräsig! Wo er kann, verhindert er es. Diese Art der Behandlung von Gefangenen empört ihn aus zwei Gründen. Erstens, weil er ein weiches Herz hat und ein Menschenfreund wäre, wenn man ihn ließe, und zweitens, weil er nichts so sehr haßt wie die Dummheit. Foltern, findet Bräsig, ist dumm. Durch Foltern bekommt man Geständnisse, echte oder falsche. Auch daß die Gefolterten einem hündisch die Stiefel lecken, kann man so leicht erreichen; auch daß sie andere foltern; auch daß sie noch Ärgeres tun als ihre Folterknechte.
Noch Ärgeres, ja – aber als gebrochene Menschen, seelische Wracks, Leute, die nicht mehr richtig im Kopf sind und denen man deshalb nie völlig und immer vertrauen kann.
Was hat man von solchen Leuten? Nichts! Die bringt man doch bes-

ser gleich um. Wirklich mitmachen können sie nicht mehr – selbst wenn sie wollen. Weil man sie eben zerbrochen hat.
Wirklich mitmachen können nur die nicht Zerbrochenen. Zynisch werden die, hart, böse, gierig, alles – doch nie verrückt. Aber das erreicht man eben nicht durch Foltern. Das erreicht man *nur* durch Psychologie.
Wie oft hat Bräsig in diesem Hause seine Methoden schon vorexerziert, auf die Erfolge hingewiesen, auf die Mißerfolge nach Folterungen. Doch er dringt nicht durch, er dringt nicht durch. Sind eben so viele, die quälen gerne...
Mitzi Szapek wird nicht gequält, nicht ein Haar wird ihr gekrümmt! Den Fall bearbeitet Bräsig allein. So erhält Mitzi in ihrer Zelle unten im Keller stets ordentliches Essen, darf sich mit warmem Wasser waschen, bekommt regelmäßig frische Wäsche. Ihre Zelle ist schalldicht. Also hört sie nicht das Stöhnen, Schreien und Brüllen von Häftlingen, die unpsychologisch behandelt werden.
Jeden Tag läßt der Kommissar sie kommen und redet eine Stunde mit ihr, auch am Sonnabend. Am Sonntag nicht. Da kann die Mitzi lange über ihre Lage nachdenken.
Daß diese Lage aussichtslos ist, erklärt ihr der Kommissar Bräsig bei jedem Gespräch – freundlich, ruhig, geduldig und absolut logisch. Die Mitzi darf Zigaretten rauchen, manchmal bekommt sie sogar einen Schnaps.
Bräsig spielt den väterlichen Freund, wenn er mit ihr spricht: »Sie haben Pech, Fräulein Szapek. Viele Menschen in der Welt haben heute Pech.« Er neigt sich vor, senkt vertraulich die Stimme, als fürchte er, belauscht zu werden. »Sehen Sie, ich persönlich, ich glaube gar nicht, daß Sie eine Agentin sind!«
»Nein? Net? Ja, aber dann...«
»Langsam, Fräulein Szapek! Und leise, bitte, *leise*! Ich sage: *Ich* glaube es nicht. Was hat das zu bedeuten? Überhaupt *nichts* hat das zu bedeuten. Ich bin hier Angestellter. Keiner von den hohen. Die oben, die sind überzeugt, daß Sie eine Agentin sind. Drei Wochen hat man mir Zeit gegeben, das zu beweisen. Wenn es mir bis dahin nicht gelungen ist, muß ich den Fall abgeben. An einen Kollegen. Der ist...« (Kunstpause) »... anders als ich. Ganz anders...«
»Wie?«
Da schüttelt Bräsig dann nur den Kopf und beißt sich auf die Lippe. Und Angst schüttelt die Mitzi dann. *Angst*!
Es gibt kein stärkeres, mächtigeres Gefühl in unserer Zeit als Angst, das weiß Bräsig. So kommt er in der zweiten Woche mit diesen schönen Worten, geflüstert: »Ich... glauben Sie, ich bin

gern hier? Mein Vater – aber das ist eine lange Geschichte. Ich *mußte* die Stelle annehmen, sonst säße ich auch im Zuchthaus.«
»Wie ... Ihr Vater?«
Bräsig nickt. Sein Vater ist seit zehn Jahren tot.
»Ich habe etwas herausbekommen«, flüstert der Kommissar (immer noch gut zu verstehen für den jungen Vlach, denn Bräsig neigt den Kopf vor und spricht sehr nahe bei der Stehlampe, in der das Mikrophon eingebaut ist), »und was ich herausbekommen habe, ist vielleicht Ihre Rettung vor ...« Er bricht ab.
Die Mitzi bebt.
So ist es recht.
»Die oben haben etwas Neues vor. Dazu brauchen sie junge Mädchen. Ausländerinnen vor allem, die sie unter Druck halten können. Wenn Sie tun, was die oben verlangen, kann ich die Geschichte vielleicht umbiegen ... Ich kenne da einen Bonzen ... Fräulein Szapek, wenn Sie mich verraten ...«
»Verraten? Ich? Sie?« Mitzi ringt die Hände. »Wo Sie so gut zu mir sind!«
»... dann bin ich erledigt«, spricht Bräsig, als hätte er sie nicht gehört. »Aber ich habe es nun einmal riskiert ... weil Sie mir leid tun ... so jung ... so hübsch ... Wenn die drei Wochen um sind und mein Kollege mich ablöst, werden Sie sehr schnell gar nicht mehr hübsch sein...«
»Aber was ist das, was die oben wollen?«
»Nichts Schlimmes. Jedenfalls nicht so schlimm wie ...« Da bricht Bräsig dann ab und meint, man werde sich morgen weiter unterhalten. Und am nächsten Tag redet er wieder nur so herum.
Angst! Angst! Angst!
Bräsig weiß, was er tut. Er ist ein Spezialist für Angst. Das kommt, weil er selbst solche Angst hat.
Es überrascht den Kommissar also gar nicht, daß die Mitzi, nachdem die drei Wochen um sind und sie ihm zum letztenmal vorgeführt wird, ganz ruhig und sachlich, tonlos allerdings, fragt: »Also bitte, Herr Kommissar, was wollens, daß ich tu?«
Der Vlach, hinter dem Spiegel, der staunt und bewundert den Kommissar!
»*Ich* will gar nichts, das wissen Sie doch. *Ich* bin doch nur ein Angestellter, wie oft habe ich Ihnen das schon gesagt! *Man* will, daß Sie bei uns Ihrem alten Beruf wieder nachgehen. Wenn Sie das tun, gibt's keine Verhöre, keine Gerichtsverhandlung, kein Urteil, kein Zuchthaus. Das hat mein Freund, der Bonze, versprochen.«
Überwältigt fragt die Mitzi: »Also a Hur soll ich wieder sein?«

»Ja«, sagt Bräsig.
Die Mitzi beginnt hysterisch zu lachen und zu weinen, gleichzeitig.
»Na, na, na«, sagt Bräsig.
»Ach, Herr Kommissar, und ich hab mich so schrecklich gefürchtet die ganze Zeit« (Hörst du das, Vlach?) »... gefürchtet vor dem, was ich werd tun müssen, damit ich nicht Ihrem Kollegen übergeben werd! Und jetzt ... und jetzt ... wenn ich als Hur arbeit, darf ich dann auch in Ostberlin bleiben?«
»Natürlich«, sagt Bräsig und denkt: Hübsch und doof. Leider. Hat noch nicht kapiert. Wird noch eine letzte, kleine Empörung geben, wenn endlich der Groschen fällt.
»Dann ... dann dürfet ich vielleicht auch mein Ketterl wieder ham? Ich hab solche Sehnsucht danach! Ist doch von meiner Mutti!«
»Natürlich bekommen Sie das Kettchen wieder«, sagt Bräsig, holt es aus der Lade und legt es Mitzi um den Hals, während diese interessiert fragt: »Auf was für einem Strich soll ich denn gehen?«
»Auf gar keinem.«
»Bitte?«
»Ich sagte, auf gar keinem.«
»Ja, aber wo ...«
»Es gibt«, erklärt Bräsig, »da ein Haus. Ich kann ruhig darüber sprechen, Sie haben keine Zeugen, und Sie wissen nicht, *wo* sich das Haus befindet. Wenn Sie den Vorschlag also ablehnen und bei den ... Vernehmungen oder vor Gericht darüber sprechen, werde ich selbstredend abstreiten, Ihnen ein solches Angebot je gemacht zu haben.« Das sagt er in solchen Fällen immer, und das sagen Kriminaler auf der ganzen Welt in solchen Fällen immer. Und tun dann auch, was sie sagen, wenn es nötig ist. Auf der ganzen Welt.
»Ja, also so ein Haus ...«
»A Puff?«
»Nun, es handelt sich schon um etwas Moralischeres, für den Staat Wichtigeres. Herr Goebbels und Herr Göring hatten ähnliche Etablissements zur Verfügung. Da verkehrten höchste ausländische Würdenträger. Haben Sie schon etwas von dem ›Salon Kitty‹ gehört?«
»Nein«, sagt die Mitzi.
»Hm, zu jung«, meint Bräsig und informiert sie erschöpfend.
»Ah so«, sagt die Mitzi. »*Des* wollens also von mir!«
»Ja«, sagt Bräsig, »das will *man* von Ihnen. Es leben zahlreiche junge Damen dort. Man bringt in dem Haus für eine Weile Herren unter, die den Staat interessieren. Ich werde Ihnen jedesmal sagen, *was* den Staat interessiert. Sie werden versuchen, es herauszubekommen. Herren reden leicht im Bett ...«

»Da könnens lang warten!« schreit die Mitzi plötzlich. »So was tu i net, so a Schweinerei! Eher laß ich mich umbringen!«
Endlich kapiert, denkt Bräsig. Und da ist sie auch schon, die letzte kleine Empörung. Erledigt. Na, Vlach?
»Bevor Sie zu arbeiten beginnen, schicken wir Sie an die See, zur Erholung. Dann sage ich Ihnen, wo das Haus liegt. Sie ziehen ein und beginnen Ihre Tätigkeit.«
»Hams net ghört? Lieber laß ich mich...«
»Nun«, sagt Bräsig zufrieden, »dann lassen Sie sich also umbringen. Mein Kollege wird entzückt sein, wenn er Sie morgen sieht. Er macht das gern, wissen Sie. Langsam. Hat ganz neue Methoden. Auf Wiedersehen, Fräulein Szapek. Tut mir leid. Dachte, Sie wären vernünftiger. Hab' mir alle Mühe gegeben, wirklich. Nicht sehr dankbar von Ihnen. Na ja! Ach so – das Kettchen! Das geben Sie mir zurück. Sie werden es nicht mehr brauchen – und ich möchte es als Andenken. An die dümmste Frau, die mir je begegnet ist...«
Vier Wochen später kehrt Mitzi Szapek von ihrem Erholungsurlaub zurück und zieht in das Haus Gotlindestraße 131 ein. Das ist ein einsames Haus, rechts und links stehen Ruinen, gegenüber liegt ein Friedhof. Im Erdgeschoß gibt es eine Kohlenhandlung. Die gehört Herrn und Frau Timnik. Das Haus gehört ihnen auch. Herr Timnik kümmert sich um die Kohlen, Frau Timnik um die Mädchen.
Mitzi Szapek arbeitet zu Bräsigs Zufriedenheit, der ihr von Zeit zu Zeit die deutsche Staatsbürgerschaft in Aussicht stellt, verbunden mit dem Ende ihrer Tätigkeit in der Gotlindestraße. Mitzi ist danach immer besonders fleißig.
Sonderbarste Männer begegnen ihr in den fünfundzwanzig Monaten zwischen dem Juni 1962 und dem Juli 1964, seltsamste Aufträge hat sie auszuführen. Die Katakomben waren ein Kindergartenscherz gegen das, was sie nun zu tun hat und tut. Ach, die Katakomben! Glückliche, ferne Tage der sorglosen Jugend...
Kommt der 28. Juli 1964.
Illusionslos und sehr tüchtig geworden ist die Mitzi in den vergangenen fünfundzwanzig Monaten – mit ihren nunmehr zwanzig Jahren. Sie lacht zuviel, sie trinkt zuviel, sie raucht zuviel. Nie weint sie. Und dann, in dieser Nacht des 28. Juli 1964, da muß sie weinen, ganz plötzlich, ganz schrecklich. Nach all der Zeit!
Das liegt an dem Mann, den der Bräsig ihr da geschickt hat. So einen hat die Mitzi noch nie erlebt. Um Mitternacht herum weint sie über ihn, der so traurig war zuerst und der nun so fröhlich ist, so hoffnungsvoll, weint sie dann dicke Tränen über diesen Herrn Bruno Knolle. Und es sind Tränen des Glücks!

14

Einiges hat Bruno Knolle erlebt, bevor er bei der Mitzi Szapek gelandet ist...

Am 27. Juli 1964, nachdem er in der leeren Kneipe jene Erklärung unterschrieben hatte, derzufolge er bereit war, freiwillig und ohne Zwang jede Aufgabe zu erfüllen, die ihm vom Staatssicherheitsdienst gestellt wurde, nahm dieser ›Hauptreferent‹, dieser junge, elegante Herr, der seinen Namen nicht nannte, sich seiner an.

Kommissar Bräsig wollte heim zur Marie, er hatte doch versprochen, spätestens um zehn Uhr bei ihr zu sein und den Kauf des Häuschens zu feiern. Krimsekt mußte er auch noch besorgen.

Daß der ›Hauptreferent‹-Schnösel mit dem feinen, leichten Anzug, den schmalen Hosen ohne Aufschläge, dem Nylon-Hemd, der Krawatte samt goldener Nadel und den weichen, leichten Leder-Slippern so sicher im Justizministerium zu finden gewesen wäre wie der Teufel in der Kirche, das stand bei Bruno gleich fest. Klar war dieser Kerl mit dem braungebrannten Gesicht, dem durchtrainierten Körper, den grünen, großen Augen und den vollen roten Lippen genauso beim SSD wie der Kommissar Bräsig. Sie spielten ihre Aufgabe einfach mit verteilten Rollen. Hätte auch einer allein genügt, dachte Bruno. Aber die Brüder gingen eben auf Nummer Sicher.

Er wußte nicht, daß sein Fall für den Ernst Kornmann der ›Bewährungsauftrag‹ war und daß ihm deshalb der Kommissar Bräsig noch zur Seite stand, damit es keine Pannen gab. Später würde Kornmann schon allein arbeiten, o ja! Aber bei Bruno, da macht er noch alles mit dem Kommissar gemeinsam...

»Der Herr Hauptreferent wird sich nun um Sie kümmern«, sagt Bräsig, nachdem Bruno unterschrieben hat, und wischt sich den Schweiß von der Stirn.

»Für die Dauer des Unternehmens hat mich das Justizministerium an den SSD abgegeben, Herr Knolle.«

»Sieh mal an«, sagt der Bruno frech, denn jetzt kann er ruhig frech sein, »also Unterschrift uff den Wisch, und ick bin wieda 'n *Herr* for Sie, wa?« Er freut sich, daß der Attackierte kuscht, und fährt fort: »Nu sagense mir doch endlich, mit wem hab ick eijentlich det Vagnüjen?«

»Herr Knolle«, rügt der bullige Kommissar, »Sie fragen zu viel. Was ist ein Name? Überhaupt nichts. Sie finden den Herrn Hauptreferenten von nun an in meinem Büro.«

»Aber irgendwie muß ick Sie doch anreden!« stichelt Bruno.

»Na ja, mit ›Hauptreferent‹ «, sagt Kornmann. Er ist, seit Bruno

unterschrieben hat, sehr aufgeregt. Nun geht es also los! Er weiß, er hat eine Menge vor sich. Immerhin muß er auch rüber in den Westen: Bruno überwachen, dirigieren, lenken. Ein Bewährungsauftrag eben. Kein leichter. Bei *dem* Fisch, den sie da fangen wollen!
»Schön. Also Herr Hauptreferent. Und wat jeschieht nu?«
»Nun gehen wir durch den Hinterausgang, und Sie sehen sich Ihre Kneipe mal von außen an«, antwortet Kornmann. Das tun sie. Die Sonne scheint immer noch, es ist immer noch heiß. Die Straßen sind voller Menschen und Autos. Der Lärm, der Wirbel, alles, was den Bruno am Morgen dieses Tages so schwindlig gemacht hat, macht ihn jetzt nicht mehr *ganz* so schwindlig. Kann sein, er hat sich schon ein bißchen an die Freiheit gewöhnt. Kann auch sein, er hat ein bißchen viel getrunken heute – und dazu noch die Injektion! Jedenfalls fühlt er sich nicht mehr so unsicher. *Ratlos* schon, aber nicht unsicher. Die Frauen, sieht er, tragen leichte kurze Kleidchen, die Männer gehen im Hemd, Achseln durchgeschwitzt. Sie gehen alle genauso eilig wie am Morgen, und genauso ernst.
Also, das wäre nun die Kneipe von außen.
Bruno schluckt, als er sie ansieht. Mensch, da haben wir vielleicht ein Prachtstück! ›Friedensklause‹ heißt die Stampe, es steht über dem geschlossenen Eingang, und liegen tut die Kneipe in der Greifswalder Straße, Ecke Marienburger Straße. Wirklich eine Bus-Haltestelle! Wirklich ein Taxistand! Wirklich ein Filmkopierwerk gegenüber. Eine breite Allee mit Bäumen ist die Greifswalder Straße. Unter den Bäumen hopsen vier kleine Jungen und Mädchen und singen im Chor:
»Murmeltier kann ta-hanzen,
eins und zwei und drei und vier!
Murmeltier kann ta-hanzen,
das kleine Murmeltier!«
Der Bruno ist gerührt. Die ersten fröhlichen Wesen, seit er aus dem Zet raus ist! Wenn hier immer Kinder spielen ... man könnte sie sehen von der Kneipe aus, denn die hat große Fenster, in der Greifswalder Straße, wo auch der Eingang liegt, und in der Marienburger Straße. In der Greifswalder zwei Fenster, in der Marienburger eines. Ein schöner Platz ist das hier, wirklich! Aber Bruno soll die Stampe nur bekommen, wenn er ...
Und das kann er natürlich nicht! Er muß bloß so tun, als ob, damit er Zeit hat, einen Ausweg zu finden, Freunde, Hilfe.
Schöne Kneipe, Traumkneipe ...
Welche sind eben, die haben kein Glück.
Der Kommissar empfiehlt sich eilig.

Der ›Hauptreferent‹ steigt mit dem Bruno in einen schwarzen Wagen und fährt zur Warschauer Straße zurück. Hier führt er Bruno in ein Zimmer – im vierten Stock, Fenster zum Hof.
»Endlich mal wieda Jitta«, konstatiert der Bruno.
»Das geht leider nicht anders«, sagt Kornmann. »Gitter sind Sie ja wohl noch gewöhnt, wie? Sonst haben Sie hier jeden Komfort.«
Das stimmt. Modern eingerichtet ist das Zimmer, solide Möbel, ein ordentliches Bett, sogar ein Teppich. Waschbecken mit Spiegel darüber.
Bruno sieht schnell zur Tür. Nein, kein Guckloch.
Der Spiegel genügt. Das ist auch so einer wie der in Bräsigs Büro. Die Männer, die schichtweise nebenan die Nacht verbringen werden, um auf Bruno zu achten, können alles sehen, was der tut. Also wozu Guckloch?
»Ziehen Sie bitte« *(bitte!)* »Ihre Sachen aus, Herr Knolle« *(Herr Knolle!)*, »und legen Sie sie vor die Tür. Nehmen Sie vorher alles aus den Taschen, Papiere, Taschenmesser vielleicht und so.«
»Ick bringe mir schon nich um, Herr Hauptreferent.«
»Sie werden so freundlich sein, zu tun, was ich sage.«
»Aba jewiß doch.«
»Später müssen wir Sie einschließen – Sicherheitsmaßnahme, nicht zu umgehen. Tut mir leid.«
»Aber ick *bitte* Sie, Herr Hauptreferent!«
»Hier ist eine Klingel. Abendessen und Frühstück werden Ihnen gebracht, wenn Sie läuten. Läuten Sie auch, wenn Sie sonst etwas wünschen. Ein Schlafanzug liegt auf dem Bett. Waschzeug ist da. Morgen bekommen Sie einen elektrischen Rasierapparat. Wir sehen uns um neun. Eine recht gute Nacht, Herr Knolle.«
»Eine recht jute Nacht ebenfalls, Herr Hauptreferent.«
Saudreckwildschwein, verfluchtes!
Allein geblieben, leert der Bruno die Taschen seines Anzugs. Ausweis. Meldezettel mit dem Knastvermerk. Schnupftuch. Taschenmesser. (Ja, er hat eines!) Geld. Münzen und Scheine. Scheine sind deshalb noch da, weil dieser Ingenieur Machon, der in Brandenburg drei Jahre wegen versuchter Republikflucht abreißt, ihm doch fünfzig Mark dafür gab, daß er...
Ach herrje!
Fieberhaft kramt Bruno. Dann hat er den Zettel gefunden, den er sucht. Den mit der Telefonnummer. Machons Telefonnummer. Da soll er anrufen und der Freundin sagen, sie soll doch bitte gut zu Machons Jungen sein. *Behalten* darf Bruno den Zettel nicht. Jeden Moment kann er gefilzt werden. Ein Wunder, daß sie ihn nicht

schon gefilzt haben! Oder haben sie ihn, während er ohne Bewußtsein war? Ihm wird heiß. Weg mit dem Zettel! Weg mit den Geldscheinen!
Klingel!
Kommt ein junger Mann.
»Da liejen alle Sachen aus mein Anzuch . . .«, fängt Bruno an.
»Deshalb hätten Sie nicht zu läuten brauchen. Das Zeug wird gleich abgeholt.«
»Ick muß aba mal! Darum hab ick jebimmelt.«
Der junge Mann geleitet ihn zur Toilette, stellt sich davor, wartet. Die Klosettür hat keinen Riegel. Das ist der Bruno schon so gewöhnt, daß es ihn erstaunt hätte, wenn es anders gewesen wäre. Donnernd läßt er einen fahren, während er die Geldscheine zerreißt und den Zettel entfaltet. Damit der draußen nichts hört. Dann memoriert er die Nummer.
47 26 01.
47 26 01.
Das betet er sich zehnmal lautlos vor. Bruno besitzt ein prima Gedächtnis. Im Zet hat er ganze Schachpartien im Kopf gespielt, um nicht aus der Übung zu kommen. Wenn einer von Berufs wegen sein Leben lang mit Kombinationsschlössern zu tun hatte, dann merkt er sich Zahlenfolgen natürlich besonders leicht.
47 26 01!
Das sitzt jetzt mindestens einen Monat lang fest. So. Nun auch weg mit dem Zettel.
Der Bruno handhabt heftig kleingeschnittenes Zeitungspapier (es handelt sich um alte Ausgaben des ›Neuen Deutschland‹, die hier das Kreppapier ersetzen, das in feinen Klos an Abziehrollen hängt), dann spült er kräftig, denn beim Auswendiglernen der Zahl hat er noch brav sein Abendei gelegt. Schließlich läßt er sich in sein Zimmer zurückführen. Der junge Mann nimmt Brunos Habseligkeiten mit. Der zieht sich nun aus und wirft seine Klamotten und Schuhe vor die Tür. Wäscht sich ordentlich, schlüpft in den Schlafanzug, klingelt wieder.
Ein dürrer, schweigsamer Mann bringt ein Tablett mit Essen. Gut und viel. Später holt der Mann das Tablett und das leere Geschirr wieder und gibt dem Bruno die neueste Ausgabe des ›Neuen Deutschland‹, die morgen, zerschnitten, auch schon auf einem Lokus liegen wird. Der Kerl wünscht wohl zu ruhen und zieht ab. Ein Schlüssel dreht sich draußen im Schloß. Das ist der Bruno so gewöhnt, daß er das Geräusch, wäre es nicht gekommen, vermißt hätte. Er kriecht in das Bett, welches ihm viel zu weich vorkommt. Da-

bei ist es ein ganz normales Bett. Aber Bruno hat eben viereinhalb Jahre lang härter geschlafen.
Werde natürlich kein Auge zumachen können in dieser verfluchten Nacht, denkt er sorgenvoll und nimmt sich das ›Neue Deutschland‹ vor. Er liest aufs Geratewohl, zuerst einen Artikel über den Inspekteur der westdeutschen Bundesmarine. Das ist ein ganz schlimmer Bursche, erfährt Bruno. Über seiner Bürotür auf der Hardthöhe in Bonn-Duisdorf befindet sich eine Tafel mit folgendem Sinnspruch:
›Den Frieden zu wahren, gerüstet zum Streit,
Mit flatternden Fahnen im eisernen Kleid,
So tragt, deutsche Schiffe, von Meer zu Meer,
Die Kunde von Deutschland, den Frieden, einher.‹
Solch Verslein also hängt über der Bürotür dieses kapitalistischen, revanchistischen Kriegshetzers und Amerika-Söldlings, liest der Bruno, aber da fallen ihm schon die Augen zu, und zwei Minuten später schnarcht er, als wäre ein ganzes Sägewerk in Betrieb.
Der Aufpasser, der gerade nebenan Dienst tut, ist beruhigt. Mensch, pennt der! Wie eine tote Ratte. So was! Sind immer welche, die jammern, daß das Licht nicht abgedreht wird in diesen Durchgangsräumen. Dem Bruno, dem ist das gleich, der merkt es überhaupt nicht, der erwacht nicht einmal, um in das Waschbecken zu pinkeln, der schläft durch bis sieben, und er würde weiterschlafen, wenn er da nicht von einem neuen Mann geweckt würde, der ihm das Frühstück bringt.
»Wo bin . . .«, beginnt Bruno, in seinem Bett hochfahrend. Die hellblonden Haare stehen zu Berg, das Gesicht ist noch gelber, er blinzelt mit seinen wimpernlosen, kleinen Knopfaugen. Er sieht das Gitter vor dem Fenster. »Ach so«, sagt Bruno, »ick weeß schon wieda.« Er frühstückt im Bett, mit Appetit. Dann erst wäscht er sich.
Kommt wieder ein neuer Mann herein. Da müssen vielleicht viele arbeiten! Der Mann bringt zwei Anzüge: Einen grauen, leichten Konfektions-Einreiher, unauffällig und dezent, und einen blauen Zweireiher mit weißen Streifen, da tun einem die Augen weh beim Hinsehen. Verschwindet, der Mann, kommt wieder mit einem Fiberkoffer. Bruno trocknet sich ab und steht dann nackt neben dem Mann, der den Koffer auspackt. Da liegen Strümpfe und Hemden und Unterhosen darin, Krawatten, Taschentücher und zwei Paar Schuhe. Wie die Anzüge verschieden sind, so ist auch das übrige Zeug verschieden: Der eine Teil sehr dezent, der andere einfach zum Piepen. Hemd mit rosa Streifen! Dottergelbe Krawatte! Dottergelbe Schuhe! Violettes Taschentuch!
»Mensch, die Rotzfahne! Ick bin doch keen warma Bruda!« entfährt

es dem Bruno. Dieses Taschentuch ist einfach mehr, als er verkraften kann.
Der Mann, der alles brachte, sagt ausdruckslos: »Sie ziehen den grauen Anzug an, die schwarzen Schuhe, ein weißes Hemd und die schwarze Krawatte da. Alle anderen Sachen gehören zu dem anderen Anzug.«
»Wo habt ihr det Zeuch denn her?«
Keine Antwort. Der Mann geht schon zur Tür.
»Habt ihr ville sone Klamotten uff Laga? Wenn et mir nu nich paßt...«
»Es paßt«, sagt der Mann. »Wir haben schließlich Ihre alten Sachen als Maß gehabt. Sie waren Ihnen zu groß geworden. Die hier sind etwas kleiner.«
Sie passen tatsächlich.
Nicht hundertprozentig natürlich, aber fast.
Der Bruno (rasiert hat er sich bereits mit dem elektrischen Apparat, der auf dem Frühstückstablett lag) puppt sich ein und betrachtet sein Spiegelbild. Damit er sich ganz sehen kann, klettert er auf einen Stuhl. Da sieht er sich natürlich nur vom Bauch abwärts. Aber nun weiß er, wie er oben *und* unten aussieht, und er ist ganz begeistert. Kleider machen wirklich Leute! Wie das neue Zeug riecht! Die Bügelfalten der Hose! Das weiße Hemd. Die Krawatte – keine Spur von ausgefranst! Seinen ollen Dreck haben die sicher verbrannt.
Wie gut, daß er die Telefonnummer auswendig gelernt hat!
Nun muß er nur noch an ein Telefon heran. Hm. Aber wie der Bruno die Sache sieht, wird es wohl eine Weile dauern, bis er sich wieder einigermaßen frei bewegen kann.

15

Er sieht die Sache ganz richtig.
Um neun Uhr wird er von zwei Kerlen geholt, über endlose Gänge geführt, eine Treppe hinab – und dann steht er im Büro des Kommissars Bräsig. Neben dem sitzt der ›Hauptreferent‹. Er ist wieder schnieke angezogen und wirkt taufrisch. Der Bräsig hat seinen zerknautschten grau-grünlichen Anzug an und wirkt verkatert. Ist er auch. War eine Menge Krimsekt heute nacht. Bis ein Uhr hat er mit der Marie, der braven, den Erwerb des Häuschens gefeiert. Sie schläft sicher noch, seine Frau. Der Kommissar muß arbeiten. Sein Schädel dröhnt, obwohl er bereits zwei Tabletten geschluckt hat.

Es ist wieder ein glutheißer Tag, die Glanzstoffblenden vor dem Fenster sind wieder heruntergelassen. Die beiden Herren bewundern Brunos Anzug und den tadellosen Sitz. Sie erkundigen sich nach dem werten Befinden. Hat er gut geschlafen? Ist er mit der Verpflegung zufrieden?
»Ick kann nich klagen.«
»Setzen Sie sich, Herr Knolle.« Der Kommissar hat eine Menge Papiere auf seinem Schreibtisch. Er blättert in ihnen, fischt einen Wisch heraus und gibt ihn Bruno. »Da wäre zunächst mal Ihr neuer Meldezettel.«
Bruno liest und staunt. Junge, sind die fix! Name, Daten, alles in Ordnung! Beruf: Arbeiter. Na ja, die werden ihre Gründe haben, nichts von Kellner zu schreiben und so. Zuletzt wohnhaft: Dimitroffstraße 23, bei Haase. Unterschriften. Stempel der Abmeldung. Alles da.
»Zufrieden?«
»Danke ooch scheen, die Herrn.«
»Ich habe Ihnen doch gesagt, ich kümmere mich um den Zettel«, meint Bräsig und stützt den schmerzenden Schädel in eine graubehaarte Hand.
»Wir kümmern uns überhaupt um alles«, sagt Kornmann. »Schließlich sind Sie ja jetzt einer von uns.«
Einer von ...
Bruno schluckt.
Na ja. Na schön. Was soll man sagen? Stimmt doch, verflucht! Sagt man also: »Jewiß, Herr Hauptreferent.«
»Mit dem Meldezettel können Sie überall eine neue Bleibe finden«, meint der Kommissar. »Wir haben auch schon eine für Sie.«
»Wo?«
»Später. Zunächst müssen wir etwas anderes erledigen. Etwas Wichtiges.«
»Ja, Herr Knolle«, sagt Kornmann, »nun sind Sie ja bald drüben im Westen.«
»Aber wie komm ick rüber? Un wat denn? Un ...«
»Eins nach dem anderen.« Wieder kramt Bräsig in seinen Papieren. »Erinnern Sie sich noch an Franz Lutter?«
»Lutter ... Lutter ...« Bruno strahlt auf. »Der Franz! Klar erinnere ick mir an den! Aber wieso ...«
»Stellen Sie uns keine Fragen, Herr Knolle«, sagt Kornmann. »So kommen wir schneller weiter.«
»Ja, aba ...«
»*Herr Knolle!*«

»Schon jut...« Unheimlich. Die wissen alles. Wie ich da mit heiler Haut rauskommen soll, aus diesem Schlamassel...
»Herr Lutter war in Ihrer Strafkompanie«, konstatiert der Kommissar, ein Dokument lesend. »Er gehörte zu denen, die mit Ihnen in sowjetische Gefangenschaft geraten sind.«
»Stimmt.« (Zu eng ist der Hemdkragen. Nicht zerren. Ist ja gar nicht zu eng. Ist nur meine Aufregung.)
»Sie haben ihm das Leben gerettet, als Sie zusammen zum Minensuchen eingesetzt waren.« Bräsig hebt jetzt nicht mehr den Blick von dem Dokument. »Am 3. August 1941 mußten Sie im Raum von Uman für die vorrollenden Panzer Minen räumen. Lutter paßte nicht auf...«
»Nee, sein Jerät war kaputt!«
»...jedenfalls marschierte er direkt auf eine Tellermine los. Sie, drei Schritte hinter ihm, bemerkten die Mine durch das Ausschlagen Ihres Geräts und rissen Lutter zurück, als dessen Fuß eben die Mine berührte.«
»Und ein phantastischet Schwein ham wa jehabt alle beede!« ruft Bruno, der die Szene von damals plötzlich genau vor sich sieht. »Da war Jott sei Dank 'ne tiefe Mulde, in die ha 'ck den Lutta mit runtajerissen, jerade, als det Ding hochjing! Zwee Tote. Die, die neben uns jingen. Aber wir? *Nischt!* Bloß 'n paar Hautabschürfungen.« Der Bruno schnüffelt. »Woher wissen Sie det nu aba wirklich?«
»Es gibt sehr wenig, was wir nicht wissen, Herr Knolle«, sagt Kornmann, und Bräsig denkt: Miststück! Wer hat in den letzten Wochen den ganzen Kram über Knolle zusammengetragen bei den Sowjets und bei Direktor König vom Zuchthaus Brandenburg, der weitergab, was der Bruno Königs Spitzeln erzählt hatte? *Ich! Ich war das!* Und du bist nun der große Mann, was? Und wirst immer größer. Na, das war ja immer so – bei euch allen. Ein Jahr noch...
»Lutter«, sagt der Kommissar, »war aus politischen Gründen in der Strafkompanie.«
»Stimmt.«
»Das ›stimmt‹ können Sie sich auch sparen, Herr Knolle. Wir wissen, daß es stimmt!«
Dieser Kornmann! Na, wollen mal sehen, ob du auch so eine große Schnauze hast und so ein Heldenheld bist, wenn du erst drüben im Westen sitzt und auf Bruno aufpassen mußt...
»Ob der Lutter noch lebt?« denkt Bruno laut.
»Natürlich lebt der«, sagt der Kommissar. »Glauben Sie, ich unterhalte mich mit Ihnen so lange über einen Toten? Der ist Nachrichtensprecher beim Sender Freies Berlin.«

»Wat – in *Berlin* issa?«
»Verstehen Sie nicht deutsch?«
»Aba ... aba der hat doch in Hamburch jelebt! Det weeß ick janz jenau! Ooch nach 'n Krieg! Wir ham uns 'n paarmal jeschriem!«
»1959 ist er nach Westberlin übergesiedelt. Vorher war er Sprecher beim NWDR.«
»Ja, 'ne jute, anjenehme Stimme hatta jehabt, der Franz ... und jebildet war der! Beinah 'n richtija Dokter! Ick gloobe, er hat ville Reden jehalten uff politische Versammlungen – vor dreiunddreißig.«
»Hat er, ja.«
»Komisch! Ick weeß jar nicht, for wat for 'ne Politik der war ...«
»*Wir* wissen es. Das ist aber nicht wichtig. Wichtig ist nur, daß er sich an Sie erinnert. Und das tut er bestimmt. Den Menschen, der einem das Leben gerettet hat, vergißt man nicht. Deshalb haben wir auch Herrn Lutter gewählt.« (Jetzt beginnen die Tabletten langsam zu wirken. War schon nicht mehr zum Aushalten. Das *kann* kein echter Krimsekt gewesen sein.)
»Sie ham ihn *jewählt*? Wozu?«
»Damit er Sie rüberholt in den Westen.«
»Wie kann der Franz ...«
»Herr Knolle, Sie waren lange Zeit nicht in Freiheit, Sie wissen nicht Bescheid über das, was sich in den letzten Jahren tat. Drüben bauen sie schon seit Jahren Tunnel.«
»Tunnel?« wiederholt Bruno idiotisch.
»Unter der Mauer durch. Zu uns herüber«, sagt Bräsig geduldig.
»Ach! Und durch die Tunnels könn dann Leute ...«
»Das hat aber mächtig lange gedauert bei Ihnen! Ja, da können die Leute dann! Natürlich nur so lange, bis wir den Tunnel entdeckt haben. Oder so lange, wie wir es für opportun halten. Manchmal wissen wir, wo die drüben gerade buddeln, und warten geduldig. Manchmal wissen wir es nicht.«
Kornmann findet, daß der Kommissar lange genug geredet hat. Jetzt muß *er* wieder einmal zeigen, wie das funkt beim SSD: »Sehen Sie, Herr Knolle, dieser Herr Lutter, dem Sie das Leben gerettet haben, der hat einen Neffen. Student der Philosophie. Horst heißt er.«
»Na und?«
»Das ist einer von denen, die buddeln.«
»Woher wissen Sie det nun schon wieda ... ach so, ick soll ja nich fragen.«
»Richtig. Wir erklären Ihnen alles.« Kornmann gerät wieder in

Fahrt. Reinseidenhemd trägt der, denkt Bräsig erbittert. Wo sind bloß all die feinen Sachen her? Na, ich komme schon noch dahinter!
»Herr Lutter muß mächtig stolz auf die Buddelei seines Neffen sein. Und sein Neffe muß großes Vertrauen zu Onkelchen haben. Hat ihm nämlich vor einiger Zeit erzählt, daß er wieder einen Tunnel baut. Mit anderen zusammen natürlich. Wo, hat er nicht gesagt. Nur, daß er baut. Und das hat Herr Lutter einem guten Freund im Sender erzählt. Auch ganz im Vertrauen. Muß in der Familie liegen. Der Freund ist allerdings kein so guter, wie Herr Lutter denkt. Soll ich weitersprechen?«
Bruno schüttelt den Kopf und denkt: Gott, ist das eine dreckige, mörderische Welt geworden hier draußen! Gott, war das eine saubere, anständige Welt drinnen im Zet!
Er sagt: »Also warten wa, bisse mit den Tunnel durch sind, und denn marschiere ick mit Ihre jütige Erlaubnis ab, nich?«
»Nee«, sagt Bräsig. »Nee, so nich, Herr Knolle. Das müssen wir schon ein bißchen raffinierter anfangen. Steht viel zu viel auf dem Spiel.«
»Raffinierter? Wie?«
Der Kommissar erklärt dem Bruno, wie.

16

»Herr Pfarra«, sagt Bruno Knolle, »ick befinde mir in eene verzweifelte Lage und bitte Sie, mir zu helfen.«
Da ist es halb zwölf Uhr vormittags und ganz gräßlich heiß, auch im Arbeitszimmer von Pastor Martin Oslanski. ›Seine‹ Kirche hat der Pfarrer in der Bietzkestraße, aber wohnen tut er in der Münsterlandstraße, nahebei, in einem alten, häßlichen Haus, das durch viele Bombeneinschläge in der nächsten Umgebung während des letzten Krieges schwer erschüttert worden ist.
Seit zwanzig Jahren neigen sich die Grundmauern mehr und mehr. Man hat es ein paarmal mit Abstützen versucht, aber geholfen hat das nichts. Noch dürfen Menschen in dem Haus wohnen, sagt die Baupolizei. Bald werden sie es nicht mehr dürfen.
Durch die aus der Senkrechten gekommenen Mauern sind alle Fußböden aus der Waagerechten gekommen. Legt man einen Ball oder eine Murmel in irgendeinem Zimmer auf die Erde, dann rollen sie hurtig in Richtung Münsterlandstraße los. Nach dieser Richtung fallen alle Fußböden ab, manche, so die in der Wohnung von Pastor Oslanski, derart stark, daß man es sofort beim Gehen bemerkt. Es

ist wie auf einem schrägen Schiffsdeck. Nicht gemütlich. Wenn draußen ein Auto vorbeifährt, bebt und zittert und knirscht der ganze Bau, und das Treppenhaus, aus Holz, ächzt laut. Apropos Treppenhaus: Unten, beim Eingang, klebt ein Zettel. Da steht:

ZUM PFARRER – 4 TREPPEN

Der Zettel hat den Bruno wütend gestimmt. Er war nie fromm, aber er hat sich auch nie über Religion oder Pfarrer lustig gemacht oder sie verachtet, obwohl doch sein Vater so ein strammer Sozialist gewesen ist. Und daß man also den Pastor Oslanski in diesem Gerümpelhaus einquartiert und diesen respektlosen Zettel angebracht hat, das geht zu weit, findet der Bruno, das ist eine Schweinerei!
Pastor Oslanski scheint das nicht so zu empfinden. Der sitzt da in seinem kahlen Zimmer mit den gerissenen Papiertapeten an einem Tisch voller Briefe, hinter einer uralten Schreibmaschine, und lacht. Dauernd lacht der kleine, pausbäckige Mann, der gar keine Haare mehr hat. Es sieht allerdings nur so aus, als ob er dauernd lacht. Das liegt an seinem Mund. Der ist zu einem ewigen Lachen verwachsen. Pastor Oslanski hat drei Jahre im Konzentrationslager Dachau zugebracht. Im zweiten Jahr schlug ein SS-Mann ihm einen Spaten auf den Schädel. Er wollte ihn totschlagen, aber Oslanski war flink, wich zurück, und so traf die Metallkante nur die Wange nahe dem Mund und riß da eine tiefe Wunde. Die ist dann so verheilt.
Auf dem Arbeitstisch steht auch noch eine Vase mit bunten Blumen. Feld- und Wiesenblumen sind das, der einzige Farbfleck im Zimmer, und der Anblick der Blumen macht den Bruno noch wütender, als der Anblick des ›Zum Pfarrer vier Treppen‹ ihn gemacht hat. Von allen Blumensträußen, die es gibt, sind diese dem Bruno am liebsten. Als er eintrat und die Vase sah und über den abschüssigen Boden auf den Pastor zukam, mußte er denken: So geht das also zu. Den einen puffen sie, schon pufft er den nächsten! Den einen bringen sie ins Unglück, schon bringt der den nächsten hin! Und der einen dritten! Und der dritte einen vierten! Es hat kein Ende. Das ist kein Aufenthaltsort für Menschen mehr, diese Erde. Nun bin ich dran, den Pfarrer ins Unglück zu stürzen – vielleicht. Wenn ich es nicht tue, ist es mit mir selbst aus – *bestimmt*!
Der Anblick der Blumen hätte beinahe eine explosive edle Regung bei Bruno hervorgerufen, da wollte er ganz schnell sagen: ›Hüten Sie sich, Herr Pfarrer! Schmeißen Sie mich raus! Seien Sie wachsam! Mich schicken die vom SSD!‹
Hat er sagen wollen, jawohl!
Und dann zurückgehen zur Ecke Eitelstraße, wo der Kerl wartet, der

seinen Namen nicht nennt, dieser feine ›Hauptreferent‹, und dem sagen: ›Aus! Schluß! Ick mach et nich! Nu könnta mir in de Fanne haun!‹
Das war, wie gesagt, beim Eintritt.
Beim Händeschütteln dachte Bruno ganz schnell dies: Und wenn ich ihn warne? Dann gehen wir *beide* ein, das ist sicher! Erst mal erzählen, was ich erzählen soll. Und sehen, wie der Pastor sich benimmt. Kann mich ja unaufgefordert rausfeuern. Seine Sache. In einer Zeit wie unserer, da vermag wohl jeder nur für sich selbst zu sorgen. Wenn er *das* vermag.
Niemand soll den Bruno Knolle besser sehen, als er ist!
Der, der diesen Bericht schreibt, hofft, daß keiner, der ihn liest (und er selbst natürlich auch nicht), je in eine Situation kommen möge wie Bruno Knolle. Jeden Tag kommen Millionen Menschen in ähnliche Situationen. Es muß nicht Ostberlin, es muß kein Pfarrer sein.
Ja, so hat der Bruno also die Schnauze gehalten, sich gesetzt und aufzusagen begonnen, was man ihm in der Warschauer Straße eingetrichtert hat: »Herr Pfarra, ick befinde mir in eene verzweifelte Lage und bitte Sie, mir zu helfen.«
Der kleine Mann mit dem fröhlichen Dauerlächeln schaut ihn kurz an, dann fragt er heiter: »Kommen Sie vom SSD?«
»Ja«, antwortet Bruno darauf.
Hätte Oslanski gefragt: *Schickt* Sie der SSD?‹ hätte Bruno ›Nein‹ geantwortet. Die Formulierung einer Frage erspart einem oft eine Lüge. Gewiß, überlegt Bruno, weiß der Pastor das. Und hat darum *so* gefragt und nicht *so*. Der denkt sich doch ohnedies seinen Teil, da bin ich sicher. Wie der lächelt. Na, also ich mache jetzt eisern, was sie mir befohlen haben. Werden ja sehen, was herauskommt dabei!
Alles, was der Bruno von nun an sagt, hat der Kommissar Bräsig ihm gesagt, sie haben miteinander geprobt, zuerst war Bräsig der Pfarrer und Bruno der Bruno, dann war der Kommissar der Bruno und der ›Hauptreferent‹ der Pfarrer, zuletzt haben Bräsig (als Bruno) und der Fatzke ohne Namen (als Pfarrer) es ihm *noch einmal* vorgespielt. Er kann seine Rolle.
»Nämlich«, sagt Bruno, »det is so: Ick war viereinhalb Jahre im Zuchthaus, Herr Pfarra. Einbruch. Hier, bitte.« Damit legt er Oslanski den alten, echten Meldezettel vor die Nase, den, auf dem steht: Letzter Wohnort Strafanstalt Brandenburg. »Als ick nu rauskam, hamse mir sofort zu de Wohle in de Warschauer Straße jeschickt. Det is aba jar keene Wohle, is det, sondern det is SSD.«
»Weiß ich«, sagt Oslanski ruhig.

Der Bruno blinzelt und schnüffelt.
»*Wissense?*«
»Ja. Sind Sie zu einem Fürsorge-Sachbearbeiter namens Bräsig gekommen?«
Verflucht, denkt der Bruno, besoffen bin ich nun aber nicht mehr, verrückt auch nicht! Was ist hier los? Gehört der Pfaffe etwa auch zum SSD? Hier ist alles möglich!
Bruno nickt.
»Ich kenne Herrn Bräsig«, sagt der Pfarrer. »Das heißt: Gesehen habe ich ihn nie, aber gehört habe ich viel von ihm. Sie sind schon vorbestraft?«
»Jawohl.«
Das wird hier ja wieder ein Verhör!
»Dann«, sagt Pfarrer Oslanski und ordnet die schönen Blumen in der Vase, »kann ich Ihnen bereits alles erzählen, was Sie mir erzählen wollen.«
»Wat?«
»Herr Bräsig hat Ihnen gesagt, daß Sie nun die Wahl haben. Entweder Sie arbeiten für den SSD – oder Sie kommen als unverbesserlicher Asozialer lebenslang in ein Haft-Arbeitslager.«
»Jenau!« Daß er das erzählen soll, hat Bräsig dem Bruno befohlen. Nun hat Oslanski ihm die Worte aus dem Mund genommen. Komisches Gefühl ...
»Ich«, sagt Oslanski, »bin nicht beim SSD, keine Angst. Auch Hellseher bin ich nicht. In den drei Jahren, seit die Mauer steht, sind zwölf Männer wie Sie zu mir gekommen, alle von Herrn Bräsig vor diese Alternative gestellt. Das soll«, fährt Oslanski fort, »nicht heißen, daß nicht auch andere Männer gekommen sind, die in den Westen flüchten wollten. Sie wollen doch flüchten?«
»Mhm.«
»Eben. Ja, andere Männer sind auch gekommen. Viele! Nicht nur zu mir. Nicht nur in Berlin. Zu vielen meiner Amtsbrüder. In der ganzen Zone.«
Der Bruno zwinkert, schnieft, erkundigt sich schnuppernd: »Wenn det so is, denn weeß det der SSD doch sicha!«
»Natürlich weiß er es, lieber Herr Knolle.«
»Aber warum untanimmt der SSD nischt jejen Sie?«
In diesem Moment fährt draußen ein Laster vorbei. Das Zimmer zittert, das hölzerne Treppenhaus ächzt so laut, daß Bruno es hören kann. Danach ist es still. Bruno sieht den Pfarrer an. Der spielt mit einem Bleistift und denkt in sehr kurzer Zeit an sehr viele Dinge.

Warum unternimmt der SSD nichts gegen uns? denkt Pastor Martin Oslanski. Leicht gefragt! Stundenlang könnte man darauf antworten. Und wüßte nach all den Stunden immer noch nicht, ob man eine richtige Begründung gegeben hat. So verworren ist das Bild.
Von den 17 Millionen Menschen in der DDR sind 12 Millionen evangelisch und 1,6 Millionen katholisch. Der Staat tut offiziell, als sei die DDR ein Land ohne Bischöfe und Pfarrer, ohne Kirchen und Gemeinden, ohne Bibelstunden und Gottesdienste.
Tatsache ist: In einer *einzigen* Stadt, Eisenhüttenstadt, früher Stalinstadt, gibt es keine Kirche. Doch selbst da haben die Christen eine Baracke für den Gottesdienst hergerichtet. Und es gibt kein sozialistisches Dorf ohne Christen. Sonntags sitzen stets so viele Menschen in den Kirchen wie wochentags in den Versammlungen der Partei.
Anfänglich, so bis etwa 1955, sah es recht eindeutig böse aus für den christlichen Glauben in diesem Lande. Seither ändert sich andauernd alles – auf die paradoxeste Weise.
Nach dem Parteidogma ist die Kirche bestenfalls noch ein lebender Leichnam. Ja, aber in der letzten Sitzung des Zentralkomitees der SED hat Chef-Ideologe Kurt Hager erklärt, der ›Kirchenkurs‹ müsse ›revidiert‹, ›eine neue Etappe‹ müsse eingeleitet werden.
Sie hat übrigens schon begonnen, diese neue Etappe.
Der thüringische Landesbischof Moritz Mitzenheim wurde auf der volkseigenen Wartburg von Ulbricht empfangen. Oslanski begleitete ihn. Mitzenheim war es, der die Anregung zu den Rentner-Reisen in den Westen gab. Die Anregung wurde aufgenommen.
Weiter: Kein DDR-Pfarrer sitzt noch im Gefängnis oder im Zuchthaus. Den letzten haben sie eben freigelassen, Oslanski weiß es genau.
Weiter: Bischof Krummacher von Pommern und andere erklären auf den Tagungen ihrer Synoden immer wieder, daß sich das Verhältnis zwischen Staat und Kirche überall spürbar verbessert. Oslanski ist bei den Tagungen dabei oder erhält Berichte über sie.
So, und nun auf der anderen Seite:
Für jede christliche Feier hat der Staat ein atheistisches Gegenstück geschaffen. Zur Taufe die Namensweihe, zur Konfirmation die Jugendweihe, zur kirchlichen Trauung die Eheweihe, zur christlichen Beisetzung das Sozialistische Begräbnis.
Wie die Christen, so haben auch die Kommunisten ihre Zehn Gebote. Walter Ulbricht hat sie aufgestellt. Alle beginnen mit: ›Du sollst...‹

Genosse Ulbricht wurde auf dem letzten Parteitag der SED von einem Abgeordneten mit Moses verglichen. Großer Beifall!
Hin und her, her und hin.
Hessens Kirchenpräsident Martin Niemöller war 1963 in der DDR unerwünscht. 1964 ließ man ihn gleich viermal zu Besuch kommen! Oslanski hat ihn jedesmal gesehen und mit ihm gesprochen.
Hinwiederum: Jeder Pfarrer braucht fast täglich eine staatliche Erlaubnis. Für einen Ausflug auf einem volkseigenen Dampfer; für die Freigabe eines Raumes in einer volkseigenen Schule und eine Extrastunde Religionsunterricht; für volkseigene Steine zu einem Neubau.
Aber immer wieder einigt man sich, und die Genossen sind sogar einverstanden mit der von höchster kirchlicher Stelle im Osten ausgegebenen Losung: ›Sozialistisch arbeiten – ja! Sozialistisch leben – nein!‹ Hier entsteht also so etwas wie dialektisches Christentum!
Das gefällt nun wieder vielen Christen im Westen nicht, erzählte Niemöller dem Pastor Oslanski. Bischof Dibelius und Bundestagspräsident Gerstenmaier erklärten, die Brüder im Osten hätten sich nicht für Ja und Nein, sondern allein für Widerstand bis zum Äußersten zu entscheiden.
»So leid es mir tut«, sagte Gerstenmaier, »und so schwer es jeden Tag wieder sein mag: Hier gebieten das Christentum und die Menschlichkeit nicht Frieden, sondern Widerstand!«
Dagegen bittet Bischof Krummacher, hier im Osten: »Laßt uns in Ruhe! Wir wollen weder bemitleidet noch heroisiert werden!«
Solche Worte machen noch mehr böses Blut bei manchen Christen im Westen.
Auch die des EKD-Ratsvorsitzenden Kurt Scharf: »Wir Christen in der DDR sind der geistige Vortrupp der Evangelischen Kirche in Deutschland!«
Oder gar, was Kirchenpräsident Niemöller (im Westen) sagte: »Hat Gott uns in und mit der DDR nicht eine Lektion erteilt? ... In der DDR entwickelt sich doch so viel an neuen Formen der christlichen Verkündigung, dort wird mit schädlich gewordener Tradition der Kirche gebrochen, so daß auch wir im Westen daraus lernen können ... Ich blicke oft neidisch auf das Leben in den Gemeinden der DDR. Dort sitzt ja jedem Christen die Verantwortung sehr viel näher auf der Pelle. Es bekommt der Kirche gut, wenn zum Glauben der Mut des Bekennens gehört. Als meine Frau gleich nach dem Krieg in den USA über das Leben der Bekennenden Kirche in der NS-Zeit sprach, da fragte jemand in der Diskussion: ›Was können wir nur tun, damit wir auch eine Christenverfolgung bekommen?‹

Und im Westen sagte Niemöller ferner: »Was sind wir denn in der sogenannten christlichen Welt? Fünf Prozent Kirchgänger, das ist bei uns ›normal‹! ... Dauernd wird bei uns für die armen Brüder gebetet, viel zu selten wird daran gedacht, wie nötig *wir* das Gebet der *anderen* hätten, um aus unserem Zustand der Sättigung herauszukommen, der immer schläfrig macht ... Es geht nicht an, daß wir unseren Wohlstand genießen und die siebzehn Millionen drüben für die Vergangenheit zahlen lassen!«
Dem Pastor Oslanski erzählte Niemöller bei einem seiner Besuche: »Ich meine, daß den kommunistischen Größen hier kritische Fragen viel peinlicher sind als die Verdammungsurteile, die sie in westlichen Zeitungen lesen. Ich frage die Kommunisten jedesmal, ob sie wirklich davon überzeugt sind, daß der Kommunismus antireligiös und antichristlich sein *muß*. Auf diese Frage bekomme ich nie eine Antwort. Ich sage ihnen, daß Marx ja den Kampf gegen die Kirche aus demselben Grund propagiert hat wie achtzig Jahre vorher Voltaire: Die Kirche war ein Hemmnis auf dem Wege des Fortschritts! Marx und Voltaire hatten doch recht! Und so frage ich die SED-Leute dann: Müssen Sie denn auch gegen eine Kirche sein, die kein Hemmnis, sondern in mancher Hinsicht eine fördernde Kraft ist oder sein kann? Und da sind die Leute in Verlegenheit! Ich habe ihnen schon oft gesagt: Ihr meint, ihr seid im Besitz der Wahrheit und eure Wahrheit werde über unseren ›Aberglauben‹ siegen. Aber wenn ihr davon so überzeugt seid, warum müßt ihr dann so kleinmütig sein und eure Wahrheit, euren Glauben mit administrativen Maßnahmen, mit Zwang bei der Jugend durchzusetzen versuchen? Gesteht ihr damit nicht ein, daß die Kirche *doch* lebensfähiger ist, als es eure Ideologie euch zu denken erlaubt?«
Mehr und mehr Sorge bereitet die Kirche dem Staat, das hat der kleine Pastor Martin Oslanski schon lange bemerkt. Eine große Wandlung ist im Gange. Vorläufig scheint die Parole zu lauten: ›Nicht attackieren, wenn ihr nicht attackiert werdet von schwarzen Drohnen! Wir müssen ein Auskommen finden. Wir haben es schwer genug mit unseren siebzehn Millionen!‹
Der Genosse Ulbricht sagte unlängst in einer Rede, die Oslanski am Radio mitanhörte: »Zufolge der Bibel war Jesus kein Großgrundbesitzer.«
Nein, der erste *Kommunist* war er, *das* wollen sie propagieren!
Wenn wir mit dieser Propaganda einverstanden sind, wird man uns mit Schokolade übergießen vor Glück, denkt Oslanski.
Wir können nicht gut einverstanden sein. Oder doch? Ein *Kapitalist* war Jesus wirklich nicht ...

Wir und die Kommunisten müssen also diplomatisch vorgehen, vorsichtig, hinhaltend.
Vielleicht, denkt Pastor Oslanski, ist alles aber auch ganz anders. Vielleicht fallen wir eines Tages gräßlich auf die Nase. So wie die drüben im *Westen* sich das bei uns hier vorstellen, so jedenfalls ist es *bestimmt* nicht.
Und deshalb müssen meine Amtsbrüder und ich eben von Tag zu Tag operieren, wägen, abschätzen, ganz allein, jeder für sich.

Das alles ist Oslanski durch den Sinn gegangen, als draußen der schwere Laster vorbeifuhr und das ganze Haus erschütterte, nachdem dieser weißblonde Mann, der aussieht wie ein Seehund, ihn gefragt hat: »Aber warum untanimmt der SSD nischt jejen Sie?«

18

»Tja«, antwortet der ewig lächelnde Pastor nun, »vielleicht unternimmt er nichts, weil er uns zuweilen *braucht*. Nicht in *Ihrem* Fall, da bin ich sicher. Sie sind ein zu kleiner Fisch. Entschuldigen Sie!«
»Nischt zu entschuldijen!« *Sehr* klug bist du nicht, denkt Bruno. *Gerade* in meinem Fall! Machst du oft solche Fehler? Scheint keine Folgen zu haben, wenn du sie machst. Wie ist das denn nun aber? Die Mauer haben sie gebaut, damit keiner mehr rauskann. Und mit deiner Hilfe kommen Leute raus! Auch wenn es dem SSD *nicht* paßt? Wo bleibt da die Logik?
»Das Ganze ist eine reine Frage der Zweckmäßigkeit, lieber Herr Knolle. Unrecht geschieht so und so. Wie geschieht am wenigsten? Wenn man sich arrangiert. Wir scheinen uns mit dem SSD arrangiert zu haben. Wir wissen natürlich, daß mit unserer Hilfe so mancher Ostagent in den Westen geschleust wird – aber wie viele Hunderte Unschuldiger können wir retten, wenn wir dem SSD bei *einem* Agententransport behilflich sind?«
»Und wieviel Hunderte Unschuldige kann dieser eine drüben unglücklich machen, Herr Pastor?«
Oslanski lächelt und lächelt, weil er eben lächeln muß.
»Glauben Sie, daran denke ich nicht? Glauben Sie, ich schlafe sehr gut? Aber was sollen wir tun? Wie lange wird uns der SSD überhaupt noch etwas tun lassen? Vielleicht sitze *ich* morgen in Brandenburg. Oder übermorgen. Oder in einem halben Jahr. Aber bis dahin ...«
Aber bis dahin!

Diese drei Worte hauen den Bruno um.
Niemand soll ihn besser, niemand aber soll ihn auch schlechter sehen, als er ist!
Ein großer Mann sitzt vor mir, denkt der Bruno. Keiner verleiht ihm Preise oder Orden, für den gibt es keine Paraden und Empfänge und Lobreden, wie für die verfluchten Menschenschlächter und Menschenverführer.
Aber bis dahin...
So einer, denkt der Bruno, so einer wie der möchte ich sein! Einmal nur, eine Stunde lang bloß! Aber ich weiß genau: Daraus wird nichts. Nie. Nicht mal für eine Minute.
Im nächsten Augenblick sprudelt er heraus: »Ick hab Sie *anjelogen*, Herr Paster! Ick habe nich die *janze* Wahrheit azählt! Ick will rüba, ja, aber ick hab 'n *Auftrag*! Ick soll wat machen drüben! Wat Schrecklichet! Hörnse zu, Herr Paster, wat ick machen soll...«
Vergessen die Vorsicht, vergessen die Angst. Alles erzählt Bruno dem Pastor, alles, völlig außer Atem kommt er dabei, zum Schluß keucht er nur noch: »... so, det is die heilije Wahrheit! Und nu schmeißense mir raus! *Bitte!*«
»Aber nein doch«, sagt Oslanski ruhig.
»Warum nich? Ick *azähle* den Bräsig, det ick allet verraten habe!«
»Dann sind Sie doch erledigt!«
»Ja! Ja! Und?«
»Und? *Ich* bin dann auch erledigt, Herr Knolle! Denn wenn *Sie* denen erzählen, daß *ich* Bescheid weiß, *müssen* sie mich doch verhaften. Dann bleibt ihnen nichts anderes mehr übrig.«
»Vafluchte Sch... Verzeihung, Herr Paster. Aber det is die *Hölle*!«
»Na ja, das Paradies ist es natürlich nicht«, sagt Oslanski. »Die *Erde* ist es eben. *Unsere* Erde, auf der wir leben müssen – so anständig wir können.«
»Wie kann ick noch anständig leben, wenn ick mache, wat die wolln?«
»Sie *müssen* es nicht tun.«
»He?«
»Ich sage: Sie müssen es nicht tun.«
»Aha. Und wie stellense sich det praktisch vor?«
»Keine Ahnung, Herr Knolle. Sie sind nicht der erste Mann, der mir plötzlich so ein Geständnis macht. Allen konnte ich immer nur dasselbe sagen.«
»Nämlich?«
»Daß Gott sie alle liebt und ihnen helfen wird in ihrer Not. Denn Gott will das *Gute*, nicht das *Böse*. Wenn Sie das auch wollen, Herr

Knolle, wird Gott Ihnen einen anständigen Weg weisen, den Sie gehen können – drüben.«
»*Drüben?*«
»Deshalb sind Sie doch zu mir gekommen!«
»Nee. Ja! Natürlich. Aber ...« Der Bruno ist völlig durcheinander. »Aber det Ding mit de BVG! Wenn ick nich pariere, nimmt die West-Kripo mir hoch, und ick komme per Schub zurück!«
»Vielleicht nimmt die West-Kripo Sie *nicht* hoch. Und wenn – *daran* dürfen Sie jetzt nicht denken! Sie *haben* doch bei der BVG eingebrochen, da ist doch noch eine Strafe fällig.« Bruno nickt. »Nun, *wenn* Sie also gefaßt werden, wird kein Schuldloser gefaßt. *Ich* kann Ihnen nicht sagen, was Sie tun sollen, Herr Knolle. Das müssen *Sie* entscheiden, *Sie ganz allein*. Sie können beten. Sie haben ein Gewissen.« Wie ein Beamter, so trocken, so sachlich spricht Oslanski. »Im Interesse meiner Arbeit und im Interesse vieler, die auf mich bauen, bitte ich Sie jedoch, zu vergessen, was Sie mir eben berichtet haben. Ich werde es auch vergessen.«
»Und wat sage ick Bräsig?«
»Daß Sie mir genau das erzählt haben, was *er* befohlen hat.«
»Und wat ham *Sie* mir jeantwortet, Herr Paster?«
»Daß ich Ihnen leider nicht helfen kann, und daß ich es auch nicht tun würde, wenn ich es könnte. Denn das wäre ein Verbrechen gegen den Staat.« Oslanski zuckt die Schulter. »Mehr erwartet Bräsig nicht. Das bekommt er immer zu hören, wenn er Agenten zu mir schickt, das sage ich überhaupt allen Menschen, die kommen, weil sie flüchten wollen. Sie verstehen alle richtig und sind zufrieden. Herr Bräsig wird auch zufrieden sein.« Oslanski nimmt einen Schreibblock. »Und nun zur Sache. Ich nehme an, man wird Sie in der Gotlindestraße 131 unterbringen.«
»Ja, da soll ick hin. Aber wieso ...«
»Da schickt Herr Bräsig viele Männer hin. Sie haben auch schon einen falschen Meldezettel – ohne den Zuchthausvermerk, nicht wahr?«
Der Bruno nickt, er kann vor Aufregung wieder mal nicht reden. *Das* ist ein Pfarrer!
»Dieses Haus hat der SSD gemietet. Da werden Leute hingeschickt, zum Eingewöhnen. Und zum Ausgehorchtwerden. Bis man sicher ist, ob man sie wirklich verwenden kann. Seien Sie vorsichtig in der Gotlindestraße, Herr Knolle!« Oslanski hat sich, während er sprach, Brunos Daten notiert, die auf dem alten, echten Meldezettel stehen. »Der SSD hat einen Freund von Ihnen im Westen aufgestöbert, nicht wahr?«

»Ja...«
»Wie heißt er?«
»Franz Lutter.«
»Wohnt?«
»Wo er jetzt wohnt, weeß ick nich. Soll Ansager sein beim Sender Freies Berlin. Früher hat er in Hamburch jewohnt. Von da hat er mir zuletzt jeschriem.«
»Dann müssen wir die Hamburger Adresse nehmen, um ihn zu verständigen«, erklärt Oslanski. »Damit er nicht erstaunt ist.«
»Aba wenna doch nicht mehr in Hamburch lebt!«
»Der Brief wird ihm nachgeschickt. Das lassen Sie meine Sorge sein. Wo hat er gewohnt?«
»Adolfstraße 63.« Bruno ist jetzt hektisch. »Der Bräsig sagt, Lutta hat 'n Neffen, der buddelt Tunnels. Is jerade wieder an eenen dran. Durch so'n Tunnel soll ick rüba. Bloß, Lutta muß wissen, ick werde hier von SSD erpreßt und will *deshalb* flüchten. Det *muß* er wissen, sagt Bräsig! Da bin ick jleich janz anders einjeführt, wenn ick rübakomme.«
»Er wird es wissen«, behauptet Oslanski.
Das Haus zittert wieder, denn wieder fährt ein Auto vorüber.
»Na ja«, meint der Pastor. »Das wäre also dies. Wir beide werden uns nie wiedersehen – *hoffe* ich! Nachricht erhalten Sie spätestens in zehn Tagen.«
»Wie? Wo? Durch wen?«
»Das werden Sie sehen. Sie *erhalten* Nachricht, seien Sie beruhigt. Man bekommt solche Routine, es wird direkt langweilig. Wäre schön, wenn man nur ein richtiger, ordentlicher Pfarrer sein könnte – und nicht auch noch so etwas Ähnliches wie Herr Bräsig.«
Oslanski steht auf und gibt Bruno eine trockene, warme Hand.
»Leben Sie wohl, Herr Knolle.«
»Ach, Herr Paster...«
»Gott der Herr wird Ihnen helfen. Sie werden nichts Böses tun. Das weiß ich bestimmt. Sie sind kein böser Mensch. Ich habe einen Blick für so etwas.«
Der Bruno stammelt Dankesworte, aber es wird nichts Rechtes, keinen vollständigen Satz bekommt er heraus.
Oslanski bringt ihn bis zur Wohnungstür.
»Viel Glück«, sagt er, sehr leise.
Dann steht der Bruno im grellen Sonnenschein der Münsterlandstraße und hat einen knallroten Kopf, und jetzt, zum erstenmal, versteht er seinen Freund Knarje, den, der so fromm war und so schön sang in der Kirche von Groß-Glienicke, während er, der Bru-

no, sein Leben lang das nachgeredet hat, was er als Junge immer hörte zu Hause, von Mutter: »Et jibt keen Jott. Denn wenn't eenen jäbe, würda nich det ville Unglück zulassen, wat jeschieht. Wenn et ihn aber doch jibt und er *läßt* et zu, denn issa entweder 'n Vabrecha oda 'n ärmselija, hilflosa Idiot!«
Sagte Mutter, nachdem Kalle und August gefallen waren, nachdem sie Vater in die Anstalt steckten. Hätte so gerne an den Lieben Gott geglaubt, die Mutter. Hat zum Schluß auch noch ihren Frieden mit ihm gemacht. Ein Pfarrer im Krankenhaus hat ihr dabei geholfen. So einer wie dieser Oslanski muß das gewesen sein...

19

Pastor Martin Oslanski hat mittlerweile einen Bogen Papier in die Schreibmaschine gespannt und tippt einen Brief an den Pfarrer Peter Severin, einen alten Freund. Severin lebt und arbeitet in dem kleinen Ort Hornselm, nordwestlich von Hamburg. Oslanski korrespondiert ständig mit ihm – und mit Amtsbrüdern in der ganzen Bundesrepublik. Sie beraten einander bei der Auslegung von Bibelstellen für Predigten, sie zitieren viele Stellen aus religiösen Fachbüchern – und immer wieder die Bibel selbst.
Aus dem Alten und aus dem Neuen Testament zitiert Oslanski heute in seinem Brief an Pastor Severin. Aus den fünf Büchern Mose und aus Jeremias, Habakuk, Hiob und Daniel, aus den Psalmen, aus den Evangelien des Lukas, des Markus und des Johannes, aus den Briefen des Apostels Paulus an die Korinther, die Epheser, den Titus, die Kolosser, die Thessalonicher und die Galater. Damit der Brief nicht zu lang wird, tippt Oslanski die Stellen nicht im Wortlaut, sondern bezeichnet sie nur mit den üblichen Abkürzungen und Zahlen: 4 Mos. 5, 15 oder Joh. 13, 34.
Das Ganze ist für den, der es zu lesen versteht (wozu er einen sehr komplizierten Entschlüsselungs-Code benötigt), ein Bericht über Bruno Knolle, der flüchten will. Wie er heißt, kann man dem Brief entnehmen, wenn man den Code kennt; wo er herkommt; daß er flüchten muß, weil der SSD ihn vor die Wahl lebenslänglich Haft-Arbeitslager oder aber Agent für den Staatssicherheitsdienst gestellt hat.
Daß der Bruno bereits ein Agent ist und einen Auftrag übernommen hat, teilt Oslanski seinem Freund Severin nicht mit. Auch Protestanten kennen die Schweigepflicht nach einer Beichte. Auch daß Bruno einem gewissen Franz Lutter, früher wohnhaft Hamburg,

Adolfstraße 63, nun tätig als Sprecher beim Sender Freies Berlin, wohnhaft also Westberlin, Adresse unbekannt, das Leben gerettet hat, tippt der Pastor nieder. Unter Zuhilfenahme auch noch der Sprüche Salomonis, der Bücher Sacharja und Maleachi und der Epistel des Apostels Paulus an den Philemon. Ja, und daß Bruno meint, dieser Lutter, der müsse verständigt werden, der könne ihm vielleicht helfen. Nichts von Lutters Neffen tippt Oslanski. Das ist unnötig, das erledigt sich drüben von selbst. Eine eingespielte Sache...

Beharrlich, geduldig und langsam verschlüsselt Oslanski seinen Bericht. Er hat schon so viele verschlüsselt. Weitere werden folgen. Wie viele? Niemand weiß das. Einmal ist Schluß. Dafür wird der SSD sorgen, oder der Tod. Oslanski ist fünfundsechzig Jahre alt. Aber wenn er ausfällt, soll sogleich ein anderer an seine Stelle treten. Immer soll ein Nachfolger da sein, niemals wird dieser Strom der Hilfe versiegen, denn er wird gespeist aus einer unversiegbaren Quelle.

20

An jenem Nachmittag fotografiert man Bruno Knolle in der Warschauer Straße, von vorn und von der Seite, wie seinerzeit fürs Verbrecheralbum. Die Fingerabdrücke werden ihm abgenommen – hat er auch schon ein paarmal erlebt, ist nichts Besonderes für ihn. Er ärgert sich, der Bruno: Bei Oslanski, diesem prima Pfaffen, da hätte er doch bestimmt telefonieren können. Die Freundin von Ingenieur Machon anrufen, wie er es versprochen hat. Wegen des Jungen. Hätte der Oslanski bestimmt gestattet. Aber in seiner Aufregung hat der Bruno es verschwitzt. Verdammt! Jetzt kann er wieder warten, bis er an einen Apparat rankommt...

Kommissar Bräsig holt Bruno aus dem Zimmer, in dem man ihm die Fingerabdrücke abgenommen hat, und wandert mit ihm in sein Büro. Unterhält sich freundschaftlich. Es wird, meint er, nun natürlich eine Weile dauern, bis Pfarrer Oslanski Nachricht bekommt. Inzwischen muß Bruno Knolle ganz sicher in der Freiheit werden, seine Scheu vor den Menschen verlieren, seine Zuchthausneurose. Viel spazierengehen, spazierenfahren, arbeiten!

Wo?

Soll er gleich sehen...

Mit einem Auto fahren die beiden am Abend durch die Frankfurter Allee (Mensch, die hieß doch früher Stalinallee! denkt Bruno), links ab durch die Siegfriedstraße. (»Hier bin ick jeborn, Herr Kommissar«, zeigt Bruno, aber das Haus, in dem er als Wickelkind gewohnt hat, existiert nicht mehr. Nicht einmal die Trümmer gibt es mehr. Ordentlich planiert ist hier alles, Gras wächst da, Sträucher, Bäume, schon ziemlich groß.) Und dann noch einmal links: Gotlindestraße.

Viele Häuser haben da nie gestanden. Jetzt steht da wahrhaftig nur noch ein einziges Haus, dem alten Friedhof gegenüber, an den sich der Bruno noch erinnert, weil Mutter immer gesagt hat: »Det ist wohl der häßlichste in janz Berlin! Hier möchte ick *nie* bejraben sein. Für mich jibt's nur den Friedhof an de Hainbuchenstraße...«

Ja, der ›häßlichste Friedhof Berlins‹ existiert noch. Und dem gegenüber steht also das Haus.

Der Kommissar hat Bruno vierhundert Mark gegeben, denn da, wo er nun wohnen soll, sind ja die Bienen, nicht wahr, und die kosten Geld, und Miete muß er auch zahlen.

Die Bienen!

Bruno, der nun den Fiberkoffer trägt, in dem der laute, blaue Anzug, die dottergelben Schuhe, die ganze neue Wäsche und sein Waschzeug liegen, wird ganz kurzatmig vor Aufregung, als er das einsame Haus erblickt. Nun ist es soweit! Ausreißen kann er nicht. Will er auch nicht. Im Gegenteil. Oder nein? Oder ja?

Also was?

Das weiß Bruno selber nicht.

Schön ist es nicht, das Haus. Sehr groß, sehr verkommen. Eine Kohlenhandlung befindet sich rechts vom Haupteingang. ARMIN TIMNIK, KOKS, KOHLEN, HOLZ steht auf einem Schild, das über der Ladentür hängt.

Bruno und der Kommissar klettern gerade aus dem Auto, da geht die Ladentür auf, und eine Frau winkt heftig. Ziemlich schlampig sieht sie aus in ihrem bunten Frisiermantel. Sie hat ein schwammiges, katastrophal gepudertes und geschminktes Gesicht, strähniges braunes Haar und hellwache, mißtrauische Äuglein.

Viele Goldzähne sieht Bruno, als die Frau ruft: »Hier, Herr Bräsig! Ich bin im Geschäft! Mein Mann ist nicht da!«

Bräsig schüttelt ihr die Hand.

»Tag, Frau Timnik. Das ist also Herr Knolle.«

Frau Timnik schüttelt Brunos Hand.

»Kommen Sie weiter«, sagt sie. Eine resolute Dame.

Der Laden ist als Büro eingerichtet. Bruno erblickt einen mächtigen Kanonenofen, eine Art Kontorpult, ein paar Kisten, die wohl als Sitzgelegenheiten dienen, ein Ledersofa und ein Tischchen davor.

Die Luft ist sehr trocken und reizt zum Husten. Auf dem Tischchen steht eine offene Schachtel Konfekt, halb leer. Frau Timnik, bemerkt Bruno, hat einen leicht schokoladeverschmierten Mund. Muß Konfekt gern haben! Kaum ist sie im Laden, da greift sie schon nach der Schachtel.

»Darf ich etwas anbieten?«

Bruno schüttelt den Kopf.

Der Kommissar nimmt einen Würfel Nougat.

Frau Timnik nimmt auch einen. Im folgenden holt sie ein Stück Konfekt nach dem anderen aus der Schachtel und stopft es in ihr Mündchen. Mensch, die ist vielleicht verrückt nach dem süßen Zeug!

»Wie ich Ihnen schon am Telefon gesagt habe«, sagt der Kommissar, »möchte Herr Knolle gern für eine Weile bei Ihnen wohnen, Frau Stefanie.«

Stefanie Timnik nickt. »Zweiter Stock. Ich rufe ein Mädchen, das zeigt Ihnen den Weg, Herr Knolle.« Damit drückt sie auf einen Klingelknopf. »Meldezettel?«

»Hier, bitte«, sagt Bruno und präsentiert den neuen, falschen.

»Und eine Woche Miete im voraus, bitte. Oder geben Sie mir noch besser eine größere Anzahlung. Sagen wir, hundert Mark. Die können wir dann verrechnen.« Frau Timniks Augen werden hart.

Vielleicht passiert mir was in dieser Woche, denkt Bruno, dann hat sie ihren Rebbach gemacht. Er sieht den Kommissar an. Der nickt.

Na schön.

»Bitte, Frau Timnik.«

Wie das Weib die Scheine packt! So was von gierig!

»Mein armer Mann«, sagt Frau Timnik, »der muß jetzt selber manchmal zum Liefern mitfahren. Im Sommer geht es zu wie verrückt. Die Kohlen sind billiger. Die Leute decken sich ein. Herr Bräsig sagt, Sie hätten Lust, mal ein bißchen ins Geschäft reinzuriechen, Herr Knolle?«

»Hm«, macht Bruno. Er hat nicht die geringste Lust, aber der Kommissar hat bereits angeordnet, daß er welche zu haben hat. Beim Liefern kommt er herum, sieht wieder die Stadt, Straßen, Menschen, Autos. So wird er sicher. Nur nicht in irgendeiner Bude rumhocken.

Nein, das hielte der Bruno auch nicht aus!

»Können Sie 'n Wagen fahren?«

»Ick hab 'n Führaschein.«

»Auch für Laster?«

»Alle Klassen. Alladings...«

Der Kommissar hilft: »Herr Knolle ist aus der Übung. Muß sich erst wieder gewöhnen, Frau Timnik. Zum Schleppen ist er nicht kräftig genug. Nehmen Sie ihn als Chauffeur.«
»Wir können dringend einen brauchen! Der Gruchot, der ist doch dauernd krank.«
»Lassen Sie Herrn Knolle zwei, drei Tage so mitfahren. Dann soll er üben, abends, hier draußen, wo kein Verkehr ist – und nach einer Woche ruhig ans Steuer mit ihm! Autofahren verlernt man ebensowenig wie Schwimmen.«
»Das kann er dann morgen früh alles mit meinem Mann besprechen, Herr Bräsig. Heute ist sowieso nichts mehr los.«
»Mit Kohlen jedenfalls«, sagt Bräsig, und die Schmuddelige lacht schallend und sieht sehr wohlhabend aus mit dem vielen Gold im Munde.
»Nee, mit Kohlen nich!«
Da geht die Ladentür auf.
»Na endlich«, sagt Frau Timnik ungnädig zu dem Mädchen, das hereinkommt.
Dieses Mädchen trägt hochhackige Schuhe, ein tief ausgeschnittenes grünes Kleid ohne Ärmel und eine dünne goldene Kette mit einem Amulett. Dieses Mädchen ist höchstens zwanzig Jahre alt, es hat eine furchtbar aufregende Figur, Ia Beine, einen Hintern, einen Busen, Hüften – zum Hinknien! Schwarzes Haar, glatt und lang, fällt bis zu den bloßen Schultern. Hellblaue Augen. Ein großer, flammend rot bemalter Mund.
Bruno hat auf einmal das Gefühl, daß er ein Luftballon ist.
Das gibt es nicht ... das kann doch nicht wahr sein!
Da steht sie vor ihm! Genau so, wie er sie in Erinnerung hat! Genauso wunderbar. Genau so, wie er sie zum erstenmal sah, nach dem Krieg, in der Chimanistraße!
»Nelly ...«, flüstert Bruno fassungslos. »Meine Nelly ...«
»Grüß Gott«, sagt die Mitzi Szapek aus Wien.

21

Dieses Haus, Gotlindestraße 131, ist einigermaßen seltsam. Außen völlig verwahrlost, innen elegant eingerichtet, sauber, gemütlich, komfortabel. Vier Stockwerke hoch.
Im Juli 1964 leben vierzehn Mädchen hier. Es waren auch schon einmal mehr, einmal weniger. Verschieden im Aussehen, im Temperament, in der Nationalität. Manche sind sehr lange da ...

Das Haus kann man nur durch den Haupteingang betreten, so wie das jetzt Bruno tut, indem er der Mitzi folgt. Zuerst ist da eine Halle, wie in einem Hotel. Bruno sieht ein paar Mädchen in dieser Halle, auch eine junge Negerin. Die Mädchen unterhalten sich mit ein paar Männern. Man sitzt in Chintz-Fauteuils oder an einer Bar im Hintergrund. Die Mädchen lachen laut und viel, bemerkt Bruno. Die Männer sind still.
Er folgt der Mitzi über eine schöne, breite Treppe nach oben. Einen roten Läufer hat die Treppe. Das ist ein piekfeiner Puff, ist das, denkt Bruno benommen. Er muß dauernd den Hintern der Mitzi anstarren, die vor ihm hersteigt, heftig ihr Gewölbe schwenkend. Natürlich ist das nicht Nelly. Aber genauso sah Nelly aus! Genauso! Dem Bruno tritt Schweiß auf die Stirn.
Im Gang des zweiten Stocks begegnen sie einem Pärchen. Das Mädchen ist platinblond und üppig, höchstens fünfundzwanzig, er mindestens fünfzig, hager, klein und kahl. Sie redet eifrig auf ihn ein, er nickt nur vor sich hin, graugesichtig, sorgenvoll, eine dicke Brille auf der Nase.
»... und dann siehst du auch deine Frau und deine Kinder wieder«, hört Bruno die Platinblonde sagen. Der Kahlkopf nickt verloren.
Es riecht nach Parfüm und Puder im Haus, nach vielen Frauen, dem Bruno wird immer heißer. Als er dann mit der Mitzi in seinem Zimmer steht, rinnt ihm der Schweiß von der Stirn in die Augen. Er seufzt.
»Was hast denn, Burschi?« fragt die Mitzi.
Er schüttelt den Kopf, lächelt verzerrt und sagt leise: »Hübsche Bude!«
Das ist sie wirklich. Moderne Möbel, ein großer Teppich, helle Farben. Vor dem (unvergitterten!) Fenster liegt die Straße. Drüben, auf der anderen Seite, der Friedhof. Bruno sieht viele Grabsteine.
»Das Badezimmer ist hier«, sagt die Mitzi und öffnet eine Tür. Sie lacht. »Und hinter dem Badezimmer, da ist mein Zimmer. Praktisch, gelt?«
»Ja«, stammelt Bruno, »sehr praktisch... Na, denn... denn wer 'ck mal auspacken und mir waschen.«
»Is gut, Schatzi«, sagt die Mitzi, gibt ihm einen Kuß auf die Wange und verschwindet.
Der Bruno betastet die Stelle, wo der Kuß ihn traf, lange Zeit, dann schnuppert er an der Hand. Sie riecht so süß, so wunderbar! Der Bruno wundert sich, daß ihm ausgerechnet jetzt eine Szene aus einem alten Film von Charlie Chaplin einfällt. ›Moderne Zeiten‹ hieß der. Und in jener Szene geriet Charlie in die ungeheure Ma-

schinerie einer Fließbandfabrik, zwischen Zahnräder, wurde weiter und weiter befördert, gequetscht, gedreht, geschoben, gehoben, fallen gelassen, aber er blieb im Räderwerk, er blieb im Räderwerk, er kam immer mehr hinein in das Räderwerk!

Woran der Mensch so denkt ...

Bruno zieht sich nackt aus, bevor er seinen Koffer entleert und die neuen Sachen in einem Schrank verstaut, der nach Lavendel duftet. Er hängt beide Anzüge auf, den dezenten und den lauten, er legt Hemden, Wäsche und Schuhe in Fächer, auch zwei von den drei Schlafanzügen, die er erhalten hat. An die Innenseite eines Türflügels hat jemand mit Tintenstift etwas hingeschrieben. Der Bruno begreift nicht, was das bedeutet, aber weil im Text das Wort ›intellektuell‹ vorkommt, neigt er der Ansicht zu, daß ein Intellektueller die Worte geschrieben hat. Ein Vorgänger? Ein früherer Gast in diesem Hause des SSD? Noch am Leben? Längst tot? Ein Held? Ein Verräter? Ein Lump? Ein Idealist?

Das steht da:

Die mutigste intellektuelle Entscheidung,
die mir heute noch möglich erscheint,
ist der Kompromiß.

Zu hoch für mich, denkt Bruno. Und er nimmt ein Bad. Läßt sich Zeit damit. Mensch, ist das eine Wonne!

Wie er so in der Wanne liegt und döst, öffnet sich die Tür, die zu Mitzis Zimmer führt, und das Mädchen kommt herein. Es trägt nur einen Hüfthalter, durchbrochene schwarze Strümpfe, hochhackige Schuhe und die kleine Kette mit dem Amulett, das zwischen ihren festen, großen Büsten liegt, die harte Warzen mit großen, bräunlichen Höfen haben.

Genau solche Brüste hatte die Nelly! Genau solche Beine! Der Hals! Die Hüften! Der kleine Bauch – alles wie Nelly, alles!

»Wart, i wasch dir den Rücken«, sagt die Mitzi.

Sie tut es, und sie greift ihn an dabei, und so beginnt für den Bruno ein Martyrium, das zwei Stunden dauern soll.

22

Der Bruno versucht alles, was es gibt. Die Mitzi versucht alles, was es gibt. In seinem Zimmer. In ihrem Zimmer. Mit Kognak. Mit Streicheln und Küssen – umsonst.

Es geht nicht.
Der Bruno kann nicht. Je länger es dauert, um so weniger kann er. Die Ängste, die er hatte, als er das Zuchthaus verließ, verdoppeln, verdreifachen, verhundertfachen sich. Aus! Alles aus! Nie wieder wird er können. *Nie!*
Aber er muß! Er *muß!* Er wird verrückt, wenn es nicht geht!
Es geht nicht.
Dunkel wird es, die Nacht kommt.
Mitzi gibt nicht auf. Sie kennt das. Sie weiß, daß sie Geduld haben muß. Sie hat ihren Auftrag von Bräsig erhalten, und diesen Auftrag hat sie zu erfüllen.
Mitzi schließt die Vorhänge, knipst eine Lampe mit dunkelrotem Schirm an, dreht an den Knöpfen eines Radios, bis sie einen Sender findet, der sentimentale Musik bringt. Und sie gibt dem Bruno noch mehr zu trinken und trinkt selber fleißig, denn das alles ist auch für sie sehr anstrengend, nicht nur für ihn.
Bruno, der ihren Körper streichelt und küßt und liebkost, denkt: Vielleicht, wenn sie nicht wie meine Nelly aussehen würde? Nein, dann auch nicht! Oder doch? Ach, waren Nelly und ich glücklich damals. Ob heute noch jemand glücklich ist auf der Welt? Hier bestimmt niemand. Im Räderwerk. Im Räderwerk ...
Dieses Mädchen lächelt wie eine Puppe. Sie plappert wie eine Puppe. Worte, süß wie das scheußliche Konfekt der fetten Timnik. Ihr Wienerisch! Und ich habe Wienerisch so gern! Armes Luder. Achje achje achje ... ja, wirklich, was für ein armes Luder! Wenn es schon bei mir nicht geht, will ich wenigstens lieb zu *ihr* sein. So lieb ich kann. So lieb, wie ich zu Nelly immer war, damals ...
Und er ist so lieb, der Bruno! So lieb, wie die Mitzi das noch nie bei einem Mann erlebt hat. Deshalb beginnt sie sich auf einmal aufzuregen. Sie wehrt sich dagegen, denn so kann man nicht klar denken, aber es hilft nichts, sie wird immer aufgeregter, dieser Bruno ist so lieb, so lieb! Und die Mitzi stöhnt, und öffnet und schließt die Hände und die Schenkel, ihr Körper verkrampft sich, sie redet sinnloses Zeug und wühlt in Brunos kurzen, weißblonden Haaren. Und wieder und wieder und wieder, und jedesmal stärker fühlt Mitzi sich emporgetragen in eine Seligkeit, von der sie nichts geahnt hat. Wie auf der Krone einer majestätischen Woge reitend kommt sie sich vor, und die Woge rollt und rollt und hebt sie höher, höher – oh, ist das wunderbar!
Dann sitzen sie nebeneinander, und sie streichelt ihn und fragt:
»Nix?«
Er schüttelt den Kopf.

»Aber es muß doch gehen ... laß mich noch einmal ...«
»Nein, Mitzi. Is schon jut. Wenn nur du ...«
Da flüstert die Mitzi, sehr ernst und sehr kindlich: »Bruno ...«
»Ja?«
»I muß dir was sagen ...«
»Sag doch!«
Aber als die Mitzi den Mund wieder öffnet, ist die Musik zu Ende, und eine Männerstimme meldet sich: »This is AFN Berlin. At the sound of the last tone it will be twenty-three hours Central European Time.« Pfeiftöne. Dann: »Here is a brief summary of news up to this hour as compiled by the wires of the Associated Press and the United Press International. In the Congo ...«
»I such was anderes«, sagt die Mitzi und dreht an den Skalenknöpfen, bis wieder Musik erklingt. »Des is Luxemburg. Die senden fast nur Musik. Und in der Nacht kann mas gut empfangen.«
»Wat wolltste sagen?« fragt Bruno.
»Daß so wie du noch keiner gewesen is! Keiner in meinem Leben!«
»Nu mach aba 'n Punkt!«
»Na, des is *wahr*! I schwörs bei meinem Mutterl selig!« Und die Mitzi hebt den schwimmenden Blick zu einer Fotografie unter Glas, die auf einem kleinen Wandbord steht. Der Bruno sieht eine lachende, junge Frau. Hm. Schicke Mutter. Ob die auch – nein, Mitzi hat gesagt ›selig‹, also ist sie tot, und da stellt man keine Fragen, Bruno!
»So zärtlich ... ich ... ich hab nie wirklich was ghabt davon. *Wirklich*, du verstehst! Hier natürlich überhaupt nie. Kannst dir sicher vorstellen, gelt? Aber *heut*, mit dir ... i komm mir vor, als hätt'st du mich entjungfert. I mein natürlich net entjungfert, ich mein ... Ach, du weißt schon, was ich mein ...«
Der Bruno hört auf einmal sein Herz klopfen!
»So stark war des ... so stark wie noch nie! Und du, mein Armer, mach dir nix draus ... des geht jedem mal so ... hab i oft erlebt! Aber auch andere hab i erlebt ... Schweine, die net vorher gebadet ham und dreckig waren und gemein und mir weh getan ham ... aber du ... Bruno, ach, *Bruno*! Und wenn es *nie mehr* gehn tät bei dir – i möcht dir treu sein und dich lieb haben, bis daß i stirb – für des, was du gemacht hast, wie du gewesen bist ...«
Und da geschieht das Wunder!
Auf einmal hat der Bruno keine Angst mehr, auf einmal fühlt er, wie das Blut in seinen Schläfen zu dröhnen beginnt, wie er der Alte wird, schnell, ganz schnell, der alte Bruno von 1947, der Nelly-Bruno, der, den seine große Liebe stets ihr ›Böckchen‹ nannte. Und er

umarmt die Mitzi, sie sinken auf das Bett, und der Bruno ist ein Mann, wieder ein Mann, ein richtiger Mann geworden!
Was wird morgen sein? Wie soll es weitergehen? Der Bruno denkt nicht daran. Er denkt überhaupt nicht mehr. Er tut, wovon er viereinhalb Jahre lang geträumt hat. Noch einmal tut er es, und noch einmal, die Mitzi stöhnt, und auch er stöhnt, und sie sind wie Tiere, nachts, allein, im Dschungel.
Zuletzt flüstert die Mitzi: »Hör auf... bitte, hör auf, lieber Bruno... Später wieder... jetzt net... ich kann nimmermehr...«
Da küßt er sie, und dann lacht er und lacht und lacht! Das ist so um die Mitternacht herum. Und die Mitzi sieht ihn an, diesen Mann, der so traurig war zuerst und der nun so fröhlich ist, so hoffnungsvoll. Und da, nach all der Zeit, nach all den Jahren, muß sie auf einmal weinen. Weil sie auch so glücklich ist. So glücklich mit diesem komischen Kerl, den sie ihr geschickt haben und der gar nicht komisch ist, sondern *wunderbar*, dieser Kerl, dieser Bruno Knolle!

23

»Three coins in the fountain...«, spielt Radio Luxemburg. Die Mitzi und der Bruno liegen nebeneinander, sanft und wohlig ist ihnen nun zumute, sie rauchen gemeinsam eine Zigarette, sie trinken gemeinsam aus einem Glas. Abends waren viele Geräusche im Haus zu hören. Nun ist es still. Leise singt der Nachtwind vor dem Fenster.
»So einen wie dich... wenn ich früher getroffen hätt... alles wär anders gworden«, sagt die Mitzi.
Und: Wenn ich meine Nelly nicht verloren hätte, alles wäre anders geworden, denkt der Bruno. Aber da liegt jetzt eine neben mir, die sieht aus, wie Nelly damals aussah, reden tut sie anders, aber das Gemüt, das ist dasselbe. Wenn ich es mit ihr versuchte? Ich könnte es. Ach nein, ich kann es *nie*! Denn da müßte ich ja diesen Mann im Westen wirklich entführen und *wiederkommen*! Zum Kotzen ist diese Welt, oh, zum Kotzen!
»An was denkst grad, Schatzi?«
»An dich«, antwortet er.
»Ach, du! Niemandem hab i je erzählt, wie das gwesen is in meinem Leben. Dir, dir möcht ich's erzählen. Möchst es hören?«
»Mhm.«
Und die Mitzi erzählt: Von sich selbst, von der Mutter, von der Großmutter, sogar die Geschichte mit den Katakomben.
Über die Katakombengeschichte muß der Bruno lachen.

Aber die Mitzi sagt schnell: »Net lachen, bitte. Das war a große Sünd von mir!«

»Hahaha!«

»Hast gsehen, vorm Fenster, den Friedhof? I seh ihn jeden Tag. I *muß* ihn sehen! Das is die Strafe vom Lieben Gott. I hab eine Todsünde begangen, da in den Katakomben. Und jetzt muß i büßen. Bist du net fromm?«

»Bloß wenn ick ihn brauche.«

»I geh jeden Freitag in die Kirchen und beicht. Aber alles kann i net beichten in meiner Stellung – des ist doch unmöglich! Glaubst, daß der Allmächtige mir des verzeiht?«

»Klar. Der weeß doch ooch so, wat los is, Mitzi! Und dein Pfarra *brauchste* det also nich azähln.«

»Ja, wann mans so anschaut«, sagt die Mitzi und ist völlig beruhigt und zufrieden. »Einen wie dich wenn ich gehabt hätt je im Leben«, fängt sie wieder an, und der Bruno denkt: Jeder sagt das, jeder Mann, jede Frau. *Einen wie dich. Eine wie dich.* Wenn ich gehabt hätte. Wie wäre mein Leben dann gewesen! Wieviel schöner! Wieviel glücklicher! Nur sehr wenige, die wirklich zueinander passen, müssen sich auch wirklich begegnen. Sonst würden nicht so viele davon reden, was gewesen wäre, wenn ...

»Mir«, sagt die Mitzi, »ist heut nacht alles wurscht. Ja, heut nacht kann mich der ganze SSD! Du wirst mich net verraten, des weiß i. Drum verrat i dir alles.«

»Wat willste verraten, Meechen?« Der Bruno wird nervös. Er sieht sich um.

»Sei net so a Angsthas, Bruno. Hier is ka Mikrophon und ka Tonbandgerät. Was hier passiert, muß i dem Bräsig immer persönlich erzählen.«

»Na und?«

»Mich hat er ausgsucht, weil ich einer ähnlich schaun soll, die was du sehr lieb ghabt hast amal, vorm Hefen.«

»Vorm wat?«

»Bevor daß du ins Zuchthaus kommen bist.«

»Ach so.«

»Der Bräsig hat gsagt, i werd dir gfalln. Und des is wichtig. Denn wenn i dir gfall, dann tust du leichter, was er will von dir. I weiß net, *was* er will. Aber daß du a Beisel kriegen sollst zur Belohnung ...«

»Wat soll ick kriejen?«

»A Bei ... a Kneipen nennts ihr des hier. Die sollst du dir so wünschen. Stimmt des?«

»Ja«, sagt Bruno und denkt: Bräsig-Schwein! Bräsig-Schwein!
»Wann i also doch so ausschau wie die andere, hat er gsagt...«
»Hör uff! Det kann ick mir nu alleene vorstelln, watta jesacht hat!«
»Bruno! Denk dir jetzt nix aus! Denen kommst du net ausm Netz. Tun mußt du, was sie verlangen, sonst bist verloren!«
Ich tu es *nicht*! Ich tu es *nicht*! Ich finde einen Weg, auszukneifen, unterzutauchen. Ja, ich finde einen Weg... ach, nie finde ich einen, nie!
»Natürlich mach ick et, bin doch nich doof«, sagt er.
»Morgen wirst mitfahren, wenn sie Kohlen liefern. Die Timniks, des sind keine Menschen net. Des sind Aasgeier. Die ham beide Brieftaschen dort, wo wir Herzen ham, er und sie, keiner is besser. Verdienen tun sie sich teppert an uns, und vom SSD kriegens ihren Schmattes. Die Gemeinheit, die die net tun, gibts net! Vor denen mußt dich in acht nehmen, Bruno!«
»Werde ick, Mitzi...«
»Und auch vor denen, wo die Kohlen fahren. Der Timnik hat drei Laster. Immer vier Arbeiter sind eine Partie. Ein Chauffeur, drei Träger.«
»Also zwölf Mann?«
»Na, *mehr!* Müssen ja auch welche hinten im Hof arbeiten tagsüber, die Sackeln füllen, die Briketts zurechtmachen. Fünfzehn sinds vielleicht. Des schwankt. Oft wechselt der Timnik nämlich, weißt. Manche, die sind schon lang da. Andere kommen und verschwinden gleich wieder. Aber eins weiß ich: Alle miteinander sind V-Männer vom SSD. Da mußt *wahnsinnig* aufpassen und ka einziges falsches Wort sagen. Die melden *alles*! Die fahren mit dir herum, damit du redest und was sagst, was sie melden können. Mit wie viele wie dir sind die schon rumgefahren. Wir Mädln, wir müssen sagen, was ihr im Bett erzählt, die Kohlenmänner, was ihr unterwegs erzählt. Ich *fleh* dich an, sei vorsichtig bei die Kohlenmänner, Bruno!«
»Werde ick sein«, sagt der. »Und ick danke dir ooch scheen. Für allet danke ick dir, Nelly.« Er erschrickt und stammelt: »*Mitzi* wollte ick natürlich sagen. Det is mir so rausjerutscht! Nich böse sein, bitte!«
»I bin net bös«, sagt die Mitzi und lächelt tapfer.
»Aba traurich.«
»Auch net traurig«, antwortet die Mitzi, die auf einmal schrecklich traurig ist. Sie weiß, warum. Weil sie sich nämlich *wirklich* verliebt hat in diesen Bruno Knolle. Das hat ihr also *auch* noch passieren müssen! Das auch noch!
Die Mitzi will nicht fragen, sie weiß, es ist falsch, es ist dumm, zu fragen. Sie fragt trotzdem: »Hast sie noch immer lieb?«
»Wen?«

»Weißt doch genau, wen.«
»Ach so, die Nelly? Nee, det is mir wirklich bloß so über de Lippen jekommen, weil du ihr so ähnlich siehst. Nelly? Die ha 'ck schon vor Jahren abjeschriem! Die ist mir schnurzpiepe! Aba völlich! Lieb? Icke? Die Nelly? Det ick nich lache!«
Doch es ist ihm gar nicht zum Lachen zumute, und der Mitzi auch nicht, und sie liegen ganz still, dicht nebeneinander, in einem Bett, nackt unter einer Decke. Und trotzdem denkt auf einmal jeder, der andere wäre auf dem Mond. So einsam kann man sein zu zweit.

24

Um sieben Uhr früh versammelt Herr Armin Timnik seine Kohlenmänner hinter dem Haus. Auf dem freien Gelände – hier gibt es *nur* planierte Ruinengrundstücke – lagern Koksberge. Vor ihnen stehen drei alte Laster, und vor den Lastern hat Herr Timnik seine Angestellten antreten lassen. Sie sind vollzählig heute, denn ausnahmsweise hat sich auch Chauffeur Gruchot entschlossen, zu arbeiten und nicht krank zu sein.
Neben den zwölf Kohlenmännern steht Bruno Knolle. Von Frau Timnik hat er einen alten, verdreckten Anzug erhalten, alte Sandalen, eine dreckige Mütze. Berufskleidung. Die anderen sehen genauso aus. Es ist wie beim Appell im Zet. Die Visagen der meisten Herren erinnern Bruno ungemein an Visagen von Herren in Brandenburg. Eine rüde Gesellschaft, findet Bruno. Er ist sehr unausgeschlafen, und alle Glieder tun ihm weh. Was er in der vergangenen Nacht geleistet hat, war schließlich nicht ohne.
Mitzi schlief noch, als er sie verließ, wie ein kleines Kind, einen Arm vor dem Gesicht, zusammengerollt, tief atmend. So wundervoll roch das warme, junge Fleisch! Er hat sie nicht geweckt, der Bruno, nur lange angesehen hat er sie, sehr gerührt, dann ist er fortgeschlichen – zu einem tristen Frühstück mit einigen schweigenden Pensionären in dem Salon, der sich im Erdgeschoß befindet. Danach hat er sich bei Frau Timnik gemeldet und seine Kluft bekommen. Und jetzt steht er neben diesen zwölf Kerlen mit den ausdruckslosen Gesichtern und betrachtet Herrn Timnik, einen hageren, kleinen Mann mit spitzer Nase, spitzer Stimme und spitzem Schädel, bei dem man an eine Birne denken muß.
Armin Timnik, das ist so eine rechte Kreatur, der Bruno weiß ja Bescheid über ihn. So wie er ist, schaut er auch aus, beträgt er sich auch. Der Spieß in Brunos Strafkompanie war nicht ärger!

»Stellt euch mal anständig hin! Schnurgerade! Könnt ihr nicht mal das, Schwachköppe, verdammte? *Schnurgerade!* Und einmal stramm stehen und die Fresse halten, zwei Minuten lang!« Timnik schleicht um seine Männer herum, grinst sie heimtückisch an, während er Gruppen einteilt: »Erster Laster: Hefele, Schwörer, Knabenschuh, Ferro als Fahrer! Zweiter: Tatomir, Wühler ...«
Und so weiter.
Die Männer sehen nicht gewalttätig oder besonders kräftig aus. Fast alle sind schmalbrüstig, mager, haben eingefallene Wangen und hängende Schultern. Wie so was schwere Säcke schleppen soll, denkt Bruno.
»... dritte Gruppe: Seiring, Weidlich, Katinkowicz, Pischer und Knolle«, schnauzt Timnik. Das waren die fünf letzten. Alle anderen sind schon abgetreten, dem Chauffeur jeder Gruppe hat Timnik eine Liste in die Hand gedrückt, da steht drauf, wo heute geliefert werden soll, und was, und wieviel. Die anderen sind schon dabei, ihre Laster zu beladen.
»Knolle fährt die ersten paar Tage mit, um sich wieder an das Leben in Freiheit zu gewöhnen. Er kommt nämlich direkt aus dem Kittchen.« So ein Schweinekerl, denkt Bruno empört, aber er sieht, daß keiner der Männer auch nur mit der Wimper zuckt. Natürlich wissen sie es schon alle, wenn sie doch auf ihn aufpassen sollen, wie die Mitzi nachts sagte. Ach, liebe Mitzi ...
»Sobald er sich gewöhnt hat, übt er abends hier draußen noch ein bißchen, und dann fährt er als Chauffeur. Vorläufig hilft er. Das ist alles. Gruppe kehrt, weggetreten!«
Bruno trottet zu dem dritten Laster. Da muß er dann staunen, was für Kräfte diese ausgemergelten Gestalten haben. Er ist alles andere als unterernährt, bloß schwere Arbeit nicht mehr gewöhnt nach viereinhalb Jahren Zet – aber auch ohne Zet brächte er nie fertig, was die fertigbringen!
Hupp, und ein Sack Koks ist auf dem Wagen!
Hundert-Pfund-Säcke sind das. Der Bruno hebt einen, versuchsweise. Es reißt ihm fast den Arm aus.
Preßkohlen werden nicht in Säcken geliefert, sondern in hölzernen Tragen, immer ein Zentner in einer Trage.
Bruno will sich nützlich machen. Er versucht es mit dem Brennholz, das zu kreisrunden Bündeln gepackt wurde, aber er ist ungeschickt, ein Bündel rollt dem Pischer zwischen die Beine, ausgerechnet dem Pischer, dem finstersten von allen!
Der flucht los: »Gottverdammt! Laß die Pfoten weg, Mensch, sonst knallts! Mach, daß de mir ausm Weg kommst, oller Knastbruder!«

Chauffeur Katinkowicz zieht Bruno beiseite. Dieser Mann hat ein ganz schmales Gesicht mit ganz schmalen Lippen und ganz schmalen Augen, nicht angenehm anzusehen, aber seine Stimme klingt überraschend weich und mitfühlend: »Kümmer dich nicht um den Idioten! Der macht sich immer wichtig! Als ob wir nicht alle hier Knastbrüder wären!«
Bruno blinzelt erstaunt.
Ach, so ist das?
»Sie ... Sie ooch, Herr Katinkowicz?«
»Bin schon 'n Jahr raus. Immer noch auf Bewährung. Kannst ›du‹ zu mir sagen, Kumpel. Bei mir war's Notzucht. Bei dir?«
»Einbruch. Rückfall.« Bruno fühlt sich auf einmal viel, viel besser. Der Katinkowicz, das ist also auch einer aus dem Bau. Und der Pischer auch! Und alle die anderen ...
»Die haben ihre Zeit abjerissen. Weidlich, Schwörer, Knabenschuh, Tatomir. Überfall. Totschlag. Unzucht mit Abhängigen. Fälschung.«
»Und alle uff Bewährung?«
»Mhm«, macht Katinkowicz nur und sieht Bruno besorgt an, denn er denkt, daß er besser die Fresse gehalten hätte. Wie alle hat er den Auftrag, diesen Knolle zu beobachten, und nun kann dieser Knolle, wenn er nicht völlig verblödet ist, sich das selber denken. Bewährung! Warum habe ich nur von *Bewährung* geredet, grübelt Katinkowicz. Ich bin ja selbst völlig verblödet!
Der Bruno überlegt indessen: Wenn sie auf Bewährung freigelassen wurden, dann *müssen* sie ja tun, was der SSD von ihnen verlangt, dann darf ich ihnen auch nicht böse sein. So was macht keiner zum Spaß. Tun's alle, weil sie müssen. Sind keine schlechten Kerle. Arme Hunde sind sie. Mitleid müßte ich mit ihnen haben. Aber damit will ich lieber nicht anfangen. Denn wenn ich es täte, mit wem müßte ich dann kein Mitleid haben? Wer von uns ist kein armer Hund?

25

Du stehst also auf der Lasterplattform.
Die Säcke, die schiebst du bis zur Ladekante vor und lädst sie dem Träger auf den Buckel. Vorsichtig. Langsam. Manche Träger haben einen Lederriemen, die Enden halten sie vor der Brust fest, du mußt den Sack in die Schlaufe gleiten lassen, die über den Rücken hängt. Holzbündel reichst du eines nach dem anderen hinunter, die werden vor dem Bauch getragen.

Was die Preßkohle betrifft: Da kantest du immer eine Trage bis an den Wagenrand, dann tritt der Träger heran, hakt seinen Riemen ein, beugt sich vor und läßt sich die ganze Wucht auf den Rücken fallen.
Heiß.
Verflucht heiß ist es.
Sie sind alle schwarz geworden wie die Neger, sie schwitzen alle, auch Katinkowicz und Bruno, obwohl die gar nicht schleppen, sondern nur auf der Plattform arbeiten. Aber das genügt. Da brennt die Sonne drauf. Und die Träger schleppen in einem gleichmäßigen Rhythmus, kaum ist der eine weg, kommt schon der nächste zurück, ununterbrochen mußt du die Männer beladen!
Dem Bruno geht die Puste aus.
»Abends wirste deine Knochen spüren«, sagt Katinkowicz zu ihm. »Vor 'n Monat war ick ooch Träger. Ick sage dir, Knolle, da konnte ick mir abends 'ne Stunde lang überhaupt nich rühren, nich mal zum Waschen!«
Sie beliefern heute Haushalte in den Bezirken Lichtenberg, Treptow und Oberschöneweide, meist in der Nähe der Spree. Oft sieht Bruno das Wasser. Es leuchtet golden, Kähne sind darauf, Schlepper, Boote der Volkspolizei, Schiffe der ›Weißen Flotte‹. Mit denen fahren Ausflügler zum Müggelsee oder nach Schmöckwitz.
Bruno sitzt neben Katinkowicz, er soll sich ja auch wieder ans Fahren gewöhnen und zurechtfinden lernen in der Stadt. Die anderen sitzen hinten, auf den Kohlen, dem Koks, dem Holz. Sie trinken nur ein wenig Sprudel, man schwitzt doch alles gleich wieder aus.
Immer wenn sie so unterwegs zum nächsten Kunden sind, erzählt Katinkowicz von den Zeiten, als er selbst noch Träger war. Dazwischen gibt er Hinweise auf Straßen und Plätze.
Kann dir sagen, Mensch, das ist vielleicht ein Job. Sind doch lauter alte Häuser. Wer hat schon Zentralheizung? Von Glück kann man reden, wenn der Dreck in den Keller muß und nicht rauf in den dritten oder vierten Stock, in eine Wohnung! Ja, das war eben Ostkreuz. Jetzt fahren wir die Kynaststraße runter. Da ist der Rummelsburger See. Gleich kommt die Stralauer Brücke über die Spree. Eine Sauarbeit ist das, Junge. Wenn die Muskeln in den Oberschenkeln nicht mehr wollen, wenn du zu keuchen anfängst und der Sack dir den Hemdkragen nach hinten zerrt!
Dann ist kein Fenster im Treppenhaus, wo du den Dreck einen Moment aufstützen könntest. Nicht abstellen natürlich, bloß aufstützen! Sonst kriegst du ihn nie mehr auf den Buckel. Ja, das war jetzt die Spree. Treptower Park. Prima, nicht? Guck mal, die Gören . . .

Der Bruno sieht ein Rudel Kinder. Die haben im Park aus Ruinentrümmern eine wackelige kleine Mauer aufgebaut. Welche sind auf der einen Seite, welche auf der anderen, Jungen und Mädchen. Ein paar Mädchen haben Puppen. Ein paar Jungen haben Stöcke oder Latten, mit denen zielen sie, als seien es Gewehre.
Sie schreien, Bruno kann nicht verstehen, was, und die Mädchen mit den Puppen rennen los, springen über die niedrige Mauer. Manche rennen weiter, andere lassen sich auf den Boden fallen und tun, als wären sie tot. Jungen, die keine Stöcke haben, kämpfen mit solchen, die Stöcke haben, tun, als schlügen sie diese nieder, die anderen tun, als schössen sie. Dann fallen auch Jungen um und tun, als wären sie tot. Ein kleines Mädchen kniet vor ihrer Puppe, ringt die Hände.
»Donnerwetta«, sagt Bruno heiser, »die Kleenen, die spieln Maua?«
»Is 'n beliebtet Spiel jeworden«, sagt Katinkowicz ausdruckslos, während er schaltet. Im Park wirft ein kleines Mädchen die Arme hoch und läßt sich ins Gras fallen. Ein kleiner Junge hinter ihr senkt den Holzstock, mit dem er zielte. »Hatse jetroffen«, sagt Katinkowicz.
Viele bunte Blumen blühen im Treptower Park, in der Ferne erhebt sich, riesig groß, das Sowjetische Ehrenmal.

26

Lieferung in der Stormstraße. Lieferung in der Ekkehardstraße. Lieferung in der Dornbrunner Straße.
Zu Mittag fahren sie zurück zur Gotlindestraße. Im Schatten hinter dem Haus stehen ein langer, schmaler Tisch und schmale, lange Bänke. Die von den Lastern I und II sind schon da. Es gibt Essen. Alles muß schnell gehen, gräßlich schnell.
»Die Herren werden gütigst gebeten, sich ein bißchen zu beeilen!« schnauzt Timnik. »Ist noch eine Menge zu tun heute. Und Überstunden werden nicht bezahlt, das wißt ihr!«
Dreckstück.
Kaum haben sie den Fraß runtergewürgt, jagt Timnik sie schon zu den Lastern.
»Voller Bauch macht faul! Vorwärts! Neu laden und dann ab dafür!«
Als sie wieder losfahren, erblickt Bruno die Mitzi. Sie steht am Fenster ihres Zimmers und wirft ihm eine Kußhand zu. Er winkt auch.
»Die Mitzi aus Wien«, sagt Katinkowicz, und der Bruno hat schon Angst, daß jetzt eine Sauerei folgen und er dem Katinkowicz eine ins Zahnfleisch geben würde (was er natürlich nie dürfte!), aber der

fährt mit seltsam bewegter Stimme fort: »Det is 'n nettet Meechen! Deine im Moment? Schwein, wat de hast. Ach, Wien ... muß 'ne schöne Stadt sind ...«
Dieses ›Deine im Moment‹ schmerzt den Bruno. Dabei ist klar, daß er nicht der einzige Mann sein kann, welchem die Mitzi zugeteilt wurde in diesem Haus. Wo sind übrigens all die traurigen Gestalten vom Frühstück?
»Sach mal, da wohnen doch noch andere Kerls außa mir. Wat machen denn die, Katinkowicz?«
»Weeß nich. Wern abjeholt. Gloobe, die arbeiten in Büros oder Fabriken. Oda in welche Ämter. Sind sehr jebildet, die meisten. Jeder hat 'n andern Job. Kommt eben janz drauf an ...«
»Woruff?«
»Nischt.«
Kommt eben ganz darauf an, was der SSD mit einem jeden vorhat, wolltest du sagen, denkt der Bruno. Konntest du natürlich nicht sagen. Solche wie mich, die übernehmt *ihr*!
Lieferung Köpenicker Landstraße. Lieferung Schnellerstraße. Zurück über die Spree. Da drüben, das Riesending, das ist das Kabelwerk Oberspree. Lieferung Wilhelminenhofstraße. Lieferung Siemensstraße, Griechische Allee, Zeppelinstraße, Rummelsburger Straße.
Die Männer sind nur noch rasselnde, keuchende Maschinen.
Eines ist dem Bruno mittlerweile sonnenklar geworden: Von seinen alten Freunden kann er keinen einzigen suchen. Nicht einmal telefonieren darf er, Katinkowicz hat es ihm verboten, als er darum bat.
»Nee, Junge, tut ma leid. Det jeht nich. *Ick* würde ja jerne, aba ...«
»Ja, ja, vasteh schon«, hat Bruno geantwortet.
Also nicht einmal telefonieren.
Verflucht.
Vielleicht kann er was tun, wenn er erst selbst den Laster fährt.
Neue Hoffnung!
Muß er sehr aufpassen, wie Katinkowicz fährt, damit er bald soweit ist. Und Bruno paßt sehr auf, und Katinkowicz quasselt weiter, während sie fahren.
Natürlich ist Keller besser als Treppe. Der Poggendorffweg war das, jetzt kommen wir zur Köpenicker Chaussee. Ja, das ist Kraftwerk Klingenberg. Aber wenn du dann, den Sack auf dem Buckel, vor so einer Kellertür stehst, und sie ist zu, und die dämliche Alte braucht eine halbe Stunde, bis sie mit dem Schlüssel kommt ... da wird dir ganz anders! Da liest du mit den eigentümlichsten Gedanken, was da so auf Plakaten steht. Zum Beispiel: Rattenköder ausgelegt. Achtung, Gift. *Gift*, verstehst du?

Jetzt sind wir gleich am Bahnhof Rummelsburg.
In den Wohnungen haben sie Kohlenkästen. Wenn du da endlich vor einem stehst, die Zunge hängt dir bis zum Bauch, dann darfst du nicht einfach den Sack kippen, i wo denn, nein! Könntest ja was zerkratzen! So richtig mit Liebe mußt du die Kohlen reinpacken. Das mögen die gar nicht, wenn es donnert und raucht. Und immer höflich sein, schön höflich! Sonst kriegst du nicht einen Groschen Trinkgeld!
Der Bruno schneuzt sich. Das Taschentuch ist sofort schwarz. Katinkowicz lacht.
Da ist es 16 Uhr 36.
Genau um 16 Uhr 36 an diesem Tag tippt ein Setzer der in München erscheinenden ›Abendzeitung‹ auf seiner Maschine eine Notiz, die morgen unter der Rubrik ›Ganz privat‹ erscheinen wird. So lautet diese Notiz:
›Der Kaiserlich-Iranische Konsul in München, Parviz Sehpabodi, holte von der Afghanenzucht Edith Schniewind in Söcking den Jagdhund ›Navamde – Nuh – Balaei‹ ab und brachte ihn im Flugzeug nach Köln zu seinem Botschafter Exzellenz H. Afshar, der ihn für Hetzjagden im iranischen Hochgebirge einsetzen will.‹

27

Bruno Knolle liegt in der Badewanne.
Zweimal hat er das Wasser gewechselt, jetzt bleibt es sauber. Der Bruno liegt da mit bleiernen Gliedern, todmüde und übererregt zugleich. Er weiß, er muß noch eine ganze Weile in dem lauwarmen Wasser bleiben, bis er zur Ruhe kommt.
Auf dem Wannenrand sitzt die Mitzi.
Sie hat sich sehr schön gemacht für ihn, sie war beim Friseur, das Gesicht ist liebevoll bemalt, heute trägt sie rot-schwarze Unterwäsche und riecht nach Veilchen.
Draußen dämmert es, der Himmel wird dunkelblau, im Westen, wo die Sonne untergegangen ist, leuchtet er noch golden und rot und apfelgrün, und ein unwirkliches Zwielicht dringt in das Badezimmer.
Die Mitzi hat den Bruno erwartet, als er heimkam.
Zuerst mußte er noch in die Kohlenhandlung mit allen anderen. Die Chauffeure lieferten die Listen und bestätigten Quittungen ab, alle bekamen ihren Lohn, auch der Bruno. 12 Mark 80.
Herr Timnik rechnete, Frau Timnik saß auf dem Lederdiwan und

fraß Konfekt. Schon als der Laster in den Hof fuhr, hat Bruno gesehen, daß für den morgigen Tag wieder Hunderte von gefüllten Säkken und Tragen mit gepackten Briketts bereitstehen. Da müssen am Nachmittag andere gearbeitet haben. Einen flotten Laden hat Herr Timnik!
Gerade als Bruno sein Geld vorgezählt bekommt, öffnet sich die Tür, und ein Mann kommt hereingewackelt. Er hat einen Bart, der ist mindestens drei Tage alt, einen zerschlissenen Anzug, kein Hemd, aber einen Hut auf dem Kopf, und er stinkt nach Fusel, zehn Meter gegen den Wind. Heftig schielend, nähert er sich Timnik und lallt: »Einundfuffzig Monate, hick! Einundfuffzig Monate ha 'ck jesessen! Unschuldig! Jebense ma wat ... jebense ma 'n paar Märka, lieba Herr!«
»Machen Sie, daß Sie rauskommen!« brüllt Timnik. »Verkommenes Subjekt! Arbeiten Sie was, saufen Sie nicht! Dann haben Sie auch Geld!«
»Einundfuffzig Monate, lieba Herr ...«
»Verschwinden Sie!«
»Ick danke ooch tausendmal«, sagt der Betrunkene und entschwebt. Der Bruno läuft ihm nach und drückt ihm fünf Mark in die Hand. Der Mann sieht überhaupt nicht auf, nur das Geld in der Hand betrachtet er und murmelt: »Einundfuffzig Monate ...«
Daß der wirklich im Knast war, glaubt Bruno sofort. Die Gesichtsfarbe, das Geduckte, das Verlorene, das Hoffnungslose. Der war drin, garantiert! Wenn er nicht zu besoffen ist, kann man vielleicht schnell mit ihm reden. Damit er nach Brunos Freunden sucht, telefoniert und so weiter.
»Paß uff«, sagte Bruno leise und hastig. »Du! Uffpassen sollste!«
»Wat is?«
»Det wa 'n Jeschenk. Kannst noch mehr ham. Viel mehr.«
»Mehr?« Na also, *so* besoffen ist der gar nicht.
»Du mußt mir aba 'n Jefallen tun. Du mußt ...«
Da ertönt Timniks tobende Stimme: »Wollen Sie wohl zurückkommen, Knolle? Augenblicklich! Lassen Sie den Besuffski! Sie haben sich nicht auf der Straße herumzutreiben, verstanden?«
Daraufhin ist der Bruno zurückgetrottet.
So also geht es auch nicht.
Aber vielleicht so ...
»Mitzi ...«
»Ja, Schatzi?«
»Warste uff de Wohle heute?«
»Hab ja hingehen müssen. Bericht erstatten. Dem Bräsig.«

»Haste ihm azählt von letzte Nacht?«
Mitzi nickt.
»Wat denn, du wirst ja rot!«
»Nie im Leben bin i rot gwordn! Aber jetzt bei dir ... alles is anders bei dir ...«
»Hm ... Wollte allet wissen, der Bräsig, wa?«
Mitzi nickt.
»Mußteste allet azähln?«
»Ja.« Die Mitzi sieht einen Moment so aus, als wollte sie wieder weinen, dann lacht sie. »Gelobt hat er mich! Sehr, sehr zufrieden is er mit mir, hat er gesagt! Weitermachen soll i so! Dann, hat er gesagt ...« Die Stimme versintert.
»Dann?«
»Dann kommst du ganz bestimmt zu mir zurück!« Die Mitzi ruft, als müsse sie sich verteidigen: »Des hat *er* gsagt! Wirklich! I bin keine Kletten! I häng mich net an dich – und wenn i dich noch so lieb hab! Dann erst recht net! I erzähl es dir nur, weil du mich fragst ... hast mich auch lieb, a bissel?«
Ach, ist das ein Leben ...
»Sehr lieb hab ick dir, Mitzilein«, sagt der Bruno feige.
Da ist sie auch schon zufrieden! Wie ein Hund, der sein Leben lang getreten wurde und den nun auf einmal einer streichelt.
»Mein Bruno!«
Zur Sache: »Du kannst dir also frei bewejen, Mitzi. Ick meine: Dir jeht keena nach, wa?«
»Na, i glaub net. Wo i schon so lang arbeit, da lassens mir manche Freiheit. Friseur, Einkaufen. Kino und so.«
Ja, dann wird dies wohl der Weg sein, denkt Bruno.
»Würdste mir 'n Jefallen tun, Mitzi?«
»Des weißt du doch!«
Kann ich ihr trauen? Ich glaube. Aber ich weiß es nicht. Wer kann heute noch wem trauen? Ich muß es riskieren. So geht es auf keinen Fall weiter. Wenn ich nichts tue, bin ich eins, zwei, drei im Westen. Pastor Oslanski hat sicher längst etwas unternommen. Ich muß auch etwas unternehmen. Gleich!
»Aber du darfst Bräsig nischt von azähln, det is Voraussetzung! Keen Menschen darfste wat azähln!«
»Für was haltst du mich denn? Meinst, daß i dich *verrat*?«
Wäre schön, wenn du es nicht tätest, denkt Bruno. Ein Mensch, der einen nicht verrät. Ja, vielleicht bist du so ein Mensch ...
»Paß uff, Mitzi! Ick hab noch Freunde hier in Osten. Aber ick kann se nich uffsuchen, nich mal anrufen, nischt. Die lassen mir nich 'n

Moment aus de Augen. Würdest du ... würdest du zu die hinjehn und sagen, wo ick bin, und azähln, det der SSD mir in de Mache hat?«
Die Mitzi starrt ihn an.
»Was heißt, in der Mache hat? Willst ausreißen? Willst 'leicht net tun, was der Bräsig dir befiehlt?«
O je. Falsch angefangen.
»Aber *Mitzi*! Wat is 'n *det* for 'ne Idee? *Du* weeßt doch so jut wie ick, det ick jarnich abhaun könnte – selbst wenn ick wollte! Wer sollte det besser wissen als *du*?«
»Aber wozu dann die Freund'?«
Immer noch mißtrauisch. Aber, verdammt, ich muß doch wenigstens alles *versuchen*, um zu kneifen. Ich bin nicht fähig, Böses zu tun. Hat Pastor Oslanski gesagt. Der HERR wird mir helfen. Nun soll ER aber endlich!
Zuerst muß ich die Mitzi beruhigen.
»Wozu denn Freunde, frachste?« Bruno lacht übertrieben. »Weil die mir jetzt suchen, Meechen! Sich Sorjen machen! Nich wissen, wohin ick vaschwunden bin!«
Das wirkt. Mitzi nickt ernsthaft. Ja, nun kann sie begreifen. Werden sich auch viele Huren vom Baby-Strich in Wien seinerzeit Gedanken darüber gemacht haben, wohin *sie* so plötzlich verschwunden ist. Nicht einmal ihrer besten Freundin durfte sie jemals schreiben.
»Det kapierste, wa?« Man muß langsam vorgehen. Erst soll sie die Freunde finden, dann kann man ihr weitere Aufträge geben. »Is ja bloß, det se sich nich unnötich ängstijen. Mein Jott, wat haste denn *nu* wieder?«
Die Mitzi ist nämlich plötzlich in Tränen ausgebrochen.
Sie legt eine Hand auf Brunos eingeseifte Schulter.
»Nix. Gar nix! I ... bin nur so glücklich!«
»Jlücklich?«
»Daß du so a Vertrauen zu mir hast! Des is so schön, so schön!«
»Klar ha 'ck Vertrauen zu dir! Holste dir 'n Stück Papier und 'n Stift?«
Sie läuft fort, sie kommt zurück, außer Atem, mit glänzenden Augen.
»Also, Bruno ...«
Da sitzt sie wieder auf dem Wannenrand, einen Kugelschreiber gezückt.
»Also zuerst mal, wenn du den Weihwasser suchen würdest. Karl heeßta. Weih mit h. Ick weeß nich, ob er Telefon hat. Zuletzt hatta

Heinersdorf jewohnt, Treskowstraße 5. Haste?« Die Mitzi nickt. »Denn der Willi Hanke. Prenzlaua Berch ...« Er bemerkt, wie sie zusammenzuckt. »'tschuldije! Da hatta aber wirklich jewohnt! War schon 'ne Sau, dein Olla. Saarbrücka Straße 8. Da hatta jewohnt, der Hanke, als ick in Knast jing. Denn der Orlow, Igor Orlow ...« Bruno diktiert weiter Namen und Adressen, fünf Freunde von früher hat er noch in Erinnerung. Zuletzt sagt er: »... und eene Nummer soll ick anrufen. Eena in Knast hatse mir jejem. Weeß nich, wo a wohnt, irgendwo in Weißensee. Die Telefonnummer is 47 26 01. Viktor Machon, Injenör. Wollte türmen. Drei Jahre reißta ab. Lebt mit 'ne Freundin. Und 'n Jungen hatta ooch, vielleicht von 'ne Frau, die ihm wegjeloofen is. Hängt sehr an den Jungen. Jürgen heeßta, die Freundin Schilow. Marlene Schilow. Schrecklich kompliziert, wa?«

»Garnet. Und was soll i da machen?«

»Als er injebucht wurde, der Injenör, war der Junge jerade nich da. Nu sollte ich die Freundin anrufen und vielleicht hinjehn und bitten, det se jut is zu Jürgen. Det se sich nich zanken. Det se ihn tröstet und achtet uff ihn. Willste mir det ooch noch abnehm, Mitzi?«

»Freilich, Bruno! I red mit der Schilow als Frau zu Frau. Des is sogar besser, als wie wenn du des machen möchst.«

»Ach, Mitzi«, sagt er und nimmt schnell ihre Hand und küßt sie. Die Mitzi läßt Papier und Kugelschreiber fallen vor Schreck.

Sie starren sich an, beide verlegen.

»Na ja«, sagt er. »Mach ick sonst nie. Aba bei dir ...«

Die Mitzi ist auf einmal schrecklich aufgeregt.

»Komm ... komm schnell ...«

»Aber ick bin noch so schlapp ... laß mir noch ... Bloß 'ne halbe Stunde ...«

»Nein!«, ruft die Mitzi, und ihre Wangen glühen. »Nein! So mein' ich des ja net! Nur kommen sollst und dich ruhig hinlegen aufs Bett ... und garnix tun, hörst? Net bewegen ... ganz still liegen ... Heut mach *ich* alles ... so wie du gestern ... alle die süßen Gschichten ...«

28

»Wir wohnen im Tierschutzheim am Verlorenen Weg. Wir sind 28 Meerschweinchen, davon 17 gewöhnliche, 5 Angora-Meerschweinchen und 6 Strupp-Meerschweinchen, 2 Wellensittiche, 4 Kanarienvögel, 51 Hunde und 63 Katzen. Wir warten auf ein gutes Frau-

chen oder Herrchen, das uns abholt. 2 Füchse wohnen auch bei uns. Wir Meerschweinchen kosten durch die Bank 2 Mark, Katzen 4 Mark, Hunde zwischen 15 und 30 Mark. Schließlich muß Herr Doktor Sylt viel Fressen für uns kaufen, während wir hier sind.
Uns Meerschweinchen, Katzen und Hunden geht es hier sehr gut. Aber wir sehnen uns doch nach einem gemütlichen Plätzchen bei einer eigenen Familie und nach Leuten, die freundlich zu uns sind...«
Die Mitzi Szapek hat laut vorgelesen, was auf dem Papier steht, das der Tierarzt Dr. Rudolf Sylt ihr gegeben hat. Ein großer, kräftiger Mann ist der Doktor, mit rotem Gesicht, schwarzem Haar, einem Walroßschnurrbart und mächtigen Händen. Die braucht er auch in seinem Beruf.
Dr. Rudolf Sylt leitet dieses Heim seit 1930, seit vierunddreißig Jahren. Mit dreiundzwanzig Jahren kam er hierher, als Assistent des damaligen Direktors. Der ging etwas später nach Amerika. Da wurde dem Dr. Sylt die Leitung übertragen. Weil er so tüchtig war, weil er es so ausgezeichnet verstand mit allen Tieren. Kunststück. Er liebte sie doch!
Alle Tiere liebt er! Damals, vor vierunddreißig Jahren, träumte er noch davon, einmal Chef eines großen Zoos zu sein, Expeditionen zu machen, Bücher zu schreiben, Filme zu drehen.
Na ja.
In der Weimarer Republik wurde nichts mehr daraus, unter den Nazis erst recht nicht, denn eine seiner Urgroßmütter – eine *Urgroßmutter!* – war nicht ganz ›arisch‹. Immerhin ließen die Nazis ihm die Leitung des Tierschutzheims. Fielen einmal Bomben darauf. Dr. Sylt und russische Kriegsgefangene bauten alles wieder auf.
Kam 1945.
Da war der Doktor erst achtunddreißig Jahre alt. Aber nun hatte er keine Lust mehr, in die Welt zu reisen, einen eigenen Zoo zu leiten oder Bücher zu schreiben. Das letzte traute er sich nicht zu. Filme machen auch nicht. Er war zufrieden, vollkommen zufrieden in seinem Heim.
Was war dagegen ein Zoo? Die Tiere in einem Zoo hätte er pflegen, ausstellen, an andere Zoos schicken können. Die Tiere hier, die brauchten ihn. Verlorene Tiere waren das, hilflose Tiere! Ihnen mußte man helfen. Das war doch viel, viel wichtiger, nicht wahr?
Der Doktor heiratete nie, er hatte keine Kinder. Die verlaufenen Tiere waren seine Kinder – Tausende im Laufe der vielen Jahre, viele Tausende. Sie füllten sein Leben aus.
Die Kommunisten ließen ihn zufrieden. Hier war ein versponnener,

stiller Mann, der sich nicht um Politik kümmerte, ein Mann, der das Heim weiterführen konnte. Derartige Anstalten brauchen schließlich alle Städte, auch geteilte. Solche brauchen noch mehr!
Nein, die Welt lockte den Mann, der 1964 siebenundfünfzig Jahre alt geworden ist, nicht mehr. Er hat ja seine Welt, eine kleine, wunderbare Welt.
Natürlich ist er auf Fachzeitschriften abonniert, natürlich stehen in den Regalen seines Wohnzimmers die Bücher vieler Tierärzte, Tierpsychologen, Großwildjäger. Das ist eine internationale Bibliothek. Und überall hängen Fotos, schwarzweiße oder farbige, von ›seinen‹ Tieren an den Wänden des kleinen Hauses. Selbstverständlich besitzt er ›Serengeti darf nicht sterben‹ von Professor Bernhard Grzimek und seinem Sohn Michael, selbstredend hat Dr. Sylt sich den gleichnamigen Film angesehen, drüben in Westberlin, bevor die Mauer gebaut wurde.
Er ist ein in sich gekehrter Mensch, der Dr. Sylt. Niemals fiel er den Bonzen unangenehm auf. Er hat das beste Verhältnis zu den wenigen Behörden, mit denen er verkehrt. Er tut nichts Unerlaubtes, nie. Oder doch, ja. Es ist verboten, das West-Fernsehprogramm zu empfangen. Gegen dieses Verbot verstößt der Dr. Sylt in einem einzigen Fall: Immer, wenn Professor Grzimek in seiner Sendereihe ›Ein Platz für Tiere‹ zu sehen ist. Dann kann Dr. Sylt nicht anders, dann ist es einfach stärker als er! Man hat ihn schon einmal ertappt – aber nicht bestraft. Solche Angst hatte er, daß man ihm sein Heim nehmen würde. Man nahm es ihm nicht. Unter jedem Regime würde Dr. Sylt es aushalten, wenn man ihm bloß sein Tierheim am Verlorenen Weg läßt. Er kapselt sich einfach ab. Für ihn gibt es nur seine Tiere – und sonst nichts! So wird er immer weltfremder und harmloser, immer gutmütiger und hilfsbereiter. Und auch immer naiver ...
Da sitzt er also hinter seinem Schreibtisch in der ›Direktion‹ des Tierschutzheims im Bezirk Weißensee und lächelt die Mitzi an, die den Bogen Papier sinken läßt. Mitzi hat sich auf ›Dame‹ zurechtgemacht: Sommerkostüm, kein großer Ausschnitt, wenig Schminke, keine hohen Stöckel.
Das Lächeln des Doktors tut der Mitzi wohl, denn sie hat gerade ein sehr häßliches Erlebnis hinter sich. Ein gutes Lächeln ist das, denkt die Mitzi. Der Doktor kann sicherlich nicht nur mit Tieren umgehen, sondern auch mit Menschen. Der sollte ein Menschenschutzheim leiten dürfen, wenn es so etwas gäbe, aber leider gibt es so etwas nicht.
»Das hat Jürgen Machon geschrieben, Fräulein Szapek«, sagt Dr.

Sylt. »Wir wollen zusammen ein Inserat daraus machen, für die Zeitung. Pflegerin Dora sucht ihn. Er ist immer bei den Tieren.«
»Wie lange lebt er schon hier draußen?«
»Fast einen Monat. Er lief gleich zum Jugendamt, als er heimkam und erfuhr, was geschehen war, und von da wurde er uns überwiesen ...«
Zwischen dieser Unterhaltung mit Dr. Sylt und jenem Abend, an dem die Mitzi den Auftrag übernahm, Brunos alte Kumpel ausfindig zu machen und der Freundin dieses eingesperrten Ingenieurs Machon ans Herz zu legen, seinen Sohn zu behüten, sind acht Tage vergangen. Jetzt schreiben wir den 6. August 1964, 11 Uhr vormittags ist es.
In den letzten acht Tagen hat Mitzi getan, was sie konnte – ohne jeden Erfolg! Brunos fünf alte Kumpel waren unauffindbar gewesen, verzogen, verschollen. Nichts zu machen.
Bruno hat diese traurigen Nachrichten, die ihm Mitzi allabendlich bringen mußte, äußerlich gelassen hingenommen, aber innerlich wurde er immer unruhiger.
Also keiner, der hilft! Und näher und näher rückt der Tag, an dem er verständigt werden wird, wie Pastor Oslanski es ihm versprochen hat. Und dann ...
Aber was sollte man tun? Die Freunde, die waren und blieben verschwunden.
Zuletzt rief Mitzi auch noch diese Telefonnummer an: 47 26 01.
Eine sehr selbstbewußte Frauenstimme hat sich gemeldet: »*Wer?*« Sonst nichts. Nur: »Wer?«
»Grüß Gott. Spricht dort Frau Marlene Schilow, bitte?«
»Wer spricht denn *dort*?«
»Mitzi Szapek heiß ich.«
»Und?«
»Und ... und ich müßte Sie sprechen, Frau Schilow ...«
»Fräulein Schilow.«
»Fräulein Schilow. Es ist sehr wichtig.«
»Worum handelt es sich?«
»Das kann ich am Telefon nicht sagen.«
»Hat es mit Viktor zu tun?«
»Ja!«
Pause.
Dann: »Kommen Sie morgen um zehn. Aber nicht später. Ich bin Telefonistin. Um dreizehn Uhr fängt mein Dienst an.«
»Ich bin pünktlich um zehn da. Wenns mir bittschön noch sagen möchten, wo Sie wohnen, Fräulein?«

»Steht im Telefonbuch.«
»Jesses, freilich. Zu blöd von mir! Ich schau gleich nach unter Machon...«
»Pistoriusstraße 26.«
»Ah, dankschön. Des is nett von Ihnen«, hat die Mitzi geantwortet. Aber bevor sie hinfuhr, abends, hat sie zu Bruno gesagt: »Du, des ist keine nette Person, glaub i!«
Der Bruno ist vor zwei Tagen zum Fahrer avanciert, hockt jetzt selbst am Steuer eines Lasters, aber frei bewegen kann er sich noch immer nicht, ständig sitzt einer neben ihm, so wie er zuerst neben dem Katinkowicz gesessen hat, der nun bei einer anderen Partie ist. Riß heißt der neue Spitzel. Nicht eine Minute läßt er den Bruno ohne Aufsicht.
Zur Mitzi sagte Bruno, dem mächtig im Magen liegt, daß alle seine Freunde verschwunden sind: »Fahr trotzdem hin, ja? Wennse dir anklaftet, hau einfach ab. Es is bloß, det ick mein Versprechen erfülle, weeßte.«
Und so besuchte Fräulein Mitzi Szapek also Fräulein Marlene Schilow. In einem Neubau lebte die, in einer modern eingerichteten Wohnung. Sie war noch im Negligé, aber zurechtgemacht (recht wie a Flittchen! fand die Mitzi), sie rauchte Zigaretten aus einer überlangen roten Spitze und trank Likör – allein, denn Mitzi lehnte das Angebot, mitzutrinken, ab.
Fräulein Schilow war eine wohlgeformte junge Blondine. Eine gefärbte, das erkannte Mitzi natürlich sofort. Und sie war äußerst ›resch‹, wie das in Wien heißt, die Mitzi hatte wenig zu vermelden, obwohl auch sie ein Mundwerk besitzt, das nicht schlecht ist.
»... So, also das alles läßt mir Viktor sagen?«
»Bittschön, ja. Nämlich...«
»Dieser Mann ist für mich gestorben! Verstehen Sie, Fräulein? Ich kenne den Namen nicht mehr! Die besten Jahre meines Lebens habe ich ihm geopfert! Und er? Flüchten wollte er! Mich allein lassen! Recht geschieht ihm, daß er sitzt! *Ich* weine ihm keine Träne nach!«
Diese Schlampen! denkt die Mitzi. Likör saufen und fein tun und herzlos sein bis dort hinaus. Pfui Teufel. Die besten Jahre meines Lebens – wenn ich das schon hör, daß eine das sagt! Wer zwingt solche Weiber denn? Aber es hat keinen Sinn, der bin ich nicht gewachsen, auf einen Krach darf ich mich nicht einlassen. Die ist imstand und ruft die Polizei. Nur wegen dem Bruno sag ich noch: »Es geht ja bloß um den Buben, Fräulein Schilow. Ich weiß ja nicht einmal, wie alt er ist und wo, aber sicher ist er doch noch ein Kind und...«

»Sagen Sie mal, wie kommen Sie überhaupt dazu, sich um ihn zu kümmern? Um den Sohn eines Republikflüchtigen?«
»Ich ... ich bin mit einem Herrn befreundet, der war in Brandenburg mit Herrn Machon, das hab ich doch schon erzählt.«
»Wie heißt denn dieser Herr?«
»Das spielt keine Rolle, Fräulein Schilow!« Jetzt bekommt die Mitzi Angst. Wegen diesem Jürgen reitet sie noch den Bruno ins Unglück.
»Wenn Sie *so* bös auf den Herrn Machon sind, dann geh ich wohl am besten gleich wieder. Bitte um Entschuldigung für die Störung ...« Mitzi erhebt sich in Eile.
Faul räkelt sich die Gefärbte auf der Couch.
»Das wird auch das Vernünftigste sein, Fräulein Szapek. Aber damit Ihre Neugier befriedigt ist: Das Jugendamt hat sich eingeschaltet und den Jürgen in ein Tierschutzheim gesteckt. Am Verlorenen Weg. Vielleicht bleibt er da. Wenn nicht – *ich* kümmere mich nicht mehr um ihn!«

29

»... sie kümmert sich nicht mehr um ihn«, erzählt die Mitzi eine halbe Stunde später dann dem Dr. Rudolf Sylt, nachdem sie gelesen hat, was der Jürgen da für einen Inseratentext verfaßt hat, und während sie beide darauf warten, daß Pflegerin Dora den Jungen bringt. Darum hat die Mitzi nämlich gebeten. Sie will Jürgen etwas Gutes sagen, etwas, das ihm Mut macht. Sie weiß noch gar nicht, was!
Vielleicht war es verkehrt, überhaupt noch hierher zu kommen. Aber die Mitzi hat solches Mitleid mit diesem Jürgen, den sie noch nie gesehen hat, solches Mitleid, nachdem sie Fräulein Schilow gesehen hat. Kinder haben immer auszubaden, was Erwachsene anstellen, die Mitzi weiß es, sie hat es erlebt. So erklärt sich ihr Verhalten. Der Dr. Sylt hat die Mitzi beobachtet, während sie sprach, er hat seinen Walroßschnurrbart gestrichen und gelächelt und sich sein Teil gedacht.
»Sie hätten gern ein Kind und wären verheiratet, nicht wahr, Fräulein Szapek?«
Das sagt er sehr höflich und sehr freundlich, gar nicht unverschämt.
»Ja«, antwortet die Mitzi leise.
»Leider geben wir hier nur Tiere ab, keine Ehemänner und Kinder«, sagt Dr. Sylt, und sie lachen beide über den sehr kleinen Scherz. Durch das geöffnete Fenster hört man die Tiere: Hundegebell, Kat-

zenmiauen, quiekende Meerschweinchen, kreischende Wellensittiche, singende Kanarienvögel. Es riecht nach Heu und Futter und ein bißchen nach Chlor.

»Was ist denn mit dem Jürgen seinen Eltern passiert, Herr Doktor?« fragt die Mitzi.

Der Arzt seufzt.

»Tja, die wurden geschieden. 1959 schon. Verschulden der Ehefrau. Der Junge wurde dem Vater zugesprochen, einem Ingenieur im ›VEB Hoch- und Tiefbau Wilhelm Pieck‹. Die Mutter ging nach Köln. Was ich Ihnen erzähle, habe ich alles vom Jugendamt. Ich weiß nicht, ob ich es weitererzählen darf. Hoffentlich. Denn ich glaube, Sie könnten Jürgen helfen. Sie haben so etwas Freundliches. Und er ist so verzweifelt!«

Sagt Dr. Sylt, der immer naiver wird mit den Jahren.

»Auch hier ist er verzweifelt?«

»Ach ja«, erwidert der Harmlose, »auch hier. Natürlich, die Tiere lenken ihn ab. Aber ist das genug?«

Eine dicke, bernsteinfarbene Katze kommt durch das offene Fenster gesprungen, reibt sich an seinem Bein und schnurrt. Er streichelt sie, während er weiterspricht. »Jürgens Mutter arbeitet nun in Köln als Verkäuferin in einem großen Warenhaus. Der Vater brachte hier eines Tages eine Freundin mit nach Hause.«

»Diese Marlene!«

»Diese Marlene, ja. Der Jürgen mochte sie vom ersten Moment an nicht leiden.«

»Das kann ich verstehen!«

»Ja, Sie, Fräulein Szapek! Aber der Vater ... der verlangte von Jürgen, daß er ›Tante‹ und ›du‹ zu dieser Geliebten sagte.«

»Hat der natürlich nicht wollen!« Mitzi nickt.

»Natürlich nicht! Auch Fräulein Schilow konnte den Jungen nicht leiden. Also gab es dauernd Streit. Immer größere Sehnsucht nach seiner Mutter fühlte Jürgen. Und als er es dann nicht mehr aushielt, flüchtete er nach Westberlin, ließ sich in die Bundesrepublik fliegen und war in Köln.«

»Aber wie ist er denn nach Westberlin rüber?« erkundigt sich staunend die Mitzi.

»Ach, das war noch in der guten alten Zeit! *Vor* der Mauer. Gerade zwölf Jahre alt geworden war der Jürgen. Im Frühling 1961 ging er durch das Brandenburger Tor und sagte zu einem Westpolizisten: ›Ich bin ein politischer Flüchtling‹!«

Die bernsteinfarbene Katze schnurrt so laut, daß es klingt, als würde sie lachen.

»Und der Westpolizist, der hat ihn nicht stantepé zurückgschickt?«
»Der? Hätte sich doch den Hals gebrochen so!« antwortet der harmlose, naive Dr. Sylt. »Noch nichts vom Berliner Freiheitsgesetz gehört, Fräulein Szapek?«
»Nein!«
»Nun, es ist ja auch ein *West*berliner Gesetz. Wurde vor langer Zeit erlassen. Besagt: Niemand darf zurückgeschickt werden, der älter als zwölf Jahre ist.« Dr. Sylt zuckt die Schultern unter seinem weißen Ärztemantel. »Und so kam Jürgen also nach Köln, zu seiner Mutti.«
»Und warum ist er nicht dort geblieben?«
»Weil das Leben wenig Mitleid hat mit Kindern und Tieren, Fräulein Szapek. So wie es hier nun eine Tante beim Vater gab, so gab es in Köln, bei der Mutter, natürlich einen Onkel. Der konnte Jürgen nicht riechen. Jürgen reagierte mit Frechheit. Wenn er frech wurde, verlor die Mutter die Nerven und schlug ihn. Dann stopfte sie ihn wieder voll mit Bonbons und weinte. Dann schlug sie ihn wieder.«
»A Jammer«, konstatiert die Mitzi. »Der arme Bub! Aber auch die arme Mutter! Freilich, sie hat sich ein neues Leben aufbauen müssen und sicher gehofft, der heiratet sie, dieser Onkel. Und da hat der Bub natürlich gestört.«
»Genauso ist es.« Der Tierarzt nickt. »Sie sagte es Jürgen auch. Und er sah es auch ein. Und fuhr zurück zum Vater.«
»Aber da war doch schon die Mauer!«
»Er versuchte es an der Zonengrenze. Bei Helmstedt. Immer an derselben Stelle.«
»Immer derselben Stelle? Ja, wie oft...«
»Sieben- oder achtmal floh und kehrte er zurück, glaube ich. Im Westen lief er stets zu seinem Pfarrer, der brachte Jürgen an die Grenze zu den Volkspolizisten und redete mit ihnen, und immer wieder ließen sie den Jungen rein. Hier, in Berlin, ging ein paar Wochen oder ein paar Monate später das alte Elend von neuem los. Und Jürgen riß wieder aus. Und die Volkspolizisten ließen ihn wieder durch, da bei Marienborn. Und er kam wieder nach Köln. Und da...«
»Nein«, sagt die Mitzi, »hörens auf, Herr Doktor, bitte! Schrecklich ist das. So ein armer Bub!«
»Und dabei ein so braves, liebenswertes Kind«, sagt Dr. Sylt, der selber eines ist, ein liebenswertes, braves, ewiges Kind. »Als Jürgen vor zwei Monaten zum letztenmal aus Köln zurückkam, da war sein Vater schon verhaftet, und dieses Fräulein Schilow, das brüllte

sofort mit ihm herum. Es scheint, daß der Vater die ganze Situation nicht mehr ertragen konnte und in den Westen flüchten wollte – zu seiner Frau und zu Jürgen. Die Flucht ging nur schief. Für Fräulein Schilow war natürlich Jürgen schuld an allem! Das hätten wohl auch Sie und ich uns eingeredet, wenn wir Fräulein Schilow wären, nicht? Man muß sich auch in *sie* hineindenken.«
Die Mitzi denkt sich angestrengt in Fräulein Schilow hinein, aber sie findet: Nein! Nie und nimmer hätte *sie* sich eingeredet, daß der Jürgen schuld an allem ist!
»Nun ja, und dann griff das Jugendamt ein und brachte den Jungen zu uns. Weil er Tiere so gern hat. Fünfzehn ist er jetzt...«
Fünfzehn Jahre alt ist Jürgen Machon, der in seiner Herzensnot zum Jugendamt gelaufen ist, weil Vater und Mutter es nicht fertiggebracht haben, ihm gute Eltern zu sein, denen man vertrauen, mit denen man lachen und froh sein kann.
Vierzehn Jahre alt ist Ulli Heisterberg aus der Hasenauerstraße, auf der anderen Seite der Mauer, der zum Jugendamt laufen will, weil er es nicht mehr aushält zu Hause, weil seine Eltern es nicht fertigbringen, so miteinander zu leben, daß der Ulli ihnen vertrauen und mit ihnen lachen und froh sein kann.
Ein Jahr und eine Mauer liegen zwischen dem Jürgen und dem Ulli. Sie würden sich gewiß gut verstehen und einander viel zu erzählen haben, wenn sie sich jemals träfen.
Nur werden sie das wohl nie tun.

30

»Wirklich ein außergewöhnlicher Junge«, sagt Dr. Rudolf Sylt, als preise er einen seiner Schützlinge an. Er schiebt Mitzi einen Stoß Fotografien über den Tisch. Sie zeigen Tiere in großen Hochglanzaufnahmen. An jede ist ein Zettel geklebt.
»Vorige Woche hatten wir ein paar Pressefotografen hier. Sie machten eine Reportage. Diese Bilder schenkten sie uns. Ausschuß, den sie nicht verwenden können. Ich zeigte Jürgen die Fotos. Er setzte sich hin und schrieb zu jedem Bild etwas, so, als hätte das Tier selbst es geschrieben. Lesen Sie nur!«
Die Mitzi liest:
»Ich bin ein Hund, der sich im April verlaufen hat. Seitdem bin ich hier. Man hat mich gefunden und hergebracht. Keiner hat mich gesucht.«
Die Mitzi liest:

»Mein Fell ist scheckig und bunt. Alle behaupten, ich sei eine ›nachdenkliche‹ Katze. Ich denke seit meiner Geburt darüber nach, warum man mich ›Picasso‹ getauft hat.«
Die Mitzi liest:
»Ich bin der Sohn einer strahlend weißen Polarspitzin. Meine Mutter hat sich mit einem Schnauzer ›vergessen‹, sagen sie. Aber man findet mich süß.«
Die Mitzi liest:
»Mein Name ist Muschi. Meine Mutter und meine Großmutter heißen auch so. Meine Mutter hat zu viele Junge geworfen. Zwei durfte sie behalten. Mich hat man weggegeben.«
Mich hat man weggegeben...
Die Mitzi liest:
»Ich bin weiß wie Schnee. Darum nennt man mich ›Schneeweißchen‹. Der kleine Kratzer auf der Nase stammt von einem Unfall. Weil ich so weiß bin, muß ich mich dauernd waschen.«
Die Mitzi liest:
»Man hat mich zum Vegetarier gemacht. Mich, einen Fuchs! Herr Dr. Sylt meint, das wäre nicht normal. Sie warten hier täglich darauf, daß ich wieder anfange, Fleisch zu fressen. Aber die Leute, die mich als Kind aus dem Wald mit nach Hause nahmen, gaben mir nur Obst, Gemüse und Kuchen. Jetzt mag ich kein Fleisch mehr. Und die Leute mögen mich nicht mehr. Darum bin ich hier.«
Darum bin ich hier...

31

Die bernsteinfarbene Katze auf Dr. Sylts Schoß hat es natürlich schon vor fünf Sekunden gewittert, die Ohren gespitzt und sich aufgerichtet – jetzt klopft es.
»Herein!«
Jürgen Machon kommt ins Zimmer, macht eine tiefe Verbeugung und sagt: »Sie haben mich rufen lassen, Herr Doktor?«
Ein kleiner, magerer Junge ist der Jürgen für sein Alter, aber zäh! Das sieht man. Einen feinen, zarten Gesichtsschnitt hat er, die schwarzen Haare sind dicht und zerzaust, die schwarzen Augen sehr, sehr groß und sehr, sehr ernst. Er trägt einen sauberen blauen Monteuranzug, eine Plastikschürze darüber.
»Warst du grade beim Füttern, Jürgen?«
»Bei den Hunden, Herr Doktor.« Fragend ruht Jürgens Blick auf Mitzi. Die hat, als er eintrat, auf einmal ganz heftig an ihre Jugend

in Wien denken müssen, an Defloration, Mutters Tod, die Wohnung im Dritten Bezirk, ihre Puppen; eingefallen ist ihr der Wunsch, den sie als Zwölfjährige ausgesprochen hat: »Wenn ich einmal groß bin, möcht ich drei Kinder haben! *Nur Buben!*«
Da steht nun so ein Bub, und die Mitzi, die eben noch nicht wußte, was sie ihm sagen würde, weiß es auf einmal genau.
Sie nennt ihren Namen, während sie aufsteht und Jürgen die Hand gibt (er macht einen Diener), und sie erzählt schnell. Daß sie einen Herrn kennt, der Jürgens Vater in Brandenburg traf, und daß der Vater diesem ans Herz gelegt hat, ihn, den Jürgen, zu besuchen.
»Mich?« fragt der Junge ungläubig.
»Ja, dich! Der Herr kann nur leider nicht selber kommen, er hat so viel zu tun. Drum werd' ich mich kümmern, wenn's dir paßt...«
»Nehmen Sie doch Platz, Fräulein Szapek«, sagt der Arzt. »Und du setz dich auch, Jürgen.«
»Danke«, sagt Jürgen, während er sich (*nach* Mitzi!) setzt. »Wie geht es meinem Vater?«
»Deshalb komme ich ja. Gut geht es ihm«, quillt es aus Mitzis Mund hervor. Lüge, Wahrheit – ganz gleich! Der Junge da, wenn sie einen solchen hätte, je haben könnte, mit dem Bruno zusammen! »Sehr gut, sollst du wissen. Er läßt dich grüßen und dir sagen, daß er dich sehr, sehr lieb hat.«
»Ach«, sagt der Junge.
Die Mitzi improvisiert: »Und daß du ihn bald wirst besuchen können, der Herr Doktor und das Jugendamt werden dir helfen dabei, gelt, Herr Doktor? Und er freut sich schon auf das Wiedersehen, du bist doch sein alles! Die Zeit wird vergehen, du sollst nur brav bleiben, und du darfst nicht traurig sein. Wenn er sich gut führt, wird er früher entlassen, und dann« (verfluchte Likör-Schlampe!), »dann schmeißt er die Tante hinaus und ist nur für dich da!«
»Hat er das *wirklich* gesagt?«
»Wirklich!« lügt die Mitzi. (Wenn der Liebe Gott mir das nicht verzeiht, dann möchte ich lieber nichts zu tun haben mit so einem Lieben Gott. Aber natürlich verzeiht er mir.)
Der Tierarzt zieht an seinem Bart und lächelt breit, und die Katze schnurrt wieder.
»Na, Jürgen! Ist das nicht eine gute Nachricht? Freust du dich?«
»Ich freue mich sehr, Herr Doktor.«
»Und du glaubst mir doch?«
»Ich glaube Ihnen, Fräulein Szapek. Denn wenn mein Vater nichts für mich übrig hätte, wäre er ja nicht geflüchtet!« Der Jürgen holt ein Etui aus dem Anzug. »Darf ich mir gestatten?« Er offeriert Mit-

zi und dem Arzt Zigaretten, beide nehmen eine, auch Jürgen bedient sich. Aber er hält seine Zigarette zwischen den Fingern, während er der Mitzi und dem Doktor Feuer gibt. Erst dann klemmt er sich die eigene zwischen die Lippen. Er bläst Rauch durch die Nasenlöcher und sagt, immer ernst, fast feierlich: »Es war nur das Pech, daß wir uns verpaßt haben. Wir sind einfach aneinander vorbeigereist. Wäre ich ein bißchen früher zurückgekommen, hätte ich Vater noch hier getroffen, und das an der Saale wäre nicht geschehen ...«

»Was ist an der Saale geschehen?«

»Da wurde er verhaftet, mein Vater. Unsere Firma – ich meine, die Firma, für die er arbeitete – ist doch an dem Projekt beteiligt, so kam er hin. Er hat sich freiwillig gemeldet. Natürlich nur, um zu uns nach Köln zu flüchten, zu Mutti und mir.«

Die Mitzi hat von dem Projekt Saaletalbrücke gelesen und sich ihre Gedanken gemacht. Da bauen sie also in Berlin eine Mauer und sperren ihr Volk ein, und gleichzeitig bereiten sie, schon seit 1960, den Bau einer Brücke vor, zu dem verrotteten Westen hinüber!

Diese Autobahnbrücke auf der Strecke Berlin–München wurde 1936 gebaut. Fünfundvierzig Meter tief lag das Saaletal unter ihr, da bei Hirschberg.

1945 arbeiteten Wehrmachtpioniere eine ganze Nacht, um alle Dynamitladungen anzubringen, die nötig waren, damit die große Brükke hochflog. Sie waren sehr erbittert über das, was sie tun mußten, erbittert über die Sinnlosigkeit. Durch das Sprengen der Brücke sollte die amerikanische Panzerspitze aufgehalten werden, die aus dem östlichen Frankenwald in Richtung Plauen vorstieß.

Die Pioniere wußten: Ohne Brücke würden die Panzer eben das Tal durchqueren, es würde länger dauern, das Schlachten – aber das Ende war nicht mehr aufzuhalten. Gab da jedoch einen Hauptmann, der nur brüllen konnte, und einen ›Führerbefehl‹: »Alle Brücken sind sofort zu sprengen!«

So flog die Saalebrücke also im April 1945 in die Luft. Im Mai kapitulierte Deutschland bedingungslos.

Nachdem es dann zwei Deutschlands gab, wurde die fehlende Brükke immer schmerzlicher vermißt. Denn alle Autofahrer von München nach Berlin oder umgekehrt mußten nun einen dreißig Kilometer langen Umweg über Töpen – Juchhöh fahren, auf einer Straße, die von Jahr zu Jahr elendiglicher wurde, obwohl man sie immer wieder reparierte. Auf dieser Straße fährt eben alles – leichteste Sportwagen und schwerste Zehntonner mit Anhänger.

Rund 400 000 Autos jährlich rollen über diese Umgehungsstraße.

Bereits Ende 1960 haben erste Verhandlungen über den Wiederaufbau der Brücke begonnen. Anfang 1964 sind sie in Westberlin, zwischen dem Leiter der Treuhandstelle für Interzonenhandel, Dr. Kurt Leopold, und einem Vertreter des Ostberliner Verkehrsministeriums, dem Bauingenieur Siegfried Kasper, zum Abschluß gekommen. Die Zonenbehörden haben sich bereit erklärt, die Brücke wiederaufzubauen. 1966 soll sie fertig sein. Bezahlen wird das Unternehmen die westdeutsche Bundesregierung. Fünf bis sechs Millionen Mark muß die dafür an Ostberlin abliefern.
Seit der Zweiteilung Deutschlands wurden auf dem bayerischen (also westdeutschen) Teil der Brücke, der stehengeblieben ist, ständig Posten der Grenzpolizei und des Zollgrenzschutzes stationiert. Täglich richten sich Kameralinsen von Touristen auf die Trümmer da unten im Saaletal.
Der andere Brückenteil, der stehengeblieben ist, liegt im Thüringischen (im Osten also), und da gibt es nur Balkensperren und Stacheldraht.
Ein Riesentheater war das noch, bevor man sich endgültig zum Start entschloß. Zuerst verlangte die Zone, daß die ganze Baustelle von Volksarmisten bewacht werden müsse. Endlich verzichtete sie darauf. Weil aber ein gesprengter Brückenpfeiler auf westdeutschem Gebiet liegt, muß die gesamte Baustelle eingezäunt werden. Rechts und links der Autobahn wird ein übermannshoher, hundert Meter langer Zaun errichtet. Damit die Arbeiter aus dem Osten nicht flüchten können. Gibt natürlich Aufpasser in Zivil unter ihnen. Sie dürfen nicht schießen, hat der Westen verlangt. Gut, hat der Osten gesagt. Und wenn doch einer schießt, dann soll es Grenzpolizisten der Bundesrepublik gestattet sein, die eingezäunte Baustelle zu betreten. Der bundesrepublikanische Grenzschutz bekommt zu diesem Behufe einen Schlüssel. Mit dem kann man ein Tor im Zaun aufschließen.
Die Zone verlangt von jedem Fahrer aus Westberlin oder Westdeutschland seit jeher eine Gebühr für die Benützung der Ost-Autobahnen. In D-Mark West. Die Bundesrepublik baut ihr Autobahnnetz aus. Also kann die Zone damit rechnen, daß sehr viele Autos über die neue Saaletalbrücke fahren werden. Wird noch mehr Geld hereinkommen.
Nicht daß da jemand glaubte, es ginge der Zone um die dreckigen D-Mark. Um das Prinzip geht es und um die Ordnung! Deshalb stritt man acht Wochen darüber, ob der Zaun zwei Meter oder zwei Meter fünfzig hoch sein sollte. Man einigte sich dann auf zwei Meter zwanzig.

Der ›VEB Hoch- und Tiefbau Wilhelm Pieck‹ in Berlin-Weißensee arbeitet an der Brücke mit. So sah Ingenieur Machon nun also eine Gelegenheit...

»So sah Vater nun also eine Gelegenheit«, sagt Jürgen Machon im Tierschutzheim am Verlorenen Weg ernsthaft zu Mitzi. »Ich habe herumgehört, wie das war. Er fuhr hin. Den Zaun gab es schon, aber noch keinen Stacheldraht drauf...«

Es gab auch noch nicht die fünfundfünfzig Kadmiumlampen auf hohen Masten, von denen jede tausend Watt stark war und die zwei Monate später, in einem riesigen Dreieck angeordnet, die Baustelle und das umliegende Zonengebiet vom Einbruch der Dämmerung bis zur Morgenfrühe gleißend hell erleuchten. Auch den Bunker mit den Scherenfernrohren gab es noch nicht. Es war alles noch im Entstehen. Ingenieur Machon versuchte über den Zaun zu kommen. Aber er hatte ein lahmes Bein, vom Krieg her. Zweimal glitt er ab und fiel zu Boden. Posten hörten Geräusche...

»Hätte sich mit mir beraten sollen. Ich kenne mich in solchen Sachen besser aus. Morli hat übrigens Durchfall, Herr Doktor.«

»Da muß ich mal nachsehen«, sagt der Tierarzt und steht schnell auf. »Ich bin gleich wieder da.« Schon ist er weg. Natürlich, er will die beiden allein lassen...

Sehr beklommen fragt die Mitzi: »Wirst du es aushalten können hier, Jürgen?«

Ernst schüttelt der Junge den Kopf.

»Aber du hast doch Tiere so gern!«

Jürgen zuckt die Schultern.

»Und der Herr Doktor ist doch sehr nett zu dir, nicht?«

»Sehr, ja.«

»Na also!«

»Ich werde trotzdem wieder ausreißen. Zu Vater kann ich nicht. Nach Hause auch nicht. Ich will zu Mutter. Auch wenn ich ihr im Weg bin und sie sich mit mir kein neues Leben aufbauen kann. Das muß sie doch einsehen, daß ich zu ihr komme, nicht? Sie ist doch meine *Mutter*!«

»Aber«, flüstert Mitzi beklommen, »wie willst du denn jetzt noch rüber?«

»Das weiß ich nicht. Bei Marienborn geht es nicht mehr. Die Vopos haben gesagt, nun ist Schluß. Das nächstemal schießen sie. Ich werde trotzdem einen Weg finden.«

»Jürgen«, ruft da die Mitzi, die so gerne, so gerne selbst Eltern gehabt hätte, Vater *und* Mutter, als sie heranwuchs, »bitte, lieber Jürgen, tu nicht gleich was! Wart noch ein paar Tage!«

»Worauf?«
Mitzi hat kein Gefühl mehr dafür, wie gefährlich das ist, was sie sagt: »Ich kenn jemanden, der weiß vielleicht, wie du in den Westen kommst ... *Eine Woche*, Jürgen! Wart noch eine Woche! Wenn du bis dahin keinen Bescheid von mir hast, tu, was du willst. Aber so lange wart! Versprichst du es mir?«
Lange sieht Jürgen sie an.
Dann meint er mit einem Achselzucken: »Na gut. Was ist schon eine Woche?«

32

An diesem Mittag des 6. August 1964 haben sich sieben englische Mannequins vor der Mauer versammelt, dort, wo sich hinter den Betonblöcken das Brandenburger Tor erhebt.
Die Mannequins sind sportlich-lässig gekleidet. Sie zeigen Herbst- und Wintermodelle 1964/65. Wieder und wieder werden Aufnahmen von ihnen gemacht. Die Mädchen tragen Kreationen der ›Fashion House Group of London‹. Sie paradierten bereits während der sogenannten ›Berliner Durchreise‹ auf vielen Modeschauen und vor vielen Einkäufern. Auch hier, an der Mauer, werben die Schönen nun für den ›British Look‹. Die Fotos werden in der englischen Zeitung ›Sun‹ erscheinen – in deutschen Zeitungen auch. Warum nicht? Schicke Mädchen, schicke Kleider, interessanter Background.

33

Gleichfalls am Mittag dieses 6. August 1964 widerfährt dem Bruno Knolle das folgende: Der Laster parkt in der Bötzowstraße. Mit seinem Aufpasser hat Bruno alles abgeladen, was hier abzuladen war. Er geht zu dem Sitz hinterm Lenkrad zurück, auf der linken Wagenseite. Der Aufpasser geht auf der rechten. Da kommt ein junger Mann angeradelt, bremst ganz kurz hinter Bruno, und als dieser erschrocken herumfährt, drückt der Radler, der trotz der Hitze Handschuhe trägt, ihm einen Briefumschlag in die Pfote. Tritt schon wieder auf die Pedale. Weg ist er!
Schnell steckt Bruno den Umschlag ein.
Beim Mittagessen geht er auf eine Toilette, öffnet den Umschlag und entfaltet einen Briefbogen. Da steht eine Nachricht, gesetzt mit den Blockbuchstaben eines Druckerei-Spielkastens für Kinder:

FLUCHT MÖGLICH DURCH TUNNEL. 13. AUGUST 1964. WARTE UM 23 UHR 15 WEINBERGSWEG ECKE ZEHDENICKER STRASSE. KEIN GEPÄCK! AM TREFF WIRD DIR MITGETEILT, WO TUNNEL IST. MAN WIRD DIR DIE PAROLE BEKANNTGEBEN ...

34

»... die du unseren Leuten sagen mußt«, liest der Kommissar Bräsig die Mitteilung zu Ende. Er sitzt in Brunos Zimmer in der Gotlindestraße, es ist 18 Uhr 30. Nach seiner Heimkehr von der Arbeit hat Bruno sofort in der Warschauer Straße angerufen und den Erhalt der Nachricht gemeldet. So war es befohlen.

Der Kommissar kam eine Viertelstunde später, zu Fuß. Den Wagen muß er irgendwo stehengelassen haben. Bruno hat noch keine Zeit gefunden, zu baden. Dreckig sitzt er da in seiner Kluft. Mitzi weiß, daß sie jetzt nicht hereinkommen darf.

Bräsig lacht: »Prima macht der Pastor das! Treff 23 Uhr 15. Das heißt, daß natürlich schon viel früher Leute flüchten. *Seine* Leute – immer dasselbe ...«

»Immer dasselbe?«

»Bei *meinen* Leuten. Ist doch nicht doof, der Pastor. Sobald Sie wissen, wo der Tunnel ist, sobald Sie die Parole kennen, muß Oslanski damit rechnen, daß wir eingreifen.«

»Det is richtich ...«

»Deshalb geht er stets so vor. Dieser junge Mann, der Ihnen den Brief gab, trug Handschuhe, was?«

»Ja ...«

»Also auch keine Fingerabdrücke. Meine Hochachtung.« Bräsig singt, mächtig falsch: »Denn ein Haifisch ist kein Haifisch, wenn man's nicht beweisen kann!«

Schlau, denkt Bruno bewundernd. Ach, überhaupt, dieser Pastor ...

Bräsig sagt: »Also werden wir Sie da in der Nähe absetzen um 23 Uhr 15. Etwas früher. Und uns im Hintergrund halten. Sie bekommen Parole und Anweisungen und ziehen los. Keine Angst, wir ballern nicht sofort! Wir lassen Ihnen Zeit! Wir warten mindestens noch eine halbe Stunde.«

»Muß Ihnen aba mächtig liejen an den Kerl in'n Westen, Herr Kommissar.«

»Das kann man wohl flüstern. Für den lassen wir gern ein paar Dutzend rüber. Eingreifen werden wir erst, wenn Sie nach menschlichem Ermessen drüben sein müssen. Dann allerdings bleibt uns

nichts anderes übrig. Kann ja schließlich nicht die ganze DDR emigrieren durch den Tunnel, nicht? Wirkt außerdem erst richtig echt mit einer kleinen Schießerei und so. Na, wie fühlen Sie sich?«
»Mies«, sagt Bruno. »Obermies.«
»Ach was, Herr Knolle! Jetzt nicht die Nerven verlieren. An die Kneipe denken! Noch ein paar Tage hier rumkutschieren – dann ab! Zwei Tage brauchen Sie drüben – länger nicht. Was ist das schon?«
»Aba ick hab doch noch imma nich die leiseste Ahnung ...«
»Kommt alles, kommt alles.« Bräsig trägt wieder den grau-grünlichen alten Anzug. Hat der Mann keinen anderen?
Er spielt mit dem Briefbogen. »Sagen Sie mal, Herr Knolle, haben Sie die Mitzi eigentlich gern?«
Vorsicht, Bruno! Falle?
»Det hat se Ihn' doch jewiß azählt, Herr Kommissar.«
»Hat sie. Und es stimmt auch? Freut mich, freut mich! Die Kleine ist ganz verknallt in Sie! So ein niedlicher Käfer! Wenn Sie zurückkommen, Herr Knolle, dann haben Sie auch gleich die richtige Frau für Ihre Kneipe. Ist das etwa kein schönes Gefühl?«
»Doch, Herr Kommissar.«
»Nun enttäuschen Sie die Mitzi nicht. Hätte sie nicht verdient. Ein ordentliches Mädchen ist das. Ich kenne sie so viel länger als Sie.«
Bräsig steht auf. Immer der gute Psychologe, sagt er nun zum Schluß: »Sie darf dann nämlich hier weg, wenn Sie zurück sind. Das habe ich durchgesetzt. Also, tschüß, Herr Knolle. Muß weitermachen. Wir werden uns noch ein paarmal sehen. Sie hören von mir.« – Fort ist er.
Bruno setzt sich und starrt aus dem Fenster, hinüber auf den Friedhof. Er zählt die Gräber. Bis hundert. Dann fängt er wieder an. Dann noch einmal. Dann klopft es an der Badezimmertür, ganz zaghaft.
»Ja?«
Die Mitzi kommt herein.
Sie ist noch immer als ›Dame‹ verkleidet, auch sie hat sich noch nicht umgezogen, und ihre Augen suchen Brunos Augen, erwartungsvoll, hoffnungsvoll. »Schon lang weg, der Bräsig?«
»Mhm.«
»Es geht also los?«
»Mhm.«
Bruno bleibt sitzen. Mitzi steht nun vor ihm. Er will ihre Hand nehmen, aber seine ist schwarz von Kohlenstaub. Er zögert. Da packt Mitzi sie und hält sie fest, ganz fest. »Hat ... hat er dir gesagt, daß sie mich laufenlassen, wenn du zurückkommst?«

»Mhm.«
»Und daß wir das Beisel zusammen haben können dann?«
Oh, das hält Bruno nicht aus! Er nickt nur noch. Dann fragt er rasch: »Und wat war nu mit die Schilow und den Jungen?«
Und die Mitzi sagt ihm, was da war. Und die ganze Zeit klammert sie sich an seine Hand. Als sei die der einzige Halt, den sie noch hat im Leben. Der letzte. Der allerletzte.

35

Also am 6. August 1964 erhielt Bruno die Nachricht, daß er am 13. August 1964 flüchten kann. In den Tagen dazwischen hat er noch viel zu tun – bei Bräsig und privat.
Nach dem Fehlschlag aller Bemühungen, Kontakt mit Kumpels von früher aufzunehmen, steht es fest: Bruno muß in den Westen. Er muß tun, was Bräsig will. Erst im Westen wird er dann – vielleicht! – eine Chance haben, zu tun, was *er* will. Deshalb muß er sich schleunigst mit der Geographie des Westens vertraut machen. Da hilft ihm die Mitzi. Sie besitzt eine Karte von ganz Berlin. Hat sie gut versteckt. Jetzt holt Mitzi die Karte. Bruno studiert sie jeden Abend, bis er sich wirklich wieder auskennt im Westen. Die haben aufgebaut! Na ja, mit genügend Penunse ... Eine Million Mark am Tag, hat Bruno im Zet gehört, stecken die Amis in Westberlin.
Natürlich muß er aufpassen, daß die Mitzi nicht mißtrauisch wird zu guter Letzt, argwöhnisch, ängstlich. Die hat zu glauben, daß er zurückkommt. Deshalb erzählt er ihr: »Muß wissen, wie det aussieht drüm, vastehste? Wenn ick vafoljt wer von Schupos oda so.«
»Ja, i versteh ...«
»Aber den Bräsig sagste nischt. Der gloobt sonst, ick will türmen!«
»Ka Wort sag i dem! Für was haltst du mich denn? Du, Bruno ...«
»Wat is?«
Sie sieht auf einmal so betreten aus, daß er Angst hat, sie wird gleich anfangen vom Heiraten und von der Kneipe. Aber das tut die Mitzi nicht.
»I muß dir was beichten ... War net recht von mir ... aber er hat mir so leid getan ... Nur darum hab ich's versprochen!«
»Wem? Wat?«
»Dem Buben im Tierschutzheim, dem Jürgen Machon. I hab gsagt, i weiß vielleicht, wie er zu seiner Mutti kommen kann – weil er doch solche Sehnsucht hat! Und weil, wenn du rüber gehst durch den Tunnel, er doch mitgehen kann ... Schau mich net so bös an!«

Er hat sie wirklich böse angesehen.
Verdammt, das fehlte ihm noch, so ein Knabe! Was ist der Mitzi bloß eingefallen? Blufft sie? Nein, sie sagt die Wahrheit. Man sieht immer gleich, wenn sie lügt. Dieser Geburtsfehler hat ihr schon so viel Unglück gebracht.
Bruno überlegt schnell: Wenn ich jetzt wütend werde und sie anschreie, habe ich sie zur Feindin. Das geht nicht. Freundlich muß ich bleiben. Nachgeben. Schließlich: Was kann der Bräsig tun, wenn mir ein Junge nachgeht auf dem Weg zum Tunnel? Bevor *ich* nicht drüben bin, ballert der SSD nicht los. *Gar nichts* kann der Bräsig also tun. Mir nicht, und nicht dem Jungen. Und wenn die Mitzi, das arme Luder, es nun mal versprochen hat, diesem anderen armen Luder ...
»Ick kieke ja jarnich böse, Mitzi! Ick war bloß 'n Moment aschrokken. Meinetwejen jeh noch mal hin zu Jürgen. Sag ihm, er soll am Dreizehnten um 23 Uhr 15 Weinbergsweg Ecke Zehdenicker sein. Azähle ihm, wie ick aussehe. Wenn ick losziehe, soll er mir nach jehn. Nich zu schnell, nich zu langsam. Ick werde doch von SSD beobachtet. Aber die tun mir nischt, die wolln mir ja drüm ham! Also werden se ooch ihm nischt tun, wenn er jeschickt is. Jeht natürlich uff eijene Jefahr. Und anquatschen darf er mir nich! Nie! Uff keen Fall! Sonst passiert uns beede noch wat.«
»Der quatscht di net an, Bruno!« ruft die Mitzi glücklich.
»'n jutet Jefühl hab ick nich bei die Sache ... aba bitte«, sagt er.
Und so besucht Mitzi das Heim ein zweites Mal.
Der walroßbärtige Dr. Sylt freut sich über ihr Erscheinen: »Jürgen war so vergnügt vorgestern, liebes Fräulein. Es braucht eben doch jeder Mensch einen Menschen ... Und für den Jürgen sind Sie bereits so etwas wie eine ... eine Mutter. Eine sehr junge, sehr nette ...«
Wegen dieses Kompliments genieren sich beide. Dr. Sylt, der ohnedies eine rote Gesichtsfarbe besitzt, läuft richtig violett an. Dann läßt er Jürgen rufen, und als der kommt, eilt er davon. Muß sich um die Strupp-Meerschweinchen kümmern, brabbelt er ...
Der Junge hat sofort begriffen, warum die Mitzi da ist. Sein Blick flackert. »Ja?«
»*Ja!*«
»Wann?«
Die Mitzi erklärt alles flüsternd. Danach fällt Jürgen ihr um den Hals, preßt sie an sich und küßt sie auf beide Wangen.
Und die Mitzi muß wieder einmal weinen.
»Viel Glück«, flüstert sie. »Grüß deine Mutti von mir ...« Und sie eilt fort, ohne sich von Dr. Sylt zu verabschieden.

Bruno sitzt zur gleichen Zeit mit dem Kommissar Bräsig im Café ›Bienenkorb‹, nicht weit entfernt vom Alexanderplatz. Ein winkeliges, plüschiges Lokal ist der ›Bienenkorb‹. Viele Nischen gibt es da, in denen sitzen gegen Abend Liebespaare. Jetzt, um die Mittagsstunde, ist es leer und trübselig hier.
Die Herren trinken Wodka. Bräsig trägt einen zerknautschten khakifarbenen Anzug (so hat er doch noch einen anderen!), und er spielt dauernd mit den buschigen grauen Augenbrauen. Bräsig ist nervös. Bruno kann's ihm nachfühlen. Er ist selber nervös.
»Also passen Sie auf, Herr Knolle«, sagt der Kommissar. »Drüben leben zwei alte Freunde von Ihnen: Ihr bester, der Oskar Knargenstein, mit dem Sie so viele Dinger gedreht haben, dem seine Tante die Klitsche in Glienicke vererbt hat...«
»Woher wissen Sie...«
»Wir wissen es eben. Wir wissen fast alles, wie der Hauptreferent Ihnen ja seinerzeit erklärt hat. Das ist ein Gedanke, mit dem Sie sich nun schnellstens befreunden müssen, Herr Knolle. Und danach einrichten – Sie verstehen, was ich meine?«
Bruno nickt.
Junge, Junge, wird das eine Sache werden! Wie ein Mann kommt er sich vor, der in einen Wald hineingeht, in dem es immer finsterer und finsterer wird.
»Wo der Knarje – so nennen Sie ihn doch – zur Zeit wohnt, weiß ich im Moment nicht. Jedenfalls in der Stadt. Der Wirt von eurem alten Stammlokal, dem ›Schwarzen Schimmel‹ in der Chimanistraße, wird Ihnen die Adresse geben. Auch die von Ihrem zweiten Freund, dem Arthur Pokay. Sehen Sie mich nicht so an! Ich habe Ihnen doch gesagt, wir wissen fast alles.«
Der Bruno schluckt einen Kloß herunter, der ihm im Hals sitzt. Den Kloß gibt es gar nicht. Er geht trotzdem nicht herunter.
»Und?«
»Und mit den beiden setzen Sie sich zusammen. Sie haben ein Ding ausbaldowert, sagen Sie. Todsicher!«
Bruno knurrt: »Todsicha. Sichra Tod für wen?«
»Blödsinn! Sie wissen, was ich meine. Bei der Sache kann überhaupt nichts schiefgehen!«
»Nee?«
»Nee. Ich sage Ihnen natürlich noch nicht, wie der Mann heißt, den Sie entführen sollen, aber das sage ich Ihnen: Es ist ein reicher Mann! Ein Mann, der viel Geld im Hause hat! Weil er dauernd Barzahlungen leisten muß. Das Geld liegt in einem Tresor.«
»Erst mal rankommen«, sagt Bruno.

»Natürlich müssen Sie erst mal rankommen. Werden Sie auch. Ohne weiteres.«
»Aha. Und wie?«
»Sie bekommen Uniformen.«
»Wat kriejen wa?«
»Uniformen. Von Westpolizisten.«
Der Bruno verschluckt sich vor unterdrücktem Gelächter.
»Schnauze«, sagt Bräsig, sehr leise. »Kein Theater hier, ja?«
»Ogottogottogott«, stöhnt Bruno überwältigt. »Knarje, Pokay und ick – als Polente!«
»Wie Sie in das Haus kommen, erfahren Sie rechtzeitig. Was Sie zu tun haben, auch. Und der Tresor ist eure Sache. Bequemer könnt ihr es eigentlich wirklich nicht haben.«
»Und wenn nu nischt drin is in den Tresor?«
»Herr Knolle«, sagt Bräsig gereizt, »halten Sie mich bitte nicht für einen Idioten. Was hätte ich davon, wenn ich lüge? Daß zum mindesten Ihre beiden Freunde sofort abhauen. *Allein* schaffen Sie den Mann nie herüber. Selbstverständlich liegt Geld drin.«
»Hm ...« Das Argument hat Bruno überzeugt. Trotzdem fragt er noch: »Wieviel?«
»Wieviel was?«
»Wieviel Geld hat der Mann im Hause?«
»Mindestens fünfzigtausend Mark.«
»Wennt wahr is.«
»Hören Sie, Herr Knolle, das müssen Sie mir schon glauben! Sie müssen mir jetzt überhaupt eine Menge glauben, und eine Menge tun, sonst ...«
»Ja, ja, ick weeß, sonst verständijense die Westkripo wejen die BVG-Sache.«
»Genau. Dem Knarje und dem Pokay sagen Sie sofort, daß Sie den Mann entführen sollen.«
»Det soll ick *sagen*?«
»Ja, das sollen Sie sagen. Immer mit der Wahrheit, Herr Knolle! Wo es nur geht. Die beiden müssen Ihnen doch helfen, den Herrn dann ein Stückchen zu transportieren. Dafür dürfen sie das ganze Geld behalten und auch sonst noch mitnehmen, wozu sie lustig sind. Gibt eine Masse Antiquitäten und Schmuck da. Die Sore können die beiden dann bei Ihrem alten Freund, dem Bauern in Eiskeller, verstecken. Ja, von dem weiß ich auch. Hören Sie endlich mit dieser Anglotzerei auf.«
»Ach, Herr Bräsig, Sie sind doch keen Unjeheua! Könnense mir nich loofenlassen?« Der Bruno schnüffelt wieder einmal, ihm ist sehr flau.

Dem Kommissar plötzlich auch.
»Noch zwei doppelte Wodka, Fräulein!« ruft er. Und leise sagt er: »Nein, ich kann Sie nicht laufenlassen, Herr Knolle. Der ganze Apparat läuft schon. Nicht mehr zu stoppen.«
Bruno senkt den Seehundskopf und schnieft schrecklich.
»Tut mir leid, Herr Knolle.«
»Kann ick mir wat koofen for!«
»Zwei doppelte Wodka, die Herren.«
»Danke schön, Fräulein. Also, Herr Knolle, nun sind Sie wieder vernünftig, ja?« *(Vernünftig, vernünftig!)* »Ihre Freunde werden garantiert mitmachen.«
»Und wenn nich?«
»Es geht ihnen beiden schlecht. Sie brauchen Kies.«
Pause.
Dann sagt Bruno: »'ne Frage is doch alaubt, nich? Wird der Mann sich einfach so entführn lassen?«
»Der wird überhaupt erst merken, daß er entführt wurde, wenn er hier bei uns ist.«
Bruno fährt zusammen: »Ick soll ihm 'ne Spritze vapassen?«
»Kluger Junge! Hat sie nicht gewirkt bei Ihnen, die Spritze?«
»Ja, det schon ...«
»Sehen Sie.«
»Aba wir könn den Mann doch nich durch die janze Stadt zerren in den Zustand!«
»Sollt ihr auch gar nicht. Er hat einen Wagen. Weshalb, glauben Sie, habe ich dafür gesorgt, daß Sie sich wieder ans Fahren gewöhnen? Sie nehmen seinen Wagen aus der Garage. Ist ein viertüriger, großer. In den können Sie ihn leicht verladen.«
»Und wenn uns wer uffhält untawejens?«
»Wenn Sie wirklich aufgehalten werden, sind Sie eben drei Schupos, die einen Besoffenen in seinem Wagen heimkarren. Kann überhaupt nichts passieren. *Überhaupt nichts*, Herr Knolle!«

36

12. August 1964, 16 Uhr 07.
Diesmal sitzen Bräsig und Bruno im Büro des Kommissars. Sehr schwül ist es an diesem Nachmittag, schwarze Wolken sind aufgezogen, Windstöße fahren durch die Straßen, es blitzt. Gleich wird das Gewitter losbrechen.
Auf dem Schreibtisch des Kommissars steht ein Transistor-Radio.

Eingeschaltet. Die beiden Männer lauschen einer Sprecherstimme: »... sowohl in West- wie in Ostberlin große Unruhe und Empörung unter der Bevölkerung gemeldet. Am 13. August werden die Machthaber des KZ-Staats, der sogenannten DDR, alle Mittel der Bedrohung, Einschüchterung und Überwachung anwenden müssen, um einen Aufstand ...«
Es blitzt und donnert. Im Apparat kracht es.
Sind wirklich viele Berichte über Unruhen eingelaufen, denkt Bräsig. Haben sie sich verdammt gut ausgedacht, die mit ihrem Tunnel. In dem Wirbel, der da losgehen wird am Dreizehnten, hier und drüben, kann man natürlich leichter flüchten.
»... inzwischen«, tönt die Sprecherstimme weiter, »wurden auch die letzten Lücken in der Zonengrenze zwischen Ostsee und Thüringer Wald in ununterbrochener Tag- und Nachtarbeit geschlossen. Mehr als tausend Kilometer lang ist nun der Doppelzaun. Fast alle Schlupflöcher, durch die bisher noch Flüchtlinge in die Bundesrepublik gelangen konnten, sind verstopft, Schneisen sind in die Wälder entlang der Grenze getrieben worden, um freies Schußfeld, freien Raum zur Beobachtung der Stacheldrahthindernisse und der Minen zu schaffen ...«
»Erkennen Sie die Stimme?« fragt Bräsig.
Bruno nickt. »Ja«, sagt er heiser. »Det issa. Det is der Franz Lutta.«
»Sehr richtig«, sagt Bräsig.
Wieder blitzt es, grell diesmal, sofort kracht der Donner hinterher – und dann beginnt der Regen zu prasseln, so dicht, daß man das Haus gegenüber nicht mehr erkennen kann. Blitz folgt auf Blitz, Donnerschlag auf Donnerschlag, große Hagelkörner knallen gegen das Fenster. In dem Lautsprecher des Radios knattert es ununterbrochen.
»... wie Experten festgestellt haben«, berichtet weiter der Sprecher des Senders Freies Berlin, Franz Lutter, »werden von der Zonenarmee hauptsächlich zwei Sorten von Minen verwendet: Kastenminen, die bei der leisesten Berührung explodieren, und dazwischen, an Pfeilern, die in der Sowjetarmee gebräuchlichen Schützenminen, die auf Zug reagieren und ihre Splitter in einem Umkreis von dreißig Metern streuen ...«
»Guter Sprecher«, lobt Bräsig.
»... nach amtlichen Meldungen sind in diesem Jahr bisher mehr als zweitausend Minen detoniert. Frost oder Tauwetter lösten dabei oftmals Kettenreaktionen aus. Im südlichen Niedersachsen und im Oberharz zählten Förster und Zollbeamte über sechshundert Explo-

sionen. Sie wurden fast immer durch Tiere ausgelöst. Allein im Südharz fand man zwanzig von Minen zerfetzte Rehe, verendetes Rotwild und Wildschweine. Jagdverbände schätzen, daß 1964 bisher rund vierhundertfünfzig Stück Hochwild an der Zonengrenze umgekommen sind. Förster stießen nach Detonationen auf noch lebendes Rotwild, dem die Läufe aus den Gelenken gerissen waren, auf Hirsche ohne Unterkiefer, die umherirrten, bis sie vor Hunger zusammenbrachen ...«

»Endlich Abkühlung«, sagt Bräsig, in den tobenden Gewitterregen blickend. »War ja nicht mehr auszuhalten, diese Hitze!«

»... die niedersächsischen Landesbehörden hoffen, mit Schutzgattern längs der Stacheldrahtsperren das Wild von den Minenfeldern fernzuhalten ...«

»Immer wenn er von Minen redet, denkt er sicher an Sie, der Lutter«, sagt Bräsig.

»... doch die Förster wissen besser Bescheid: Das Wild, das seinen jahrzehntealten Wechseln folgt, wird sich nie mehr durch Gatter oder Zäune aufhalten lassen ...«

»Das Tier ist ein Gewohnheitsmensch«, meint Bräsig und schaltet den Apparat ab. »Ihr Kriegskamerad Franz Lutter wohnt in der Bolivar-Allee 170. Neu-Westend. Fragen Sie nicht, woher ich das weiß. Es stimmt. Am Dreizehnten verliest er nur noch die 20-Uhr-Nachrichten, danach hat er frei. Ich habe Ihnen doch schon angedeutet, daß er ein bißchen zu vertrauensselig ist und daß nicht alle seine Freunde seine Freunde sind, nicht wahr? Lutter wird nach den Nachrichten heimfahren. Er hat Frau und Tochter.«

Das Gewitter wird noch ärger. Ganz dunkel ist es geworden, weiß flammen die Blitze. Der Donner reißt nicht mehr ab.

Bräsig lehnt sich über den Schreibtisch: »Ich habe Ihnen auch schon gesagt, daß Sie drüben nach Eintreffen auf Schritt und Tritt beschattet werden.«

»Det hamse ooch jesacht, jawoll.«

»Der Hauptreferent ist bereits drüben.«

»*Wat?*«

Bräsig grinst. Er denkt daran, daß diesem Kornmann, dem Fatzke, bei seinem ersten ›Bewährungsauftrag‹, jetzt, wo er im Westen sitzt, gewiß der Arsch schon mit Grundeis geht. Der Gedanke bereitet dem Kommissar unendliches Wohlbehagen.

»Wie is'n der rübajekomm?« fragt Bruno.

»Auf demselben Weg, auf dem Sie mit ihm und unserem Mann zurückkommen werden. Der Hauptreferent ist drüben Ihr Chef. Sehen werden Sie ihn selten. Hören oft. Am Telefon. Wo Sie auch sind. Er wird Ihnen Weisungen erteilen, durch ihn erhalten Sie die Spritzen und die gute Medizin, die Schupo-Uniformen, falsche Schupo-Ausweise, Pistolen...«

Da hakt es bei Bruno aus: *»Pistoln?«*

»Na, zu einer Polizistenuniform gehört doch eine!«

»Nee, Herr Kommissar, nee! Wat zuville is, is zuville! Ick hab in mein janzet Leben noch nie 'ne Knarre jehabt, nie! *Pistole!* Wenn wir da hochjehn – wir kriejen ja glatt lebenslänglich Zet!«

»Erstens gehen Sie nicht hoch, zweitens können Sie die Munition aus den Pistolen sofort wegschmeißen. Haben müssen Sie welche.« Bräsig wird ungeduldig. »Und nun halten Sie ein bißchen den Mund und lassen mich reden, damit wir zu Ende kommen, ja? Ich muß Ihnen nachher auch noch zeigen, wie man so eine Injektion macht. Also: Von dem Hauptreferenten werden Sie geleitet. Und überwacht, Herr Knolle, und überwacht!«

»Hamse schon 'n paarmal jesacht.«

»Kann ich nicht oft genug sagen. Von dem Hauptreferenten erfahren Sie zur rechten Zeit, wer der Mann ist, den wir wollen. Mit dem Hauptreferenten kehren Sie zurück. Schutz bis zuletzt. Könnten Sie wenigstens danke sagen.« (Zum Kotzen, dieser Ton – aber es ist psychologisch nötig, den Knolle nun rauher anzufassen. Nach dieser Aktion nehme ich drei Tage frei. Und setze mich auf meinen Angelsteg und gucke ins Wasser und tu gar nichts, nicht mal angeln. Nur ins Wasser schauen.)

»Danke«, sagt Bruno.

»Was?«

»Ick danke für den Schutz bis zuletzt, Herr Kommissar.«

Sie sehen sich an. Bruno hält es länger aus, Bräsig muß schließlich den Kopf abwenden.

»Also«, fährt er in dem brutalen Ton fort, »morgen abend holt Sie ein Wagen ab. Rechtzeitig. Bei Timniks ist alles geregelt und bezahlt. Sie ziehen den blauen Anzug an.«

»Wat, det Karnevalskostüm?«

»Und das Hemd mit den rosa Streifen, die gelbe Krawatte, die gelben Schuhe...«

»Herr Kommissar...«

»Dachten Sie, wir haben das umsonst gekauft? Jeder, der Sie sieht, muß aufmerksam werden.«

»Warum?«

»Seien Sie nicht kindisch! Damit Sie nicht gleich hopphopp untertauchen und uns ein Schnippchen schlagen. Deshalb werden Sie auch bei der Flucht alles tun, um die Aufmerksamkeit auf sich zu ziehen.

Wehe Ihnen, wenn Sie es nicht tun! Richtig Tamtam machen, verstanden?«
»Jawoll, Herr Kommissar!« Wie komme ich bloß aus dieser Scheiße raus? Die haben an alles gedacht, wirklich an alles.
»Drüben hauen Sie gleich ab.«
»Warum?«
»Auch, damit man auf Sie aufmerksam wird! Sie nehmen eine Taxe . . .«
»Ick habe doch keen Westjeld!«
»Sie bekommen auch keins. Die Taxe zahlt Lutter. Unterbrechen Sie mich nicht. Sie fahren sofort zu Lutter nach Neu-Westend, Bolivar-Allee 170. Adresse merken! Diese Fahrt ist eine völlig logische Spontanreaktion bei einem Mann, von dem Lutter weiß, daß er geflüchtet ist, weil der SSD ihn zur Mitarbeit zwingen wollte. So ein Mann läßt sich nicht ins Lager bringen und verhören und pipapo! So ein Mann rennt gleich zu dem, der ihm schneller weiterhelfen kann, der für ihn gutsagt. Lutter erzählen Sie, daß wir Ihnen den blauen Anzug gegeben haben. Und die Schuhe und das andere. Damit Sie stets hübsch auffällig bleiben. Sie hatten kein Geld, also konnten Sie nichts Normales kaufen. Sie mußten anziehen, was Sie bekamen. Und das tragen Sie immer noch.«
»Damit Ihre Schatten drüm mir bessa uff de Spur bleim könn.«
»Natürlich, das ist der Hauptgrund. Lutter wird Ihnen andere Kleidung geben. Und die Formalitäten bei den Behörden regeln.«
»Und die janze Polizei von Westberlin wird wissen: Bruno is wieda da!«
»Das soll sie ja wissen! Wenn Sie nicht spuren, geht sofort Ihr BVG-Akt rüber. Danach haben die es ganz leicht, Sie zu verhaften und an uns zurückzuschicken. So. Und nun wollen wir noch das mit den Injektionen üben. Kommen Sie her . . .«

37

13. August 1964, 22 Uhr 15. Es ist soweit.
Der Bruno sitzt in Mitzis Zimmer am Fenster, dicht neben ihr, sie halten sich an der Hand, sie reden wenig. Zuerst haben sie versucht, es noch einmal zu tun, zum Abschied, aber der Mut hat sie schon beim Ausziehen verlassen. Sie haben sich wieder angekleidet, und die Mitzi hat gesagt: »Nein, da wär doch alles nur noch trauriger geworden.«
Sie haben sich vor das Fenster gesetzt und auf den Friedhof hin-

übergesehen. Die Mitzi hat dabei an ihre Sünden in den Katakomben von Wien gedacht und lautlos gebetet, daß der Liebe Gott ihr vergeben und ihren guten Bruno beschützen möge.
Bruno hat den Friedhof betrachtet und an das Familiengrab im Westen gedacht, wo Vater und Mutter liegen. Und dann hat er den Lieben Gott gebeten, daß er ihm einen Ausweg zeigt aus dieser Klemme, in der er sich befindet. Aber das hat der Liebe Gott nicht getan ...
Bruno – er trägt nun den blauen Anzug, die gelbe Krawatte, das rosa-weiße Hemd, die gelben Schuhe, das violette Tüchlein –, Bruno weiß immer noch nicht, was er machen muß, wenn er drüben im Westen ist, um ›anständig‹ zu bleiben. Hat leicht reden gehabt, der Pastor Oslanski! Ach, ist dem Bruno scheußlich zumute ...
Sein Brüten fiel der Mitzi natürlich auf. Was er wirklich im Westen erledigen soll, hat er ihr nie gesagt, und Bräsig auch nicht. Die Mitzi fragt nicht. Das hat sie längst gelernt: Keine Fragen stellen, die mit dem SSD zu tun haben.
Aber Bruno tat ihr so leid! Leise sagte sie: »Wenns auch schwer is für dich jetzt – du wirst es schaffen!«
»Ja«, sagte Bruno. »Hoffentlich.«
Und das dachte er auch: Hoffentlich. Aber ich komme nicht zurück. Nie! Was auch passiert! Und wenn ich mich umbringen muß! Weh wird Mitzi das tun. So gut war sie zu mir. Und nun muß es so aufhören: Daß ich ihr weh tu für alles Gute.
Das betrübte den Bruno. Weil er nicht wußte, was die Weisen wissen: Daß wir immer jenen weh tun, die gut zu uns sind.
Dunkel ist es geworden, obwohl es lange hell blieb, denn das war ein schöner Tag heute. Viel Unruhe in der Stadt! Sirenen haben geheult, Laster mit Volksarmisten und Volkspolizei rasten vorbei, auch Panzer und Panzerspähwagen haben Mitzi und Bruno gesehen, als sie ein wenig spazierengingen nach dem Mittagessen. Es waren sowjetische Panzer darunter und sowjetische Soldaten, und Bruno hat gesagt: »Muß ein jroßa Radau sein an de Maua, wenn sojar Russen hinjeschickt wern.«
»Paß bloß auf dich auf«, hat die Mitzi geantwortet.
Am Nachmittag hat sie dann ihr Kettchen mit dem Amulett abgenommen und um seinen Hals gelegt. Während sie das Schloß befestigte, hat sie gesagt: »Möge dich die heilige Beatrix beschützen!«
»Wat?«
»Das steht auf dem kleinen Bild. ›Aby te svatá Božena ochránila!‹ I kann a bissel Tschechisch. Meine Großmutter hat das Ketterl schon getragen und meiner Mutter gegeben, und von meiner Mutter hab

ich's gekriegt, und jetzt hast du's. Möge sie dich beschützen, die heilige Beatrix!«

So landet das alte Geschenk aus dem alten Prag also bei dem ehemaligen Berliner Meisterschränker Bruno Knolle.

»Wann wirst wiederkommen?« fragt die Mitzi nun, am Abend, in einem seltsam resignierten Tonfall, der Bruno entgeht.

»Kann ick nich jenau sagen. Bald, Mitzi, bald«, lügt er.

»I werd beten für dich, Bruno!«

»Ja«, antwortet er, »det mach man. Beten is imma jut.«

Fast flüsternd sagt sie: »I hab dich so lieb, Bruno. Du bist der erste, den ich lieb hab. Und du wirst der letzte sein. Nach dir kanns nix mehr geben.«

Das geht dem Bruno mächtig an die Nieren!

Aus Mitleid und aus Barmherzigkeit (man wird wenigstens einmal mitleidig und barmherzig sein dürfen, verflucht) antwortet er: »Ick liebe dir doch ooch, Kleene.« Und denkt: Ist das nun eigentlich wahr? Ein bißchen? Ein wenig? Gar nicht? »Warte man ab. Det jibt 'n richtiget Happy-End für uns beede.« Und denkt: Also, das ist gewiß nicht das kleinste bißchen wahr! Und so sitzen sie nun schweigend da und halten sich an der Hand.

Und in der ganzen Welt, auf allen Kontinenten, sitzen in dieser Stunde Männer und Frauen, Hand in Hand, schweigend, weil einer von ihnen flüchten muß – nicht nur in Berlin! Auch in Korea! In Vietnam! Im Kongo! In Indien! Auf Sumatra! In Südafrika! Im großen China! Im großen Sowjetreich! In Nord- und Südamerika...

Um 22 Uhr 40 fährt, geräuschlos, ein schwarzer Wagen vor. Der Chauffeur drückt dreimal auf die Lichthupe. Das ist das Zeichen.

»Na denn«, sagt Bruno und steht auf.

Mitzi umarmt und küßt ihn ernst und sehr lange.

»Du darfst nich mit runta«, sagt Bruno.

»I weiß. Ich schau ausm Fenster«, antwortet die Mitzi, und ganz schnell küßt sie auch noch seine Hand und sagt: »Dank schön! Für alles!«

Da kommt er sich so gemein vor wie noch nie im Leben. Er läuft aus dem Zimmer, die Treppe hinab. Niemand zu sehen. Muß Timnik vorbereitet haben. Auch die Haustür ist nicht zugeschlossen.

Auf der Straße blickt Bruno noch einmal zum zweiten Stock empor. Da steht die Mitzi am Fenster, reglos. Er steigt schnell in den Wagen. Das Auto fährt sofort an, Bruno wird in seinen Sitz zurückgedrückt.

Drei Männer holten ihn ab. Bruno kennt keinen von ihnen. Einer

fährt, einer hockt neben dem Chauffeur, einer neben Bruno. Sie reden kein Wort, kein einziges Wort auf der ganzen Fahrt durch die Möllendorffstraße, die Roederstraße, die Lenin-Allee, über den ›Alex‹, dann durch die Memhardtstraße, Münzstraße, Weinmeisterstraße bis zur Gormannstraße. Hier hält der Wagen.
Bruno steigt aus. Er weiß, er muß vorgehen zur Wilhelm-Pieck-Straße, danach ist die erste Straße links die Zehdenicker Straße, und die mündet in den Weinbergsweg. Er marschiert los.
Der Wagen bleibt stehen, sein Motor wird abgeschaltet, die Scheinwerfer verlöschen. Sind vermutlich noch ein paar solcher Wagen in der Umgebung, denkt Bruno.
Nun steht er an der Ecke Weinbergsweg–Zehdenicker Straße.
23 Uhr 05. Bruno wartet.
Wenige Menschen sieht er zu dieser Stunde noch, ab und zu ein vorbeifahrendes Auto. Aus der Ferne ertönt Lärm. Krach an der Mauer!
23 Uhr 10.
Und überall ringsherum lauern sie jetzt, denkt Bruno, passen auf, warten – wie ich. Noch fünf Minuten. Bete ich noch einmal. Lieber Gott, schicke mir eine Erleuchtung. Zeige mir den rechten Weg. Amen.
Nichts schickt der Liebe Gott, keinen rechten Weg zeigt er.
23 Uhr 15.
Na, jetzt muß doch ...
Gar nichts.
23 Uhr 16. 23 Uhr 18. 23 Uhr 20.
Bruno beginnt zu schwitzen. Lange hält er das nicht mehr aus!
23 Uhr 22.
Da kommt ein Radfahrer den Weinbergsweg herauf, sehr schnell. Bruno erkennt ihn. Es ist derselbe, der ihm die erste Botschaft zusteckte. Trägt auch wieder Handschuhe. Als er an Bruno vorübersaust, läßt er einen Zettel fallen. Rasch hebt Bruno ihn auf.
Der Radler ist schon verschwunden, einen wilden Bogen in die Fehrbelliner Straße hinein hat er gemacht, nach rechts, nach Osten. So wie der sich in die Pedale legt und die Ecken nimmt, erwischt ihn wohl niemand ...
Na, denn wollen wir mal! Bruno tritt unter eine Laterne. Jetzt stört ihn keiner von denen, die ihn beobachten, das weiß er. Also liest er ganz ruhig, was, wieder in den Drucktypen eines Kinder-Setzkastens, auf dem Papier steht:

GEH WEITER BIS ZUR MOTTLSTRASSE. DIESE WESTWÄRTS, AUF DEM

RECHTEN BÜRGERSTEIG. BEI DER VORLETZTEN LATERNE VOR DER MAUER ÜBERQUERE DEN DAMM UND GEH AUF DEM ANDEREN BÜRGERSTEIG BIS ZUM TOR VON NUMMER 35. DU WIRST VOM WESTEN AUS BEOBACHTET. UNSERE WACHEN SIND BEREITS VERSTÄNDIGT, WENN DU EINTRIFFST. KLOPFZEICHEN AM TOR: LANG, LANG, LANG, KURZ, LANG, KURZ. DEUTLICH PAROLE SAGEN: ZARAH LEANDER!

Hm. Na schön. Gemütlich ist anders.
Bruno setzt sich in Bewegung. Da fällt ihm ein, daß ja hier irgendwo auch der kleine Jürgen Machon sein muß, der rüber will. Wie macht er das nun? Wenn er einfach losgeht, ist Jürgen vielleicht nicht schnell genug, der SSD erwischt ihn, und er guckt in die Röhre.
Nein, *so* geht das: Ich lasse den Zettel fallen und marschiere zehn Schritte weiter. Tu dann so, als wäre mir schlecht. An eine Wand lehnen. Das wartet der SSD gewiß ab. Der Junge hat seine Chance. *Er* muß zuerst rüber, erst dann ich – klar!
Genauso handelt Bruno.
Der Zettel fällt, Bruno macht ein paar Schritte, taumelt ein bißchen, lehnt sich gegen ein Haustor, greift sich ans Herz.
Ein Schatten huscht vorbei. Der Junge!
Bruno kann ihn nicht erkennen, aber der Junge hatte lange genug Zeit, *ihn* zu erkennen. (Mitzi hat dem Jürgen doch eine genaue Beschreibung von Bruno gegeben.) Nun liest der Junge den Zettel, den er aufhob.
Geht los, verschwindet um eine Ecke.
Bruno folgt. Er darf Jürgen nicht aus den Augen verlieren, sonst schnappen sie ihn.
Da ist die Mottlstraße. Da vorn ist die Mauer. Da geht der Junge. Auf dem rechten Bürgersteig. Bis zur vorletzten Laterne. Überquert den Damm. Klopft an ein Haustor. Wird eingelassen.
Geschafft!
Bruno folgt auf dem gleichen Weg. Bis zur gleichen Laterne. Andere Straßenseite. Haus Nummer 35. Klopfen. Lang, lang, lang, kurz, lang, kurz. Deutlich sprechen: »Zarah Leander!«
Das Tor geht auf...

38

»... tja, so is det also jewesen, Herr Kriminalrat«, sagt Bruno nun, um 0 Uhr 45 am 14. August 1964 in Berthold Prangels großem

Wohnzimmer in der Meraner Straße, wohin er nach seiner ›Flucht‹ geeilt ist.
Alles hat er dem fünfundfünfzigjährigen Kriminalisten mit der untersetzten Gestalt, dem kurzgeschnittenen dunklen Haar, der hohen Stirn, den klugen Augen und dem ausgeprägten Kiefer erzählt, ›seinem‹ Kriminalrat, der stets melancholisch und stets leicht angewidert aussieht, wir wissen, warum.
Aufmerksam hat Berthold Prangel zugehört.
Nun ist es still in dem Zimmer mit den Eichenholzmöbeln, den Ledersesseln, dem Schreibtisch, dem Ölbild von Prangels toter Frau Anna und ihrem toten Bruder Werner, den vielen Bücherstapeln auf dem Fußboden, dem Nähtischchen am Fenster, in dem verrostete Strick- und Häkelnadeln und ein paar Knäuel frische Wolle liegen.
Lange bleibt es still.
Der Kriminalrat saugt an seiner Pfeife, die Luft ist schon ganz blau vom Tabaksdunst. Eine zweite Flasche Wein steht halb leer auf dem Tisch, Prangel hat sie geöffnet, während Bruno erzählte.
»Herr Kriminalrat«, fleht Bruno nun, »redense doch! Sagense wat! Ick habe keene Zeit mehr! Ick muß wat tun! Ick sollte längst bei Lutta sein. Die beobachten doch sicher den sein Haus. Ick kann nich ewig hier rumsitzen. Ick muß ...«
»Ja«, sagt Prangel langsam, »du mußt. Aber was mußt du? Was kannst du? Was darfst du? Mensch, hast du dich in die Nesseln gesetzt!«
»Ick mir? Aber wieso denn ick? Ick kann doch wahrhaftich überhaupt nischt dafür!«
»War nur so dahergesagt«, murmelt Prangel, tief in Gedanken. »Hab's nicht so gemeint. Eines interessiert mich.«
»Wat?«
»Du hast mir erzählt, daß du den Lieben Gott wieder und wieder gebeten hast, dir einen Ausweg aus dem Schlamassel zu zeigen ...«
»Und er hat et doch jetan, zuletzt! Der Ausweg, der sind *Sie*, Herr Kriminalrat!«
»Ja, hoffst du. Deshalb bist du hergekommen. Aber *wann* hattest du die Erleuchtung, herzukommen? Das interessiert mich.«
Der Bruno grinst.
»Was ist so komisch?«
»Der Liebe Jott.«
»Wie?«
»Der hat manchmal 'ne verdammt ulkije Art, een' den richtijen Weg zu zeijen. Sehnse, Herr Kriminalrat, noch als ick schon in Westen war, in den Hasenauerstraßen-Keller, da wußte ick nich,

wat nu. Ick habe man bloß so rumjestanden. Gleich zu Lutta, hat Bräsig mir befohlen. Na, und wie ick also abhaue in meine Angst, da komme ick durch 'n Gang, in den hängen Jacken.«
»Jacken?«
»Und Mäntel. Und Hosen. Zeuch von de Fluchthelfer. So 'ne Art Jarderobe, wissense. Und wat sehe ick da? 'n Portmoneh sehe ick da! Uff 'ne Kiste. Ooch 'ne Brieftasche, Schlüssel, Zigaretten und so. Muß eena allet hinjelecht ham. Und in *den* Moment kommt die Erleuchtung von Jott! *Da* zeigt a mir, wie ick anständig bleim kann! Da durchzuckt et mir wie 'n Blitz. Wahrhaftich, wie 'n Blitz! *Zum Kriminalrat Prangel mußte und ihm allet azähln, allet! Jede Jefahr, wo damit zusammenhängt, mußte uff dir nehmen, Bruno. Det is deine Pflicht!«* Der menschliche Seehund zieht eine abgegriffene Geldbörse aus der Tasche und grinst wieder. »Det isse«.
»Du hast das Portemonnaie geklaut?«
»*Mußte* ick doch, Herr Kriminalrat! Ick hatte doch keen Westjeld! Und Westjeld brauchte ick doch! For Taxen! Und for't Telefonieren!«
»Also *so* zeigte dir Gott, wie man anständig bleibt«, murmelt Prangel.
»Ick sage ja, er hat manchmal 'ne vadammt ulkije Art«, meint Bruno. Eben hat er noch gegrient. Jetzt wird er sich wieder des Ernstes der Stunde bewußt, und seine Stimme wechselt.
»Ick mach et nich ... ick entführe keen!« ruft er atemlos, wieder einmal. »Aba wennse mir nich helfen, jeh ick selba hops! Und det will ick ooch nich! Herr Kriminalrat, *bitte*!«
Prangel seufzt. Er sieht das Ölgemälde an. Anna, seine geliebte Frau, sieht er, Herrn Werner May, ihren geliebten Bruder, sieht er, einen gemeinen Mörder, tausendfach.
Schwerfällig steht Prangel auf.
»Ich muß telefonieren.«
»Herr Kriminalrat ...« Bruno springt hoch.
»Was denn? Glaubst du, ich telefoniere mit Moskau? Hast du kein Vertrauen zu mir?«
»Nur zu Ihn', nur noch zu Ihn'! Verzeihense!« stammelt Bruno und plumpst in seinen Sessel zurück.
»Das mußt du jetzt auch haben. Sonst kann ich dir nicht helfen. Bei einer solchen Sache darf ich nicht eigenmächtig handeln. Ich bin schließlich nur bei der Kripo.« Das sagt er mit geradezu masochistischer Lust. »Ich muß die *zuständigen* Leute alarmieren, das verstehst du doch?«
Bruno nickt.
Prangel, in Morgenrock und Pyjama, in Strümpfen und Pantoffeln,

betritt ein anderes Zimmer. Da hebt er den Hörer eines Telefons ab, das überhaupt keine Wählscheibe besitzt. Es gibt nur eine einzige Verbindung von diesem Telefon aus – zu einer Stelle, die sich sofort meldet, bei Tag und bei Nacht.
»CIC-Headquarters!«
»Prangel«, sagt der Kriminalrat. »Get me Mister Snowden on the phone, will you please? ... Then wake him up! This is urgent! *Very urgent!*«

39

Alexander Cecil Snowden wurde am 20. November 1910 in New York geboren. Sein Vater war ein erfolgreicher Rechtsanwalt. Snowden erhielt eine ausgezeichnete Erziehung, studierte Rechtswissenschaft und trat 1936 in die Kanzlei des Vaters ein. Der starb zwei Jahre, die Mutter drei Jahre darauf.
Nun führte Snowden die Kanzlei allein. Er war Strafverteidiger, der sich besonders in Prozessen politischer Art und solchen zwischen Gewerkschaften und Arbeitgeber-Verbänden schnell einen Namen machte. Die Zeitschrift ›The New Yorker‹ fand es damals in einer Glosse über den brillanten jungen Anwalt am bewundernswertesten, daß Justitia in A. C. Snowden ein Jünger erstanden war, der nur für sie, für sie allein stritt. Indem es ihm nämlich vollkommen, ausnahmslos, gleich war, welche politischen Überzeugungen seine Klienten besaßen, welche wirtschaftlichen Anschauungen die Gewerkschaften und die Arbeitgeber. Von rechts nach links, von oben nach unten: Die Ansicht seines Mandanten war Snowdens Ansicht. Da er sehr viele Mandanten hatte, wechselten diese Ansichten ständig hundertprozentig und höchst eindrucksvoll. Alle verstehen, das hieß: Alle verteidigen können! Es war eine Gottesgabe, die A. C. Snowden da besaß ...
Die Frauen umschwärmten ihn. Er hatte viele Affären. Er heiratete nie. Als er berühmt genug war, bezog er ein Dauerappartement im Waldorf-Astoria. Das waren wunderbare Jahre. Unabhängigkeit! Freiheit! Seine Arbeit, die ihn faszinierte, weil sie ihm zeigte, wie Menschen sind! Bewundernswert nicht, fand Snowden. Wahrhaftig nicht. Aber so *verschieden*!
Snowden sah blendend aus, groß, schlank, dunkel. Zynisch war er – und *so* charmant. Ohne jeden Glauben an irgend etwas lebte er – *so* geistreich. Er hielt auf sich. Regelmäßig betrieb er Sport. Seine Kleidung war stets up to date.

1942 wurde er eingezogen. Schnellstens bekam Snowden den Rang eines Colonels im ›Counter Intelligence Corps‹, der ›Abwehr‹ der Armee. Als CIC-As arbeitete er in Afrika, Japan, Indochina, Deutschland. Hier blieb er zunächst drei Jahre, in Frankfurt. Klärte Fälle von Spionage und Landesverrat amerikanischer Soldaten oder Zivilisten; wurde zu Atomgeheimnis-Affären herangezogen (so bei der Aufdeckung des Spionageringes Lonsdale), und das führte ihn nun wieder aus Deutschland fort – in viele Länder der Erde. Die neuen, fremden Menschen und Mentalitäten, die er kennenlernte, die Abenteuer des Geistes, die er zu bestehen hatte und bestand, begeisterten ihn. Was war dagegen seine Anwaltstätigkeit? Er verkaufte die Praxis, blieb beim CIC: Agent aus Leidenschaft.
Was immer in Büchern zu lesen steht über das harte Los der Spione, die, einmal im Netz der Geheimdienste gefangen, nie mehr freikommen – all das traf nicht auf A. C. Snowden zu. Mehr und mehr liebte er seinen Beruf. Das einzige, was er dabei weniger und weniger liebte, waren die Menschen. Diese Entwicklung erscheint ebenso logisch wie bedauerlich.
Als Snowden nach Deutschland zurückkehrte, um in Berlin Mr. Green abzulösen (1960), hatte er nicht mehr die geringste Empfindung für irgendein lebendes Wesen. Die einzige Ausnahme bildete ein Schäferhund, den er Adolf getauft hatte, als er ihn 1957, vierjährig, erwarb. Adolf war sein Freund, sein Halt, denn kein Mensch kann es ertragen, völlig allein zu leben, ohne Schaden an seiner Seele zu nehmen – mit Ausnahme der Heiligen, wie Maurice Baring schreibt, und selbst diese finden es schwierig.
1960 lohnte Adolf seines Herrn Zuneigung, Obsorge und Zärtlichkeit schlecht: Er lief davon und kehrte nie zurück.
Das war ein furchtbarer Schlag für Snowden, der ärgste, den er im Leben erhalten hatte. Monate benötigte er, um sich von ihm zu erholen. Allerdings war er kein Heiliger. Und nahm also Schaden an seiner Seele, nun, ganz alleingelassen. Er merkte es nicht, ihn störte nichts an sich selbst. Andere merkten es, andere störte vieles an Snowden. Sie waren gewiß, daß er sich einst würde verantworten müssen vor jenem Höchsten Richter, verantworten für die Mißachtung jedes menschlichen Lebens und die Verhöhnung jedes menschlichen Gefühls – Eigenschaften, die ihn noch verwendungsfähiger für sein Metier werden ließen, das ist klar.
Was A. C. Snowden melancholisch machte, das war der Verlust eines Hundes, über den er nie ganz hinwegkam, nichts anderes. Prangels Melancholie hatte andere Ursachen. Aber die beiden Männer empfanden von Anbeginn ein Gefühl der Achtung füreinander –

natürlich keine Sympathie oder gar Freundschaft, das wäre in Anbetracht von Snowdens Charakter absurd gewesen.
Nein, Prangels Tüchtigkeit und Snowdens Tüchtigkeit banden diese beiden Männer aneinander und ließen sie ausgezeichnet zusammenarbeiten, wenn Prangel auch oft vor Snowdens Entscheidungen und Ansichten schauderte.
Was Adolf, den Schäferhund, anging, so war er nach Ostberlin entwichen, streunte dort eine Weile umher, wurde aufgegriffen und in das Tierschutzheim des Dr. Rudolf Sylt am Verlorenen Weg gebracht. Da es sich um einen sehr gepflegten, intelligenten und noch relativ jungen Hund handelte, fand sich schnell ein Käufer. Das war der Landwirt Christian Rüthnik aus Schwanebeck. Dieser nannte das Tier Hasso. Hasso wurde der Liebling der ganzen Familie Rüthnik, ja des ganzen Ortes. Anhänglich und treu war er, seinen alten Herrn schien er völlig vergessen zu haben. Zum Glück ahnte Snowden nichts davon. Es hätte ihn doch sehr gekränkt ...
Als man dem amerikanischen Star-Agenten in der ersten Morgenstunde des 14. August 1964 meldete, daß Prangel ihn telefonisch zu sprechen wünschte, sprang Snowden sofort aus dem Bett und führte über die Direktleitung eine längere Konversation mit dem Kriminalrat. Nachdem der Amerikaner sich die ganze Geschichte angehört hatte, gab er schnell und kalt seine Anordnungen. Sie waren von einer Art, gegen die Prangel, der doch einiges gewöhnt war, protestierte. Die Unterhaltung wurde in englischer Sprache geführt, kühl von seiten Snowdens, erregt von seiten Prangels, und in der Übersetzung klang sie so:
»Das wird er nie tun, Mr. Snowden! Ich kenne Knolle seit einer Ewigkeit. Der tut alles mögliche. So etwas nicht!«
»Natürlich tut er es.«
»Bestimmt nicht! Wäre er sonst zu mir gekommen?«
»Sie machen ihm das Angebot, das ich eben skizzierte, und Sie werden sehen, wie er pariert.«
»Er wird *nicht* parieren! Er ist ein anständiger Mensch!«
»Ha.«
»In seinem Herzen ist er es!«
»Was ist das, Herr Prangel, ein Herz?«
»Ach, Mr. Snowden ...«
»Werden Sie mir nicht sentimental! Diese Geschichte ist wichtig für uns. Sie wissen das genauso gut wie ich. *Wir* müssen diesmal die Sieger sein – nicht die anderen! Nicht schon wieder die anderen! Und dieser Knolle, dieser Ganove ...«
»Ein ordentlicher Ganove, das sehen Sie doch ...«

»Ich sehe gar nichts. Wer sagt Ihnen denn, daß das kein Spitzel ist? Lehren Sie mich die Menschen kennen, Prangel! Von Natur sind sie alle schlecht und feig und böse.«
»Von Natur aus sind sie gut, Mr. Snowden!«
»Machen Sie sich nicht lächerlich. Gut ist nur, wer Gewinn davon hat. Und den versprechen wir ja Ihrem Knolle. Passen Sie auf, wie gut er sein wird!«
Prangel verliert für einen Moment die Nerven. Er ruft: »Wie gut sind denn *Sie*, Mr. Snowden? Sie müssen mir nur Ihr Gehalt nennen, dann habe ich schon eine Vorstellung!«
Snowdens Stimme kommt verachtungsvoll: »Das war eine feindselige Bemerkung, Herr Prangel.« Nun spricht er deutsch. *»Feindselig,* so lautet das Wort doch in Ihrer schönen Sprache?«
»Ja. Und es *war* eine feindselige Bemerkung, Mr. Snowden.«
Auch Prangel spricht nun deutsch. Er hört den Amerikaner lachen. »Feindselig – was für ein Wort! *Feind-selig!* Selig, einen Feind zu haben! Tz, tz, tz! Selig darüber! Einem Volk, Herr Prangel, das solch ein Wort in seinem Sprachschatz hat, kann gar nichts anderes passieren als das, was ihm dauernd passiert. Was sang man bei Ihnen im ersten Weltkrieg? ›Lieb Vaterland magst ruhig sein‹ – nicht wahr? *Ganz* ruhig darf es sein, Ihr liebes Vaterland!« Wieder lacht Snowden. Dann wird seine Stimme eisig: »Sie stehen in unseren Diensten, Herr Prangel! Sie tun, was ich sage. Das ist ein *Befehl* ... haben Sie verstanden?«
»Jawohl«, antwortet Prangel tonlos. Er hat sich wieder in der Gewalt. »Ich habe verstanden, Mr. Snowden.« Und er legt den Hörer des Telefons ohne Wahlscheibe zurück in die Gabel und geht in das Wohnzimmer, wo Bruno ihn erwartet, vor Ungeduld auf und ab laufend.

40

»Wat is denn nu, Herr Kriminalrat? Ick ...«
Prangel schluckt. Ihm ist zum Speien. Er schluckt dauernd, während er spricht, er hat Angst, daß er sich übergeben muß.
»Ich tue, was ich kann. Ich soll dir helfen. Das geht nicht in drei Sekunden. Ich habe mit den Amerikanern gesprochen.«
»Mit de ...«
»Selbstverständlich. Die müssen sofort von einem solchen Vorfall Kenntnis erhalten. Nur mit ihrer Vollmacht und nach ihren Anweisungen darf ich handeln.«

»Wat denn for 'ne Vollmacht? Wat denn for Anweisungen?«
»Setz dich.«
»Ick kann nich. Ick bin zu uffjeregt!«
»*Setz dich!!!*« brüllt Prangel wild. Bruno weiß nicht, daß er vor Wut über sich selbst, über seine Feigheit, so brüllt. Bruno setzt sich erschrocken. Der Kriminalrat setzt sich ihm gegenüber.
Was kann ich tun? Was Snowden sagte. Sonst nichts. Gar nichts!
»Paß auf, Bruno. Es gibt nur *einen* Weg für dich, wenn du davonkommen willst: Du mußt genauso weitermachen, wie die drüben es dir befohlen haben.«
»Weitamachen?«
»Na klar doch! Oder willst du umgelegt werden? Du hast mir erzählt, daß du beobachtet wirst von diesem Hauptreferenten und seinen Leuten.«
»Ja, aba ... aba, wenn ick weitamache ... Herr Kriminalrat! Ick drehe durch! Det is doch Wahnsinn! Wenn ick weitamache, denn muß ick den Kerl doch entführn! Und *det* wollen die *Amis*?«
»Das wollen sie natürlich *nicht*. Was sie wollen, ist, daß die Aktion platzt – aber erst im letzten Moment! Denn dann werden ein paar Leute hochgehen, an denen die Amis sehr interessiert sind. Dein Hauptreferent zum Beispiel. Vielleicht auch dieser Lump, der Bräsig, wenn wir den rüberkriegen können.« Prangel schluckt und schluckt.
»Ich will dir mal was verraten: In den letzten Jahren sind immer wieder Menschen aus Westberlin entführt worden. Immer auf die gleiche Tour. Mit Hilfe von einem, der Butter auf dem Kopf hat, so wie du. Du hast im Zet gesessen. Du weißt nicht, wie sich die Lage verändert hat. Der neue Krieg, *hier* findet er schon statt! Es sind nicht nur Menschen entführt worden, es sind auch welche ermordet worden – in *Westberlin*! Und immer nach demselben Muster. Das muß aufhören, verstehst du?«
»Der, den *ick* entführn soll, det is aba doch selba eena von drüm, von SSD! Der hat bloß rübajemacht und vafeift hier, watta weeß. Det is doch 'n Schwein!«
»Ja? *Kennst* du ihn? Weißt du, wie er heißt? *Nichts weißt du!* Wer sagt, daß er beim SSD war? *Bräsig!* Und das glaubst du auch noch? Ist deine Birne völlig weich geworden, Mensch? Was siehst du mich so an?«
»Sie sind so jrün ... is Ihnen nich jut, Herr Kriminalrat?«
»Mir ist völlig gut!« antwortet Prangel und schluckt verzweifelt, denn sein Brechreiz wird stärker und stärker. »Du machst weiter. Und dafür, daß du weitermachst, bekommst du eine Belohnung.«
»'ne Belohnung?«

Der Kriminalrat muß tief Luft holen. »*Eine Belohnung,* ja. Die Amerikaner lassen dir sagen, daß du trotz deiner Vorstrafenlatte eine Schankkonzession erhältst. Und Kredite. Und Geld für eine eigene Kneipe. In *Westberlin*!«
»Aba ...«
»Oder in der Bundesrepublik, wenn es dir hier zu unsicher ist. Sie fliegen dich raus, soll ich dir sagen. Das *versprechen* sie dir.«
Schweigen.
Dann sagt der Bruno erschüttert: »Is ja 'ne prima Erleuchtung jewesen. *So* bleibt man also anständich. Und sowat hat mir der Liebe Jott einjejeben! Zu Ihn' loofen, Herr Kriminalrat! Ach, wenn ick bloß jeahnt hätte ...« Er stöhnt. »Det is ja hier jenau die jleiche Scheiße wie drüm!«

41

Prangel fährt sich mit der Hand über die feuchte Stirn. Sein Blick gleitet wieder von Bruno zu dem Ölbild über dem Schreibtisch. Seine Frau. Ihr Bruder. Da sieht er sie, die Geschwister, beide längst tot – aber er lebt. Die Toten haben es gut, denkt Prangel. Die Lebenden haben die Schuld. Immer? Nein, nur solche wie ich ...
»Das ist nicht dasselbe, Bruno«, sagt er beschwörend, »das ist doch ein Unterschied wie Tag und Nacht!«
»Untaschied! Da muß ick Ihn'n schnell 'n Witz azähln, den ick jehört hab, wie ick im Zet war. Wat is der Untaschied zwischen Kaptalismus und Sozjalismus? Antwort: Im Kaptalismus wird der Mensch durch den Menschen ausjebeutet. Im Sozjalismus is det jenau umjekehrt. – Jut, wat?«
»Laß den Quatsch! Wer hat denn angefangen mit all dem? Die drüben doch! Wir wehren uns bloß!«
»Ach, Sie – ick meine die Amis – die schicken keene Leute in de Zone? Die spionieren drüm nich?«
»Ich sage dir, wir *wehren* uns!«
»Det sagen die drüm ooch. Könn nich beede die Wahrheit sagen. Eena muß lüjen.«
»Natürlich! Die drüben!«
»Ja, natürlich«, sagt Bruno. »Die drüm. Und wennse drüm sind, Herr Kriminalrat, denn heeßt et jenauso: Die drüm lüjen! Is'n nettet Spielchen! Hier soll ick 'ne Kneipe kriejen, drüm soll ick 'ne Kneipe kriejen. Wenn ick mache, wat die hier wolln, wenn ick mache wat die drüm wolln. Wat kriege ick, wenn ich weda noch mache?«

Es hilft nichts, denkt Prangel.
»Das kann ich dir sagen, was du *dann* kriegst, Bruno. Dann kriegst du dein Fett – aber von beiden Seiten! Die Amis stecken dich ins Lager Marienfelde. Raus kommst du erst, wenn der Bräsig das Auslieferungsbegehren wegen Einbruch bei der BVG schickt. Dann kommst du zu uns, und wir liefern dich drüben wieder ab. Und dann ...«
»Hörense uff!« schreit Bruno und preßt sich die aristokratischen Hände an die platten, großen Ohren. »Det wird ja imma schlimma! Wat habe ick denn bloß jetan, det all det mir passiert? Wat denn, Herr Kriminalrat, wat denn bloß?«
»Was du in deinem Leben getan hast, weißt du selbst am besten. Man muß für alles zahlen, Bruno«, antwortet Prangel und denkt: Auch ich, auch ich werde noch zahlen müssen für alles. »Du bezahlst jetzt! Und wirst gleich bezahlt. Barmherziger geht es nicht. Die Kneipe ...«
»Ick will keene Kneipe mehr! Ick kann det Wort nich mehr hörn! Drüm hab ick allet jetan, damit ick die Sauerei nich machen muß! Zu Ihn' hab ick mir jeflüchtet, detse mir helfen! Und wat machen Sie? Sie schlagen mir ooch 'ne Kneipe vor!«
»Bruno ...«
»Jawoll, ooch 'ne Kneipe! Ne andere, meintswejen! Ick *will* aber keene, vastehnse? *Jar keene!* Ick dachte, nu is Schluß mit den janzen Mist! Sie sind mir wie 'n Engel vorjekomm, Herr Kriminalrat! Ganz sicha war ick, detse mir erlösen!«
Erlösen – tatsächlich, solch ein Wort sagt Bruno! So aufgeregt ist er. *Erlösen!*
Dieses Wort löst bei Prangel einen Zwangsmechanismus aus. Seit Jahren sagt er sich, daß er einen erlösen muß, wenn er selbst erlöst sein will von seiner Schuld. Seit Jahren tut er das Gegenteil von dem, was man Menschen erlösen nennt. Leider, leider. Feige, feige. Traurig, traurig. Verständlich, daß er bei seiner Intelligenz die Sachlage überblickt und unter ihr leidet. Um dieses Handwerk überhaupt noch ausüben zu können (wozu ihn wieder seine Feigheit zwingt), hat er sich angewöhnt, bei jedem Menschen, den es zu ›behandeln‹ gilt, als erstes zu denken: Diesmal gelingt es mir, *alle* zu überlisten, Snowden, das CIC, die Russen, den SSD – und diesem Menschen zu helfen!
Das hat er sich so lange eingeredet, bis er zu glauben begann, daß er stets Gutes wollte. Wenn dann Schlechtes daraus wurde – ach, da kam ja schon der nächste Fall! Wie hier. Wie dieser Bruno Knolle. ›Erlösen‹, hat der gesagt, selber gesagt!

Professor Pawlow hätte seine Freude an Prangel gehabt.
Prompt tritt der bedingte Reflex ein! Etwas heftiger als sonst diesmal. Vielleicht, weil Prangel den Knolle, der da verheizt werden soll, so lange kennt, aus sentimentalen Gründen also.
In seiner ewigen Alibi-Jagd denkt Prangel, völlig ernst, erschüttert fast, wieder einmal: Mit diesem Bruno Knolle ist der Mann gekommen, den ich (und der damit mich) wirklich erlösen kann! Das ist jetzt endlich meine Chance, *doch* jene Tat zu begehen, die uneigennützige, mutige!
Klingt irrsinnig im Moment. Aber wir stehen erst am Anfang, erst am Anfang. Ich werde einen Einfall haben. Ich werde Bruno helfen, ich werde einen frohen Menschen aus ihm machen, er soll seine Kneipe haben. Jawohl! Und wenn Snowden sie ihm nicht verschafft, dann verschaffe *ich* sie ihm! Und wenn es das letzte ist, was ich tue!
Schnell und wirr kreisen Prangels Alibi-Gedanken. Es ist eine warme Nacht, aber er fröstelt heftig.
»Bruno«, fleht er, »Bruno, *hör* auf mich. *Tu,* was ich dir sage. Ich verspreche dir, daß du nichts Unrechtes tust. Du tust das Rechte. Und du bekommst deine Kneipe. *Ich,* Bruno, *ich* gebe dir mein Ehrenwort darauf!«
Bruno blinzelt, schnieft, schweigt und schüttelt den Kopf.
Prangel, schon froh, daß Bruno nicht laut widerspricht, fährt hastig fort: »Nun rufe ich dir eine Taxe. Du fährst zu deinem Freund Lutter. Das Portemonnaie bleibt hier. Lutter soll zahlen. Erzähl ihm, du hast dich verirrt, nachdem du aus dem Keller weggelaufen bist. Irgendwas. Fällt dir sicher was ein ...«
Bruno schüttelt den Kopf.
Ich kriege ihn doch herum, denkt Prangel. Ich muß ihn herumkriegen. Muß! Muß! Muß!
»Lutter bürgt für dich. Da geht alles ganz schnell. Das hat sich der Bräsig schon richtig überlegt.« (Ach, Berthold Prangel, wenn du wüßtest, wer Bräsig in Wirklichkeit ist!) »Und du suchst Knarje und Pokay, und so weiter, und so weiter, tust, was du an Befehlen bekommst von deinem Hauptreferenten, und immer verständigst du sofort mich. Dann *muß* es klappen! Und wenn es geklappt hat, dann hast du die Kneipe! Der, der mir das versprochen hat, ist einer von den höchsten Amis hier. Ich kenne ihn. Der brach noch niemals ein Versprechen. Und wenn dir das nicht genügt, dann hast du ja auch noch mein Ehrenwort!« Prangel ringt nach Luft. »Also, was ist? Bist du nun endlich normal und spielst mit?«
Bruno schüttelt den Schädel. Und sagt sehr leise: »Nee, Herr Kriminalrat. Ick kann nich. Det is jejen mein Jewissen.«

Da atmet Prangel auf. Denn wie das mit dem Gewissen funktioniert, das weiß er selbst am besten.
Ein großer Mann, Mr. Snowden. Er kennt die Menschen.
Ach ja, er kennt sie.

1

Die Frau ist vielleicht dreißig Jahre alt, sehr flott und sehr geschminkt. Sie trägt einen engen schwarzen Rock und eine hochgeschlossene weiße Seidenbluse. Grellblond. Provokante Figur. Stöckelschuhe. Schwarze Seidenstrümpfe.
Die Frau sitzt auf dem Sofa eines kleinbürgerlich-spießig eingerichteten Zimmers. Plüsch und Nippesfiguren. Die Fenstervorhänge sind zugezogen. Durch einen Spalt kann man sehen, daß draußen die Sonne strahlt. Auch im Zimmer strahlt etwas: Ein kleiner Scheinwerfer, der auf einem hohen Stativ montiert ist und den halben Raum blendend erhellt. Die andere Hälfte liegt in Dunkelheit. Aus dieser ertönt die Stimme eines Mannes: »So, los jetzt!«
Auftritt eines kräftigen Jünglings in dunklem Anzug. Hochintelligentes, hübsches Gesicht. Das heißt: Es wäre hübsch, wenn der Mund nicht so verkommen wirkte, so lasterhaft. Der Mund paßt allerdings zur Situation. Man kann sich, wenn man will, einreden, daß es der Mund eines alten Roués ist.
Die junge Frau erhebt sich.
Aus der Finsternis wieder die Männerstimme: »Jut so. Lächeln, Wanda ...«
Die junge Frau lächelt.
»Direkt uff ihr zujehn, Hans!«
Der junge Mann geht schnell auf die junge Frau zu.
»Halt! Nich so schnell! Kommst mir ja aus't Bild! So is richtich ... nu küß ihr!« Der junge Mann, der Hans heißt, küßt die junge Frau, die Wanda heißt. »Orntlich rin in Hals die Zunge ... *sehr jut,* der Kuß! Streichle ihr 'n bißken ... Lächeln, Wanda! Vajiß det Lächeln nich! Is doch der Moment, uff den de jewartet hast! Ehemann varreist, Liebhaber da! Los, Hans, nu die Bluse! Langsam, Mensch, langsam! Jeh ihr zuerst mal *üba* de Bluse an die Dinga ... Warzen zwischen de Finga ... ja, jut, jut, *sehr jut!* Und nu mach die Bluse uff! Imma een Knopp nach 'n andan!«
Wanda sieht in die Dunkelheit und erkundigt sich: »Du, Knarje, wäre det nich ville bessa, wenn ick jleich splittanackt bin?«
Ein zweiter Mann tritt aus der Finsternis: Vierschrötig, recht proletarisch aussehend, breites Gesicht, Igelfrisur, fünfundvierzig Jahre alt. Oskar Knargenstein, wie dieser Herr vollständig heißt, besitzt bei aller sonstigen Plumpheit die graziösen, schlanken Finger eines

Bruno Knolle. Mit den Spitzen dieser Aristokratenfinger kitzelt er noch ein wenig Wandas Warzen. Sie seufzt und verdreht die Augen.
»Det mußte nachher wieda machen! Prima! Nackt? Nee! Is doch viel jeila, wenn er dir auszieht.«
»Ja, zieht er mir denn aus?« erkundigt sich Wanda.
»Klar!« sagt Knarje.
»*Janz?*«
»Janz! Doch logisch! Und denn könnt ihr richtich loslejen uff't Sofa. Aber zuerst ausziehn.«
»Wenn de gloobst«, meint Wanda zögernd.
»Gloobe? Det *weeß* ick!« versichert Knarje. Der Fachmann spricht: »Det wollense vorher sehen, die Leute! Det regt se uff! Also noch 'ne Probe!« Er verschwindet wieder in der Dunkelheit und tritt hinter eine Schmalfilmkamera.
»Von vorne!« ruft er.
Hans tritt zurück. Wanda knöpft die Bluse zu, setzt sich.
»Los!«
Dasselbe noch einmal. Hans erscheint. Wanda erhebt sich. Umarmung. Kuß.
Regisseur Knarje kommentiert laufend: »So ... ja, so ... nu funkt et schon ... Jetzt jeht Hans dir an de Sachen ... *Augen vadrehen*, Wanda! Ja, jut! Noch 'n bißken spieln ... uffknöppen die Bluse ... langsam ... sehr jut ... weita so ... bist jroß in Form, Hans! Zieh ihr freudig und mit Jenuß aus, und ...«
Es klopft.
»Verdammt!« ruft Knarje. »Wat is denn nu wieda?«
Eine Frauenstimme raunzt: »Da is 'n Mann, der möchte Sie sprechen, Herr Knargenstein.«
»Ick hab keene Zeit«, schreit Knarje wütend. »Sie wissen doch, ick arbeete!«
Eine Männerstimme: »Ick bin et, Knarje. Bruno!«
Im nächsten Moment flammt die Deckenbeleuchtung auf, Knarje hat sie angeknipst. Er rennt zur Tür und öffnet. An einer ältlichen, ziemlich verkommenen Wirtin vorbei tritt Bruno ins Zimmer. Er trägt einen unauffälligen leichten Sommeranzug aus braunem Stoff, ein offenes Sporthemd, Slipper.
Knarje sieht ihn strahlend an. »Bruno, Mensch! Lebste ooch noch!« Impulsiv packt er den alten Freund, umarmt ihn und schlägt ihm kräftig auf den Rücken.
Bruno grinst verlegen die beiden anderen an. Sein weißblondes Haar ist, wie immer, naßgeklatscht und genau gescheitelt.

»Vazeihense die Störung, meine Herrschaften... Wenn ick jewußt hätte... aba ick habe mir erkundigt bei'n Wirt von ›Schwarzen Schimmel‹... nach de Adresse von Knarje...«
Die Tür steht noch offen.
Die Wirtin keift böse los, sie bekommt ein richtiges Hexengesicht dabei: »Hörense mal, Frollein Wanda, det Zimmer, det ha'ck an *Sie* vermietet! Aber bloß für über Nacht! Jetzt sindse ooch schon tagsüba da! Und mit Männer!«
Knarje fährt herum, sagt leise und gefährlich: »Kriejen ja ooch 'n Batzen mehr Jeld, Frau Stanior – oder?«
»Jeld! Und wenn de Sitte kommt! Und sieht, watse hier machn? Denn bin ick meine Pension los!«
»Ick seh schon, Wanda, du wirst der Dame mehr zahln müssen, damitse ihre Bedenken los ist«, sagt Knarje.
Bruno betrachtet sich alles, was er so sieht, und wird immer verlegener. Knarje erläutert dem Freund: »Wir drehn nämlich hochpikante Fülme hier.«
Bruno sagt betrübt: »Ach, Knarje, so tief biste jesunken?«
»Wieso?« Knarje lacht. »Muß jeda sehn, wie er üba de Runden kommt.« Er schreit die Stanior an: »'n Fuffzija mehr, oder wir ziehn noch heute, wenn't Ihn' nich paßt! Sone Bruchbuden jibts haufenweise, jibts die! Und wenn wir ziehn, dann kriegt die Sitte ooch noch 'n hübschen Tip, da könnense sich druff valassen!«
Die Alte schmettert die Tür zu.
Bruno, gerade in der rechten Stimmung, regt sich auf: »So'n Satansbraten! Ick vastehe nich, det du dir det bieten läßt, Knarje.«
Der Freund lächelt milde.
»Siehste, ick habe 'ne eijene Wohnung. For Wanda und mir. Warst ja da, nich? Ick will aba nich, det Wanda da arbeetet! Da bin ick janz eijen. Dienst is Dienst, und Schnaps is Schnaps! Also ham wa die Bude hier jemietet. *Nie* schmeißt Madame Stanior uns raus! Is ja nich dämlich! Jeda Freia, den Wanda ruffbringt, muß erst mal fünf Emm Zimmermiete blechen. Und Wanda schafft an, du, det summiert sich! Aba jetzt, wo wa hier so fülmen, da will die Olle eben ooch ihrn Rebbach machen, die Wanze die.«
»Trotzdem...«, beginnt Bruno, aber Knarje unterbricht:
»Trotzdem, Scheiße. Die Stanior, die kann uns doch...!« Er schaltet den Scheinwerfer aus und geleitet Bruno in den Raum. »Darf ick bekannt machen...« Er zeigt auf die halb entblößte Knallblondine. »Meine Braut Wanda.«
»Sehr erfreut«, murmelt Bruno. Seine Ohren werden rot.
»Und det is Leichen-Hans.«

»Guten Tag, Herr Knolle«, sagt der junge Mann in akzentlosem Deutsch. »Endlich mache ich Ihre Bekanntschaft. Herr Knargenstein hat mir schon so viel von Ihnen erzählt.«

»Ja? Wirklich? Aba . . .« Mehr und mehr verwirrt sich der Bruno.

»Leichen-Hans haste jesagt?« fragt er Knarje.

»So nennt man mich«, sagt der junge Mann gutmütig. »Ich heiße Hans Radke.«

»Aber wieso Leichen?«

»Mein Beruf«, antwortet Radke. »Als ich noch an der Universität war. Ich wollte Arzt werden. Na ja, vorbei. Kein Geld mehr. Jetzt mache ich dies und das – man muß ja schließlich leben.«

»Ick versteh aba imma noch nich, warum Leichen-Hans?«

Der ehemalige Student und gegenwärtige Filmschaffende erklärt munter: »Na, weil ich immer Leichen gefahren habe!«

»Wat hamse jemacht?« Bruno ist entsetzt.

»Leichen gefahren. Früher. Seit der Mauer nicht mehr. Schwerer finanzieller Ausfall. Angestellte von Behörden erledigen das jetzt. Für unsereins ist da nichts mehr zu holen.«

Hilfeflehend sieht Bruno Knarje an.

»Warte doch!« sagt der und grinst ebenfalls. »Laß'n reden. Gleich wirste kapieren.«

»Sehen Sie, Herr Knolle«, doziert Radke, »in so einer zweigeteilten Stadt, da kommt es immer wieder vor, daß Menschen auf der verkehrten Seite vom Tode ereilt werden. Zum Beispiel: Eine alte Dame aus Westberlin oder aus Westdeutschland hat endlich durchgesetzt, daß sie Verwandte im Osten besuchen darf. Vor lauter Wiedersehensfreude trifft sie der Schlag. Tja, aber begraben werden muß sie im Westen! Das ist Gesetz, das ist genau geregelt!«

»Umjekehrt ooch«, sagt Wanda, die ihre Bluse immer noch nicht geschlossen hat. »Zonenleichen müssen in de Zone.«

Knarje klärt weiter auf: »Und so sammelnse, wat anfällt, hier und drüm, und eenen üban andan Tag tauschense die Särje aus. Bei die Hitze jetzt fast täglich. Müssen 'ne Menge Papiere dabei sein. Ausfuhrerlaubnis. Warenbejleitschein. Und so weiter. Die Vopos kontrollieren scharf.«

»Das haben sie bereits getan, bevor die Mauer stand«, berichtet der Ex-Student. »Sogar plombierte Särge mußte ich manchmal öffnen.«

»Is doch klar«, sagt Wanda. »Da möchte jern mancha Leiche spieln drüm, bloß, damit a rüba kommt.«

»Na ja«, meint Radke, »jetzt wird das Ganze, wie gesagt, nur noch von Beamten gehandhabt. Ich bin raus aus dem Geschäft.«

»Det tut mir aba leid«, bedauert Bruno ernsthaft.

»Oh, man schlägt sich durch«, erwidert der ehemalige Student.
»Wir jreifen ihm unta de Arme, wo wa könn«, sagt Wanda. »Wenn et bei eene von uns jeschnappt hat – also *det* hatta jelernt! Det kanna erstklassig! Zuverlässig und billig!«
»Ich bekomme auch prompt mein Geld. Ich kann wirklich nicht klagen«, erklärt Radke.
Bruno schüttelt den Kopf.
»Was haben Sie denn?« fragt Radke.
»Ick begreife Sie nich, junga Mann. Dokter könntense werden. Aber ja doch, immer noch! Eben mit'n bißken Hungern! Machen doch so ville! Un helfen sich durch mit andre Arbeet – *saubere!* Muß doch ooch in Westen so wat jeben, wo se Studenten vamitteln, zum Wohnungreinemachen un Kinderuffpassen und so.«
»Gibt es.«
»Na sehnse! *Det* solltense tun!«
»Warum?«
Bruno wird unsicher unter Radkes Blick.
»Ick weeß ja nich... jeht mir ooch nischt an... Aba wenn ick denke... 'n Mann mit Ihr Köppchen! 'n studierta Mensch! Arzt – det is doch...« Er sucht nach dem richtigen Wort. »... is doch... wat Jroßet is det! 'ne hohe, 'ne heilije Idee!«
Darauf antwortet Hans Radke so: »Ideen, Herr Knolle, sind das Schlimmste, was es gibt.«
»Aber doch nich alle! Doch nich wissenschaftliche!«
»Gerade wissenschaftliche! Das sind die allerschlimmsten! Die kommen noch *vor* den politischen. Die Politiker brauchen die Wissenschaftler – auch die Ärzte! Alle! Was geschieht, Herr Knolle? Die Politiker nehmen die Ideen der Wissenschaftler, und von dem Moment an sind diese Ideen tödlich, absolut tödlich!«
»Na, also...«
»Im zweiten Weltkrieg sind sechzig Millionen Menschen für Ideen gestorben, mit Hilfe von Ideen. Seitdem gibt es schon wieder so viele neue! Ohne mich, Herr Knolle! Ich erlerne keinen Beruf, der über drei Ecken Unzählige das Leben kostet, weil man sie für irgendeine Idee kämpfen läßt, die gleich darauf auf dem Misthaufen landet. Leichen, ja, das war noch was für mich! Und Babys wegmachen! Jeder, der nicht geboren wird in dieser Welt, darf sich glücklich preisen. Eine ganze Menge Ungeborene sind mir bereits zu Dank verpflichtet. Auch pornographische Filme drehe ich. Wer sich für den Coitus in allen Spielarten interessiert, der interessiert sich nicht für Maschinengewehre.«
Knarje bewundert seinen Hauptdarsteller: »Hans is richtich, wat,

Bruno? Drum sindse ja in alle Länder ooch so scharf jegen Pornojraphie. Weil det nämlich ablenkt.«

»Von den großen Ideen«, ergänzt Herr Hans Radke. Sein Mund ist ironisch verzogen. Aber in seinen Augen glimmt eine böse Glut...

»Wenn unsre Produkzjon erst anjeloofen is«, ruft Wanda, »denn ham wa alle jenuch! Knarje sagt, denn brauch ick ooch nich mehr traben. Haste mir doch vasprochn, Knarje!«

»Hab ick. Und wat ick vasprochn habe, det halte ick ooch. Nu könnten wa ja eijentlich weitamachen, nich? Kiek doch 'n bißken zu, Bruno! Meine Wanda, die is *so* jebaut. Da wird dir gleich freundlich in de Hose, Junge!«

»Vielen Dank«, sagt Bruno. »Ick müßte dir in eene dringende Anjelejenheit sprechen, Knarje. Wenn de natürlich keene Zeit hast... daran hätte ick denken müssen, jeda Mensch arbeet an Vormittag... bloß, weil et eben so eilich is... aber wenn de mir sagst, wenn de fertich bist, jeh ick inzwischen...«

Wieder klopft es an der Tür.

»Ruhe!« brüllt Knarje.

Die Stanior draußen keift: »Sie werden hier nich brülln, Herr! Sie nich! Da ruft eena an!«

»Wer?«

»Weeß nich. Für'n jewissen Herrn Bruno Knolle!«

Mit einem Satz ist Bruno bei der Tür und reißt sie auf. Die Wirtin starrt ihn an.

»Wo is det Telefon?«

»Da – uff det Tischchen.«

Bruno rennt los.

Die Stanior beginnt wieder, an Wanda gerichtet: »Det is keen Rummelplatz hier, sage ick noch eenmal! Ick kann det uffn Tod nich leiden, imma die neuen Leute! Wer is denn *det* nu wieda?«

Knarje tritt vor, ballt die Hände zu Fäusten und blickt die Stanior so drohend an, daß sie aufkreischend entflieht. Irgendwo hinten in dem düsteren Gang fällt eine Tür zu.

Tief besorgt sieht Knarje, wie sein bester Freund Bruno am Telefon plötzlich nach einem Baststuhl tastet, sich darauf fallen läßt, während er mit unsicherer Stimme sagt: »Jawohl... ja... aba... jawohl... jawohl...«

Knarje wendet sich an Wanda und Hans Radke. »Wat hat er denn?«

Die beiden zucken verständnislos die Schultern.

Sie können ja nicht wissen, daß es der Ernst Kornmann ist, der ›Hauptreferent‹, mit dem Bruno gerade redet, und daß er sich vor Schreck setzen mußte, als er die Stimme wiedererkannte.

Der Anruf, harmlos an sich, soll Bruno zeigen, daß man ihn nicht aus den Augen läßt. Kornmann hat ihn – er spricht aus einer Telefonzelle am Hagenplatz im Grunewald – zunächst nur einmal (Schule Bräsig!) völlig grundlos angeraunzt wegen Herumlungern und Sichzeitlassen und so.
Ernst Kornmann ist zufrieden. Und sehr verändert. Sein braungelocktes Haar trägt er ganz kurz gestutzt, dazu eine riesige, intellektuelle Sonnenbrille, und so westlich-elegant er drüben gekleidet war, so westlich-existenzialistisch gibt er sich nun hier: Blaue Leinenhose, buntkariertes, überhängendes Hemd. Den würde selbst Bruno nicht erkennen, wenn er ihn sähe, geschweige denn Menschen, denen Bruno, was man ja nie wissen kann, nicht wahr, eine Personalbeschreibung Kornmanns gegeben hat.
Nachdem er den Bruno ordentlich erschreckt hat, kommt der ›Hauptreferent‹ zur Sache, denn er weiß, er darf nie zu lange telefonieren, damit sein jeweiliges Telefon nicht angepeilt werden kann.
»Nun machen Sie sich nicht in die Hosen, Herr Knolle«, sagt der SSD-Mann also, wesentlich freundlicher. »Tut Ihnen doch keiner was! Ich bin sogar sehr zufrieden mit Ihnen. Bloß diese Bummelei, die muß aufhören.«
»Aba ...«
»Pscht. Ich weiß, Sie brauchen Zeit! Wir haben bloß keine. Das muß alles sehr schnell gehen. Sie sind jetzt bei dem Knargenstein. Gut. Schnellstens mit ihm reden. Sie sehen also, Sie werden ständig beobachtet. Nicht von mir – ich bin ganz woanders. Ich habe meine Leute. Einer von meinen Leuten wird Ihnen eine Nachricht bringen. In den ›Schwarzen Schimmel‹. Um achtzehn Uhr. Bis dahin müssen Sie auch Ihre Freunde überzeugt haben.«
»Ick ...«
»Unterbrechen Sie mich nicht. Ich weiß, es ist ein bißchen anstrengend. Dafür sind wir bald wieder drüben. Geht doch alles wie geschmiert! Sie haben sich ja prima gehalten in dem ersten Trubel nach dem Rüberkommen. So, Schluß jetzt. Ende!«

2

Ja, das war ein wirklich ganz schöner Trubel, vorgestern nacht und den ganzen Tag gestern, kann man wohl sagen!
Heute schreiben wir Sonnabend, den 15. August 1964, es ist 10 Uhr 25, als der Bruno mit seinem ›Hauptreferenten‹ telefoniert.
›Herübergekommen‹ ist er um 23 Uhr 50 am 13. August 1964, das

haben wir schon berichtet. Auch von seinem Besuch bei Berthold Prangel haben wir erzählt und von dem, was sich dabei ergab.
In der Hasenauerstraße 67 ergab sich, während Bruno den Kriminalrat aufsuchte, gleichfalls allerhand. Viel Durcheinander, viel Aufregung!
Polizeimeister Schulz und Kurt Mittenzwey verhörten den völlig konfusen Studenten der Philosophie Horst Lutter.
Dessen Onkel hatte doch gebeten, diesen Bruno Knolle herüberzuholen. Und dieser Knolle ist verschwunden. Und Horst Lutter hat keine Ahnung, weshalb und wohin. Das scheint dem Polizeimeister Schulz ungemein verdächtig. Mittenzwey auch. Scheußlich so etwas. Armer Horst Lutter ...
Dann sind da die vielen Soldaten und Polizisten. Die müssen immer noch warten, denn drüben im Osten blenden immer noch Scheinwerfer, jeden Moment kann etwas geschehen.
Dann sind da die Bewohner des Hauses, alle völlig hysterisch. Einzige Ausnahme: Margot Heisterberg, Frau des Wirtschaftsredakteurs der ›Weltpresse‹. Für Margot ist das eine gesegnete Nacht. Hat sie doch ein Bild dieses rothaarigen Luders gefunden, mit dem ihr Mann sie betrügt! Morgen, Freitag, ist der schlimmste Tag der Woche bei Dr. Vlies. Aber am Sonnabend, da wird Margot in die Grolmanstraße gehen mit dem Bild, zu Foto-Roland, und wissen wird sie dann, wer das Luder ist. Oh, und dann ...
Ihr Mann, Egon Heisterberg, den sie so ungerecht verdächtigt (denn nicht er hat das Lederetui mit dem Foto verloren, sondern Mittenzwey), Egon Heisterberg also steht im Hausflur und wartet auf das Eintreffen der Reporter und Fotografen seiner Redaktion, die er sofort alarmiert hat.
Zeit lassen die Brüder sich!
Als sie endlich kommen, vier Mann hoch, ergeben sich neue Schwierigkeiten.
Polizeimeister Schulz, infolge Überarbeitung knapp vor offenen Zornesausbrüchen, verbietet jedes Zusammentreffen von Zeitungsleuten mit Flüchtlingen oder Fluchthelfern. Inmitten seiner Schupos, versperrt er den Reportern den Weg.
»Unverschämtheit! Wir haben immer noch Pressefreiheit!« kräht Heisterberg.
Schulz sieht ihn langsam von oben bis unten an.
»Pressefreiheit«, sagt er und spuckt auf den Boden. »Sensationsfotos wollen Sie! Sensationsgeschichten! Pressefreiheit – von wegen! Ich würde mich schämen an Ihrer Stelle.«
»Was soll denn das heißen?«

»Ein anständiger Mensch macht nicht Geschäfte, die andere in Lebensgefahr bringen!« poltert Schulz, der inzwischen zwei Beamte losgeschickt hat. Die sollen vom Revier aus das Präsidium alarmieren, damit jemand zu diesem so verdächtigen Rundfunksprecher Franz Lutter nach Neu-Westend hinausgeschickt wird, bevor der – möglich ist alles – etwas anstellt. »Manche Flüchtlinge haben Verwandte drüben! Manche Fluchthelfer auch! Glauben Sie, der SSD liest keine Westzeitungen?« schnauzt Schulz den Heisterberg an.
»Wir legen selbstverständlich schwarze Balken über jedes Gesicht auf den Fotos, dann kann niemand einen erkennen...«
»Nein, nicht! Schon gar nicht, wenn einer heute nacht drüben verschwunden ist, wie? Also, das kommt überhaupt nicht in Frage, meine Herren! Das schlagen Sie sich schön aus dem Kopf! Sie können hier bleiben, bis alle Flüchtlinge und Fluchthelfer aus dem Haus sind. Dann dürfen Sie in den Keller und fotografieren, soviel Sie wollen. Und Geschichten erfinden dazu!«
»Wen sollen wir aber dann fotografieren?«
»Mir doch egal. Dauert mindestens noch eine halbe Stunde, bevor ich jemanden runterlasse.«
»Ich werde mich beschweren...«, beginnt Heisterberg wütend, aber Schulz grunzt nur: »Ja doch, beschweren Sie sich. Immer feste. Ich habe meine Weisungen!«
Wenn der seine Weisungen hat...
Die Fotografen Fritz Schiff und Karl Rappert ziehen ihre Kollegen beiseite. Schiff und Rappert sind ein bewährtes altes Team. Sie kennen sich aus in ihrem Metier. Haben 1962 den ersten Preis für das beste deutsche Pressefoto des Jahres bekommen. Es zeigte ein Frauengesicht im Augenblick gräßlichster Verzweiflung. Die Unterschrift lautete: ›Ihr Mann wurde soeben erstochen!‹
In der Nacht, in der den Herren Schiff und Rappert dieses Meisterwerk gelang, soffen sie in der Redaktion herum und ließen den Polizeifunk laufen. So hörten sie, daß auf dem Wedding ein Arbeiter erstochen worden war, Friedrich Keil, wohnhaft Utrechter Straße 14. Sie rasten in ihrem VW hin, gaben dem Hausmeister fünf Mark, und er erklärte ihnen, wo der Keil wohnte. Sie klingelten Sturm an seiner Tür. Eine abgehärmte Frau im Nachthemd öffnete endlich. Sie kam direkt aus dem Bett, das sah man.
Während Schiff schon die Kamera hob, fragte Rappert: »Sind Sie die Frau von Herrn Friedrich Keil?«
»Ja, warum... wat is los?«
»Ihr Mann wurde soeben erstochen!«
Die Frau schrie auf.

Klick!
Aufnahme im Kasten!
Anschließend kümmerten die Herren Schiff und Rappert sich natürlich um Frau Keil, die zusammengebrochen war ...
Nun übernehmen die Preisträger in der Hasenauerstraße das Kommando.
»Alle Mann mal herhören! Holt Frauen, Männer, Kinder, Freunde, Verwandte. Am besten Fremde. Bietet jedem hundert Mark. Spesenabrechnung laßt unsere Sorge sein. Ein Dutzend Leute genügt.«
»Aber wenn die Leute nicht wollen ...«
»Nicht wollen? Für hundert Mark? Haut schon ab!«
Die Mannschaft schwirrt auseinander.
Während man solcherart Exklusiv-Fotos vorbereitet, treffen die Einsatzwagen ein, die Schulz angefordert hat. Alle Flüchtlinge verlassen das Haus durch den Hinterhof, den auch Bruno Knolle benützt hat. Die Wagen parken in der Mottlstraße.
An Caporal Louis Tilmant vorüber marschiert die ganze Schar zu den Wagen.
Kinder weinen vor Müdigkeit. Männer streiten. Frauen jammern.
Ab geht's nach Marienfelde! Dort werden die Flüchtlinge ihre erste Nacht in der Freiheit verbringen. Am Morgen beginnen die ärztlichen Untersuchungen, die Vernehmungen, die Wanderungen von Amtsstelle zu Amtsstelle, begint das ›Notaufnahmeverfahren‹.
Die Fluchthelfer verschwinden ebenfalls. Einzeln oder in kleinen Gruppen.
Der Telefonist Walter Lehner flucht. Einer hat sein Portemonnaie geklaut. Schweinerei! War nicht viel drin – aber da kann man ja den Glauben an die Menschheit verlieren ...
Freunde beruhigen ihn.
»Beim nächstenmal läßt du eben nicht alles rumliegen. Strafe für deine Dusseligkeit!«
Kurt Mittenzwey geht allein fort.
Aus einer Telefonzelle ruft er den kleinen Herrn Fanzelau an und meldet, daß alle ›Listen-Leute‹ und eine Menge anderer herübergekommen sind, insgesamt 113. Viel mehr hätten noch kommen können, wären nicht plötzlich Vopos aufgetaucht, weshalb das Unternehmen abgebrochen werden mußte. Ziemlich mysteriös, dieses plötzliche Auftauchen. Mittenzwey wird Herrn Fanzelau mehr berichten, wenn er mehr weiß, er steht mit einem Polizeimeister Schulz in Verbindung, der dieser Sache bereits nachgeht.
»Ich danke Ihnen sehr«, hört Mittenzwey den feinen, kleinen Herrn sagen. »Gute Nacht. Schlafen Sie sich aus, mein Lieber.«

Er hat Mittenzweys Namen nicht genannt. Niemand hat Mittenzweys Namen genannt – auch in der Hasenauerstraße nicht. Alle anderen Fluchthelfer sind ebenso anonym geblieben. Man lebt schließlich nur einmal.
Nach allen Himmelsrichtungen zerstreuen sich die Männer, die den Tunnel gebaut haben – und wieder zusammenarbeiten werden, beim nächsten.
Mittenzwey nimmt ein Taxi und fährt in die Bleibtreustraße. Seine Frau erwartet ihn. Sie küßt ihn sehr zärtlich, als er die kleine Wohnung betritt und sagt: »Hundertdreizehn. Alles okay.«
Ach, wenn er wüßte, wie wenig alles okay ist...
Er setzt sich auf den Rand des Bettes, seine Füße schmerzen, er will die Schuhe ausziehen. Barbara läuft in die Küche. Dort steht eine Flasche Remy Martin – zur Feier des Tages hat Barbara sie gekauft. Als sie mit Kognak und Gläsern ins Schlafzimmer kommt, schläft Mittenzwey, tief atmend, die Schuhe noch an den Füßen.
Sie füllt ein Glas und nippt von Zeit zu Zeit, während sie neben dem Schlafenden sitzt, als bewache sie ihn vor allem Bösen, während sie so dasitzt, schön, stolz auf ihren Mann, glücklich...
Zu dieser Zeit hat Polizeimeister Schulz die Reporter und Fotografen der ›Weltpresse‹ und das Rudel der zusammengetrommelten Komparsen schon in den Keller gelassen. Da dürfen sie sich nun austoben. Männer, Frauen und Kinder werden mit der Winde zur Schachtsohle hinabgelassen und wieder heraufgezogen, Menschen, die mit der Flucht überhaupt nichts zu tun hatten, nicht das allergeringste – ebensowenig wie jene, die nun die Fluchthelfer mimen.
Na, was denn?
Menschen sind Menschen!
Auch die Komparsen werden auf den Fotografien dicke schwarze Balken über den Gesichtern tragen. Und sich schämen, herumzuerzählen, daß sie sich für so etwas hergegeben haben. Und wenn sie sich nicht schämen? Ihre Sache. Wer wird ihnen glauben? Sollte es Ärger geben (gab es noch nie), dann sagt man empört: *Natürlich* waren das Komparsen! Denken Sie, wir betreiben ein Geschäft, bei dem Menschenleben gefährdet werden?
Hauptsache ist der Tunnel! Und der ist *echt*! Den gibt es wirklich! Den kann jedermann besichtigen!
Und so wird er fotografiert, von oben nach unten, sein Inneres, die Einschußlöcher der Kugeln aus den Vopo-Maschinenpistolen, die Winde, der Exhaustor – alles. Man muß einfach glauben, die Reporter seien schon dagewesen, als die Flüchtlinge kamen.
Film um Film verbrauchen Rappert und Schiff.

Lieber noch einmal. Und noch einmal!
Man braucht *gute* Aufnahmen.
Sollen ja weiterverkauft werden, nicht wahr?
Also, liebe Dame, wenn Sie bitte noch mal runter in den Schacht wollten – die Aufnahme ist verwackelt.
Die liebe Dame (hundert Mark sind hundert Mark) kehrt in den Schacht zurück, wird hochgehievt, wieder fotografiert.
Ein lieber Herr wird sechsmal fotografiert, wie er durch den Tunnel gerannt kommt. Er muß immer dasselbe Stück rennen. Dann sind Rappert und Schiff endlich zufrieden.
Blitzlicht! Blitzlicht! Blitzlicht!
Noch mal! Völlig natürlich, bitte!
Diese völlige Natürlichkeit ist es, die bei solchen Dokumentarfotos am meisten erschüttert. Weil solche Fotos eben nicht gestellt sind, sondern echt, echt wie das Leben.

3

Rappert und Schiff machen immer noch Aufnahmen im Keller der Dampfwäscherei Czibilsky, als Bruno Knolles Taxe das Haus Bolivar-Allee 170 in Neu-Westend erreicht.
»Moment mal«, sagt Bruno zu dem Chauffeur, während er aussteigt. »Ick zahle sofort.«
»Hm.« Der Chauffeur läßt seinen Fahrgast nicht aus den Augen. Gefällt ihm nicht, der Knabe. So etwas von nervös! Und wie der angezogen ist...
Bruno geht auf das Gittertor eines niedrigen Zaunes zu, der einen gepflegten Garten umgibt. Mitten drin steht eine schicke Villa. Wo hat Franz bloß den Kies her? denkt Bruno. Nummer 170 – das ist doch die richtige Nummer. Und hier, auf der kleinen Tafel über der Klingel, steht:
LUTTER
Bruno will eben auf den Knopf drücken, da hört er Motoren aufjaulen. Er fährt herum. Von beiden Seiten kommen Funkstreifenwagen durch die Bolivar-Allee gejagt. Müssen in Nebenstraßen geparkt haben. Jetzt sind die Scheinwerfer aufgeblendet, Blaulichter kreisen, Sirenen heulen.
Bruno erschrickt furchtbar.
Die kommen direkt auf ihn zu!
Was ist da passiert?
Sind das *echte* Westberliner Funkstreifen?

Oder hat der SSD zwei geklaut und holt ihn wieder ab, weil er seine Schatten auf dem Weg zu Prangel doch nicht abschütteln konnte?
Die Wagen halten mit kreischenden Pneus dicht vor ihm auf dem Gehsteig, rechts, links, ihre Kühlerschnauzen berühren ihn fast. Polizisten mit Pistolen springen heraus.
»Hände hoch!«
Ergeben hebt Bruno die Arme.
Ein Zivilist zwängt sich zwischen einem der Wagen und dem Gartenzaun durch.
»Bruno Knolle ...«
»Ja.«
»... Sie sind verhaftet.«
Über dem Eingang der Villa flammt eine Lampe auf, die Haustür öffnet sich. Bruno sieht einen zweiten Zivilisten, hinter diesem zwei Schupos.
»Franz!« schreit er.
»Halten Sie den Mund!« sagt der, der ihn verhaftet hat. Zu dem Zivilisten im Hauseingang ruft er: »Wir haben ihn!«
»Aufs Revier!«
»Jawohl!«
»*Franz!*«
»Sie sollen den Mund halten! Gebt mir mal Handschellen!« Ein Paar fliegt durch die Luft. Der Kriminalbeamte fängt sie geschickt. Zack.
Schon um Brunos Gelenke geschlossen.
Bumm!
Die Tür der Villa ist zugeflogen. Die Lampe erlischt wieder.
»Hörense, det is 'n Mißverständnis, ick ...«
»Ja, ja.«
»Ick muß zu Herrn Lutta!«
»Zuerst müssen Sie zu uns.«
Der Kriminalbeamte zerrt Bruno zu einem der Funkstreifenwagen, in dem der Lautsprecher knattert und pfeift.
Bruno wird in den Wagen gestoßen.
Der Taxichauffeur kommt herbeigestürzt.
»Moment mal! Dieser Herr ...«
»Ach so, das Fahrgeld. Wieviel?« fragt der Kriminalbeamte.
»Neun Mark achtzig.«
»Hier. Und eine Quittung, bitte.«
»Ick hatte jleich so 'n komischet Jefühl mit den Vogel«, behauptet der Chauffeur, während er eine Quittung ausschreibt. »Wat hat er denn ausjefressen?«

»Schon gut, schon gut. Hier sind zehn Mark. Der Rest ist für Sie.«
»Danke ooch schön, Herr Direkter. Zu jroßzügig, Herr Direkter!«
Böse zieht der Chauffeur ab.
Der Kriminalbeamte klettert neben Bruno in den Streifenwagen, ein Polizist setzt sich neben den Fahrer. Der sagt: »Hab schon die Zentrale verständigt, Herr Inspektor.«
»Also dann zum Revier.«
Bruno sieht, daß in vielen Villen Fenster hell geworden sind. Der Fahrer legt den Rückwärtsgang in den Wagen, da kommt eine Stimme aus dem Lautsprecher: »Berta achtzehn... Berta achtzehn...«
»Was ist denn jetzt schon wieder?« Der Polizist neben dem Fahrer greift nach dem Mikrofon und meldet sich: »Hier Berta achtzehn!«
Die Stimme aus dem knatternden Lautsprecher klingt wütend: »Haben Sie einen Bruno Knolle im Wagen?«
»Natürlich.«
»Der Mann ist sofort nach Marienfelde zu bringen!«
»Ick will nicht int Lager!«
»Ruhe!«
»Ick will zu Lutta!« schreit Bruno wieder.
»Seien Sie ruhig«, sagt der Fahrer, ohne sich umzudrehen. »Die Zentrale versteht Sie ja doch nicht.«
»Warum nich?«
»Weil man auf die Taste am Mikro drücken muß, wenn man will, daß die Zentrale hört.«
»Denn jebense mir det Ding!« Jetzt kann er ruhig frech sein, der Bruno. Jetzt *muß* er frech sein! Die haben hier prompt sofort irgendeine Idiotie angerichtet–und jetzt die Hosen voll. Aber gestrichen, das merkt man an ihrer plötzlichen Freundlichkeit.
»Geben Sie ihm das Mikro, Juncker!« sagt der Kriminalbeamte, während er Bruno die Handschellen schnell wieder abnimmt.
Bruno bekommt das Gerät.
»Da drücken, wenn Sie sprechen wollen«, erläutert Juncker.
Bruno drückt und hält das Mikrofon vor den Mund.
»Hier ist Bruno Knolle. Ich verlange, daß man mich sofort zu meinem Freund Franz Lutter läßt!« (Hochdeutsch! Die Aufregung!)
»Nun loslassen, die Taste!«
Bruno läßt sie los.
Die Stimme aus dem Lautsprecher, liebenswürdig: »Tut uns unendlich leid, Herr Knolle, was da passiert ist.«
Bruno drückt wieder.
»Na und?«

»Sie *müssen* ins Lager. Es wird nicht lange dauern. Morgen schon können Sie Herrn Lutter sehen. Nach den Vernehmungen.«
»Was für Vernehmungen?« Bruno stellt sich doof.
»Nur durch Amerikaner und Engländer«, beschwichtigt die Stimme. »Die Franzosen vernehmen gar nicht mehr.«
Eigentlich, denkt Bruno, läuft das ja noch viel besser, als ich es hoffte. Hier sind sicher Kerle, die mich beschatten. Wenn die nun sehen, wie ich ins Lager gefahren werde, *muß* mir der ›Hauptreferent‹, wann immer er sich meldet und wie, einfach glauben, daß ich gleich von Anfang an der Polente aufgefallen bin. Das hat sich wahrscheinlich auch der alte Prangel überlegt. Darum läßt er mich nicht zu Franz.
»Na schön«, sagt Bruno in das Mikrofon. »Wie die Herren wünschen.«
Der Polizist namens Juncker nimmt ihm das Gerät ab und spricht: »Berta achtzehn. Bringen Herrn Knolle nun nach Marienfelde.«
»In Ordnung, Berta achtzehn. Verstanden.«
»Ab geht die Post«, sagt Juncker zu dem Kollegen am Steuer. »Tritt dem Ding ruhig in den Bauch. Und mach die Sirene wieder an. Ist ein hübsches Ende bis da raus!«
Der Wagen braust los, die Sirene beginnt zu heulen.
Nach einer Weile dreht Bruno sich um.
In ehrfürchtigem Abstand folgt ein grauer Mercedes.
Na also! denkt Bruno.

4

Die Spaltung eines Landes, wenn man sich das überlegt, hat manchmal schon ganz hübsch lange gedauert. Nehmen Sie Polen. Das wurde 1772, 1793 und 1795 zuerst dreimal nacheinander geteilt, bis die Russen, Preußen und Österreicher jeder mit ihren Happen zufrieden waren – und erst 1918 wurde das Land wiedervereinigt und selbständig. Dauerte nicht lange, die Herrlichkeit. Hitler kam, Stalin kam, und so weiter, wer es wissen will, weiß das, wer es nicht wissen will, will es auch von uns nicht wissen.
Gespalten von 1772 bis 1918!
Einhundertsechsundvierzig Jahre.
Die Leute, die das Lager Marienfelde im Südwesten Berlins planten, bauten und einrichteten, müssen sich entweder in polnischer Geschichte ausgekannt haben oder ein Kollektiv von realistischen Pessimisten gewesen sein. Oder beides. Denn sie haben ihr Werk auf die

Bedürfnisse und Folgen einer Teilung ihres deutschen Vaterlands für *mindestens* einhundertsechsundvierzig Jahre angelegt.
Da steht vielleicht etwas in der Marienfelder Allee! In die Tiefe gestaffelt. Block an Block. Baracke neben Baracke. Alles da. Ja, alles. Schlafsäle. Speisesäle. Amtsräume. Zimmer für Familien. Arztstationen. Polizeirevier. Feuerwehr. Großküchenbetrieb. Eigener Fuhrpark. Spielplätze für die Kinder. Zentralheizung, Bäder, Grünanlagen. Ein Riesenlager, durch das jeder muß, der über Berlin aus dem Osten in den Westen flüchtet.
Trotz seiner Größe war das Lager oft und oft zu klein. Bis zum Bau der Mauer kamen immerhin fast vier Millionen Bürger der Deutschen Demokratischen Republik in den Westen, meistens via Berlin. Die vielen Beamten des Lagers wußten manchmal nicht mehr, wo ihnen der Kopf stand. Übereinander mußte man die Betten in den großen Schlafsälen stellen, auf die Gänge hinaus. Mehr und mehr Autobusse mußte man anfordern. Sie brachten Flüchtlinge, die ›cleared‹ waren, vom Lager zum Flughafen Tempelhof. Da wurden sie dann in die Bundesrepublik (wo sie zunächst wieder in ein Lager kamen) ›ausgeflogen‹. Jeden Tag warteten Trupps in den Höfen, abrufbereit. Es ging zu wie in einem ungeheueren menschlichen Ameisenhaufen.
Wenn man draußen auf der Allee stand, sah man die Flüchtlinge vom nahen S-Bahnhof her kommen, ununterbrochen, bei Tag und bei Nacht, Männer, Frauen, Kinder. Ganz alte Leute. Babys. Die Menschen kamen mit Kinderwagen. Koffern. Kartons. Ohne alles. Sommer und Winter, bei Hitze und bei Schnee – jahraus, jahrein.
Die Besitzer der Bretterbuden-Stampen gegenüber dem Lagereingang, der ›Klosterklause‹ und der ›Mutti-Schenke‹, verdienten sich damals dumm und dämlich. Denn nach der Aufnahme bekam jeder Flüchtling etwas Westgeld und Fahrkarten, mit denen durfte er unentgeltlich die öffentlichen Verkehrsmittel benützen. Waren sehr viele Behörden aufzusuchen, die weit entfernt lagen.
Mit den Freibilletts konnte man nichts anfangen, mit dem Westgeld schon. Die Männer lieferten es in den erwähnten Stampen ab, für Bier und Korn, an Glücksautomaten. Die jungen Mädchen rannten immer sofort los und kauften Nylonstrümpfe und Lippenstift. Dann hatten sie alle keinen Pfennig mehr und mußten um neues Geld betteln. Ja, so war das, bis die Mauer stand.
Seitdem wurde es natürlich ruhiger im Lager, viel ruhiger. Immer noch ist es ordentlich belegt, immer noch arbeiten hier Organisationen aller Art. Immer noch besteht das komplizierte Meldestellen-Labyrinth, durch das jeder hindurch muß. Arzt. Polizei. Pfarrer, sol-

che und solche. Jugendamt. Wohlfahrtsamt. Wohnungsamtsaußenstelle. Registratur. Paßstelle. Ausweisstelle. Befragungszimmer der Alliierten ...

Immer wieder wird das Lager gereinigt, geputzt, verschönt, umgebaut. Es ist ganz sauber – aber es stinkt. Es stinkt nicht mehr so, wie es zum Beispiel 1958 stank, als man noch leicht ohnmächtig werden konnte, wenn man in die Vorhalle trat und nicht vorsichtshalber ein Taschentuch an die Nase gehalten hatte. Nein, so stinkt es nicht mehr. Aber doch noch. Die vielen Menschen, die hier durchgingen, haben ihre Gerüche zurückgelassen, und diese haben sich in den Mauern des Lagers festgesetzt. Das tun Gerüche in jedem Lager. Jedes Lager auf der ganzen Welt, das einmal stinkt, stinkt immer. Wenn man will, daß der Gestank aufhört, muß man das Lager vernichten und ein neues bauen.

Im Sommer stinkt Marienfelde natürlich weniger als im Winter. Im Sommer kann man alle Türen und Fenster aufmachen.

Dabei ist es ein ›luxuriöses‹ Lager. Mit jedem Komfort. Mit vielen Blumen, Werken bekannter Bildhauer in den Gärten, mit modernsten Einrichtungen. Aber eben ein Lager. Die Trostlosigkeit haben die Menschen gebracht. Sie ist zurückgeblieben wie der Geruch. Auch die Trostlosigkeit kann niemand vertreiben.

Überall gibt es Tafeln.

FOTOGRAFIEREN STRENGSTENS VERBOTEN! – REDEN SIE MIT NIEMANDEM, DEN SIE NICHT GANZ GENAU UND PERSÖNLICH KENNEN – SIE KÖNNEN JEDERZEIT AN EINEN SPITZEL GERATEN! SPRECHEN SIE NICHT EIN WORT ÜBER SICH SELBST – ZU NIEMANDEM, NUR ZU BEHÖRDENVERTRETERN!

Mit selbigen spricht Bruno Knolle nach einer Nacht, die er in einem Einzelzimmer verbracht hat. Man isolierte ihn von den Hundertzwölf, die mit ihm durch den Tunnel gekommen waren. Am Morgen sieht er sie, als ein Beamter ihn durch die Höfe führt. Sie stehen in Gruppen und debattieren, wie das Hunderttausende vor ihnen getan haben in diesen Höfen. Als sie Bruno erblicken, verstummen sie. Er grüßt. Keiner grüßt ihn. Das ist doch der, der ausgerissen ist! Jetzt geht er mit einem Beamten hier durch. Achtung! Reden Sie mit niemandem, den Sie nicht ganz genau kennen – Sie können jederzeit an einen Spitzel geraten!

Wer ist dieser Mensch?

Keiner der Flüchtlinge weiß das.

Der Beamte führt Bruno von Amtszimmer zu Amtszimmer. Überall wird er außer der Reihe vorgelassen. Die anderen können stunden-

lang warten, Bruno kommt immer gleich dran. Komisch. Sehr komisch! Muß was Hochpolitisches sein – so oder so. Wegsehen. Keine Notiz nehmen.
Niemand nimmt also Notiz von Bruno. Nur die dicke Dame, die im Einsteigloch des Tunnels steckengeblieben ist und der er mit einem Kinnhaken doch noch die Flucht ermöglicht hat, eilt ihm auf dem Gang vor den Zimmern der alliierten Vernehmer entgegen.
»Lieber Herr, da sind Sie ja! Endlich kann ich Ihnen die Hand schütteln! Mein Leben verdanke ich ...«
Der Beamte, der Bruno begleitet, schiebt die Dicke beiseite.
»Nicht«, sagt er.
Und schon verschwindet Bruno im Zimmer des amerikanischen Vernehmers.
»Was soll denn das?« fragt die Dicke und sieht die anderen, die mit ihr warten, verständnislos an. Und die anderen wenden sich auch von der Dicken ab, genau wie von Bruno.

REDEN SIE MIT NIEMANDEM, DEN SIE NICHT GANZ GENAU KENNEN – SIE KÖNNEN JEDERZEIT AN EINEN SPITZEL GERATEN!

5

»Nehmen Sie Platz, Herr Knolle«, sagt der Amerikaner, der wie ein junger Bing Crosby wirkt. Neben ihm sitzt, hinter einem weißen Schreibtisch, ein zweiter Mann. Etwa so alt wie der Kriminalrat Prangel. Sieht ihm sogar ähnlich: Das gleiche dichte dunkle Haar, den gleichen leicht angeekelten Zug um den Mund.
Kein einziges Wort spricht dieser Mann während der Vernehmung. Er ist eigens nach Marienfelde gekommen, um sich Bruno Knolle genau anzusehen. Und das tut er. Unentwegt.
Auf dem weißen Schreibtisch steht ein weißes Tonbandgerät, dessen Teller langsam kreisen. Alles im Zimmer ist weiß, die Aktenschränke, die Wände, der Kachelfußboden. Hier stinkt es nicht, hier duftet es nach Dunhill-Tabak. Der junge Amerikaner raucht Pfeife.
Ging rasend schnell – bei den anderen Stellen, die Bruno aufgesucht hat. Hier ist die letzte Station. Er hat schon alles hinter sich, sogar die britische Befragung. Die hat drei Minuten gedauert. Der junge Herr, der sie durchführte, ließ auch ein Tonbandgerät laufen. Er stellte wenige und ganz willkürliche Fragen. Schien ihn überhaupt nicht zu interessieren, der Bruno Knolle.
Den Fall haben ja die Amerikaner übernommen, nicht wahr. Darum dauert es hier etwas länger.

Der junge Agent (weißes Hemd, weiße Leinenhosen, weiße Leinenschuhe, er kommt vom Frühtennis, seine Jacke hat er in einen weißen Schrank gehängt) bittet Bruno – sehr höflich! –, ganz genau, in allen Einzelheiten, seine Geschichte zu berichten.
Hier Märchen zu präsentieren, wäre Unsinn – nachdem Bruno sich Prangel anvertraut und Prangel die Amerikaner verständigt hat. Also erzählt er, in allen Einzelheiten, noch einmal alles, was er Prangel erzählte. Und die Tonbandteller kreisen, kreisen ...
Zuletzt fragt der junge Mann lächelnd (er spricht fast akzentfrei deutsch): »Sie wissen, was Sie zu tun haben?«
»Ja.«
»Es wird nicht einfach sein.«
»Nee.«
»Aber Sie sind noch immer bereit, es zu tun?«
Dämliche Frage!
»Ja doch.«
»Sie dürfen jetzt das Lager verlassen. Herr Franz Lutter erklärte, daß Sie bis auf weiteres bei ihm wohnen können. Hier ist eine Liste von Behörden. Da muß jeder Flüchtling hin. Meldestelle. Wohnungsamt. Arbeitsamt. Und so weiter. Ihr Fall liegt völlig anders, doch wie Sie selber sagen, werden Sie von Ostagenten beschattet.«
»Werde ick.«
»Die Agenten müssen glauben, daß Sie sich weiter genau an Herrn Bräsigs Weisungen halten. Sie dürfen nicht den Eindruck gewinnen, wir hätten Sie umgedreht.«
»Klar.«
»Schwierige Situation. Zu den Behörden müssen Sie – sonst werden Ihre Schatten mißtrauisch. Was man Ihnen befiehlt, müssen Sie auch tun – und zwar ganz gleich, ob *wir* es sind oder die *anderen*.«
»Ja, 'n bißken schwierich wird det wohl werden.«
»So sehr auch wieder nicht! Sie melden jeden Auftrag dieses ›Hauptreferenten‹. Seien Sie ohne Sorge. *Unsere* Schatten beschützen Sie jetzt auch.«
Mensch, wer mich da alles beschützt! Bräsigs Leute, Prangels Leute, die Schatten des ›Hauptreferenten‹, die Schatten der Amis, die heilige Beatrix – heiter, heiter!
»Sie tun, was der Osten Ihnen sagt – immer.«
»Jawohl.«
»Es kommt der Punkt, wo wir zupacken und die Herren fassen.«
Bruno klopft dreimal auf das weiße Holz des Schreibtisches.
»Haben Sie schon die ›Friedland-Hilfe‹ bekommen?«
»Ja. Hundert Mark.«

»Gut. Herr Lutter erhielt auch bereits Geld. Er geht mit Ihnen andere Sachen kaufen, zum Anziehen.«
»Au fein.«
»Ja, also dann: Good luck, Herr Knolle!«
»Bitte?«
»Ach so: Alles Gute!«
»Ja, det wünsche ick Ihn' ooch, meine Herren«, sagt Bruno und geht, nachdem er sich verbeugt hat.
Der junge Agent sieht Alexander Cecil Snowden an.
»Sie haben es tatsächlich geschafft, Sir! Das bloße *Versprechen* einer Kneipe genügte ...«
Snowden winkt ab. »Es wäre sogar ohne Versprechen gegangen.«
»Sie halten wenig von den Menschen, Sir.«
»Wenig?« Snowden ist ehrlich erstaunt. »Überhaupt nichts, mein Lieber!«

6

»... und denke doch, Bruno, es ist meiner Frau wahrhaftig gelungen, diese Proklamation zu finden!« Der Nachrichtensprecher Franz Lutter ist ganz aufgeregt. »Systematisch hat sie Antiquariat um Antiquariat durchstöbert! Und zuletzt fand sie es dann. Hier!«
Lutter hebt ein dünnes graues Buch hoch.
Bruno liest:

WOZU WIR LEBEN
LITERARISCHE ESSAYS ÜBER DIE UNMORAL GOTTES
VON OTTO WOLFGANG

»Lebt in London, dieser Otto Wolfgang«, fährt Lutter hektisch fort. »Emigrierte vermutlich vor den Nazis. Dieses Buch erschien 1922 im Otto-Busch-Verlag, Stendal. Und es enthält die Proklamation, Bruno, die *Proklamation*!«
Abend des 14. August 1964 ...
Bruno sitzt mit dem Ehepaar Lutter im Wohnzimmer der Villa an der Bolivar-Allee. Sie trinken Whisky. Große Mengen davon. Soweit Bruno sich erinnern kann, verabscheute Franz Alkohol damals, im Krieg. Seine Frau trinkt noch mehr als er. Bruno hat schon einen in der Krone.
Aber die Lutters – so etwas!
Sie philosophieren. Bruno versteht bloß jedes zehnte Wort – und

das auch noch falsch. Er ist müde, doch er will es sich nicht anmerken lassen. Die beiden sind so nett zu ihm. Puh, war das ein Tag heute...
Am Morgen noch im Lager. Dann die Fahrt zurück nach Neu-Westend, in die Bolivar-Allee 170. Bruno linste angestrengt, aber er konnte keinen grauen Mercedes entdecken, der ihm folgte, auch keinen Menschen. Müssen es geschickt machen, die einen und die anderen...
Dann steht er wieder vor dem niedrigen Zaun. Diesmal klingelt er. Aus dem Garten hinter der Villa kommt eine etwa vierzigjährige Frau, groß, schlank, breite Schultern, schmale Hüften, lange Beine. Silberfarbene Shorts trägt sie und ein vorn zugeknotetes Buschhemd. Ihr Haar ist in leuchtender Silberfarbe erbleicht. Kurz geschnitten. Gekämmt wie bei einem Mann. Eine sehr schicke Brille mit dunklen, dicken Gläsern und Silberfassung trägt die Dame. Muß mächtig kurzsichtig sein.
»Herr Knolle! Endlich!« Die Dame öffnet das Gartentor. »Ich bin Renate Lutter. Mein Mann ist im Sender, meine Tochter in der Schule. Ich habe Sie schon erwartet. Bitte, kommen Sie doch weiter...« Über gepflegten Rasen folgt er ihr hinter die Villa. Da ist eine Terrasse mit Korbstühlen und Sonnenschirmen. Ein schniekes Haus! Wo der Franz nur das Geld herhat...
»Ein Skandal, was da heute nacht passiert ist«, sagt Renate Lutter. »Mein Mann wurde noch angerufen. Irgendwelche Polizeibonzen haben sich entschuldigt. Alles sei ein Mißverständnis gewesen. Aber nehmen Sie doch Platz.«
»Ich wollte nur juten Tag sagen, ich muß nämlich noch...«
»Setzen Sie sich! Und trinken Sie einen Begrüßungsschluck mit mir. Warten Sie, ich hole Whisky.« Frau Lutter geht in die Villa, durch ein riesiges, ganz in die Versenkung gekurbeltes Fenster.
Bruno folgt.
»Kann ick helfen?«
»Ja, wenn Sie das Tablett mit der Flasche und den Gläsern hinaustragen wollten... das wäre sehr freundlich. Soda?«
»Bitte.«
Halb elf. Die Flasche ist schon angebrochen. Frau Lutter riecht nach teurer Seife, teurem Parfüm und teurem Whisky. Wann fängt die eigentlich an zu trinken?
»Dann hole ich schnell Soda. Und Eiswürfel.«
Bruno bleibt allein in dem luxuriösen Wohnzimmer, in dem es schöne Möbel, einen Kamin, einen mächtigen Globus, alte Stiche, Himmelskarten und Bücherregale gibt. Bücherregale – herrje! Das

ist ein großer, hoher Raum, die Regale füllen alle Wände. Bruno tritt an eine Stellage heran.
Er kam mit ziemlichem Bammel her. Das sind feine Leute, reiche Leute, wie man sieht. Und er? Schränker. Ganove. Knastbruder. Mächtige Angst hat der Bruno vor dem Empfang gehabt. Was er auf den Tod nicht leiden kann, das ist mitleidige Herablassung, verlegene Freundlichkeit, das ist dieser ›Ich bin genauso ein Mensch wie du, nicht besser, nicht schlechter‹-Ton.
Aber nichts von alledem!
Frau Lutter war sofort wirklich herzlich zu ihm, sie hat sich ehrlich gefreut, ihn kennenzulernen. Die ist richtig, die Dame! Dem Bruno fiel gleich ein Stein vom Herzen.
Jetzt steht er vor der Stellage.
Hier gibt es ja noch viel, viel mehr Bücher als bei dem Kriminalrat! Bruno neigt den Kopf schief, um ein paar Titel und Namen lesen zu können. Da sieht er, daß deutsche Bücher unter vielen anderen stehen, deren Sprache er nicht kennt. (Es sind englische, amerikanische, französische, italienische, spanische.) Solche Bücher gab es in Brandenburg nicht. Und die Namen der Autoren hat Bruno noch nie gehört.
Arthur Koestler. Ignazio Silone. Martin Luther King. Wolfgang Leonhard. Karl Jaspers. Ortega y Gasset. Martin Heidegger. William L. Shirer. Jean-Paul Sartre. André Malraux. Ilja Ehrenburg. Albert Camus. Denis de Rougement. Robert Jungk. John Kenneth Galbraith. Werner Heisenberg. Reimund Schnabel. Hannah Arendt. C. F. Weizsäcker ...
Romane scheinen da wenige darunter zu sein. Politik. Wissenschaft. Philosophie. Solche Massen von Büchern!
Da steht eines, das heißt: ›Die Zukunft des Unglaubens‹.
Bruno liest eben den Titel, als Renate Lutter wieder hereinkommt. Sie trägt einen Syphon und ein mit Eiswürfeln gefülltes Eimerchen.
»Wir setzen uns unter einen Sonnenschirm.«
»Ick muß aba ...«
Sie ist schon vorausgegangen und bereitet die Drinks. In ihren wirft sie mit einer ziselierten Zange nur Eiswürfel. Bei Bruno sagt sie: »Gießen Sie selbst so viel Wasser dazu, wie Sie mögen.«
Der tut das.
»Na, *so* viel auch nicht! Das ist ja ganz schlabbrig!«
»Die Hitze ... ick werde ja sonst be ...« Bruno fängt sich im letzten Moment: »... betrunken!«
»Ach was! Na und? Man müßte immer betrunken sein!«

Das bist du offenbar auch immer, denkt Bruno, als er sieht, wie Renate Lutter ihr Glas kippt. Warum säufst du bloß so?
Ein gutes Gesicht hat die Dame, denkt Bruno, ein ehrliches. Bißchen aufgeschwemmt. Na ja, der Whisky. Und mager ist sie. Von Busen nichts zu entdecken. Ob die überhaupt noch anständig ißt? Oder trinkt die bloß? Hätte ich nichts gerochen, ich wäre nie auf die Idee gekommen, daß sie schon einiges intus hat!
»Sie haben Franz das Leben gerettet, Herr Knolle. Das vergißt er Ihnen nie. Ich vergesse es auch nie.«
»Ach, Leben jerettet – reiner Zufall! Ick habe eben uff mein Jerät jekiekt, und da ...«
»Herr Knolle, wir wissen, was Sie getan haben.« Renate Lutter spricht Deutsch mit hamburgischem Akzent (über ›S-tock und S-tein‹). »Franz hat schon die Meldezettel unterschrieben. Sie füllen sie aus und schreiben Ihren Namen darunter. Als Mieter. Dann gehen Sie zur Polizei. So lange, bis Sie etwas Passendes gefunden haben, wohnen Sie bei uns.«
»Det is sehr jütich ...«
»Hören Sie auf. Was ist daran gütig? Wir freuen uns, Sie hier zu haben. Noch einen Kleinen, bevor Sie aufbrechen?«
»Nein, vielen Dank, gnädige Frau.« (Hochdeutsch! Vor Ehrfurcht diesmal.)
»Aber Sie haben so viel Zeit! Franz bittet Sie, erst um vier beim Eingang des Senders zu warten. So lange hat er Dienst. Werden Sie hinfinden?«
»Bestimmt.«
»Also doch noch einen Letzten?«
»Nein, wirklich nicht. Vielen Dank. Aber so zeitig am Tage ...«
»Schmeckt es am besten«, antwortet Renate Lutter lachend und gießt ihr Glas wieder voll. Die Hände zittern ein wenig dabei, sieht Bruno. Er macht sich Sorgen.
Da stimmt doch etwas nicht.
Was?

7

Es wird noch eine Weile dauern, bis Bruno dahinterkommt, was da nicht stimmt. Im Moment ist er auch viel zu aufgeregt, um der Sache nachzugehen.
Zunächst Anmeldung bei der Polizei. Alles läuft glatt. Das muß den ›Hauptreferenten‹ und seine Schatten doch entzücken, denkt Bruno.

Und Prangel und seine Schatten auch! Und die Amis und ihre Schatten desgleichen!
Alle zwei Stunden ruft er den Kriminalrat an. So ist das ausgemacht. Er sagt, wo er sich befindet, was er tut, was er getan hat. Nein, der ›Hauptreferent‹ hat sich noch nicht gemeldet. Wenn er sich meldet und fragt, was die ewige Telefoniererei soll – na, Bruno muß ja schließlich seine Freunde suchen, nicht?
»Gut so, Bruno.«
Ja, gut so, du Hund. In eine *herrliche* Lage hast du mich gebracht. Du, mein Retter. Du, zu dem der Liebe Gott mich gewiesen hat. Du ... na ja. Mußt wohl auch tun, was andere befehlen ...
Heiß, unmenschlich heiß wird dieser Tag. Bruno zieht die Jacke des blauen Anzugs aus, er nimmt die scheußliche Krawatte ab. Aber er schwitzt trotzdem nicht schlecht!
Arbeitsamt. Meldet er sich auch. Alles wie befohlen. Eine richtige Schau für die Herren aus Ost und West zieht er ab. Stelle als Kellner sucht er. Man wird ihn verständigen, sobald alle Informationen aus dem Lager vorliegen. Seine Adresse besitzt man ja. So also wird man Bürger der Freien Welt!
Wieder Prangel anrufen.
»Arbeitsamt erledigt. Allet in Ordnung, Herr Kriminalrat.«
»Na siehst du! Und so wird es weitergehen!«
»Hoffentlich.«
»Bestimmt! Was machst du jetzt?«
»Ick muß mir erst mal setzen und wat essen. Der Betrieb hier in Westen, die Autos die janze Pracht – ick bin schon janz rammdösig.«
Das ist er wirklich.
Was sich da im Westen tut an so einem Vormittag im Hochsommer, wo doch bestimmt viele verreist sind – da hat man ja das Gefühl, drüben im Osten auf dem Mond gelebt zu haben. (Und als man drüben war, wurde man rammdösig von dem Betrieb im Osten! Na, aber da kam man ja auch direkt aus dem Zuchthaus.)
Bruno ißt in einem schattigen Gartenlokal. Die Kellner sind hochmütig-höflich zu ihm. Er ist ihnen nicht gram. So, wie er aussieht ...
Um 4 Uhr steht Bruno dann in der Masurenallee, vor dem Eingang des Riesengebäudes, in dem der Sender Freies Berlin untergebracht ist. Da fühlt er sich wieder flau. Wie wird der Franz zu ihm sein? Seine Frau war prima. Aber die hatte einen sitzen. Wäre sie auch nüchtern prima gewesen?
Und dann die lange Zeit!
Dreiundzwanzig Jahre sind vergangen, seit er den Franz zuletzt ge-

sehen hat, denn gleich nach dieser Minengeschichte sind sie beide in Gefangenschaft geraten und wurden getrennt. Als Bruno 1947 heimkam, war Franz schon in Hamburg. Sie haben sich ein paarmal geschrieben.
Wann ist Franz nach Berlin gekommen? Und warum?
Hatte irgend etwas mit Politik zu tun, daß die Nazis ihn in die Strafkompanie steckten, daran kann Bruno sich erinnern. Was war der Franz einmal? Gewerkschaftsfunktionär? Parteisekretär? Von welcher Partei? Keine Ahnung.
Und das weiß Bruno auch noch: Redner war Franz, sprach viel auf Versammlungen vor 33, hat er Bruno erzählt. Deshalb ist er ja wohl Rundfunksprecher geworden. Verheiratet war er 1941 nicht. Hatte überhaupt keine Angehörigen. Alt? Na, so drei, vier Jahre älter als Bruno vielleicht...
Was weiß er eigentlich wirklich über den Mann, dem er ›das Leben gerettet‹, der ihn in den Westen geholt hat? So gut wie nichts.
Das macht Bruno ganz kribbelig. Dazu diese Hitze. In der großen Halle des Gebäudes ist es kühler. Einen Zeitungsstand gibt es da. Viele bonbonbunte Illustrierte. Mädchen. Mädchen. Mädchen. Busen. Busen. Busen. Soviel Fleisch auf Papier! Ausländische Zeitungen liegen auch da. Und natürlich Westberliner. Eine interessiert den Bruno. Die ›Weltpresse‹. Wegen ihrer Schlagzeile:

DER TUNNEL DER 113
MASSENFLUCHT AUS OSTBERLIN GEGLÜCKT!
AUSFÜHRLICHER BILDBERICHT

Die drei Zeilen bedecken fast die ganze erste Seite.
Bruno kauft ein Exemplar.
Liest, sieht sich den ausführlichen Bildbericht an. Grinst. Nee, also nee! Helden, lauter Helden waren das! Die, die geflüchtet sind, und die, die den Tunnel gebaut haben. Riesenfotos über zwei Seiten. Müssen diese Jungs gemacht haben, die mit dem Auto ankamen, als Bruno gerade abgehauen ist. Tüchtige Jungs!
Natürlich schwarze Balken über den Gesichtern von allen Menschen auf den Bildern. Damit man sie nicht erkennt. Komisch – der Bruno hat trotzdem das Gefühl, daß das ganz andere Leute sind als jene, die *er* im Keller gesehen hat. Wo ist zum Beispiel die Dicke, die steckengeblieben war? Wo ist das Mädchen mit dem zerschossenen Teddybären? Na, sie werden wohl nicht alle fotografiert haben...
»Hallo, Bruno, alter Bursche!«
Da steht ein Mann. Abgemagert. Augen erloschen. Das Gesicht voller Falten. Eingefallene Wangen. Das graue Haar schütter.

»Nun sage nur, du erkennst mich nicht!«
»Aba jewiß doch, natürlich! Ick bin bloß so ... Ick habe da jerade jelesen, weeßte, Franz! Tach, Franz, wat ick mir freue!«
»Und ich mich erst, Bruno, und ich mich erst!«
Sie schütteln einander die Hände, umarmen sich und lachen laut, und Bruno denkt: Nie im Leben hätte ich ihn wiedererkannt. Mensch, hat der Franz sich verändert. Natürlich ist er es. Die alte Stimme. Die hohe Stirn. Der Leberfleck auf der rechten Wange. Die schönen kleinen Ohren.
Was hat den Franz so verändert? Krank sieht er aus, verbraucht, gar nicht fröhlich, obwohl er so fröhlich tut. Was ist dem Franz passiert in diesen dreiundzwanzig Jahren?
Nicht fragen. Er wird schon erzählen, wenn er will.
Vorläufig will der Franz Lutter offensichtlich nicht.
»Nun gehen wir noch schnell in die Kantine und trinken einen zur Begrüßung, dann kaufen wir dir neue Sachen!«
In der Kantine des Senders bestellt Franz Lutter Whisky. Zwei doppelte.
Der *auch*?
»Was siehst du mich so an?«
»Doppelte – bei die Hitze. Ick dachte ...«
»Dienstschluß für heute! War ein anstrengender Tag. Euretwegen! Bin ganz heiser. So viele Meldungen über die Flucht mußte ich verlesen. Ich trinke immer einen, wenn ich fertig bin hier.«
»Ach so«, sagt Bruno.
»Prost, alter Bursche!«
»Prost, Franz!«
Dann gehen sie einkaufen. Neue Schuhe, neue Wäsche, einen Regenmantel, zwei Sommeranzüge. Krawatten. Schlafanzüge. Waschzeug. Rasierapparat. Mensch, da kommen Pakete zusammen! Alles rein in den großen silbernen BMW von Franz.
Ein BMW! Wo hat der bloß das Geld ...
Die Anzüge, aus einem erstklassigen Konfektionsgeschäft am Kurfürstendamm, passen fast vollkommen. Man müßte ganz wenig ändern. Aber Bruno ist kein Modefatzke. Er will endlich dieses blaue Karnevalskostüm los sein!
»Lassense man, det bißken da an de linke Schulter, det macht nischt. Ick ziehe een Anzug an, den andan könnse ändan, und det olle Zeug, det packense ein, bitte!«
Das olle Zeug ist gar nicht alt, sondern fast genauso neu wie die West-Sachen; aber erst nachdem er die anhat, Schuhe, Anzug, weißes Hemd, dezente Krawatte, erst da atmet Bruno auf.

Als ob damit alles in Butter wäre. Der Mensch ist seltsam ...
Wieder einmal ruft Bruno den Kriminalrat an.
»Ick fahre jetzt mit Lutta in den seine Villa.«
»Gut. Hast du ihm etwas erzählt?«
»Nee. Det hamse mir doch vaboten! Außadem würde ick so 'n ollen Kameraden nie rinziehn in die Jeschichte!«
»Das darfst du auch wirklich nicht.«
»Ick habe Franz jesagt, ick suche Freunde. Darum muß ick zum Beispiel jetzt telefonieren. Un ick habe jesagt, et kann sinn, det die Freunde bei ihm anrufn. Falls Sie mir suchen, Herr Kriminalrat.«
»Ausgezeichnet, Bruno, und ruf mich auch von den Lutters mal an. Zu Hause bei mir nach neun.«
»Wird jemacht, Herr Kriminalrat! Ick sage wat von melden bei de Polizei.«
Dann steuert Franz den BMW nach Neu-Westend.
Bruno, der neben ihm sitzt, bedankt sich ununterbrochen. Vor allem dafür, daß der Franz ihm geholfen hat herüberzukommen. Denn sonst hätte er wirklich für den SSD arbeiten müssen.
»Diese Kreaturen«, sagt Franz. Sonst nichts. Er stellt keine Fragen. Das ist fein. Daß Bruno Einbrecher war, wußte Franz schon 1941. Daß er es blieb, scheint er sich zu denken, denn er erkundigt sich auch nicht danach, warum Bruno drüben im Knast war. Er fragt einfach überhaupt nicht ...
Wunderschön ist das Haus in der Bolivar-Allee, wie es so daliegt im Abendsonnenschein, in dem gepflegten Garten.
»Mensch, det muß 'n Vermöjen jekost ham!«
»Gehörte den Eltern meiner Frau. Als sie starben, sind wir eingezogen. 1959.«
Also darum Berlin!
»Renate hat sehr viel Geld geerbt, die Eltern waren reich, weißt du. Von meinem Gehalt als Sprecher könnte ich mir das da natürlich nie leisten. Wir haben noch zwei Mietshäuser in der Stadt – ich meine, Renate hat sie. Und Aktien.«
Renate Lutter erwartet die Männer. Nun trägt sie einen Kimono aus silberner Seide, dicke Brille in todschicker Silberfassung, aber jetzt mit hellen Gläsern, silberne Sandalen, einen Platinring samt Riesenstein. Bruno, den Fachmann, kostet es einen kurzen Blick: Smaragd, mindestens fünf Karat, lupenrein. Donnerwetter!
Hat Frau Lutter nun den Tag lang weitergetrunken?
Merken tut man nichts!
Zärtlich begrüßt sie ihren Mann

Aus dem Inneren des Hauses ertönt Musik.
»Diana hat ein paar Freunde da«, sagt Renate Lutter. Sie ruft: »Diana!«
Ein schönes junges Mädchen erscheint. Siebzehn Jahre alt vielleicht. Kastanienbraunes Haar, ebensolche Augen, schräg geschnitten, mit langen Wimpern. Blue-jeans, ganz eng. Junge, die hat vielleicht was in der Bluse!
Bruno errötet heftig.
Diese Diana – jetzt hat er wieder Angst vor Diana. Wie wird sie zu ihm sein? Herrschaftsgöre etwa?
Ach nein!
»Schick, daß Sie endlich da sind, Herr Knolle!«
Einen Händedruck hat die Kleine ...
»Hab schon meinen Freunden erzählt von Ihnen! Daß Sie Vati das Leben gerettet haben im Krieg und daß Sie durch den Tunnel gekrochen sind und alles. Kommen Sie zu uns? Die möchten Sie so gern kennenlernen!«
»Später, Diana, später«, sagt Franz.
»Wir haben neue Platten, Daddy! Babsy hat Jacques Loussier mitgebracht.« (Wen hat Babsy mitgebracht? Bruno zwinkert heftig. Ein bißchen meschugge, das alles.) »›Play Bach‹! Die zweite Platte!«
Schallplatte. Ach so. Ple Bach. Wieso Ple? Hieß der nicht Sebastian und noch was? Gab doch da in Teltow 'ne Straße, die so hieß? Ple – was ist das überhaupt für ein Name?
Bruno kommt nicht zum Nachdenken, alles geht so schnell. Schon ist Diana wieder verschwunden. Durch das Haus klingen Stimmen, Gelächter, Jazz.
»Ich habe im Garten decken lassen«, sagt Renate Lutter in ihrem vornehmen Hamburger Deutsch. »Nur kalten Aufschnitt und ein paar Kleinigkeiten.«
»Was Warmes brächten wir auch nicht runter, wie, Bruno? Bei dieser Hitze! Im Studio laufen die Männer mit nacktem Oberkörper und barfuß herum, die Frauen ziehen aus, was nur geht ...«
Ja, also Essen im Garten.
Das schmeckt!
Und das Bier ist gut! Bruno beleckt seine Lippen.
Ein stilles, freundliches Mädchen serviert.
»Inge, das ist Herr Knolle«, sagt Frau Lutter.
Das Mädchen knickst.
Bruno steht auf und verbeugt sich.
»Sehr erfreut, Frollein Inge.«
»Sie hat Ihr Zimmer schon hergerichtet, Herr Knolle«, sagt Renate.

»Blumen hat sie auch hingestellt – zum Empfang.«
Inge senkt den Kopf, sie lächelt.
Das sind ja richtige *Sozis*, denkt Bruno. Trotz dem vielen Geld. Wie die mit ihren Dienstboten umgehen und ihre Tochter erzogen haben!
Langsam wird es kühler.
Und dunkler.
Das Mädchen räumt ab.
»Sie können jetzt Feierabend machen, Inge. Wir brauchen Sie nicht mehr.«
»Danke, gnädige Frau. Ich habe drinnen alles vorbereitet.«
»Gehen Sie noch fort?«
»Ja. Vielleicht ins Kino. Wenn Heinz Lust hat ...«
»Viel Spaß!«
Inge verschwindet.
»Aus Rostock«, sagt Renate Lutter. »Kam vor vier Jahren herüber. Eine Perle.«
Auch in dieser Nacht fallen wieder viele Sternschnuppen, und viele Glühwürmchen schwirren durch den Garten.
»And now – Whisky!« ruft Franz plötzlich und steht auf.
Er tritt durch das herabgekurbelte Fenster in das große Zimmer mit den vielen Büchern, welches Bruno schon kennt. Auf einem langen, niedrigen Tisch stehen da Gläser, Syphonflaschen, ein kleines Faß, das sich als Thermosbehälter für Eiswürfel erweist – und drei Flaschen Whisky. Verschiedene Sorten. Die Flasche der Marke von heute vormittag ist nicht darunter. Hat Frau Lutter die etwa ganz ... Ausgeschlossen! Es müssen wohl lauter unangebrochene Flaschen bei feinen Leuten sein, wenn sie einen Gast haben.
Die drei setzen sich in bequeme Sessel. Wieder bereitet Renate die Drinks. Ihre Brillengläser funkeln. Dick sind sie, die Augen dahinter wirken klein. Bruno beobachtet das Ehepaar. Die haben einen mächtigen Zug! Franz nicht ganz so schlimm. Der nimmt Sodawasser, wie Bruno. Renate trinkt nur pur.
»Ich fange immer erst nach Sonnenuntergang an«, erklärt Franz.
»Na, aba in de Kantine ...«
»Zu *trinken*! Einen Schluck ab und zu am Tag natürlich auch. Aber ich muß doch einen klaren Kopf haben. Nein, getrunken wird nur abends. Darauf freuen wir beide uns immer schon, was, Renate?«
»Ja, Liebling.« Das sagt sie sehr zärtlich.
Was ist das? Eine Whisky-Liebe?
»Prost, Bruno!«
»Prost, gnädige Frau!«
»Unsinn! Ich heiße Renate!«

Sind *die* nett...
Lauter hört Bruno jetzt den Jazz aus Dianas Zimmer. Er versteht ja nichts von Musik, aber ihm gefällt dieses Gehämmer und Gedudel nicht. Er ist eben altmodisch. Was er hört, ist sicher ganz modern und Kunst.
Bruno fällt etwas ein.
»Ach bitte, dürfte ich mal telefonieren?«
»Nebenan steht ein Apparat.«
»Nämlich, ick bin doch jeflüchtet, nich. Da hamse mir ufft Revier jesacht, ick soll mir öftas melden. Detse beruhigt sind.«
»Das ist nun aber wieder anständig von den Leuten!«
»Anständig?« Bruno erschrickt über Renates Stimme, denn die klingt plötzlich schrill. »Und was die heute nacht angestellt haben? Bürokratengesindel, kretinides!«
»Renate!«
»Entschuldigt, bitte.«
Der Whisky, der Whisky, denkt Bruno.
Er geht in das Nebenzimmer, ruft den Kriminalrat an – in dessen Wohnung, denn es ist schon halb zehn –, dann kehrt er zu den Lutters zurück.
Die debattieren eifrig. Und trinken eifrig.
Musik und Alkohol lassen Bruno schläfrig werden. Auch die Konversation der Eheleute. Sie ist nämlich sehr hochgestochen. Franz und Renate verstehen sich ausgezeichnet. Sie sind einer Meinung über die Dinge, von denen sie reden. Wichtige, ernste Dinge scheinen das zu sein. Bruno bemüht sich, zu verstehen.
Franz und Renate bemühen sich, Bruno alles zu erklären. Alles, woran sie glauben. Aber soweit Bruno begreift, glauben sie an überhaupt nichts! Nicht an die Möglichkeit eines langen Friedens. Nicht an eine glückliche Zukunft. Nicht an den Lieben Gott.
Na, an den glaubt Bruno ja auch nicht.
Angenehm, so gemütlich zu sitzen, in einen dunklen Garten zu schauen und Whisky zu trinken. Da hört man ganz unerschrocken etwas Gotteslästerliches. Oder etwas über den Untergang der Menschheit. Oder etwas über die Proklamation eines chinesischen Kaisers namens Tao-Kuang. 1820 hat der den Thron bestiegen, erfährt Bruno. Und jene Proklamation veröffentlichte er wenige Monate nach der Thronbesteigung. Alle den Chinesen bekannten Religionen, auch die christliche, ließ dieser Tao-Kuang Revue passieren, zog sie durch den Kakao, wies nach, daß sie alle falsch und lächerlich waren und daß man am besten tat, sie ohne Unterschied einfach zu ignorieren.

Ja, und diese Proklamation nun hat Renate Lutter gefunden, nachdem sie systematisch Antiquariat um Antiquariat durchstöberte! In einem dünnen Buch mit dem Titel ›Wozu wir leben‹. Das Buch zeigt Franz Lutter dem Bruno wie ein Heiligtum. Der betrachtet es, schon ziemlich bedudelt, im Schein von Kerzen, die Renate angezündet hat. Und er hört müde und zufrieden, ein wenig wie durch Watte, was Franz und seine Frau ihm erzählen.

»Mit der christlichen Religion beschäftigt sich die Proklamation in besonders raffinierter Form. Dialog, weißt du? Spieler und Gegenspieler.«

Der Franz hat nun auch einen sitzen, denkt Bruno. Sonst müßte er sich doch sagen, daß ich bloß ein alter Schränker und Knastbruder bin und kein Wort verstehe. Oder hat er eine so hohe Meinung von mir? Gibt's das?

»Ich lese dir ein paar Stellen aus dem Part des Gegenspielers vor«, sagt Franz. Und legt los mit seiner wohltönenden Sender-Freies-Berlin-Ansagerstimme: »Also du verehrst noch einen höhern Gott, der du mit allen Schweinen niedrig bist, du Spießer? ...«

»Auch eine phantastische Übersetzung!« flüstert Renate.

Bruno nickt. Sternschnuppen fallen durch die Nacht.

»... Einen Gott, der *Rache* kennt«, liest Franz, »und der darum gemeiner ist als Hinz und Kunz! Dann wär' es ethischer beinah, du würd'st zu deinem Schnupftuch beten, wenn du mußt ...«

Bruno nimmt einen mächtigen Schluck!

»... Ihr Herdentiere, glaubt ihr wirklich, daß durch eure ›Beichten‹ etwas besser wird? Saht ihr in den verkniffnen Priesterzügen nicht wieder nur die Geilheit der Gerechten, die das zu hören wünscht, was sie verpönt – zum Schein – und sich an euer'm Winseln weidet ...«

Und dazu diese verrückte Jazzmusik!

»... Was ihr getan habt, lastet *nur* auf *euch*! *Ihr* müßt dereinst für all das Rede stehen ...« Franz läßt das Buch sinken und sieht ins Leere. »Ja«, murmelt er verloren, »für all das Rede stehen ...«

Bruno räuspert sich geniert.

»Na, und so weiter«, sagt Franz. »Nur das hier noch: ›Ihr wascht euch rein‹ – das ist ein blödes Wort! Es gibt kein Tilgen! *Was ist, besteht!* Nur *ändern* könnt ihr euch! Legt um so mehr der *guten* Taten auf die andre Seite. So steht der Waage Zünglein gleich ...«

Franz sieht Bruno an. »Fabelhaft, wie?«

»Ja«, sagt Bruno. »Wenn man's kann.«

»Was kann?«

»Gute Taten auf die andere Seite legen.«

»Ach, Bruno«, murmelt Franz.
Und dann ist es still, nur die Musik ertönt, aber auf einmal ist das nicht mehr nur so ein Gequieke, auf einmal hört Bruno eine Melodie, die er kennt, und eine heisere Frauenstimme, die singt, nein, sie singt nicht, sie spricht eigentlich nur: »Wenn die Sonne hinter den Dächern versinkt, bin ich mit meiner Sehnsucht allein ...«
Sein Lied!
»Det ... det kenn ick!«
»... wenn die Kühle in meine Einsamkeit dringt, kommen ins Zimmer Schatten herein ...«
Die Kerzen flackern. In Brunos Blut kreist warm und schwer der Whisky. Warum ist ihm plötzlich zum Weinen?
»Die Frau«, sagt Bruno heiser, »wie heißt die?«
»Hildegard Knef.«
»Hildegard Knef?« Bruno blinzelt angestrengt. »Moment mal! Det war doch 'ne Schauspielerin! An die erinnere ick mir noch!«
»Ja, es ist schon die, die du meinst. War in Amerika, lebt jetzt in Bayern. Spielt noch immer. Aber macht auch Platten.«
»Hilde! Is doch Berlinerin! Habse jesehn in ihrn ersten jroßen Fülm! Im Osten is der jedreht worden! War der erste deutsche Fülm nach'n Krieg übahaupt, gloob ick! Hieß ... warte mal ...«
»Die Mörder sind unter uns«, sagt Renate.
»Ja!«
»... sie starren mich an und bleiben ganz stumm ...«, ertönt die Stimme der Hildegard Knef.
»Nicht mehr lange«, sagt Franz, und auf einmal sieht er noch älter, noch kränker aus im flackernden Licht der Kerzen.
»Wat nich mehr lange?«
»Werden sie stumm bleiben.«
»Wer?«
»Die Mörder«, sagt Renate Lutter. »Die Mörder, die immer noch unter uns sind.«
»Det versteh ick nich.«
»Mord verjährt nach zwanzig Jahren«, sagt Franz leise. »Am 8. Mai 1945 war der Krieg zu Ende. Alle die, die im Krieg Morde begangen haben oder für sie verantwortlich sind, gemeine Morde, Massenmorde in Konzentrationslagern ...«
»Naziverbrecher eben«, sagt Renate.
»... und gegen die noch keine Anklage erhoben wurde, die werden ab 9. Mai 1965 keine Naziverbrecher mehr sein. Sie sind unter uns. Und sie werden unter uns bleiben«, sagt Franz.
»In Scharen«, sagt Renate, während sie die Gläser neuerlich füllt.

»In großen Scharen! Man hat sich solche Mühe gegeben in diesen zwanzig Jahren, Naziverbrecher vor Gericht zu stellen. Wir alle wissen, daß trotzdem noch Unzählige frei herumlaufen, in diesem Land leben, in anderen Ländern, unter eigenem Namen, unter fremdem. Unsere Justizbehörden haben wirklich getan, was sie konnten. Aber ach!«
Bruno schnüffelt überlaut.
»9. Mai 1965?... Also wenn denn der Bormann plötzlich ufftaucht, oder der Dokter Mengele oder wie die Kerle alle heißen, und wennse denn sagen: Tach, da sind wa, denn kann man die nischt mehr anhaben?«
»Denen ja. Gegen die sind Verfahren eingeleitet. Aber Tausende andere, Zehntausende. Wer weiß die Zahl?« antwortet Franz. »Nicht ein Haar darf man denen dann krümmen! Sogar unser Justizminister, sogar das Bundesgericht – sie alle sagen: Die Verjährungsfrist muß eingehalten werden!«
»Nun aba mal langsam«, sagt Bruno und hält sich den Kopf. »Recht und Gesetz und so – davon versteh ick 'n bißken – leida! Also« (und nun ist es dem Bruno sehr ernst, und deshalb spricht er hochdeutsch), »also Verjährungsfrist für Mord ist zwanzig Jahre. Stimmt. Habe ich nie kapieren können, daß Mord überhaupt verjährt – aber das spielt keine Rolle. Was mich interessiert, ist der Stichtag! Nehmen wir an, am 8. Mai 65 schnappen sie noch einen, der hat schuld an so zwei-, dreihunderttausend Morden. Nur zum Beispiel, ja? Am 8. ist die Frist noch nicht abgelaufen. Also können sie den Mann noch anklagen und ihm lebenslänglich Zuchthaus geben. Richtig?«
»Richtig.«
»Und nun nehmen wir an, sie schnappen ihn einen Tag später. Nur *einen* Tag später. Am 9. *Denselben* Mann. Den können sie dann nicht mehr anklagen? Den können sie dann nicht mehr verurteilen?«
»Können sie nicht, nein. Das heißt«, sagt Lutter, »es wird letzten Endes doch nicht beim 8. Mai 1965 bleiben. Dazu regt sich das Ausland *zu sehr* auf. Und 1965 ist Wahljahr.«
»Wat wird also jeschehn?«
Lutter lacht bitter.
»Nach langem Hin und Her wird man die Verjährungsfrist vermutlich verlängern – nicht sehr lange natürlich. Ein paar Jahre höchstens. Und mit allen möglichen Verklausulierungen und Einschränkungen, damit einem halbwegs intelligenten Nazimörder auch während der Verlängerung nichts passieren kann.«

»... da warte ich dann, und weiß nicht warum, auf ein Wunder ...«, singt-spricht die Knef.
»Es wird auf die reinste Augenauswischerei hinauslaufen – bestenfalls«, sagt Lutter.
»Aberaberaber ...«, beginnt Bruno und gibt erschüttert auf.
Franz ermuntert ihn: »Na?«
»Aber das ist dann doch ein noch *größeres* Verbrechen!«
»Nein«, sagt Franz Lutter, »das ist nicht ein noch größeres Verbrechen. Das ist deutsche Gerechtigkeit.«

8

Viele Stühle stehen auf den Tischen der Kneipe ›Zum Schwarzen Schimmel‹, der Wirt macht noch sauber, als Bruno Knolle hereinkommt. Er hat verschlafen. Das lange Gerede bei den Lutters gestern abend, der viele Whisky, das weiche Bett in ›seinem‹ gemütlichen kleinen Gästezimmer – all das zusammen war schuld an der Pennerei. 9 Uhr 30 zeigt die Uhr der Kneipe.
Es ist noch heißer als gestern an diesem 15. August 1964, einem Sonnabend. Wer nicht muß, ist gar nicht in die City gekommen. Gibt aber welche, die müssen. Zu denen gehört Bruno.
Rundfunksprecher Franz Lutter übrigens auch. Der brachte Bruno mit seinem BMW in die Stadt. Draußen in der Bolivar-Allee hatte er ihn geweckt, wahrhaftig! War schon völlig angezogen gewesen. Renate Lutter übrigens ebenfalls. Beiden sah man nicht im geringsten an, was sie ein paar Stunden vorher an Alkohol konsumiert hatten. Renate zeigte sogar rote Bäckchen und wirkte hübscher als tags zuvor. Ob die schon wieder einen hinter die Binde gegossen hatte? Gleich nach dem Frühstück? Oder sogar nüchtern? Bruno neigte der Ansicht zu.
Im Wagen fiel ihm dann wieder diese unglaubliche Geschichte mit der Verjährungsfrist ein.
Bruno kann sich nicht beruhigen, er will ein neues Gespräch beginnen, aber Lutter nicht. Er antwortet einsilbig. Franz, Franz, was ist dir geschehen in all den Jahren? Nun fährst du in deinen Sender. Und freust dich auf die Dämmerung. Weil du dann wieder ›trinken‹ darfst. Bis dahin nur ab und zu ›ein Schlückchen‹...
An der Ecke Uhlandstraße – Kurfürstendamm möchte Bruno aussteigen. Erzählt etwas von Stellenangeboten in der Nähe. Lutter ist ganz arglos, schüttelt ihm die Hand.
»Toi, toi, toi! Sehen werden wir uns ja wohl erst morgen früh.

Habe Spätdienst heute. Immer die scheußlichsten Tage.«
»O je! Ooch nischt in't Glas, wenn't dunkel wird!«
»Genau. Na, ich werde nicht daran sterben! Für dich sorgen Renate und Diana, die sind daheim.«
Das Licht der Ampel, vor der Lutter gebremst hat, wechselt. Er fährt los und winkt noch. Sein Wagen funkelt in der Sonne...
Bruno tippelt den Kurfürstendamm hinunter, Richtung Gedächtniskirche. Der Asphalt ist schon jetzt weich! Ganz mitgenommen sehen alle Leute aus. Diese Hitze währt seit Tagen...
Heute muß ich mächtig ran, denkt Bruno. Sehr mies fühlt er sich. Nicht vom Whisky. Der hat ihm gar nichts getan. Aber weil er jetzt eben ran muß, und zwar schnell! Mit Prangel telefoniert er weiter alle zwei Stunden, nur nachts nicht. Da stehen Kriminalbeamte Wache vor dem Haus in der Bolivar-Allee 170. Bruno weiß es.
Der ›Hauptreferent‹ hat noch immer nichts von sich hören lassen. Dafür drängt – elende Welt! – nun Prangel: »Die Amis warten, Bruno. Mach voran mit deinen Freunden, ja?«
Ja, mach voran.
Himmelarschundzwirn, wenn das nicht die gemeinste, verschissenste Zwickmühle ist, in die ein Mensch geraten konnte! Weil alles bisher so relativ sanft, glimpflich und angenehm verlief, ist es Bruno noch immer nicht klar zu Bewußtsein gekommen, wie es um ihn steht.
Jetzt kommt es ihm zu Bewußtsein!
Bisher hat er sich gedreht und gewunden, Witze gerissen, sich schlau gefühlt, hat Entschuldigungen für seine Peiniger gesucht und gefunden. Bräsig – der hat sicher nicht gern getan, was er getan hat. Der hat Angst. Der *muß*! Prangel – dasselbe. Muß auch. (Die Amis.) Selbst wenn Bruno einmal an den ›Hauptreferenten‹ dachte, überlegte er: Wer weiß, wie der zum SSD kam? Wer weiß, wie dem jetzt zumute ist?
Schluß!!!
Schluß jetzt mit diesem ›Jeden-Entschuldigen‹!
Passanten bleiben stehen und sehen Bruno erstaunt oder erschrokken nach, denn der flucht im Gehen plötzlich halblaut vor sich hin und schlägt mit den Fäusten in die Luft.
Hunde sind das, Bluthunde, alle, alle, alle!
Keiner ist besser als der andere! Jeder denkt nur an sich! Ich muß jetzt an mich denken! Wenn ich das nicht tue, *augenblicklich* tue, ist mir nicht zu helfen.
Wie behandelt man tollgewordene Bluthunde, wenn man nicht will, daß sie einen totbeißen? Voll Güte? Voll Verständnis für ihr Ver-

halten? Indem man darüber nachsinnt, was sie wohl toll gemacht hat?

Wenn man das tut, kann man sich auch gleich in den Dreck schmeißen, damit sie es leichter mit dem Totbeißen haben, die Hunde!

Nein, Sieger in einem solchen Kampf bleibt man nur, indem man genauso brutal ist wie sie, genauso hinterhältig, listig und verschlagen – genauso hündisch. Noch hündischer!

Jawohl!

In dieser bösen Stimmung nun betritt Bruno Knolle den ›Schwarzen Schimmel‹ und schnauzt: »Een Bier!«

Der Wirt, fett und rotgesichtig, mustert den frühen Gast übellaunig und schlurft dann zur Theke.

Während der ein Glas vollaufen läßt, sieht Bruno, kochend vor Wut, sich in der Stampe um. Immerhin: Dieses Etablissement frequentiert er seit – na, also seit dreißig Jahren bestimmt. Mit Unterbrechungen. Als da sind: U-Haft, Gefängnis, Strafkompanie, Gefangenschaft, wieder U-Haft, Zuchthaus.

Eine große Kneipe ist der ›Schwarze Schimmel‹, viel größer als die, von der Bruno träumt. Es gibt zwar Tische und Stühle, aber hauptsächlich trinkt man hier im Stehen, an hohen, runden Tischen. Nein, so eine Kneipe möchte der Bruno nicht haben, nicht geschenkt.

Das Publikum allein. Mein lieber Mann . . . !

Direkt vor dem Lokal in der Chimanistraße verläuft ein Strich. Alte Huren, junge Huren, Stiefelweiber. Lesbierinnen, was das Herz begehrt. (Um 9 Uhr 30 früh natürlich noch nicht.) Dazu die Luden. Die zocken hier nächtelang, während ihre Bienen traben. Ein Haufen Pupen, obwohl das kein ausgesprochener Aufreißplatz für Pupen ist. Sie werden von den Huren geduldet, ebenso wie die Damenimitatoren. Die gehören ja auch eigentlich nicht hierher. Dann Taxichauffeure. Ist ein großer Stand um die Ecke. Und dann jahrein, jahraus Neugierige, aus der ganzen Welt. Die feinsten Leute! Ja, die kommen auch her, denn der ›Schwarze Schimmel‹ genießt Berühmtheit.

Aber eine solche Berühmtheit möchte Bruno nie haben mit seiner Kneipe, wenn er je eine haben sollte. Ein Bums ist das da ja, ein ganz billiger Saftladen. Goldgrube natürlich. Haben sich schon Dutzende von Pächtern gesundgestoßen. Wem das Lokal eigentlich gehört, weiß Bruno nicht. Den Wirt da hat er noch in Erinnerung. Der war schon Pächter vor fünf Jahren.

»Ihr Bier!« Das Glas wird hart vor Bruno hingesetzt.

Der Wirt ist sauer. Bruno aber auch! Der sagt nicht einmal danke. Scheußlich, diese Kneipe! Da hängen noch die blöden, alten Fotos von irgendwelchen Stammtischrunden an den Wänden, und diese Gedichte und Inschriften, die Bruno nie leiden konnte.

Zum Beispiel:

Guter Mond, wenn ich dich seh,
Machst du mir große Plage.
Du bist im Jahre zwölfmal voll,
Und ich bin's alle Tage!

Oder:

Noch 'ne kühle Blonde und dann nach Hause,
sonst schimpft Mutti!

Oder:

Erschossen wurde hier ein lieber Freund
und Stammgast,
Weil er keine Revanche geben wollte.

Das soll Humor sein. Das da auch:

Sauf, daß dir die Nase glüht
Hell wie ein Karfunkel,
Daß du eine Leuchte bist
In des Daseins Dunkel!

Als er dieses Poem gelesen hat, schwindet Brunos Zorn. Denn unter dem Gedicht saß er oft, oft mit seiner Nelly, als die noch hier werkte. Mit Nelliken, seiner großen Liebe. Damals war es ihm gleich, wie der ›Schimmel‹ aussah.
Er sah nur Nelly!
Nelly ... Nee, nich dran denken!
Bruno wischt sich Schaum vom Munde und spricht nun vernünftigerweise sehr freundlich: »Sagense mal, vakehrt hier'n jewissa Oskar Knargenstein? Knarje genannt?«
Der Wirt mustert ihn mißtrauisch und immer noch verletzt.
»Mir nich bekannt.«
»Oder 'n jewissa Arthur Pokay?«

»Sind Sie von de Polizei?«
Der Bruno knurrt: »Seh ick so aus?«
»Nee. Aba Se komm mir so bekannt vor ...«
»Ick bin doch der Bruno Knolle!«
»Der Bruno!« Jetzt wird auch der Wirt freundlicher. »Sie warn aba 'ne Ewigkeit nich da. Is wat ...« Er unterbricht taktvoll und sucht in seinem Gedächtnis: »Sagense, warense damals nich befreundet mit den ... Herrgott, ick un Namen! ... mit den Knargenstein?«
Mensch, du hast dein Gehirn aber auch schon weich gesoffen, denkt Bruno und antwortet: »Deswejen *frage* ick ja nach ihm!«
Der Wirt wiegt den Kopf. »Ja, Knarje ... der vakehrt hier. Fast täglich.«
»Wissense zufällich, wo er wohnt?« (Mit diesem Pächter wird's bald alle sein.)
»Liegt mir uff de Zunge. Wo war det man bloß? Moment. Ick frag mal meine Olle. Die hat 'n besseret Jedächtnis als ick ...«
Nun, und so bekommt Bruno dann eine Adresse, aber als er Knarje dort sucht, teilt ein Strichmädchen, das nebenan wohnt, ihm mit, daß Herr Knargenstein vor Nachmittag kaum heimkommen würde.
»Wo issa denn?«
»Fragen Sie doch mal in der ›Pension Florida‹«, sagt das Mädchen.
»Wissen Sie, wo die liegt?«
Ja, das weiß Bruno. Ganz in der Nähe von der Chimanistraße liegt die. Berühmte Absteige. Bruno geht hin. Er war noch nie da, und so lernt er nun erst die Besitzerin der Pension kennen, die klaftige, grimmige Frau Ilse Stanior. Anschließend stört er seinen Freund Knarje bei den Dreharbeiten zu einem pornographischen Film und wird der blonden Wanda und diesem verkrachten Medizinstudenten, dem ›Leichen-Hans‹, vorgestellt.
Ja, und dann wird er am Telefon verlangt und muß sich setzen, als er die Stimme des ›Hauptreferenten‹ vernimmt, der ihn zusammenstaucht wegen Bummelei, der ihm befiehlt, nun schnellstens mit Knarje zu sprechen.
»... einer von meinen Leuten wird Ihnen eine Nachricht bringen. In den ›Schwarzen Schimmel‹. Um achtzehn Uhr. Bis dahin müssen Sie auch Ihre Freunde überzeugt haben.«
»Ick ...«
»Unterbrechen Sie mich nicht. Ich weiß, es ist ein bißchen anstrengend. Dafür sind wir bald wieder drüben. Geht doch alles wie geschmiert! Sie haben sich ja prima gehalten in dem ersten Trubel nach dem Rüberkommen. So, Schluß jetzt. Ende!«
Aufgehängt.

Fluchend erhebt sich Bruno.
Er sieht, daß Knarje in der offenen Tür seines ›Ateliers‹ steht, hinter ihm Wanda und der ›Leichen-Hans‹. Sie alle betrachten ihn besorgt.
Nimm dich zusammen, Bruno!
Hart sein, keß, die Schnauze auf, jetzt! Denk an *dich*! Es geht um *dich*! Das hast du dir doch auf dem Ku-Damm vorgebetet!
»Seht ihr 'n Jespenst?« Bruno grinst verzerrt.
Die drei schweigen.
»War bloß 'n wichtija Anruf. Hing mit meine Sache zusamm...«
Er sieht Knarje an.
Der versteht sofort.
»Schluß für heute, Kinda. Dringende Besprechung.«
»Ich verschwinde schon«, sagt Hans Radke.
»Ick ooch«, sagt Wanda. »Müde jenug bin ick. Hau mir 'n Weilchen ufft Ohr.«
Bruno schüttelt beiden markig die Hand. Den starken Mann spielt er jetzt, einen richtigen Superman. Er wird sich nicht unterkriegen lassen von diesem Pack, das ihn jagt!
»So«, sagt Knarje, als er mit dem Freund allein ist. »Nu azähle.«
Und Bruno erzählt...

9

Zu dieser Zeit sitzt der Kommissar Bräsig in seinem Büro in der Warschauer Straße 115 und wartet darauf, daß der erste Bericht dechiffriert wird, den Kornmann aus Westberlin herübergefunkt hat. Aus einem fahrenden Lieferwagen. In dem befindet sich der Sender. Nicht anzupeilen, da der Wagen fährt.
Während Bräsig wartet, beschäftigt er sich mit einem alten Spielchen: Er bildet ein Abc kommunistischer Schlagwörter und stoppt dabei die Zeit. Müssen bei jedem Spiel andere Schlagwörter sein. Bräsig ist stets bemüht, die eigene Bestzeit zu unterbieten. Bisheriger Rekord: fünfundfünfzig Sekunden.
Also, ein Blick auf die Armbanduhr – los!
Abweichlertum. Bürgerlicher Nationalismus. Chinesischer Bruder. Dogmatismus. Eheweihe. Formalismus. Gleichmacherei. Herdentrieb. Innerparteiliche Demokratie. Jahresplan. Kader. Leninismus. Materialismus. Neutralismus. Objektivismus. Personenkult. Revolutionäre Wachsamkeit. Sektierertum. Trotzkistische Umtriebe. Ulbricht. Volksdemokratie. Wallstreet-Bestien. Zentralkomitee.

Eine Minute und drei Sekunden.
Mist!
Wegen ›Objektivismus‹! Der hat fünf Sekunden gekostet, weil er Bräsig nicht gleich einfiel. Opportunismus und Ökonomismus hatte er erst kürzlich.
Fangen wir noch einmal an!
Aggression. Bourgeoisie...
Max Hepp von der Nachrichtenabteilung kommt herein und legt dem Kommissar die dechiffrierte Meldung hin.
»Bisher alles in Ordnung«, sagt er. Bräsig liest, befindet ebenso und meint erleichtert: »Da kann ich wenigstens um zwölf schnell nach Hause fahren und bis sechs blaumachen.« Er denkt an seine alte gute Marie und an das Häuschen am Müggelsee, zu dem er schon die Schlüssel besitzt. Hingehen will er am Nachmittag mit der Marie, alles ansehen, sich ans Wasser setzen, auf den Angelsteg, und träumen, wie wunderbar das sein wird, bald! Dann muß er ja leider wieder ins Büro, denn so lange diese Aktion Knolle läuft, darf er nicht zu Hause schlafen. Immer in Bereitschaft. Jetzt geht es ja erst richtig los! Aber wenigstens diese paar Stunden heute nachmittag sind gerettet.
Denkt er.
Aber da denkt er falsch. Max von der Nachrichtenabteilung sagt hastig: »Besser, Sie bleiben hier, Herr Kommissar!«
»Wieso?«
Max Hepp ist ein trauriger Mann, der an einem nervösen Gesichtszucken leidet. Je aufgeregter er ist, um so heftiger zuckt er. Jetzt ist es gerade wieder einmal ganz arg.
»Da ist eine feine Schweinerei passiert, Herr Kommissar. Wir haben es eben erfahren. Diese Idioten da in Neustrelitz!«
In Neustrelitz befindet sich eine Kreisdienststelle des SSD.
»Was für Idioten?«
»Unsere lieben Kollegen! Durch die Bank!« Maxens Gesicht zuckt besorgniserregend. »Und wer wird nun darunter zu leiden haben? *Wir!*«
Langsam bekommt Bräsig heraus, was geschehen ist.
Die SSD-Leute in Neustrelitz müssen den Verstand verloren haben! Immer alle Fenster weit offen und RIAS oder Sender Freies Berlin eingeschaltet. Lautsprecher auf höchster Tonstärke. Ganz Neustrelitz konnte so mithören, was es Neues gab in der Welt. Besoffen natürlich, die Kerle. Alle SSD-Leute hören Westsender, auch Bräsig und Hepp, man muß schließlich informiert sein. Aber sie stellen ihre Apparate leise ein.

Die Genossen in Neustrelitz haben dazu hübsche Orgien gefeiert. Wenn sie Musik brauchten, schalteten sie auf AFN, den amerikanischen Soldatensender. Weibliche Mitarbeiter hopsten am hellichten Tag halbnackt oder ganz nackt durch die Büros, gejagt von grölenden SSD-Männern. Die schmissen leere Flaschen gegen die Wände, auch auf die Straße, durch die stets geöffneten Fenster – es ist nicht zu fassen.
Aber leider wahr.
»Sie haben das eine ganze Weile so getrieben«, berichtet der nervöse Max Hepp, »denn die Bevölkerung hatte Angst, und niemand erstattete Anzeige. Aber zwei Mädchen, Sekretärinnen von einem Abteilungschef, bekamen Streit. Eifersucht. Eine hat eine anonyme Meldung an die Zentrale gemacht. Die dumme Kuh. Damit war sie natürlich selbst auch geliefert – aber was wollen Sie, Herr Kommissar? Weiber!« Max hat nichts übrig für Frauen. »Folge? Heute früh wurde das gesamte Personal verhaftet. Ausnahmslos! Werden nun wahrscheinlich alle nach Bautzen kommen.«
Im Zuchthaus Bautzen sind, streng isoliert, straffällig gewordene SSD-Leute untergebracht.
»Neustrelitz ist bereits neu besetzt. Die Zentrale hat einen ihrer Bonzen beauftragt, alle Außenstellen sofort schärfstens zu kontrollieren.«
»Ach!« sagt Bräsig. Er könnte es nie begründen, doch als alter Kriminalist hat er das sichere Gefühl, daß hinter diesen plötzlichen Verhaftungen etwas steckt, das ihn angeht, ja, ihn direkt! Klingt verrückt. Aber das Gefühl hat er. »Wissen Sie zufällig, wann die anonyme Meldung erstattet wurde?«
»Was wir so hörten, schon vor zwei Wochen.«
»Und da hat die Zentrale so lange zugewartet?«
»Die wollten erst sehen, was an der Sache dran war. Na, und dann, heute früh, ruck-zuck!«
Bräsigs übles Gefühl verstärkt sich.
Heute früh, ruck-zuck! Sechsunddreißig Stunden nach Start seiner Aktion Knolle wird eine ganze Dienststelle hochgenommen und ein Bonze eingesetzt, der alle Außenstellen überwachen soll, also auch die Warschauer Straße 115, also auch ihn, Bräsig. Ja, er ist feige, er ist übervorsichtig, überängstlich, weiß er selber. Und trotzdem. Und trotzdem!
»Wie heißt denn der Bonze?«
»Peter Wieland.«
»Was? Der *Wieland*?«
Max Hepp nickt ängstlich.

Peter Wieland – den Namen kennen beide. Wer im SSD kennt ihn nicht? Ein wirklicher Bonze ist das, sämtliche Vollmachten der Zentrale besitzt er, seit einer Ewigkeit arbeitet er für diesen Verein. Gefürchteter Mann. Unerbittlich, schlau, gnadenlos. Recht ist, was der DDR nützt, lautet seine Devise. Bräsig weiß es. Bräsig weiß viel über den großen Peter Wieland. Wenn auch nicht alles ...
»Darum sage ich, fahren Sie besser nicht nach Hause, Herr Kommissar!« flüstert Max. »Jetzt, wo die Knolle-Sache läuft! Wir alle, die wir damit zu tun haben, gehen nicht nach Hause. Ein bißchen Pech, und Wieland taucht hier auf ...«
Bei diesem alten, verdienten Genossen Peter Wieland, der sämtliche Vollmachten der Zentrale besitzt, handelt es sich um denselben, der 1946 den Kommissar Prangel überredete, Agentendienste für den Osten zu leisten. Ende Oktober 1951 flog er dann allerdings auf, das CIC schnappte ihn. Und Prangel auch. Und ›drehte‹ beide ›um‹, soll heißen, verpflichtete beide, nun *für* das CIC und *gegen* den Osten zu arbeiten. Jener ferne Vorgänger Mr. Snowdens, Mr. Low, brachte das zuwege.
Seither arbeiten Prangel und Wieland für das CIC.
Der Kriminalrat Prangel war äußerst rege in den letzten sechsunddreißig Stunden. Er hat nicht nur mit Bruno telefoniert und abgewartet, er hat längst zu handeln begonnen. Eine seiner ersten Handlungen, noch in der Nacht von Brunos Ankunft in Westberlin, war (via Bayreuth) die Kontaktaufnahme mit Wieland. Der bekam genaue Informationen, dazu noch genaue Anweisungen. Diese wiederum hatte Prangel von Mr. Snowden bekommen, denn auch Mr. Snowden war sofort eifrig tätig geworden.
Peter Wieland hat den Auftrag der SSD-Zentrale, alle Außenstellen zu kontrollieren, nicht erhalten. Er hat ihn sich selbst erteilt, nachdem er den Auftrag aus dem Westen erhielt! Die Zustände in Neustrelitz machten ihm das leicht.
Prophylaktisch hält der CIC-Agent in der SSD-Zentrale ständig ein paar für den Staat peinliche Fälle in der Schwebe, legt immer einige auf Eis sozusagen – damit er jederzeit, wenn Bayreuth ruft, überall ›mit sämtlichen Vollmachten‹ eingreifen kann.
»Natürlich bleibe auch ich hier«, sagt Kommissar Bräsig, und Max Hepp nickt, bedrückt, mit zuckendem Gesicht.
Zu dieser Zeit lieben Kurt und Barbara Mittenzwey einander.
Einmal sagt sie: »Du mein Herz.«
Und er antwortet: »Du meine Seele.«
Zu dieser Zeit hält Mr. A. C. Snowden sich im Berliner ›Document Center‹ der USA auf. Er hat da eine Akte gefunden, auf der steht:

FRANZ LUTTER. Snowden liest in der Akte. Sein Menschenverächter-Gesicht macht einen entspannten, zufriedenen Eindruck, stets ein sicheres Zeichen, daß Mr. Snowden etwas entdeckt hat, wofür er die Menschen noch mehr verachten – und jemanden zur Strecke bringen kann.

Zu dieser Zeit sitzt der Wirtschaftsredakteur der ›Weltpresse‹, Egon Heisterberg, in der fast leeren Redaktion. Am Sonnabend arbeitet kaum jemand hier. Sonntags erscheint die ›Weltpresse‹ ja nicht. Artikel für die Montagsausgabe liegen entweder schon abgesetzt bereit, oder die Kritiker, Kulturredakteure und Feuilletonisten arbeiten zu Hause.

Früher hat Heisterberg das auch getan. Seit drei Monaten aber fährt er am Sonnabend immer in die Redaktion. Seit drei Monaten hat er nämlich eine neue Sekretärin, eine kesse, junge, tüchtige. Noch ein bißchen pummelig, keine zwanzig Jahre alt, aber an Erfahrungen reicher als sämtliche Damen seiner Bekanntschaft zusammen! Fräulein Lizzi Müller heißt sie. Heisterberg ist ganz verrückt nach diesem lasterhaften Mädchen mit dem Unschuldsgesicht und den blauen Kulleraugen.

Es passierte gleich am zweiten Tag ihrer Bekanntschaft. In Heisterbergs Büro. Auf dem Schreibtisch. Danach passierte es immer wieder. Sonnabendvormittags mit schöner Regelmäßigkeit. Da war man so ungestört ...

Aber heute, verdammt, kommt Lizzi nicht.

Zu spät kam sie immer. Doch Heisterberg wartet nun schon eine Stunde auf sie! Das macht ihn ganz verrückt. Um ruhiger zu werden, setzt er sich selber an die Maschine und tippt seinen Artikel. Sonst tippt stets Lizzi – *nachher*. Mit zehn Fingern. Fehlerfrei.

Heisterberg kommt nur mit zwei Fingern weiter. Er murmelt den Text vor sich hin, dazu noch Wörter, die er nicht tippt ...

»Die vergangene Woche verlief mit Ausnahme des Dienstags weiterhin ohne besondere Unternehmungslust – Du willst mich eifersüchtig machen, du Biest, na warte, du kannst was erleben, wenn du endlich auftauchst! – bei uneinheitlicher Tendenz und überwiegend rückläufigen Kursen. – Ich soll wohl das Gefühl bekommen, daß ich schon ein Mummelgreis bin, was? Staunen wirst du! – Mangelnde Anschlußkurse – So viel wie deine Halbstarken leiste ich immer noch! – erstickten jede durch Nachfrage ausgelöste Aufwärtsbewegung im Keime. – Und ich sehe mich vor. Ich mache dir kein Kind wie diese Affen, die sich nicht beherrschen können. – Heraufgesetzte Kurse wurden dann meistens wieder zurückgesetzt. – Skandal! Jetzt warte ich schon achtzig Minuten! – Innerhalb der Gesamtentwick-

lung sind viele deutsche Spitzenwerte nunmehr aber so preiswert – Oder treibst du dich etwa mit einem anderen herum? – daß man an aussichtsreiche Käufe denken kann.
Absatz.
Halbfett: Unsere Tips. Nonpareille jetzt. Die Idioten setzen es jedesmal Kolonel. Schreibe ich extra an den Rand und unterstreiche es: *Nonpareille!* Ein Obligo für unsere mit der größten Umsicht und Sorgfalt ausgearbeiteten Informationen wird nicht übernommen. Ausrufungszeichen.
Zwischentitel wieder halbfett: Werte, die man kaufen sollte.
AFG (ca. 521%). – Jetzt warte ich noch fünf Minuten, wenn du dann nicht da bist, ist es aus! Du glaubst wohl, du darfst dir alles erlauben! – Der Hauptvorstand wird am 28. August in Berlin die Ausschüttung einer Dividende von wiederum 15% für 1962/63 und von 4% für das Rumpfgeschäft 1963 vorschlagen. Verbesserte Geschäftsentwicklung in 1964. Auch in Börsenkreisen – Solche wie dich gibt's wie Sand am Meer, du Schlampe! Einmal ins Wannseebad, und ich habe an jedem Finger zehne! – wird ein baldiges Bezugsrecht erwartet.
Absatz.
DEG (ca. 258%), die ihre 6%ige Anleihe – Jetzt sind die fünf Minuten um, jetzt kannst du mir den Buckel runterrutschen! – über 75 Millionen D-Mark placierten, stehen weiter in guter Entfaltung. – Ein Mann in meinen Jahren. Den besten Jahren eines Mannes! Wäre ja gelacht! – Wenn auch die Erdgas-Gewinne erst in einigen Jahren voll anfallen dürften, so wird doch die gesamte Ertragskraft des Unternehmens ... *Lizzi!* Daß du endlich da bist! Was habe ich mich nach dir gesehnt! Du! Du! Nein, ich zerreiße das Kleid nicht, die Tür habe ich auch schon zugeschlossen ...«
Zu dieser Zeit ist dem Dr. Rudolf Sylt, Direktor des Tierschutzheims am Verlorenen Weg, zum Heulen. Drei SSD-Männer sitzen ihm in seinem Zimmer gegenüber. Daß dieser fünfzehnjährige Jürgen Machon, den das Jugendamt Dr. Sylt zur Betreuung übergab, durch den Tunnel nach Westberlin geflüchtet ist, wissen die Männer schon. In seiner Angst hat Dr. Sylt gleich alles erzählt.
Wellensittiche kreischen draußen, Hunde bellen, Katzen miauen, die große, bernsteinfarbene sitzt wieder schnurrend auf seinen Knien. Aber Dr. Sylt streichelt sie nicht.
Wird man ihm jetzt das Heim nehmen? Seine Tiere? So lange ging alles gut – und jetzt ...
»Ich erteile Ihnen doch jede Auskunft, die Sie wünschen, meine Herren! Ich kann wirklich nichts dafür! Wenn ich etwas geahnt hät-

te! Aber das junge Fräulein, das Jürgen zweimal besuchen kam, wirkte so ordentlich – ich konnte keinen Verdacht schöpfen!«
»Wie hieß denn dieses junge Fräulein?«
Dr. Sylt weiß, was er anrichtet, wenn er den Namen preisgibt. Aber wenn er ihn nicht preisgibt, verliert er das Heim. Vielleicht war es überhaupt ein falscher Name, den das Fräulein nannte. *Sicher!* Da kann man sie nun nicht finden! Gott sei Dank, ich brauche mir keine Vorwürfe zu machen ...
»Nun? Wollen Sie es sagen oder nicht, Herr Doktor?«
»Aber natürlich, meine Herren. Aber gewiß, meine Herren. Mitzi Szapek hieß die junge Dame. Fräulein Mitzi Szapek ...«
Zu dieser Zeit betritt eine verblühte Frau, die sich sorgfältig geschminkt und angezogen hat, das Fotogeschäft Roland in der Grolmanstraße 21, Berlin-Charlottenburg.
Diese Frau hat zuvor eine halbe Stunde auf der gegenüberliegenden Seite der Straße gewartet und den Laden beobachtet. Sie sah einen Herrn, sicher den Besitzer, und ein junges Mädchen, sicher eine Angestellte, hinter dem Ladentisch. Kunden kamen nicht in dieser halben Stunde. Sonnabend. Fast Mittag. Die Hitze. Vor fünf Minuten nun ist der Besitzer fortgegangen. Die Verkäuferin befindet sich allein im Geschäft, als jene Frau hereinkommt.
Sie legt die Farbfotografie eines schönen rothaarigen Mädchens auf den Tisch und lächelt. Die Verkäuferin lächelt auch – erschöpft. Hier schwitzt man sich ja tot!
»Bitte, gnädige Frau, womit kann ich dienen?«
»Ich heiße Margot Heisterberg«, sagt die gnädige Frau. »Das ist ein Bild meiner Schwester. Sie haben es gemacht.«
Die Verkäuferin dreht die Fotografie um, erblickt Firmenstempel und Kennummer.
»Ja. Voriges Jahr. 63 steht da hinter dem Strich.«
»Nun, es ist ein so hübsches Bild, daß meine Schwester und ich es unserer Mutter zum Geburtstag schenken wollen. Vergrößert, verstehen Sie?«
»Selbstverständlich. Hochglanz?«
»Ja.«
»Und das Format? 18 × 24?«
»Ja.«
»Mit Rahmen?«
»Nein, den besorgen wir schon. Haben Sie auch ganz bestimmt noch das Negativ?«
»Ganz bestimmt. Wir heben unsere Negative sehr lange auf und führen Buch über jede Aufnahme aus unserem Atelier.«

»Würden Sie trotzdem nachsehen? Zu meiner Beruhigung. Ich muß ja auch noch eine Anzahlung leisten, nicht wahr?«
»Bitte, gnädige Frau.« Die Verkäuferin – ihr ist schon ganz schwindelig – geht in den Hintergrund des Ladens, schlägt da ein großes Kontobuch auf und blättert, wobei sie spricht: »1963 ... B 431 ... einen Moment ... da ist es schon! B 431!« Sie dreht sich um.
»Aber ...«
»Ja?«
»Aber – *wie* war Ihr Name, gnädige Frau?«
»Heisterberg. Margot Heisterberg.«
»Das verstehe ich nicht! Hier steht Mittenzwey. Barbara Mittenzwey. Bleibtreustraße 11!«
»Was ist da nicht zu verstehen?« fragt Margot. »Ich hieß auch einmal Mittenzwey. Das ist unser Mädchenname. Ich habe geheiratet, meine Schwester nicht.«
Die Verkäuferin lacht.
»Ach, so einfach ist das!«
»Ja«, sagt Margot Heisterberg. »So einfach ist das.«

10

Knapp nach 12 Uhr mittags sitzt Mr. A. C. Snowden im Büro des Kriminalrats Prangel im Westberliner Polizeipräsidium. Sie haben über den weiteren Verlauf ihrer Operation gesprochen.
Selbstverständlich hat Snowden sich mit den Befehlshabern der Schutzmächte des französischen und britischen Sektors in Verbindung setzen müssen. Kein Mensch weiß, wohin die Jagd führen wird, und jede Schutzmacht bewahrt ihren Sektor wie ein eifersüchtiger Liebhaber die Angebetete. Außerordentlich viele sogenannte Amtswege war Snowden zu gehen gezwungen gewesen, bevor er endlich die Bewilligung erhielt, seine Leute in ganz Westberlin operieren zu lassen, wie, wann und wo es nötig sein würde. Franzosen und Engländer mußten ständig auf dem laufenden gehalten werden, damit sie notfalls helfend eingreifen konnten.
Die westlichen Garnisonen in der geteilten Stadt sind lächerlich klein. Sie gaben Nikita Chruschtschow am 26. März 1960, als er eine Gipfelkonferenz in Paris auffliegen ließ, Anlaß zu diesem Bonmot: »Zwanzigtausend alliierte Soldaten in Berlin bedeuten keine Gefahr für die Sowjetunion. Eine Viertelmillion wäre uns lieber. Wir könnten sie leichter vernichten.«
So klein die Garnisonen der Verbündeten auch sind – unter keinen

Umständen hätte Snowden sie übergehen dürfen. Welcher Affront wäre das gewesen! Nun, inzwischen ist alles geregelt.
»Eines verstehe ich nicht. Wie war es möglich...«, sagt Snowden gerade.
»Das frage ich mich auch«, unterbricht Prangel.
Die beiden Männer arbeiten so lange zusammen, daß sie bereits in den gleichen Bahnen denken, die gleichen Reaktionen haben und sehr häufig nur einen halben Satz sprechen müssen, um zu erreichen, daß der andere ihn versteht. Ein ideales Team.
Snowden grübelt: »Alles kann man von den Brüdern drüben sagen. Idioten sind sie nicht.«
»Wahrhaftig nicht!«
»Die Sache mit Knolle hat dieser Bräsig prima eingefädelt. Den hält er mit der BVG-Drohung wirklich unter Druck. Knolle muß tun, was Bräsig befiehlt. Aber warum muß Knargenstein es tun? Warum Pokay? Wie kann Bräsig so sicher sein, daß sie sich nicht weigern? Welchen Druck mag er auf die beiden ausüben?«
»Knolle hat mir erzählt, Bräsig habe gesagt, daß Pokay und Knargenstein mitmachen würden, weil sie pleite sind und in der Wohnung dieses Unbekannten, der da entführt werden soll, ein Vermögen klauen können.«
»Nonsense.«
»Natürlich ist das Nonsense. *So* mies kann es keinem Menschen gehen, daß er riskiert, wegen Menschenraub ins Zuchthaus zu marschieren!«
»Precisely.«
»Dazu kommt: Wenn Knolle den beiden die Geschichte erzählt und sie zwingen will, ihm zu helfen, muß er doch befürchten, daß sie zu uns rennen und ihn verraten!«
»Precisely«, sagt A. C. Snowden zum zweitenmal.
»Daß der Bruno – ich meine, der Knolle – zu mir gekommen ist und alles verraten hat, das durfte Bräsig angesichts der BVG-Geschichte für ausgeschlossen halten.«
»Precisely«, sagt A. C. Snowden zum drittenmal.
Prangel seufzt schwer: »Schwierigkeiten genug wird das geben!«
»Was?«
»Alles Belastungsmaterial gegen Knolle zu negieren und den Mann *nicht* auszuliefern. Ich habe es ihm versprochen, weil Sie mir das aufgetragen haben, Mr. Snowden...«
»Was wird nun eintreffen? *Ost*-Material! Übersandt, *nachdem* Knolle dem Osten einen bösen Streich gespielt hat. Kann gefälscht sein. Unter solchen Umständen wird nicht ausgeliefert.«

»Hoffentlich stehen unsere Behörden auf demselben Standpunkt.«
»Das lassen Sie meine Sorge sein«, antwortet der Amerikaner kurz.
»Die sind mächtig stur, Mr. Snowden.«
»Ich bin sturer.«
Prangel seufzt wieder. »Na schön. Knolle hat mir ja geglaubt. Jetzt erzählt er Knargenstein und Pokay davon und sagt ihnen, daß auch Belastungsmaterial gegen sie, das uns geschickt wird, unbeachtet bleibt, wenn sie nur mitmachen. Denn das habe ich ihm ebenfalls mitgeteilt, wie Sie verlangt haben.«
»Und das war auch richtig! Da muß ich mich gleichfalls einschalten. Deshalb werden Knolles Freunde wohl kooperieren, nehme ich an. Was ich nicht verstehe: Wie ist es möglich, daß ...«
»... die beiden Straftaten begangen haben und wir nichts davon wissen, ja, genau das frage ich mich! Genauer: Wie ist es möglich, daß *wir* nichts davon wissen – und Bräsig schon?«
Seltsam verbissen erwidert der Amerikaner: »Weil die drüben eben den besseren Dienst haben. Noch immer. Ganz verrückt kann einen das machen. Dazu noch dieser Franz Lutter. Wie sie den ins Spiel gebracht haben. Genial, einfach genial war das!«
»Lutter?« Prangel sieht Snowden gespannt an. »Haben Sie da etwas in Erfahrung gebracht?«
»Im Document Center, ja.«
»Was?«
Mr. A. C. Snowden sagt dem Kriminalrat Prangel, was er im ›Document Center‹ über Franz Lutter in Erfahrung gebracht hat.

11

Da ist es 12 Uhr 30.
Bruno hat seinem alten Freund Knarje das letzte berichtet, was es zu berichten gibt. Schweigend sitzen sie einander nun in dem spießbürgerlich eingerichteten Zimmer der ›Pension Florida‹ gegenüber: Bruno auf dem Sofa, auf dem vor einer Stunde noch Wanda saß, Knarje auf einem Hocker neben dem Filmscheinwerfer.
Das Schweigen wird Bruno zuletzt unerträglich.
Heiser sagt er: »Nu rede schon endlich, Knarje!«
Der Freund schüttelt den Kopf.
»Soll det heißen, det du mir *nich* helfen willst?«
Der Freund nickt.
»Knarje!«
»Jeh und such dir Pokay. Vielleicht macht der mit.«

»Du als mein besta Freund ...«
Knarje zieht ein unglückliches Gesicht, steht auf und fummelt sinnlos an der Schmalfilmkamera herum. Er vermeidet es, Bruno anzusehen, während er spricht: »Besta Freund. Klar biste mein besta Freund! Aba det, watse heutzutage mit die Menschen machen, det is eben nich mehr menschlich. Heutzutage kannste eenen sein besta Freund sein und kannst'n doch in Stich lassen müssen.«
»Also du läßt mir in Stich?«
»Ick bin vielleicht 'ne Sau, bestimmt sojar, aber *so* 'ne Sau bin ick nu doch nich, det ick 'n Mann entführe!«
Bruno schnüffelt, fährt sich durch das blonde, feuchte Haar und spricht mühsam beherrscht: »Du *sollst* doch keen *entführn*, Knarje! Du sollst mir doch helfen, damit der *nich* entführt wird! Damit die Strolche jeschnappt werden, die ihn ham wolln! Der Hauptreferent und der Bräsig? Haste mir denn imma noch nich kapiert? Wir arbeeten in Auftrag von die Amis, beschützt von de Westberlina Polente! 'n jutet Werk tun wa, Mensch! 'ne Belohnung kriegste, wie ick – bestimmt! Da sorje ick schon für bei Prangeln. Und für Pokayn ooch. Und ...«
Knarje unterbricht nervös: »Det möchste doch allet bloß, Bruno! Da kann doch noch so ville schiefjehn! Hast ja selba alebt, wie prima unse Polente funkt manchmal. Da braucht det bloß een kleen Vasaga jeben, und wir ham den Kerl wirklich entführt!«
Bruno ist wieder einmal aus dem Konzept gebracht, die komplizierte Situation hat ihn verstört. Er argumentiert *gegen* das vorgeschlagene Projekt! »Denn kriegste deine Belohnung eben drüm. Und Pokay ooch. Von Bräsig. So wie ick die Knei ...« Da bemerkt er endlich, wie weit er sich verirrt hat. »Vaflucht! Wat rede ick denn da für Stuß? Wer will entführen? Ick doch am allawenigsten! Wäre ick sonst jleich zu Prangel jeloofen? Knarje! *Knarje!!!*«
»Nee, Bruno, nee«, sagt Knarje und dreht an der Optik der Kamera hin und her. »Det is allet Mist. Kiek ma, wie du dir jerade selba vaquatscht hast. Du bist ja jetzt schon mit de Nerven fertich. Un ick werde ooch noch so 'n Nervenbündel. Und wenn du mit Pokayn redest, dreht der vielleicht durch. Und wir drei solln denn losziehn? Det *muß* ja schiefjehn – so oda so!«
»Also du hilfst mir nich?«
»Nee.«
»Trotz die janze Sore in det Haus von den Kerl?«
»Scheiß uff die Sore! Siehste! Schon wieda! Die dürfte ick doch nich anrührn, die Sore, wenn ick mitmache for'n Westen!«
»Herrje, natürlich nicht«, sagt Bruno. »Ich bin verloren.«

»'n Dreck biste valorn! Du weijerst dir jenau wie ick, mitzumachen. Ruf Prangeln an. Sach ihm det. Damit hat et sich.«
»Ja, und denn lassen mir die Amis hochjehn, und der Bräsig schickt die BVG-Akten rüba, und ick werde ausjeliefat und bin im Arsch, wa?«
»Ach so.«
»Sonst haste nischt zu sagen als ach so? Und du bist mein besta Freund?«
»Hör endlich uff mit besten Freund und so!« Knarje ist derartig erregt, daß er gedankenlos die Kamera in Gang setzt. Sie beginnt zu surren. Er stellt sie erschrocken wieder ab. »Tja, dir hamse in de Hand. Bist 'n arma Hund. Aba ...«
»Wat aba?«
»Aba deshalb kannste doch nich verlangen, det Pokay un ick uns unjlücklich machen deinetwejen und im Zet landen und ...«
»Knarje!« schreit Bruno wild. »Haste denn nich mehr alle Tassen in Schrank? Wie oft soll ick dir det noch sagen: *Det is keene Entführung!* Det is bloß so, als wenn et eene wäre!«
»Ick trau mir aba nich. Bruno, ick trau mir janz einfach nich.«
Draußen auf dem Flur läutet das Telefon.
Knarje, hysterisch, ruft: »Und übahaupt: Wer jarantiert mir denn, det du die Wahrheit sagst? Det du mir nich anschwindelst, und et is doch 'ne richtije Entführung? Und bloß, damit du drüm deine Kneipe ...«
Bruno sieht plötzlich aus, als wolle er weinen.
Knarje tritt zu ihm und legt eine Hand auf seine Schulter.
»Siehste. Ick bin ooch schon völlich meschugge. Entschuldije man. Det habe ick natürlich nie so jemeint. Nie im Leben! Du, mein besta Freund, und so 'ne Schweinerei!«
Bruno fährt mit der Hand über die Augen. »So is det also zwischen uns. Keen Vertrauen mehr. Alleene bin ick. Muttaseelenalleene. Det beste is, ick koof mir 'n Strick.«
Solches sagt er ganz ernst, und er meint es ganz ernst, und Knarje weiß, daß es ganz ernst gemeint ist und verflucht sich selbst für seinen Ausbruch. Er will Bruno trösten. Er stottert herum. Da kommt kein Trost zustande.
Auf dem Flur hört man Frau Stanior reden, sie hat den Hörer des läutenden Telefons abgehoben.
Knarje sagt erschüttert: »Det is 'ne Welt, Bruno ... det is 'ne Welt ... jetzt hamse uns also jlücklich ooch noch auseinandajebracht! Ick ...« Etwas Tragisches ist ihm eingefallen. »Ick hab vor 'n paar Wochen den Hamlet jesehn.«

»Wen haste jesehn?«
»Hamlet. Det Stück von Schillern.«
»Na und?«
»In't Fernsehen, drüm in ›Schwarzen Schimmel‹. Da sacht der Hamlet, ick erinnere mir noch janz jenau: In unsere Welt kannste Unrecht mit 'ne verjoldete Hand beiseite schiem.« Knarje regt sich auf. »Und det war damals die Welt von Schillern. In *unsere* Welt, Bruno, heute, da kannste mit blutije Hände jede Freundschaft beiseite schieben, vanichten ...«
»Hör uff mit Freundschaft! Det Wort kann ick nich mehr hören!« ruft Bruno. »Jeh uff 'n Lokus und weene man schön. Ick muß mir völlig klar sein: Du hast mir in Stich jelassen, du hast mir verraten!«
»Bruno!«
»Jenau so isset.«
»Nee, isset nich!«
»Doch isset so!«
Es klopft.
Die Stanior scheint ein wenig verschreckt zu sein über all das, was sich seit dem Eintreffen dieses menschlichen Seehundes in ihrer Pension zuträgt, denn ihre Stimme klingt relativ friedlich: »Herr Knolle, der Herr von vorhin ist wieder am Apparat!«
»Fein«, murmelt Bruno leise. »Imma feste druff, wo't sowieso schon weh tut.« Laut sagt er: »Ick komme!«
Er geht zu dem Telefon, das auf dem Tischchen neben dem Baststuhl steht. Frau Stanior reicht ihm den Hörer und verschwindet sofort. Ihr ist unheimlich zumute. Sie läuft in ihr Zimmer und schließt die Tür. Sie horcht nicht einmal.
Bruno, dem alles viel unheimlicher ist als ihr, setzt sich diesmal vorsichtshalber sofort. Erst dann meldet er sich.
»Na?« ertönt Kornmanns Stimme heiter. »Haben Sie Ihrem Freund alles erzählt?«
Aus dem ›Atelier‹ kommt Knarje und tritt neben Bruno, welcher antwortet: »Ja.«
»Und er will natürlich nicht.« Kornmanns Stimme bleibt unerschütterlich heiter, so, als hätte er genau das erwartet.
»Nee.«
»Verlieren Sie nicht die Nerven, Herr Knolle. Wir sind keine Idioten. Diese Aktion klappt, das verspreche ich Ihnen. Sie ist von A bis Z geplant. Eine einzige Panne hat es gegeben.«
»Welche?«
»Daß die hinter Ihnen hergeschossen haben im Tunnel. Ihr Fürsor-

ger hat da sofort durchgegriffen. Meldung an die Zentrale. Die Brüder haben sich auf Mißverständnisse ausreden wollen und Befehl und so. Hat ihnen nicht das geringste genützt. Sitzen längst.«
»Det is aber 'ne Freude für mich!« sagt Bruno. »Wie soll ick denn nu ... wie kann ick denn nu ... wenn Knarje nu doch nich will ...?«
»Nicht so laut! Geben Sie mir mal den Herrn. Gehen Sie ruhig zurück in sein Atelier.«
»Ateljeh? Wat wissen ...«
»Pscht! Geben Sie ihn mir.«
Bruno steht auf und reicht Knarje den schweißfeuchten Hörer.
»Er will dir sprechen«, sagt er dazu und schleicht in das ›Atelier‹ zurück. Hier setzt er sich auf das Sofa und stützt den Kopf in beide Hände. Ein Strick, denkt er, ein Strick ...
Nach zwei Minuten hört er, wie Knarje ins Zimmer kommt, die Tür schließt und stöhnt.
Er blickt auf.
Da steht sein Freund, die Hände öffnen und schließen sich mechanisch, und mit der Stimme eines verzweifelten Kindes sagt er flüsternd: »Ick bin jenauso drin wie du, Bruno. Ick ... ick muß jenauso mitmachen!«

12

»*Wat?*« Bruno reißt die kleinen Augen auf.
Knarje läßt sich schwer neben ihn auf das Sofa fallen.
»Sie wissen allet ... allet wissense, Stinktiere, vafluchte!«
Den Bruno erfüllt eine wohlige Wärme nach diesem Klageruf Knarjes.
»Hatta dir de Leviten jelesen, der da an't Telefon?«
»Ja ...«
»Wat hatta jesagt?«
»Wat ick jemacht habe. Und wat passiert, wenn ick dir nich helfe.«
»Wat *haste* denn jemacht, Knarje?« fragt Bruno. Es klingt besorgt. Aber es klingt nur so. In Wahrheit verspürt der Bruno ungeheure Erleichterung. »Nu azähl schon!«
»Schuld an alles is diesa beschissene Soziale Wohnungsbau«, äußert Knarje zähneknirschend. Und dann erzählt er, was er gemacht hat.
Nämlich, das war so:
Knarje und Wanda, die sind doch schon zwei Jahre Bräutigam und

Braut. Und eineinhalb Jahre lang hat Knarje versucht, auf anständige und ehrliche Weise zu einer Wohnung zu kommen, und sei sie noch so klein – mit Hilfe des Sozialen Wohnungsbaues.
Man weiß (erzählt Knarje) ja von vornherein, wie das verläuft.
Verläuft überhaupt nicht.
Wenn es nach dem Sozialen Wohnungsbau gegangen wäre (erzählt Knarje), hätten er und Braut Wanda zusammen gut und gern an die zweihundert Jahre alt werden können – *ohne* eigene Wohnung! Das wollten sie nun aber nicht. Und so beschritt Oskar Knargenstein, nachdem er achtzehn Monate vergebens gewartet hatte, einen anderen Weg. Sechs Monate auf diesem Weg, und er hatte es, das eigene Heim, Glück allein.
Den Pfad, den Knarje ein halbes Jahr lang wandelte, um jenes Ziel zu erreichen (Sagt, war es ein zu hohes Ziel?), wollen wir den ›Maiglöckchen-Ballett-Pfad‹ nennen ...
Brunos erlernter Beruf war der eines Kellners.
Knarjes erlernter Beruf war der eines Schwenkers. Ein Schwenker ist der Assistent des Kameramanns beim Film. Als junger Mensch hatte Knarje oft assistiert. Er verstand sich auf Kameras.
Nun, und vor etwa einem Dreivierteljahr traten zwei Herren an ihn heran. Filmproduzenten, wie sie sagten. Sie wollten Knarje als Operateur gewinnen. Die Filme sollten in einer Villa in Zehlendorf gedreht werden. Darsteller wollten die Produzenten heranschaffen. Knarje wurde ein unglaublich hohes Honorar geboten. Es handelte sich nämlich um eine besondere Art von Filmen.
Knarje sagte zu.
Bereits am ersten Aufnahmetag mußte er feststellen, daß seine Produzenten mit minderjährigen Stars arbeiteten, kleinen Mädchen und kleinen Jungen. Ein paar Erwachsene spielten auch mit. Die Jugendlichen zeigten weder Scham noch Scheu.
»Det is 'ne Jenerazjon, kann ick dir flüstan, Bruno«, seufzt Knarje nun. »Die Kleenen müssen direktemang von de Schule zu uns jekomm sein. Meine Ufftragjeba hamse da wohl anjequatscht. Bißken Jeld oda Bonbons oda so – schon jeritzt.«
»Haste dir nich jejraust?«
»Na ja doch, schon. Natürlich. Aba det scheene Jeld, Mensch! Und ick war ja schließlich bloß Kameramann, nich? Und die Kleen', die ham det ja freiwillich jemacht. Also hab ick de Zähne zusammenjebissen und hab mir jedacht, Mensch, Knarje, hab ick jedacht, denk an die Wohnung. Un denn kamen die Pd.s.«
»Wat denn, wat denn«, sagt Bruno. »Pg.s habt ihr ooch jehabt?«
»Nich doch Pg.s! Pd.s! Weeßte nich, wat 'n Pd. is?«

»Nee.«
»Na, 'n Päderast, du Dussel!«
»Wat is 'n det, 'n Päderast?«
»Meine Jüte, det weeß der nich mal! 'n Hinterlada, Mensch! Is dir det vielleicht 'n Bejriff?«
»Ach«, sagt Bruno und denkt gramvoll an viereinhalb Jahre Zuchthaus zurück, »ja, det is mir 'n Bejriff.«
»Die Kleenen mit die Kleenen – jut. Alle durcheinanda – jut. Kesse Väta mit kleene Meechens – imma noch jut! Aber die Pd.s! Nee, also da is mir fast der Kaffee hochjekomm, Mensch! So kleene Jungs – und so olle Böcke! Det hat die Jungs doch weh jetan. Wie die jeweent ham un jejammat! Und det, vastehste, *jerade det* sollte man sehn uff die Fülme.«
»Die armen Kleenen. Die müssen doch tagelang hintaher noch Schmerzen jehabt ham.«
»Det wäre ja noch det wenigste jewesen. Wat mir so jequält hat, det war det ewije Schuldjefühl! Die Jungs, Mann, die Jungs, die ham doch 'n pischologischn Knacks weg for't janze Leben!«
»Wat for 'n Knacks?«
»Pisch ... Mensch, Bruno, bist du unjebildet! 'n *seelischen*!«
»Na, wenn dir det so jequält hat, warum haste denn nich uffjehört?«
»Weil ick doch det Jeld brauchte! Keena weeß bis heute wat von, nich mal Wanda. Du bist der erste, den ick det azähle. Een Fülm nach 'n andan ham wa jedreht. Den Betrieb kannste dir nich vorstelln! Die Jungs ham 'n bißken mehr Jeld jekricht. Und alle hamse die Schnauze jehalten – aus Angst. Ick denke, wir ham so an die fuffzich Dinga runtajekurbelt. ›Maiglöckchen-Ballett‹ hieß die Serje. Nich dot zu kriejen. Aba zuletzt hab ich et nich mehr ausjehalten. Da hat mir der Ekel übamannt, und ick bin abjehaun.«
»Wann war denn det?«
»Nach sechs Monate. Da hatte ick det Jeld for 'ne eijene Wohnung zusammen.«
»Und so lange haste 'n untadrücken können, dein' Ekel?«
»Nu zieh mir man noch durch de Zähne! Gloobste, det war leicht? Aber wat sollte ick denn machen, bei den vafluchten Sozialen Wohnungsbau? Wanda und ick, wir wollten doch heiraten. Hätten wa uff die Brieda von Sozialen Wohnungsbau jewartet, wärn wa schon dreimal jeschieden jewesen, eh die uns ooch bloß 'n Bescheid jejeben hätten. Is übrijens bis heute keena jekommen.«
Als er das Geld beisammen hatte, der Oskar Knargenstein, da stieg er aus diesem Saftladen aus, kaufte die Wohnung und außerdem

eine Schmalfilmkamera, cinen Scheinwerfer und anderes technisches Zubehör. Er wollte weiter filmen. Aber nur mit Erwachsenen! Und auf eigene Rechnung.

»So hab ick also die Produkßjon hier uffjezogen. Is jerade anjeloofen. Macht sich prima. *Meine* Fülme jehn ooch! Und die sind anständig!« Knarje stöhnt. »Und nu soll det allet im Eima sein.«

»Wieso?« fragt Bruno, der schon eine fröhliche Ahnung hat.

»Wir ham imma jedacht, wir fangen det vadammt schlau an bei det Maiglöckchen-Ballett, weeßte. *Denkste!*« Knarje lacht hohl. »Jetzt, da an't Telefon, dein Kerl da, der hat mir aklärt, det seine Leute uns die janze Zeit beobachtet ham und heimlich fotojrafiert – besonders mir, wenn ick zufällig mal mit die Kleenen in die Villa rinjing oder rausjekommen bin. Und die Namen von meine Ufftragjeba wissense ooch. Und sojar fümf von unse Fülme hamse drüm in Osten – die *schlimmsten*!«

»Woher weeßte denn, det et die schlimmsten sind?«

»Er hat mir die Titel jesacht.« Knarje knirscht wieder mit den Zähnen. »Sojar die Namen von die Kinder hamse. Wenn ick nich mitmache, sagt dein Hauptreferent, denn schicken se an de Sitte hier die Fülme und die Namenlisten und allet. Und zwar jleich. Uff de Stelle.«

»Wie bei mir mit die BVG«, murmelt Bruno. Er ist selig über das Unglück seines Freundes. Denn nun ist Knarje an ihn gekettet.

»Und wenn se det machen«, fährt Knarje fort, »denn jibt det den jrößte Skandal seit 'n Krieg! Da war die Nitribitt nischt dajejen! Ick jeh in 'n Bau – wejen Unzucht mit Minderjährje oder wie det heeßt ...«

»Is nich so wichtig, wie det heeßt. Fümf, zehn Jährchen krichste, det alleene is wichtig!« meint Bruno gemütvoll.

»Ja«, sagt Knarje tragisch, »det alleene is wichtich. Se ham mir also jenauso in de Zange, die Hunde.«

»Jenauso.«

»Und ick muß mitmachen.«

»Und du mußt mitmachen«, sagt Bruno. »Und warum? Weil det deine einzije Schangse is, det nischt passiert, wenn die Fülme rübakomm. Weil, wenn du mir hilfst, keene Anklage erhoben wird. Det hatta mir in die Hand vasprochen, der Prangel! Keene Auslieferung for mir, und keene Maßnahme jejen dir oder jejen Pokay – wenn ihr nich jerade een abjemurkst habt. Schlaua Hund, der Prangel! Hat sich natürlich jleich jesacht, det ihr ooch wat ausjefressen ham müßt. Sonst wär der Bräsig doch nich so sicha jewesen.«

»Die ham eben den bessern Apparat drüm«, sagt Knarje. In diesem

Punkt stimmt er völlig mit Mr. A. C. Snowden überein. »Apropo Pokay.«
»Wat heeßt apropo?«
»Weeßte nich mal, wat apropo heeßt?«
»Idiot! Klar weeß ick. Pokay meine ick!«
»Reje dir nich uff, Mensch. Wejen den Pokay, da hatta mir noch wat jesagt, dein Hauptreferent. Nämlich, det der bloß so wat wie'n Ersatzmann jewesen wäre. Wenn ick nämlich jetzt nich vasprochen hätte, mitzumachen ...«
»Du hast et also vasprochen?«
»Klar! Aber wenn ick et nich vasprochen hätte, denn hätte der mir jleich hochjehn lassen, dein feina Herr Hauptreferent, und hätte dir zu'n Pokay jeschickt.«
»Wat wissense denn von *den*?«
»Det hatta mir nich verraten. Aber et muß wat *janz* Dollet sein! Pokay, hat der Hauptreferent jesacht, der hätt mitmachen *müssen*!«
»Wat kann Pokay bloß ...«, beginnt Bruno zu grübeln, wieder einmal aus dem Gleis gebracht.
»Det is doch jetzt scheißejal! Ick will et jar nich wissen. Und du sollst Pokayn in Frieden lassen, läßt der Hauptreferent dir sagen, sollst 'n überhaupt nich suchen. Wir zwee beede jenüjen for 'n Transport.« Knarje steht abrupt auf.
»Wat haste denn?«
»Mir is schlecht. Ick muß wat trinken, sonst kotz ick noch! Sone vadammte Schweinerei!«
Tja, daß Kommissar Wilhelm Bräsig die Aktion schlecht vorbereitet hat, kann nun wirklich kein Mensch behaupten. Daß er sie geradezu genial vorbereitet hat, erweist sich, als die beiden Freunde den ›Schwarzen Schimmel‹ betreten.
Da sieht Bruno in dem beinahe leeren Lokal, unter dem Gedicht von der Nase, die glüht wie ein Karfunkel, unter diesem Gedicht, dort, wo er so oft mit Nelly, seiner großen Liebe, gesessen hat, seine große Liebe, die Nelly, sitzen.
Er stolpert.
»Du ... du ...«, stammelt er.
Im ersten Moment dachte er, verrückt geworden zu sein, vor Hitze und Aufregung. Dann dachte er, die Mitzi Szapek säße da. Aber nun sieht er: Das ist nicht die Mitzi. Das ist die Nelly!
Die Nelly! Die Nelly!
1947, als Bruno sie kennenlernte, da war Nelly Pietsch zwanzig Jahre alt – so alt wie Mitzi nun. Deshalb war Bruno ja auch bei jener ersten Begegnung in der Gotlindestraße so verwirrt. 1964 ist seine

Nelly siebenunddreißig Jahre alt. Aussehen tut sie wie dreißig! Dem Bruno werden die Knie weich.
Da sitzt seine Liebe: Schwarzes Haar, blaue Augen, immer noch die Ia-Klassefraufigur. Einen schwarzen Pullover aus Seide trägt sie, ganz enge, schwarze Hosen, goldene, durchbrochene Stöckelschuhe an den bloßen Füßen, deren Nägel golden bemalt sind. Eine feine, weiße Jacke aus irgendeinem Stoff, der wirkt wie Seidenpapier, hat sie über die Schultern geworfen. Und sie lächelt breit mit ihrem großen Mund und zeigt ihre wunderschönen weißen Zähne und streckt die Arme aus und sagt: »Hallo!«
Da schlägt Bruno fast wirklich hin.
Er taumelt an den Tisch, läßt sich neben seine Nelly, seine Nelly, seine Nelly fallen und lacht und schluckt und stammelt: »Du... du... det du wieda da bist... Wie kommt denn det, wieso biste denn da?«
»Wanda hat mich angerufen und gesagt, du bist in Westberlin. Da habe ich mich sofort angezogen und bin hierhergekommen. Ich habe gehofft, du würdest auch bald kommen.« Nelly Pietsch spricht reines Deutsch. Hat sie immer gesprochen. Ach, dieses Lächeln! Ach, dieser Blick!
Bruno küßt ungeschickt ihre Hände.
»Nelly... meine Nelly...«
Vergessen wieder einmal sein ganzes Unglück, die ganze Gefahr, völlig vergessen die kleine Mitzi Szapek drüben im Osten.
»Nelly! Meechen! Ick meine: Wieso biste in *Berlin*? Du warst doch in Düsseldorf...«
»Ich habe es nicht mehr ausgehalten. Ich hatte Heimweh, Bruno. Heimweh nach Berlin. Und deshalb bin ich zurückgekommen.«
»Wann denn?«
»Vor zwei Jahren.«
»Da saß ick...«
»Ja, leider. Ich war sehr unglücklich, als ich es erfuhr.«
Der Bruno fühlt, wie seine Augen naß werden. Er packt Nelly und küßt sie wild, preßt sie an sich, der Kuß nimmt kein Ende.
Knarje, der zu dem Wirt an die Theke getreten ist, läßt ein lautes »Aaaahhhh!« vernehmen, kippt ein Glas danach und ruft: »Valier deine Zunge nich, Bruno!«
Bruno löst sich von Nelly. Er ist auf einmal schüchtern wie ein Schuljunge. Unsicher fragt er: »Willste mir vielleicht wieda ham?«
»Warum nicht?« fragt Nelly, seltsam unruhig.
»Ick... ick dachte man bloß... nach die janze Zeit... da mußte doch 'n andan jefunden ham, hier in Berlin – 'n Beschütza...«

Gleich darauf fährt er zusammen, denn ihr Gesicht verzerrt sich zu einer Fratze des Hasses, während sie zischt: »Beschützer? Ich habe keinen Beschützer! Da kannst du Gift darauf nehmen!«
»Nelly!«
Es ist, als kehrte sie aus einer anderen Welt zurück. Ihr Gesicht entspannt sich, sie lächelt, fast entschuldigend. »Armer Bruno, habe ich dich sehr erschreckt? Verzeih. Ich ... ich kann nur dieses Wort nicht hören, weißt du.«
Da küßt Bruno sie noch einmal. Und das ist, was er denkt: So soll es also sein. Wir haben uns wiedergefunden. Jetzt dürfen wir uns *nie* mehr verlieren! Jetzt mache ich alles, was Prangel will. Knarje auch. Wir schaffen es. Jetzt *muß* ich meine Kneipe haben! Für Nelly und mich. Jetzt wird mein Traum doch noch Wirklichkeit. Bräsig und der ›Hauptreferent‹ sollen hochgehen! Alles werde ich tun, damit sie hochgehen! Damit ich endlich in Frieden leben kann – mit meiner großen, einzigen Liebe!
Na ja ...
Man kann sich natürlich auf den Standpunkt stellen, daß in dieser Geschichte sehr viele Menschen mit dem Begriff ›Liebe‹ Schindluder treiben und ihn nur als Alibi benützen. Der Kriminalrat Prangel zum Beispiel. Der Kommissar Bräsig zum Beispiel. Mit ihren Lieben entschuldigen diese Männer alles, was sie Unmenschliches tun. Darf man Unmenschliches tun, wenn man liebt? Entschuldigt die Liebe alles? Jeden Verrat? Jede Gemeinheit?
Liebe ist das Schönste und Edelste auf der Welt. Und das Größte. Steht in der Bibel.
Aber die ist schon so alt.
Bruno Knolle hat jetzt ein Ziel, ein leuchtendes, wunderbares Ziel. Auf einmal kommt er sich nicht mehr getreten und geschunden vor. Auf einmal ist er ein König! Ein glücklicher König!
Und wer hat das getan, daß er sich so vorkommt?
Das hat mit seinem Wissen der Kommissar Bräsig getan.
O schönes Leben, o schöne Welt!

13

Weil hier gerade von Liebe die Rede war:
Im August 1964 berichtete die ›Berliner Zeitung‹, daß in ›Meyers Neuem Lexikon‹, dem ersten großen Nachschlagewerk der Deutschen Demokratischen Republik, das Stichwort ›Liebe‹ fehlt. Ein Professor aus Greifswald machte die Redaktion des Werkes darauf

aufmerksam. Chefredakteur Uhlmann bezeichnete das Versäumnis (laut ›Berliner Zeitung‹) als ›sehr peinlich‹. Ob das Stichwort in der zweiten Auflage, die 1968 bis 1972 in Leipzig erscheinen soll, berücksichtigt werden wird, sagte Chefredakteur Uhlmann allerdings nicht.
Weil gerade von der Deutschen Demokratischen Republik die Rede war, hier etwas aus der Bundesrepublik Deutschland:
Als der sowjetische Ministerpräsident Chruschtschow seiner Bereitschaft zu einem Besuch Bonns Ausdruck gegeben hatte, teilte eine Bonner Fahnenfabrik umgehend mit, daß die Bundesregierung, wenn sie es für nötig hielte, sofort über einhundertundachtzehn sowjetische Fahnen mit Sichel und Hammer verfügen könne – in bester Wolle und in Größenordnungen von 120 mal 80 Zentimeter bis zu Ausmaßen von 250 mal 150 Zentimeter.
Der Verkaufsdirektor erklärte, seine Fabrik habe die Fahnen in weiser Voraussicht auf Vorrat produziert, gleich nachdem erste Gerüchte über einen Besuch Chruschtschows in Westdeutschland laut geworden seien. Die zuständigen Bundesbehörden meinten, die gelagerte Menge werde für die Visite ausreichen. Der Stoff der Fahnen ist feuerrot.
Und weil hier gerade in einem zusammengesetzten Wort das Substantiv Feuer verwendet wurde:
Während der Wirren der Französischen Revolution tröstete der Marquis de Bruy einen deprimierten Jakobiner so: »Was beklagen Sie sich, Monsieur, über die Flammen der Zeit? Sie müssen auch das Feuer verstehen. Sehen Sie nur, wie lustig es brennt...«

14

Folgt ein Bericht über das Leben der Nelly Pietsch.
Sie stammt aus einer wohlhabenden, bürgerlichen Familie. Der Vater besaß eine gutgehende Praxis als Dentist. Sie ging so lange gut, bis die Russen 1945 Berlin erreichten und der Kampf um die Reichshauptstadt begann. Da fiel eine Bombe auf das Haus, in dem sich sowohl die Praxis wie die Wohnung von Nellys Eltern befanden.
Die Bombe zerstörte das Haus und drückte auch den Keller ein, in den sich die Bewohner geflüchtet hatten. Es gab vier Überlebende. Unter ihnen war Nelly. Ihre Eltern waren nicht darunter.
Die Rote Armee eroberte und besetzte ganz Berlin. Sehr viele Frauen machten damals böse Erfahrungen, sehr viel weniger Frauen

machten gute. Zu diesen gehörte Nelly. Ein sowjetischer Offizier verliebte sich in sie. Er verschaffte ihr eine Wohnung, Essen, Heizmaterial, Kleider. Er sorgte dafür, daß sie von Soldaten beschützt wurde – vor anderen Soldaten. Denn er war sehr verliebt und eifersüchtig.

Nelly wußte nicht, ob sie ihn auch liebte. Mit achtzehn Jahren weiß man das nie, wenn man Verstand besitzt und nachdenklich ist. Aber Nelly hatte den sowjetischen Offizier sehr gern, denn er war sehr gut zu ihr, und sie weinte sehr, als er 1946 nach Moskau zurückgerufen wurde.

Sein Freund kümmerte sich anschließend um Nelly. Der war genauso nett. Vielleicht noch netter. Und wurde gleichfalls nach Moskau zurückgerufen, nach einem Weilchen.

Dem zweiten sowjetischen Offizier folgte ein amerikanischer Offizier, diesem ein englischer, diesem ein französischer, ein zweiter französischer, wieder ein amerikanischer. Zuletzt hatte Nelly mehrere alliierte Herren gleichzeitig an der Hand. Es war eine Sache der Gewöhnung und vor allem der genauen Zeiteinteilung. Man mußte darauf achten, daß die Herren pünktlich kamen. Und *gingen*! Nelly achtete darauf. Sie lebte glänzend in dieser Zeit. Sie hatte zu essen, zu trinken, zu rauchen – all das und anderes, was viele Berlinerinnen in jener Zeit nicht oder nicht mehr hatten.

Dann aber geriet – durch Nellys Schuld – der Zeitplan, den sie angelegt hatte, durcheinander. Ein französischer Oberleutnant überraschte Nelly und einen britischen Oberleutnant dort, wo er sich selbst am liebsten aufzuhalten pflegte – in ihrem Bett.

Nun war es mit dem System ›Mehrere gleichzeitig‹ vorbei, denn die Herren Offiziere zogen sich allesamt beleidigt zurück.

Waren indessen lauter Gentlemen, die Herren Offiziere, und deshalb ließen sie Nelly, was sie ihr geschenkt hatten. Mit dem feinen Daheimsitzen und Auf-die-Besucher-Warten war es nun allerdings Essig.

Nelly mußte auf die Straße, um sich neue Kunden zu holen. Die konnte sie dann in jene Wohnung bringen, die ihr der erste sowjetische Offizier verschafft hatte. Eine Wohnung in Berlin war 1947 eine große Sache! Und Nelly war von atemberaubender Schönheit und, wie Bruno es dem Kommissar Bräsig geschildert hatte: »Die tollste Biene uff den neuen Strich! Die konnte valangen, wat se wollte! Wie wahnsinnig warn die Kerle nach die! R-Mark-Zeit! Jeld hat Nelly natürlich nie jenomm! Bloß Fressen, Zigaretten, Schnaps! Jelebt ham wa wie Jott in Frankreich ...«

Wir haben anläßlich der Schilderung dieses Gespräches, das Bruno

Knolle mit dem Kommissar Bräsig führte, berichtet, daß Bruno ›seine‹ Nelly nach Rückkehr aus sowjetischer Gefangenschaft kennenlernte und sich Hals über Kopf in sie verliebte. Nelly liebte Bruno auch, das glaubte sie nun schon mit einiger Sicherheit sagen zu können. (Sie war inzwischen zwanzig Jahre alt geworden, und da glaubt man immer, so etwas schon mit einiger Sicherheit sagen zu können.) Die beiden schmissen sich zusammen, er wurde ihr Beschützer. Groß war das Glück, lange währte das Glück. Lange über die Währungsreform hinaus. Nicht ewig. Denn es drangen allzu phantastische Meldungen über das Wirtschaftswunder in Westdeutschland an Nellys hübsches Ohr. 1959 verließ sie ihr immer noch recht tristes Berlin und ging nach Düsseldorf.
Bruno litt damals sehr unter ihrem plötzlichen Verschwinden. So sehr, daß er bald danach, nervös, fahrig und unglücklich, den Einbruch in die Filiale der Berliner Volksbank in Ostberlin recht ungeschickt beging, gefaßt und zu fünf Jahren Zuchthaus verdonnert wurde.
Nelly litt auch – unter ihrem Betragen. Wenn sie daran dachte. Sie dachte darum möglichst selten daran. Es gibt, man weiß es, hier eben die verschiedensten menschlichen Beziehungen. Wir nennen sie, Gott sei es geklagt, leichtfertig allesamt Liebe. Vielleicht fehlt das Stichwort ›Liebe‹ darum ganz zu Recht in ›Meyers Neuem Lexikon‹, dem ersten großen Nachschlagewerk der Deutschen Demokratischen Republik.
Im bundesrepublikanischen ›Neuen Brockhaus‹ von 1959 finden wir in Band III auf Seite 339 (zweite Spalte, unten) diese Definition: »Liebe (german. Stw.), die, –, 1) opferbereite Gefühlsbindung, Zuneigung im engeren Sinne; geschlechtsgebundene Gefühlsbeziehung; die L. des Vaters: die der Vater zum Kinde hat; die L. zum Vater, für den Vater: die L. des Kindes. 2) Erbarmen, Mildtätigkeit: Werke der Liebe; etwas mit dem Mantel der L. zudecken: etwas Schimpfliches vergessen sein lassen. 3) platonische L. (nach Platos ›Gastmahl‹); seelisch-geistige Zuneigung, nicht vom Geschlechtstrieb beherrschte L. 4) U Freundlichkeit: Tun Sie mir die L. (aber: es mir zuliebe) und kommen Sie mit mir. 5) U geliebter Mensch: meine erste L.; eine alte L. von mir ...«
Und so weiter und so weiter. Das mit diesen U's geht noch fast über die halbe dritte Spalte.
Wenn man sich hier durchgearbeitet hat, dann weiß man etwa so genau, was Liebe ist, wie vor der Lektüre. ›Liebe‹ scheint etwas zu sein wie das englische Wort ›get‹. Man kann dieses Wort in fast allen Zusammenhängen anwenden. Nutzbringend. Vereinfachend.

Vielfachen Ereignissen und Zuständen Ausdruck verleihend.
Wer den ›Brockhaus‹ gelesen hat, muß den Eindruck gewinnen, daß ›Liebe‹, was immer sie ist, keinesfalls etwas Eindeutiges, Klares sein kann.
Nelly Pietsch hatte den Brockhaus gelesen. Nelly gewann jenen Eindruck. Man konnte mit dem Wort ›Liebe‹ wirklich so viel anfangen wie mit dem Wort ›get‹. Nelly fing eine Menge damit an!
Nur zwei Monate trabte sie in Düsseldorf auf dem Strich und suchte sich ihre Freier. Dann hatte sie schon einen festen Herrn. Der war Konservenfabrikant, verheiratet, Vater von vier Kindern, fett, millionenschwer und konnte sich nicht scheiden lassen, obwohl er das gern getan hätte. Aber wenn er es tat, mußte er die Hälfte seines Reichtums seiner Frau geben. Und das wollte er natürlich nicht. Da kam es ihn viel billiger, Nelly ein piekfeines Appartement zu kaufen und mit kostbaren Teppichen und kostbaren Möbeln einzurichten.
Der Dicke (Heinz Lorber hieß er) war auch ganz verrückt nach Nelly – wie die Kerle in Berlin. Er hatte nur viel mehr Geld als jene, und die R-Mark-Zeit war längst vorbei. Gute D-Mark konnte Nelly nehmen. Sie nahm. Er gab reichlich. Nelly eröffnete ein Bankkonto. Nelly bekam Schmuck. Nelly bekam – 1960, am 23. Dezember (am 24. mußte Herr Lorber natürlich im Kreise der Familie sein) – einen Nerzmantel. Tiefdunkelbraun! Das Feinste vom Feinen!
Man kann sagen: Sie war gesettled.
Heinz Lorber hatte wenig Zeit. Er kam nur zweimal in der Woche – für höchstens zwei Stunden. Zu viel zu tun ...
Da lief Nelly ein Hagerer über den Weg. Der war auch millionenschwer (Stahlindustrie), gleichfalls verheiratet, gleichfalls Vater, gleichfalls großzügig, René Öxle hieß er. Und wohnte in Duisburg. Kam immer nur geschäftlich nach Düsseldorf. Na, wenn sich das nicht einrichten ließ!
In Erinnerung an den alten Nachkriegs-Fahrplan stellte Nelly einen neuen auf. Mit größerer Vorsicht. Mit allen nur denkbaren Sicherungen. Lorber und Öxle begegneten einander nie, ahnten nichts voneinander. Nelly wurde immer feiner! Immer wohlhabender! Herr Öxle war noch großzügiger als Lorber, er machte noch mehr Geschenke. (Kam ein zweiter Nerzmantel, eine Nerzjacke, eine Nerzstola.) Herr Öxle hatte ein paar kleine Wünsche, wenn er mit einer Frau zusammen war. Bisher hatte sich noch keine Frau bereit gezeigt, diese kleinen Wünsche zu erfüllen – seine Angetraute schon gar nicht.
Nelly zeigte sich bereit. Das war eben auch Liebe. *Mußte* Liebe sein!

Sonst hätte der magere Öxle doch nicht, wenn sie jene Wünsche erfüllte, stets selig gestöhnt: »Ich liebe dich ... ich liebe dich unendlich ... oh, wie ich dich liebe ...«
To get ...
Pelze. Schmuck. Kleider. Geld. Für ein bißchen Mühe und für so viele freie Zeit!
Nelly konnte zufrieden sein.
Natürlich war sie es nicht. Natürlich wollte sie nun einen Mann haben, bei dem *sie* selig stöhnen konnte: »Ich liebe dich ... ich liebe dich unendlich ... oh, wie ich dich liebe ...«
Natürlich fand sich dieser Mann.
Dieser Mann findet sich in solchen Geschichten immer.
In Nellys Geschichte fand er sich an der Theke einer Bar, die sie (allein) besuchte. Er sah aus wie ein griechischer Gott. Er war vielleicht drei Jahre älter als Nelly. Er starrte sie an gleich einer Himmelserscheinung. Ihr wurde kalt und heiß. Sie starrte zurück. Und hatte das Gefühl, sie läge schon mit diesem Mann im Bett.
Zwei Stunden später lag sie mit ihm daselbst.
Und stöhnte, was zu stöhnen sie sich gewünscht hatte.
Harald Kamp hieß der Herr.

15

Und erwies sich natürlich als Zuhälter.
War das der Nelly gleich!
(To get.)
Herr Kamp nahm Nellys Geschäfte in die Hand. Er spekulierte mit ihrem Gelde an der Börse. Manchmal erfolgreich. Manchmal erfolglos. Meistens erfolgreich.
Herr Kamp hatte feste Ansichten: »Geld auf der Bank ist Wahnsinn.«
»Aber die Zinsen, Harald ...«
»Zinsen! Wie lange, glaubst du, geht das noch so weiter mit dem Wunder? Da kommt ein Knall, ein Riesenknall – und alles ist futsch! Nein, entweder man läßt sein Geld arbeiten – *kurzfristig!* – oder man kauft Gold und Steine dafür. Die bleiben wertbeständig. Auch in einer Inflation.«
»Tu nur, was du für richtig hältst«, sagte Nelly.
Herr Kamp tat, was er für richtig hielt.
Er ließ in dem Appartement einen Wandtresor einbauen, der besaß eine Nummernkombination. Nur Nelly und er kannten sie und

konnten die Tresortür öffnen. In den Safe kam Nellys Schmuck, alles bare Geld, soweit es nicht ›kurzfristig arbeitete‹, kam Gold, kamen Brillanten.
Herr Kamp arbeitete schwer. Nelly war sehr glücklich. Bis zum 25. November 1961. Da kehrte sie nach siebentägiger Abwesenheit heim. Aus einer Klinik. Der Blinddarm ...
Als sie nun ihre Wohnung betrat, sah sie, daß die Tresortür offenstand. Nichts befand sich mehr in dem Safe, nicht ein Zehnmarkschein! Nelly lief zu ihren Schränken. Die Nerzmäntel waren weg! Die Stolen! Die Jacken! Die anderen Pelze! (Sie hatte die Nerze aus der Aufbewahrung geholt, weil doch der Winter kam.) Es war überhaupt alles weg, was man einfach wegtragen konnte: Schmuck, Steine, Geld. Möbel und Teppiche waren noch da. Die konnte man nicht so einfach wegtragen.
Herr Kamp war natürlich auch weg, wie Nelly sofort feststellte. Nicht mehr in Düsseldorf. Verzogen. Wohin? Unbekannt.
In ihrer Verzweiflung handelte Nelly vorschnell: Sie raste zur Polizei und erstattete Anzeige gegen Herrn Harald Kamp. Diese Anzeige hatte nicht die Folgen, die Nelly erhoffte. Herr Kamp blieb unauffindbar. Aber Nellys Freier, Herr Öxle und Herr Lorber, bekamen Wind von der Anzeige. Also hatte Nelly sie mit einem anderen Mann betrogen? Das konnten die Herren nicht verwinden. Für ihr vieles Geld hatten sie schließlich verlangen dürfen, allein, ausschließlich und von ganzem Herzen geliebt zu werden!
Nun gingen ihnen die Augen auf. Gleich zweimal nacheinander: Zuerst stellte jeder von ihnen einzeln fest, daß Nelly ihn mit Harald Kamp betrogen hatte; danach, durch eine Verkettung unglücklicher Umstände, erfuhren die Herren auch noch, daß Nelly einen jeden von ihnen nicht nur mit Kamp, sondern auch wechselseitig mit einem jeden von ihnen betrogen hatte.
Das war zuviel!
Pfui Teufel, solche Verkommenheit!
Der dicke Lorber war derart in seinen Gefühlen verletzt, daß er sogar den Versuch unternahm, die Eigentumswohnung, die er in blinder Liebe gekauft und Nelly zum Geschenk gemacht hatte, durch Gerichtsbeschluß zurückzubekommen. Da war Nelly allerdings schneller. Sie verkaufte die Wohnung, packte ihre Kleider zusammen, ließ die Möbel nach Berlin schaffen und kehrte selbst dahin zurück.
Das war im Januar 1962.

Von dem Geld, das sie für die Düsseldorfer Wohnung erhalten hatte, kaufte sie eine neue in der Meinekestraße. Es war ihr klar, daß sie sich in einer scheußlichen Situation befand. Nach Jahren des vornehmen Mätressentums würde sie nun wieder von vorn anfangen müssen, sprich: Auf dem Strich. Und sie war bereits fünfunddreißig.
Das ist kein Alter für eine Frau im allgemeinen – jedoch im besonderen, dann nämlich, wenn es die Zeitläufte mit sich bringen, daß die Teenager-Prostitution blüht. Dann sind fünfunddreißig Jahre schon ein ganz hübsch hohes Alter. Ein ganz häßlich hohes.
Nelly sah immer noch hervorragend aus – aber natürlich nicht mehr wie zwanzig. Und so hätte sie aussehen müssen, um noch einmal groß Karriere zu machen.
Nein, mit der großen Karriere war es vorbei.
Nelly hatte keine Illusionen. Sie holte sich ihre Freier von der Straße, wie einst. Es gab genug, aber sie schenkten keine Nerzmäntel, sie überreichten keinen Schmuck. Sie bezahlten ihre fünfzig bis hundert Mark, je nachdem, und damit hatte es sich.
Zu der nun ungewohnt schweren Arbeit kam auch noch die Gefahr. Alle Huren auf dem Strich in der Chimanistraße warnten Nelly immer wieder: »Du brauchst 'n Beschützа! Sonst is det ja lebensjefährlich! Sonst kommste janz bestimmt noch mal an eenen, der haut dir über 'n Kopp und bringt dir um!«
Allein, wenn Nelly das Wort ›Beschützer‹ nun auch nur *hörte*, sah sie schon rot und begann zu toben.
»Ich will keinen! Ich brauche keinen! Ich habe die Nase voll von Beschützern! Das sind doch lauter Schweinehunde!«
»Nee, Nelly, nee«, antwortete darauf einmal Wanda, Oskar Knargensteins Braut, »det sage nich. Sind ooch anständije dabei.«
»Anständige! Daß ich nicht lache!« rief Nelly, der zum Weinen war. »Es gibt keine anständigen! Keinen einzigen! Du wirst auch noch deine Wunder erleben mit deinem Knarje, du auch!«
Danach stürzte sich Wanda auf Nelly (die Unterhaltung fand im ›Schwarzen Schimmel‹ statt), schlug sie zu Boden und riß sie an den Haaren. Nelly schlug zurück und riß auch, und wenn nicht der Wirt, ein paar Luden und Taxichauffeure eingegriffen und die Amazonen getrennt hätten, wäre gewiß ein Unglück geschehen.
So entsann Nelly Pietsch sich nach zwei Schnäpsen ihrer guten Kinderstube und bat Wanda um Verzeihung.
Da war Wanda ganz gerührt und verzieh natürlich sofort und meinte, sie könne Nellys Bitterkeit sehr wohl verstehen. Von die-

sem Tag an waren die beiden Freundinnen. Deshalb lief Wanda auch sofort zu Nelly, als Bruno Knolle im Sommer 1964 wieder auftauchte. Denn daß der in Westberlin war, das mußte Nelly sofort wissen.
»Det is eena von die Anständijen, Nelly! Der hat dir von Herzen lieb, det wissen wa alle. Den darfste vatrauen!«

17

Ja, darf ich dem Bruno vertrauen? überlegt Nelly Pietsch nun, am Mittag des 15. August 1964. Nachdem sie Bruno im ›Schwarzen Schimmel‹ getroffen hatte, ist sie mit ihm in ihre Wohnung gegangen, und da sitzen nun beide inmitten der Möbel und Teppiche, die der dicke Lorber aus Düsseldorf der Nelly schenkte.
Eine vornehme Wohnung ist das! Richtig verlegen war Bruno zuerst, als er die ganze Herrlichkeit sah. Doch als er dann merkte, wie traurig, wie unendlich traurig seine Nelly geworden war (ach, und wie hatte sie früher immer gelacht!), da wurde er sehr nachdenklich. Aber weil er Nelly liebte, stellte er keine Fragen. Nur eine einzige: »Hast schwere Zeiten hinta dir, Nelliken?«
Darauf hatte seine große Liebe stumm genickt.
Und nun war Bruno sogleich hektisch gesprächig geworden: »Ick ooch, Nelliken, ick doch ooch. *Mir* mußte nischt azähln. Ick will jarnischt wissen. Männa, wa? Kann ick mir denken. Schufte, die meisten. Aba nich alle! Ick, Nelliken, ick bin keen Schuft! Ick habe dir 1947 jeliebt, und ick liebe dir heute – *jenauso*!« Daß es drüben im Osten eine Mitzi Szapek gibt, hat der Bruno nun völlig vergessen. Zu seiner Entschuldigung: Er hat diese Mitzi Szapek auch nie geliebt. Nur gesagt hat er es ihr. Weil sie es hören wollte. Was hätte er denn tun sollen? Er brauchte Mitzi doch ...
»Ach, Bruno«, seufzt Nelly. »Liebe! Hör auf!«
»Warum?«
»Weil es das überhaupt nicht gibt, Liebe!« ruft Nelly erregt.
»Nich jibt? Na, hör mal ...« Bruno bleibt vor Staunen der Mund offenstehen. »Hast du mir denn nich jeliebt damals, 1947?«
»Gern, sehr gern hatte ich dich!«
»Jern? Jeliebt haste mir! Und nich bloß 47! Ville Jahre lang! Ick bin dir nich böse, det du denn wegjemacht bist 59! Hatte dir nischt zu bieten, Jeschäft jing mies – und drüben im Westen rollte die D-Mark! Hand uffs Herz, ick kann dir jut vastehn! Wenn ick du jewesen wäre, ick hätte jenauso jehandelt!«

»Meinst du das wirklich und wahrhaftig, Bruno?« fragt Nelly, die immer unsicherer wird.
»Wahrhaftich und wirklich!« lügt Bruno, und er weiß, daß er lügt, aber er denkt: Warum soll ich nicht lügen? Nelly ist wieder da! Ich kann sie haben! Ich will sie haben! Und ich werde sie haben, wenn sie nur Vertrauen zu mir bekommt. Damit sie Vertrauen zu mir bekommt, muß ich eben lügen.
»Siehste«, fährt Bruno werbend fort, »et is doch wahr, det olle Sprichwort, det französische.«
»Welches?« fragt Nelly, denn sie kennt viele französische Sprichwörter.
»Ick kann et bloß uff deutsch sagen.« Bruno spricht feierlich: »›Man kehrt immer zurück zu seiner ersten Liebe.‹« Und weil ihm so feierlich zumute ist, bleibt er noch eine Weile beim Hochdeutschen. »Ich habe dich wiedergefunden. Das ist ein Wunder, ein wirkliches Wunder für mich! Alle die Jahre habe ich an dich gedacht, nur an dich ...«
Kann man ihm trauen? Darf man ihm trauen?
»Gerade jetzt stehe ich vor einem ganz großen Coup!«
»Nicht doch, nicht doch schon wieder ...«
»Nein, Nelly, nein. Etwas Legales! Wenn dieses Geschäft gelungen ist, kann ich dir ein schönes Leben bieten.«
»Und wenn das Geschäft nicht gelingt?«
»Das gelingt auf jeden Fall! Und ganz schnell! Du... du weißt doch: Ich habe immer von einer Kneipe geträumt, nicht?«
»Ja. Und?«
»Na, also diese Kneipe, die kann ich mir kaufen.«
»Wann?«
»In drei Tagen, einer Woche, zwei Wochen. Höchstens dauert es noch zwei Wochen, dann habe ich sie.« Bruno blickt Nelly selig an. »Wie du aussiehst! Du wirst nie alt werden, nie!«
»Bruno!«
»Das ist die reine Wahrheit. Ich schwöre es! Die Kneipe soll ich nicht kriegen, wenn ich nicht die Wahrheit sage!«
Hm. Verknallt war er in mich, das stimmt. Und ist es noch immer. Aber muß ich da nicht besonders achtgeben? Wenn er mich haben will, flunkert er mir vielleicht etwas vor, um Eindruck zu schinden? Noch eine Enttäuschung wie die mit dem Kamp in Düsseldorf überlebe ich nicht.
»Glaubst du mir?«
Auf alle Fälle kann man ja sagen.
»Ja, Bruno.«

Sein Gesicht leuchtet auf.

»Denk doch: Eine Kneipe! Eine ganz moderne! Mit allen Schikanen! Wenn du willst, kannst du mir helfen im Lokal. Aber du mußt nicht. Du kannst auch zu Hause bleiben.« So lange hat der Bruno in seinem Leben noch nicht ohne Unterbrechung Hochdeutsch gesprochen. »Ich weiß, was ich dir da biete, ist nicht das Leben einer Prinzessin! Bestimmt hast du in Düsseldorf Männer gekannt, die viel reicher waren, als ich je sein werde. Und sie haben dir viel mehr bieten können. Aber wie lange? Und wie hat es geendet?«

Das ist richtig. Er sieht so rührend aus. Mein Gott, der alte Bruno. Was heißt, der alte Bruno? Ich bin nun auch schon die alte Nelly. Wie lange kann ich mich noch über Wasser halten, wenn ich nicht bald einen Hafen finde? Finde ich vielleicht wirklich einen bei Bruno? Wenn ich nur nicht so mißtrauisch wäre, so ängstlich, so enttäuscht...

»Glücklich werden wir sein, Nelly!«

(Daß sich all das genauso abspielen würde, hat Kommissar Bräsig sich ausgerechnet. Und entsprechend vorbereitet: Nelly wird ihren Bruno in den Osten begleiten. Es wird ihr nach all den Vorbereitungen gar nichts anderes mehr übrigbleiben, als Bruno zu begleiten. Auch daß Bruno sich aus der Mitzi nicht das geringste macht, weiß Bräsig. Er wird dafür sorgen, daß Bruno, wenn er mit seiner Nelly kommt, die Mitzi nicht mehr wiedersehen muß und daß er das noch im Westen erfährt. Dann kommen die beiden bestimmt! In diesem einzigen Punkt irrt der Kommissar allerdings. Weil er sich nicht vorzustellen vermag, daß Bruno seinen Auftrag verraten und gegen den Osten arbeiten könnte – um dafür von den Amerikanern eine Kneipe versprochen zu bekommen. Wenn Bräsig das wüßte, würde es eine ungeheure Rolle für ihn spielen. Er weiß es nur nicht.)

»Mein guter Bruno«, sagt Nelly.

»Was heißt, mein guter Bruno? Ich bin kein Baby mehr!«

»Nein, das bist du nicht.« Nelly streicht ihm über die Wange. »Wie dein Gesicht glüht! Die Kneipe, nicht wahr?«

»Die Kneipe und du! Hab doch Vertrauen zu mir! Bitte! Sag ein Wort, und wir heiraten sofort! Und wenn du es dir zutraust – natürlich müssen wir einen Arzt vorher fragen –, dann können wir auch noch ein Kind haben. Und glücklich sein. Also nicht so großkotzig, alles, wie sie immer sagen, ein bißchen kleinbürgerlich, ich weiß, aber...«

Da verändert sich Nellys Gesicht und wird wieder weich und gelöst, und sie antwortet: »Sag bitte nichts gegen ein kleinbürgerliches Glück. Sag überhaupt nichts gegen ein kleines Glück, Bruno. Ich

habe viel erlebt. Ich weiß: Wo es viel Glück gibt, gibt es auch viel Leid. Wo es nur ein wenig Glück gibt, kann es auch nur ein wenig Leid geben. Wenn man sehr viel hat, kann man sehr viel verlieren. Wenn man nur wenig hat, kann man nur wenig verlieren. Wenn ich überhaupt manchmal noch an Glück denke, dann denke ich immer nur an ein kleines, nie an ein großes.«
»Das heißt...«
Ich versuche es! denkt Nelly. Wenn Bruno auch schlecht ist, dann gibt es keinen einzigen guten Mann auf der ganzen Welt!
»Ja, das heißt es, Bruno.«
»Du... wir... wir sind wieder zusammen?«
»Ja.«
»Ach, Nelly, Nelliken...« Bruno rinnt der Schweiß in den Hemdkragen, er zerrt an ihm, und dabei wird das kleine Kettchen sichtbar, das die Mitzi Szapek ihm beim Abschied gegeben hat.
»Was ist das für ein Kettchen?« erkundigt sich Nelly. »Ich wollte schon vorhin fragen, im Bett. Woher hast du das?«
Brunos Ohren werden rot.
»Dieses Ding da?« Er zerrt es ganz hervor, auch das Amulett. »Das habe ich im Zuchthaus bekommen, weißt du. Von einem Tschechen. Er... nein«, sagt Bruno. »*Nein!* Kein Tscheche. Nicht im Zuchthaus. Ein Mädchen hat es mir geschenkt.«
»Danke«, sagt Nelly.
»Wofür?«
»Daß du mich nicht belügst. Es ist so leicht, zu lügen. Und so gemein. Der andere kann sich nicht wehren.«
»Dich werde ich nie belügen. Dich habe ich doch lieb.«
»Und dieses Mädchen hattest du nicht lieb?«
»Nein.«
»Was steht auf dem Amulett?«
»Möge die heilige Beatrix dich beschützen.«
»Wo ist das Mädchen?«
»Drüben im Osten.«
»Machst du dir gar nichts mehr aus ihr?«
»Nelly! Wie könnte ich mir irgendwas aus irgendeinem Mädchen machen, jetzt, wo du wieder da bist?«
»Warum trägst du dann das Amulett noch?«
»Ich... ich weiß nicht. Bloß so. Ich hab ja nicht geahnt, daß ich dich heute treffe.«
»Also du machst dir auch nichts aus dem Kettchen?«
»Überhaupt nichts.«
»Gib es mir.«

»Dir? Wozu?«
»Damit ich sehe, daß du dir wirklich nichts aus dem Mädchen machst.«
»Aber sofort«, sagt Bruno, öffnet den Verschluß und reicht Nelly das Kettchen. »Und was machst du jetzt damit? Wegwerfen?«
»Nein. Aufheben.«
»Wozu?«
»Aus Aberglauben vielleicht. Oder – um es dir eines Tages zeigen zu können.«
»Wann?«
»Nun, wenn du mich über hast, zum Beispiel.«
»Dann werde ich es nie wieder sehen«, sagt Bruno.
Und so landete das alte Geschenk aus dem alten Prag bei Nelly Pietsch in Westberlin.

18

In einem Heim vor Nürnberg singt an diesem Mittag ein Greis, der im Anstaltsgarten unter einem großen Baum sitzt, mit schwacher Fistelstimme, senil lächelnd, ein Lied aus seiner sudetendeutschen Heimat: »A bissel lebn, a bissel schterbn. A bissel gebn, a bissel verderbn . . .«

19

Sonnabend, 15. August 1964, 14 Uhr 50, Berlin-West.
Von Nelly Pietschs Wohnung aus ruft Bruno Knolle den Kriminalrat Prangel an. Nelly mußte unbedingt zum Friseur. Sagte sie. Bruno nahm die Erklärung als Zeichen seines Triumphes. Denn Nellys Haar war ganz in Ordnung. Wenn sie behauptete, es liege grauenvoll und sie könne so nicht weiter herumlaufen, dann beweist das: Sie will noch schöner sein für ihn!
Jeder Mensch hat ein Recht darauf, einmal im Leben richtig glücklich zu sein. Jetzt sind Bruno und Nelly an der Reihe. Auf keinen nimmt Bruno nun noch Rücksicht. Nur an Nelly und sich denkt er. Frech und gerissen muß er fortan sein – dann schafft er es!
Das sind seine Gedankengänge, während er Prangels Nummer wählt. Und dies ist dann das Gespräch:
»Also, mit den Knarje bin ick klar, Herr Kriminalrat. Der macht mit.«
»Und Pokay?«

»Brauchen wa nich.«
»Wieso auf einmal nicht?«
»Der Hauptreferent hat jesacht, Pokay is bloß 'n Ersatzmann für Knarje jewesen, wenn der nich hätte können oda wolln. Ick soll mir überhaupt nicht kümman um den.«
»Wo bist du?«
»Bei meine Nelly. Die hab ick zufällich wiederjefunden! In de Meinekestraße hatse 'ne Wohnung. Jetzt isse bein Frisör.«
Fernmeldetechniker suchen seit Gesprächsbeginn in fieberhafter Eile festzustellen, von wo aus Bruno wirklich spricht. Prangel ist vorsichtig. Von Bruno läßt er sich nicht übers Ohr hauen! Daß Knarje nun so bereitwillig mitspielt; daß der ›Hauptreferent‹ angeblich Auftrag gegeben hat, den Pokay überhaupt nicht mehr zu suchen; daß Bruno ›zufällig‹ seine Nelly getroffen hat – das alles ist verdächtig.
Prangel hat Bruno gern. Aber er darf sich keine Schlappe leisten in diesem Fall. Mr. Snowden könnte sonst noch glauben, er hätte die Aktion behindert, absichtlich gestört. Mr. Snowden sitzt übrigens bei diesem Gespräch neben Prangel in dessen Büro im Präsidium und hört mit. Beide haben Jacken und Krawatten abgelegt. Beide schwitzen, obwohl die Sonnenblenden an den Fenstern herabgelassen sind und ein Ventilator surrt. Der Ventilator steht auf dem Schreibtisch, über einem großen Stadtplan von Berlin. Neben ihm steht eine Schachtel, darin liegen Stecknadeln mit Köpfen in verschiedenen Farben.
»Hör mal, Bruno, ich finde das etwas eigenartig, daß dein Freund Knarje so ohne weiteres mitmacht.« Snowden nickt zu diesen Worten Prangels. »Du hast ja Butter auf dem Kopf wegen der BVG. Aber was hat Knarje ausgefressen?«
Drei Minuten. Prangel läßt sich Zeit. Die Techniker müssen herausfinden, von welchem Anschluß Bruno spricht.
»Ausjefressen? Der Knarje?« Brunos Stimme wird jetzt aggressiv. Er weiß aus alter Ganoven-Erfahrung, daß er zur Offensive übergehen muß. »Der macht det aus Solidarität.«
»Solidarität – ha!«
»Na wat denn? Wenn der wat ausjefressen hätte hier in Westen, denn müßten Sie et doch eijentlich am besten wissen.« Ein Schuß ins Blaue: »Sie oder der Ami, der bei Ihn' sitzt.«
Mr. Snowden lächelt amüsiert.
»Bei mir sitzt kein Ami. Werde gefälligst nicht frech, Bruno, ja?«
Also sitzt natürlich ein Ami bei ihm, denkt Bruno. Klar. Prangel redet ja auch anders als sonst. So forsch.

»Ick fasse also zusamm ...«
»Bruno! Ich bitte mir einen anderen Ton aus, ja?«
»Ick meine et doch nich böse, Herr Kriminalrat.« Aasgeier. Hyänen. Alle miteinander. Hier! Drüben! Aber jetzt habe ich meine Nelly wieder! Jetzt könnt ihr mich alle! »Et muß bloß Ordnung herrschen zwischen uns, nich? Sie werden ja nu allet tun, damit wa die Brieda fassn. Aba die Hauptlast dabei liecht uff Knarje und mir. Wir riskieren det meiste. Darum fasse ick zusamm. Damit et keene Mißverständnisse jibt – nachher. Natürlich sitzt keen Ami bei Ihn' und hört mit – also rufense die Herrn bitte jleich nachher an und erinnernse noch mal.«
»Woran?«
»Sie erinnern die Herrn dran, wat ausjemacht is. Wat vasprochen is. Von die! Und von Ihn'! Ick krieje meine Kneipe.«
»Das habe ich dir doch schon ixmal gesagt.«
»Denn sagen Sie 't jetzt noch mal.«
»Du bekommst deine Kneipe.«
»Die BVG-Sache wird niederjeschlagen.«
»Die BVG-Sache wird niedergeschlagen«, wiederholt Prangel hilflos. Er sieht, daß Snowden immer noch lächelt, und das macht ihn wütend. Der hat leicht lächeln, der! Wer legt sich schon mit so einem an bei uns? Aber mit mir?
»Und sollte der Knarje doch wat ausjefressen ham, watse nich wissen, und det Materjal kommt rüba aus'n Osten, denn wird ooch Knarje nich ausjeliefert oder anjeklagt. Hamse mir vasprochen!«
Prangel holt Luft.
»Na, wat is? Hamset vielleicht nich vasprochen?«
»Doch.«
»Dann noch mal, bitte.«
»Du, Bruno, man kann es auch zu weit treiben, weißt du ...«, beginnt Prangel, da schiebt ihm Snowden einen Zettel hin, auf den er eilig etwas gekritzelt hat.
Der Kriminalrat liest:
»Völlig normale Reaktion. Traf seine Nelly. Glaubt, er hat nun uns in der Hand. Hat er ja auch – in gewissem Sinn. Also regen Sie sich nicht auf. Bleiben Sie freundlich.«
Prangel sagt mühsam ins Telefon: »Auch Knarje wird weder ausgeliefert noch angeklagt, falls aus dem Osten Material gegen ihn kommen sollte.«
»Jut. Nu noch wat ...«
»Noch was?«
»Sehnse, Herr Kriminalrat, zuerst wollte Knarje natürlich nich.

Och noch nich, als ick ihm auseinandaklamüsert hatte, det er for'n Westen arbeet und det keene Entführung is und so! Och mit Ehrjefühl und Kampf für't Abendland und jejen den Kommunismus bin ick uff ihn einjedrungen. Allet umsonst! Er hat Angst, welche von drüm lejen ihn um, wenn rauskommt, det er mir jeholfen hat. Und darum, soll ick Ihnen bestelln, valangt a 'ne Jefahrenzulage. Zehn Mille. Sonst springt er trotz alle Solidarität noch ab. Hatta jesacht.«

»Gefahrenzulage? Ist der verrückt geworden? Will der mich erpressen?«

»*Er Sie?* Wer hat denn mit det Erpressen anjefangen? Wer hat denn jedroht, det er mir den Osten übajibt, wenn ick mir nich umdrehn lasse? *Sie* doch!«

»*Ich* nicht! Das waren ...«

»Ihre Ami-Freunde, ja ja, ja! Aber Sie machen doch allet, wat die sagen.«

Mr. Snowden lächelt immer breiter.

Prangel wird immer wütender.

»Ich habe jetzt genug von deinen Unverschämtheiten ...«

»Tck, tck, tck«, macht Snowden leise und schüttelt mißbilligend den Kopf.

»Na denn hängense doch uff, wennse jenug ham!«

Snowden nickt, als wollte er sagen: Bitte, da haben Sie es.

Prangel preßt hervor: »Du weißt genau, was ich alles für dich riskiere, Bruno. Ist das nun der Dank, daß du frech wirst?«

Sofort gibt Bruno sich sanfter: »Nich doch, Herr Kriminalrat! Ick will ja nich frech werden. Aber sehense mal: Der Knarje, der darf doch nich'n Futz aus die Wohnung von den Kerl klaun, wenn er für Sie arbeet, nich? Wenn der nu nich mal die zehn Mille kricht, denn is det 'n einzijet valorenet Wochenende for ihn. Also: Fümfdausend soll wer von Ihre Leute ihm um fümfe in den ›Schwarzen Schimmel‹ bringen, fümfdausend will er jleich hintaher. Aber Knarje wartet bloß bis halb sechse uff die erste Rate. Wennse denn noch nich da is, macht er nich mit.«

Ihr Schakale, jetzt nehme ich euch mal hoch – auch für Knarje! Ich soll die Kneipe kriegen – und der Knarje nichts? Von dem ›Maiglöckchen-Ballett‹ wißt ihr nichts. Sonst hättet ihr ihn doch längst eingelocht. Oder würdet ihn jetzt damit erpressen, fein, wie ihr seid. Nein, nein, Knarje muß auch seinen Rebbach machen! »Wennse die Verantwortung nich tragen könn for sone Summe, denn fragense die Amis. Ick rufe in zehn Minuten noch mal an. Det Jeld muß her, sonst is nischt.«

A. C. Snowden nickt.

Prangel sagt erstickt: »Ich kann die Verantwortung übernehmen. Also gut. Die Hälfte bekommt Knarje um fünf Uhr im ›Schimmel‹, die andere gleich nachher. Reichlich üppig gibt er sich, dein Freund.«
»'n arma Mann will ooch mal 'n Schluck aus de Pulle ham, Herr Kriminalrat.«
Ein Beamter kommt ins Büro und legt einen Zettel auf den Schreibtisch:

Sie sprechen mit dem Anschluß Pietsch, Nelly, Meinekestraße 238.

Prangel nickt. Der Beamte verschwindet.
Also geschwindelt hat er nicht, der Bruno. Wenigstens in diesem Punkt nicht.
»Ich rufe Sie noch mal an, wenn Knarje die fümf Mille hat. Denn is wohl Funkstille. Vamutlich nehmen uns die Kerls von den Hauptreferenten jleich mit. Det Ihre Leute und die Amis bloß uff Draht sind!«
»Das werden wir sein, Bruno, keine Bange.«
»Aber nich so wie in die Nacht, als ich rüber jekomm bin!«
»Du weißt doch, worum es geht. Sei ganz ruhig und beruhige auch Knarje. Auf euch wird achtgegeben wie auf die britischen Kronjuwelen. Was immer passiert – keine Angst. Wir sind stets in der Nähe.«
»Na scheen, also denn bis nach fümfe, Herr Kriminalrat.«
»Was machst du denn bis fünf?«
»Ick will mit Nellyn noch 'n bißken Wiedersehn feian und ... det is doch wohl meine Sache, nich?«
»Natürlich. Viel Spaß!«
»Herzlichen Dank, Herr Kriminalrat«, sagt Bruno und hängt ein.
Ach, fühlt er sich prächtig in diesem Moment!
Im gleichen Moment sagt Prangel wütend zu dem vergnügt lächelnden Snowden: »Das muß man sich bieten lassen!«
»Muß man, ja«, sagt Snowden.
Der Kriminalrat meditiert: »Bei Bruno ginge es ja noch.« (Deine Erlösung, Prangel, deine Erlösung!) »Die Kneipe haben wir ihm wirklich versprochen. Aber jetzt auch noch Zehntausend für Knargenstein!«
»Müssen wir auch noch ausspucken«, sagt Snowden und zieht die Schachtel mit den bunten Stecknadeln heran. »Nun wollen wir uns aber an die Arbeit machen, Mr. Prangel. Ich habe schon alles vorbereitet.«

»Ich auch.« Er konzentriert sich. »Das ist eine Liste der Funkstreifenwagen, die wie normale Autos aussehen. Dazu Beamte in Zivil. Das ist eine Liste von Einheiten des Überfallkommandos. Das ist eine Liste ausgesuchter Kriminalbeamter.«
»Nehmen wir also für die Funkstreifen Nadeln mit roten Köpfen, für die Überfallkommandos schwarze Köpfe, für die Kriminalbeamten gelbe. Hier sind meine Listen. Special-Agents in Funkwagen. Grüne Köpfe, ja? Und Special-Units der Army. Weiße Köpfe. Nun wollen wir einmal sehen...«
Die beiden Herren neigen sich über die große Karte von Berlin.

20

Sonnabend, 15. August 1964, 16 Uhr 15, Berlin-Ost.
In seinem Büro in der Warschauer Straße 115 sitzt Kommissar Wilhelm Bräsig. Der an einem nervösen Gesichtsleiden laborierende Max Hepp hat gerade den letzten dechiffrierten Funkspruch Kornmanns hereingebracht. Er lautet:

ALLES WEITERHIN IN ORDNUNG. KNARGENSTEIN MACHT MIT. KNOLLE HAT NELLY PIETSCH GETROFFEN. HABE IHN IN DER WOHNUNG DER PIETSCH ANGERUFEN UND AN TREFF UM 18 UHR ERINNERT. TEILTE IHM MIT, DASS MITZI NACH LEIPZIG VERSETZT WURDE. KNOLLE RUHIG UND ZUVERSICHTLICH. EINSCHALTEN DER PIETSCH SEHR WIRKUNGSVOLL. MELDE MICH WIEDER UM 19 UHR. HAUPTREFERENT.

Auch in Bräsigs Zimmer ist es heute heiß trotz der herabgelassenen Sonnenblenden, trotz eines surrenden Ventilators, der auf dem Schreibtisch steht. Auch Bräsig hat – wie sein alter Freund Prangel drüben im Westen – die Jacke ausgezogen. Auch er schwitzt. Auch bei ihm sitzt ein zweiter Mann, der den Funkspruch nun langsam liest.
Dieser zweite Mann ist der große, gefürchtete Genosse Peter Wieland aus der Zentrale, der eben den Skandal in der SSD-Kreisdienststelle Neustrelitz auffliegen ließ; der Mann mit ›allen Vollmachten‹; der Mann, der nun sämtliche Außenstellen des SSD kontrolliert; der Mann, vor dem Bräsig sich instinktiv fürchtet.
Dieser Mann, Herr Peter Wieland, Bonze ersten Ranges in der SSD-Zentrale, ist, wir wissen es, zugleich wichtiger Agent des CIC in der DDR und hat, zusammen mit Prangel, hier eine riesige Agenten-Organisation aufgebaut. Via Bayreuth erhielt er seine Weisun-

gen und soll nun das Seine tun, um die ›Aktion Knolle‹ zu einer Niederlage des SSD zu gestalten.
Der untersetzte Bräsig hatte sofort das Gefühl, daß der Auftrag des Genossen Wieland, alle Außenstellen zu überprüfen, im Grunde nur *eine* Außenstelle betraf, *seine*, und nur eine Aktion, die laufende. Darum ist er nicht für ein, zwei Stunden zu seiner Marie gefahren. Darum ist er, wie alle anderen, im Dienst geblieben. Denn alle hatten Angst vor diesem Wieland, der ja jeden Moment auch bei ihnen auftauchen konnte...
Herr Wieland tauchte um 15 Uhr auf. Er schaltete sich sofort in das Entführungsunternehmen ein. (Sein Auftrag ist Bayreuth.)
»Hm«, macht Wieland. »Bis jetzt geht das ja alles prima, Kollege Kommissar. Mein Kompliment.«
»Danke«, sagt Bräsig.
»Wenn das so weiterläuft, haben wir den Kerl um Mitternacht hier!«
Bräsig müßte sich freuen über Wielands Anerkennung. Er tut es nicht. Wielands Worte sind ihm unangenehm, peinlich.
Peter Wieland ist ein Mann mit geradezu klassischem Durchschnittsgesicht und geradezu klassischer Durchschnittsfigur. Nichts, aber auch nichts an ihm wirkt ungewöhnlich auffallend. Darum hat er es so weit gebracht in seinem Metier.
Peter Wieland ist einundsechzig Jahre alt, sieht wesentlich jünger aus, aber uninteressant und farblos, völlig farblos. Nicht verheiratet. Raucht kaum. Trinkt kaum. Wenn er eine Frau braucht, nimmt er sich eine. Feste Bindungen ist er nie eingegangen und wird er nie eingehen.
Intelligenz-Quotient: 130
Emotionen jedweder Art, innere Anteilnahme, Mitleid, Schmerz, Freude usw. usw.: 0.
Schlank, gut, aber nicht allzu gut gekleidet, hohe Stirn, Halbglatze, träge wirkende Augen, gelangweilt wirkender Mund.
Wie Mr. A. C. Snowden war Peter Wieland einmal Rechtsanwalt gewesen. Hatte einen großen Namen. Schwamm in Geld. Die Frauen umschwärmten ihn. Er verteidigte fast ausschließlich politische Angeklagte – im Gegensatz zu Mr. A. C. Snowden jedoch nicht solche jeder Richtung und Gesinnung. Peter Wieland verteidigte bis zum Ende der Weimarer Republik Kommunisten, ausschließlich Kommunisten. Die Überzeugungen seiner jeweiligen Mandanten waren stets seine eigenen. Das waren sie auch bei Mr. A. C. Snowden. Dessen Klienten hatten allerdings die verschiedensten Überzeugungen. Alle Klienten Peter Wielands hatten die gleiche.

1933 mußte der KP-Staranwalt flüchten. Er ging, natürlich, in die Sowjetunion.
In der Nähe von Moskau liegt eine berühmte Schule für Agenten. Peter Wieland besuchte sie vier Jahre lang. In dieser Zeit erlernte er fließend vier Sprachen, darunter Russisch. Während des Krieges setzten die Sowjets ihn in der Schweiz, auf dem Balkan, in den nordischen Staaten, einmal sogar in Nazi-Deutschland ein. Sämtliche Missionen führte Wieland vorzüglich aus.
Nach Kriegsende wurde er von den Russen sofort nach Ostberlin geschickt. Daß er 1951 aufflog und gezwungen wurde, zusammen mit Prangel für das CIC tätig zu werden, machte Wieland nicht das geringste. Er leistete weiter Vorzügliches, und zwar erfüllt von wachsendem Vergnügen.
Die ›Aktion Knolle‹ reizt Wieland, denn er weiß natürlich, daß Prangel und Bräsig, nun in gegnerischen Lagern, einst beste Freunde gewesen sind. Auch noch andere Umstände machen den Fall für Wieland besonders interessant ...
»Ich bleibe hier«, sagt er zu Bräsig, »bis die Sache ausgestanden ist. Ich bin genügend über alles informiert. Sie können ruhig nach Hause gehen.«
»Nach Hause?«
»Ja. Warum sollen wir beide hier herumsitzen? Schließlich ist Wochenende.«
Wenn der mich auf die Probe stellen will? überlegt Bräsig, vorsichtig und feige (Ich muß an Marie denken!) wie immer. Wenn der nur sehen will, wie ich reagiere! Natürlich will er das. Aber wie reagiere ich richtig?
So: »Herr Wieland, ich habe diesen Fall übernommen. Auf Anweisung der Zentrale. Ich kann doch jetzt nicht einfach blaumachen. Das wäre unverantwortlich. Leichtsinnig wäre das. Fahrlässig. Würde von einer üblen Dienstauffassung zeugen, von einer sehr üblen. Schließlich ...«
»Nun hören Sie aber auf, ja? Was ist denn? Angst, ich könnte etwas Nachteiliges über Sie berichten?«
Bräsig lacht verzerrt.
»Etwas Nachteiliges? Wieso? Ich habe doch wirklich ...«
»Na ja! Na eben! Besser *konnte* die Sache gar nicht gestartet werden!«
»Aber wenn ich jetzt gehe, dann könnte man – nicht Sie, natürlich, Herr Wieland, nicht Sie! Theoretisch, rein theoretisch gesprochen! –, dann könnte man mir das nachteilig auslegen.« Fast hätte Bräsig ›zur Last legen‹ gesagt.

Wieland hustet ironisch. »Ich scheine ja ungeheuren Schrecken zu verbreiten, wo ich auftauche. *Sie* fürchten sich vor mir? Sie, einer unserer besten Leute?«

»Nein. Nicht doch. Wieso denn Schrecken? Unsinn! Aber meine Pflicht ...« Bräsig verheddert sich.

Habe ich *das* nun wieder übertrieben? Das Strammsein? Die Liebedienerei? Himmel, welch ein Leben!

Und wenn ich mich täusche? Wenn ich schon überall Gespenster sehe in meiner hundsföttischen Angst? Wenn dieser Wieland wirklich meint, was er sagt? Das ist ja immerhin möglich! Dann darf ich mich aber nicht weiter so benehmen. Sonst *muß* er ja Verdacht schöpfen.

»Ihre Pflicht!« Der große Wieland lacht. »Sie tun Ihre Pflicht hier doch bis zum Umfallen, wie ich weiß.« (Echt? Gespielt? Theater? Ehrlich? Aaaahhh ... !) »Nun verschwinden Sie schon endlich! Was hat das für einen Sinn, daß wir uns hier beide totschwitzen? Mann, fahren Sie schon zu Ihrer Frau! Gehen Sie rüber zu Ihrem Häuschen. Setzen Sie sich ans Wasser, auf den Angelsteg ...«

»Sie wissen von dem Häuschen?«

»Na, Sie haben doch allen davon erzählt! Meinen Glückwunsch, Bräsig!« Kräftiger Händedruck. »So, und nun ab durch die Mitte! Das ist ein dienstlicher Befehl, verstanden?«

»Jawohl«, sagt Bräsig.

Gespenster. Gespenster sehe ich, verdammt! Der Mann meint, was er sagt. Er ist über alles informiert. Er hat alle Vollmachten.

»Wenn etwas passiert, rufe ich Sie sofort an, das verspreche ich Ihnen. Dann können wieder Sie sich einschalten. Ich nehme Ihnen *Ihren* Fall nicht weg, keine Bange. Der Ruhm bleibt Ihnen!«

Ich werde ein alter Idiot, denkt Bräsig.

»So meinte ich es doch nicht ... Es war wirklich nur ...«

»Ihr Pflichtgefühl, ich weiß, mein Guter.«

»Ja, also dann ...« Der Kommissar zieht seine Jacke an. Noch ein Händedruck. »Aber wenn etwas passiert, rufen Sie mich bestimmt an!«

»Ehrenwort.«

»Und ich danke Ihnen für die Liebenswürdigkeit, mich hier zu vertreten ...« (Das muß ich sagen. Damit er mich doch für einen hält, der Angst vor ihm hat. Die habe ich ja auch. Deshalb muß ich tun, was er sagt: Gehen nämlich.)

»Ich vertrete Sie mit dem größten Vergnügen, Kollege Bräsig! Nein, wirklich! *Mein* Wochenende ist auf alle Fälle im Eimer. Sie wissen ja, was passiert ist. Wenn ich nicht hier wäre, müßte ich eine andere

Dienststelle kontrollieren. So habe ich wenigstens eine Ausrede für die Zentrale. Ruhiges Plätzchen. Hier bin ich, und hier bleibe ich, hahaha!«
»Hahaha!« lacht Bräsig.
Sein Lachen ist künstlich. Wielands Lachen ist echt. Er vertritt Bräsig wirklich mit dem größten Vergnügen. Das macht alles noch so viel leichter für ihn.

21

Sonnabend, 15. August 1964, 17 Uhr 55, Berlin-West.
Da stehen sie also nun im ›Schwarzen Schimmel‹ an einem der vielen hohen Tischchen und trinken ihr Bier, die Herren Knolle und Knargenstein.
Sie waren schon um 17 Uhr hier. Pünktlich erschien ein junger Mann, kam direkt auf Knarje zu und drückte ihm ein Kuvert in die Hand. Verschwand sofort wieder.
Knarje ging auf das Klo, riß den Umschlag auf und zählte die Banknoten, die darin lagen. Es waren genau fünftausend Mark. Aufgeregt kehrte Knarje zu Bruno zurück.
»Mensch, der Prangel, der hat doch tatsächlich die Penunse jeschickt!«
Seitdem er seine Nelly wiedergefunden hat, befindet Bruno sich in einem Zustand milder Euphorie. Kann ja überhaupt nichts mehr schiefgehen, denkt er, die Sache ist schon geritzt, die Kneipe mein, die Zukunft unser.
»Haste vielleicht jedacht, der Prangel will uns ufft Kreuz schmeißen – ausjerechnet *jetzt*?«
»Bruno, du bist 'n jroßa Mann!«
»Weeß ick.«
»Fümfdausend Emm! Und hintaher nochmal soville! Ach, du lieba Meinjott!« Knarje verdreht die Augen.
»Hau bloß nich so uff de Pauke, Mensch. Wat machste denn übahaupt mit det Jeld? Bei mir tragen würde ick et ja nu jrade nich. Und unse Meechens sind nich da.«
Die Mädchen Wanda und Nelly sind nicht da, weil die Herren Knargenstein und Knolle sie ersucht haben, erst *nach* 18 Uhr in den ›Schwarzen Schimmel‹ zu kommen. Die Damen fügten sich. Es ginge, erklärte Bruno der Nelly, um das große Geschäft – eben jenes –, und da war es besser, nicht zu viert gesehen zu werden.
Andere Huren sind nun, knapp vor sechs, natürlich schon im Lokal,

auch Luden und Pupen. Knarje kennt alle. Aber so rechtes Vertrauen hat er zu keinem.
»Ick deponiere die Penunse bein Wirt. Nee! Bei seine Olle. Die is treu wie Jold. Und die hängt an mir. Ick habse nämlich mal ...«
Knarje sagt, was er die Olle einmal hat.
Bruno nickt ernst: »Ja, denn kannste ihr det Jeld anvatraun. Laß dir aba 'n neuen Umschlach jeben und kleb jut zu. Braucht ja keena wissen, wat drin is. Een Blick uff die Marie – und schon is der Vadacht da.«
Knarje bittet also um ein dickes Kuvert, steckt die fünftausend Mark hinein, verklebt gut und deponiert den Umschlag bei der rundlichen Wirtin, die ihm schelmisch-verliebt versichert, sie werde das Anvertraute hüten wie ihr teuerstes Gut. Er möchte es sich doch morgen vormittag, so gegen zehn, abholen. Da sei ihr Mann nämlich in der Kirche.
»Mußte also noch mal rübasteijen«, meint Bruno, nachdem Knarje, aus der Küche zurückgekehrt, ihm von dieser Aufforderung Mitteilung gemacht hat.
»Wat tut der Mensch nich allet for zehndausend Piepen«, sagt Knarje achselzuckend. »Außerdem – die Olle kommt zum Jlück imma jleich wie de Feuawehr.« Danach seufzt er.
»Wat nu?«
»Ach, ick mußte bloß an Wanda denken! 'n Prachtmeechen! So wat finde ick nie wieda! Und ick liebe ihr wirklich, kannste mir glooben.«
»Gloobe ick dir ja, Knarje.«
»Bloß, weeßte, jetzt mit det Jeld, det wird so 'n Ei.«
»Warum?«
»Am besten sage ick ihr jarnischt davon. Oda ick azähle, die Fülmerei bringt so ville. Aba *anvertraun* kann ick ihr die Piepen ooch denn noch nich! Allet Finanzjelle muß *ick* rejeln.«
»Wieso denn det?«
»Wanda is 'n juta Kerl. Is der beste Kamerad von de Welt. Bloß – se hat 'ne kleene Meise in Kopp.« Bruno erschrickt. »Nee, nee, nischt Schlimmet. Is man bloß Kleptomanie.«
»Ach herrje!« sagt Bruno mitfühlend. (Im Zuchthaus Brandenburg gab es auch ein Lexikon. A–Z. Verlag Enzyklopädie Leipzig. Die Insassen des Zuchthauses sollten es ›zur Hebung ihres sozialistischen Bewußtseins‹ studieren. Bruno informierte sich an Hand dieses Lexikons über alle Fremdwörter, die mit seiner Branche in Zusammenhang standen.)
»Besondere Abart davon.«
»Besondere Abart?«

»Nie im Leben würde sie 'n Freia beklaun!«
»Aba?«
»Aba so, vastehste.«
»Wat so?« Bruno blinzelt irritiert. »Beklaut se etwa *dir*?«
»Se klaut, wenn se 'n Rappel kricht. Bei de Arbeit nie. Aba in de Freizeit. Hat sojar schon mal vor Jericht jestanden! Zum Jlück is ihr nischt passiert. Zweehundertfuffzig Eia, zahlbar in Raten, Bewährungsfrist. Jeschnappt is se worden, wie se vor Weihnachtn in so 'n jroßet Warenhaus Puppen jeklaut hat und kleene Autos und andan Mist. Ick sage dir, det is 'ne besondre Art von Krankheit. Et war ooch 'n medizinischa Sachverständija bei de Vahandlung da. Hat ihr mächtich jeholfen übrijens, der Dokter aus de Klapsmühle, weeßt schon, da in Wittenau. Der hat jesacht, Kleptomanie isset eijentlich übahaupt nich, sondan eha 'n abnorma Bescherungstrieb.«
Der Bruno muß einen großen Schluck trinken. »Mhm, mhm«, macht er danach. Und sagt: »Bescherungstrieb is jut!«
»Se winscht sich doch so sehr Kinda. Aber sie kann keene kriejen, Jottseidank. Stell dir vor, se könnte. Aba Wanda sieht ihr Jlück nich ein, oft weent se drüba. Denn hatse mal jelesen, ville Frauen in Hiroschima, weeßt schon, da in Japan, könn keene Kinda mehr kriejen, seit die Amis die Bombe jeschmissen ham. Und die Frauen, weeßte, die sammeln Puppen. Det is so in Hiroschima. Wenn du mal bei uns ze Hause kommst, denn mach dir man uff wat jefaßt, Junge! Achtunvürzich Puppen hat se. Bis jetz.«
»Muß janz scheen aussehn«, sagt Bruno, um Nonchalance bemüht.
»Du jewöhnst dir dran. Aba nu paß uff, *wie* verdreht se is, meine Jute: Die eijenen Puppen, die hat se alle ordentlich jekooft, von ihr vadientet Jeld. Se liefert mir natürlich allet ab ...«
»Natürlich.«
»... aba for Puppen jebe ick ihr imma 'n bißken wat. Ick hoffe imma, damit wird die Kleptomanie bessa. Wird se aba nich. Se will ja nich Puppen, weil se Puppen will, sondern weil se keene Kinda kriejen kann.«
»Det hab ick kapiert. Aba wat is nu mit den Bescherungstrieb?«
»Na ja, Mensch, arme Kinda ham oft keene Puppen, oda se ham zu wenig Spielzeuch, nich? Und deshalb will Wanda se beschern. Da kommt det Wort her, vastehste? Puppen for kleene Meechens ... janz fremde, wat ihr so uff de Straße bejejnet ... Autos und Indianahosen und Spritzpistolen for fremde Jungs. Und *die* Sachen klaut se. Oda Jeld for son Dreck. Vor Weihnachtn und Ostan isset janz schlimm. Da zittre ick schon imma, denn da wird der Trieb übamächtich in ihr – hat der Dokter jesacht.«

»Scheiße«, meint Bruno schlicht. »Ick meine: *Nett* von de Wanda. Aber det kann een schon irritiern. Sei man bloß vorsichtig mit die zehndausend Piepen. Sonst klaut se deine Wanda dir noch und kooft det janze Spielzeuch von 't Kadewe uff.«
»Ebent«, sagt Knarje und seufzt wieder. »Se is einfach zu jut for diese Welt, meine Sieße. Ick trage det Jeld Montach jleich uff de Bank.«
Da schlägt die Uhr an der Kneipenwand sechs Uhr. Gleichzeitig kommt ein Betrunkener herein, torkelt, singt, macht Krach.
»Mensch, is der blau – und so früh schon!« sagt Knarje erstaunt. Er hat noch nicht begriffen.
Bruno hat begriffen.
»Überhaupt nich blau is der! Spielt bloß den Besoffnen. Bißken zu doll, finde ick.«
»Wat denn? Du meinst...«, fährt Knarje auf.
»Bleib janz ruhig stehn und kiek nich hin.«
Der Randalierende schwankt durch das Lokal zur Theke. Dabei kommt er an dem Tisch vorbei, an dem Knarje und Bruno ihr Bier trinken. Er stößt mit Bruno zusammen.
»Hoppla!«
Bruno fühlt, wie etwas in seine Jackentasche gleitet.
»Schon jut, Vataken«, sagt er und schiebt den Kerl, der den Betrunkenen mimt, sanft von sich fort. Der Kerl erreicht die Theke und fordert einen dreistöckigen Kognak. Der Wirt verweigert den Ausschank im Hinblick auf den Zustand des Gastes. Der Gast wird laut. Der Wirt wird laut. Andere Gäste mischen sich ein. An der Theke entsteht gewaltiges Durcheinander.
Bruno winkt einen Kellner herbei. Schnell bezahlt er die Zeche und geht mit Knarje aus dem Lokal. Drei Häuser weiter treten beide in einen Flur. Bruno holt den Zettel aus der Tasche, den der Mann ihm zugesteckt hat, als er mit ihm zusammenstieß. Auf dem Zettel steht in gekrakelten Großbuchstaben:
TAXI ZUM U-BAHNHOF OSKAR-HELENE-HEIM
»Sone Chuzpe!« sagt Bruno, während er ein Streichholz anreißt und den Zettel verbrennt. »Oskar-Helene-Heim! Direkt an de Clay-Allee. Jenau bei 't amerikanische Hauptquartier...«

22

Sie fahren einen weiten Weg. Bundes-Allee. Rechts ab in den endlos langen Hohenzollerndamm. Über die S-Bahn und die Stadt-

Autobahn hinweg. Dann durch die Clay-Allee. Rechts die Ami-Häuser, links das Ami-Hauptquartier. (»Hat der Adolf for die jebaut«, grinst Knarje.)
Heiß ist es in der Taxe, erstickend heiß, obwohl alle Fenster offen sind. Die Straßen liegen verlassen. Sonnabend am Spätnachmittag. Eine Menge Autos sind unterwegs. Ausflügler. Und, so will Bruno doch stark hoffen, deutsche und amerikanische Kriminalbeamte. Gleich hinter dem Hauptquartier, auf der anderen Straßenseite, liegt der U-Bahnhof Oskar-Helene-Heim. Die Droschke hält. Bruno zahlt. Das Taxi fährt ab. Bruno und Knarje stehen Ecke Clay-Allee und Argentinische Allee.
An der Clay-Allee parken viele Wagen. Einer von ihnen muß dem ›Hauptreferenten‹ gehören, denkt Bruno. Aber da irrt er sich. Die Argentinische Allee herunter kommt ein großer Laster mit Plane. Auf der Plane steht, links und rechts:
DELIKATESSEN-WERNER
Der Laster hält direkt neben den beiden.
Am Steuer sitzt ein Mann mit Schiebermütze auf dem Quadratschädel. Ein Amitrikot trägt er. Hosen wird er natürlich auch tragen, überlegt Bruno idiotisch, die kann ich bloß nicht sehen. Der Fahrer öffnet die Tür zum Beifahrersitz.
Er sagt kein Wort.
Bruno und Knarje steigen ein.
Sofort fährt der Laster wieder an, biegt in die Clay-Allee ein und rollt gegen Norden. Denselben Weg zurück, den die beiden eben gekommen sind.
Bißchen eng hier für drei Mann, denkt Bruno gerade, da sagt eine Stimme, die er kennt: »Kommen Sie nach hinten!«
Bruno dreht sich um. Die Ladefläche ist von der Fahrerkabine durch eine weitere Plane getrennt. Bruno hebt sie hoch. Er erblickt seinen ›Hauptreferenten‹. Der sitzt neben einer Metallkiste, die aussieht wie ein Sendegerät, auf einer Bank und macht eine Kopfbewegung: Na los schon!
Bruno und Knarje klettern über die Lehnen des Vordersitzes zu ihm.
»Tach«, sagt Bruno.
»Tach«, sagt Knarje.
Ernst Kornmann sagt zunächst gar nichts. Der junge Herr mit den großen grünen Augen, den vollen roten Lippen, dem braunen, gelockten Haar und dem intelligenten Gesicht ist so piekfein gekleidet, wie Bruno ihn bisher immer erlebt hat: Blauer Anzug aus leichtem, luftdurchlässigem Stoff, weißes Hemd, graue Krawatte, schwarze, geflochtene Slipper.

Angenehm kühl ist es auf der Ladefläche. Hier weht der Fahrtwind durch Ritzen und kleine Löcher in den Planen.
Kornmann betrachtet Bruno und Knarje mindestens eine Minute lang schweigend, dann macht er eine weitere Bewegung: Hinsetzen! Sie setzen sich, folgsam wie Schüler, auf eine zweite Bank, Kornmann gegenüber. Zwischen ihnen befindet sich die Metallkiste. Ja, das ist ein Sender, jetzt sieht Bruno es deutlich.
Kornmann, ebenso erregt wie die beiden, spricht betont ruhig: »Wir fahren nun zu der Villa, in der dieser Mann wohnt. Herr Knargenstein, wissen Sie gut Bescheid in Westberlin?«
»Klar.«
»So.« Kornmann hebt die Brauen. »Das wollen wir gleich einmal feststellen. Blicken Sie durch das Loch in der Plane, ja, dieses da, und sagen Sie mir laufend, in welchen Straßen wir sind.«
Knarje linst ins Freie.
Der Laster, das hat er schon gemerkt, fährt seit einiger Zeit nicht mehr ordentlich geradeaus, sondern dauernd um die Ecke. Einen Augenblick braucht Knarje, um sich zu orientieren, dann legt er los: »Also det is noch Dahlem. Kuckucks-Weg. Jetz links Thiel-Allee. Pacelli-Allee. Jetz fahrn wa wieda links rin, in 'n Drosselweg. Und det, det is de Wachtelstraße. Kenn' ick. Im Dol. Det is ja ulkich, schon wieda um de Ecke. Max-Eyth-Straße. Wat wir jetz kreuzen, det is de Pücklerstraße ...« So geht das mindestens fünf Minuten weiter, der Fahrer läßt kaum eine Nebenstraße aus.
Wenn Prangels Leute und die Amis man bloß nachkommen, denkt Bruno nervös.
»... Selchowstraße ... Berkaer Straße ... Rathaus Schmarjendorf ... äh ...«
»Na?«
»Moment, jleich hab ick et wieda! Davoser Straße! Kissinger Straße ... rechts runta ... links in de Weinheimer ... Forckenbeckstraße ... Hohenzollerndamm ...«
Schließlich gibt Kornmann sich zufrieden.
»Sie wissen ja wirklich Bescheid. Und fahren können Sie auch. Jeder von Ihnen wird später einen Wagen lenken müssen. Sie werden voranfahren und Herrn Knolle durch die Stadt lotsen, Herr Knargenstein.«
»Is jemacht.«
»Wir kommen gleich an dem Haus vorbei, in dem der Mann wohnt. Sehen Sie sich die Gegend genau an, alle beide! Dann fahren wir woandershin und besprechen die Einzelheiten. Wir können ja erst beginnen, wenn es dunkel geworden ist.«

Schon wieder biegt der Laster um eine Ecke.
»Sehen Sie jetzt bitte beide durch Löcher in der Plane. Wir befinden uns in der ...«
»Koenigsallee«, sagt Knarje.
»Sehr richtig. Wir fahren stadteinwärts. Beachten Sie die linke Straßenseite. Noch einen Moment. Jetzt macht die Allee einen Knick nach rechts ... Sehen Sie die Villa in dem großen Park?«
Der Laster fährt ganz langsam, fast im Schritt.
»Ja«, sagen Bruno und Knarje gleichzeitig.
Die Villa, die sie sehen, steht weit hinten in dem großen Park. Die Villen rechts und links von ihr sind von Bomben getroffen und nie mehr aufgebaut worden.
Der kleine Herr Otto Fanzelau, der große Privatbankier und Tunnel-Financier, wohnt in idyllischer Einsamkeit.
»Das ist das Haus«, sagt Kornmann. »Da lebt der Mann.«

23

Der Psychiater Dr. Philipp Landon ist zweiundvierzig Jahre alt, sehr groß, hager, schwarzhaarig, schwarzäugig und unverheiratet. Er lebt mit der Mutter zusammen. Nach Arbeit an verschiedenen Kliniken hat er 1960 eine eigene Praxis am Olivaer Platz eröffnet. So gut war damals bereits sein Ruf, so außerordentlich erfolgreich seine Behandlungsmethode, daß Landon einen Monat nach Eröffnung der Praxis mehr Patienten hatte, als er sich wünschte.
Das soll nicht heißen, daß er sich aus finanziellen Gründen weniger gewünscht hätte – etwa der Steuer wegen. Dr. Landon war kein Arzt dieser Art. Wohl kamen die reichsten Leute Westberlins zu ihm, daneben jedoch auch ärmere und ganz arme.
Von den Reichen nahm Landon Honorare, die ihm hoch und diesen niedrig erschienen und dem Arzt – er war bescheiden und stellte keine großen Ansprüche an das Leben – gestatteten, die Ärmeren und ganz Armen spottbillig oder umsonst zu behandeln. Spottbillig? Im Gegensatz zu den Reichen erschienen den Armen Landons Honorarforderungen unverschämt hoch! Dieses typische Verhalten beider Gruppen war ein Quell ständigen Vergnügens für den Arzt. Von seinem Beruf besessen, hatte Landon ein einziges brennendes Interesse: Die Dynamik des Lebens zu studieren und helfend einzugreifen, wo immer dies nötig wurde.
Sehr früh in seinem Leben, auf dem Gymnasium schon, war Landons Umgebung und ihm selbst aufgefallen, in welch geradezu

beängstigend vollkommener Weise er sich in die Personalität anderer Menschen zu versetzen, ihre Eigenheiten, Taten, Schicksale zu begreifen und zu interpretieren vermochte.
Er hatte immer Arzt werden wollen. Indessen war ihm dabei auch immer der Gedanke unangenehm gewesen, daß er sich in diesem Beruf unter den gebieterischen Forderungen der technisierten Wissenschaft von den Menschen eher entfernen als ihnen näher kommen könnte. So entschied er sich zuletzt für das Gebiet der Psychiatrie und Neurologie. Hier war das Sich-einfühlen-Können in den Menschen Voraussetzung. Menschen! Menschen! Menschen! Landon würde mit ihnen zusammentreffen, in einem Beruf, der Medizin, Psychologie und Philosophie vereinte – in dem Beruf für *ihn*! Denn es gab für ihn nichts Aufregenderes als den Menschen.
Nervenkranke zeigen immer ein Übermaß von Egoismus. Darum erfordert ihre Behandlung vor allem Zeit, Zeit. Nur aus *diesem* Grunde hätte Landon sich weniger Patienten gewünscht: Um sich noch intensiver, noch länger, noch einfühlender mit jedem einzelnen Fall beschäftigen zu können.
Es war indessen einfach nicht zu vermeiden, daß die Zahl der Patienten immer weiter wuchs. Um sich ihnen allen, soweit das nur möglich war, zu widmen, und weil sie ihn doch alle so sehr interessierten, trieb Landon Raubbau mit seinen Kräften. Nicht selten saßen noch um zwei Uhr morgens Patienten bei ihm. Ein Privatleben hatte der Arzt praktisch überhaupt nicht. Er konnte kaum Verabredungen treffen, die er nicht wieder absagen mußte, er wußte nie, ob und wann er Urlaub machen konnte (seit 1961 arbeitete er ohne auszuspannen), und keine junge Frau hätte ein ständiges Leben an der Seite dieses Mannes ertragen.
Nur eine verwitwete, kluge und gütige Mutter vermochte das …
Am 15. April 1960 betrat der kleine, zierliche Herr Otto Fanzelau zum erstenmal die Praxis Dr. Landons. Einer der ersten Internisten Berlins hatte ihn zu dem Nervenarzt geschickt – nach zwei Wochen langer stationärer Generaluntersuchung.
Wie Landon beim ersten Zusammentreffen von Fanzelau erfuhr, war dieser 1897 in Berlin als Sohn des wohlbekannten Privatbankiers Fritz Fanzelau geboren. Das Bankhaus Fanzelau gehörte zu den ehrwürdigsten des wilhelminischen Deutschland. Die Zentrale lag in Berlin, Zweigstellen gab es in Hamburg, Bremen, Frankfurt, Düsseldorf und München.
Das Unternehmen wuchs und wuchs mit den Jahrzehnten, über den ersten Weltkrieg, die Inflation, die Periode der Weimarer Republik hinweg immer weiter. Otto Fanzelau erlernte das Bankfach von der

Pike auf und übernahm des Vaters Werk nach dessen Tod im Jahre 1930. Er heiratete zweimal. Beide Ehen verliefen unglücklich und wurden geschieden. Kinder gab es keine.
Geschäftspartner in aller Welt halfen Fanzelau nach dem Ende des zweiten Weltkriegs in selbstlosester Weise – so wie er vielen von ihnen zwischen 1933 und 1939 geholfen hatte, durch Vermögenstransfer in die Schweiz, durch Schein-Übernahme fremden Eigentums, dadurch, daß er die Emigration ermöglichte und ähnliches.
Nach 1948 erlebte das Bankhaus Fanzelau eine zweite Blütezeit. Berlin war zerstört. Um die Stadt aufzubauen, brauchte man Milliarden. Der Senat mußte sich an Banken wenden, an Banken in Berlin, in Westdeutschland, im Ausland. All dies tat er mit Hilfe und unter der Regie Otto Fanzelaus, der selbst viele Millionen in riesige Bauprojekte steckte. Es entstanden neue Straßen, neue Stadtviertel, Hotels, Kaufhäuser, Siedlungen.
Beinahe immer war Fanzelau an diesen Mammutvorhaben beteiligt – maßgebend beteiligt. So kam es, daß er die komfortable kleine Villa in der Koenigsallee im Grunewald, die er nach dem Krieg erworben hatte, nur selten bewohnen konnte. Fast das ganze Jahr befand er sich auf Reisen – in Nordamerika, Südamerika, Frankreich, England, Italien, der Schweiz und anderen europäischen Ländern. Außerdem Westdeutschland, woselbst er viele Städte sozusagen ununterbrochen besuchte – manchmal, indem er morgens von Berlin abflog, abends zurückkehrte, um am folgenden Morgen wieder abzufliegen. Besessen von seinem Beruf war der zierliche, kleine Herr Fanzelau – wie der große, hagere Dr. Landon von dem seinen. Beide jagten nicht dem Geld nach: Der Arzt, weil er Wissenschaftler war, der Bankier, weil Geld doch nur sein Handwerkszeug bildete.
Während Landon derart keineswegs Reichtümer anhäufte, ergab sich das bei Fanzelau sozusagen von selbst. Die Geschäfte, die er tätigte, warfen Riesengewinne ab. Er kaufte Antiquitäten, Bilder, Skulpturen, er unterstützte junge Künstler. Ein englischer Diener sorgte für Ordnung in seinem Haus. Fanzelau hatte ihn nicht aus Snobismus einem deutschen vorgezogen, sondern weil John, der Butler, hervorragend kochte – auf französische Art. Dann gab es noch eine Aufwartefrau, die jedoch nicht in der Villa wohnte. Der Kunstschätze wegen wurde das Haus von einem riesigen Wolfshund bewacht, den ein Architekt dem Bankier zum Geschenk machte, nachdem es sich herumgesprochen hatte, daß Fanzelau sich standhaft weigerte, Geld für Schutz durch die Wach- und Schließgesellschaft ›aus dem Fenster zu werfen‹.
Die Arbeitskraft und Energie dieses Mannes, der nicht eben mehr

ein Jüngling war, verblüffte alle. Über einen eifrig kultivierten Aberglauben – Fanzelau sammelte sogenannte ›Glückselefanten‹ in jeder Größe und aus jedem Material – lächelten seine Geschäftspartner und vergrößerten die Sammlung, wo und wann sie nur konnten.

Fanzelaus geradezu pathologische Korrektheit bewunderte man. Dieser Mensch lebte nach einem auf die Minute eingeteilten Tagesablauf. Er war extrem pedantisch. Der Verlust einer halben Million ließ ihn mit keiner Wimper zucken – der Umstand, daß seine Füllfedern, Bleistifte, Notizblocks und Akten ein einziges Mal nicht in seit Jahrzehnten gleichbleibender Anordnung auf dem Schreibtisch lagen, vermochte bei dem als sanftmütig bekannten kleinen Mann wüste Wutanfälle hervorzurufen.

Dieselbe manische Pedanterie bewies er in seiner Kleidung, seinem Geschäftsgebaren, seinem Umgang mit Menschen.

1957 war der Unermüdliche sechzig Jahre alt geworden, besaß ein Privatvermögen von vielen Millionen Mark, das Bundesverdienstkreuz Erster Klasse, zahlreiche ausländische Orden und Titel und stellte so etwas wie das Gütezeichen ›Made in Germany‹ dar – in der alten, propren Bedeutung.

1959 begann Otto Fanzelau, sich krank zu fühlen. Es fing mit Schlaflosigkeit, rapider Gewichtsabnahme und ständiger Unrast an. Es folgten Herzbeschwerden, lähmende Müdigkeit, jähe Schwindelgefühle, rasende Kopfschmerzen, die ebenso plötzlich auftraten, wie sie verschwanden, sowie ein rapider Abfall der Arbeitskraft.

Otto Fanzelau ignorierte alle diese Symptome, solange es ging. Als es nicht mehr ging, suchte er den erwähnten Internisten auf. Er war davon überzeugt, Angina pectoris zu haben.

Der Internist erklärte ihm, daß dies nicht zutraf, ja, daß Fanzelau nach eingehendster Untersuchung keinerlei körperliche Schädigungen aufzuweisen hatte – selbst die normalen Abnützungserscheinungen seiner Altersstufe hielten sich weit unter dem Üblichen.

Der Internist empfahl Fanzelau, den Nervenarzt Dr. Philipp Landon am Olivaer Platz aufzusuchen.

Wie es sich traf, waren die beiden einander auf den ersten Blick sympathisch, was Landon die Behandlung wesentlich erleichterte. Die Intelligenz seines Patienten in Rechnung stellend, entschloß sich der Psychiater, mit Fanzelau fast (aber natürlich nur fast) wie mit einem Kollegen zu sprechen.

»Ich will«, sagte er, »versuchen, Ihnen Ihren Zustand möglichst einfach zu erklären. Ich kenne Ihren Internisten. Wir besitzen keinen besseren in Berlin. Er hat Sie mit äußerster Gewissenhaftigkeit

untersucht und keinen einzigen körperlichen Schaden festgestellt. Das heißt, und das müssen Sie mir und ihm glauben, Sie *haben* keinen solchen Schaden.«
»Aber diese schreckliche Angst... das Herzflattern... ich kann nicht mehr arbeiten!«
»Ich sprach von *körperlichen* Schädigungen, Herr Fanzelau, nicht von *seelischen.* Und ich muß Ihnen wohl nicht sagen, daß seelische Schädigungen sehr wohl die Erscheinungen körperlicher Schädigungen... ja, zuletzt solche Schädigungen selbst... herbeiführen können.« Landon blätterte in dem Bericht des Internisten. »Wie der Kollege schreibt, haben Sie ihm gegenüber immer wieder Zweifel am Sinn Ihres Tuns geäußert, am Sinn Ihres Daseins, am Sinn des Lebens überhaupt. Wann begannen diese Zweifel? Sie hatten sie doch nicht immer...«
»Nein, natürlich nicht. Vor drei, vier Jahren etwa ging das los. Ich hatte geschuftet und geschuftet, mein Leben lang. *Wofür? Für wen?* Meine Ehen waren Katastrophen. Kontakt zu anderen Menschen, ich meine echten, menschlichen Kontakt, finde ich nicht mehr. Was bleibt mir also nach sechzig Jahren auf dieser Erde? Einsamkeit.«
Landon ließ Fanzelau reden, nickte zustimmend, es schien, als gebe er dem kleinen Mann stets recht. Stellte dieser im Verlauf der vielen Unterhaltungen, die folgten, einmal selbst Fragen, dann beantwortete sie Landon, in geschickten Abwandlungen natürlich, mit der Gegenfrage: »Was meinen *Sie?*«
Fanzelau bemerkte den Trick bald, sprach aber nie darüber, denn es war ihm klar, welchen Sinn diese Methode hatte: Landon mußte möglichst umfassend über alle Ansichten, Urteile, Emotionen, Ängste und Sorgen seines Patienten Kenntnis gewinnen.
Über die Frage nach dem Sinn von Fanzelaus Leben sprachen die beiden Männer monatelang.
»Im Privaten«, sagte Fanzelau, »muß ich mich also als Versager buchen. Dienste für die Allgemeinheit? Das ist noch ärger. Davon wollen wir lieber gar nicht reden.«
»O doch... Gerade davon!«
»Nun gut. Ich habe ein Bankhaus zum Weltunternehmen gemacht. Ich habe mitgeholfen, eine Weltstadt wiederaufzubauen. Für wen? Sie kennen ja den Witz: Was ist der Unterschied zwischen einem Optimisten und einem Pessimisten? Der Optimist lernt Russisch, der Pessimist Chinesisch. Ich kann nur hoffen, daß die Chinesen mit den Bauten des Hansaviertels einverstanden sein und sich in ihnen wohl fühlen werden.«
Sofort – wie immer – ging Landon auf Fanzelau ein. Er widersprach

nie. Es sah immer so aus, als sei er genau der Ansicht seines Patienten. Scheinbar zufällig kam das Gespräch in weiteren Sitzungen auf Themen, die – davon war Landon überzeugt, und Fanzelaus Reaktionen bewiesen es ihm – gleichfalls zum Alptraum-Repertoire seines Patienten gehörten.
Fanzelau sprach von den Schrecken eines Atomkriegs, von der Irrsinns-Politik der ›Overkill-Kapazität‹, will heißen, jener atomaren Überlegenheit, die es ermöglichen soll, jeden Gegner nicht nur einmal sondern sechsmal nacheinander vernichten zu können. Er sprach von dem Grauen eines atomaren Krieges und von jenem anderen Grauen, das unabwendbar schien, wenn es *nicht* zu einer atomaren Auseinandersetzung kommen sollte.
Der Bankier überschüttete Landon mit Fakten, Zahlen und Statistiken, die dem Arzt zeigten, daß der kleine Herr sich wahrhaftig gründlich informiert hatte in seiner unbewußten Lust am Untergang.
Trotz aller Bemühungen, erzählte Fanzelau, war es im zweiten Weltkrieg nicht möglich gewesen, mehr als sechzig Millionen Menschen zu töten. Das schien einfach lächerlich, wenn man bedachte, daß gegenwärtig dreieinhalb Milliarden diesen Planeten bevölkerten, zu welchem Wachstum achthunderttausend Jahre nötig gewesen waren.
Nur *vierzig* Jahre hingegen waren noch vonnöten, damit weitere dreieinhalb Milliarden hinzukamen! Im Jahre 2000 würde es 7 Milliarden Menschen geben. Und das eben gab es nicht. Die Menschheit auf diesem Planeten hatte höchstens noch vierzig Jahre zu leben – mit oder ohne Atomkrieg.
»Wir ersticken an uns selbst!« rief der kleine Herr Fanzelau bei einem dieser Gespräche – und augenblicklich gab Landon ihm recht, was augenblicklich den erwünschten Effekt hatte: Fanzelau sprach weiter und weiter.
»Im Jahr 2750 – das ist alles statistisch nachweisbar, lieber Doktor! – würden zehn Menschen auf einem Quadratmeter Erde hausen müssen, was natürlich unmöglich ist. Und im Jahre 3750 würde die Menschheit sechs Quadrillionen Kilogramm wiegen – soviel wie die Erde selbst! Sie wäre dann von einer Menschenschicht überzogen wie von Schimmel. Gibt es einen Ausweg, Doktor?«
»Was meinen *Sie*?« fragte Dr. Landon prompt.
Und erreichte so, daß Fanzelau sagte, was er meinte, und daß damit neue Schreckvorstellungen, Panikstimmungen und immer deutlicher die arge Verstrickung des Geistes sichtbar wurden, in denen sich Fanzelau befand.

»Es ist grauenhaft«, rief Fanzelau, »diese Worte auszusprechen! Aber mit ein paar Fünfzig-Megatonnen-Bomben wäre das Elend wenigstens abzukürzen, käme das Ende früher. Im Interesse der leidenden Menschheit muß man *für* ihren Abwurf plädieren. Das ist nicht Blasphemie, Doktor! Das ist meine ehrliche Überzeugung – wenn ich natürlich auch mit ihr alleinstehe.«
»Ah«, sagte Landon darauf, »Sie meinen, Sie stünden allein mit dieser Ansicht? Haben Sie eine Ahnung!«
»Wieso ... soll das heißen ...?«
»Was glauben Sie, wie oft ich solche und ähnliche Worte höre, Herr Fanzelau? Am häufigsten und ernsthaftesten natürlich von differenzierten Menschen, zu denen Sie selbstverständlich gehören.« Er war wirklich ein großartiger Psychiater, der Dr. Landon. »Der differenzierte Mensch von heute – nicht der stumpfe, träge – lebt sich so leicht in ein ständiges Hinschielen auf die Endkatastrophe hinein. In eine richtige Untergangs-Euphorie! Das geht an mit dem abgedroschenen Satz ›Solange die Bombe droht, ist es unverantwortlich, Kinder in die Welt zu setzen!‹ und endet bei dem – verzeihen Sie – ebenso abgedroschenen ›Was hat das denn alles überhaupt für einen Sinn, was ich getan habe und tue oder tun will, wenn es Leben auf diesem Planeten in vierzig Jahren nicht mehr geben wird – mit oder ohne Bombe?‹.«
»Gut, Doktor. Und was *hat* es also für einen Sinn?«
»Das will ich Ihnen sagen. Ihr und mein Beruf sind völlig verschieden. Eines benötigen wir beide, um erfolgreich arbeiten zu können, nämlich Logik. Habe ich recht?«
»Ja.«
»Nun, dann antworten Sie mir: War es unlogisch, daß die Bombe – ich wähle die Bombe nur als einen der abertausend angeblichen Gründe der Sinnlosigkeit unseres Seins –, war es unlogisch, daß die Bombe gebaut wurde?«
»Es war ein Verbrechen!«
»Das steht auf einem anderen Blatt. Danach habe ich nicht gefragt. Ich habe gefragt: War es *unlogisch?* War der Bau nicht eine *völlig logische Folge* verschiedenster Entwicklungen?«
Fanzelau schwieg.
»Antworten Sie mir!«
»Nein«, murmelte Fanzelau.
»*Bitte?* Sprechen Sie lauter!«
»Nein!« schrie der kleine Herr (und Landon registrierte mit größter Genugtuung, daß er schrie), »nein, es war nicht unlogisch!«
»Es war nicht unlogisch. *Es war logisch.* Ein Verbrechen war es

auch, natürlich. Grauenhaft ist es, selbstverständlich. Das interessiert uns im Moment nicht. Uns interessiert, daß die Bombe *logischerweise* entstehen mußte – auf Grund von wissenschaftlichen Entdeckungen, von politischen und militärischen Notwendigkeiten und so weiter und so weiter und so weiter. Unlogisch wäre es, wenn sie *nicht* gebaut worden wäre!« In dieser Phase der Therapie begann Landon selbst zu sprechen. Jede seiner Behauptungen kehrte – wie die Fangfrage »Was meinen *Sie*?« – in immer neuen Variationen wieder, bis sich eine ganz bestimmte Grundessenz im Gehirn des Patienten gleichsam eingegraben hatte.

Der Arzt zündete eine neue Zigarette an. Er rauchte viel. Viel zu viel. Er wußte es.

»Weiter. Ist irgend etwas daran unlogisch, daß sich die Menschheit in vierzig Jahren verdoppelt haben wird? Wußte das nicht jeder, der sich dafür interessierte, bereits vor sechzig Jahren? Schrien damals nicht schon die Neo-Malthusianer Zeter und Mordio?«

»Ja, das stimmt ...«

»Nun also!«

Zu Landons Freude wurde Fanzelau aggressiv: »Nun also! Wunderbar! Wir leben somit in einer völlig logischen, prächtigen Welt! Der besten aller Welten!«

»Das habe ich nie behauptet. Bringen wir nichts durcheinander, Herr Fanzelau. *Ich rede nur von Logik.* Ich will Ihnen zunächst bloß beweisen, daß alles, *alles*, was geschieht, *logisch* ist in dieser Welt. Es gibt keine andere Welt für uns. Ausgenommen die Welt nebenan, jene, in die sich Menschen flüchten, die Logik nicht akzeptieren können. Sie wissen, welche Welt ich meine.«

»Die Welt des Wahns.«

»Ja. Die ist – in sich – übrigens auch logisch. Aber es ist nicht die Welt, in der Sie leben wollen. Oder?«

Fanzelau sah Landon stumm an.

»Daß wir geboren wurden, ist eine logische Folge des Verhaltens unserer Eltern. Ja oder nein?«

»Ja.« Fanzelau wischte sich den Schweiß von der Stirn.

»Das ist alles recht anstrengend, ich weiß. Für mich auch, Herr Fanzelau, für mich auch. Daß unsere Geburt so logisch ist wie alles andere, wollen mehr und mehr Menschen nicht wahrhaben – angesichts der rapiden Entwicklung zum Chaos hin. Was allein aber kann das Chaos, kann all die Schrecknisse, von denen wir sprachen, bannen?«

»Nichts! Nichts! Nichts!«

»Doch«, sagte Landon. »Eine einzige Sache. Klares Denken. *Logi-*

sches Denken. Dann *können* wir dafür sorgen, daß die Menschheit *nicht* ihre letzten vierzig Jahre erlebt – nur dann!«

»Auch dann nicht!«

»Es gibt die Möglichkeit der weltweiten Geburtenkontrolle. Es gibt die Möglichkeit der Ausnutzung von Sonnenenergie. Niemand wird hungern. Die Forscher sind der Photosynthese, dem grünen Geheimnis der Pflanzen, auf der Spur. Es wird niemand frieren. Es wird...«

»Alles Utopien!«

»Stimmt vollkommen – wenn keiner sich für diese Projekte einsetzt. Wenn keiner sie durchsetzt. Wenn mehr und mehr Menschen – differenzierte, geistig hochstehende Menschen wie Sie, Herr Fanzelau – die Flinte ins Korn werfen, sich eine Angina pectoris wünschen und, wenn sie die nicht bekommen können, bei mir landen. Dann haben *Sie* recht. Aber nur dann! Ich bin«, sagte Dr. Landon, »alles andere als ein Nietzsche-Verehrer. Doch *einen* Satz von ihm akzeptiere ich in meinem Beruf.«

»Und wie heißt dieser Satz?«

»›Nur wer ein Warum zu erleben hat, erträgt fast jedes Wie‹.«

Fanzelau sah den Arzt gebannt an.

»Ein *Warum*«, sagte der. »Für welches *›Warum‹* lebe ich? Das fragen Sie sich. Und finden keine Antwort darauf. Und *deshalb* sind Sie krank, Herr Fanzelau. Weil Sie die Frage nicht beantworten können, was das Warum ist, für das Sie zu leben, das Sie zu *erleben* haben.«

»Es gibt keine Antwort auf diese Frage!«

»Natürlich gibt es eine! Das logische Denken gebietet es. Wir haben uns doch darauf geeinigt, Herr Fanzelau, daß nichts, *nichts* existiert, was in unserer Welt unlogisch wäre. Und was wäre unlogischer als ein sinnloses Leben? Unterbrechen Sie mich nicht! Jedes Leben hat seinen Sinn, jedes! *Hier* müssen wir zu arbeiten beginnen – damit, daß ich Sie davon überzeuge, daß die *Logik* auch nur ein einziges sinnloses Leben auf dieser Welt verbietet.«

»Und wenn Sie mich davon überzeugt haben? Dann weiß ich immer noch nicht, was der Sinn meines Lebens ist!«

»Das ist dann der zweite Schritt. Den müssen Sie allein gehen. Sie müssen ihn suchen, diesen Sinn. *Allein.* Sie müssen ihn finden, diesen Sinn. *Allein.*«

Fanzelau starrt den Arzt schweigend an.

»Es kann lange dauern, bis Sie *Ihren* Sinn gefunden haben. Wir werden Zeit benötigen. *Sie* vor allem werden Zeit benötigen.«

»Zeit! Ich bin über Sechzig!«

»Ja, und? Dann hören Sie eben endlich auf, wie ein Besessener – wofür denn eigentlich, Herr Fanzelau, wofür, he? – zu arbeiten! Dann werden Sie Zeit haben, über den Sinn Ihres Lebens nachzudenken. Lassen Sie die Geschäfte! Die laufen bei Ihnen doch ganz von selbst. Ihre Bank blüht. Fangen Sie vielleicht da an, nachzudenken.«

»Wo?«

»Bei der Tatsache, daß Sie stets mit Geld zu tun hatten, daß man Ihnen Vertrauen entgegenbringt, daß Sie überall Freunde . . .«

Aufschreiend unterbrach ihn Fanzelau: »*Freunde? Freunde?* Die *wollen* doch alle nur etwas von mir! Ich sage Ihnen, Doktor, ich habe keinen einzigen echten Freund, keinen einzigen!«

»Ach so, natürlich. Verzeihen Sie den lapsus linguae. Geschäftsbeziehungen – sagt Ihnen *das* Wort zu?«

Fanzelau starrte vor sich hin und nickte.

»Gut. Denken wir an die. Denken wir an Ihre Karriere. Die war auch logisch. Auch sie hat ihren Sinn. Sie kennen ihn noch nicht. Aber daß heißt doch nicht, daß es ihn nicht gibt. Das heißt doch nur, das Sie ihn suchen müssen. Der Sinn hat gar nichts dagegen, gefunden zu werden. Nur so, Herr Fanzelau, nur so, werden Sie auch Frieden finden – und Genesung. Ihre beiden Ehen sind schiefgegangen. Sie wagen nicht, die Beziehung zu einer anderen, neuen Frau aufzunehmen.«

»Nein . . .«

»Das wäre auch keine Lösung.«

»Da! Sie sagen es selber! Ich bin gefühlsarm, wenn nicht gefühllos! Jawohl, das bin ich! Und wenn ich mir hundertmal nachweise, wieviel Gutes ich anderen getan habe. Das tat ich doch nur, weil ich keinen echten Kontakt hatte! Man versucht, sich selbst zu beweisen, daß man Gefühle *hat*. Man schenkt. Man spendet. Ich möchte wetten, meine beiden Frauen haben niemals einen Wunsch ausgesprochen, den ich nicht sofort erfüllte.«

»Sehen Sie. Und gerade deshalb sind Ihre Ehen in die Brüche gegangen. Weil Sie weder für die eine noch für die andere Frau ein echtes, menschlich bindendes Gefühl aufzubringen vermochten.«

»Und ist das nicht trostlos?«

»Wieso trostlos? Wären Sie mit einem Herzen aus Butter zu Ihren Millionen gekommen?«

»Sie haben heute Ihren spaßigen Abend, Doktor.«

»Ich habe heute meinen Zitatenabend. Jetzt zitiere ich Hölderlin: ›Nur der hohe Adel der Menschheit kommt in die Hölle. Die anderen stehen davor und wärmen sich bloß‹.«

»Schmeichler! Hoher Adel. Auf einmal also. Mal so, mal so.«
»Natürlich mal so, mal so! Wie, glauben Sie, behandelt man Menschen wie Sie? Es gibt ein Ziel, das steht fest. Aber der Weg dorthin ist keine gerade Linie. Man muß mal so, mal so gehen. So ehrlich ich bisher zu Ihnen war, so ehrlich werde ich weiter bleiben, das verspreche ich Ihnen. Und es ist ehrlich, wenn ich sage: Das Leben ist vielschichtig. Der Außerordentliche braucht alle Kräfte, um das Außerordentliche zu vollbringen, um *sein* ›Warum‹ zu erleben. Da bleibt nichts übrig für private Beziehungen, für menschliche Kontakte – und wenn er in Wahrheit tausendmal für die *Menschheit* lebt!« Eine neue Zigarette zündete Dr. Landon an, dann schloß er: »So, und wenn das nun nicht *logisch* war, dann können Sie mir eine herunterhauen.«
Leise antwortete Fanzelau: »Es war logisch, Doktor.«

Zweimal wöchentlich besuchte Otto Fanzelau Dr. Landon. Nicht mehr zu zählen waren zuletzt die Stunden ihrer Gespräche. Fanzelau machte Fortschritte. Er hatte Rückschläge. Mehr und mehr bewunderte er seinen Arzt.
Dieses Gefühl mußte Landon bremsen, lenken, in Maßen halten.
»Verlassen Sie sich nie völlig auf mich. Ich kann auch irren. Ich bin nicht unfehlbar. Ich kann sterben. Ich darf nicht ewig Ihr Arzt bleiben. Sie müssen es selber werden. Sie glauben, schon richtige Freundschaft für mich zu empfinden, nicht wahr?«
»Ja, Doktor ...«
»So, wie Sie glaubten, Ihre Frauen zu lieben.«
»Nein. Nicht so. Anders.«
»Gar nicht anders. Genauso.« Landon sprach eindringlich. »Sie haben Ihre beiden Frauen geheiratet, um sich Ihre Kontaktfähigkeit zu beweisen. Dafür haben Sie teuer bezahlt. Mich können Sie im Grunde überhaupt nicht bezahlen ...«
»Das weiß ich ...«
»... und weil Sie das wissen, glauben Sie, für mich Freundschaft zu empfinden, nein – Sie *empfinden* sie! Wieder der Versuch, sich Kontaktfähigkeit zu beweisen. Merken Sie? Hören Sie auf damit. Wenn Sie gesund sind, werden Sie mich vergessen, werden Sie nicht mehr zu mir kommen, werden Sie sich wundern, jemals geglaubt zu haben, daß Sie so etwas wie Freundschaft für mich empfunden hätten.«
»Nie! Nie wird es soweit kommen!«
»Soweit *muß* es kommen! Denn nur dann sind Sie gesund. Sie wollen doch nicht ewig krank bleiben, Herr Fanzelau ... Na, sehen Sie!«

Das war im Frühling 1961.
Im November 1961 befand sich Fanzelau dann offenbar wirklich auf dem Weg der Genesung. Ein Psychiater hat viele Methoden, festzustellen, wie es um seinen Patienten steht. Landon stellte fest: Es stand gut um Fanzelau.
Er schlief wieder, die Herzbeschwerden waren ebenso verschwunden wie die Angstgefühle und das Kopfweh, er lachte herzlich, wenn Landon, um ihn zu testen, etwas Komisches erzählte – er nahm sogar wieder zu, seine Aktivität stieg rapide an.
»Ich glaube, ich habe ihn gefunden, den Sinn meines Lebens«, sagte Fanzelau glücklich.
Landon nickte aufmunternd, einen ausführlichen Bericht erwartend. Er erhielt keinen. Er erlebte die größte Überraschung seines an Überraschungen nicht eben armen Daseins.
»Aber, so leid es mir tut – es tut mir wirklich leid, Doktor! –, ich kann über die Angelegenheit nicht sprechen«, erklärte Fanzelau.
»Sie können *mir* nichts erzählen?«
»Nein!« Das klang nun schon schärfer. Fanzelau schüttelte heftig den Kopf, halb im Trotz, halb in großer Verlegenheit. »Nein, das kann ich nicht!«
»Hm«, machte Landon. Auch ein sehr kluger Arzt hat Momente der absoluten Verblüffung. Alles hätte der Psychiater von dem kleinen Herrn erwartet – *diese* Reaktion nicht!
Diese Reaktion ließ Landon keine Ruhe. Er versuchte auf raffinierteste Weise, Fanzelau doch zum Sprechen zu bringen, denn eine solche Entwicklung war selbst für ihn, der so vieles erlebt hatte, neu. Dr. Philipp Landon sprach auf Fanzelau ein wie auf ein krankes Pferd. Er redete von den Grundregeln der Psychotherapie, der *Notwendigkeit* einer Information durch Fanzelau (»Das gehört unbedingt mit zur Behandlung!«), er verwies auf das Arztgeheimnis.
Umsonst.
Alles umsonst.
Kein Wort der Erklärung kam über die Lippen des kleinen Bankiers. Dr. Philipp Landon wurde unsicher. Er verhedderte sich, seine Argumente wurden schwächer und immer weniger überzeugend – und Otto Fanzelau schwieg, schwieg, schwieg.
»Es tut mir *unendlich* leid, lieber, lieber Doktor, aber ich *kann* Ihnen einfach nichts sagen!«
Wie kam es zu dieser Aggression? grübelte Landon. Hatte Fanzelau einen anderen Arzt konsultiert? War er Landon ›entglitten‹?
Ach, nichts Derartiges! Es war Otto Fanzelau aus einem für ihn zwingenden Grund unmöglich, zu sprechen ...

Aus einem für ihn zwingenden Grund: Weil er einem anderen Menschen sein Ehrenwort gegeben hatte, Dritten gegenüber zu schweigen. Dieses Ehrenwort gab er einem seiner geschäftlichen Bekannten, den er im August 1961, unmittelbar nach Errichtung der Mauer, zufällig traf – und in den folgenden Monaten dann noch ein dutzendmal.

Zur ersten Begegnung kam es in der Bar des ›Hotels Atlantic‹ in Hamburg am 19. August 1961. Dort begegnete Fanzelau jenem Bekannten – er hieß Olaf Martini – im Gespräch mit drei Ausländern, einem Farbigen und zwei Weißen. Die Unterhaltung wurde in englischer Sprache geführt. Fanzelau konnte – ob er wollte oder nicht – hören, was an der Theke gesprochen wurde. Sein Gehirn registrierte achtlos, daß es um die Erprobung eines neuen Pflanzenschutzmittels ging und daß Martini die drei Herren zu einem Abschiedsdrink geladen hatte.

Tatsächlich erschien denn auch bald ein Boy, der, wie es in diesem Hotel üblich war, mit lauter Stimme die Abfahrt des Busses zum Flughafen bekanntgab, woraufhin Martini die drei Herren noch zum Ausgang begleitete und danach in die Bar zurückkehrte. Er war sichtlich erfreut, Fanzelau wiederzusehen, fragte, ob dieser Zeit habe, und als Fanzelau bejahte, nahmen sie einen weiteren Drink in einer stillen Ecke der Bar.

Martini war ein mittelgroßer, schlanker Mann von vielleicht sechsundvierzig Jahren. Er besaß kurzgeschnittenes und dabei interessant gewelltes und graumeliertes brünettes Haar, strahlende, hellgrüne Augen, die sofort Vertrauen erweckten, ein fast zu hübsches Gesicht – und sah stets aus wie ein idealistischer Student. Er arbeitete, das wußte Fanzelau, in gehobener Position als Wissenschaftler in einem weltbekannten Chemiewerk.

Daß sie einander lange nicht gesehen hatten, erklärte Martini mit dem Umstand, daß er in der letzten Zeit fast ununterbrochen auf Reisen gewesen wäre. Er habe gehört, Fanzelau sei es längere Zeit gesundheitlich gar nicht gut gegangen.

»Jetzt ist aber schon wieder alles viel besser«, sagte der kleine Herr schnell. Man sprach also von seiner Erkrankung? Unangenehm bei einem Geschäftsmann, immer unangenehm! Fanzelau gab sich Mühe, besonders frisch und jugendlich zu wirken. Er hatte das Gefühl, damit auf den übervitalen Martini den gewünschten Eindruck zu machen.

»Sie sind also immer noch dabei, den Bau halber Städte zu finanzie-

ren«, konversierte Olaf Martini, sichtlich nicht völlig informiert, denn Fanzelau hatte sich ja von seinen Geschäften ziemlich zurückgezogen. Dennoch bejahte er die Frage.
Die Antwort, die er erhielt, erstaunte ihn. Durch sein gepflegtes, interessantes Haar streichend, meinte der Chemiker: »Beeilt euch schön, ihr Herren! Überall! Denn wenn wir Wissenschaftler so weitermachen, werden bald zehn Milliarden Menschen mehr auf dieser Erde leben. Und diese zehn Milliarden benötigen wir unter allen Umständen – in der allernächsten Zeit.«

25

Zehn Milliarden in der allernächsten Zeit!
Dann waren es also dreizehneinhalb Milliarden. Und nach Fanzelaus Überzeugung bedeuteten schon sieben Milliarden den Untergang der Menschheit! Er musterte Martini genau. Betrunken war er nicht, Spaß schien er auch nicht gemacht zu haben. Es war die nüchterne Feststellung eines Wissenschaftlers gewesen.
»Ist Ihnen nicht gut?«
»Doch ... doch ...«
»Sie sehen so blaß aus, Herr Fanzelau. Noch einen Drink?«
»Ja, bitte. Was war das, was Sie da sagten? Zehn Milliarden benötigen Sie in allernächster Zeit?«
»Für die laufenden Projekte«, antwortete der Chemiker und gab einem der Mixer hinter der Theke einen Wink. Der nickte.
»Aber ...«, begann Fanzelau.
»Ja?« fragte Martini höflich.
»Aber das ist doch Wahnsinn!«
»Unsere Projekte sind kein Wahnsinn.«
»Ihre Forderung nach zehn Milliarden mehr Menschen ist es!«
»Wieso?«
»Weil unsere Erde schon die lebenden dreieinhalb Milliarden nicht ernähren kann.«
»Mein Gott!« rief Martini lachend, »unsere Erde kann – und *wird* mit unserer Hilfe! – ein Zehnfaches der heute lebenden Menschen ernähren, dreißig bis fünfunddreißig Milliarden.«
Ein Kellner kam mit den neuen Drinks.
Fanzelau trank hastig. Er hatte Alkohol nötig.
»Ich sehe, Sie sind erschrocken«, meinte Martini. »Man hat mir im Werk erzählt, daß Sie bei Besprechungen mit Herren der Geschäftsleitung häufig voll Schaudern an eine Übervölkerung unserer Erde

und die damit verbundenen Folgen gedacht hätten. Du lieber Gott im Himmel! Hier bin nun *ich* der Fachmann. Fünfunddreißig Milliarden – und in Glück und Frieden!«

Fanzelau trank wieder. Dann fragte er: »Was sind das für Projekte, von denen Sie eben sprachen?«

»Sie werden«, erwiderte der andere, »verstehen, daß ich mich darüber im einzelnen nicht auslassen darf – und Verständnis dafür haben. Es sind weltweite Projekte. Wissenschaftler, Universitäten, Forschungsstätten und Werke in der ganzen Welt arbeiten an ihnen. Und sie gelten alle – das darf ich sagen – der Vorbereitung unserer Welt auf die nächsten fünf- bis zehntausend Jahre.« Martini lächelte. »Ihr Gesicht verrät Unglauben. Sie interessieren sich für derlei Probleme. Wissen Sie was? Ich schicke Ihnen ein paar einschlägige Bücher nach Berlin, ja?«

Die Bücher kamen. Fanzelau las sie – Nächte hindurch. Er konnte nicht aufhören zu lesen, so sehr erregte ihn die Lektüre. Erste Fachleute, Nobelpreisträger, berühmte Forscher, bekannte Publizisten waren die Autoren.

In den ›Grundlagen des 21. Jahrhunderts‹ von Gustav Schenk las Fanzelau: ›Die Zunahme der Weltbevölkerung ist *notwendig*. Die Menschheit der Gegenwart mit der Bevölkerungszahl von dreieinhalb Milliarden kann nur unter bestimmten Voraussetzungen weiterleben: Sie muß im 21. Jahrhundert zehn bis fünfzehn Milliarden umfassen, und es kann keinen Gegensatz zwischen Groß-Ideologien geben, von welcher Art sie auch denkbar sind. Zehn Milliarden Menschen sind die Voraussetzung dafür, um die neunzig Prozent brachliegende, nicht vom Meere bedeckte Erdoberfläche zu besiedeln, aus sterilen Böden fruchtbares Ackerland zu gewinnen, um ehemaliges Weideland für den Ackerbau zu nutzen, um Stadtlandschaften zu erbauen, den Eiweißmangel zu überwinden, Wüsten, Polargebiete und Schilfmeere zu kultivieren und zu besiedeln . . .‹

Derselbe Gustav Schenk rechnete ganz fest mit dem raschen Dahinwelken, ja mit dem Verschwinden aller ideellen und wirtschaftlichen Grundlagen der gegenwärtigen Großmächte. Dieser Zustand werde dann sogleich eintreten, wenn ›die neuen Denkmodelle der Wissenschaft zu Denkgewohnheiten selbstverständlicher Art geworden sind. Die Menschenlandschaften des 21. Jahrhunderts werden dann abgesteckt, die Notstandsgebiete Lateinamerikas, Afrikas und Vorderasiens werden mit der Steuerung und Regelung der Welternährung, mit einem Weltplan zur Eiweißproduktion, saniert.‹

Schenk und andere Autoren, deren Bücher Otto Fanzelau nun verschlang, waren der Ansicht, daß es noch in *diesem* Jahrhundert dem

formalistischen Kult *aller* Ideologien, auch dem experimentellen des dialektischen Materialismus, an den Kragen gehen werde.
Fanzelau war tief erregt.
Er lebte im 20., nicht im 21. Jahrhundert, also mitten in der Periode des Umschwungs. Er war ein Pessimist und davon überzeugt, daß dies eine Endzeit sei. Nun kam er dahinter, daß es in der ganzen Welt auch Optimisten und Zukunftsgläubige gab – und zwar keine Schwärmer, Spinner oder Sektierer, sondern Wissenschaftler jeder Art, dazu Philosophen und Theologen.
Er geriet an die Schriften des französischen Jesuitenpaters und Paläontologen Teilhard de Chardin. Dieser hatte auf faszinierende Weise versucht, die noch zögernde Kirche (aber sie *zögerte* bereits!) in das neue naturwissenschaftliche Weltbild von der Evolution, von der Entwicklung des Kosmos, der Lebewesen, des Menschen gleichsam hineinzulocken und dieses Weltbild, das lange genug vom Materialismus für sich in Anspruch genommen worden war, mit den Lehren der Kirche in Einklang zu bringen.
Der Zoologe Professor Adolf Portmann, kundiger und geistreicher Interpret des Jesuitenpaters, befürchtete allerdings, die nächsten Stationen der Menschheit würden vorerst einmal ›steigende Sozialisierung‹, ›Systeme totalitären Charakters‹ und eine sogenannte ›positive Auslese‹ sein. Drohte nicht gerade von einer evolutionistischen Biologie und ihren Vererbungsexperimenten abermals der nazistische Schrecken einer Menschenzüchtung?
Dagegen hatte sich Pater Teilhard schon früher in einer anderen Schrift verwahrt: ›Dem ist nicht so! In Wahrheit setzen wir ganz einfach auf einer höheren Ebene die ununterbrochene Arbeit der biologischen Evolution fort.‹
Die Evolution entbehrte als naturgesetzlicher (und von Gott in Gang gesetzter und in Gang gehaltener) Vorgang völlig jeglicher Sentimentalität. Seit dem Ursprung des Menschengeschlechts habe sich das Zentralnervensystem immer mehr vergrößert, verfeinert, vervollkommnet. Nunmehr, schrieb Pater Teilhard, sei die Zeit gekommen, in welcher der Mensch seine Erde umorganisieren, seinem Gott entgegenreifen könne.
›Das Phänomen Mensch, wie es sich uns heute darbietet, ist ein Ereignis von *sehr* begrenzter Dauer. Ein anderes Phänomen wird *schnellstens* an seine Stelle treten ...‹
Und:
›Fast spürbar durch unsere Seelen hindurch‹, hieß es in Teilhard de Chardins Buch ›Die Zukunft des Menschen‹, ›knüpft sich eine höhere Wirklichkeit, die einer mystischen Vereinigung mit Gott ent-

gegenstrebt.‹ Um keine nebulose Mystik handele es sich dabei, meinte der Pater. Den führenden Individuen der Evolution sei diese Mystik so etwas wie Schutz, Schirm und Wegweiser. Sie werde dafür sorgen, daß die Entwicklung schärfer als bisher beobachtet, die Lenkung gründlicher bedacht werde.
Soweit der Theologe.
Der finnische Biochemiker und Nobelpreisträger Artturi Virtanen beschäftigte sich in seinen wissenschaftlichen Arbeiten nur mit Fakten. Er behauptete, die Erde könne dreißig bis fünfunddreißig Milliarden Menschen ohne weiteres ernähren. Die Forscher hätten der Natur ihre bestgehüteten Geheimnisse abgetrotzt. Was man heute ›künstlich‹ oder ›synthetisch‹ nenne, sei vom Menschenhirn perfekt nachgeahmte Natur. Die ursprüngliche Natur habe es nicht nötig gehabt, eine Erde für fünfunddreißig Milliarden Menschen einzurichten. Das konnte sie getrost den Menschen selbst überlassen. Synthetischer Kautschuk ist besser als Naturgummi! Synthetische Stoffe sind härter als Stahl! Mit einem Schlag hatte die Wissenschaft unsere Welt verändert.
Ein gescheiter Publizist, Eugen Skasa-Weiß, verdolmetschte das, was dem Laien an den naturwissenschaftlichen Veröffentlichungen gar nicht oder kaum verständlich bleiben mußte, mit gescheiten Worten:
›Der Übergang ist hin und wieder ungemütlich – nun, welcher Umzug wäre das nicht? In der neuen Wohnung ist für alle Menschen Platz. Zunächst für zehn Milliarden. Diese zehn Milliarden, sagt... Virtanen, können wir nach dem jetzigen Stand der Technik ernähren, wenn die modernsten Erkenntnisse, Methoden und Geräte angewandt werden. Und zwar *überall.*
Ein Farbdia aus dem landwirtschaftlichen Utopia, das in allen Weltteilen Wirklichkeit werden wird, zeigt uns blaue, rote und orangefarbene Landschaften zwischen den Netzen der Transportstraßen. Diese ›Kostümlandschaften‹, die den Geschmack der Wachteln und Naturschwärmer beleidigen würden, sind Äcker, mit Plastikteppichen aus Polyäthylen bespannt, quadratmeilenweit. Unter ihnen drängen Freilandkulturen einem Wachstum entgegen, über dessen Üppigkeit die alte Natur den Kopf schüttelt.
Die Pflanzenphysiologen haben wachstumsteigernde Stoffe entdeckt, deren Umsatz bis 1970 eine Milliarde Dollar erreichen soll. Sie versprechen Kohlpflanzen von fast fünf Meter Höhe, kinderkopfgroße Weintrauben und – bei einer einzigen Prise je Acker – ein galoppierendes Wachsen und Reifen...‹
Otto Fanzelau las all dies und vieles mehr, und er wurde immer

hoffnungsvoller dabei. Nun suchte er seinen plötzlich so interessant gewordenen Bekannten Olaf Martini zu treffen, wann immer das möglich war. Sie verabredeten sich bald in dieser, bald in jener Stadt, und Martini erzählte dem kleinen Herrn, wie weit Chemiker und Physiker, Forscher und Techniker bereits heute waren...
»Du lieber Gott! Wir bauen Staudämme, Thermalkraftwerke. Wir planen die Bewässerung von Steppen. Wir stellen Sonnenöfen und Windkraftwerke auf. Wir speichern Sonnenenergie und bestrahlen Saatgut mit Ultraschall...«
Was alles bereits geschah oder in Bälde geschehen sollte, machte Fanzelau, nun, da er es von Martini hörte, schwindlig vor Erregung!
Nur hundert von etwa dreihunderttausend eßbaren Pflanzen kamen, entsprechend zubereitet, in menschliche Mägen. Ein Himalaja unverspeister Blätter voller Eiweiß ging der Menschheit Jahr für Jahr verloren – *noch*!
Nicht mehr lange.
»Niemals werden wir verhungern!« sagte Martini bei einer seiner Unterhaltungen mit Fanzelau. »In Jahrmillionen hat die Natur Kohle und Erdöl aus den Substanzen hergestellt, die von den Urweltpflanzen im Vorgang der Photosynthese aus Kohlensäure der Luft und Wasser mit Hilfe der Lichtenergie aufgebaut worden sind. Wir kennen heute das Geheimnis der Photosynthese...« (Hatte das nicht auch Dr. Landon gesagt?) »... und brauchen darum keine Jahrmillionen mehr. Über Nacht können wir, weiß Gott, vollwertige Nahrungsmittel in beliebiger Menge produzieren – ebenfalls mit Hilfe des Photosynthese-Tricks...«
Martini sprach stets sachlich und ruhig.
Die mikroskopisch kleine Süßwasseralge Chorella, erzählte er, vermehrt sich bis zu achtmal täglich. Das, was sie an Eiweiß, Fetten, Kohlehydraten produziert, schmeckt nicht besser als unseren Vorfahren wohl die ersten Kartoffeln. Wie schmecken Kartoffeln uns heute?
In Japan pumpt man Algen aus dem Meer. Die Kombu-Gelatine, ein Produkt aus gepreßten Großalgen, bildete schon 1960 ein Grundnahrungsmittel Japans.
Aus Brot wiederum konnte man Kohle produzieren! (Nichts sonderlich Neues: Man denke an die im Toaster verkohlte Weißbrotschnitte.) Aus Futtermitteln Dieselöl – und, umgekehrt, aus Erdöl Speck!
Bei derartigen Begegnungen war Fanzelau stets der schweigende Zuhörer. Martini erzählte, gleichmütig, seiner Sache sicher.
Das Wetter, sagte er, lasse sich nach Maß machen. Man beschieße

Wolken, die man vorher mit Radar ermittelt hat, genau über dem Gebiet, das gerade Wasser braucht, von Flugzeugen aus mit Trockeneis, und es beginne zu regnen.
Durch Behandlung mit Hormonen würden Kühe zu Dauer-Milchlieferanten. Man könne sie also vom Zwang des Kalbens befreien. Sie ernährten sich willig mit Briketts aus Zellulose und Harnstoff. Die alten Wiesen kannten sie gar nicht mehr richtig ...
»Die Chemurgie der Agronomen«, berichtete Martini ein andermal, »um Eugen Skasa-Weiß zu zitieren, stampft einen neuen Garten Eden aus der Erde, aus dem wir nicht hinausgeschmissen werden können. Wir beseitigen Seuchen und Krankheiten und schaffen Gesundheitsgürtel durch Aufforstung. Lesen Sie das getrost noch einmal bei Skasa-Weiß nach: Das ›gläserne Zeitalter‹, der Siegeszug des Schaum-Aluminiums, das flüssige Helium, das manche Naturgesetze einfach aufhebt, steht weit eher vor der Tür als die gefürchtete Übervölkerung. Es wird niemand mehr frieren. Von zwanzig Milliarden Tonnen Faserstoffen, die wir bis heute im Jahr benötigen, werden schon jetzt zwei Milliarden Tonnen künstlich erzeugt. Die Düngemittelproduktion wird verdreifacht, die Transportwege werden ausgebaut, die Transportmittel unaufhaltsam verbessert.«
Atemlos sagte Fanzelau bei diesem Gespräch: »Und was Skasa-Weiß noch schreibt: Der Mond wird ein gigantisches Kraftwerk für die ganze Erde werden, mit einer Leistungsfähigkeit von vielen Trillionen Kilowatt. Eine ideale Entwicklungsstation für thermonukleare und atomare Projekte ...«
»So ist es«, antwortete Martini frohgemut. »Wir haben die Elektronik, die Atomenergie, den Überschall, die Biophysik. Sie alle werden Reichtümer zutage fördern, von denen noch niemand etwas ahnt. Aber, natürlich, sie werden dabei die Welt verändern. Kehren wir noch einmal zu dem bisher völlig vernachlässigten Meer zurück. Wenn etwas unerschöpflich ist, dann sind es die Ozeane. Wir legen Nylonnetze aus, wir lassen motorisierte Kutter fahren, Kühltransportschiffe, Fischfabrikschiffe. Wenn wir wollten, könnten wir heute schon die ganze Welt mit Fischen überschütten ... nein, nein, Herr Fanzelau, wir stehen nicht am Ende, sondern am Anfang, ganz am Anfang.«
Wieder einmal allein, las der Bankier ein Buch des Bevölkerungsmathematikers Wilhelm Fucks. Nach dessen Berechnungen war das Anwachsen der Weltbevölkerung bis zum Jahre 2100 abgeschlossen. Denn, so meinte Fucks, eine übersteigerte Bevölkerungsvermehrung konnte stets nur dann stattfinden, wenn die Menschen in eine neue Phase technisch-ökonomischer Entwicklung hinüberwech-

selten. (Immerhin hatten von Anbeginn an bis jetzt rund sechzig Milliarden auf diesem Planeten gelebt.) War die neue Entwicklung beendet – und das mußte nach Fucks' Meinung spätestens im Jahre 2100 der Fall sein –, dann würden sich Geburten- und Todesfälle wieder für sehr lange Zeit die Waage halten. Etwa in einer Höhe von acht Milliarden.

Acht Milliarden!

Und fünfunddreißig Milliarden hatten also Platz!

Otto Fanzelau befand sich in der zweiten Hälfte des Jahres 1961 in einem Zustand allergrößter Bewegtheit – glücklicher Bewegtheit. Auch er war, auf seinem Gebiet, selbst so etwas wie ein Wissenschaftler. Denn er glaubte nur an Zahlen und Tatsachen.

Im Oktober 1961 traf er mit Martini in dessen Haus bei Frankfurt zusammen. Der Chemiker hatte um den Besuch gebeten.

»Sie haben nun einen Überblick gewonnen, Fanzelau«, sagte er, dabei sein gepflegtes Haar streichend – eine Lieblingsbeschäftigung von ihm. »Sie wissen, was morgen, übermorgen schon Wirklichkeit sein wird.«

Fanzelau nickte.

»Unter *einer* Voraussetzung«, fuhr Martini fort.

»Welcher?«

»Ich sagte Ihnen, in allen Ländern der Erde arbeiten Wissenschaftler am größten Projekt der Welt: Der Erhaltung der Welt. Wir führen hier, Herr Fanzelau, ein *vertrauliches* Gespräch. Bitte, geben Sie mir Ihr Ehrenwort, daß Sie keinem Dritten davon erzählen.«

»Ehrenwort«, rief der kleine Bankier atemlos.

»Gut«, sagte Martini. »Ich danke Ihnen. Sehen Sie: Meine Kollegen und ich, wir sind im letzten Drittel unserer Arbeit. Nichts darf uns jetzt mehr stören.«

»Wer sollte Sie stören?«

»Du lieber Gott! Ein sinnlos vom Zaun gebrochener Atomkrieg zum Beispiel! Wir Wissenschaftler haben die Bombe konstruiert. Die Politiker haben sie uns weggenommen und könnten unsagbares Unheil damit anrichten. Das darf nicht geschehen!« Martinis helle, idealistisch strahlende Augen blitzten, er sprach zum erstenmal voll Leidenschaft. »Wir haben genug! Wir mißtrauen den Politikern, wir verachten – nein, wir hassen sie! Sie dürfen uns nicht mehr in die Quere kommen. Wir benötigen noch zwanzig, dreißig Jahre ungestörter internationaler Zusammenarbeit – dann wird man all diese Popanze mit all ihren Ideologien zum Teufel jagen. Bis dahin jedoch sind sie gefährlich. Die politische Situation ... ich brauche nicht weiterzusprechen.«

»Nein.«

»Die Herren haben sich durch ihre Borniertheit, ihren Größenwahn, ihre Eitelkeit, ihren Fanatismus in schlimme Lagen begeben – überall auf der Welt. Wir, die Wissenschaftler auf der ganzen Welt, müssen dafür sorgen, daß keiner dieser Burschen die Lunte zum Pulverfaß eines atomaren Krieges zündet. Der Mond wird übrigens später der ideale Mülleimer für alle Atombomben werden. Aber er ist es noch nicht. Die Bomben sind noch auf der Erde – überall, und sie dürfen nicht explodieren, hören Sie?«

Fanzelau nickte.

»Wo die Politiker nur können, schaffen sie Krisenherde. Weil sie nicht weiterwissen, weil sie glauben, daß nur ein neuer Krieg sie noch retten kann. Der Ferne Osten ist so ein Krisenherd, Afrika ist es, Indien ist es, Vietnam ist es, und so weiter und so weiter – und, natürlich, *Berlin*! Besonders *nun*, nach der Mauer. Für diese Herren, die nicht bis drei zählen können, ist Ihre Stadt ein Faustpfand im Kalten Krieg. Unter allen Umständen müssen wir erreichen, daß dieser Krieg nicht heiß wird, bevor unsere Arbeit beendet ist. Denn bis dahin ...« Martini senkte den Kopf, schwieg kurz, sah Fanzelau wieder an: *»Bis dahin darf nichts geschehen.«*

»Ich verstehe.«

»An allen Krisenherden dieser Welt haben wir ...«

»Wer ist wir?«

»Die Elite der Wissenschaftler auf der ganzen Welt. An allen diesen Krisenherden haben wir das Menschenmögliche getan, um die Politiker am Losschlagen zu hindern. Jeder Tag des Friedens ist ein gewonnener Tag für uns. Und damit komme ich zur Sache. Die Mauer in Berlin hat die Gefahr natürlich größer werden lassen. Wichtig ist: Das sogenannte ›Gleichgewicht des Schreckens‹ – eine Formulierung jener feinen Herren – bleibt noch eine Weile gewahrt. Um das zu erreichen, muß man dem Osten zu verstehen geben, daß er im Falle eines Angriffs auf Berlin mit Krieg zu rechnen hat.«

»Sie sagten doch eben ...«

»Zu verstehen geben, sagte ich. Zum Glück sind die politischen Machthaber nicht nur brutal und skrupellos, sondern auch feige. Wenn man ihnen nun in Berlin – diesem deutschen Krisenherd – zeigt, daß die Mauer zwar steht, aber nicht ganz ihren Sinn erfüllt, dann macht man sie unsicher. Die Sowjets werden keinen Krieg beginnen, sie haben es noch nie getan. Die DDR darf nur tun, was Moskau gestattet. Anderswo ist das ähnlich. Wir wenden stets die gleiche Methode an. Von den Riesensummen für unsere Forschungen zweigen wir – Wissenschaftler der ganzen Welt – seit Jahren

bestimmte Beträge ab, um diese universelle Angst der Politiker voreinander weiter zu schüren. Auf den Fall Berlin bezogen: Wenn hier, trotz Mauer, Menschen in den Westen kämen, würde sich das im Osten herumsprechen. Unruhe und neue Hoffnung müßte entstehen. Das würde schon genügen. So könnten wir wieder Zeit gewinnen. Und gleichzeitig Menschen retten, die drüben sonst verloren sind. Kurz: Was wir suchen, ist ein Mann, der den Krisenherd Berlin unter Kontrolle hält...«

Fanzelaus Herz begann unruhiger zu pochen.

»...ein Mann, der den Osten so unsicher macht, wie das viele andere von uns ausgesuchte Männer an anderen Stellen der Erde tun. Ein Mann, zum Beispiel, der es fertigbringt, gefährdete Menschen aus der DDR herüberzuholen – *trotz* der Mauer! Die psychologische Wirkung wäre groß genug, die Aggressionslust der Zonenmachthaber zu dämpfen.«

»Wie aber«, fragte Fanzelau, »sollen diese Menschen nun noch in den Westen kommen?«

Martini begann von Tunnelbauten unter der Mauer zu sprechen.

»Geld steht zur Verfügung. Wir haben genug für derlei Zwecke, das sagte ich schon. Auch junge Leute, die bereit wären, alle Arbeiten auszuführen, gibt es in Hülle und Fülle. Was wir in Berlin benötigen, ist ein unpolitischer Mann, Herr Fanzelau, einer, der von Berufs wegen mit Geld zu tun hat, so daß seine Banktransaktionen niemandem auffallen. Einen Mann mit untadeligem Ruf suchen wir. Einen, der in keiner Partei ist. Einen Mann wie...«

»Wie mich«, sagte Fanzelau erstickt.

Der andere nickte.

Gleich darauf verspürte der kleine Herr ein unendlich erlösendes Gefühl. Er kam sich plötzlich vor wie neugeboren. Wie ein anderer Mensch. Ein *gesunder* Mensch!

»Sie erhalten das Geld«, sagte Martini. »Und dazu Listen von Menschen, die in den Westen gebracht werden müssen. Selbstverständlich darf all das, was ich Ihnen erzählte und was wir planen, niemals und unter keinen Umständen publik werden. Deshalb mußten Sie mir Ihr Ehrenwort geben, zu schweigen.«

»Ich werde es halten...«

»Schweigen zu jedermann, zu Ihrem besten Freund...«

»Ich habe keine Freunde.«

Martini hob die Brauen.

»Oder ja, doch... doch, *Sie* habe ich jetzt!« rief Fanzelau.

Der Chemiker lächelte.

»Richtig. Deshalb wollen wir ruhig auch alle Welt wissen lassen,

daß wir Freunde sind. So kann niemand Argwohn schöpfen, wenn man uns häufig zusammen sieht. *Alte* Freunde, würde ich vorschlagen. *Ganz* alte, gute Freunde, die einander seit einer Ewigkeit kennen.«
»Wunderbar ...«
»Am besten, wir sagen du und Otto und Olaf zueinander.« Wieder einmal strich Herr Martini durch sein prächtiges Haar. Wieder einmal sagte er: ›Mein Gott‹: »Mein Gott, wir begehen damit ja kein Verbrechen, nicht wahr? Im Gegenteil: Wir versuchen, ein Verbrechen zu verhindern. Das größte: Den Mordanschlag irrsinniger Militärs oder wahnwitziger Politiker auf die gesamte Menschheit.«
»So ist es, so ist es!« Fanzelau rang nach Atem, er war ungeheuer erregt. »Sie ... ich meine: *Du* kannst dich auf mich verlassen, Olaf!«
»Das muß ich unbedingt, Otto. Zu keinem Menschen ein Wort – ich kann das nicht oft genug sagen. *Zu keinem!* Auch nicht zu diesem Arzt, bei dem du einmal in Behandlung warst!«
»Doktor Landon ...« Fanzelau biß sich auf die Lippe.
»Nein, auch zu dem nicht! Darauf *muß* ich bestehen! Sonst ...«
»Auch zu ihm kein Wort!« rief Fanzelau schnell, dabei die gefalteten Hände hebend. »Auch zu ihm kein Wort! Du weißt ja nicht, was diese Aufgabe für mich bedeutet, Olaf, du weißt ja nicht, wie glücklich ich bin!« Und er schüttelte Olaf Martini ergriffen die Hand.
Das also ist der Sinn seines Erdendaseins! Dr. Landon hat ihm gesagt, es werde lange dauern, bis er dahinterkäme. Nun ist er dahintergekommen! Ein seliger, befreiter Otto Fanzelau kehrt nach Berlin zurück. Ein befreiter, seliger Otto Fanzelau sucht Philipp Landon auf.
»Ich glaube, ich habe ihn gefunden, den Sinn meines Lebens«, sagt er. Allein, er gibt keine weiteren Auskünfte, sosehr der Arzt auch auf ihn eindringt.
»Es tut mir *unendlich* leid, lieber, lieber Doktor, aber ich *kann* Ihnen einfach nichts sagen!«
Und dabei bleibt es ...
Natürlich ist Landon viel zu klug, sich seine Verblüffung, seine Enttäuschung, seine Verärgerung, ja, auch seine Verärgerung anmerken zu lassen.
Allein: So beschwingt Fanzelau den Psychiater verläßt, so beklommen bleibt dieser zurück.
Er hat seinen Patienten schätzen gelernt, er hat ihn gern. Er ist Arzt, er hat einen Eid geleistet, den Hippokratischen Eid: Menschen

zu helfen. Ganz offensichtlich hat er Fanzelau geholfen, obwohl dieser von sich aus den Wunsch äußerte, Landon regelmäßig weiter zu besuchen.
Und trotzdem. Und trotzdem...
Beim Frühstück am nächsten Tag sieht Philipp Landons Mutter den Sohn beunruhigt an. Sie stellt kaum jemals Fragen. Heute fragt sie: »Was hast du, mein Junge?«
»Ach, nichts«, antwortet der Arzt. »Mir ist nur etwas Eigentümliches passiert. Etwas sehr Eigentümliches. Etwas, das selten, ganz selten vorkommt...«

26

Sonnabend, 15. August 1964, 21 Uhr 55, Berlin-West.
Ein Funkstreifenwagen rollt, vom Kurfürstendamm her, langsam die Koenigsallee herauf. Still und warm ist die Nacht. Die beiden Männer im Wagen tragen Polizeiuniformen. Mütze, Lederjacke. Dazu auch noch dünne Lederhandschuhe. Solcherart hinterläßt man keine Fingerabdrücke. Immer wieder blickt einer von ihnen auf die Uhr am Armaturenbrett. Sie scheinen einen ganz bestimmten Zeitpunkt zu erwarten.
Der Lautsprecher ist eingeschaltet. Ein Beamter in der Zentrale ruft ab und zu andere Funkstreifenwagen. Versuchte Zechprellerei. Leichter Verkehrsunfall. Einbruch auf einem Holzlagerplatz. Nicht viel los.
Der Funkstreifenwagen, der die Koenigsallee hinauffährt, wird nie von der Zentrale gerufen. Die Zentrale weiß nämlich, daß es sich bei ihm um einen ›wilden‹, einen perfekt nachgebauten Funkstreifenwagen handelt, um den sie sich nicht kümmern darf. Die Zentrale hat Weisung, dieses geheimnisvolle Gefährt niemals anzurufen. Die gleiche Weisung haben die Besatzungen aller regulären Streifenwagen.
Die beiden Herren, die in dem nachgebauten Polizeiauto sitzen, tragen perfekt nachgemachte Uniformen. Dazu die passenden Pistolen. Geladen.
Ursprünglich, noch im Osten, als Kommissar Bräsig dem Bruno Knolle mitteilte, daß er, ebenso wie seine Freunde, Uniformen der Westberliner Polizei und Pistolen erhalten würde, da war es Brunos fester Vorsatz gewesen, wenigstens die Munition sofort wegzuschmeißen. Inzwischen hat sich die Situation grundlegend geändert. Die Munition kann bleiben, wo sie ist. Sogar besser, sie bleibt dort.

Man weiß nie ...
»Mensch«, sagt Knarje, am Steuer, zu Bruno, der neben ihm sitzt, »wat ick froh bin, det der Fanzelau hier draußen wohnt und nich unten bei de Jedächtniskirche, wo uns jeda kennt! Stell dir bloß vor, eena sieht uns. In *die* Kluft! Der muß doch glooben, er hatse nich mehr alle drinne.«
»Ja«, meint Bruno, »da haste recht. Der hätte 'n Ding weg for't janze Leben. Jenau 22 Uhr. Fahr ran und halte. Aba leise.«
Der Funkstreifenwagen rollt vor Otto Fanzelaus Villa aus.
Knarje und Bruno klettern ins Freie.
Die Herren bewegen sich zuversichtlich, zielstrebig. Sie wissen, daß amerikanische und Westberliner Polizisten und Kriminalbeamte in der ganzen Umgebung postiert sind, ihnen folgen, wohin sie auch fahren, um notfalls sofort helfen zu können.
Eine Menge Autos parken in Seitenstraßen – unter ihnen Spezialfunkwagen der Polizei mit Beamten in Zivil. Die Besatzungen können sich miteinander und mit der Zentrale verständigen. Jedes Wort wird dabei durch eingebaute Zerhacker bis zur Unkenntlichkeit verzerrt und erst durch ebenfalls eingebaute Entzerrer wieder verständlich. Im Gegensatz zum sonst üblichen Polizeifunk kann kein Dritter abhören, was die Besatzungen dieser Spezialwagen zu melden haben oder welche Weisungen sie bekommen. Die Besatzungen wissen genau, was sie zu tun haben, worum es geht. Kriminalrat Prangel hat ihnen alles erklärt.
Die Herren Knolle und Knargenstein wissen auch, was sie zu tun haben. Ihnen hat Ernst Kornmann am frühen Abend alles erklärt ...
Den frühen Abend verbrachten die Herren Knolle und Knargenstein nach Besichtigung der Villa Fanzelau im Büro einer Autoreparaturwerkstatt in der Wustermarker Straße, Bezirk Spandau. Das Büro war vollgeräumt mit Reifen, Werkzeug und Ersatzteilen, die Werkstatt geschlossen. In der Halle standen der DELIKATESSEN-WERNER-Laster, der nachgebaute Funkstreifenwagen und ein VW.
Das Unternehmen gehört dem Fahrer des Lasters, mit dem Kornmann den Bruno und den Knarje beim U-Bahnhof Oskar-Helene-Heim abgeholt hat. Fritz Rettich heißt dieser Mann. Seine Werkstatt ist schon seit zwei Wochen geschlossen – Urlaubszeit. In den zwei Wochen hat Herr Rettich, verdienter SED-Genosse und alter SSD-Agent, mit Hilfe von zwei anderen verdienten Genossen, die in Moabit wohnen und Mechaniker sind, den Funkstreifenwagen nachgebaut und den Sender in dem Delikatessen-Laster installiert. Seine Freunde, die in ihren Betrieben ebenso Sommerferien haben

wie Rettichs Angestellte, sind vor zwei Tagen nach Italien gefahren, um endlich wirklich Urlaub zu machen. Sie werden nach ihrer Rückkehr in Westberlin bleiben, es ist unmöglich, ihnen eine Zusammenarbeit mit Rettich nachzuweisen, dafür hat dieser nach guten, alten Branchenregeln gesorgt.
Er selbst muß – nach einem Jahr Agententätigkeit im Westen – ohnedies in den Osten zurück. Es ist besprochen, daß er mit Kornmann gehen wird. In Ostberlin hat er eine zweite Reparaturwerkstatt. Beide sind vom SSD gekauft worden – die eine direkt, die andere über Westberliner Mittelsmänner. Rettich kann auch in Ostberlin arbeiten. Autoreparaturwerkstätten benötigt jeder Geheimdienst.
Seine nächste Mission wird Rettich wohl nach Österreich führen. Da ist ein ostzonaler Spionagering knapp vor dem Auffliegen. Rettich soll versuchen, die wichtigsten Leute rechtzeitig in Sicherheit zu bringen. Der Fünfzigjährige hat schon an vielen solcher Aktionen maßgeblich mitgewirkt. Er ist ein begeisterter Mechaniker und ein erstklassiger Spezialist auf allen Gebieten der Fernmeldetechnik. In seiner Agentenposition findet er genügend Gelegenheit, beiden Leidenschaften zu frönen. Auch so kann man Agent werden.
An Brunos und Knarjes Belehrung durch Ernst Kornmann nimmt Rettich nicht teil. Er packt inzwischen einen Koffer voll persönlicher Habe, die er in den Osten mitzunehmen gedenkt, und verbrennt Papiere, die vernichtet werden müssen.
Kornmann gibt Bruno und Knarje zunächst ihre Uniformen.
»Mensch, wie det paßt!« staunt Knarje.
»Wir lassen nach Maß arbeiten, Herr Knargenstein.«
»Nach Maß?«
»Genaue Kenntnis Ihrer Figur hat sich einer unserer Schneider an Hand eines Ihrer Anzüge verschafft...«
»Junge, Junge! Und ick sage Wandan seit zwee Wochen, det eena bei uns injebrochen hat. Det warn also Sie?«
»Unsere Leute.« Kornmann nickt flüchtig. »Sie saßen damals im ›Schimmel‹, wie immer, und Ihr Fräulein Braut hat sich in der ›Pension Florida‹ aufgehalten. Die Maße von Herrn Knolle bekamen wir, als er bei uns in der Warschauer Straße war.«
Kornmann befindet sich in einer seltsamen Verfassung: Einerseits ist er erleichtert darüber, wie glatt immer noch alles geht – und darum von einiger Überheblichkeit. Andererseits sagt er sich dauernd, daß die Aktion nicht beendet ist und das Schlimmste noch passieren kann. Dieses unbehagliche Gefühl versucht er gleichfalls durch Überheblichkeit zu überspielen. Es gelingt nicht ganz. Der

elegante Kornmann hat schon drei Beruhigungspillen geschluckt. Sie helfen ein wenig ... nicht sehr. Mehr als vier darf er nicht nehmen, das weiß er. Sonst wird er schläfrig.
Nach den Uniformen bekommen Bruno und Knolle perfekt gefälschte Ausweise. Das Westberliner Polizeipräsidium identifiziert sie als den Polizeiwachtmeister Albrecht Laake (Knarje) und den Polizeihauptwachtmeister Dieter Hahne (Bruno).
»Brunon hamse drüm fotografiert«, sagt Knarje. »Aber wo is 'n det Bild von mir her?«
»Wir haben viele Bilder von Ihnen, Herr Knargenstein. Denken Sie an das ›Maiglöckchen-Ballett‹!« (Ich möchte gern die vierte Pille schlucken. Nein. Noch halte ich es aus. Warten. Ich werde sie später nötiger brauchen.) »Wo immer möglich, sprechen nur Sie mit Fanzelau, Herr Knolle. Des Akzentes wegen.« Knarje fährt auf. »Das geht nicht gegen Sie. Als Angehöriger der werktätigen Klasse ...«
»Schon jut«, sagt Knarje.
»Schließlich soll die Sache ja klappen, nicht wahr?« meint Kornmann.
»Ebent«, sagt Bruno.
»Bitte?«
»Schließlich soll die Sache ja klappen«, wiederholt Bruno und denkt: Daß wir inzwischen für den Westen arbeiten, weißt du nicht, du Rotzneese. Hoffentlich nicht. Jedenfalls wollt ihr diesen Fanzelau haben. Dazu müßt ihr einen idiotensicheren Plan ausgearbeitet haben. Mal sehen ...
»Wat passiert aba nu, wenn der Fanzelau uns übahaupt nich in't Haus läßt – trotz Uniform und so? Sondan wenn er sacht, Moment mal, meine Herrn, und erst bei de Funkstreifenzentrale oder in't Präsidium oder sonstwo nachfracht, ob die uns wirklich schickn, und warum? Ick meine: Det macht doch jeda, der nich uff'n Kopp jefalln is!«
In Kornmann wachsen gleichermaßen Zuversicht und Unruhe – und damit seine Arroganz: »Natürlich würde jeder so handeln, Herr Knolle. Ich bitte nun um größte Aufmerksamkeit. Es geht bei der Sache um Minuten. Punkt 22 Uhr klingeln *Sie* am Parktor. Fünf Minuten vorher rufe *ich* Fanzelau an. Als ranghöchster Diensttuender der Funkstreifenzentrale.«
»Und erzählen ihm, det er entführt wern soll?« erkundigt sich Bruno im Tonfall der sogenannten klassischen Ironie.
»Ja«, antwortet Kornmann darauf hochmütig. »Genau das erzähle ich ihm.«

»Sie ... wat?« krächzt Bruno verblüfft.
Knarje kann nicht einmal krächzen. Der sitzt mit offenem Mund da und starrt Kornmann an.
»Ich sage Herrn Fanzelau«, spricht Kornmann geduldig wie ein Lehrer zu schwachsinnigen Kindern, »daß wir von einem Ostagenten angerufen worden sind, der kalte Füße bekommen hat. Der Ostagent hat uns mitgeteilt, daß Fanzelaus Entführung unmittelbar bevorsteht. Er soll in den Osten gebracht werden – als Financier all der Tunnel unter der Mauer. Wir, werde ich Fanzelau fünf Minuten vor 22 Uhr erklären, hätten schon einen Funkstreifenwagen mit zwei Beamten losgeschickt. Diese Männer würden fürs erste seinen Schutz übernehmen. Er müsse sie sofort einlassen. Danach Lichter im Park aus, Türen zu und warten, bis weitere Funkstreifen und Bereitschaftspolizei eintreffen!« Kornmann steht auf, geht zu einer zweiten Tür und öffnet sie. Knarje und Bruno blicken in eine Kammer. Dort stehen ein großer Tisch und mehrere Stühle. Auf dem Tisch steht ein Kasten mit einem Lautsprecher. Aus ihm erklingt in Abständen das Kennzeichen der Funkstreifenzentrale. Neben diesem Kasten steht ein zweiter, mit Skalen, Drehknöpfen und kleinen Lämpchen. Da münden viele verschiedenfarbene Drähte, die kreuz und quer im Raum hängen und gemeinsam durch ein Loch in der Decke verschwinden. Neben dem zweiten Kasten steht ein Tonbandgerät und neben diesem ein Telefon. Telefon und Tonbandgerät sind durch Kabel mit dem zweiten Kasten verbunden.
»Und zwar«, sagt Kornmann, »werde ich von hier aus telefonieren.«
»Sie ham den Fanzelau seine Leitung anjezapptl« konstatiert Knarje bewundernd.
»Nicht ich. Herr Rettich – und ein paar Freunde. Herr Rettich ist Fachmann auf diesem Gebiet. Vor sechs Tagen sorgte er, mit Hilfe von Freunden, die im zuständigen Fernmeldeamt sitzen, zunächst einmal dafür, daß Herrn Fanzelaus Telefon ausfiel. Herr Fanzelau meldete das der Post. Die schickte einen Störtrupp. Wie es sich so traf, bestand dieser Trupp aus Herrn Rettich und seinen Freunden. Sie haben das Telefon repariert und ...«
»Anjezappt, bei die Jelejenheit.«
»Gewiß, Herr Knargenstein. Eine ziemlich komplizierte Angelegenheit. Wenn Sie sich für die technischen Details interessieren, wird Herr Rettich sie Ihnen vielleicht mitteilen. Von diesem Tag an jedenfalls konnten wir hier jedes Gespräch abhören, das Herr Fanzelau geführt hat, und auf Band nehmen.«

Dem Bruno wird jäh schlecht. Verflucht! Und wenn die Kerle Nellys Leitung auch angezapft haben? Er hat doch von Nelly aus mit Prangel telefoniert! Lange. Ausführlich. Ogottogottogott. Ich bin erledigt. Der ›Hauptreferent‹ weiß alles. Ich komme hier nie wieder raus. Ich ... Was sagt der da gerade?
Der, nämlich der ›Hauptreferent‹, sagt gerade: »... auch jede andere Leitung anzapfen können. Zum Beispiel die Ihrer Freundin Nelly Pietsch, Herr Knolle ...«
Na habt ihr nun, oder habt ihr nicht?
»... aber das wäre vergeudete Mühe gewesen. Ihrer großen Liebe haben Sie ganz gewiß nichts von diesem Unternehmen erzählt. Sie sind ja kein Idiot und erschrecken eine Frau zu Tode, die Sie in Ihrer Kneipe drüben im Osten haben wollen, nicht wahr?«
Falle? Test? Bruno, Vorsicht!
»Natürlich nich, Herr Hauptreferent. So doof kann ja überhaupt keena sein.«
»Was haben Sie ihr denn erzählt?«
»Det ick 'n jroßen Coup starte, und wenn der in Ordnung jeht, denn bin ick alle Sorjen los. Denn hatse ooch keene mehr. Im Moment hatse nämlich 'ne Menge.«
»Ich weiß.«
»Bloß – wie kommt Nelliken rüba in'n Osten, Herr Hauptreferent?«
Ich glaube, ich habe Massel gehabt. An Nellys Leitung sind die Kerle nicht rangegangen. (Sie sind tatsächlich nicht an Nellys Leitung gegangen, eben weil Kommissar Bräsig sich Brunos Verrat nicht vorstellen konnte.)
»Von der Kneipe haben Sie natürlich erzählt?«
Langsam, Bruno. Nachdenken, Bruno. Was sagst du nun?
»Ja, hab ick«, sagst du nun.
»Dann ist es gut. Sie werden Ihre Nelly morgen früh in der Warschauer Straße umarmen können. Wenn wir drüben sind, kommt sie sofort nach. Ein Herr bringt ihr Papiere, denen zufolge sie in Düsseldorf wohnt und in Berlin zu Besuch ist. Der Herr sagt ihr, daß Sie drüben warten. Mit den West-Papieren kann sie den Übergang S-Bahn Friedrichstraße passieren. Das wird sie auch.«
Würde sie das? denkt Bruno. Immerhin – *Osten* ...! »Ganz bestimmt wird sie das. Sonst verständigt der Herr sofort die Polizei. Sie sind den ganzen Nachmittag bei ihr gewesen. Wenn der Herr die Polizei benachrichtigt, haben Sie Fanzelau bereits entführt. Dadurch gerät Ihre Nelly automatisch in dringendsten Verdacht, von der Sache gewußt zu haben. Jener Herr wird ihr das vor Augen führen. Ihre Nelly kommt, verlassen Sie sich drauf.«

All das, was Kornmann da sagt, ist wirklich geplant – von Bräsig. Es wird nur nie realisiert werden. Weil Bruno – mit Gottes Hilfe – diesen Fanzelau nie entführen wird. Sondern weil – mit Gottes Hilfe – in ein paar Stunden die Herren Kornmann und Rettich hinter Gittern sitzen werden.
»Und wat is mit meine Wanda?« hört er Knarje fragen. Ist der meschugge? Nein, der spielt Theater. Prima, Knarje!
»Für Ihre Wanda gilt das gleiche – falls Sie mitkommen wollen.«
»Ick gloobe, ick bleibe lieba hier.«
»Das überlassen wir ganz Ihnen. Wenn Sie bleiben, erfährt Wanda überhaupt nichts. Sie können es sich im Laufe des Abends immer noch überlegen. Es liegen auch Papiere für Wanda bereit.«
Der Lautsprecher, der die Meldungen des Polizeifunks aufnimmt, bellt den Ruf des Mannes in der Zentrale nach einem Streifenwagen heraus. Prügelei zwischen Betrunkenen vor dem Eingang des Sportpalastes.
»Jesoffn wird sonnabends überall«, bemerkt Bruno.
Kornmann kehrt nach der kleinen Abschweifung zum Thema zurück: »Also Fanzelaus Anschluß wird abgehört. So einen Mann wie Herrn Rettich würde sich der westdeutsche Verfassungsschutz wünschen. Der hört im herrlichen, freien Westen doch was weiß ich wieviel tausend Anschlüsse ab. Kommt immer wieder zu Pannen dabei. Hat ja deshalb auch den großen Skandal gegeben. Hätten die Brüder Herrn Rettich, wäre es nie dazu gekommen. Bei Rettich gibt es keine Pannen. Wir haben diese Sache wieder und wieder getestet. Wenn ich nachher Fanzelau anrufe, bitte ich ihn, zurückzurufen: Um sicher zu sein, daß er wirklich mit der Funkstreifenzentrale sprach. Ich gebe ihm die Nummer.«
»Und wenna die wählt ...«
»... läutet es stets hier«, sagt Kornmann zufrieden.
»Und wenna imma noch nicht beruhicht is und 'ne andre Numma wählt – von't nächste Revier oder so?«
»Läutet es *stets* hier. Ich sage Ihnen doch, Herr Rettich ist ein Meister auf seinem Gebiet. Wir hören hier, zum Beispiel, nicht nur das Läuten, *nachdem* Herr Fanzelau gewählt hat. Wir hören ihn schon, *während* er noch wählt. Und bevor es zum erstenmal klingelt, wissen wir, welche Nummer er ruft.«
»Wieso?«
»Bei jeder Zahl dreht sich die Wählerscheibe, nicht wahr? Und schnellt dann zurück. Bei neun über neun Tack-tack-tack-Anschläge, bei acht über acht, bei fünf über fünf, bei einem über einen. Wenn er null wählt, sind es zehn!«

»Det is wirklich 'n Ding!« Knarje mimt den Begeisterten.
Bruno mimt den noch immer nicht Zufriedenen. »Wenn a nu aber mehrere Numman wählt... Ick meine ... um *janz* sicherzujehn...«
»Dann läutet es mehrere Male hier. Alle Stellen, die Fanzelau in den Sinn kommen können, befinden sich in dieser Kammer.«
»Sie könn sich aba doch nich imma wieda melden! Ihre Stimme kennta doch schon. Sie jehörn zu de Zentrale. Sie könn doch nich ooch noch uff irjendeen Revier sitzen.«
»Heute abend, vor zehn Uhr und danach, werden mehrere Herren hier warten, um zu antworten, lieber Herr Knolle. Sie werden alle darüber informiert sein, daß eine Entführung des Herrn Fanzelau geplant ist, und ihm dasselbe sagen, was ich ihm gesagt habe. Sogar ein Herr, der reines Englisch und, wenn's sein muß, auch Englisch mit amerikanischem Akzent spricht, steht uns zur Verfügung. Falls Herr Fanzelau eine britische Dienststelle anruft – die Koenigsallee liegt schließlich im Britischen Sektor. Oder falls es ihn nach dem amerikanischen CIC verlangt.«
»Die ihre Leitungen hamse *ooch* anjezappt?«
»Nein. Nur Fanzelaus Anschluß. Wenn ich diesen Hebel da herunterdrücke – und das werde ich bald tun –, landet er *stets* bei uns, der liebe Herr Fanzelau. Und wir wissen, wie gesagt, dann jedesmal schon, wen er anruft, bevor es läutet, und können den entsprechenden Mann ans Telefon lassen. Auf dieser Liste stehen alle denkbaren Stellen mit ihren Nummern.«
»Und wenna nu überhaupt keene von die Stellen anruft, sondern 'n Freund?« bohrt Bruno.
»Dann ist dieser Anschluß besetzt. Es sind für ihn, sobald ich diesen Hebel gedrückt habe, alle Nummern besetzt, die nicht auf der Liste stehen. Schon toll, wie? Selbstverständlich wird er die Polizei und nicht irgendwelche Freunde anrufen. Aber wir haben jede Möglichkeit einkalkuliert. Endlich beruhigt, Herr Knolle?«
Bruno nickt.
Knarje sagt: »Und weita?«
»Wenn Sie im Haus sind, wissen Sie doch, was Sie zu tun haben.«
»Ja, ja. Und wenna nu zu brülln anfängt?«
»Bevor er brüllen kann, hat er schon die Spritze.«
»Moment mal«, raunzt Knarje. »Und det Jeld in den Tresor? Wenna die Spritze weg hat, kanna den doch nich mehr uffmachen!«
Er weiß, daß er dieses Geld, wie die Dinge liegen, nie anrühren darf, aber er weiß auch, daß er weiter Theater spielen muß.
»Das ist Ihr Risiko, Herr Knargenstein. Vielleicht kriegen Sie das

Ding auf. Andernfalls müssen Sie mit seinen Antiquitäten vorliebnehmen. Warum wir *Sie* für diese Aktion gewählt haben, sagte ich Ihnen ja bereits. Eine krumme Sache, und das ganze ›Maiglöckchen-Ballett‹ ...«
Knarje winkt ab.
»Und nun«, meint Kornmann, einen Plan öffnend und auf den großen Tisch legend, »erkläre ich Ihnen genau, wie es bei Herrn Fanzelau aussieht ...«

28

Ernst Kornmann erklärte Bruno und Knarje noch vieles andere. Er sagte ihnen, daß der englische Diener heute seinen freien Abend habe und Fanzelau allein im Haus sei. Mit einem Wolfshund. Und was mit diesem Wolfshund geschehen müsse. Und daß man aus dem Haus durch einen kurzen Gang direkt in eine angebaute Garage gehen könne, in der sich Fanzelaus Mercedes befindet. Und schließlich sagte Ernst Kornmann, was alles nach Verfrachtung Fanzelaus in das Auto zu geschehen habe.
So, und da stehen Bruno und Knarje also nun, Schlag 22 Uhr, vor dem hohen Gitter aus schweren Eisenstäben, das Herrn Fanzelaus Park umgibt. Bruno drückt auf einen Knopf unter dem Blech einer Sprechanlage. Sie befindet sich im rechten der zwei mächtigen viereckigen Sandsteinpfeiler des Eingangstores.
Nachdem Bruno geklingelt hat, ertönt sofort eine Altmännerstimme aus der Sprechanlage: »Ja?«
Hochdeutsch, Bruno!
»Polizei! Bitte, öffnen Sie, Herr Fanzelau!«
Zwei starke Scheinwerfer, die in Bäumen nahe dem Gitter angebracht sind, flammen auf. Ihr grelles Licht trifft Bruno und Knarje. Kornmann hat ihnen gesagt, daß es hier Scheinwerfer gibt.
Fanzelau in seiner Villa kann deutlich sehen, wer vor dem Tor steht. Er mag ein Fernglas benutzen, wenn er es überdeutlich sehen will. Ein Mann wie der kann nicht vorsichtig genug sein, denkt Bruno. In der Tat hat Otto Fanzelau, seit ihm ›der Sinn seines Lebens‹ aufgegangen ist, eine ganze Reihe von Sicherheitsvorkehrungen treffen und verschiedene Geräte installieren lassen. Nicht nur Scheinwerfer.
Seine Stimme: »Ich bin eben von Ihrer Zentrale alarmiert worden. Ich öffne sofort. Aber zeigen Sie mir bitte noch Ihre Ausweise.«
»Sehen Sie uns denn nicht? Und unseren Wagen?«

»Ich sehe Sie.« Die Stimme klingt kalt. »Ihre Ausweise möchte ich auch sehen.«
»Das können Sie doch nicht – auf die Entfernung!«
»Ich kann.«
»Wie?« fragt Bruno, der genau weiß, wie. Kornmann hat es ihm und Knarje gesagt.
»Treten Sie nacheinander vor die Sprechanlage... halten Sie die Ausweise vor die Brust...« Bruno tut es als erster. Über der Sprechanlage befindet sich in der Sandsteinsäule ein kreisrundes Loch von der Größe eines Tennisballs. Bruno weiß: Im Innern des Lochs ist die Optik eines Fernsehgerätes eingebaut. Der Bildschirm steht in einem kleinen Zimmer der Villa. »... etwas näher, bitte...« Jetzt liest er den Ausweis, denkt Bruno. »Und nun etwas zurück.« Jetzt will er sehen, ob ich auch der Richtige bin, denkt Bruno und tritt zurück.
Nach ihm kommt Knarje an die Reihe.
»Danke«, sagt Fanzelaus Stimme.
Der rechte Flügel des schweren Tores öffnet sich.
»Scheinwerfer aus!« ruft Bruno in die Sprechanlage. »Wir spielen nicht gern Schießscheiben!«
Die Scheinwerfer verlöschen.
Über einen breiten Kiesweg laufen Bruno und Knarje auf die Villa zu. Der kleine Herr Fanzelau öffnet. Er trägt einen eleganten schwarzen Anzug, ein weißes Hemd, eine austernfarbene Krawatte und die obligate Perle darin. Wie er aussieht, wissen Bruno und Knarje dank der Fotos, die Kornmann ihnen gezeigt hat. Auch den riesigen Wolfshund, der leise knurrend neben seinem Herrn steht, kennen sie von Bildern.
»Ruhig, Nero, ganz ruhig.«
Bruno und Knarje treten in eine kleine Vorhalle. Hinter ihnen schließt Herr Fanzelau die Eingangstür und versperrt sie.
»Bitte, kommen Sie weiter, meine Herren.« Der Zwerg mit dem Gelehrtenkopf führt die beiden Männer in den großen, kunstvoll getäfelten Raum, in dem er 1962 mit Kurt Mittenzwey Tee getrunken hat. Zu den Kostbarkeiten aus fernen Ländern, den afrikanischen Dämonenmasken, Fruchtbarkeitsgöttinnen, Totems, griechischen Vasen und chinesischen Schnitzereien sind mittlerweile viele neue wunderbare Dinge hinzugekommen. Es stehen auch noch mehr Elefanten aus Gold, Silber, Holz und anderen Materialien auf dem Tisch in der Ecke, als vor zwei Jahren: Mindestens hundertdreißig. Und alle mit dem Rüssel nach oben. Weil sie sonst nämlich kein Glück bringen, wie jene behaupten, die solche Dinge sammeln.

Kinder, die Pracht!
Ganz weh kann einem ums Herz werden, wenn man denkt, daß man hier nicht absahnen darf ...
»Setzen Sie sich, Herr Knolle, setzen Sie sich, Herr Knargenstein«, sagt Otto Fanzelau, die Riesenpuppe mit dem edlen Gesicht und den stahlblauen Augen. »Verzeihen Sie das Chi-chi, das ich mit Ihren Ausweisen anstellte. Es geschah hauptsächlich zu Ihrem Schutz. Sicherlich läßt dieser ›Hauptreferent‹ Sie beschatten.«
»Sicherlich«, sagt Bruno, während er sich setzt. »War sehr aufmerksam von Ihnen, Herr Fanzelau.«
»Wir danken ooch scheen, Herr Fanzelau«, erklärt Knarje.

29

»Jottseidank, et hat also geklappt mit den Jroschen«, sagt Bruno, während der Hausherr Zigaretten offeriert. Jetzt braucht Bruno nicht mehr hochdeutsch zu sprechen.
Das mit dem Groschen war so: Prangel hatte Bruno aufgetragen, vor dem Haus, das man ihm als das des zu Entführenden bezeichnen würde, ein Zehnpfennigstück fallen zu lassen, damit seine Leute und die Amerikaner wußten, um wen es sich handelte.
Nun, während der DELIKATESSEN-WERNER-Laster an diesem Nachmittag langsam die Koenigsallee entlangrollte, war es Bruno gelungen, unbemerkt einen Groschen durch ein Loch in der Plane zu werfen, als der ›Hauptreferent‹ sagte: »Das ist das Haus. Da lebt der Mann.«
»Ja, es hat großartig geklappt, Herr Knolle«, antwortet der siebenundsechzigjährige Herr mit den rosigen Wangen nun. »Hut ab vor unserer Polizei! Sehen Sie: Ich bin mit einem gewissen Doktor Landon befreundet. Mein Arzt. Er hat furchtbar viel zu tun. So viel, daß er nicht einmal Urlaub machen kann. So kommt er nun im Sommer wenigstens jeden Sonnabendnachmittag zu mir heraus mit seiner Mutter.«
»Wat hat Ihr Arzt ...«
»Warten Sie doch, Herr Knargenstein. Wir trinken dann immer Tee zusammen und sitzen im Park. Der Arme kommt ja nie an die frische Luft! Und im Park ist es jetzt so angenehm kühl. Sie müssen wissen, die Herrschaften wohnen in der Stadt. Nun – sie sind auch heute gekommen – so gegen vier Uhr. Das heißt: Frau Landon kam. Ihr Sohn war in der Praxis unabkömmlich.«
»Sonnabendnachmittag?«

»Der Mann ist ja so beschäftigt! Er macht sich noch kaputt, ich sage es ihm immer wieder. Na, er traf dann nach sieben ein. Kriminalbeamte hatten ihn in seiner Praxis aufgesucht und ihm einen Brief überbracht. Von einem gewissen Kriminalrat Berthold Prangel.« Weder Bruno noch Knarje verziehen eine Miene. »Dieser Kriminalrat bat um Rückruf, damit Doktor Landon nicht etwa glaubte, man habe eine Mystifikation mit ihm vor. Er rief zurück. Der Kriminalrat sagte ihm, es sei äußerst wichtig, daß der Brief schnellstens in meine Hände gelange. Der Arzt dürfe zu keinem Menschen darüber sprechen. Das hätte Doktor Landon auf keinen Fall getan. Er brachte mir den Brief. Der Kriminalrat informierte mich darin über alles, was vorging und was ich zu erwarten hätte. Beschreibungen und Fotografien von Ihnen beiden lagen bei.« Der alte Herr holt sie und den Brief aus der Jackettasche. »Sehen Sie. Deshalb wußte ich sogar, wie Sie wirklich heißen. Herr Doktor Landon und seine Mutter blieben bis etwa halb neun. Wir aßen noch eine Kleinigkeit – mein Diener hat heute seinen freien Abend – und tranken eine Flasche Wein. Doktor Landon war natürlich zunächst verstört über die Sache. Aber es gelang mir, ihn völlig zu beruhigen. Er ist längst daheim.«

»Also Ihren Arzt hamse jenomm. Und der kommt schon imma sonnabends zu Ihn'. Die Brüda sind wirklich uff Draht!« sagt Bruno erleichtert.

»O ja, das sind sie, Herr Knolle! Die ganze Gegend hier steckt voller Polizei – deutscher und amerikanischer. Man hätte diesen Hauptreferenten längst verhaften können – aber man will noch warten. Man will wissen, wie und wo ich verschleppt werden soll.«

»Hamse denn jarkeene Angst?«

Der kleine Mann schüttelt den Kopf, während er Brief und Fotografien mit einem Feuerzeug anzündet, in einen kalten Kamin wirft und die Asche mit einem Poker zerstochert.

»Angst?« sagt er dazu. »Bei *der* Bewachung? Und vor zwei so netten Entführern wie Ihnen? Nein!«

»Na ja«, sagt Bruno, um geistreiche Konversation bemüht. »Polente am Abend – erquickend und labend, wa?«

»Wenn Sie durstig sind, meine Herren...« Der Zwerg steht sofort auf. »Oder haben wir keine Zeit? Müssen Sie mich sofort entführen.«

»Ooch, die paar Minuten...«, Bruno beleckt seine Lippen.

»Die jehn noch früh jenuch hoch, der Hauptreferent und den sein Meistabastla, der Rettich«, grunzt Knarje und streckt die Beine weit von sich.

»Was darf ich Ihnen also anbieten? Vielleicht Whisky mit viel Eis? Oder Gin-Tonic?«
»Wenn wa't uns aussuchen dürfn, Herr Fanzelau: Hamse vielleicht 'n Bier und 'n Steinheeja?«
»Bier ist gewiß im Eisschrank. Steinhäger allerdings ...«
»Kann och wat andert sein, Herr Fanzelau. Irgendwat Klaret.«
»Wodka?«
»Wodka is prima«, sagt Bruno.
»Ich gehe in die Küche«, erklärt Fanzelau.
Bruno sieht Knarje an. Sie haben da einen Wahlspruch, von alters her: Trau, schau keinem.
Knarje steht auf.
»Ick helfe Ihn', Herr Fanzelau.«
»Sehr freundlich von Ihnen ...«
Dann sitzen sie alle drei wieder in der großen Halle und trinken Bier und Wodka (die Entführer) und Gin-Tonic (der zu Entführende).
»Sie sind tapfere Männer«, sagt Fanzelau ernst.
»Manchmal jehts leider nich andas«, erwidert Bruno. Er sieht auf seine Armbanduhr.
»Es wird Zeit, ja?«
»Mhm. Passense uff, Herr Fanzelau, wir ham uns det nu hin und her überlecht, Knarje und ick.«
»Was?«
»Ob wir Ihn' die verdammte Spritze rinjubeln oda nich. Ick hab mal eene jekricht. Is man 'n paar Stunden weg. Sonst nischt. Aber trotzdem. Sie sind – entschuldijen Sie – doch een ältera Herr. Ick kenne Ihren Jesundheitszustand nich, Herz, Kreislauf und so ...«
»Ich bin ganz gesund«, erwidert der langjährige Patient des Psychiaters Dr. Philipp Landon, den dieser Ausspruch gefreut hätte.
»Also«, sagt Bruno und holt ein silbernes Etui aus der Brusttasche seiner Uniform-Lederjacke, »denn wolln wa Ihn' mal lieber so 'n Ding vapassn. Neemlich: Wenn der Hauptreferent Sie zu sehen kricht, müssense *echt* wirken. Völlig bewejungslos. Wie dot. Ohne Spritze is die Jefahr zu jroß, detse sich doch mal bewejen oder 'ne Reaktion zeigen. Und denn sind wa im Arsch. Entschuldijense ... !«
»Unter keinen Umständen dürfen Sie in weitere Schwierigkeiten kommen«, sagt Fanzelau. »Ich halte die Spritze bestimmt aus.«
Bruno öffnet das Etui, in dem zwei Spritzen mit sterilen Nadeln liegen. Er holt noch eine Schachtel voll Ampullen hervor. Dabei wird er richtig verlegen: »Ick hab Tiere jern, Herr Fanzelau. Sehr jern.

Aber vorher muß ick den Nero eene vapassen. Der Köta muß uff jeden Fall stilljelegt wern. Der kläfft uns ja sonst den janzen Jrunewald zusamm.«
»Und jeht uff uns los, det jute Tier«, sagt Knarje.
»Tja...« Otto Fanzelau streichelt den großen Wolfshund, der neben ihm liegt, und sieht plötzlich bedrückt aus. »Sehr glücklich bin ich darüber nicht – aber wenn Sie meinen...«
»Et jeht wirklich nich andas, Herr Fanzelau! Denkense bloß, wat der anstellt, wenn wir Ihn' wegschleppen«, läßt Knarje sich vernehmen. Undeutlich. Denn er wischt sich eben den Bierschaum vom Munde.
»Sie haben recht.« Fanzelau seufzt und murmelt: »Nur wer ein Warum zu erleben hat, erträgt fast jedes Wie.«
»Wie?« fragt Bruno verblüfft.
»Nietzsche«, sagt Fanzelau.
»Warum?« fragt Knarje.
Fanzelau winkt ab. »Eine Redensart. Lassen wir das. Wenn Sie also Nero betäuben müssen, Herr Knolle...«
Der hat schon die kleinere Spritze gefüllt. Prima macht er das, fein hat Kommissar Bräsig es ihm beigebracht! Fanzelau streichelt den Hund zärtlich, während Bruno zusticht. Nero röchelt und fällt zur Seite.
»Det wäre dies«, sagt Bruno. »Nu man keene Bange, Herr Fanzelau, wir lassen Sie nich uff'n Boden knalln. Knarje fängt Ihn' uff.« Er bereitet eine zweite Injektion vor. Dabei verwendet er die größere Spritze. »Ihre Autopapiere brauchn wa noch und die Schlüssel für 'n Mercedes.«
»Habe ich schon für Sie bereitgelegt. Da drüben auf dem Rauchtischchen. Die Garage ist unversperrt. In der Diele haben Sie doch den roten Knopf gesehen, nicht wahr? Wenn Sie zweimal auf den drücken, öffnen sich beide Flügel des Gartentores. Sie schließen sich automatisch, zehn Sekunden nachdem der Wagen auf die Straße hinausgefahren ist. In die Garage kommen Sie...«
»Det wissen wa«, sagt Knarje. »Der Hauptreferent hat uns 'n Plan von Ihr Haus jezeicht.«
»Einen Plan meines Hauses?« staunt Fanzelau. »Jetzt könnte ich zuletzt doch noch Angst bekommen – wenn mir mein Arzt nicht den Brief gebracht hätte.«
»Zu den hamse Vatraun, wa?«
»Ja.«
»Okeh«, sagt Bruno und steht auf. »Wenn ick denn also bitten dürfte, sich freizumachen, Herr Fanzelau.«

»Freizumachen?«
»Na ja, Hose runta. Untahose ooch. Drüm in'n Osten, da hamse mir die Spritze durch'n Anzug durch vapaßt. Det is aba jefährlich, sacht der Kriminalrat. Kann leicht Dreck rinkomm, wenn ick pieke, Stoffasern oda so. Den Osten wäre det ejal. Aba uns nich! Sie dürfn uff keen Fall 'ne Blutvajiftung kriejen, oda wat man sonst so kriejen kann. Drum ha'ck ooch 'ne kleene Pulle Alkohol mitjebracht un'n Wattebausch un Hansaplast.«
»Meine Herren«, sagt Fanzelau, Hose und Unterhose herabziehend, »ich bin gerührt über soviel Umsicht.«
»Nich doch, nich doch! Is doch selbstvaständlich!« Bruno tastet die nackte Haut von Fanzelaus Gesäß ab, findet eine Stelle, die ihm zusagt, und reinigt sie mit Wundalkohol, während der kleine Bankier seine Jacke hochhält. »So. Und nu valaganse bitte Ihr Körpajewicht janz uff det rechte Been. Det linke janz locka, denn tut et übahaupt nich weh.«
Fanzelau folgt artig.
»Knarje, stell dir vor den Herrn.«
»Se falln direktemang in meine Arme«, sagt Knarje. »Und scheen Dank ooch für die Bewirtung, Herr Fanzelau. Schlafense jut.«
»Viel Glück, meine Herren«, sagt der Zwerg.
»Unberufen!« sagt Knarje.
Aber das hört der kleine, zierliche Bankier schon nicht mehr, denn da hat Bruno bereits zugestochen.

30

Fünf Minuten später fährt ein schwarzer Mercedes 300, gefolgt von einem Polizeifunkwagen, in nordöstlicher Richtung die Koenigsallee hinab und passiert die Caspar-Theyß-Straße. An den Lenkrädern beider Autos sitzen Polizisten.
Bei der Kreuzung Caspar-Theyß-Straße – Koenigsallee steht eine Telefonzelle. Vor ihr steht ein Mann. Er sieht den Wagen nach, betritt dann die Zelle und wählt die Nummer der Autoreparaturwerkstatt Fritz Rettich in der Wustermarker Straße. Der Mann sagt, kaum daß die Verbindung hergestellt ist: »Hier ist Ludwig Meier. Herr Rettich?«
»Ja ...«
»Verzeihen Sie den späten Anruf, Herr Rettich. Noch dazu am Sonnabend. Ich wollte – ich bin so aufgeregt, es ist immerhin der erste Wagen meines Lebens! –, ich wollte Ihnen nur sagen: Ich habe mit

meiner Frau hin und her debattiert, bis eben jetzt. Sie meinte immer wieder, nein und nein. Sie wissen doch, wie Frauen sind, erinnern Sie sich, als wir zu Ihnen kamen ...«

»Ich erinnere mich.«

»... und ich sagte, das ist ein Gelegenheitskauf, und sie sagte, wir können uns das Auto nicht leisten. Also kurz und gut: Ich habe sie überzeugt! Ich nehme den Wagen!«

»Deshalb müssen Sie mich jetzt anrufen? Morgen ist Sonntag.«

»Ich sagte Ihnen doch, ich bin so aufgeregt! Und ich hatte auf einmal Angst, Sie verkaufen das Ding jemand anderem. Also Montag früh bin ich da und zahle. Bar. In Ordnung?«

»In Ordnung.«

»Wunderbar, Herr Rettich! Wunderbar! Ach, jetzt freue ich mich erst richtig. Und verzeihen Sie noch einmal. Gute Nacht!«

Der Mann hängt ein; verläßt die Zelle langsam; schlendert langsam zur Herbertstraße und diese hinab zum Johannaplatz.

Im Büro hinter seiner Werkstatt legt Fritz Rettich strahlend den Hörer eines normalen Telefons, das auf dem Fensterbrett steht, in die Gabel.

»Sie haben es geschafft«, sagt er zu Kornmann.

Impulsiv fällt dieser ihm um den Hals, tritt sofort zurück und murmelt: »Mein erster Auftrag, und ...«

»Ich bin doch genauso froh wie Sie!« meint Rettich. »Na, dann wollen wir aber machen! Wir brauchen euch nicht mehr, Genossen.«

Das sagt er zu sechs Männern, die sich im Hintergrund des Büros halten. Es sind seine und Kornmanns Ersatzsprecher für den Fall, daß Fanzelau herumtelefoniert hätte. Er hat nicht herumtelefoniert. Er hat nur die Nummer angerufen, die Kornmann ihm gegeben hatte, die der Funkzentrale.

Einer nach dem anderen, verlassen die sechs Männer das Haus – durch einen Hintereingang, einen kleinen Garten, über einen Zaun. Sie gehen einzeln, ohne miteinander zu sprechen. Kornmann und Rettich warten noch ein paar Minuten, nachdem der letzte verschwunden ist, dann wandern sie in die Werkstatt.

Der Volkswagen neben dem Laster ist dunkelblau. Alle Papiere, die zu ihm gehören, trägt Kornmann bei sich. Rettich wuchtet den Koffer mit seinen Sachen auf den LKW und öffnet das Tor der Werkstatt.

Er läßt Kornmann in dem VW auf die Straße hinausrollen, dann startet er den Laster und fährt hinterher. Steigt aus. Schließt das Garagentor. Setzt sich wieder in den Laster und fährt bis zur Hochgerichtstraße. Hier biegt er ein und hält. Der VW parkt vor ihm.

Kornmann springt heraus, läuft zum Laster und steigt ein. Rettich gibt wieder Gas. Sie fahren die Zeppelinstraße nordwärts bis zur Falkenseer Chaussee, den Askanierring südwärts, Galenstraße. Langsam nähern sie sich wieder der Hochgerichtstraße.
Während dieser Rundreise ist Kornmann nach hinten geklettert und hat den Sender eingeschaltet. Er morst eifrig. Dann kommt er zurückgekrochen.
»So«, sagt er. »Die drüben wissen also jetzt Bescheid. Sie fahren mit dem Laster bis zur Folkungerstraße und lassen ihn da stehen. Ich fahre mit dem v w. Wir treffen uns Ecke Weinmeisterhornweg. Dorthin habe ich auch Knolle und Knargenstein bestellt. Das letzte Stück müssen wir zu Fuß gehen.«
»Klar«, sagt Rettich und hält wieder neben dem Volkswagen.
»Lassen Sie sich Zeit. Die haben den weiteren Weg«, sagt Kornmann beim Aussteigen.
»In Ordnung«, brummt Rettich. Dann fährt er los. Diesmal beschreibt er einen kleineren Kreis: An der Kappe, Borkzeile. Links sieht er den S-Bahnhof Spandau-West. Rechts geht es in die Staakener Straße. Da kommt ihm, gleich hinter der Unterführung, ein anderer Laster entgegen – *auf der falschen Straßenseite.*
Verflucht!
Ist der Kerl nun besoffen oder ...
Rettich verreißt das Steuer, gerät damit selbst in die linke Fahrbahnhälfte. Es taucht ein zweiter Laster vor ihm auf.
Blick in den Rückspiegel.
Da kommen gleich drei Limousinen auf einmal und verfolgen ihn.
Nein, da ist niemand besoffen!
Rettich macht sich keine Illusionen. Er hat sich nie welche gemacht. Das Spiel ist verloren. Er hält. Die beiden schweren Laster vor ihm halten desgleichen. Aus dem einen springen Bereitschaftspolizisten, Maschinenpistolen in den Händen, aus dem anderen amerikanische und britische Soldaten, ebenfalls mit Maschinenpistolen. Hinter dem DELIKATESSEN-WERNER-Laster halten die Limousinen. Ihnen entsteigen zahlreiche Zivilisten.
Auch Rettich steigt aus, die Arme hoch über dem Kopf. Ein Mann mit dichtem dunklem Haar, hoher Stirn, ausgeprägtem Kiefer, melancholischen Augen und einem Zug des Ekels um den Mund tritt dicht vor ihn.
»Fritz Rettich?«
»Ja.«
»Sie sind verhaftet.«
Ein zweiter Zivilist, der dem Kriminalrat Prangel sehr ähnlich sieht,

tritt hinzu und sagt etwas in englischer Sprache zu einem der Soldaten.
Dieser stößt Rettich den Lauf einer Maschinenpistole in die Rippen.
»Okay, you son of a bitch, let's go!«
Rettich marschiert zu dem Laster, der die amerikanischen Soldaten gebracht hat, und klettert auf die gleichfalls mit einer Plane verdeckte Ladefläche. Auch hier gibt es Bänke.
Ein zweiter amerikanischer Soldat erwartet Rettich schon, stößt ihn auf eine Bank und legt ihm Handschellen an.
»Freundschaft, Freundschaft«, sagt er dazu. Der Soldat, der Rettich gebracht hat, spricht englisch mit dem Kameraden.
»Allright«, sagt der zweite Soldat. Der erste ruft dem Fahrer des Lasters etwas zu. Der Wagen rollt los. Einen Moment lang kann Rettich noch ins Freie blicken. Amerikanische Soldaten laufen die Nauener Straße nordwärts. Wohin wohl? Natürlich zur Wustermarker Straße. Zu seiner Werkstatt, seiner Wohnung, klar. Na, wenigstens hat er alle Dokumente vernichtet. Andere Soldaten steigen in den zweiten Laster, der die Schupos gebracht hat...
»Too bad, sunny boy«, sagt der Amerikaner, welcher Rettich gegenübersitzt, und grinst.
Unterdessen hat sich ein Polizist hinter das Lenkrad des Delikatessen-Lasters geschoben. Mit ihm sind der Kriminalrat Prangel, Mr. A. C. Snowden und ein weiterer, blasser, schmaler Zivilist eingestiegen. Die drei sitzen auf der Ladefläche, vor dem Sender, als Rettichs Laster nun abfährt. Der schmale Zivilist betrachtet den Sender fachmännisch.
»Ich muß euch loben«, sagt Snowden. »Daß ihr den Code so schnell entschlüsselt habt, ist wirklich eine Leistung. War doch sehr kompliziert, der Code.«
»Die Kerle haben zum Glück häufig gefunkt.«
»Keine falsche Bescheidenheit, Herr Dupler«, sagt Prangel. »Eure Abteilung ist Klasse!«
»Danke, Herr Kriminalrat.« Der Mann, der Dupler heißt und ein Spezialist der Abhör- und Dechiffrierabteilung der Westberliner Polizei ist, schaltet den Sender ein.
»Wie lautete die letzte Meldung des Hauptreferenten?«
»›Alles in Ordnung. Fanzelau entführt. Alles unterwegs. Erwartet uns ab 23 Uhr 15‹«, zitiert Dupler.
»Das haben Sie auch prima in Ihrem Wagen entschlüsselt.«
»Wenn man den Code einmal kennt, ist das kein Kunststück, Herr Kriminalrat. Langsam wird der Kasten warm.«
»23 Uhr 15«, sagt Snowden zu Prangel. »Jetzt ist es 22 Uhr 40.

Kann also nicht sehr weit von hier sein.«
»Vielleicht doch. Die sollen ihn ja nur erwarten mit seinen Leuten, hat der Hauptreferent gemorst«, sagt Prangel.
»Wo immer es ist, wir werden es bald wissen. Schließlich sind unsere Leute auch hinter dem Volkswagen her. Genauso wie hinter diesem Funkstreifenwagen und hinter Fanzelaus Mercedes!« Er wendet sich an Dupler, der eben Kopfhörer anlegen will. »Sie funken den verabredeten Text.«
»Natürlich, Mr. Snowden. Ist schon verschlüsselt.«
»Und Sie sind sicher, daß das drüben echt wirken wird?«
»Absolut! Das erkennt ein Fachmann sofort! Ich habe sogar die besondere Art geübt, in der dieser Hauptreferent gemorst hat. Sie können beruhigt sein.« Er beginnt, einen Zettel vor sich, auf den das Licht einer kleinen Lampe des Senders fällt, zu arbeiten. Zuerst morst er nur ein Rufzeichen. Erst als er in seinen Kopfhörern das Antwortzeichen vernimmt, sendet er die Nachricht.

31

Zu dieser Zeit hat Bruno, am Steuer des nachgebauten Funkstreifenwagens, die Heerstraße erreicht und fährt westwärts, dem Mercedes 300 nach, an dessen Steuer Knarje sitzt.
Bruno hält sich knapp hinter Knarje. Der kennt Berlin doch wie seine Westentasche. Darum hat der ›Hauptreferent‹ auch bestimmt, daß er als Lotse fährt. Auf dem Rücksitz des Mercedes liegt Herr Fanzelau, reglos und bleich. Er wirkt noch kleiner, wie ein Kind.
Ab und zu begegnet den beiden Autos ein Wagen, der stadteinwärts fährt. Passanten sieht man kaum noch ...
Himmelherrgottnocheinmal! Knarje bremst scharf. Das war knapp. Idiot von einem Radfahrer! Ich habe doch Vorfahrt, Mensch! Ja, nun glotzt du mir auch noch blöde nach. Wenn ich nicht so aufgepaßt hätte, wärst du jetzt Mus. Halt mal! Wer sagt, daß dieser Radfahrer ein gewöhnlicher Radfahrer war und wirklich nicht gemerkt hat, daß er eine Straße mit Vorfahrt kreuzt? *Wollte* der etwa einen Unfall bauen? Sei wachsam, Knarje, wachsam mußt du jetzt sein ...
Bruno Knolle, am Steuer des Polizeiwagens, denkt: Der schläft wohl beim Fahren, dieser Knarje. Wenn er jetzt noch etwas versaut ... nicht auszumalen! Jetzt, wo wir es gleich geschafft haben. Jetzt, wo ich die Kneipe so gut wie sicher habe. So muß man es machen! So muß man mit den Brüdern umspringen, wenn man etwas erreichen will im Leben.

Aus dem eingeschalteten Lautsprecher seines Wagens meldet sich die Stimme des diensthabenden Beamten der Funkzentrale. Er ruft ›Berta sieben‹.

»Fahren Sie zur Deutschlandhalle, S-Bahnhof Eichkamp. Gliedvorzeiger hat da eben zwei Frauen belästigt. Gegend absuchen. Die Frauen warten ...«

Gliedvorzeiger.

Bruno grinst.

Eine Sprache haben die Brüder von der Polente!

Dann konzentriert er sich wieder. In präzisem Abstand folgt er dem Mercedes 300.

Zu dieser Zeit sitzt Kommissar Wilhelm Bräsig in der guten Stube seiner Friedrichshagener Wohnung. Der große Mann mit dem eisgrauen Haar, den grauen Augen und den grauen, buschigen Brauen darüber hat die Jacke ausgezogen, die Krawatte abgelegt. Entspannt lehnt er in einem Sessel und raucht eine rumänische Zigarette. Seine Frau Marie sitzt in einem Sessel neben ihm. Sie hält Bräsigs Hand. Marie ist sehr klein, ihr weißes Haar strähnig und dünn, nach hinten gekämmt, zu einem armseligen Knoten hochgesteckt. Sie hat ein gütiges Gesicht. Immer lächelt sie. Die Lippen sind dünn und blutleer und, wie die Augen, von vielen kleinen Fältchen umgeben. Zweiundsechzig Jahre ist die Marie alt, zwei Jahre jünger als ihr bullig kräftiger Mann.

»Ach, Wilhelm«, sagt die Marie, »was war das doch für ein schöner Tag heute.«

»Ja«, sagt der Kommissar und streichelt ihre Hand, »nicht wahr?«

Er war wirklich schön, dieser Tag. Wunderbar war er!

Bis es dunkel wurde, haben sie beide am Wasser gesessen, auf dem Angelsteg des Häuschens, das nun ihnen gehört. Der Kommissar hat hinausgeblickt auf den großen See, er hat die Kiefern gesehen, das Schilf, die vielen Segelboote. Und alles, was er sah, berichtete er der Marie. Welche Farbe das Wasser hatte und welche Farbe die Boote hatten, wie ihre Segel in der Sonne leuchteten, und was für Vögel über ihnen kreisten und wie sich der Himmel verfärbte, zuerst hellblau, dann grün, dann rosa, dann rot, dann purpurn, dann golden, zuletzt ganz dunkelblau ...

»Wann werden wir das Haus beziehen, Wilhelm?« hat die Marie gefragt.

»Wenn du willst, schon nächsten Mittwoch. Das Haus soll bis Dienstagmittag geräumt sein. Dann können wir mit unseren Möbeln rein.«

»Und mit deinem Angelzeug«, hat die Marie gesagt.

Dann sind sie nach Hause gegangen, Arm in Arm, er hat das Abendessen bereitet, und nun sitzen sie also in der guten Stube, und der Kommissar raucht eine Zigarette aus der Rumänischen Volksrepublik. Er macht sich eigentlich nichts aus Zigaretten. Aber die Marie hat den Duft so gerne, besonders den dieser Marke.
»Ich möchte mich so gern bei dir bedanken, Wilhelm«, sagt die fast blinde Frau.
»Was denn? Wofür denn bedanken?«
»Für alles, was du mir Gutes getan hast in all den Jahren.«
»Hör auf!«
»Nein, laß mich reden. Für alles, was du mir Gutes getan hast, möchte ich mich bedanken. Heute. Denn so glücklich wie heute war ich noch nie. Glücklicher werde ich nie sein können.«
»Warte mal ab! Wenn wir erst drüben wohnen ...«
»Nein, nein. Heute! Heute ist unser glücklichster Tag! Eben weil wir noch nicht drüben wohnen und doch schon alles uns gehört.«
»Hm ...«
»Und ich möchte mich einmal dafür bedanken, daß du immer geduldig warst mit mir und mich nie angeschrien hast oder allein gelassen, und ...«
»Also! Was heißt denn allein gelassen? Glaubst du, daran hätte ich je auch nur gedacht?«
»Du nicht, Wilhelm. Andere vielleicht schon.«
»Nie lasse ich dich allein! Warum, glaubst du, habe ich immer wie ein Verrückter gearbeitet? Doch nur, damit wir uns nun das Häuschen leisten und etwas beiseite legen können für die Zeit, in der ich nur noch bei dir bin.«
»Nur noch bei mir ...«, wiederholt die Marie und lächelt. »Möchtest du mir etwas vorlesen, Wilhelm?«
»Natürlich. Was denn?«
»Etwas, an das ich schon den ganzen Tag denken muß. Das Gedicht vom kleinen Hanus Hachenburg.«
Er runzelt die buschigen Brauen.
»Ausgerechnet daran mußt du heute denken?«
»Ich weiß auch nicht, warum. Aber dauernd fällt es mir ein.«
Das Gedicht vom kleinen Hanus Hachenburg steht in einem Buch, das vor einigen Jahren erschienen ist. In diesem Buch sind Zeichnungen und Gedichte von Kindern gesammelt, die im Konzentrationslager Auschwitz waren. Von fünfzehntausend Kindern kehrten nur hundert zurück.
Der Kommissar steht auf, geht zu einem Bücherbord und holt den schmalen Band. Er setzt sich wieder, blättert, findet, was er sucht,

und liest: »Von Hanus Hachenburg. Geboren am 12. Juli 1929. Ermordet am 18. Februar 1943.« Der Kommissar räuspert sich. Dann liest er das Gedicht: »Einst war ich jung. Drei Jahre sind es her. Wie sehnte doch die Jugend sich so sehr nach andern Welten. Bin jetzt nicht mehr Kind. Nun bin ich erwachsen. Ich – ich hab die Angst erkannt.« Maries Hand tastet nach dem Arm des Kommissars, findet ihn, streichelt ihn. »Und trotzdem«, liest Bräsig, »glaub ich immer noch, ich schlaf jetzt nur und werd erwachen, ein Kind dann wieder, das wie einst zu spielen weiß und froh zu lachen.«
Bräsig läßt das Buch sinken.
»Und froh zu lachen«, sagt die Marie leise und nickt sanft dazu.
Da läutet in Bräsigs Arbeitszimmer das Telefon.
Der Kommissar geht schnell hinüber und schließt die Tür hinter sich. Sofort, nachdem er abgehoben hat, hört er die Stimme dieses Bonzen, dieses Peter Wieland. Sofort weiß er mit absoluter Bestimmtheit: Etwas ist geschehen.
»Wieland hier. Da haben wir also die Scheiße, mein Lieber.«
»Was ist passiert?«
Wielands Stimme bebt vor Wut: »Zwei Funksprüche kamen rüber. Einer vor zwanzig Minuten, einer vor fünf. Ich lese Ihnen den ersten vor: Alles in Ordnung, Fanzelau entführt. Alles unterwegs. Erwartet uns ab 23 Uhr 15.«
»Und . . . und der zweite?«
»Der zweite lautet: Auf der Fahrt zum Treff von Polizei gestoppt. Nach Schießerei entkommen. Werden verfolgt. Fahren in Richtung Stadtmitte, um Polizei vom Treff abzulenken. Schickt sofort Mann, der Knolle und Fanzelau hinüberbringt. Waren mit ihm und Knargenstein am Weinmeisterhornweg verabredet. Das letzte Stück Weg kennen sie nicht. Bitte augenblick . . .«
»Weiter!« sagt Bräsig.
»Weiter geht es nicht. Das ist alles, Kollege Kommissar. Hier bricht der Funkspruch ab.« (›Kollege Kommissar‹ – ganz dienstlich, der Herr ›Kollege‹ Bonze von der Zentrale, denkt Bräsig erbittert.)
Dann tobt er los: »Dieser verfluchte Idiot von einem Kornmann! Wußte genau, daß er nicht mit Rettich zusammen da rausfahren durfte! Tagelang habe ich ihm das eingebleut! Rettich mit dem Laster, er mit dem v w!«
»*Ihr* Schüler, Kollege Kommissar«, sagt Wielands Stimme kalt.
»Bitte?« Bräsig bemerkt plötzlich, daß er zittert. Aber nicht vor Wut. »Was heißt, mein Schüler? Was kann ich dafür, wenn dieser dämliche Hund . . .«
»Schluß!« Wielands Stimme klingt jetzt scharf und hart. »Sie sind

verantwortlich für die Aktion, Kollege Kommissar! Sie haben alles vorbereitet! Gut. Aber nicht gut genug. Kornmann können wir abschreiben. Rettich auch. Knolle und Knargenstein sind mir egal. Aber Fanzelau müssen wir haben! Verstehen Sie? *Wir müssen ihn haben!* Unter allen Umständen!«

Bräsig beißt sich auf die Lippe. Ein Leben lang hat ihn sein Instinkt geleitet, gewarnt, gelockt, hat ihn unorthodox und erfolgreich handeln lassen – manchmal so, als sei er ein Hellseher. Was hier nun anrollt, fühlt er direkt körperlich. Was er nicht sieht: Wie er es aufhalten oder abwenden könnte.

»Wenn sie Kornmann und Rettich erwischen, ist drüben doch der Teufel los!« sagt er, hinhaltenderweise.

»Noch *hat* niemand Kornmann und Rettich erwischt. Noch lenken die beiden die Polizei vom Treff ab, *weit* ab! Aber sollen Fanzelau, Knolle und Knargenstein vielleicht bis Weihnachten am Weinmeisterhornweg stehen?«

»Natürlich nicht, nur ...«

»Ja, Kollege Kommissar? Bitte? Nur *was*? Ich höre!«

»Nichts ... Sie haben recht. Es muß einer hinüber!«

Und ich weiß auch schon genau, wer da hinüber muß, denkt Bräsig, wobei es ihn erstaunt, wie ruhig er bleibt. *Ich* werde es sein. Natürlich ich! Und ich werde gehen. Denn dann habe ich immer noch eine Chance. Wenn ich mich weigere zu gehen, ich, der Initiator des ganzen Planes, habe ich keinen Funken einer Chance mehr. Dann ist es aus mit mir. Dann bricht mir diese Sache den Hals. Ja, ein schöner Tag war das heute ...

»Sie, Kollege Kommissar, werden hinübergehen.«

Na also! Auf meinen Instinkt kann ich mich verlassen. Von Anfang an hatte ich doch auch das Gefühl, daß diese Überprüfung aller Außenstellen einer einzigen galt: *Meiner*. Und einem einzigen Projekt: *Meinem*. Jetzt kommt mir ein völlig wahnsinniger Gedanke: Und wenn Wieland für den *Westen* arbeitet?!?

Wahnsinnig?

Wieso eigentlich?

Ich habe schon ganz andere Dinge erlebt. Aber jetzt ist keine Zeit für Spekulationen. Weil sie nämlich zu nichts führen. Wieland ist der Bonze. Gehandelt werden muß, sofort, augenblicklich. Um zu beweisen, daß Wieland ein Westagent ist (*wenn* er einer ist), würde ich Wochen und Monate benötigen. Der Mann sitzt immerhin seit vielen Jahren in der Zentrale. Vielleicht trügt mein Instinkt mich hier. Ich glaube es nicht. Aber auch das ist nun müßig: Wieland wird auf alle Fälle schneller sein als ich. Wenn ich mich weigere, hin-

überzugehen, werde ich keine Gelegenheit mehr haben, Nachforschungen anzustellen. Wenn ich mich weigere, bin ich morgen in Haft. Ich, Wilhelm Bräsig, unsicherer Kantonist von Anbeginn. Nur geduldet. Immer mißtrauisch beäugt. Allen wackeren Genossen zuwider.
Ich habe es stets gewußt: Einmal wird eine solche Situation kommen. Und ich habe mir stets gesagt: Wenn sie kommt, mußt du so handeln, daß du mit größtmöglicher Wahrscheinlichkeit heil davonkommst, das Pensionsalter erreichst, in Ehren entlassen wirst, endlich bei deiner Marie bleiben kannst.
Aus dieser Einstellung heraus habe ich jede Gemeinheit begangen, jeden Verrat, habe andere die Kastanien aus dem Feuer holen lassen. Nun ist die Reihe an mir!
Viele meiner Kuriere wurden verhaftet. Viele sind zurückgekommen. Ein Roulettespiel. Ach, ich komme schon zurück – und dann bin ich für immer sicher, und meine Marie ist für immer geschützt. *Ich komme zurück!* denkt Bräsig, und seine Kiefer mahlen. Doch nur, wenn ich hinübergehe, kann ich auf dieses ›Zurückkommen‹ hoffen. Wenn ich nicht gehe, ist alles verloren, war alles umsonst, was ich bisher getan habe für Marie und mich, mich und Marie, Marie und mich.
Sagt Kommissar Bräsig, den der schreckliche Begriff ›Liebe‹ zu so vielen schrecklichen Taten veranlaßt hat, mit fester Stimme: »Natürlich bin ich der Mann. Ich habe die Aktion gestartet!«
»Genau«, meint Wieland. »Ich hätte mich sehr getäuscht in Ihnen, wenn Sie zurückgezuckt wären.«
Todsicher: Wieland *ist* ein Westagent. Aber was fange ich mit dieser Überzeugung an? Nichts! Meiner Haut muß ich mich nun wehren ... und das wie noch nie! Muß mich in acht nehmen. Vor Wieland – *und* vor denen drüben. So vorsichtig wie möglich werde ich sein. Hoffentlich ist das vorsichtig genug. Unsinnig, darüber zu grübeln. Ich muß hinüber. Wie hieß dieser französische Film? ›Lohn der Angst‹. Guter Titel. Ich habe den Film gesehen. Hat keiner den Lohn für seine Angst bekommen darin. Ich ... werde ich meinen Lohn bekommen?
»Los, los, Kollege Kommissar!«
»Los – *wie*? Mit einem Wagen? Da muß ich um halb Berlin herumfahren! Da brauche ich ja Stunden, bis ich zum Weinmeisterhornweg komme ...«
»Natürlich nehmen Sie keinen Wagen. Sie rennen rüber zum Sportplatz. Das sind keine fünf Minuten von Ihnen. Ein Hubschrauber erwartet Sie.«

Hubschrauber! Natürlich, denkt Bräsig, ja, so geht es ...
»Mit dem Hubschrauber schaffen Sie den Weg in einer Viertelstunde. Sie landen entsprechend weit hinter der Grenze, der Pilot weiß genau, wo. Der Westen ist in Alarmbereitschaft. Wenn da jetzt einer den Hubschrauber sehen oder hören würde ...«
»Ja, ja, ja, klar.«
»Sie müssen dann ein Stück vorlaufen – wohin, wissen Sie ja.«
»Weiß ich ...«
»Der Pilot ist genau informiert. Gibt Ihnen Ausweise, Waffen und so weiter.«
Ich werde mir eine gute Waffe aussuchen, denkt Bräsig. Die beste. Und wenn ich schießen muß, werde ich treffen. Ich komme zurück.
»Jetzt brennt's! Unser Freund Fanzelau ist spätestens in einer Viertelstunde am Treff.«
»In Ordnung. Ich bin bereit.«
»Großartig. Toi, toi, toi, Kollege Kommissar«, sagt Wieland und hängt ein. Er läßt sich in Bräsigs Bürosessel sinken und drückt auf einen Knopf. Max Hepp, der Mann mit dem nervösen Gesichtsleiden, kommt herein. Sein ganzes Gesicht zuckt – furchterregend!
»Funkspruch an Kornmann«, sagt Wieland. Hepp notiert. »Fahren Sie weiter Stadtzentrum. Bei Festnahme durch Aussageverweigerung so lange wie möglich Zeit gewinnen. Unser Mann ist unterwegs. Juni.« (›Juni‹ ist Wielands Tarnname.) Der CIC-Agent ›Juni‹ sieht Hepp an. »Fertig aufgenommen?«
»Ja, doch ...«
»Los also! Sofort verschlüsseln und durchgeben!«
Hepp verschwindet.
Peter Wieland verschränkt die Arme und lehnt sich noch weiter in Bräsigs Sessel zurück. Wenn dieser Funkspruch ausgestrahlt wird, dann empfangen ihn Prangel und Snowden. Und wissen, daß *Bräsig* unterwegs ist. Das geht aus der Formulierung des Spruchs hervor. Ist alles längst bis ins Detail vorbereitet. Hat alles geklappt. Er kann, findet Peter Wieland, mit sich äußerst zufrieden sein.

32

Nachdem Bräsig den Hörer seines Telefons niedergelegt hatte, war er in die gute Stube zurückgegangen, um eilig eine Krawatte umzubinden und seine Jacke anzuziehen.
»Du mußt weg?« fragt die Marie, ins Leere lächelnd.
Sie darf nichts ahnen, ich darf sie nicht beunruhigen, denkt Bräsig

und erwidert gleichmütig: »Ja. Ich habe dir doch gesagt, daß sie mich wahrscheinlich rufen. Sie brauchen mich.«
»Wird es lange dauern, Wilhelm?«
»Das kann ich nicht sagen. Vielleicht.«
Er sieht sie an. Dann sieht er schnell weg, denn er hält den Anblick dieses ahnungslosen, hilflosen Wesens, an dem sein Herz, sein ganzes Herz hängt, nicht aus. Wie hieß das vorhin in jenem Gedicht? ›Und trotzdem glaub ich immer noch, ich schlaf jetzt nur und werd erwachen, ein Kind dann wieder, das wie einst zu spielen weiß und froh zu lachen ...‹
Vielleicht habe ich Glück.
Ich *muß* Glück haben!
Der Mensch hat wenig Glück, hat Einstein einmal gesagt.
Aber auch wenn ich nur dieses wenige Glück haben will, muß ich jetzt hinüber, das ist klar.
Ganz arglos bleibt die Marie – bis zuletzt. Wie die Frau eines Arztes ist sie es seit vielen Jahren gewohnt, daß ihr Mann mitten in der Nacht fortgerufen wird.
»Tja«, sagt sie, »wenn du nicht weißt, wie lange es dauern kann, will ich mich ins Bett legen, Wilhelm. Ich bin doch sehr müde.«
»So ist es recht«, meint Bräsig, während er seine Marie auf die Stirn küßt, »leg dich hin und schlaf schön, meine Gute.«

33

Der Weinmeisterhornweg ist lang. In der Mitte etwa kreuzt er die Spandauer Wilhelmstraße. Deren Fortsetzung nach Südwesten ist die Potsdamer Chaussee, die ein weites Stück die Grenze zwischen Westberlin und der Zone bildet. Etwa dreihundert Meter von der Kreuzung Weinmeisterhornweg – Wilhelmstraße entfernt macht diese Grenze einen scharfen Knick nach Nordwesten.
Öde ist es hier draußen, dunkel und still. Jenseits der Potsdamer Chaussee liegen einige wenige Häuser des ehemaligen Gutes Karolinenhöhe. Rieselfelder sind das hier. Dichtes Buschwerk. Auf der Westberliner Seite gibt es überhaupt keine Häuser. Einen halben Kilometer südwestlich, nach Groß-Glienicke zu, hat die Westberliner Polizei eine Außenstelle. Um so weniger wird sie vermuten, daß gerade hier ...
Den Weinmeisterhornweg nun wandert Ernst Kornmann auf und ab. Der Volkswagen ist in der Falstaffstraße geparkt. Kornmann wartet auf Rettichs Eintreffen und auf das Erscheinen der beiden

Autos, die Bruno, Knarje und den kleinen Herrn Fanzelau bringen. Ohne Ungeduld schlendert der SSD-Mann hin und her. Er ist nicht nervös. Jetzt nicht mehr. Daß er warten muß, stört ihn nicht. Die Männer können ja nicht auf die Minute pünktlich und alle zusammen kommen. Sie sind unterwegs, das ist die Hauptsache. Ich habe meinen Bewährungsauftrag also fast schon bestanden, denkt er. Und dann denkt er: Komisch, so sehr freue ich mich gar nicht einmal darüber! Ich müßte mich doch eigentlich wie verrückt freuen. Aber ich tu es nicht. Eher bin ich ein wenig traurig und müde. Weil alles so einfach war? Weil die Spannung nun vorüber ist? Warum? Und während er den Weinmeisterhornweg auf und ab geht, verhört Kornmann zur Abwechslung sich einmal selbst. Und weil er allein ist und weil sich das alles nur in seinen Gedanken abspielt und weil keine Zeugen da sind, die sein Gesicht beobachten können, gesteht Kornmann die Wahrheit, die ganze Wahrheit.

Als die Nazis da waren, da habe ich stets gedacht: Nur überleben! Nur erleben, daß diese Brut verreckt! Die gerechte Sache siegt zum Schluß immer. Ich weiß es. Aber manchmal dauert es lange, und ich hatte solche Angst, es würde *zu* lange dauern für mich. Es hat nicht zu lange gedauert. Ich habe es erlebt. Ach, war ich glücklich, glücklich!

Nun begann eine neue Zeit. Nun durfte ich für den Kommunismus arbeiten – mit aller Kraft. Denn nur der Weltkommunismus kann unsere Welt erlösen von Hunger und Not und Krieg, alle Menschen in allen Ländern.

Das erzkapitalistische Amerika und die Sowjetunion, das Vaterland aller Werktätigen, hatten gemeinsam Hitlerdeutschland besiegt. Amerika und die Sowjetunion – Verbündete im Krieg! Freunde! Auch noch nach dem Krieg. Emigranten kamen aus USA zurück. Sie erzählten uns, wie sozialistisch es schon in den Staaten zuging. Viele amerikanische Offiziere waren Sozialisten, sympathisierten mit der Sowjetunion. Auf einer Gesellschaft in der ›Möwe‹, dem Künstlerklub, den die Russen damals eröffnet hatten und in den alle, alle kamen, Franzosen, Deutsche, Russen, Amerikaner, Engländer, in der ›Möwe‹, da sagte ein amerikanischer General einmal zu mir: »Was heißt das, ob ich ein Sozialist bin, Mr. Kornmann? In unserer Zeit ist jeder Mensch, der seine fünf Sinne beisammen hat, Sozialist!«

1946 war das. Achtzehn Jahre alt war ich da erst, aber mitten drin schon im Neuaufbau. Als junger Aktivist.

Da habe ich geglaubt, nun würden wir – mit Schwierigkeiten natürlich, aber mit gutem Willen – alle zusammen, alle Völker, die Erde

wieder zu dem machen, was sie einmal gewesen sein soll. Ein Paradies.
Es ist nicht zu fassen. So idiotisch war ich! Das dachte ich wirklich, damals.
Viele waren übrigens genauso idiotisch.
Natürlich ging alles daneben. Wer begann damit, die Zukunft zu verraten? Die Bundesrepublik! Da kamen die alten Nazis aus ihren Löchern, in die Regierung. Herr Adenauer nahm sich einen Mann wie Globke, den Kommentator der Nürnberger Judengesetze, ins Bundeskanzleramt, machte ihn zum Staatssekretär und erklärte, auf ihn nicht verzichten zu können. Ich vergesse die Worte nie, die Adenauer gesagt hat: »Die politische Vergangenheit Doktor Globkes ist von den Alliierten minuziös nachgeprüft worden. Eine deutsche Stelle braucht nicht noch minuziöser zu sein als die Besatzungsmächte.« Ein schlauer Mann, der Herr Adenauer, ein großer Politiker. Nicht umsonst hat er seit 1949 jede Wahl gewonnen. Mit Hilfe der Globkes. Und der vielen Nazis.
Es gab auch andere Politiker in der Bundesrepublik. Theodor Heuss zum Beispiel. Der sagte im März 1952 – auch diese Worte vergesse ich nicht –: »Es ist um des gemeinen Wohles willen notwendig, daß bestimmte Typen, die gestern im Dienst des Hasses standen, heute schweigen müssen.«
Armer Heuss. *Sagen* ließen sie dich so etwas. *Schwiegen* sie? Ha! Lauter und lauter wurden sie, aggressiver und aggressiver. Die Schwerindustrie witterte Morgenluft, die Großbanken desgleichen – dieselben Leute, die Hitler zur Macht gebracht hatten. Sie hetzten die Heimatvertriebenen auf. Hallo, Herr Seebohm! Ihr seid keine Revanchisten, was?
Blitzschnell ging das. Die Saat des Mißtrauens schoß auf, die Saat der Angst. Alle, die erlebt hatten, wie Deutschland unter Hitler ihre Länder zerstört, ihre Angehörigen umgebracht, ihre Habe vernichtet, sie selbst terrorisiert hatte, bekamen Angst. Die Sowjetunion, Polen, die Tschechoslowakei, Jugoslawien, Rumänien, Ungarn und so weiter und so weiter. War das ein Wunder? Sollten wir uns alle – denn nun gehörte ja auch die DDR zum ›Osten‹ – noch einmal überfallen lassen? Wir begannen zu rüsten. Darauf hatte der ›Westen‹ nur gewartet! Nun rüstete auch er. Wie noch nie wurde gerüstet. Auf beiden Seiten. Ein Wettlauf des Todes war das. Wer hatte die meisten Atombomben? Wer die stärksten? Wer die furchtbarsten Fernraketen?
Auch ich bereitete mich vor. Auch ich wollte nicht alles noch einmal erleben. So ging ich zum SSD. Aber immer war da diese Bitterkeit

in mir. Die in Westdeutschland, die hatten die feinsten Kleider und die feinsten Autos, Villen, Bankkonten, Millionen. Und wir in der DDR hatten so wenig, so wenig.
Meine Frau ist jung. Junge Frauen machen sich gern hübsch, ziehen sich gern hübsch an. Ich bin auch jung. Nicht eitel. Aber ich sah oft Bilder, die zeigten, wie die Männer im Westen sich kleideten. So schick. So modern. Ich hatte nie im Leben einen guten Anzug besessen. Es ist verrückt, ich weiß es, wenn man in einer Zeit wie dieser an Anzüge, Kleider, Parfüm, Lippenstifte, Nylonstrümpfe denkt. Aber ich dachte daran! Und meine Frau dachte daran! Wir sind nur Menschen. Wir sagten uns: Der Kampf gegen den Neuen Faschismus ist das Wichtigste. Alles muß vor diesem Kampf zurückstehen. Wir allein können die Welt noch retten, so wie sie sich nun entwickelt.
Was weiß ich, wo das steht: ›Der Mensch lebt nicht vom Brot allein.‹
Wo immer es steht, es *stimmt*!
Sollten wir ewig arm bleiben, schlecht gekleidet, ohne jeden Luxus, unser ganzes Leben lang – für das Leben *anderer*? Das war doch nicht gerecht – oder?
Sollte auch meine schöne junge Frau nur in Westzeitungen sehen dürfen, wie die Frauen des Westens sich anziehen? Sollte sie kein kleines Stück von dem Glück haben? Es kann doch nicht sein, daß man nur geboren wird, um zu kämpfen, sich zu fürchten, zu hassen. Und so kaufte ich für meine Frau Kleider und Schuhe und Wäsche und ein bißchen Schmuck in Westberlin, bevor die Mauer stand und man noch hinüber konnte. Für mich selbst kaufte ich Anzüge, wie die Männer im Westen sie tragen, dieselben Hemden, dieselben Schuhe, dieselben Krawatten.
Sogar als die Mauer stand, brachten Freunde im SSD uns noch Sachen mit, wenn sie von Außenmissionen heimkehrten.
Ich weiß, alle in der Warschauer Straße ärgert es, daß ich so elegant herumlaufe. Besonders den Bräsig. Der kann das nicht begreifen. Sicher spioniert er, um herauszubekommen, wo ich das Zeug herkriege. Ist das nicht jämmerlich? Dem Naziterror sind wir entkommen. Auf das Paradies haben wir gehofft. Und was haben wir dafür eingetauscht, was haben wir bekommen? Reinseidene Hemden. Weiche Slipper. Ein halbes Dutzend Kleider und Wäsche aus Paris. Ist das nicht zum ...
Und jetzt weiß ich, warum ich nicht so froh über das Gelingen meines ›Bewährungsauftrags‹ bin, wie ich es sein müßte. Weil ich im Osten nun ganz schnell den nächsten Auftrag bekommen werde

und den übernächsten. Immer schwierigere. Immer wichtigere, natürlich. Aber so wird mein Leben verlaufen: Im Kampf, im Kalten Krieg. Und wir alle haben uns so sehr nach einem wärmenden Frieden gesehnt. So wie es geht, wird es immer weitergehen – *bestenfalls*!

›Ach, wir, die den Boden bereiten wollten für Freundlichkeit, durften nicht freundlich sein ...‹

Und glücklich, denkt Kornmann, sorglos, heiter dürfen wir also auch nicht sein. Schön ist das nicht. Nein, gar nicht schön ist das ...

Jäh bleibt der SSD-Mann stehen. Er hört ein Auto näherkommen, halten. Wagentüren schlagen dumpf.

Pad, pad, pad ...

Kornmann tritt hinter den Pfosten eines Gartentors. Seine Hand tastet nach der Pistole im Schulterhalfter.

Da biegen sie um die Ecke der Folkungerstraße. Bruno und Knarje in ihrer Polizistenkluft, und zwischen sich schleppen sie den bewußtlosen kleinen Herrn Fanzelau, dessen Schuhe über das Pflaster gleiten.

Kornmann tritt auf die Straße vor und geht ihnen entgegen.

Das Motorengeräusch eines Lasters ertönt. Stirbt ab. Das ist jetzt Rettich, denkt Kornmann. Hat seinen Wagen gleichfalls in der Folkungerstraße geparkt. Muß gleich hier sein. Kornmann nickt Bruno und Knarje ermutigend zu. Die müssen den bewußtlosen Fanzelau nun nur noch die paar hundert Meter schleppen, dorthin, wo es hinübergeht, und dann ...

Pad, pad, pad ...

Rettich kommt, denkt Kornmann.

Lauter wird dieses Pad-pad-pad, immer lauter. Sie sehen zur Folkungerstraße.

Kornmann fragt flüsternd: »Wollen Sie also vielleicht doch mit rüber, Herr Knargenstein?«

»Nee!« Knarje schüttelt energisch den Kopf.

»Bitte sehr. War nur eine Frage. Wenn wir fertig sind, gehen Sie in die Falstaffstraße. Dort steht ein blauer Volkswagen. Hier sind Schlüssel und Papiere. Im Wagen liegen die Sachen, die Sie am Nachmittag getragen haben. Ziehen Sie sich um. Werfen Sie die Uniform weg. Lassen Sie den Wagen irgendwo stehen. Ihre Handschuhe schmeißen Sie natürlich erst danach fort.«

Knarje nickt.

Überlaut sind die Schritte nun geworden.

Alle drei sehen gebannt zur Folkungerstraße hinunter.

Jetzt muß Rettich sofort um die Ecke biegen.

Niemand biegt um die Ecke.

Aber eine Stimme sagt halblaut hinter ihnen: »Hände hoch! Sofort! Oder es knallt!«

Kornmann fährt herum. Es fällt ihm nicht auf, daß Bruno und Knarje gar nicht erschrocken sind und sich langsam umwenden, ohne die Hände zu heben, ohne Fanzelau fallen zu lassen.

Drei Polizisten stehen da, Maschinenpistolen im Anschlag, auf Strümpfen.

Diese Strumpfparade ist ungemein lächerlich – wenn man sie beispielsweise als Zuschauer im Kino betrachten würde. Hier findet sie niemand lächerlich.

Kornmann sieht, wie plötzlich ein Rudel Menschen aus der Falstaffstraße in den Weinmeisterhornweg einbiegt. Westberliner Polizisten, amerikanische und britische Soldaten, Zivilisten kommen auf ihn zu. Auch sie alle mit Waffen in den Händen!

Kornmann überlegt blitzschnell. Dann hat er seinen Fehler begriffen: *Niemals* hätte er *so weit östlich* im Weinmeisterhornweg warten dürfen! Die Falstaffstraße und die Folkungerstraße münden derart in den Weinmeisterhornweg, daß man sie von der Grenze aus nicht sehen kann. Die Kreuzung Weinmeisterhornweg – Wilhelmstraße kann man einsehen. Da hätten die Brüder ihn niemals überfallen können! Da hätten die Volksarmisten drüben sie ja längst bemerkt! Sie kamen aber aus der Falstaffstraße. Nun kommen andere aus der Folkungerstraße. Die kann man auch nicht drüben im Osten sehen. Zwischen diesen beiden Seitenstraßen ist Kornmann also in die Falle gegangen. Er blickt sich verzweifelt um. Da tritt ein Mann mit dunklem Haar und angewidertem Gesichtsausdruck auf ihn zu.

Zu Knarje und Bruno sagt er: »Danke, meine Herren.« Zu den Polizisten sagt er: »Bringt sie alle in Rettichs Laster.«

»Wir jehn schon«, sagt Bruno. »Jetz wirds hier richtig lustich, wat, Herr Kriminalrat?«

Prangel nickt.

»Du dreckiges Schwein!« Kornmann will sich auf Bruno stürzen. Da schlägt ihm ein britischer Soldat den Kolben seiner MP auf den Schädel. Kornmann sackt zusammen. Zwei amerikanische Soldaten fangen ihn im Sturz auf. Es geht alles sehr schnell.

Knarje und Bruno schleppen den kleinen Herrn Fanzelau fort, die beiden amerikanischen Soldaten den besinnungslosen Kornmann. Der Trupp verschwindet um die Ecke der Folkungerstraße. Immer mehr Polizisten, Soldaten und Zivilisten tauchen jetzt auf – auch jener Herr, der Prangel so ähnlich sieht.

Mr. A. C. Snowden weist die Männer mit kurzen Handbewegungen auf ihre Posten. Sie verschwinden in der Falstaffstraße, in der Folkungerstraße, im Weinmeisterhornweg. Keinen kann man von jenseits der Grenze sehen.
Snowden geht zu Prangel.
»So«, sagt er. »Nun müssen wir nur noch ein wenig warten. Spielen Sie Golf?«
»Nein.«
»Schade. Ich spiele leidenschaftlich. Wollte Sie einladen.«

34

Es gibt, wie Bruno im Zuchthaus erfuhr, zweihundertachtunddreißig Bunker des ›Kommandos Grenze‹ der ›Nationalen Volksarmee‹ rund um Westberlin. Einer dieser Bunker liegt auf dem großen unbebauten Gebiet westlich der Potsdamer Chaussee im dichten Gebüsch des Guts Karolinenhöhe.
Es ist ein Tiefbunker.
Von ihm aus wurde ein Tunnel in östlicher Richtung auf Westberliner Terrain vorgetrieben. Er endet, gleichfalls in dichtem Gebüsch, am Rand der Rieselfelder, ungefähr dreihundert Meter südlich der Kreuzung Weinmeisterhornweg – Wilhelmstraße. Es ist ein sogenannter ›versiegelter‹ Tunnel, das heißt, man hat den Ausstieg nach dem Durchbruch mit Metallplatten, auf denen Sträucher in Erdreich wachsen, geschlossen und die Platten mit Ketten an den Schachtwänden befestigt. Schwere Schlösser hängen da. Im Bedarfsfall, wenn jemand aus Westberlin entführt werden soll, kann man sie öffnen. Es gibt viele solcher Tunnel von Bunkern der Volksarmee nach Westberlin hinein. Bei der Entführung Fanzelaus hat Bräsig sich für den auf Gut Karolinenhöhe entschlossen.
Nun steht der Kommissar, nach einem Hubschrauberflug und einem langen Dauerlauf, zusammen mit drei Offizieren der Volksarmee unter den Metallplatten und wartet darauf, daß die Schlösser geöffnet werden. Haben Knolle und Knargenstein sich mit dem bewußtlosen Fanzelau bis jetzt verstecken können? Ist Kornmann zu ihnen gestoßen? Bräsigs Hand umspannt krampfhaft den Griff der Pistole. Aber es ist ihm gelungen, wieder völlig ruhig zu werden. Das muß er sein, er weiß es. Ruhig und überlegen. Nur so kann er es schaffen.
Mit eindrucksvoller Gelassenheit gab er eben den Offizieren präzise Anweisungen. Sobald er – er allein, niemand darf ihn begleiten! –

den Tunnel verlassen hat, werden Volksarmisten im Gebüsch Stellung beziehen und ihm jeden nur möglichen Feuerschutz geben – auf dem ganzen Weg zur Kreuzung, auf dem Weg zurück. Sie haben Befehl, rücksichtslos niederzuschießen, wer Bräsig oder jene Leute angreift, die der Kommissar nun holt. Das Unternehmen *muß* gelingen. Und wenn es eine kleine Schlacht gibt.
Im Tunnel hinter Bräsig stehen Volksarmisten, Stahlhelme auf dem Kopf. Der Bunkerkommandant hat schon vor Bräsigs Eintreffen seine Aufträge erhalten. Hier herrscht höchste Alarmstufe.
Nein, nein, wenn es sein muß, wird Bräsig seine Haut so teuer wie möglich verkaufen. Soll dabei ruhig ein Haufen Männer verrecken! Der bullige Kommissar mit den buschigen Augenbrauen, der jahrelang gekuscht hat, ist nun entschlossen, sein Leben mit allen Mitteln zu verteidigen. Bräsigs Gesicht wirkt wie aus Stein, grausam, völlig verändert. Was er tut, muß er tun, das weiß er. Aber man wird ihn nicht fangen, er wird Sieger bleiben.
Zur Zeit ist Bräsig um nichts ungefährlicher als ein Amokläufer. Natürlich hat er Angst. Wahnsinnige Angst! Diese wahnsinnige Angst hat wahnsinnigen Zorn in ihm geweckt, wahnsinnige Entschlossenheit, zu töten, töten, töten, jeden, der ihn bedroht. Er ist noch nicht am Ende. Noch lange nicht! Er schafft es. Und wenn er es geschafft hat, kommt dieser Wieland an die Reihe. Dann erledigt er den – vorher findet er nun keine Ruhe mehr.
»Schlösser offen«, meldet ein Soldat.
Bräsig dreht sich zu den Volksarmisten um.
»Das Schußfeld ist frei, Sie wissen es. Sofort mir nach.« Er wendet sich an einen der Offiziere: »Öffnen Sie!«
Drei Offiziere stemmen die erste der schweren Platten hoch, danach die zweite. Bräsig sieht einen Himmel voller Sterne.
»Vorwärts«, sagt er.
Die Offiziere heben ihn hoch.
Im nächsten Moment steht Bräsig neben dem Tunneleingang im Freien, noch geschützt von dichtem Gebüsch. Lange sieht er sich um. Nichts. Der Mond scheint hell. Das ist unangenehm.
Bräsig steckt die Hand mit der Pistole in die Jackentasche und marschiert, Schultern vorgeneigt, los.
Erdschollen. Steine. Unebener Boden. Irgendwo bellt ein Hund.
Bräsig erreicht die Wilhelmstraße.
Nichts.
Überhaupt nichts geschieht.
Bräsig blickt nach links, zur Potsdamer Chaussee. Nichts. Nur das Licht der Westberliner Polizei-Außenstelle leuchtet fern. Er geht das

kurze Stück Wilhelmstraße hoch bis zum Weinmeisterhornweg. Biegt in ihn ein. Damit ist er auch aus dem Blickfeld der Volksarmisten verschwunden, die ihn von Karolinenhöhe her beobachten.
Kein Mensch da.
Bräsig kratzt seinen Schädel.
Ist *noch* keiner da, oder ...
Ruhig, ganz ruhig!
Nicht die Nerven verlieren jetzt.
Er geht ein paar Schritte in den Weinmeisterhornweg hinein, vorbei an der Ecke Kattfußstraße.
Und dann geschieht noch einmal, was schon bei Kornmann geschah. Aus Hausfluren, Verstecken, aus der Kattfußstraße, aus der Falstaffstraße, aus der Folkungerstraße, aus der Straße 474 tauchen amerikanische und britische Soldaten, Polizisten und Zivilisten auf. Das geht so blitzartig schnell, daß Bräsig nicht einmal Zeit hat, einen einzigen Schuß abzugeben. Ein Amerikaner schlägt ihm den Arm hoch, die Pistole fliegt in hohem Bogen davon.
Der Kommissar spürt einen Pistolenlauf im Rücken. Er hebt die Hände. Er hört eine Stimme: »Herr Bräsig, Sie sind verhaftet.«
Er zuckt zusammen, als er die Stimme hört. Die Hände über dem Kopf, dreht er sich um. Vor ihm steht der Kriminalrat Berthold Prangel.
Bräsig taumelt.
Prangels Gesicht ist kreideweiß geworden. Die Hand, die seine Waffe hält, zittert. Er stöhnt: »*Du* ... du bist Bräsig?«
Da beginnt der Kommissar zu lachen. Leise noch. Noch kann er sagen: »Ja, der bin ich, mein guter, alter Freund ...«
»Um Gottes willen ...« Prangel bebt.
Bräsigs Lachen wird lauter. Nur noch stoßweise bringt er hervor: »Und du, Berthold ... du ... du bist ... bist also auch bei ... dem Verein gelandet?«
A. C. Snowden tritt neben Prangel und sagt kalt: »Sehr komisch, wie?«
»Ach, wenn ... wenn ... wer sind denn Sie überhaupt? Ami, wie? ... Hahaha! Wenn Sie ... ha! ... wüßten ... hahaha! ... wie *irrsinnig* komisch das ist!«
Ein Soldat sagt böse zu ihm: »Shut up, you god-damned red cocksucker, you!«
Aber Bräsig lacht weiter, ein schreckliches, gellendes Lachen.
Snowden sagt zu Prangel: »Wir wußten natürlich von Anfang an, daß dieser Bräsig Ihr alter Freund Wilhelm Herterich ist.«
»Das wußten Sie ...«

»Ja. Unsere Leute drüben brachten es schnell heraus.« ›Unsere Leute‹ sagt Snowden natürlich, nicht: ›Peter Wieland‹. »Sie teilten es uns mit. Aber wir teilten es Ihnen nicht mit. Wir wollten Sie, solange das möglich war, schonen.«

»*Was* wollten Sie? Mich *schonen*?«

»Nun ja, gewiß ...«

Schnell tritt der Kriminalrat Prangel zur Seite. Sein Magen krampft sich zusammen. Er übergibt sich heftig.

Und der Kommissar Wilhelm Bräsig lacht immer weiter, ein grauenvolles, hysterisches Gelächter, das sich erhebt über die Häuser, das in die Nacht hineinhallt und zum Himmel emporsteigt, diesem wunderbaren Sommernachtshimmel mit seinem Mond, seinen Gestirnen, seiner gelangweilten Unendlichkeit.

1

»Nun laßt uns Gott, dem Herren, Dank sagen und ihn ehren...« Aus einem Lautsprecher in einer Baracke des Flüchtlingslagers Marienfelde ertönt Gesang. Evangelische Morgenfeier im Rundfunk. Die Stimmen dringen durch die geöffneten Fenster in das Zimmer der amerikanischen Vernehmer, wo alles so sauber und hygienisch und weiß ist: Wände, Möbel, Aktenschränke, Kachelboden.
Mr. Jack Campbell, der junge Mann, der Bruno Knolle in Anwesenheit von Mr. A. C. Snowden verhört hat und der aussieht wie ein junger Bing Crosby, lümmelt sich in einem weißen, bequemen Stuhl hinter dem weißen Schreibtisch, auf dem die Teller des weißen Tonbandgeräts kreisen.
Mr. Jack Campbell raucht wieder Pfeife (Dunhill-Tabak), er ist wieder in Weiß gekleidet, denn diesmal hat er sein Frühtennis hinter sich. Vielleicht ist er heute etwas weniger freundlich als sonst. Immerhin wäre dieser Sonntag sein dienstfreier Tag gewesen. Mr. Campbell kann sich Besseres vorstellen, als auch sonntags in Marienfelde zu ›vernehmen‹. Er hatte sich bereits Besseres vorgestellt. Er war mit diesen Zwillingsschwestern (Zwillingsschwestern!) fest verabredet gewesen. Ausflug zum Wannsee. Jetzt sitzt er hier.
Wem hat Mr. Campbell solche Unbill zu danken? Seinem lieben Vorgesetzten, Mr. A. C. Snowden. Seit jene Entführungsgeschichte aufgedeckt wurde, seit Donnerstag nacht also, ist Snowden, dieser verdammte Narr, völlig aus dem Häuschen. Mittlerweile wurde die Entführung, wie Campbell weiß, verhindert. Drei Ostagenten, darunter ein wichtiger, sind ins Netz gegangen. Aber das ließ Mr. A. C. Snowden erst munter werden! Dauernd hat er neue Ideen, trifft neue Maßnahmen, plant neue Aktionen. Er scheint der Meinung zu sein, daß er imstande ist, nunmehr den gesamten Spionageapparat des Ostblocks aus den Angeln heben zu können. So benimmt er sich.
Jeder der Flüchtlinge, die mit Bruno Knolle herüber in den Westen gekommen sind, muß noch einmal verhört werden, insbesondere ein magerer, kleiner Junge von fünfzehn Jahren mit zerzaustem schwarzem Haar und sehr großen schwarzen Augen. Jürgen Machon heißt der Junge, der Vater sitzt wegen versuchter Republikflucht im Zuchthaus, die Mutter arbeitet in Köln. Jürgen Machon ist jahrelang zwischen Ost und West hin und her gependelt. Familiärer

Umstände halber. Wenn man ein Herz hat, kann man das glauben. Mr. A. C. Snowden glaubt es nicht. Er mißtraut Jürgens ganzer Geschichte.

Der Vater war als Ingenieur eines Volkseigenen Großbetriebs am Wiederaufbau der Saaletalbrücke beteiligt. Eine gewisse Mitzi Szapek hat dem Jungen, der vom zuständigen Ostberliner Jugendamt provisorisch im Tierschutzheim des Dr. Rudolf Sylt am Verlorenen Weg untergebracht gewesen war, zur Flucht verholfen. Indem sie ihm verriet, wann er sich wo aufhalten müsse, um einem Mann zu begegnen, der in den Westen floh – eben jenem Bruno Knolle. Diese gewisse Mitzi Szapek hat Jürgen erklärt, sie sei eine Bekannte des Herrn. Und Jürgen hat den Herrn Knolle getroffen. Beiden ist die Flucht geglückt. Das hat der Junge bereits zweimal erzählt.

Aber A. C. Snowden verlangt jetzt, daß Campbell es ihn ein drittes Mal erzählen lasse, in der Hoffnung, Jürgen könne sich in Widersprüche verwickeln.

So erzählt Jürgen also alles zum drittenmal, an diesem Vormittag des 16. August 1964. In Widersprüche verwickelt er sich nicht. Er erzählt genau dasselbe wie schon zweimal. Er benimmt sich genauso. Es ist überhaupt alles so, wie es schon zweimal war. Nicht ganz. Heute hat Jürgen eine kleine Schildkröte mitgebracht. Die hockt neben dem Tonbandgerät auf dem weißen Tisch. Das Tier hat sich während der Vernehmung nicht bewegt. Nur die winzigen Augen in dem kleinen Kopf blinzelten, und Jürgen streichelte die Schildkröte von Zeit zu Zeit zärtlich und behutsam.

Na ja, denkt Jack Campbell, wie zu erwarten. Nichts Neues. Den Jungen kann ich wegschicken. Den nächsten Flüchtling noch einmal vernehmen. Und so weiter und so weiter. Vierundsechzig habe ich noch vor mir. Feiner Sonntag. Besonders anstrengen werde ich mich! Mit meinen Zwillingen ist George zum Schwimmen gefahren. *George!* Ausgerechnet auch noch dieser Umleger...

Alle beneiden mich um meine Zwillinge. Jetzt bin ich sie los. George schafft das spielend an einem so langen schönen Tag...

Ein netter Junge ist dieser Jürgen. Bevor ich den nächsten Flüchtling rufe, denkt Jack Campbell und füllt seine Pfeife neuerlich, unterhalte ich mich lieber noch ein wenig mit ihm. Er setzt den Tabak in Brand, schaltet das Tonbandgerät aus und lächelt.

»Das da ist dein Talisman, ja?« fragt er kameradschaftlich, auf die reglose Schildkröte weisend.

»Nein«, sagt Jürgen, »kein Talisman. Meine Freundin. Ich konnte sie nicht zurücklassen. Herr Doktor Sylt hat sie mir vor zwei Wochen geschenkt. Ob er nun Unannehmlichkeiten bekommt?«

»Der? Warum denn?« fragt Campbell und denkt: Warum nicht?
»Aber dieser Doktor Sylt kann doch bestimmt nichts dafür, daß du ausgerückt bist.«
»Also, Sie meinen, nicht.« Jürgen lächelt erleichtert. »Es wäre schrecklich, wenn er bestraft würde. Er war so gut zu mir, der Herr Doktor. Ich habe Happy mitgenommen, weil ich ja nun nie mehr in den Osten kommen werde. Sobald Sie mit mir fertig sind und meine Mutter sich meldet, darf ich doch zu ihr, nicht wahr?«
»Natürlich«, sagt Campbell. Und denkt: Falls Mr. A. C. Snowden es gestattet. Falls sich nicht herausstellt, daß ausgerechnet du der sowjetische Meisterspion bist. »Was hast du gesagt? Happy heißt die Schildkröte?«
»Ja, so nenne ich sie«, antwortet der Junge ernst. »Lateinisch heißt sie Hepiphilia africana. Sie wird nicht mehr sehr wachsen, hat Herr Doktor Sylt gesagt.«
»Was ist denn mit ihr los? Gelähmt?«
»Vollkommen«, sagt Jürgen. »Nur den Kopf kann sie bewegen, sehen Sie? Ich muß sie überall hintragen und füttern und so. Deshalb kam sie ja zu Herrn Doktor Sylt.«
»Weshalb?«
»Weil sie so hilflos ist! Im Heim konnte man sie pflegen. Im Tierpark hatten sie keine Zeit dazu. Es wäre da auch zu leicht etwas passiert.« Jürgen streichelt die Schildkröte. Die Schildkröte bewegt den Kopf und blinzelt ihn an.
»Wieso ist sie gelähmt?«
Jürgen seufzt.
»Eine traurige Geschichte. Ist lange geschehen, bevor ich in das Heim kam. Im Tierpark. Happys Mutter war eine ganz besondere Hepiphilia africana. Sie hatte zwei Köpfe!«
»You don't say«, meint Campbell, »was du nicht sagst.«
»So hat Doktor Sylt es mir erzählt. Eine Rarität!«
»Das will ich meinen!«
»Sie hatte einen eigenen Käfig. Nebenan wohnten Schildkrötenmännchen«, berichtet Jürgen. »Einmal muß ein Gitter offengeblieben sein – bums, schon war es geschehen.«
»Soll das heißen . . .«
»Wie hätte sie sonst plötzlich Eier legen können?«
»Da hast du recht.«
»Es ging alles gut, zunächst. Die Jungen krochen aus«, erzählt Jürgen weiter. »Dann kam das Unglück.«
Vergessen wir endlich die Zwillinge! Es gibt so viele Mädchen in Berlin. Und das scheint eine komische Geschichte zu werden.

»Die Köpfe begannen, sich um die Kinder zu streiten«, sagt Jürgen. Campbell pfeift.

»Der eine Kopf wollte zu diesem Kind, der andere zu jenem. Der eine Kopf wollte dahin gehen, der andere dorthin.« Jürgen wird lebhafter. Seine Wangen röten sich. »Der Körper der armen Mutter wurde geschüttelt wie in einem Krampf, sagte mir Herr Doktor Sylt. Denn die Köpfe haßten sich nun. Dabei gehörten sie doch zu einem einzigen Tier! Aber statt sich in dieser Lage zu einigen und zusammenzuhalten, haßten die Köpfe sich immer furchtbarer und furchtbarer. Sogar beim Füttern mußte man ein Stück Blech zwischen sie schieben, damit der eine Kopf dem andern nicht alles wegfraß. Eines Nachts begannen sie dann, miteinander zu kämpfen. Die Wärter schliefen. Als endlich einer von ihnen kam, war es schon zu spät.«

»Zu spät wozu?«

»Durch den Kampf der Köpfe«, berichtet Jürgen, Happy nun unablässig streichelnd, als verstünde das Tier jedes Wort, und er wollte es trösten, »wurde der Leib der Mutter herumgeschleudert wie ein Sandsack. Sie erschlug die Kinder. Alle. Bis auf dieses.«

»Das ist aber scheußlich«, sagt Campbell ernüchtert.

»Auch Happy bekam einen Tritt – deshalb ist sie gelähmt. Und immer weiter ging der Kampf! Zuletzt biß ein Kopf den anderen ab. Gleich darauf starb die Mutter. Denn mit einem Kopf konnte sie nicht leben. Happy kam zu Herrn Doktor Sylt. Und der schenkte sie mir, weil ich auf Happy immer besonders ...«

Es klopft.

»Ja?«

Ein Polizist tritt ein. »Verzeihen Sie die Störung, Herr Campbell.« Er sieht den Jungen an. »Ist das Jürgen Machon?«

»Warum?« fragt Campbell automatisch.

In den Augen des Jungen steht ein Ausdruck panischer Angst.

»Ruhig, ruhig, mein Kleiner. Du bist hier im Westen. Das ist ein Westpolizist.«

»Ja? Bestimmt?« Jürgen nimmt die Schildkröte und hält sie mit beiden Händen fest vor die Brust.

»Ich müßte Sie einen Augenblick sprechen, Herr Campbell«, sagt der Polizist. »Allein.«

»Gut. Warte bitte vor der Tür, Jürgen. Es kann überhaupt nichts passieren!«

Jürgen geht. Die Tür schließt sich hinter ihm.

»Well?«

»Herr Campbell, ich komme aus dem Bethanien-Krankenhaus am

Mariannenplatz. Heute nacht ist ein Flüchtling durch die Spree geschwommen.«
»Wo?«
»An der Sektorengrenze zwischen den Bezirken Kreuzberg und Friedrichshain.«
»Da ist die Spree doch Sektorengrenze!«
»Leider in der ganzen Breite. Wir konnten nicht eingreifen. Die Vopos haben auf den Flüchtling geschossen. Und getroffen.«
»Schwer verletzt?«
»Ja. Erreichte mit letzter Kraft das Westufer. Wurde gleich operiert. Akute Lebensgefahr. Nun ist die Krise vorüber. Die Ärzte sind mit einem ganz kurzen Besuch einverstanden.«
»Kurzen Besuch von wem?«
»Von Jürgen Machon. Es wäre gut, wenn der Junge käme und das Mädchen mit ihm sprechen könnte, meinen die Ärzte.«
Jack Campbell legt seine Pfeife fort.
Vielleicht ist Snowden alles andere als ein verdammter Narr?
»Wie heißt das Mädchen?« fragt Campbell, der es schon weiß.
»Mitzi Szapek«, antwortet der Polizist.

2

Nachdem Bruno Knolle die kleine Mitzi Szapek in der Nacht vom 13. zum 14. August 1964 verlassen hatte, konnte sie keinen Augenblick mehr Ruhe finden. Abwechselnd trank und betete sie. Daß der Bruno gut in den Westen kam. Daß ihm nichts zustieß. Daß alles glatt verlief. Amen. Ein neues Glas Wodka. Eine neue Zigarette. Die Mitzi betete und trank und trank und betete. Sie hatte ihren Bruno doch so lieb!
Das machte jene Nacht ganz entsetzlich. Und den Tag darauf. Immer unruhiger wurde die Mitzi. Die zweite Nacht war schon die Hölle. Am Sonnabend vormittag hielt Mitzi es nicht mehr aus in der Gotlindestraße. Sie fuhr zum Tierschutzheim am Verlorenen Weg. Frei bewegen durfte sie sich ja, Bräsig hatte sich noch nicht gemeldet; wenn man fragte, wo sie gewesen sei, würde sie halt etwas von Besorgungen erzählen. Mitzi kaufte zur Vorsicht Toilettenartikel und etwas Wäsche ein, bevor sie ihr Ziel erreichte. Als sie in den Verlorenen Weg einbog, sah sie, daß bei dem Heim eine schwarze Limousine parkte.
Die Mitzi wartete. Gut versteckt und geduldig. Vielleicht eine Stunde lang. Endlich kamen drei Männer aus dem Hauptgebäude. Der

große, rotgesichtige Dr. Sylt mit dem Walroßschnurrbart begleitete sie auf die Straße. Die Kerle kletterten in die Limousine und fuhren fort. Dr. Sylt sah ihnen sorgenvoll nach.
Die Mitzi wartete weitere fünf Minuten, dann ging sie auf das Heim zu und klingelte. Dr. Sylt empfing sie sofort in seinem Arbeitszimmer. Er war völlig durcheinander, lief auf und ab mit dem Gesicht eines kleinen Jungen, der etwas angestellt und schreckliche Angst vor Strafe hat, stolperte über die eigenen Füße, und von draußen hörte die Mitzi das Miauen der Katzen, das Kreischen der Wellensittiche und das Bellen der Hunde in ihren Käfigen.
Schließlich sinkt der Arzt in einen Sessel und sagt, immer am Rande von Tränen: »Es tut mir leid, Fräulein Szapek. Wirklich. Aber gestern mußte ich entdecken, daß Jürgen verschwunden war. Ich hab gar nicht gleich an Flucht gedacht. Darum habe ich auch nicht gleich die Polizei angerufen. Heute tat ich es. Das war doch meine Pflicht, nicht?«
»Freilich, Herr Doktor.«
Sylt schluckt schwer. »Und dann ist gleich der SSD gekommen ...«
Zu dieser Zeit war Herr Peter Wieland noch nicht in der Warschauer Straße 115 erschienen. Kommissar Bräsig schickte seine Männer los. Immerhin, das wußte er, hatte Bruno bei seiner bewilligten und vorbereiteten Flucht im letzten Moment *einem* Jungen geholfen, gleichfalls in den Westen zu kommen. Bräsig wußte zuerst nicht, wie der Junge hieß. Nun wußte er: Ein Knabe namens Jürgen Machon war verschwunden. Instinkt – immer sein Instinkt! – sagte ihm, daß jemand auch Jürgens Flucht vorbereitet hatte. Wer? Bruno selbst nicht. Das wäre unmöglich gewesen. Und also entsandte Bräsig seine Leute ...
Die ließen sich dann später allerdings ein wenig zu lange Zeit. In der Warschauer Straße tauchte Wieland auf, und als die Nachricht eintraf, daß die Verbindung durch Mitzi Szapek aus dem Bordell in der Gotlindestraße zustande gekommen und die Mitzi nicht aufzufinden war, da hatte Wieland den Kommissar bereits heim zu seiner Marie geschickt. Er selbst nahm die Nachricht entgegen und befahl eine Fahndung nach der Verschwundenen. Bräsig sprach er erst nachts am Telefon wieder. Da ging es um Minuten, der Kommissar hatte Jürgen Machons Verschwinden vergessen, er stand nun vor ganz anderen Problemen.
Wäre er im Dienst geblieben und hätte *er* die Meldung erhalten – alles wäre wahrscheinlich anders gekommen, Bräsig hätte annehmen müssen, daß Bruno ein krummes Ding drehte und Mitzi deshalb türmte – bevor nämlich herauskam, was für ein krummes Ding

das war. Bräsig hätte noch viel unternehmen und verhindern, den Plan ändern, vielleicht sogar Kornmann, Rettich und sich selbst retten können. Aber er war nicht mehr im Büro, Wieland vertrat ihn, und so nahmen die Dinge den bekannten Lauf.
Weinerlich sagt nun am Sonnabendvormittag Dr. Rudolf Sylt zu der verstörten Mitzi: »Ja, die SSD-Leute kamen also, und sie wollten unbedingt wissen, *wer* Jürgen zur Flucht verholfen hatte.«
»Und da hams meinen Namen genannt.«
»Mein Gott, ich ...«
»Sie ham sich gfürchtet, natürlich. Mach ich Ihnen an Vorwurf? I fürcht mich doch genauso. Also, Sie ham den Herren von mir erzählt.«
Dr. Rudolf Sylt nickt stumm. Er schämt sich sehr. Er ist nun einmal nicht gebaut für solche Dinge!
»Bitte, verzeihen Sie mir, Fräulein Szapek. Ich konnte nichts anderes tun. Stellen Sie sich vor, ich hätte gelogen oder etwas verschwiegen, und man wäre mir draufgekommen – der SSD kommt doch auf alles! –, dann wäre ich das Heim los. Und dürfte nicht mehr bei meinen Tieren sein!«
»I weiß gut, wie Ihnen zumut ist, Herr Doktor.«
»Sie ... Sie müssen gleich fort, Fräulein Szapek. Jeden Moment können die Männer wiederkommen. Das *darf* ich nicht riskieren. Ich hätte Sie überhaupt niemals empfangen und mit dem Jürgen sprechen lassen dürfen.«
»Ham die Herren gsagt.«
»Ja. Nein. Ja. Aber es stimmt doch auch! Ich habe hier nur meine Pflicht zu tun. Ich tue sie gern, das wissen Sie. Ich bin ein unpolitischer Mensch, Fräulein Szapek. Ich muß einer sein und bleiben.«
»Herr Doktor«, sagt die Mitzi, »mir is so mies wie Ihnen, des könnens mir glauben. Mieser. Denn warum? Sie, Sie sind jetzt heraus aus der Gschicht. Ihnen werdens nix tun. Aber i, i muß aus Ostberlin verschwinden eh daß sie mich schnappen. Mir passiert nämlich sonst ganz was Schlimmes. I bin ...«
Der Tierarzt ruft: »Nicht! Ich will nichts wissen! Fräulein Szapek, bitte, haben Sie doch ein Einsehen!«
»I geh ja schon«, sagt die Mitzi. »Verzeihens mir alles. I hab einfach kommen müssen – auch heut. Aber i komm nie wieder, das versprech i Ihnen.«
Dr. Rudolf Sylt denkt voller Scham: Ich bin ein ausgewachsener Mann. Das ist eine kleine, hilflose Frau. Und ich benehme mich wie der größte Feigling der Welt. Und helfe ihr nicht. Und will sie los sein. Ja, los sein, schnell, schnell, schnell! Ach, wie böse sind Men-

schen doch zueinander. Böser als die bösesten Tiere es je sein könnten. Dr. Sylt sagt: »Ich weiß nicht, wo Sie wohnen, Fräulein Szapek. Danach haben die Herren übrigens auch nicht gefragt...«
»Weil sie's wissen.«
»Vermutlich. Und deshalb glaube ich... niemals werde ich zugeben, die Worte gesprochen zu haben...«
»Was für Worte?«
»Gehen Sie nicht mehr heim – wo immer Sie wohnen, Fräulein Szapek!«
»I bin ja net teppert«, sagt die Mitzi.
»Was werden Sie tun?«
»Na, des...« Mitzi bricht ab. »Des sag i lieber net. Damit i Sie net belast. Sie wissen nix von mir. Gibts hier einen Hinterausgang? Ja? Gut. Dann schleich i mich jetzt. I war net bei Ihnen – *heute,* meine ich. Des werd i *nie* zugeben, und wenn man mich noch so oft fragt. Also geben Sie's auch net zu. So kann Ihnen gar nix passieren, überhaupt nix! Sie dürfen des Heim behalten, und alles geht gut aus für Sie.«
»Aber für Sie...«
»Für mich wird auch schon alles gut gehn,« antwortet die Mitzi Szapek tapfer. Sie bringt es sogar fertig zu lächeln, als sie sich verabschiedet.
Im Heim erblickt sie kein Mensch. Der Hinterausgang bringt Mitzi in die Nähe des großen Jüdischen Friedhofes. Sie sieht sich dauernd scharf nach allen Seiten um. Aber sie kann niemanden entdecken, der sie beobachtet oder verfolgt. Die Kerle mit der Limousine sind gewiß zur Gotlindestraße unterwegs. Oder schon dort angekommen. Auf jeden Fall wird Mitzi bereits gesucht, das ist klar. Ebenso klar ist, was geschieht, wenn man sie erwischt. Also darf man sie nicht erwischen. Also gibt es nur eines: In den Westen flüchten. Ja, flüchten muß sie nun also, die Mitzi. Aber wie? Aber wo?
Das will überlegt sein, gründlich überlegt.
Die Mitzi überlegt gründlich – im Keller eines halbfertigen Neubaus, an dem aus irgendeinem Grunde nicht weitergearbeitet wird. Er liegt in der Hausburgstraße, gegenüber der endlos langen roten Mauer des Vieh- und Schlachthofs. Auf dem Weg hierher hat Mitzi Brot und Wurst gekauft. Eines steht fest: Bis es dunkel wird, darf sie sich nicht auf den Straßen sehen lassen. Es ist erst 12 Uhr mittags, sie wird Hunger bekommen bis zum Abend, und sie wird etwas essen müssen.
Das tut sie, während der endlos langen Stunden des Überlegens und Wartens. Trotz ihrer Aufregung und Angst nickt sie immer wieder

ein – genau wie ein Kind, dem eine Nacht Schlaf fehlt. Und immer wieder fährt sie atemlos vor Schreck, schweißnaß, aus einem wirren Traum empor – und braucht eine Weile, bis sie weiß, wo sie ist, in diesem Neubaukeller nämlich. Wieder denkt sie nach ...
Tunnel kommen nicht in Frage. Sie kennt keinen, natürlich nicht, und sie wüßte auch nicht, wen sie um Hilfe bitten sollte. Über die Mauer – das ist ihr zu riskant. Da haben schon zu viele das Leben verloren dabei. Nein, es gibt nur eine Möglichkeit: *Die Spree!*
Mitzi kann ausgezeichnet schwimmen. Und wenn es finster ist ... und wenn sie leise ist ... ja, die Spree ist die Rettung!
So wartet Mitzi Szapek also den Abend ab. Sie wischt alle Schminke aus dem Gesicht, kämmt sich anders, zieht die auffallende Bluse aus, die sie am Morgen getragen hat, und nimmt eine von den Hemdblusen, die sie kaufte, bevor sie zum Verlorenen Weg fuhr. Um 22 Uhr verläßt sie den Keller. Die Nutten-Bluse bleibt neben dem Netz zurück, in dem Toilettesachen und andere Wäschestücke liegen, die sie gerade erworben hat. Auch Brot und Wurst läßt sie zurück, sie konnte nur wenig essen. Kaum ist die Mitzi fort, da kommen Ratten und machen sich über die Lebensmittel her.
Die Mitzi kennt sich in Ostberlin ganz gut aus. Das Stück Spree, das die Mauer ersetzt und am nächsten liegt, befindet sich an der Sektorengrenze der Bezirke Friedrichshain und Kreuzberg. Da muß sie hin!
Zu Fuß. Sie wagt nicht mehr, einen Bus oder eine Elektrische zu benützen. Denn nun wird sie in ganz Ostberlin gesucht, ohne Zweifel. Und so geht Mitzi durch Seitenstraßen südwärts, paßt auf und verbirgt sich vor jedem Vopo, den sie sieht, und gegen 23 Uhr ist sie dann an der Spree, in der Mühlenstraße.
Sie kann das Wasser schon riechen, bevor sie es sieht. Eine abgeräumte Ruinenstätte. Stacheldraht. Da muß sie jetzt also hindurch. Sie schafft es. Mit blutenden Händen. Runter den Rock, abstreifen die Schuhe. Schnell, schnell, schnell. Es ist warm, das Wasser, warm und schmutzig, der Dreck kommt vom Osthafen her, eine dünne Ölschicht. Mitzi beginnt zu schwimmen, vorsichtig, lautlos, so schnell wie möglich.
Nicht schnell und lautlos genug.
Erst etwa die Mitte der Spree hat sie erreicht, als am Ostufer Scheinwerfer aufflammen, über das Wasser irren und ihren Kopf finden. Eine Stimme brüllt durch ein Megaphon: »Zurück! Zurück, oder wir schießen!«
Natürlich schwimmt die Mitzi weiter. Am Westufer flammen auch Scheinwerfer auf. Mitzi sieht Westpolizisten hin und her laufen. Sie

weiß: Die können nichts tun, dürfen nicht helfen, denn die Spree gehört hier in der ganzen Breite zu Ostberlin. Sie muß es aus eigener Kraft schaffen, bis zum Ufer. Dort erst beginnt Westberlin.
Sie *wird* es schaffen!
Jetzt, im Licht der Scheinwerfer, krault sie wild drauflos. Dann hört sie den Motor eines Patrouillenbootes anspringen. Sie sind hinter ihr her! Ein MP-Feuerstoß dröhnt. Vor der Mitzi spritzt das ölige Wasser hoch, da, da, da. Ein zweiter Feuerstoß. Den hört sie nur. Muß hinter ihr ins Wasser peitschen. Ein dritter Feuerstoß. Dieser liegt richtig. Zwei Kugeln treffen die Mitzi, sie fühlt einen wahnsinnigen Schmerz im rechten Oberschenkel und im Rücken. Aber sie schwimmt weiter. Weiter und weiter. Sie sieht nicht, daß das Wasser hinter ihr sich rot färbt.
Lauter und lauter wird das Motorengeräusch des Patrouillenbootes. Mehr Scheinwerfer. Mehr Schüsse. Noch einer trifft. Wieder in den rechten Oberschenkel. Jetzt bekommt die Mitzi Todesangst. Sie kann kaum noch schwimmen.
Die Westpolizisten schreien ihr zu, daß sie durchhalten soll, durchhalten muß. Die im Osten brüllen auch hinter ihr her. Und Kugeln pfeifen. Immer neue Feuerstöße krachen durch die Stille der Nacht. Die Mitzi hält durch.
Sie erreicht das Westufer. Im Augenblick, in dem sie hier die Hand auf einen Stein der Böschung legt und versucht, sich hochzuziehen, wird sie ohnmächtig. Aber da haben schon kräftige Männerarme zugepackt.

3

Nun erweist es sich als äußerst günstig, daß Mitzi kaum etwas im Magen hat. Die Chirurgen vom Bethanien-Krankenhaus, in das man die Besinnungslose bringt, sind erleichtert. Trotzdem dauert die Operation zweieinhalb Stunden. Die Schüsse im Oberschenkel sind nicht so arg. Arg ist der Schuß, der den Rücken traf. Eine Rippe lenkte die Kugel ab – knapp über dem Herzen. Schußbruch der Rippe. Innere Blutungen. Es wird eine komplizierte Operation.
Alles, was im Krankenhaus zunächst geschieht, weiß die Mitzi natürlich nicht. Sie ist bewußtlos bis zum frühen Morgen.
Die Ärzte wissen nicht, wen sie operiert haben. Mitzi hat alle Ausweise fortgeworfen. Doch die Nacht hindurch deliriert sie, und dabei spricht sie.
»Bruno ... Bruno ... i hab flüchtn müssn ... aber *Sie* können doch

nix dafür, Herr Doktor... wann man Ihnen sonst die Viecherln nehmen möcht... Sie haben meinen Namen sagen müssen... Bruno... Jessasmaria... Bruno... sei da... sonst bin i ganz allein...«
Am Sonntagvormittag sagt sie dann, wie sie heißt. Ärzten sagt sie das und auch einem Westberliner Polizisten, der neben ihrem Bett aufgetaucht ist.
Mit großen Schmerzen im Rücken berichtet Mitzi, warum sie flüchten mußte. Als sie von Bruno Knolle erzählt, horchen die Männer auf. Sie haben in den Frühnachrichten etwas über einen Bruno Knolle gehört, der geholfen hat, eine sensationelle Entführung zu verhindern.
Mitzi bemerkt, daß der Name ihres Geliebten den Ärzten bekannt ist. Das versetzt sie in Panik. Wieso bekannt? Ist ihm etwas zugestoßen? Ist er tot?
»Bitte, sagens mir die Wahrheit! Der Herr Knolle is in Westberlin... I weiß es, Sie wissens auch... Is ihm was geschehn?«
»Nein, Fräulein Szapek.«
»Warum machens dann solche G'sichter? Was is los?«
»Sie dürfen sich nicht aufregen, Fräulein Szapek.«
»I reg mi noch viel mehr auf, wenn Sie nix sagen!« Kaum hat Mitzi das gerufen, da muß sie sich auch schon erbrechen.
Die Ärzte erschrecken. Brechen darf die Mitzi jetzt auf keinen Fall. Gut, man wird also Bruno Knolle suchen.
»Ja?«
»Ja. Und Sie dürfen mit ihm sprechen. Aber nur ganz kurz. Versprechen Sie uns das?«
»Ehrenwort! Nur sehn möcht ich ihn... Bitte, holen Sie ihn...«
»Tja, holen... Wissen Sie vielleicht, wo wir ihn finden können?«
Nein, das weiß die Mitzi natürlich nicht.
Gewiß könnte man es herausbekommen – aber wie lange würde das dauern? Mitzi regt sich schon wieder auf. Da hat der Polizist einen Einfall: »Sie sagen, es wäre auch ein Junge geflüchtet mit Herrn Knolle, Fräulein Szapek?«
»Ja, der Jürgen Machon...«
»Wo immer Herr Knolle jetzt steckt«, meint der Polizist, »den Jungen finden wir sicherlich in Marienfelde. Der muß noch im Lager sein.«
Mitzi bekommt zu wenig Luft: »Darf... darf der Herr Inspektor ins Lager fahren, Herr Professor? I... i... wenn...«
»Ruhig! Sie müssen völlig ruhig liegen, Fräulein Szapek.«
»'tschuldigens, bitte. Darf der Herr Inspektor ins Lager fahren und

den Jürgen holen? Der Jürgen weiß vielleicht, wo der Bruno is... Oder er kann ihn suchen... Der tut alles für mich, der Bub... Bittschön, Herr Professor!«

»Nun gut«, sagt der alte gütige Herr mit dem von Spondylosis gekrümmten Rücken, der die Chirurgische Abteilung des Krankenhauses leitet. »Würden Sie nach Marienfelde fahren, Herr Wachtmeister? Es ist wohl am besten...«

So kommt Wachtmeister Scherr also in das Vernehmungszimmer der Amerikaner im Lager Marienfelde und berichtet dem jungen CIC-Agenten Jack Campbell, was geschehen ist. Gleich darauf rasen Scherr, Campbell und Jürgen durch die sonntäglich leere Stadt zum Bethanien-Krankenhaus, das unmittelbar an der Mauer liegt. Campbell holt aus einem offenen Chevrolet heraus, was der zu bieten hat, und das ist eine Menge. Jürgen, neben Campbell, hält Happy, die Schildkröte, in einer Tragtasche auf den Knien. Er ist aufgeregt und bemüht sich, das zu verbergen. Mit fünfzehn Jahren muß man sich beherrschen können.

Jack Campbell hat Mr. A. C. Snowden vor der Abfahrt von dem Vorgefallenen unterrichtet.

»Okay, Jack«, sagte Snowden, »brausen Sie los mit dem Jungen. Ab sofort kümmern *Sie* sich um diese Sache – als mein persönlicher Investigator. Ich schicke jemanden anderen nach Marienfelde. Glauben Sie mir jetzt endlich, daß hinter dieser Entführung mehr, viel mehr steckt, als es den Anschein hat?«

»Yes, Sir«, antwortet Campbell.

Nun steht er, mit Wachtmeister Scherr, zwei Ärzten und dem alten Professor, an Mitzi Szapeks Bett, und auf einem Stuhl vor dem Bett sitzt Jürgen Machon, die Tasche mit Happy immer noch auf den Knien...

Ganz klein und weiß ist Mitzis hübsches Gesicht, aber erfüllt von lauter Erleichterung.

»Jessas, was bin i froh, Jürgen! Hast es also gschafft herüber!«

»Ja. Happy auch.«

»Ah ja, die Happy... Du, Jürgen, ich hab eine Bitte... möchtest du... könntest du den Herrn Bruno Knolle suchen?«

»Wen?«

»Den Herrn, der dir herübergeholfen hat.«

»Ach, den!«

»Ja... und ihm sagen, er soll gleich zu mir kommen... Die Herren Doktoren hams erlaubt... der Herr Professor auch...«

»Ja, Fräulein, gerne, natürlich. Ich weiß nur nicht...« Hilflos sieht der Junge zu den Erwachsenen auf.

Sofort wird Mitzi wieder unruhig: »Is ihm doch was passiert? Jürgen! Meine Herren!«
»Aber, aber, aber.« Jack Campbell tritt vor und lächelt breit.
»Nicht das geringste ist Herrn Knolle passiert. Und ich verspreche, daß Jürgen ihn zu Ihnen bringt.«
»Wissen Sie denn, wo er is?«
»Ich glaube, ich weiß es.«
»Sie san a Ami, gelt?«
»Ja, Fräulein Szapek.«
»A Ami«, murmelt die Mitzi, während sie eine große Schwäche gleich einer riesigen Woge über sich hinfluten fühlt, »a Ami ... a freundlicher Mensch ... In Wean, da warens auch alle freundlich, immer, die Amis ...«
Sie lächelt glücklich. Ihr Kopf sinkt zur Seite.
Sie hat wieder einmal die Besinnung verloren.
Das Lächeln bleibt auf ihrem Gesicht.
»All right«, sagt Jack Campbell und legt eine Hand auf Jürgens Schulter, »let's go, young man!«

4

Im ›Salon‹ von Nelly Pietschs großer Wohnung sitzen vier Menschen in kostbaren geschnitzten Sesseln (noch erstanden 1959 zu Düsseldorf mit dem Gelde des ebenso verliebten wie fetten Konservenfabrikanten Lorber) um einen kostbaren Tisch (erstanden mit dem Geld des gleichen Herrn im gleichen Jahr am gleichen Ort).
Auf diesem Tisch stehen drei Schnaps- und sechs Bierflaschen. Ein Kasten mit neunzehn weiteren Bierflaschen steht auf dem Teppich. Eine schwere, verzierte Messingplatte liegt über dem Holz des kreisrunden Tisches, dieses schützend, was nötig ist, denn es haben sich zahlreiche Bierlachen sowie Kreise von feuchten Flaschen und Gläsern gebildet. Aschenbecher voller Kippen stehen auch da.
Die Vorhänge sind zugezogen – der Hitze wegen. Die Türen zur Diele und zum Badezimmer stehen offen. Luft! Luft! Wenn das so weitergeht, erstickt man noch in Berlin. Dieser verdammte August hat es in sich. Die schwarzhaarige, blauäugige Nelly Pietsch trägt eine blutrote Baby-Doll-Kombination und einen leichten, kurzen Frisiermantel der gleichen Farbe darüber. Ihrer blonden Freundin Wanda hat sie dieselben Kleidungsstücke in Schwarz geliehen. Die Herren Bruno Knolle und Oskar Knargenstein haben sich bis auf Unterhose und Netzhemd ausgezogen.

Man raucht. Man trinkt. Man schweigt.
So sieht also eine Siegesfeier aus.
Zum Kotzen! findet Bruno. Nach allem, was man geleistet hat. Nach all der Mühe, der Gefahr, dem Einsatz von Gesundheit und Leben. Nelly, ausgerechnet seine Nelly ist schuld an der tristen Stimmung. Verflucht noch mal! Wütend trinkt Bruno aus der Bierflasche, weil er weiß, daß Nelly das nicht leiden kann.
»Es gibt Gläser«, sagt seine große Liebe denn auch sofort. »Du mußt dich nicht unbedingt wie ein Prolet benehmen.«
Darauf gibt Bruno keine Antwort, sondern trinkt noch einmal aus der Flasche.
Das Schlimmste ist, daß Nelly völlig recht hat mit allem, was sie sagt. Sie sagt es nur zu oft. Bruno hört sich das nun schon seit Stunden an, er kennt jeden Satz auswendig, denn Nelly sagt immer dasselbe. Für Knarje und Wanda, die sich erst vor einer Stunde eingestellt haben, sind die Ausführungen auch nicht mehr gerade neu. Sieht Nelly denn nicht, was sie da anrichtet? Bruno hat ein dickes Fell. Der verträgt etwas, den kann man nicht so leicht erschrecken. Den igelköpfigen Knarje schon eher. Und erst Wanda! Die ist bereits knapp vor dem Losheulen. Wenn Nelly doch endlich aufhören wollte! Was geschehen ist, ist geschehen. Da ändert sie doch mit ihrem ganzen Gequassele nichts mehr daran.
Und das ist geschehen:
Als Bruno gegen drei Uhr morgens zu Nelly kam, um sie, strahlend vor Glück, in die Arme zu schließen, wich sie zurück, und in ihrem Gesicht war keine Zärtlichkeit, keine Freude, nein, nichts davon.
»Nelliken, wat haste denn?«
Sie sah ihn brütend an.
»Herrjott, rede doch! Ick hab dir so ville zu azähln! Unsa Coup – det Ding hat hinjehaun!«
»Ich weiß«, sagte Nelly. Sie trug da auch schon das purpurfarbene Baby-Doll-Nachthemd. Frisiermantel trug sie keinen, sie ging vor Bruno her in das (von Herrn Heinz Lorber) im Stile Ludwigs des Fünfzehnten eingerichtete Schlafzimmer, ließ sich auf den Rand des pompösen Riesenbettes mit Baldachin sinken und wies anklagend auf einen Radioapparat, aus dem heißer Jazz erklang. »Ich höre mir schon seit einer halben Stunde die Heldentat an, die ihr begangen habt. Warte. Die Musik ist gleich wieder aus, und es kommt eine weitere Nachricht. Der Sprecher sagte, sie würden die Nacht durch senden, immer neue Berichte bringen.«
Ja, das hat der Sprecher des Senders Freies Berlin, Franz Lutter, dessen Dienst eigentlich um 2 Uhr früh zu Ende hätte sein sollen, wirk-

lich gesagt. Er verliest nämlich die Berichte über Brunos und Knarjes Heldentat. Und er kommentiert alle Tonbandaufnahmen, die von Reportern des Senders im Polizeipräsidium und anderswo gemacht worden sind und noch gemacht werden und die man schnellstens ins Funkhaus bringt und schneidet.
Zwei weitere Sprecher wurden alarmiert. Aber bis sie kommen, muß Lutter allein arbeiten. Berlin hat seine Sensation. Da gibt es kein Kneifen!
Lutter ist auch guten Willens, doch er hat immerhin seit Sonnabend vormittag Dienst. Nun ist er schon so weit, daß er unter Schweißausbrüchen und Herzbeschwerden leidet und tut, was er sonst fast nie tut: Er verspricht sich von Zeit zu Zeit.
Daran ist nicht Übermüdung schuld, sondern eine lange, lange Zeit der Abstinenz. Die Kantine ist geschlossen. Lutter hat einen Boten in die nächste Bar geschickt. Der brachte eine Flasche ›Red Label‹. Die Flasche steht vor Lutter auf dem Mikrophonpult. Er weiß: Er darf sie erst aufmachen, wenn Kollegen da sind, um ihn abzulösen, vorher nicht. Er beherrscht sich eisern. Wenn die Kollegen sich noch lange Zeit lassen, wird er sich allerdings nicht mehr beherrschen können...
»Ja«, sagt Nelly Pietsch, auf ihrer antiken Lustwiese kauernd, die Beine an den Leib ziehend, »immer neue Berichte! Also in eine Ost-West-Sache seid ihr verwickelt, du und Knarje.«
»Mein Jott, Nelly«, ruft Bruno aufgeregt, »wir ham eine Entführung vahindert!«
»Löblich«, erwidert Nelly und entzündet eine Zigarette, während aus dem Radio ›In the Mood‹, gespielt von dem Orchester Glenn Miller, ertönt. »Bis jetzt habe ich das siebenmal vernommen. Wie es gewesen ist, wo es gewesen ist, mit deinem Namen und Knarjes Namen, mit dem Namen des Mannes, der entführt werden sollte, und mit den Namen der Ostleute, die sie verhaftet haben.«
Bruno ist manchmal ein wenig schwer von Begriff.
»Na ja«, knurrt er, »na und? Das war zunächst mal der offizielle Bericht der Polizei. Den habe ich auch gehört. Das andere werden wohl Interviews mit dem Kriminalrat Prangel und den Amis und Soldaten oder Schupos und so gewesen sein. Da waren so viele Menschen, Nelly, das kannst du dir gar nicht vorstellen!« Immerhin schwant Bruno Böses, denn er spricht hochdeutsch.
»Oh, das kann ich mir gut vorstellen«, sagt Nelly. »Wie tapfer seid ihr doch gewesen, ihr Braven!«
»Na, feige sicher nicht...«
»Ich sage ja tapfer. Und dafür bekommst du nun also die Kneipe.«

»Mhm.« Bruno strahlt Nelly an. »*Unsere* Kneipe!«

»Fotografiert hat man euch natürlich auch«, meint sie darauf nur. Das hat man! Wieder einmal waren Rappert und Schiff von der ›Weltpresse‹ als erste zur Stelle gewesen, doch zu ihrem Grimm ließ sich diesmal die Konkurrenz nicht ausschalten.

»Klar hamse uns fotojrafiert«, sagt Bruno, nun wieder in Stimmung, »gleich, als wa int Präsidium jekomm sind. Zuerst noch in Uniform, hahaha! Wa ham doch in Uniformen von Westschupos jearbeet ...«

»Ich weiß.«

»Du – wieso? Ach so, Radio. Ja, und denn in unse eijenen Klamotten. Meine ham wa uff de Rückfahrt noch aus de Repraturwerkstatt von den Rettich jeholt ...«

»Aha.« Nelly trommelt mit ihren schönen Fingern auf der Bettdecke.

»Du kannst een aba ooch die janze Freude nehm, Nelliken!«

Sie weist stumm mit dem Kinn zum Radio.

»Entschuldije! Die ham det natürlich schon bekannt jejem. Denn weeßte ja, wie ville Fotojrafen da warn!«

»Ja.« Nelly bläst einen Rauchring aus. »Von Zeitungen, von der Wochenschau, von den internationalen Bildagenturen und vom Fernsehen.« Bruno ist gelegentlich wirklich *sehr* schwer von Begriff. Der Groschen fiel bei ihm immer noch nicht.

»Knarje und ick durften bloß von hinten fotojrafiert wern ... oder die Reporta mußten 'n Wisch untaschreim, det unse Jesichta durch schwarze Balken unkenntlich jemacht wern. Ooch die von die Kriminalbeamten, von die Amis und so. Bloß den Bräsig, den Hauptreferenten und den Rettich, also die Ajenten aus'n Osten, die durftense normal knipsen und fülmen, von vorn, janz nah, janz deutlich.«

»Ich gratuliere herzlich«, sagt Nelly Pietsch.

»Wat is denn bloß mit dir?«

»String of pearls.«

»Wat?«

»›String of pearls‹ spielen sie jetzt.«

»Ach ...« Bruno beherrscht sich noch, obwohl er eine Stinkwut in sich aufsteigen fühlt. »Willste mir vielleicht aklärn, warum du so ulkich bist? Tun die Kerle aus'n Osten dir vielleicht leid? Hätten wohl *zulassen* solln, detse den armen Herrn Fanzelau entführn?« Brunos Zorn vermischt sich mit self-pity. »Da tut man mal 'ne jute Tat – und denn muß man sich so dämlich ankieken lassen!«

»Ich sehe dich ja nicht wegen deiner guten Tat so dämlich an, du Idiot«, sagt Nelly, wenig freundlich.

»Sondan warum?« Bruno hat noch nie eine Frau verdroschen, aber wenn Nelly so weitermacht, kann er für nichts garantieren.
»Sondern...«, beginnt seine große Liebe, da bricht die Glenn-Miller-Musik ab, und eine Sprecherstimme (nicht mehr die Lutters) meldet sich: »Hier ist der Sender Freies Berlin. Wir bringen einen weiteren Bericht über die vereitelte Entführung des Privatbankiers Otto Fanzelau. Sie hören ein Interview mit Angehörigen der amerikanischen Armee, die an der Aktion teilnahmen. Wie bereits gemeldet, gelang es deutscher Polizei, in engster Zusammenarbeit mit amerikanischen und britischen Spezialeinheiten, durch die mutige Handlungsweise von zwei Berlinern, nämlich dem fünfundvierzigjährigen Oskar Knargenstein und dem neunundvierzigjährigen Bruno Knolle...«
Mit einer trägen Bewegung schaltet Nelly den Apparat ab.
»Ach so!« äußert Bruno, plötzlich ernüchtert, und plumpst neben Nelly auf das Prachtbett. »Auweia!«
»Das kann man sagen«, meint Nelly. »Oskar Knargenstein, Bruno Knolle. Bruno Knolle, Oskar Knargenstein. So geht das ununterbrochen. Am Abend werden wir es im Fernsehen hören – und euch beide sehen können. Und dann laß mal erst die Zeitungen rauskommen... mit all den hübschen Bildern! Eure Namen werden darunter stehen! Nicht nur in Berliner Blättern! In allen Zeitungen Westdeutschlands! Im Ausland! Millionenmal! Bruno Knolle! Oskar Knargenstein!« Nelly wird laut: »Diese Narren! Damit die aus dem Osten sich auch ganz gewiß die Richtigen holen! Demokratie ist das, ich weiß! Freie Nachrichtenverbreitung! Keine Geheimhaltung! Herrlich! Wunderbar! Eures Lebens seid ihr nicht mehr sicher in Berlin! Und da willst du hier eine Kneipe aufmachen? Das ist vielleicht eine Idee! Nun kann ich endlich in Ruhe und Frieden und ohne Angst mit dir leben!«

5

Nicht nur Nelly und Bruno haben in dieser Nacht ihre Sorgen. Andere Menschen auch. Bräsig und Kornmann zum Beispiel. Frau Bräsig und Frau Kornmann. Fritz Rettich. Männer in der Zentrale des SSD. Die haben große Sorgen.
Ein paar Techniker vom Sender Freies Berlin haben kleinere. Als der erste Ersatzsprecher für Franz Lutter eintraf, achtete man eine Weile nicht auf diesen. Dann merkte man plötzlich, daß er verschwunden war. Er wurde gesucht und in einem kleinen, leeren Stu-

dio gefunden – auf einem Feldbett. Neben ihm stand die Whiskyflasche. Halb leer.
Lutter redete wirres Zeug. Als die Techniker versuchten, ihn nach Hause zu bringen, begann er zu toben.
»Laßt mich zufrieden! Ich schlage euch tot, wenn ihr mich nicht zufrieden laßt! Die Flasche bleibt da, und ihr haut ab! Ich will trinken und schlafen!«
»Aber Ihre Frau ...«
»Ruft an! Sagt, ich bin hier. Und nun raus, oder ...«
Er sah so furchterregend aus, der hagere, blasse Franz Lutter, daß die Techniker es mit der Angst bekamen. Sie verschwanden. Vor der Studiotür flüsterten sie miteinander.
»Ein Arzt muß her. Der ist knapp vorm Delirium!«
»Blödsinn!«
»Gar kein Blödsinn! Bei meinem Onkel ging das genauso los. Wenn wir damals nicht sofort einen Arzt und die Polizei gerufen hätten ...«
»Schluß!« zischt der Chef vom Dienst. »Das fehlt gerade noch, daß hier Polizei und Ärzte anrücken und uns einen besoffenen Sprecher rausholen. Delirium? Der Lutter ist doch einiges gewöhnt! Laßt ihn saufen und pennen ... Und daß mir keiner quatscht, verstanden? Das bleibt unter uns. Ein feiner Kollege, der Lutter. Wenn er nüchtern ist, rede ich mit ihm.«
Dem Chef vom Dienst widerspricht nun niemand mehr. Einer schaltet die elektrische Rotschrift ein:

ACHTUNG, AUFNAHME! EINTRITT VERBOTEN!

Ein anderer sperrt das Studio ab. Es hat dicke Türen. Fenster hat es keine. Wenn Lutter wirklich ... dann kann er wenigstens niemanden anfallen. Dann ist immer noch Zeit für Arzt und Polizei.
Wie gesagt: So hat jeder seine Sorgen ...

6

»Also«, meint Bruno, neben Nelly auf dem Baldachinbett sitzend, »da jibt's weita nischt als eens: Abhaun. Raus aus Berlin müssen wa.«
»Und ob wir müssen!«
»Det könn wa ooch! Ick kann hier 'ne Kneipe ham oder überall in de Bundesrepublik, det hamse ma vasprochen. Und in de Bundesrepublik wirste doch keene Angst mehr ham, nich?«

Nelly wird etwas friedlicher.
»Doch, auch. Aber natürlich nicht so wie in Berlin.«
»Na, denn jehn wa nach München, denk ick.« Bruno kratzt sich den Seehundsschädel, wodurch das glattgeklatschte Haar in Unordnung gerät. »München is 'ne jute Stadt. So ville Berliner wohn da jetz. Wenn ick da 'ne Kneipe uffmache, det is 'n dreimal so jrosset Jeschäft wie hier! Schwabing soll janz doll sein. Übahaupt *die* Lösung, Nelliken! Siehste, so hat allet sein Jutes!«
Er will zärtlich werden und zieht sie an sich, um sie zu küssen.
Sie wehrt sich.
»Nun warte bitte ein paar Minuten. Mir sitzt der Schrecken noch in allen Gliedern. Ich bin doch keine Maschine! Ich muß mich erst abreagieren...«
Dazu kommt sie allerdings nicht, denn gleich darauf läutet das Telefon. Der Berliner Korrespondent einer großen westdeutschen Illustrierten will Bruno sprechen. Er hat Auftag, mit Herrn Knolle einen Vertrag zu schließen, sofort, auf der Stelle.
»Wat for'n Vatrach?«
»Exklusiv. Über Ihre Erlebnisse. Geld spielt keine Rolle. Sie nennen die Summe. Ich bin in fünf Minuten bei Ihnen.«
»Denn fliegense in fümfnehalbe Minute hier die Treppe runta!« schreit Bruno. »Ick vakoofe meine Erlebnisse nich!«
»Hören Sie...«
»Hamse nich vastandn? Wennse unbedingt komm wolln, machense vorher Ihr Testament. Det is mein heilija Ernst!« Bruno knallt den Hörer in die Gabel.
»Da siehst du's«, sagt Nelly zornig. »Und das war erst der Anfang. Jetzt werden alle anrufen.«
Schnell wählt Bruno Knarjes Telefonnummer und informiert den Freund, der Gott sei Dank schon bei seiner Wanda ist und sich nicht noch irgendwo vollsäuft.
»Wer dir ooch anruft – du sachst, er kann dir mal, vastanden? Wir haltn die Schnauze von jetz an. Schlimm jenuch, det unse Namen übahaupt bekannt jeworn sind. Nelly is schon janz außa sich. Und mit Recht! Also: Kapiert?«
»Na klar, Mensch! Schrei doch nich so...«
»Ick muß schreien. Ick weeß doch, wie du bist, wenn eena dir 'ne Stange Jeld bietet. Du hast schon wat. Und bald haste noch mehr. Jeh morjen zu deine Wirtin in 'n ›Schwarzen Schimmel‹ und hol die Penunse. Wann is der Wirt in de Kürche? Um zehne, nich? Na, bis du deine Numma jeschom hast und Wandan abjeholt, isset ölwe. Kommt also um ölwe zu uns. Schluß jetz.«

Bruno legt den Hörer hin.
Sofort läutet das Telefon wieder. Der Vertreter einer anderen Illustrierten macht sein Angebot. Bruno wird sehr unfein.
Danach bricht ein kleines Tollhaus los. Das Telefon läutet ununterbrochen. Immer sind Zeitungsleute am Apparat. Sogar ein Anruf aus Paris und einer aus London kommt.
Bruno ist zuletzt völlig heiser vom Fluchen, auch sein Wortschatz hat sich erschöpft. Und das will etwas heißen!
Da kommt Nelly eine Idee.
Sie läßt ihren Anschluß auf Kundendienst stellen.
Aber nun klingelt es plötzlich an der Wohnungstür.
Ein Reporter, der sich durch Brunos Morddrohungen nicht hat abschrecken lassen, ist eingetroffen. Bruno geht auf den Flur, sieht den Mann an, nimmt Maß und knallt ihm dann einen klassischen K.o.-Haken – wie seinerzeit der dicken Dame, die im Einsteigloch des Tunnels steckengeblieben war. Genau wie jene wird auch der Reporter sofort ohnmächtig und sackt auf den Dielen des Flurs zusammen.
»Laß ihn liegen«, sagt Nelly, die interessiert zugesehen hat. »Wenn weitere Herren kommen, wird es eine Warnung für sie sein.«
Sie kennt Zeitungsleute nicht!
Es läutet noch achtmal an ihrer Wohnungstür in der nächsten halben Stunde. Nun öffnet Bruno nicht mehr. Er schiebt den Riegel des Sicherheitsschlosses vor und hängt die Stahlkette ein.
Diese Reporter-Überfälle haben Nelly wieder so nervös werden lassen, daß sie das Radio andreht. Und da hört sie dann wieder Brunos Namen. Und beginnt wieder zu schimpfen. Eine feine Nacht ist das. Allmächtiger!
Erst gegen sechs Uhr früh geben die Reporter auf. Bruno bringt Nelly dazu, ins Bett zu gehen. Als er zärtlich werden will, wehrt sie ab. »Bitte nicht. Ich könnte jetzt nie! Das mußt du doch verstehen Bruno...«
»Ja, natürlich«, brummt er traurig. Er ist todmüde und schläft gleich ein.
Nelly findet keinen Schlaf. Sie liegt da und denkt über die Lage nach, und Bruno schnarcht, daß die Wände wackeln. Nelly bekommt Kopfschmerzen. Sie weint ein bißchen. Dann geht sie in die Küche, setzt sich auf einen Hocker und starrt vor sich hin. So schläft sie endlich ein – und gleitet natürlich nach kürzester Zeit vom Hocker herunter und tut sich weh.
All das macht mächtig Laune, wie man sich denken kann.
Aber Nelly ist gerecht. Sie überlegt, daß Bruno schließlich nichts für

demokratische Freiheiten kann, und bereitet ihm ein opulentes Frühstück. Der arme Kerl. Er meinte es doch so gut. Und München soll wirklich eine nette Stadt sein, hat Nelly gehört.
Sie weckt Bruno gegen neun Uhr und bringt ihm das Frühstück ans Bett. Und nachdem er gebadet hat, darf er auch.
Als das erledigt ist, erzählt er Nelly, was sie wissen muß, bevor Knarje mit seiner Wanda kommt: »Wir beede kriejen die Kneipe, Knarje zehndausend Eia. Fümfe hatta schon. Vakutet.«
»Bei der Wirtin vom ›Schimmel‹.«
»Na ja...« Bruno wird verlegen. »Irgendwo mußte er det Jeld ja lassen. Wa hatten doch keene Zeit jestan.«
»Und nun holt er es also wieder ab«, sagt Nelly, mit Betonung.
»Ick war so mit de Nerven runta heute nacht, sonst hätt ick nischt von die Numma jesacht.«
»Das weiß doch der ganze Strich, daß die Alte verknallt in ihn ist! Wanda auch. Sie hat sicher nichts dagegen. Sie ist noch nie zu kurz gekommen bei Knarje. Aber natürlich darf sie von dem Geld nichts wissen, ich verstehe.«
»Ebent! Knarje kann die fümf Mille nich bei sich ze Hause lassen, wo Wanda doch...«
»Hm...«
»Er bringt det Jeld mit und jibt et dir. Heimlich. Du hebst et uff bis morjen. Denn bringt er 't uff de Bank. Die andern fümf Mille, die er jetz noch kricht, bringta jleich uff de Bank.«
»Und was erzählt er Wanda?«
»Det hamwa uns ooch schon ausjedacht. Paß uff: Wanda müssenwa sagen, Knarje is an unse Kneipe beteilicht, mit monatlich dreißich Prozent von' Reinjewinn. Steuafrei. Bis zu 'ne Höhe von zehndausend.«
»Hm.«
»Zusamm mit seine Filmprodukzion – mussa nu in München machn natürlich – kommta da wirklich endlich uff'n jrün Zweich, und Wanda kommt runta von' Strich. Det is doch de Hauptsache, nich?«
»Hm.«
»Warum machst 'n dauand hm, Süße?«
»So viele Pläne, Bruno! Noch hast du die Kneipe nicht. Noch hat Knarje die anderen Fünftausend nicht. Vorläufig sehe ich keinen Grund zu lautem Jubel.«
»Das Leben«, sagt Bruno feierlich und hochdeutsch, »hat dich hart angefaßt, Nelly. Du hast viel Leid erfahren müssen. Ich kann dich verstehen. Aber jetzt sei ganz zuversichtlich: Bruno schafft es.«
Nach diesen Worten steht er auf, zieht sich an und geht hinunter

auf die Straße, in die nächste Stampe, um einen Kasten Bier und klaren Schnaps zu holen. Das Lokal ist sonntäglich-früh leer, doch der Wirt beäugt Bruno neugierig und sagt prompt: »Herr Knolle, also, wat ick da über Sie im Radio gehört habe, det is ja doll! Einfach doll is det! Meine Hochachtung!«
Bruno macht, daß er fortkommt.
Er erzählt Nelly nichts von dieser Kneipier-Hymne. Ihm ist plötzlich recht flau. Wenn Knarje und er tatsächlich über Nacht zu solch unerwünschter Berühmtheit gelangt sind und noch viel, viel berühmter werden sollen, sobald die Montagzeitungen verkauft werden, dann heißt es: Raus aus Berlin, so schnell wie möglich!
Aber jetzt bloß nicht Knarje und Wanda kopfscheu machen! Hoffentlich reißt Nelly sich zusammen – versprochen hat sie es.
Doch als Knarje dann mit seiner langjährigen Braut erscheint, bricht Nelly, die Süße, ihr Versprechen. Es ist einfach stärker als sie. Zuerst hält sie sich noch. Sie nimmt Knarje geschickt den Umschlag mit dem Geld ab, den er ihr zusteckt, und verbirgt ihn in ihrer Wäschekommode; leiht der blonden Wanda ein schwarzes Baby-Doll-Set und einen schwarzen Frisiermantel; spielt Hausfrau, kredenzt im ›Salon‹ die Getränke – aber nachdem sie getrunken hat, fängt sie wieder an, genau wie in der vergangenen Nacht...
Da sieht sie dann wieder Katastrophen für ihrer aller Zukunft.
Die arme, nicht sehr gescheite Wanda wird allsogleich von Furcht ergriffen. Knarje hält es ein wenig länger aus – nicht sehr viel länger. Dann wird auch ihm mulmig. Wenigstens erklärt er sich mit Brunos Idee einverstanden, nach München zu übersiedeln. Doch da stößt er auf Wandas Widerstand.
»Ick will nich weg hier! Ick will nich nach München! Hier bin ick jeborn! Hier will ick sterben! 'ne richtje Berlinerin, die kannste nich einfach vapflanzen. Die jeht ein – überall.«
»Unsinn. In München leben Tausende von Berlinerinnen«, sagt Nelly. »Und gehen nicht ein. Und fühlen sich wohl. Und sind froh, daß sie Berlin verlassen haben.«
»*Froh?*« Wanda wird aggressiv. (Das fehlt noch, daß die Weiber sich in die Haare kriegen, denkt Bruno, der schon ganz erschöpft ist.) »Wennse froh sind, denn sindse keene richtjen Berlinerinnen! 'ne richtje Berlinerin ist bloß in Berlin froh! Du, du bist ooch keene richtje, Nelly!«
»Moment mal, Wanda, ja?«
(Herrje, die hauen sich wirklich noch!)
»Haste doch schon mal bewiesen, als de nach Düsseldorf jemacht bist!«

»Ich bin zurückgekommen«, entgegnet Nelly würdevoll, aber mit einem Ton in der Stimme, der Bruno erzittern läßt. Hilfesuchend blickt er Knarje an.

Der mümmelt wie ein Kaninchen und zuckt die Achseln.

»Warum biste denn zurückjekomm?« keift Wanda, die heute offenbar keinen Alkohol verträgt – genau wie Nelly. »Doch nich freiwillich! Doch bloß, weil dein Kerl dir ausjenomm hat wie 'ne Weihnachtsjans!«

»Wanda, du bist hier mein Gast!«

»Ick kann ja jehn.«

»Kinda, Kinda, nu hört doch uff«, versucht Bruno zu vermitteln.

»Du halte dich bitte da raus, ja?« ruft Nelly. »Das ist eine Sache zwischen Wanda und mir. Wir haben schon einmal Krach gehabt. Ich weiß, Wanda kann mich nicht leiden. Ich weiß nicht, weshalb. Aber das wird sich jetzt gleich herausstellen!« Damit springt Nelly auf und ist mit zwei Sätzen bei Wanda, die entsetzt quiekt.

»Nelly!« schreit Bruno.

In diesem Moment läutet es an der Wohnungstür.

Alle erstarren.

7

»Also doch noch eena von die vafluchten Zeitungsfritzen«, sagt Bruno leise und erleichtert. »Ihr seid janz stille, vastanden? Keen Mucks will ick hörn. Denn ziehta wieda ab.«

Dieses Läuten kam vom Himmel.

Es kommt schon wieder.

»Wenn der Kerl ...«, beginnt Bruno, da dringt eine Männerstimme in die Wohnung: »Hier ist Jack Campbell vom CIC. Herr Knolle, bitte, öffnen Sie.«

Stille. Totenstille. Als wäre ein Film gerissen.

»Nun kommen Sie schon, Herr Knolle«, ertönt die Stimme. »Es ist wichtig.«

»Bruno!« ruft Nelly. »Bist du verrückt geworden? Willst du entführt werden?«

Die anderen blicken ihm nach. Er schiebt den Riegel des Sicherheitsschlosses zurück, nimmt die Stahlkette ab und öffnet die Tür.

»Keene Bange. Ick kenne den Herrn. Hat ma vahört in Marienfelde. Tretense näha, Herr Kempell. Du ooch, Kleena.«

Ein magerer kleiner Junge mit schwarzem Haar und sehr großen schwarzen Augen kommt zuerst herein. Er trägt eine Tasche, wie

sie von Fluggesellschaften verschenkt wird. Da sitzt die Schildkröte Happy drin, aber das weiß niemand von denen, die Jürgen Machon anstarren. Dem Jungen folgt ein gepflegter, gut aussehender Mann.
»Hallo«, murmelt Jack Campbell und betrachtet ein wenig verblüfft die beiden Damen in ihren durchsichtigen Frisiermänteln und die beiden Herren in Unterhosen und Netzleibchen. Bruno bemerkt das.
»Heiß«, erläutert er.
»Sehr heiß!« Campbell grinst. Dieser Bruno Knolle ist ihm von Anfang an sympathisch gewesen.
»Mein Name ist Jürgen Machon«, sagt der Junge und verbeugt sich gut erzogen vor allen.
»Du bist der, der mit mir rübajekomm is?« fragt Bruno.
»Ja.«
Nelly, Wanda und Knarje treten in die Diele.
»Nu kiekt bloß nich so«, bittet Bruno nervös.
»Herr Knolle hat mir zur Flucht verholfen«, erklärt Jürgen den Angetrunkenen ernst. »Ohne ihn wäre ich nie herübergekommen. Ohne ihn und Fräulein Szapek.«
Der Bruno hat plötzlich das Gefühl, ein großes Stück Eis verschluckt zu haben.
»Fräulein Szapek?« fragt Nelly, ehe er etwas sagen kann. »Wer ist denn das?«
»Eine Dame, die Herr Knolle kennt...«
»Von die ick det Kettchen habe«, unterbricht Bruno hastig. (Das imaginäre Eisstück in der Magengrube brennt wie Feuer.) »Du weeßt doch, Nelly, ick habet dir doch erzählt!«
»Ja, das hast du«, sagt sie, und ihre Augen werden schmal, während sie von dem Jungen fort zu Campbell blickt. »Ist sie hier im Westen?«
»Quatsch!« ruft Bruno. »Wie kannse denn in Westen sein, Nelliken? Det is doch...«
»Ja, Fräulein Szapek ist im Westen«, antwortet Jack Campbell, der aufmerksam die Gesichter aller Anwesenden beobachtet, das eigene Gesicht völlig ausdruckslos.
»Die Mitzi is *hier*?« Bruno rülpst vor Schreck.
»Sie ist geflüchtet, Herr Knolle... schwer verletzt auf der Flucht. Liegt im Bethanien-Krankenhaus. Fräulein Szapek hat keine Ahnung, wo Sie sich aufhalten. Es ist ihr nur bekannt, daß Jürgen mit Ihnen geflohen ist.«
»Deshalb haben sie mich aus dem Lager geholt«, erklärt der Junge. »Ich habe Fräulein Szapek versprochen, Sie zu ihr zu bringen. Bitte, Herr Knolle, kommen Sie mit mir. Fräulein Szapek wartet so sehr

auf Sie!« (Noch schmäler werden Nellys Augen.) »Die Ärzte und Herr Campbell und alle meinen, es wäre gut, wenn Sie kommen... damit Fräulein Szapek wieder gesund wird. Herr Campbell hat einen Wagen da, einen ganz phantastischen!«

»Ich bringe Sie auch zurück«, sagt der Amerikaner.

»Na, also denn...«, beginnt Bruno.

»Dann mußt du natürlich ins Krankenhaus«, sagt Nelly. Er sieht sie an. Sie lächelt. Ihre blauen Augen sind wieder groß und schön und harmlos. »Wer weiß, wie wichtig das ist, daß Fräulein Szapek dich sieht.«

»Wenn de denkst... denn will ick aba mal janz schnell...« Bruno eilt zur Wohnungstür.

»Hrm!« macht Campbell.

»He?« fragt Bruno.

Der Amerikaner sieht ihn von oben bis unten an.

»Ach so!« Bruno lacht gezwungen. »So kann ich natürlich nich lossausen.«

»Man würde es vielleicht seltsam finden«, meint Campbell.

»Bloß 'ne Minute«, sagt Bruno. Er verschwindet in Nellys Schlafzimmer, wo seine Kleidungsstücke liegen. Es dauert wirklich nicht länger als eine Minute, da kommt er zurück – angezogen, den Knoten der Krawatte knüpfend.

In diesen sechzig Sekunden war es still auf der Diele. Niemand sprach ein einziges Wort.

»Also, Nelliken...«

Er gibt ihr einen Kuß auf die Wange.

»Komm bald wieder«, sagt sie.

»Klar«, sagt er. Dann hat er schon die Wohnungstür von außen geschlossen und trottet mit Campbell und Jürgen die Treppe hinab.

»Jeflüchtet«, sagt er verstört. »Warum isse jeflüchtet, Herr Kempell?«

»Das möchten auch wir gerne wissen«, antwortet der Amerikaner.

Im ›Salon‹ hat sich Nelly wieder auf ihren Sessel gesetzt. Sie gießt ein Glas voll Schnaps und dreht es hin und her. Wanda und Knarje betrachten sie besorgt.

»Nu sag doch wat«, fordert Wanda ihren Bräutigam zuletzt auf.

»Ick? Wat soll ick schon sagn? Du machst ma Spaß!«

Nelly blickt auf.

»Glaubt ihr, er hat Geheimnisse?«

Keine Antwort.

»Glaubt ihr, er hat etwas mit dieser Szapek?« fragt Nelly weiter.

»Etwas Ernsthaftes, meine ich. Glaubt ihr, die Person ist seinetwegen geflüchtet?«
Wieder bekommt sie keine Antwort.

8

Zur gleichen Zeit, da Jack Campbell mit Bruno Knolle und Jürgen Machon zum Bethanien-Krankenhaus fährt, sitzen zwei Männer einander in der kühlen Halle einer Villa gegenüber, die sich, von Kiefern umstanden, des Nachts von Scheinwerfern angestrahlt, in einer kurzen Seitenstraße der Clay-Allee befindet. Die Zentrale des CIC in Berlin ist selbstverständlich mit einer Air-Conditioning-Anlage ausgestattet.
Mr. A. C. Snowden sieht aus, als käme er direkt aus dem Urlaub. Rosig. Erholt. Frisch und munter. Kriminalrat Berthold Prangel sieht aus, als hätte er drei Tage und drei Nächte ohne Pause durchgearbeitet. Seine Stimme ist heiser, seine Bewegungen sind unsicher, seine Fingernägel schmutzig. Die Pfeife, die er in einer Hand hält, führt er so selten zum Mund, daß der Tabak immer wieder zu glimmen aufhört und Prangel ihn neu anzünden muß. Viele Streichhölzer liegen in der Kristallschale vor ihm auf dem Tisch.
Mr. A. C. Snowden konstatiert das genau. Während sich der Ausdruck des Ekels und der Abscheu in Prangels Gesicht noch breiter gemacht hat, wirkt der CIC-Mann weniger angewidert als sonst.
»Ich verstehe Ihre Gefühle gut, Herr Prangel. Ich kann mir sehr wohl denken, wie Ihnen zumute ist.«
»Ja, können Sie das?« fragt der Kriminalrat bitter, wieder einmal um seine Pfeife bemüht.
»Gewiß. Ich brauche mir nur vorzustellen, einer *meiner* besten alten Freunde wäre seit Jahren ein Sowjetagent und *ich* hätte ihn eben geschnappt. Es ist nicht schwer, sich in Sie hineinzufühlen, Herr Prangel. Und es tut mir leid für Sie – ehrlich leid. Scheußlich muß das sein.«
»Scheußlich, ja«, antwortet der bleiche, übernächtige Kriminalrat tonlos. »Durch Jahrzehnte waren wir Freunde. Unsere Frauen auch. Meine ist tot. Aber Bräsigs Frau lebt noch. Fast ganz blind. Er hat es mir erzählt, bevor ich ihn im Untersuchungsgefängnis abgeliefert habe.«
»Schlimm, schlimm«, konstatiert Snowden. »Aber was hätte Bräsig getan, wenn er *Sie* erwischt hätte?«
»Dasselbe. Das hat er mir auch noch gesagt. Und daß er mir nicht

böse sei. Das war das Allerärgste, Mr. Snowden! Daß er mir sozusagen verzieh.«
»Wissen Sie«, sagt Snowden, »Sentimentalität ist eine schöne Sache. In unserem Beruf *nicht*! Wie ich höre, jammert Kornmann dauernd wegen seiner Frau. Sentimentalität! Hat darum so völlig versagt.«
»Der hat auch eine Frau?«
»Eine junge, sehr schöne angeblich. It's just too bad.« Mr. A. C. Snowden beginnt in der Halle auf und ab zu gehen. Er redet wie ein besorgter Bruder, während er dahinschlendert...
»Unter derartigen Umständen, lieber Herr Prangel, kann natürlich kein Mensch von Ihnen verlangen, diesen Fall weiterzuverfolgen. Das wäre ja Sadismus! Sie müssen jetzt zur Ruhe kommen. Ach, wenn Sie sich sehen könnten! Hat Sie eben mächtig mitgenommen, diese Begegnung. Ich ahnte es. Deshalb verschwieg ich Ihnen ja Bräsigs wahren Namen stets. Ich lasse Sie jetzt heimbringen. Sie nehmen ordentlich Veronal und schlafen sich aus.«
Hart schlägt der Kriminalrat seine Pfeife gegen die Kristallschale.
»Soll das heißen, daß ich aus dem Fall *raus* bin?«
»Ja, *wollen* Sie ihn denn weiterführen? Mit Ihrem Freund Bräsig in Untersuchungshaft? Wollen Sie den nun jeden Tag besuchen und zusammen mit dem Untersuchungsrichter alles für den Staatsanwalt vorbereiten?«
»Nein, natürlich nicht...«
»Sehen Sie.«
»Aber...«
»Aber was?«
Erlösung! Meine Erlösung. Ich dachte, mit Bruno Knolle sei sie gekommen. Wenn man mich jetzt abschiebt...
»Aber ich will auch nicht *ganz* aus dem Fall raus! Ich muß doch schließlich wissen, wie das alles weitergeht... mit Knolle und Knargenstein und Fanzelau... Das Belastungsmaterial aus dem Osten, zum Beispiel, das landet doch bei mir im Präsidium! Völlig ausschalten können Sie mich also nicht, Mr. Snowden!«
»Ausschalten! Was ist das für ein Ausdruck? Wer redet von ausschalten? Selbstverständlich halten wir Sie auf dem laufenden, selbstverständlich arbeiten Sie weiter.« Snowden lacht. »Sie sind aber wirklich fertig! Denken Sie im Ernst, ich trenne mich von dem Menschen, mit dem ich seit so vielen Jahren glänzend zusammenarbeite? Von dem Menschen, der mir das Nachrichtennetz in der Zone aufgebaut hat? Von Wielands Kontaktmann?«
»Na ja...« Prangel beruhigt sich. Er beruhigt sich gerne. Er läßt sich gerne beruhigen. »Ich bin einfach übermüdet.«

»Ins Bett mit Ihnen! Und wenn es Ihnen Spaß macht, schalten Sie sich auch in *diese* Geschichte wieder ein – anytime! Wird sich noch auswachsen, die Geschichte, das fühle ich deutlich. Wir müssen da am Ball bleiben, alle. Nur im Moment, besser gesagt, gerade im Moment ...«

»Gerade im Moment?«

»Gerade im Moment, Herr Prangel, sind Sie emotionell zu sehr aus der Balance, um als mein Partner in Frage zu kommen.«

Prangel fühlt ohnmächtigen Zorn.

Verflucht, von allen Menschen auf der Welt mußte dieser Bräsig sich als sein alter Freund Wilhelm Herterich erweisen ...

»Sie antworten nicht«, sagt Snowden. »Das bedeutet: Sie geben mir recht. Ich habe ja auch recht. Mein lieber Herr Prangel, wie oft haben wir schon cooperiert! Wie erfolgreich, auch diesmal! Ich habe Bayreuth bereits über Ihre großartige Leistung informiert.«

»Danke ...«, murmelt Prangel verloren.

»Nichts zu danken. Man bewundert Sie. Sie sind der beste Mann, den wir in Berlin haben.«

»Na ...«

»So ist es! Eben darum muß ich darauf bestehen, daß Sie sich jetzt zurückhalten. Ein wenig nur. Kleine Pause. Ein Mann wie Sie ist unersetzlich. Denken Sie bloß, wie viele Dinge nun getan werden müssen. Durchleuchtung Fanzelaus. Untersuchung der Hintergründe der Szapek-Flucht. Durchleuchtung dieses Knolle.«

»Knolle durchleuchten?« Prangel fährt hoch. »Aber der ist doch koscher! Der hat doch überhaupt alles ins Rollen gebracht und sein Leben dabei riskiert!« (Wenn ich mich jetzt nicht um Bruno kümmere, wer wird es dann tun? Ich habe ihm doch versprochen ...)

»Reine Routine.« Snowden registriert mit klinischem Interesse ein Gefühl des Mitleids für Prangel bei sich. *Mitleid für einen anderen Menschen* – schau an, denkt er und fährt fort: »Vergessen Sie nicht, daß auch ich weisungsgebunden bin.«

»Weisungsgebunden?«

»Sie wissen, was ich meine. Die Affäre muß nun gleich dem Verfassungsschutz gemeldet werden.«

»Dem ...«

»Na, das ist doch Vorschrift, nicht wahr? Sie und ich, wir dürfen keine Extratouren machen, lieber Prangel! Immerhin, Sie sind hauptberuflich im Polizeipräsidium. Ich als Amerikaner habe da noch etwas mehr Bewegungsfreiheit – bei meinen Leuten. So habe ich Jack Campbell, wie Sie wissen, aus Marienfelde abgezogen, damit er sich um den Komplex Knolle/Szapek kümmern kann. Ich habe auch noch andere Agenten angesetzt, die verschiedene Spuren verfolgen – gerne erkläre ich Ihnen, welche. Aber was die deutsche Seite betrifft, so muß da jetzt der Verfassungsschutz her. Ich habe mich schon an Schuckert gewandt.«

»Heinz Schuckert?«

»Sie kennen ihn natürlich.«

»Natürlich«, sagt Prangel. »Ein tüchtiger Mann, der Schuckert.«

»Wahrhaftig! Sie werden ihm wertvollste Hinweise geben können«, meint Snowden. »Er wird für jeden einzelnen dankbar sein. Na, und Sie und Schuckert gemeinsam ...«

»Ja, ja, ja«, sagt Prangel, »aber Schuckert als Chef, nicht wahr?«

»Guter Gott, nun spielen Sie nicht den Eifersüchtigen, Herr Prangel! Sie wissen, daß wir den Verfassungsschutz einschalten müssen!«

»Ja, natürlich«, murmelt Prangel, und stochert in seiner Pfeife.

»Und dann, überlegen Sie doch: Schuckert ist bei dieser Sache in keiner Weise persönlich berührt oder betroffen. Er wird unparteiisch und unsentimental arbeiten können – genau das verlangt unser Job. Keine persönlichen Gefühle!«

»Nein, keine persönlichen Gefühle«, sagt Prangel und denkt an seine tote Frau Anna und ihren toten Bruder und an die persönlichen Gefühle, die er sich so lange erlaubt hat, und wohin seine Gefühle ihn zuletzt gebracht haben.

»Keine Sentimentalitäten!«

»Nein, keine Sentimentalitäten«, wiederholt Prangel schwach.

»Wirklich, der beste Mann, den Sie wählen konnten, dieser Schukkert!«

»Freut mich, daß Sie das sagen. Er hat auch sofort zu arbeiten begonnen.«

»Wo? Bei wem?«

Mr. A. C. Snowden erklärt dem Kriminalrat Berthold Prangel, wo und bei wem Heinz Schuckert bereits zu arbeiten begonnen hat.

9

»So«, meint Heinz Schuckert lachend, »mit einem ordentlichen Frühstück im Bauch fühlt man sich gleich wie ein anderer Mensch, was?«

»Ja«, antwortet Franz Lutter und lächelt schwach. »Einen furchtbaren Brand habe ich natürlich. Nett von Ihnen, daß Sie das Eiswasser nicht vergessen haben.« Er schenkt ein Glas aus einer großen Karaffe voll.

Die beiden Männer sitzen in dem kleinen Studio, in dem Lutter seinen Rausch ausgeschlafen hat. Vor dem Feldbett steht ein Tisch, darauf hat man ein kräftiges Frühstück serviert.
Heinz Schuckert von der Berliner Dienststelle des Bundesverfassungsschutzes ist ein kleiner, zu Fettleibigkeit neigender Mann von zweiundvierzig Jahren. Rosige Patschhände besitzt er, einen rosigen Eierkopf und sehr schütteres braunes Haar. Obwohl noch relativ jung, wird Schuckert wohl in ein, zwei Jahren völlig kahl sein. Er versucht alles mögliche, diese Entwicklung aufzuhalten – vergebens. Die Haare, die ihm noch verblieben sind, kämmt er in breiten, dünnen Strähnen nicht von vorn nach hinten, sondern von einem Ohr zum anderen, quer über den Schädel. ›Sardellen‹ nennt man das in Berlin. Immerhin – es sieht besser aus so. Noch. In ein, zwei Jahren ...
Heinz Schuckert hat ein bewegtes Leben hinter sich. Er stammt aus Berlin. Vater und Mutter übten wichtige Funktionen in der Kommunistischen Partei aus. 1933 floh die Familie nach Moskau. Da war Heinz elf Jahre alt. Die Eltern arbeiteten weiter für die Partei, Heinz kam in eine Schule für deutsche Funktionärskinder.
Am 28. September 1939, nach dem Überfall auf Polen, unterzeichneten die Nazis in Moskau mit den Sowjets einen Grenz- und Freundschaftsvertrag. Das war für Heinz Schuckerts Vater, der sein Leben im Kampf gegen den Faschismus verbracht hatte, Anlaß, sich dieses Leben zu nehmen. Besagter Freundschaftsvertrag bewegte damals viele Kommunisten in vielen Ländern, dasselbe zu tun oder der Partei den Rücken zu kehren.
Heinz Schuckerts Mutter wurde bald nach dem Selbstmord ihres Mannes verhaftet: Sie habe antisowjetische Reden gehalten und Flugschriften verbreitet, behauptete die Anklage. Den Prozeß erlebte die Beschuldigte nicht mehr. Sie starb unter Umständen, die niemals bekannt wurden, in der Haft.
Für den kleinen Heinz, einen überintelligenten Jungen, sorgte der Staat. Von Schule zu Schule wurde er geleitet, um nach Kriegsende in Deutschland ›bereit für den Einsatz‹ zu sein. Bei einem Lehrgang lernte Heinz Schuckert auch den Berliner Rechtsanwalt Peter Wieland kennen.
1945 wurden beide nach Berlin gebracht und mit gänzlich verschiedenen Aufgaben betreut. Schuckert verlor Wieland aus den Augen. Er arbeitete wie ein Besessener, erst im ›Kulturbund zur demokratischen Erneuerung Deutschlands‹, dann, als jüngster und zugleich eifrigster Funktionär, in der ›Zentralverwaltung für Volksbildung‹. Das Schicksal seiner Eltern erschien ihm als zwar tragische,

jedoch völlig logische Folge ihrer falschen Ideologie, ihres Abweichlertums, ihrer Zweifel daran, daß die Partei, die Partei, die Partei immer recht hatte.
Bald jedoch kamen Heinz Schuckert selber Zweifel an dieser Maxime.
1949 hatten diese Zweifel sich in Verzweiflung verwandelt. Er floh in den Westen. Seine intime Kenntnis der sowjetischen Mentalität, durch die allein alle verblüffenden politischen Entscheidungen, Kehrtwendungen, Säuberungen und Kurswechsel erklärbar waren, machten Heinz Schuckert zu einem wichtigen Mann für den Bundesverfassungsschutz, in dessen Dienste er 1951 trat. Seine Tätigkeit erstreckte sich auf die Überwachung der westdeutschen KP, vor und nach dem Verbot dieser Partei. 1959 kam Schuckert nach Berlin...
»Na«, sagt er nun zu Franz Lutter, der das Glas Eiswasser ausgetrunken hat, »was macht Ihr Kopfweh? Wirkt das Aspirin schon?«
»Ja«, antwortet der magere Sprecher mit den eingefallenen Wangen, der hohen Stirn und dem von Falten zerfurchten Gesicht. Unrasiert, in einem zerdrückten Anzug und einem nicht mehr sauberen Hemd, wirkt er an diesem Vormittag besonders kläglich. Der Leberfleck auf der grauen Wange sieht aus wie ein Schmutzfleck. »Muß ich betrunken gewesen sein! Ist mir noch nie im Funkhaus passiert. Aber ich hatte so lange Dienst...«
»Und Sie bekamen so lange keinen Whisky.«
»Bitte?«
»Keine Schande. Glauben Sie, ich bin von dem Zeug nicht abhängig? Wie sonst sollte man diese Zeit noch ertragen? Wir leben im Jahrhundert des Alkohols.«
»Es scheint so, ja«, antwortet Lutter verlegen. »Ich muß schleunigst eine Entwöhnungskur machen.«
Schuckert winkt ab.
»Ich habe schon drei gemacht. Bei Leuten wie uns hat das keinen Sinn. Wir fangen immer wieder an, wir Mitglieder der Leber-Party. Und damit wären wir beim Thema.«
»Das verstehe ich nicht«, sagt Lutter und füllt sein Glas schon wieder mit Eiswasser. Es ist, denkt er dabei, gar nicht so sehr das Trinken als dieses Gefühl, daß man ein volles Glas in der Hand hat, zum Munde führt. Orale Triebbefriedigung. Ob ich auch so söffe, wenn man mir den Whisky intravenös spritzte? Sorgen habe ich! Dieser Mann erklärt, er sei vom Verfassungsschutz. Offenbar ist es also soweit.
»Ach ja«, sagt indessen Schuckert ruhig, »Sie verstehen mich schon, lieber Herr Lutter. Ich will es Ihnen so leicht wie möglich machen:

Ich habe meine Jugend in Moskau verbracht. Meine Eltern waren Kommunisten. Ich selbst kommunistischer Spitzenfunktionär.«
Lutter schweigt und betrachtet den rosigen Mann mit dem beklagenswert schütteren Haarwuchs.
»Nun haben Sie aber gut verstanden, nicht wahr?« Dieses Verhör im Studio macht alles so einfach! Zwei Assistenten Schuckerts haben die Mikrophone eingeschaltet und nehmen das Gespräch in einem Nebenraum auf Band.
»Nun habe ich Sie verstanden«, antwortet Lutter. »Wie aber sind Sie zum Verfassungsschutz gekommen? Wenn die Frage nicht zu indiskret ist.«
»Keineswegs. Sage ich Ihnen gern. Meine Eltern sind im Kampf für den Kommunismus krepiert, *durch* den Kommunismus. Warten Sie!« Schnell hebt der kleine Schuckert eine rosige Hand. »Das war nicht der Grund für mein Abspringen! Als sich diese Dinge ereigneten, war ich noch ein Kind. Kinder kann man erziehen. Ich wurde erzogen. Zu einem großartigen Kommunisten, der sogar davon überzeugt war, daß seine Eltern ihr Schicksal zu Recht erlitten hatten – als Feinde der Partei nämlich, deren Handlungen sie nicht begreifen konnten in ihren armseligen Gehirnen.«
»Wollen wir zur Sache kommen?« fragt Lutter. Er langweilt sich auf einmal. Wozu das Geschwätz? Ihn muß man nicht weichklopfen. Er weiß, was er nun zu tun hat. Aber da bemerkt er plötzlich, daß Schuckerts rosiges Gesicht rot geworden ist, daß dieser Mann nicht nur schwätzt, um ihn zu ködern, sondern daß das eine arme Kreatur ist, die nie darüber hat hinwegkommen können, was ihr widerfahren ist – und wohl nie darüber hinwegkommen wird. Lutter sagt: »Pardon. Erzählen Sie zu Ende.«
»Es gibt nicht mehr viel zu erzählen«, sagt Schuckert, plötzlich ernüchtert, denn er hat Lutters mitleidigen Blick bemerkt. »Nach dem Krieg war ich vier Jahre lang noch ein großer Mann drüben im Osten. Es wurde schwerer und schwerer. Bei allem, was man gegen den Westen sagen kann – er hat *einen* ungeheuren Vorteil, wissen Sie.«
»Und zwar?«
»Und zwar dürfen Sie im Westen *schweigen.* Ich meine: Schweigen, wenn Ihnen vor Empörung über etwas, das geschieht, das Blut zu kochen anfängt. Da dürfen Sie schweigen. Begreifen Sie, was das für ein Himmelsgeschenk ist?«
»Schweigen – ein Himmelsgeschenk? Na, ich weiß nicht!«
»Ja, das wissen Sie nicht, weil Sie nicht im Osten gelebt haben! Wenn da etwas geschieht, worüber Sie so empört sind, daß Ihr Blut

zu kochen beginnt, dann dürfen Sie *nicht* schweigen! Dann müssen Sie reden: *Reden! Reden! Reden!*« Zuletzt hat Schuckert geschrien. Jetzt spricht er wieder normal. »Jeder Intellektuelle muß das. Es ist seine *Pflicht*, zu reden, *gerade dann* zu reden. Vor einer Riesenzuhörerschaft. Und *gutzuheißen, zu preisen und zu loben*, was geschieht! Ich sage Ihnen: Der Mensch hält viel aus, das nicht. Darum bin ich geflüchtet. Und nun wissen Sie, weshalb ich zum Verfassungsschutz ging – als Kommunistenjäger.«
Es ist ein Glück, daß ich meine gute Renate habe, denkt Lutter. Und daß sie schon vor so langer Zeit alles vorbereitet hat. Es mußte ja einmal passieren. Er meint: »›Kommunistenjäger!‹ Sehr komisch. Sie werden mir gewiß nicht böse sein, wenn ich sage, daß Sie nicht etwa geflüchtet sind, weil Sie plötzlich kein Kommunist mehr waren, sondern weil Ihnen der Kommunismus drüben einfach nicht kommunistisch genug war.«
»*Ihre* Erklärung! Fest steht: Das, was heute drüben als Kommunismus deklariert wird, hat mit dem Kommunismus von Marx, Engels und Lenin so viel zu tun wie die Hölle mit dem Himmel.« Schuckert neigt sich vor. »Und deshalb haben wir beide die Nase voll, nicht wahr? Deshalb haben wir beide die Brücken zu diesen Leuten abgebrochen – jeder auf seine Weise.«
Da ihm klar ist, daß Schuckert genau Bescheid weiß, begnügt sich Lutter mit einem stummen Nicken.
»Sie waren einer der eifrigsten Agitatoren der Berliner KP, bis die Nazis kamen, Herr Lutter. Sie haben nicht nur in Berlin gearbeitet, sondern in ganz Deutschland. Sie waren einer der bekanntesten und besten Versammlungsredner. Die Nazis haben Sie sofort eingesperrt. KZ. Und dann, ›zur Bewährung‹, in eine Strafkompanie. So sind Sie in sowjetische Gefangenschaft geraten. Sind heimgeschickt worden nach Kriegsende. Und haben in Hamburg weiter für die Partei gearbeitet. Das stimmt doch?«
»Das stimmt.«
»Ihre Frau war auch Kommunistin. Trotz ihrer kapitalistischen Verwandtschaft, trotz ihres vielen Geldes, trotz ihrer zweifellos streng antikommunistischen Erziehung.«
»Diese Erziehung war bei Renate erfolglos«, sagt Lutter. »Als wir uns kennenlernten ... aber das wissen Sie ja alles.«
»Das weiß ich alles, ja. Auch daß Sie, nachdem die KP in der Bundesrepublik 1956 als verfassungswidrig verboten wurde, im Untergrund weitergearbeitet haben.«
»Nicht lange.«
»Das weiß ich ebenfalls. 1956 passierte ein bißchen *zu* viel, nicht

wahr? Der Arbeiteraufstand in Posen. Die Revolution in Ungarn. Da schossen Arbeiter auf Arbeiter. Sie müssen ohnehin einen sehr guten Magen haben, sonst hätten Sie schon im Juni 53 den Aufstand in Ostberlin und in der großartigen DDR nicht verdauen können. Wissen Sie noch? Ausnahmezustand! Sowjetpanzer! Dreihundert Demonstranten zusammengeschossen! Wissen Sie noch? Standrechtliche Erschießungen! Sechstausend Jahre Zuchthaus oder Arbeitslager! Aber schön. Ein so großer Mann wie Brecht schickte Herrn Ulbricht damals sogar noch ein Ergebenheitstelegramm«, meint Schuckert.

Die Reaktion, die er provozieren will, kommt sofort.

»Das Telegramm war gefälscht!« Lutter springt auf, er schreit: »Und Sie wissen, daß es gefälscht war! Sie wissen, wie sehr Brecht darunter gelitten hat! Sie wissen, daß er die Kopie des Originaltelegramms, in dem etwas ganz anderes stand, wie ein hilfloser Bettler jedem gezeigt hat, den er erwischen konnte, um sich zu rechtfertigen! Bert Brecht ist nicht ohne Grund drei Jahre später gestorben, achtundfünfzig Jahre alt nur ... an einem Herzinfarkt.«

»*Mir* müssen Sie das nicht erzählen, lieber Herr Lutter. Ich kannte Brecht. Er ist der größte deutsche Schriftsteller dieses Jahrhunderts, und er wird es wahrscheinlich bleiben. Aber sein Schicksal ist auch nichts weiter als eine Bestätigung all dessen, was ich bisher gesagt habe. Sie sehen übrigens gleichfalls nicht eben aus wie das blühende Leben.«

»Nein, *so* wohl wie die christlich-abendländischen Gläubigen sehe ich nicht aus, da haben Sie recht.«

»Herr Lutter, Sie und ich, wir wissen viel über den Kommunismus, über die Geliebte, die uns verraten hat. Meine Aufgabe ist es, zu verhindern, daß jener After-Kommunismus, jene Spottgeburt aus Dreck und Asche, die von einer neuen Religion – ja, Religion, sage ich! – heute noch übriggeblieben ist, sich nun auch hier etabliert. Das ist meine Aufgabe.«

Ein Schweigen folgt.

»Ich muß nicht betonen, daß mir alles, was ich in Ihrem Fall zu tun habe, sehr peinlich ist«, sagt Schuckert endlich.

Lutter hebt die Achseln und läßt sie fallen.

Schuckert richtet sich auf. »Wir haben Sie natürlich weiter beobachtet durch all die Jahre, die Ihrem Bruch mit der Partei folgten. Es war übrigens kein offener Bruch.«

»Doch! Ich habe meinen Freunden eindeutig erklärt, daß ich mich von ihnen für alle Zeiten distanziere und nie mehr für sie arbeiten würde.«

»Ja, *das* haben Sie getan. Aber Sie sind niemals aus der KP ausgetreten. *Offiziell,* meine ich.«
Lutter senkt den Kopf.
»Sie sind nie ausgetreten! Stimmt das?«
»Das stimmt.«
»Sie müssen mir keine Erklärung dafür geben, Herr Lutter. Man hört nicht auf, eine Geliebte zu lieben, bloß weil sie einen verraten hat. Man hofft immer noch ...« Schuckert seufzt. »Leider leben wir in einer sehr wirren Zeit. Wenn der Westen nicht wachsam ist, wachsam bis zum äußersten, wird er zuletzt doch jenen Mächten zum Opfer fallen, die Sie als ›guter‹ Kommunist ebenso fürchten wie ich. Deshalb müssen wir uns wehren. Deshalb muß ich Sie fragen: Warum haben Sie im Bewerbungsfragebogen des Senders Freies Berlin eine falsche Angabe gemacht? Die Frage, die ich meine, lautete: ›Sind oder waren Sie jemals Mitglied der Kommunistischen Partei?‹ « Schuckert zieht ein Formular aus der Tasche. »Hier ist Ihre Bewerbung. Als Antwort auf jene Frage steht da in Ihrer Schrift–das ist doch Ihre Schrift?–zu lesen: Ich war Mitglied von 1928 bis 1956. Dann trat ich offiziell aus.« Schuckert senkt das Formular. »Warum haben Sie gelogen? Der Bogen wurde zur Überprüfung nach Köln geschickt. Dort hat man die Lüge übersehen. Woran Sie erkennen, wie schlecht ein nicht-totalitäres Regime manchmal arbeitet. Drüben wäre eine derartige Lüge *sofort* entdeckt worden. Nun, warum haben Sie nicht die Wahrheit erklärt?«
»Weil ich dann niemals diesen Posten bekommen hätte«, erwidert Lutter ruhig.
»Aha. Sie sagten sich – wie die Koestler, die Leonhard und so weiter: Um gegen diese Verteufelung des Kommunismus kämpfen zu können, muß ich eine Kampfposition haben. An der Schreibmaschine. Vor dem Mikrophon! Irgendwo. Dann kann ich vielleicht doch noch etwas tun. Denn ich *muß* etwas tun, als ›guter‹ Kommunist!«
»So ist es.«
»Also weiter«, sagt Schuckert. »Nach dem Krach mit der West-KP wollten Sie aus Hamburg fort. Das war möglich, weil Ihre Frau hier in Berlin eine große Erbschaft machte. Sie wußten, daß wir alle diese Fragebögen kontrollieren. Sie haben es riskiert. Sie hatten Glück.«
»Ja«, sagt Franz Lutter, »ich hatte Glück.« Sein Mund verzieht sich bitter. »Viel mehr Glück als beispielsweise Professor Kantner. Der ist auch in den Westen geflüchtet, ist *offiziell* aus der Partei ausgetreten ... und hat bis heute seine Anerkennung als politischer Flüchtling nicht durchsetzen können. *So sehr* ist der freie Westen auf der Hut!«

Schuckerts Gesicht wird hart. »Es geht nicht um Professor Kantner, es geht um Sie. Natürlich sind Sie hier fristlos entlassen und haben mit einem Verfahren gegen sich zu rechnen. Warum lachen Sie?«
Lutter lacht noch eine ganze Weile, dann erholt er sich.
»Ich finde die dramatischen Begleitumstände dieser Entlassung komisch!«
»Die Begleitumstände sind tatsächlich dramatisch... wenn Sie das auch offensichtlich noch nicht bemerkt haben.«
Lutter wird unruhig.
»Was heißt das?«
»Wir sind verständlicherweise skeptischer und mißtrauischer als andere Behörden. Sie haben Ihrem Kriegskameraden Bruno Knolle zur Flucht in den Westen verholfen...«
»Und das ist natürlich ein Beweis dafür, daß ich mich erneut DDR-kommunistisch betätige!« höhnt Lutter.
Schuckert sieht auf seine Schuhe.
»Hören Sie, ich habe heute nacht stundenlang vor dem Mikrophon zugebracht, um in den Äther zu posaunen, welche Niederlage der SSD durch die Hilfe meines Freundes Knolle erlitten hat!«
»Das wird sich noch herausstellen...«
»Was?« Lutter starrt Schuckert an. Es muß jetzt schnell gehen, denkt er. Sonst ist es zu spät. Wie schnell kann es schnellstens gehen? Ob man mich gleich festnimmt? Der da, der kann es nicht. Dieser Verfassungsschützer hat ja keine polizeilichen Befugnisse. Aber er kann im Nu die Polizei holen lassen.
»Es wird sich noch herausstellen, für wen es eine Niederlage gewesen ist, Herr Lutter«, sagt Schuckert. »Eine neue Untersuchung – aber diesmal, seien Sie versichert, werden wir *nichts* übersehen, werde *ich* nichts übersehen! Auch nicht im Fall Ihres Neffen.«
»Was wollen Sie von Horst?«
»Er hat an dem Tunnel mitgebaut, durch den dieser Knolle herübergekommen ist.«
»Ja. Im Auftrage Ulbrichts!«
»Ach, Herr Lutter!« Schuckert seufzt. »Derartige Bemerkungen können Sie sich wirklich ersparen. Die Geschichte von heute nacht ist doch noch nicht zu Ende. Nicht für uns. Wir wissen noch viel zu wenig... über alle Beteiligten. Über Herrn Knolle, seinen Freund Knargenstein, Herrn Fanzelau... ja, ja, auch über den müssen wir viel mehr wissen!... über Ihren Neffen und über Sie. Sie haben Kollegen im Sender erzählt, daß Horst Tunnel gräbt.«
»Ja, das habe ich erzählt«, sagt Lutter, ernüchtert. »Es war ein Fehler, wie ich sehe.«

»Wir wissen auch noch nicht genug über die Leute, denen Sie das erzählt haben. Sie werden uns sagen, wer diese Leute sind. Doch wem haben *die* weiter davon erzählt? Warum ist Ihr Neffe nach Berlin gekommen, Herr Lutter?«

»Um zu studieren.«

»Das hätte er auch im Westen gekonnt. Horst Lutter ist nach Berlin gekommen, weil er in Berlin nicht Soldat werden muß. Im Westen hätte die Bundeswehr ihn eingezogen, wie alle gesunden jungen Männer.«

»Das ist ja verrückt!«

»Ja, ist es so verrückt?«

Lutter schweigt.

»Ich habe«, sagt Schuckert, »hier – wenn Sie den abgedroschenen Vergleich verzeihen – ein Spinnennetz vor mir. Ein sehr großes. Mein Beruf ist es, die Spinne zu fangen. Die sitzt im Zentrum des Netzes, alle Fäden führen zu ihr hin. Ich werde jeden Faden verfolgen. Ich werde das Zentrum erreichen. Ich werde die Wahrheit, die ganze Wahrheit finden.«

»Glück auf«, sagt Lutter. »Und ich werde nun also gleich verhaftet.«

»Herr Lutter, bitte, lassen Sie diese Späße.«

»Wieso?« verwundert sich der Sprecher in stillem Triumph. »Späße? Das war mein Ernst. Ich werde nicht verhaftet?«

Schuckert seufzt wieder.

»Sehen Sie, das haben Sie vom jahrzehntelangen intimen Umgang mit Ihrer treulosen Geliebten. Drüben wären Sie bereits im Kittchen. Auf alle Fälle. Ihre Frau auch.«

»Und hier?«

»Hier? Ich könnte nie einen Haftbefehl durchsetzen! Ich kann Ihnen doch nicht genug nachweisen.«

»Noch nicht«, sagt Lutter ironisch.

»Noch nicht. Verdunklungsgefahr? Keine Beweise. Sie geben ja alles zu. Fluchtgefahr? Ja, das ließe sich denken – gerade bei einem Mann in Ihrer Verfassung ... entschuldigen Sie.«

»Bitte sehr.«

»Ich kann Sie nur ersuchen, Berlin bis auf weiteres nicht zu verlassen ...«

»Ersuchen? Ach so ... ja, ich verstehe!«

»Um so besser, Herr Lutter. Dann werden Sie auch verstehen, wenn ich Sie ersuche, mir Ihren Paß und Ihre Kennkarte in Verwahrung zu geben.«

»Ich habe nur die Kennkarte bei mir. Hier, bitte. Der Paß liegt daheim.«

»Ich weiß.«
»Wieso?«
»Einer meiner Leute war schon in der Bolivar-Allee und hat ihn geholt... Ihr Einverständnis vorausgesetzt. Auch Paß und Kennkarte Ihrer Frau.«
»Ach so.«
»Sie verstehen hoffentlich, daß das kein Terror und keine Schikane ist. Wir tun nur...«
»... Ihre Pflicht, ganz klar! Übrigens: Eine Tochter habe ich auch noch. Übersehen Sie die nicht!«
»Ihre Tochter Diana«, sagt Schuckert, nervös gemacht durch den Tonfall Lutters, »hat mit der Sache nicht das geringste zu tun. Sie ist von uns in all den Jahren ebenso beobachtet worden wie Ihre Frau und Sie. Zum Unterschied von dem herrlichen Paradies, an das Sie – auch ich tat es einmal – glauben, gibt es im Sündenpfuhl des dekadenten Westens keine Sippenhaft, wissen Sie.«
»Es lebe der Sündenpfuhl des dekadenten Westens«, sagt Lutter.
Er meint es auch so.
Auf eine ganz bestimmte Weise allerdings.

10

Der schwarzhaarigen, blauäugigen Mitzi Szapek laufen dicke, runde Kindertränen über das bleiche Gesicht. In den blutleeren Händen hält sie einen bunten Strauß Blumen. Bruno hat ihn überreicht. Verlegen steht er neben dem Krankenbett. Hinter ihm stehen Jack Campbell, Jürgen Machon, Wachtmeister Scherr, der alte Professor, dessen Wirbelsäule so sehr durch Spondylosis gebeugt ist, zwei weitere Ärzte, die Oberschwester und die Stationsschwester. Sie alle sind mit Bruno zugleich ins Zimmer gekommen, eine kleine Invasion. Bei Geburtstagen in großen Familien lächeln viele Menschen einen einzelnen derart strahlend und liebevoll an.
Das ›Geburtstagskind‹ – soll heißen: die Mitzi Szapek – das weint also.
»Des is des erstemal in meinem Leben, daß mir einer Blumen schenkt«, verkündet sie schluchzend.
Brunos große Ohren werden wieder purpurfarben. Auf der Fahrt zur Klinik hat er Jack Campbell gebeten, bei dem U-Bahnhof Kottbusser Tor zu halten. Da saß nämlich eine Blumenfrau mit ihren Körben. Bruno erstand einen jener bunten Sträuße ordinärer Wald- und Wiesenblumen, die er besonders liebt. (Solche, wie auf Pastor

Oslanskis Schreibtisch standen.) Anläßlich des Kaufes stellte Bruno fest, daß von seinen hundert Mark Friedland-Hilfe schon eine ganze Menge fehlte.
Aber das ist gleich, über den Sonntag kommt er, na, und am Montag wird mit Prangel geredet, hoho!
Daß die Mitzi im Westen war, traf Bruno, als er es erfuhr, wie ein Schlag und erfüllte ihn mit bösen Vorahnungen. (Glaube keiner, er hätte nicht gemerkt, wie seine Nelly ihn ansah!) Und jetzt weint diese unglückselige Mitzi auch noch. Wo Bruno Frauen doch nicht weinen sehen kann ...
»Nu sei man stille«, bittet er. »Mitzi! Hörste denn nich? Ick wollte dir 'ne Freude machen!«
»Du hast mir ja a Freud gmacht«, schluchzt die Mitzi. »Grad drum muß i ja weinen! Entschuldigen die Herrschaften.« Sie fährt sich mit einer Hand über die Augen, würgt und schluckt.
»Is des schön, daß wir dich so schnell gefunden habn, mein Bruno!«
Mein Bruno, sagt sie. Ach, du liebes Bißchen. Das wird ja heiter werden. Verflucht, und alles sah aus, als wäre es pikobello in Ordnung.
Die Stationsschwester nimmt Mitzi den Strauß aus der Hand.
»Net!«
»Aber Fräulein Szapek! Schwester Gisela holt nur eine Vase, gleich haben Sie den Strauß wieder.«
Schwester Gisela übernimmt die Blumen und verschwindet, um eine Vase zu holen.
Mitzi fängt sich.
»Sie san so nett zu mir«, sagt sie mühsam. Alles, was sie sagt, sagt sie mühsam. »Komm her, Jürgen.«
Der Junge sieht zögernd Jack Campbell an.
Der nickt.
Jürgen tritt zu Mitzi.
»Näher«, sagt die. »Noch näher. Hab keine Angst, i beiß di net. So!« Sie hat Jürgen einen Kuß auf die Wange gegeben. »Weil du mir meinen Bruno gebracht hast!«
Meinen Bruno ...
M! Mmmm! Mmmmmmm!
Der Bruno fühlt sich, um in seiner Ausdrucksweise zu bleiben, mächtig blümerant. Wie soll denn das nur weitergehen, wenn das so weitergeht?
»Und Ihnen, Herr, Herr ...«
»Campbell«, sagt der junge Amerikaner und lächelt Mitzi an.
»Ihnen dank i auch von ganzem Herzen, Herr Kämpel. Und dem

Herrn Inspektor. Und der Frau Oberschwester. Und dem Herrn Professor. Und überhaupt allen Ärzten und Schwestern. So gut, so gut sind sie zu mir! Setz dich, Bruno.«
Er setzt sich. Auf die äußerste Bettkante.
Mitzi greift nach seiner Hand und hält sie fest. Schweißfeucht ist die ihre, aber eisern der Griff. Er muß jetzt da sitzenbleiben, das weiß Bruno. Es ist so ziemlich alles, was er weiß.
Ajajaja!
Aus einer Scheiße raus, in die andere rein. Denn daß er mit der Mitzi noch viel Zores haben wird, das spürt er, benützen wir noch einmal seinen kraftvollen Sprachschatz, also das spürt er im Urin.
»Nun wollen wir Sie zehn Minuten mit Herrn Knolle allein lassen«, sagt der alte Professor. »Nicht laut reden, Fräulein Szapek, das haben Sie mir versprochen!«
Mitzi nickt.
Ärzte, Oberschwester, Campbell, Wachtmeister Scherr und Jürgen Machon marschieren aus dem Krankenzimmer. Ostentativ laut schließt der CIC-Agent die Tür hinter sich. Er hat sich bereits auf dem Gang umgesehen, als er zum erstenmal hier war. Neben Mitzis Zimmer liegt ein Waschraum. Den kennt Campbell auch schon. Wenn man da ein Ohr an die rechte Wand legt, kann man jedes Wort verstehen, das bei Mitzis Krankenbett gesprochen wird. Es ist eine dünne Wand, und das Bett steht direkt neben ihr.
Während Ärzte und Schwestern sich entfernen, nickt Campbell dem Jungen und dem zurückbleibenden Wachtmeister kurz zu. Der nickt gleichfalls und setzt sich mit Jürgen auf eine Bank, während Campbell in dem Waschraum verschwindet. Mal hören, was das Pärchen sich nun zu sagen hat...
»Gib mir an Bussi!« hat die Mitzi Szapek zunächst zu sagen.
Bruno gibt.
Sogar dieses Geräusch hört Campbell. Ziemlich flüchtiges Bussi, denkt er. Und weiter: Arme Teufel, die beiden, besonders er. Was da los ist, wird mir immer klarer, nachdem ich jetzt auch noch Knolles West-Freundin gesehen habe. Vielleicht ein Segen, daß mir die Zwillingsschwestern durch die Lappen gingen...
»Du, du!« sagt Mitzi.
Poor guy, denkt Campbell im Waschraum.
»Die Herren Ärzte ham ja nix erzählen wolln, damit i mich net aufreg«, spricht Mitzi, auf deren bleichen Wangen sich hektische rote Flecke gebildet haben, »aber die Schwester Gisela hats mir dann doch erzählt.«
»Wat hatse azählt?« (Der verdammte Trampel!)

»Was du gmacht hast! Wie tapfer du warst! Daß sie's ununterbrochen melden im Radio! Wann i net so schwach wär, möcht i sagen: Komm ins Bett, Bruno. Sofort!«
»*Wat?*« fragt Bruno entgeistert.
Nanu! denkt Campbell entgeistert.
»I hab dich doch so lieb! Noch viel, viel mehr lieb!«
»Noch vielvielviel ...«
Ich würde auch stottern, denkt Campbell und wischt sich Schweiß von der Stirn. Er fühlt mit Bruno. Wenn der sich jetzt nicht Schweiß von der Stirn wischt!
Bruno wischt sich den Schweiß von der Stirn, der da plötzlich in dikken Tropfen steht, und stottert weiter: »Det mußte doch bitte vastehn ... ick konnte doch nich ...«
»Sei stad«, sagt die Mitzi. »Hast mich denn net kapiert? Noch viel mehr lieb haben tu ich dich! Und warum? Weil ich dich jetzt auch noch bewundern kann und verehren!«
»Vaehrn ...«
»Und wie! Was du gemacht hast, des macht dir so leicht keiner nach! An Orden verdienst du! A wos, so a Stückl Blech! A Belohnung, a richtige, große Belohnung verdienst!« Bruno zuckt zusammen. »Die hier im Westen müßten dir jetzt dein Beisel geben, nur gerecht wär des!« Wieder zuckt Bruno zusammen. Diesmal zuckt Campbell, im Waschraum, desgleichen. Er hat vor einem Jahr in Wien zu tun gehabt. Er weiß, was ein Beisel ist.
Bruno hat sich jetzt ein wenig erholt, wenigstens kann er wieder ordentlich sprechen: »Ach wat, Belohnung! Hätte doch jeda jemacht in meine Lage. Kann doch keena 'n Menschen entführn, wenna nich 'n Vabrecha is!«
»Gibt so viele Verbrecher auf der Welt heut«, sagt die Mitzi. »Red nix. I weiß Bescheid. Allein dieser Bräsig. Was is der doch für an Hundling. Dich erpreßt er. Mich sperrt er ins Puff. Leut laßt er entführen.«
»Der läßt nu keen mehr entführn, Mitzilein.«
»Weil du so mutig warst! Aber wenn des alles net passiert wär, i wär noch gstorbn in dem dreckigen Puff! *Nie* hätt der Bräsig mich rausglassen! Immer wieder hätt er mich vertröstet. Aber jetzt – jetzt bin i in der Freiheit. Au!«
»Mitzi!«
»Gar nix. I hab mi nur ungeschickt bewegt. Mach dir keine Sorgen. Bald hast mich wieder ...«
Bald hast du mich wieder ...
»Was du schwitzt! Die Hitzen, gelt! Zieh doch die Jacken aus!«

»Et jeht schon...« Bruno hält sich den Seehundsschädel mit beiden edel geformten Händen.
»Was hast?«
»Ick kann dir nicht bejreifen, Mitzi. Mir hamse apreßt, du sachst et selbe. Ick mußte so tun als ob. 'türlich wollte ich den Fanzelau nie entführn! Und nie zurück in 'n Osten! Ick wußte bloß nich jleich, wie ick det anfangen sollte. Denn wußte ick et. Aba mit dir konnte ick nie drüba redn, von Anfang an nich...«
»Des weiß i doch.«
»So hab ick mir aba schweinisch benommen jejen dir, Mitzi!«
»Schweinisch? Bist teppert? Du hast dich so leiwand benommen wie noch ka anderer Mann, seit i denken kann!«
»Leiwand?«
»Ja, so klass!«
»Klass?«
»So prima – verstehst jetzt endlich?«
»Nee.«
»Immer noch net? Prima, des Wort mußt doch kennen!«
»'türlich kenn ick det Wort. Aba wieso prima benomm? Ick wäre doch nie zurückjekomm zu dir! Allet wat ick dir vorjeflunkat habe in diesen Zusammenhang, det war doch jelogen! Und sowat liebste nu *noch mehr*, wo dir det klar is?«
»Und so was lieb i jetzt noch mehr, jawohl! Denn warum? Wannst net zurückgekommen wärst – *einmal* hätte ich erfahren, *weshalb*. Bis dahin wär i traurig gwesen, freilich, aber dann, dann hätt i mir gsagt: Einen großen, einen wirklich großen wunderbaren Menschen hast du kennengelernt in deinem Leben! Ich hätt' dich genauso noch mehr geliebt, auch wenn wir uns nie wiedergsehn hätten! Nur dich! Bis zum Tod...«
Oooohhhh!
Im Waschraum entzündet Jack Campbell mit fahrigen Bewegungen seine Pfeife. Grauenhaft, denkt er.
»Des kannst net verstehen, gelt?«
»Nee...«
»Weil ihr Männer uns Frauen eben nie wirklich versteht. Ihr denkts immer nur an den Unterleib. Für uns Frauen is des Wichtigste, daß wir die Gescheitheit von einem Mann lieben können oder seine Anständigkeit oder seinen Mut.« Mitzi spricht schneller. »Glaubst, i hab net gmerkt, in was für einer schrecklichen Verfassung du drüben gewesen bist? Wie du dich herumgequält hast, weil du mir nix hast sagen dürfen, weil du mich hast anlügen müssen?«
»Ick mußte wirklich, Mitzi...«

»Des sag i doch. Laß mi reden. Gleich, wie du weg bist, da hab i angfangen zum Grübeln. Mein Bruno tut nix Unrechtes, nix Gemeines. Und es kann nur was Gemeines, was Unrechtes sein, was der Bräsig von ihm verlangt. Wer weiß, was dem Bruno passiert. Net, weil er schlecht is, na, weil er so gut is!« Mitzi strahlt Bruno an. »Aber jetzt is alles gut! Wie a Wunder kommts mir vor ... daß dir nix passiert is ... daß i hier bin ...«

»Wieso ...« Bruno muß sich räuspern. »Wieso biste denn hier ... ick meine ... in 'n Westen?«

»Weil i geflüchtet bin.«

Bruno muß die Augen kurz schließen. »Nich doch! *Warum* biste jeflüchtet? Wieso haste flüchten könn?«

»Weil die heilige Beatrix mi beschützt hat.«

»Die heilige – *Mitzi*!«

»Im Ernst! Ohne die heilige Beatrix ...«

»Mitzi, bitte! Azähle, wat drüm passiert is ... du bist doch nich einfach *so* jetürmt, aus Jux!«

»Na, des net.«

»Wollteste ma nach?«

»I hätt schon wollen – aber getraut hätt i mi nie! Dann hab i *müssen.*«

»Müssen?«

»Am Samstag bin i in meiner Angst und Sorg um dich rausgfahren zum Tierschutzheim von Herrn Doktor Sylt ...«

»Wat for'n Tierschutzheim?«

»Na, wo der Jürgen herkommt!«

»Ach so.«

»Und denk dir, was i da erlebt hab ...«

Die Mitzi berichtet, was sie da erlebt hat. Sie schließt: »Hätt i nach all dem noch zurück in die Gotlindestraße können? Da waret i doch sofort gschnappt wordn.«

»Sofort«, murmelt Bruno abwesend.

»Also hab i mich versteckt, bis es finster wordn ist, und dann bin i durch die Spree gschwommen. Ham hinter mir hergschossen – aber des is alles unwichtig. Wichtig is nur, daß wir zwei wieder zusammen sind, gelt?«

»Ja«, sagt Bruno und räuspert sich krampfhaft, »bloß det is wichtich.«

»Kaum, daß i aus der Narkose aufgewacht bin, hab i denken müssen: Wenn dem Bruno was zugstoßen is? Auf dem Weg herüber? Oder hier? Wenn die ihn wieder zurückgeschleppt ham? Dann bin i jetzt da, und er is drüben ...« Mitzi beginnt von neuem zu schluchzen. »Das Herz hats mir abdruckt, die Nachdenkerei, ganz elend bin i wordn ... I hab doch net gwußt, wo i dich erreichen kann, wenn du noch im Westen bist ... Du hast den Jürgen net kennt ... er dich schon ... Und da hat der Herr Inspektor dann den Jürgen gholt ... und der Jürgen und der nette Ami dich ...«

»Ick vastehe.« Bruno produziert ein verzerrtes Grinsen. »Un nu haste mir also wiedajefundn.«

»Nur, weil sie mich beschützt hat *und* dich, die heilige Beatrix! Hast das Ketterl auch immer tragn?«

»Imma.«

»Zeigs amal her, bitte.«

»Jerade im Moment hab ick et nich um.«

»Wieso net?«

»Siehste, da sind doch noch so ville Vahöre jetz. Wie ick erfahren habe, det du in 'n Westen bist, hat mir jerade der amerikansche Jeheimdienst vahört.«

Also er besitzt das Kettchen nicht mehr, denkt Campbell nebenan. Seine Freundin Nelly wird es ihm abgenommen haben. What a situation! Ein Glück, daß der Knolle so flink lügt.

Brunos Stimme: »Darum hat der nette Ami ja ooch jewußt, wo ick zu finden war, nüch?«

»Ah so!«

»Ick mußte erst mal allet, wat in meine Taschen war und wat ick an 'n Körper hatte, abjebn«, flunkert Bruno weiter.

»Des Ketterl is also jetzt bei die Amis?«

»Ja.«

»Aber sie gebens dir zurück!«

»Klar.« (Scheiße, gequirlte! Nelly und mir das Kettchen zurückgeben! Das möchte ich erleben. Wie kriege ich es wieder? Wie bloß?) Wie bekommt Bruno Knolle das Kettchen wieder? überlegt Jack Campbell angestrengt.

»Wann kriegst es denn?«

»Heute ... morjen ... ick weiß nich ... im Moment jeht noch allet drunta und drüba ... Vahöre hier, Vahöre da, keene ruje Minute ... dauernd werde ick rumjefahren ...«

»Und wo wirst wohnen?«

Campbell fällt die Pfeife aus dem Mund. Er fängt sie gerade noch auf.

»Weeß ick nich, Mitzi. Oda doch: In't Laga Marienfelde erst mal, wie alle andan Flüchtlinge ooch. Werden keene Ausnahme machn mit mir.«

Campbell steckt die Pfeife wieder in den Mund.

»Du, Bruno ...«

»Ja, Mitzi?«
»Die Frau, der i so ähnlich seh, du weißt schon ...«
»Ja. Wat is mit die?«
»Des wollt i grad *dich* fragen. Hast nix gehört von ihr?«
Na ja, denkt Bruno, immer munter weiter.
»Jehört? Icke? Keen Wort.«
»Is sie net in Berlin, die Nelly?«
»*Nelly?* Woher kennste denn den Namen?«
»Na, weißt nimmermehr, wie du sie verwechselt hast in der ersten Nacht mit mir? Und Nelly gsagt hast statt Mitzi?«
»Nee. Hab ick det jesacht?« fragt Bruno, der sich genau erinnert. Kinder, Kinder, den Namen kennt die Mitzi also auch bereits. Ein Gedächtnis haben diese Weiber! »Wenn ick et jesacht habe, denn bloß, weil du ihr eben so ähnelst. Wat denn? Ähnelst? So wie du heute aussiehst, so sah Nelly vor zwanzich Jahre aus!« (Skrupellos schlägt Bruno noch ein paar Jährlein drauf.) »Die ist doch doppelt so alt wie du! Die ha'ick seit Jahren nich mehr jesehn.«
»Seit wieviel Jahren?«
»Herrjott, wat soll denn det nu wieda?«
»I frag ja bloß ...«
»Na, mindestens Stücka sechs, siem Jahre«, antwortet Bruno, der seine Nelly zuletzt vor etwa einer Stunde gesehen hat. »Die is doch in de Bundesrepublik abjehaun!«
»Des hast du mir auch nie gsagt!«
»Nee? Nich? Ja, so isset aba. Is vor 'ne Ewichkeit abjehaun. Keene Ahnung, wohin oder zu wem.«
»Wie schön«, sagt die Mitzi und lächelt selig.
Ich bin ein Schwein, denkt Bruno. Ich müßte Mitzi die Wahrheit sagen. Jetzt gleich. Die ganze Wahrheit. Aber das kann ich doch nicht, wo sie noch so schwach und krank ist, das wäre doch auch eine Gemeinheit! Wer weiß, was für Folgen das hätte, wenn die Mitzi sich aufregt? In Lebensgefahr könnte ich sie bringen, vielleicht sogar schuld sein an ihrem Tod. Nein, nein, nein, also vorläufig darf ich ihr die Wahrheit keinesfalls sagen! Später. Später natürlich. Und ich bin also kein Schwein, sondern ein guter Mensch, der Mitzis Bestes im Auge hat – und selbst in einem üblen Schlamassel steckt, in einem ganz üblen.
Ich, überlegt Jack Campbell nebenan, würde ganz genauso reden. Was kann der arme Kerl denn sonst tun?
Jack Campbell stammt aus Boston. Er ist fünfundzwanzig Jahre alt. Seine Eltern sind tot. Nach Beendigung des High-School-Studiums kam Campbell zur Army. Wehrdienst ableisten.

Campbell ist ein sensibler Mann. Mädchen gegenüber gibt er sich betont forsch, weil er schüchtern ist. Geld haben seine Eltern ihm nicht hinterlassen. Campbell möchte Schriftsteller werden. Über unsere Zeit möchte er schreiben, über die Menschen von heute. Seinen ersten Roman haben acht Verleger abgelehnt, seinen zweiten elf. Ein paar Kurzgeschichten hat er in Magazinen und Zeitungen untergebracht. Er ist nicht entmutigt. Er hat es geschafft, von der Army zum CIC zu kommen, denn er wußte, daß sie ihn da in der Welt herumschicken würden, in der großen, weiten Welt, über die er schreiben wollte und die er, weil er arm war, nie auf andere Weise hätte kennenlernen können. So blieb er beim CIC.
Ein Jahr noch, dann will er heim. Und seinen dritten Roman schreiben. Über alles, was er erlebt hat. Nun kennt er die Welt! Auch mit den Menschen kennt er sich ein wenig aus.
Mr. Snowden kennt sich ganz ausgezeichnet mit den Menschen aus, und wenn er der Ansicht ist, daß man hier gerade einer größeren Geschichte als einer bloßen Entführung auf die Spur gekommen ist, hat er sicherlich recht. Und es ist auch richtig, daß er Bruno Knolle von Campbell beobachten läßt. Aber Campbell, in dem kleinen Waschraum, ist nun felsenfest überzeugt: Dieser Knolle hat alles erzählt, was es zu erzählen gab, und welche Leute immer teilhaben an dieser ›Größeren Geschichte‹ – Bruno Knolle gehört nicht dazu.
»Natürlich hab i noch immer Angst«, hört der Agent nebenan die Mitzi sagen.
»Angst? Jetz? Bist doch schon uff'n besten Weech der Jenesung, Meechen!«
»Ja, eben.«
»Wieso eben?«
»Schau, du weißt doch: I hab bloß an Nansenpaß. Überall werd i ausgwiesen.«
»Hier nich.«
»Glaubst net?«
»Janz sicha nich. Du bist 'n politischa Flüchtling, wie er in 't Buch steht. Du *mußtest* rüba!«
»Ja, des sagst *du*!«
»Det werdn die in 't Laga janz jenauso sagen.«
Die kleine Wienerin lacht glücklich.
»Da, wo du jetzt auch hinkommst?«
Allmächtiger!
»Ja, Mitzi. Laga Marienfelde.«
»Du! Da sind wir dann ja zusammen!« Mitzi seufzt. »Das heißt«, fährt sie traurig fort, »zuerst muß ich noch hier bleiben.«

»Klar. Bisde jesund bist.«
»Der Herr Professor hat was von drei oder vier Wochen gsagt...«
Bruno fällt ein Stein vom Herzen. Drei oder vier Wochen – da muß er mit Nelly seine Kneipe in München haben oder jedenfalls hier verschwunden sein. Muß, muß, muß! Wird, wird, wird!
Niemand, schrieben wir, soll den Bruno schlechter sehen, als er ist. Und niemand soll ihn besser sehen!
Er ist ein Mann, der Bruno, ein durchschnittlicher, normaler Mann. Mehr wäre nicht zu sagen.
»Wat machste denn for'n Jesichte?«
»Drei oder vier Wochen noch hier, ohne dich – des halt i net aus!«
»Aba... aba... aba, Mitzi, ick komm dir doch besuchn!«
»Bitte, bitte! Und i kann dich ja auch anrufen im Lager, net?«
»Nee, anrufn is vabotn. So ville Leute, weeßte. Die könn nich jeden imma wieda suchn un rufn.«
Campbell atmet richtig auf. Dieses Problem hätte Bruno also auch gemeistert! Für den Moment. Alles für den Moment...
»Aba besuchn komm ick dir, det vasprech ick!«
»Wann?«
»Ja, uff de Stunde kann ick det nich sagen... bei all die Vahöre...«
»Freilich net. Aber wie oft?«
»So oft et jeht...«
»Vielleicht gehts jeden Tag?«
»Hm... ja... ick denke...«
Du willst doch einen neuen Roman schreiben, wenn du heimkommst, sagt Jack Campbell nebenan zu sich selbst. Wenn du diese Geschichte nicht aufschreibst, ist dir nicht zu helfen!
Er hört, wie sich die Tür des Krankenzimmers öffnet, danach die Stimme von Schwester Gisela: »So, da sind Ihre Blumen, Fräulein Szapek!«
»I dank Ihnen schön, liebe Schwester, i dank Ihnen schön!«
»Nichts zu danken. Tut mir leid: Der Herr Professor läßt sagen, Sie müssen gehen, Herr Knolle... im Interesse von Fräulein Szapek. Sie ist noch sehr schwach.«
»Ick jehe schon, Schwesta...«
Na, ein bißchen weniger hastig hätte er das auch sagen können, denkt Campbell.
»Und wann kommst morgen?«
»Hm, die Besuchszeiten hier...«
»Fräulein Szapek liegt ja in einem Einzelzimmer«, sagt Schwester Gisela. »Sie können kommen, wann es Ihnen möglich ist. Nur nicht zwischen 12 und 3 oder nach 8 Uhr abends.«

»Hab ich a Glück! A Einzelzimmer! Bruno! Des is alles die heilige Beatrix! I hab überhaupt nix zu tun. I wach in der Früh auf und freu mich drauf, daß du kommst... den ganzen Tag wart i auf dich.«
»Is jut, Mitzi. Also denn bis morjen.«
Ein Geräusch. Offenbar hat Bruno sich entschlossen, die Kleine zum Abschied zu küssen, denkt Campbell. An der Grundsituation ändert das leider überhaupt nichts. Der Agent öffnet die Tür des Waschraums und tritt knapp vor Bruno auf den Gang, wo Wachtmeister Scherr sich mit Jürgen unterhält. Indessen sagt Mitzi noch mit erstickter Stimme: »Bruno... mein lieber, lieber Bruno! Weißt, daß des der glücklichste Tag in meinem Leben is? In meinem ganzen Leben!«

11

Campbell fährt vom Krankenhaus zurück zur Meinekestraße. Neben ihm hockt in dem offenen Chevrolet der kleine Jürgen Machon. Er hat darum gebeten, vorne sitzen zu dürfen.
(»Wegen meiner Happy. Sie verträgt keinen Zug.«)
Vorgeneigt hockt Jürgen da, mit dem Oberkörper verdeckt er die Tragtasche, in der sich die gelähmte Schildkröte befindet.
Bruno, im Fond, blinzelt unter der prallen Sonne, schwitzt und fühlt sich, als hätte er drei Tage und drei Nächte durchgesoffen und durchgehurt und wäre zum Abschluß noch ordentlich vertrimmt worden.
Verflucht, denkt er. Ich kriege es aber auch dicke! Erst die Schweinerei mit den Namen. Ganz Berlin, ganz Deutschland, die ganze Welt wird spätestens morgen wissen, was Herr Bruno Knolle und Herr Oskar Knargenstein getan haben. Schön, ist zu überleben. Hat aber schon zur Folge, daß man nach München übersiedeln muß. Nelly will, Wanda will nicht. Und nun taucht Mitzi auf!
Bruno hat immer noch deutlich den Gesichtsausdruck seiner Nelly vor Augen, diesen Gesichtsausdruck, als er sie verließ, um in die Klinik zu fahren. Wenn es da nun neuen Stunk gibt...
Natürlich könnte man die Mitzi einfach ihrem Schicksal überlassen und sich einen Dreck um sie kümmern und nicht mehr wissen, wer sie ist.
Könnte man. Bruno kann es nicht. Leider. Ihm wäre wohler, wenn er es könnte. Aber so einer ist er eben auch nicht, der Bruno! Arme Mitzi. Durch ihn kam sie in diese Misere rein. Jetzt liegt sie da, an-

geschossen, hilflos, ohne Freund. Er hat sie nie geliebt, er wird sie nie lieben. Lieben wird er immer nur Nelly! Aber helfen, helfen muß er Mitzi jetzt doch, nicht? Sich um sie kümmern. Das versteht doch jeder. Ja? Wirklich? Nelly zum Beispiel – wird die es verstehen?

Bruno flucht. Kurz, laut und kräftig.

Er sieht, daß Campbell ihn im Rückspiegel beobachtet. Als der Wagen vor dem Haus in der Meinekestraße hält, sagt der Amerikaner zu Jürgen: »Bleib sitzen, wir kommen gleich wieder. Ich fahre dann mit dir zurück ins Lager.« Vor Bruno betritt er den Hausflur. Hier bleibt er stehen.

»Hören Sie, Herr Knolle, ich will Ihnen von jetzt an helfen, wo ich kann. Sie müssen verdammt aufpassen. Zwei Damen auf einmal sind immer so eine Sache.«

»Sie wolln mir...« Bruno ist gerührt. »'n juta Mensch sind Sie!«

»Bull-shit! Unterspielen Sie dieses Fräulein Szapek nicht zu sehr. Sprechen Sie von ihr wie von einem armen Menschen, der in Not geraten ist. Ihre Freundin wußte ja von Anfang an, daß Sie das Mädchen kannten, das haben Sie ihr doch gleich erzählt, nicht wahr?«

»Ja...«

»Gut. Dann kommen Sie jetzt.«

Nelly Pietsch ist allein. Sie hat sich angezogen – einen leichten, luftigen Hausanzug –, geschminkt und sorgfältig gekämmt. Sie macht einen ruhigen und sanften Eindruck, als sie Bruno und Campbell in die Wohnung führt.

»Nanu, wo sind denn Wanda und Knarje?«

»Ach, du weißt doch: Die haben schon miteinander gestritten, bevor du weggefahren bist, nicht wahr?« Nelly lächelt Bruno honigsüß, Campbell damenhaft an. »Danach ist es immer schlimmer geworden. Ich kann so etwas auf den Tod nicht ausstehen. Ich habe ihnen gesagt, sie sollten ihre Auseinandersetzung... Ich meine: So etwas kommt ja vor, bei den glücklichsten Paaren kommt so etwas vor, Mr. Campbell...«

»Oh, ganz gewiß, Fräulein Pietsch.«

»Nun ja, sie sollten diese Szene vielleicht zu Ende spielen, wenn sie allein wären, sagte ich. Daraufhin sind sie verschwunden.«

»Püh, beleidicht, wa?«

»Püh, beleidigt und weiterstreitend«, erwidert Nelly, à la Grande Dame.

»Worum ging denn der Streit?« erkundigt sich Campbell harmlos,

doch ehe Nelly antworten kann, sagt Bruno schon: »Och, so 'ne dämliche Klafterei wejen woanders hinziehn.«
»Woanders hinziehen?«
»Na ja, wech von Berlin. War die Rede davon, ehe Sie jekomm sind. Er wollte, sie nich.«
»In spätestens zwei Stunden wird sie auch wollen«, sagt Nelly sonnig. »Nun aber zu dir: Wie geht es dem armen Ding, Bruno?«
»Dem ...« Er glotzt.
»Deiner Bekannten!«
»Ach so, die. Tja, Nelliken, nich besondas. Leida. Janich besondas. Darum wollte sie mir ja ooch sehn. Bloß sehn. Hat doch keen Menschen hier. Und solche Schmerzen.«
»Und war sie glücklich über deinen Besuch?«
»Mächtich! Det hat ihr richtich jutjetan. Die Ärzte meinen ooch, ick hab ihr jeholfn. Seelisch, vastehste.«
»Natürlich verstehe ich. Und ich bin sicher, du *hast* ihr sehr geholfen.« Nellys Stimme wird noch sanfter. »Ich nehme an, sie mußte flüchten, weil sie dir zur Flucht verholfen hat.«
»So isset.«
»Dann muß ich ihr ja von ganzem Herzen dankbar sein. Ohne sie hätte ich dich vielleicht nie wiederbekommen. Ich werde sie auch besuchen ...«
»Im Moment isse noch sehr, sehr schwach.«
»Später natürlich. Wenn es ihr gut geht. Und mich bedanken bei ihr.«
»Ja, det mach man. Det wirdse besondas afreun.« Manchmal hat der Bruno Vergnügen an grimmigen kleinen Privatspäßen. »Ick azähle dir die janze Schose ausführlich, wenn ick wiedakomme.«
»Du fährst noch einmal weg?«
»Zu Luttas. Meine Sachen holn.«
Den Rat, dies zu sagen, hat Campbell dem Bruno im Stiegenhaus gegeben. Es war ein ausgezeichneter Rat. Nellys Augen leuchten.
»Du ziehst zu mir?«
»Uff de Stelle!«
»Ich denke, es ist das beste, Fräulein Pietsch. Nun, wo alles vorüber ist.« Campbell sagt das ohne besondere Betonung. Auch seine Worte haben die erwünschte Wirkung. Nellys Augen leuchten noch mehr.
»Ach, freue ich mich, Bruno! Möchten Sie einen Drink, Mr. Campbell?«
»Nein, danke ...«
»Nur ein Glas? Eine Zigarette?«

»Wirklich, vielen Dank. Ich bringe Herrn Knolle in die Bolivar-Allee. Dann muß ich zurück nach Marienfelde. Unten im Wagen wartet der Junge.«
»Ach so. Natürlich. Schrecklich, und der Kleinen geht es so schlecht! Du mußt sie morgen wieder besuchen, Bruno. Blumen mitnehmen. Damit sie sich nicht so verlassen und verloren vorkommt.«
»Meinste?«
»Na hör mal! Das ist doch wohl selbstverständlich! Ich hätte eine sehr schlechte Meinung von dir, wenn du dich jetzt nicht um Fräulein Szapek kümmern würdest.«
»Hm. Na ja. Na jut«, murmelt der Bruno.
»Wann kommst du zurück?«
»Is ziemlich weit draußn, wo Luttas wohn. Packen muß ick ooch noch. Adschö sagen. Wird 'n Weilchen dauan. Ick denke, so in een, zwee Stunden bin ick wieda da. In zwee Stunden bestimmt.«
»Fein. Dann koche ich inzwischen etwas Gutes... und wir machen uns einen schicken Nachmittag!« Nelly verabschiedet die beiden Männer.
Auf der Straße sagt Campbell: »Na?«
»Meinse, det war allet echt?«
»Es sieht so aus, nicht? Sicher kann man natürlich nie sein. Ich schon gar nicht. Ich kenne Fräulein Pietsch nicht. Wenn jemand sie kennt, dann Sie.«
»Det is richtich«, meint Bruno, in den Wagen steigend, »ick müßte ihr wirklich kenn. Aber kenne ick ihr wirklich? Kennt een Mensch eenen andan Menschen wirklich uff de janze jroße Welt?«
»Diese Frage«, sagt Campbell und startet den Motor, »haben schon viele erleuchtete Geister vor Ihnen gestellt, Herr Knolle.«

12

In gleißendem Sonnenlicht liegt das schöne Haus Bolivar-Allee 170, vor dem der CIC-Agent den Bruno dann absetzt.
»Alles Gute. Sie erreichen mich immer über das Hauptquartier, Herr Knolle.«
»Danke, Herr Kempell. Sie warn prima! Adschö, Jürjen.«
»Auf Wiederschauen, Herr Knolle«, sagt der Junge ernst.
Der große Wagen fährt wieder los. Bruno läutet am Gartentor. Er muß eine Weile warten. Aus der Villa ertönt Jazzmusik. Dann öffnet sich die Haustür, und Lutters Tochter Diana erscheint. Wieder in Blue-Jeans, wieder in einer bunten, dünnen Bluse. Ist das eine

dufte Biene! denkt Bruno. Dieses kastanienbraune Haar, diese braunen, schräggeschnittenen Augen und diese Kurven, mein lieber Mann, diese Kurven! Wenn Diana in Wien auf dem Babystrich liefe, von dem Mitzi mir erzählt hat, könnten die anderen Gören stempeln gehen ...

Reiß dich gefälligst zusammen, Bruno, ja?

Der Mann mit der mächtigen Gestalt und dem kleinen Kugelkopf verneigt sich und beweist feine Erziehung: »Einen recht schönen guten Tag, Fräulein Diana.«

»Hallo, Herr Knolle.« Sie öffnet das Gartentor. »Kommen Sie rein.«

»Ich will nicht stören ... ich ... ich ...« Weil er zu lange auf die Bluse gesehen hat, kann er plötzlich wieder nur stottern, der Bruno.

»Ja?« fragt Diana, mit vollendeter Unschuld.

»Ich habe jetzt eine Wohnung«, spricht Bruno auf die feine Tour, »und möchte deshalb meine Sachen holen und mich bei Ihnen und Ihren Eltern verabschieden und für alles bedanken und ...«

»Meine Eltern sind nicht da. Vati hatte Spätdienst im Sender. Dann kam das tolle Ding mit Ihnen, und er mußte Überstunden machen. Vati rief an und bat Mutti, ihm einen Rasierapparat, Wäsche und einen anderen Anzug zu bringen. Er hatte nämlich in seinem Zeug geschlafen, wissen Sie. Und er ist so penibel.«

»Aha.«

»Die beiden müssen aber jeden Moment zurückkommen. Mutti ist schon vor einer Stunde weggefahren.«

»Na, denn gehe ich ein bißchen spazieren und komme später ...«

»Was heißt denn das? Wollen Sie wieder weg?«

»Na, Sie haben doch Gäste!«

»Paar Freunde.« Diana zieht Bruno in den Garten hinein. »Endlich kann ich Sie präsentieren! Die wollen Sie doch alle kennenlernen – gerade nach dieser Nacht!«

»Ich weiß wirklich nicht ...«

»Unsinn.« Diana zerrt Bruno zur Villa. »Inge kümmert sich inzwischen um Ihre Sachen ...«

Das stille Dienstmädchen ist im Innern des Hauses sichtbar geworden. Sie begrüßt Bruno ernst.

»Er verläßt uns, Inge.«

»Ach, das tut mir aber leid ...«

Bruno fühlt sich ungemütlich.

»Ja, ich habe eine Bleibe in der Stadt gefunden ...«

»Packen Sie also Herrn Knolles Sachen zusammen, Inge, bitte? Er wartet noch auf meine Eltern.«

»Ist recht, Fräulein Diana.« Inge verschwindet.

Weiter zieht Diana ihren Fang. Jetzt betrachtet Bruno – er fühlt sich benommen, immerhin hat er allerhand erlebt an diesem Vormittag, einiges getrunken und eine recht bewegte Nacht hinter sich – Dianas Hintern. Junge, ein Prachtpopo ist das! Zum Hineinbeißen. Da könnte man wirklich ...
Bruno!
Er schüttelt sich richtig, um seine sündhaften Gedanken zu verscheuchen. Diana führt ihn in ihr Zimmer. Da sitzen zwei Jungen und ein Mädchen. Alle sind leger, um nicht zu sagen schlampig angezogen, die Jungen tragen das Haar kurz geschnitten, einer mit Fransen in die Stirn. Das Mädchen ist so schön wie Diana.
Phantastisch, denkt Bruno. Ein halbes Jahrhundert lang sahen die meisten deutschen Weiber aus wie Mulleken Doof, und auf einmal ist eine aufregender als die andere. Wie kommt das bloß? Wem haben wir das zu verdanken? Unserm Führer Adolf Hitler, Sieg Heil! Dem haben wir ja auch die Autobahnen zu danken. Und das Wirtschaftswunder. Das Wunder der Verwandlung der deutschen Frau hat Adolf auf dem Umweg über die Besatzer fertiggebracht. Damit kam der internationale Pfiff in die Mütter. Und in die Töchter. Nicht auszudenken, wie es um uns stünde, wenn wir den Krieg gewonnen hätten ...
Die Jungen und das Mädchen haben sich bei Brunos Eintritt erhoben. »Das ist er«, sagt Diana bloß.
Danach schüttelt Bruno Hände, und Lutters Tochter stellt vor: »Das ist Vicky, das ist Jet, das ist Ronny.«
»Anjenehm«, murmelt Bruno. Das Zimmer ist supermodern eingerichtet. An den Wänden kleben die Fotografien von Filmstars und Schriftstellern, Landkarten, Etiketten von Whiskymarken (davon gibt's ja wohl reichlich in diesem Hause, denkt Bruno) und zwei große Rötelzeichnungen, die sind so meschugge, daß Bruno überhaupt keinen Schimmer hat, was sie darstellen sollen. Auf dem Fußboden steht ein Plattenspieler, der Musik produziert.
»Floyd Cramer«, sagt der Junge, der Jet (was ist das bloß für ein Name?) heißt. »Prima Pianist, finden Sie nicht?«
»Ich ... hm ... ja ... prima ...«
»Nun dreh das Ding aber mal ab, sonst kann man sich nicht unterhalten«, sagt die blonde Vicky.
Der Plattenspieler wird abgestellt.
»Nehmen Sie Platz, Herr Knolle«, sagt Diana, während sich schon alle anderen auf den Boden setzen. Also setzt sich Bruno auch auf den Boden.
Pause.

Unter den prüfenden Blicken von vier Augenpaaren fühlt Bruno, wie seine Ohren zu brennen beginnen.
Wenn da nicht bald einer zu reden anfängt...
Der Junge, welcher Ronny heißt (der mit den Haarfransen in der Stirn), fängt an: »Na ja. Sache liegt klar. Herr Knolle will nicht über seine Erlebnisse sprechen. Kann ich völlig verstehen.«
»Ich auch«, sagt Jet.
»Schade«, sagt Vicky.
»Ach was, schade!« Ronny lacht kurz. »Ging doch nur um Politik bei der ganzen Sache! Und über Politik sind wir uns doch wohl einig. Was ich wollte, das war, Herrn Knolle, den Menschen, einmal sehen. Der interessierte mich.«
»Nun siehst du ihn ja«, mault Vicky.
»Und das genügt mir«, erklärt Ronny. »Ich denke, es sollte uns allen genügen. Unterhalten wir uns normal mit Herrn Knolle. Wie mit einem von uns. Denn daß er drüben abgehauen ist, zeigt doch, daß auch er die Nase voll hat von Politik, nicht?«
»Det kann man wohl sagen!« Bruno lächelt Ronny dankbar zu. »Bis hierher geht mir diese... pardong.« Er hat die flache Hand zur Kehle gehoben.
»Diese Scheißpolitik, sprechen Sie sich ruhig aus«, meint Jet. »Wir sind nicht empfindlich. Politik ist nun mal Scheiße.«
Etwas Geheimnisvolles liegt in diesem letzten Wort des vorigen Satzes. Dieses Wort wirkt Wunder: Es löst jede Spannung, bringt jedes Gespräch in Gang, erleichtert und befreit.
Bruno, der gefürchtet hatte, am meisten reden zu müssen, muß am wenigsten reden. Es ist, als sei ein Damm gebrochen. Die jungen Leute machen sich Luft – ordentlich!
»Politik«, sagt Jet, »wenn ich das schon höre! Wir trauen keiner Politik, keinem Politiker mehr! Haben bei Gott genug Unheil angerichtet in der Vergangenheit, die Kerle!«
»Überhaupt die Erwachsenen«, sagt Vicky.
»Wat is mit denen?« fragt Bruno. (Warten muß er nun doch auf Franz und Renate. Wann hat man schon einmal Gelegenheit, Ansichten junger Leute aus erster Hand kennenzulernen?)
»Was ist mit unseren Eltern, ha?« Vicky sieht Ronny und Jet an. »Große Töne spucken, das können sie. Weise Ratschläge erteilen. Uns Halbstarke nennen, jugendliche Verbrecher.«
»Und dabei sind sie so strahlende Vorbilder«, sagt Jet. »Aber das wollen wir in unserer Verbohrtheit nicht einsehen. Ich war zum Beispiel vorigen Sommer in England. Werkstudent. Die Leute, bei denen ich wohnte, haben einen Sohn, Johnny heißt er, neunzehn

ist er. Was, Herr Knolle, glauben Sie, macht Johnny gerade?«
»Keine Ahnung.«
»Sitzt auf Malaysia. Wenn er noch lebt. Vorige Woche lebte er noch, denn da schrieb er mir einen Brief...«
»Malaysia...«, beginnt Bruno, aber Jet ist so in Fahrt, daß Bruno sogleich, ohne fragen zu müssen, erfährt, was das ist, Malaysia.
»... über die Kämpfe mit den Partisanen aus Indonesien, die immer wieder auf die Malaiische Halbinsel rüberkommen. Die schießen nun die Einwohner tot, oder seine Freunde, oder seine Freunde schießen sie tot, wenn sie Glück haben, und er selber schießt wie ein Wilder, damit er möglichst lange nicht erschossen wird. Die Army hat ihm eine feine Maschinenpistole gegeben und ihn da runtergeflogen. Andere Freunde von ihm hocken auf Zypern. Oder sonstwo. Schießen müssen sie alle. Befehl unserer strahlenden Vorbilder, der Erwachsenen. *Wer* sind denn nun die Verbrecher, bitte? Mein Alter, der schwingt auch noch große Reden über Freiheit und Menschenwürde und so. Hätte er die man lieber im Dritten Reich geschwungen. Da hat er schön die Schnauze gehalten. Richter ist er gewesen. Richter ist er geblieben. Möchte nicht hören, wie er damals gerichtet hat.«
»Na...«, beginnt Bruno schwach.
»Ich weiß, wovon ich rede, Herr Knolle! Wir wissen es alle! Wir haben unsere Erfahrungen! Oder nicht?« Jet sieht sich um.
Die anderen nicken.
»Ich sage Ihnen, Herr Knolle: Ein einziges verlogenes Pack, unsere Alten! Ich reagiere auf meine Weise. Jeder auf seine natürlich.«
»Wie reajirn denn Sie?«
»Vater ignoriere ich überhaupt. Mutter strafe ich mit Verachtung.«
»Warum strafen Sie Ihre Mutter mit Verachtung?« fragt Bruno, diesmal vor Schreck hochdeutsch. Da tun sich ja Abgründe auf!
»Na, hören Sie mal! Die Frau ist mit meinem Alten seit fünfundzwanzig Jahren verheiratet! War auch in der Partei! Hat alles miterlebt, was ihr Mann anstellte! Und sich nicht scheiden lassen! I wo! Ganz begeistert war sie, als Vater immer weiter befördert wurde. Vickys Alter war Wehrwirtschaftsführer. Hat ein Vermögen zusammengegaunert und zusammengeklaut. Als der Krieg aus war, wurde er fromm. Was glauben Sie, *wie* fromm!«
Vicky lacht. »Fromm ist schon gar kein Ausdruck mehr! Krankhaft, was der aufführt. Bei uns zu Hause gibt es regelmäßig Bibelabende. Da liest mein Alter aus der Heiligen Schrift vor. Anderen Erwachsenen. Ich haue dann ja immer ab.«
»Die Heilije Schrift ist doch...« fängt Bruno hilflos an.

»Was? Was ist die Heilige Schrift?« Das schöne Mädchen sieht ihn aggressiv an.
»Ick ... ick weeß nich ... na, wat Jroßet ... wat Scheenet ... Trost kann man sich da holn und Rat ...« Der Bruno denkt an den guten Pastor Oslanski in Ostberlin.
»Wer kann das, Herr Knolle?« fragt Vicky hitzig. »Wir Jungen nicht! Für uns ist die Bibel ohne jede Bedeutung!«
»Det sagense drüm ooch ...«, murmelt Bruno. »Aber nich die Jungen, sondan die Erwachsnen.«
»Na, dann können die Erwachsenen drüben offenbar vernünftiger denken als hier! Schau mal einer an, hätte ich nicht gedacht.«
»Vanünftija denkn ... wieso vanünftija?« erkundigt sich Bruno, verschreckt schnüffelnd.
»Herr Knolle, haben Sie schon mal etwas von der unbefleckten Empfängnis gehört?« ruft Vicky.
»Nee. Ja, doch – warum?«
»Und das schlucken Sie so einfach? Sind Sie verheiratet?«
»Nee ...«
»Stellen Sie sich vor, Sie wären es. Und Ihre Frau käme plötzlich mit einem dicken Bauch an, und Sie wüßten, Sie können es nicht gewesen sein, und Ihre Frau sagt: Du warst es auch gar nicht, es war der Heilige Geist! Was würden Sie denn da erwidern?«
»Lieba Himmel, det is doch man bloß symbolisch!«
»Aha, bloß symbolisch. Das mit Adam, Eva, Kain und Abel, das ist also auch bloß symbolisch, ja?«
»Wieso ... wat meinse damit, Frollein?«
»Gab doch nur eine Frau auf der Welt damals, nicht? Eva. Hatte zwei Söhne. Kain und Abel. Kain schlug Abel tot. Zeugte weiter Kinder – muß er doch wohl, sonst wären es ja bloß drei geblieben. Wer war denn *Frau* Kain? Kann doch nur seine Mutter gewesen sein. Mit der hat er es also getrieben. Feiner Sohn. Und von so was stammen wir alle ab.«
»Nee, wissense, nee ...«
»Tja, anders geht's aber nicht! Der Heilige Geist konnte nicht gut einen Mann schwängern – oder?«
»Det is ... det is ...«
»Was ist das, Herr Knolle?«
»Lästerung ... Lästerung is det«, erwidert Bruno leise.
»Oje«, sagt Diana seufzend. »Ich hab's kommen sehen. Bibel, Religion und Kirche sind wunde Punkte bei Vicky, Herr Knolle. Verzeihen Sie diese Temperamentsausbrüche. Sie will wirklich keine Blasphemien von sich geben! Tatsache ist aber leider: Die Kirche kann

mit Wissenschaft und Technik nicht Schritt halten. Die Menschen sind heute derart überfordert, daß sie mehr denn je Halt und Rat brauchten. Deshalb müßte die Kirche sich dringendst den neuen Gegebenheiten anpassen. Was Vicky da zitiert, könnte man mit ein paar klugen Worten bedeutungslos machen angesichts der Größe dieses größten aller Bücher. Das weiß sie selber. Aber warum wird die Bibel nicht wirklich endlich up to date gebracht... damit sie nicht mehr diesen Volksschülerattacken ausgesetzt ist? Genügte doch ein wenig Streichen, Straffen, Ordnen, Richtigstellen von Daten, Auslassen von geistig gewiß noch so interessanten und hintergründigen Unmöglichkeiten, mit denen doch wohl ein ganz besonderer Zweck verfolgt wurde... und schon wäre alles okay. Und Vicky würde nicht unnötig mit aller Gewalt abgestoßen von Glaubensdingen. Ich kenne niemanden, der lieber glauben würde als gerade Vicky. Werde nicht rot, so ist es doch!«

Vicky lächelt schief. »Diana kennt mich genau, Herr Knolle. Geradezu glaubenssüchtig bin ich. Deshalb mein Amoklaufen gegen die Schrift. Lassen Sie mich noch ein wenig weiterlaufen? Auf harmloserem Gebiet, ja?«

»Ick kann Ihn' doch nischt vabietn, Frollein...«

»Na, dann nehmen wir mal die Schöpfungsgeschichte. Adam lebte neunhundertdreißig Jahre...«

»Nein!« ruft Bruno entsetzt.

»Können Sie nachlesen. So steht es da. Die Menschen wurden damals alle so alt. Mit fünfhundert Jahren hatten sie ihre beste Zeit. Warfen Baby um Baby. Bis zur Sintflut. Sie wissen ja: Strafe für die große Sittenverderbnis. Da war Gott böse und sagte – ich kann es auswendig: ›Mein Geist soll nicht für die Dauer im Menschen bleiben, dieweilen auch er Fleisch ist. Seine Tage sollen nur noch einhundertzwanzig Jahre sein.‹ Immer noch ganz schön, nicht? Weil Noah braver war als die anderen, ließ Gott ihn die Sintflut überleben. Mit seiner braven Frau und vielen braven Tieren, in der Arche, Sie erinnern sich. Nach der Sintflut lebte Noah noch dreihundertfünfzig Jahre. Er starb mit neunhundertfünfzig. So steht es in der Schrift. War das *auch* eine Belohnung? Muß Gott sich doch was gedacht haben dabei.«

»Frollein, Sie versündijen sich«, spricht Bruno. »Det is 'ne jroße Relijon. So viel Jutet hatse geleistet...«

»Ja, wenn man denkt, mit was für feinen Mitteln sie sich durchgesetzt hat! Und wieviel Kriege sie verhindert hat! Steht doch in den Zehn Geboten: ›Du sollst nicht töten!‹ In den Geboten Gottes an Noah steht allerdings was anderes: ›Wer Menschenblut vergießt,

des Blut soll durch Menschen wiederum vergossen werden!‹ Erinnert mich lebhaft an die gerechten Verteidigungs- und die ungerechten Aggressionskriege ... ja, ja, Diana, ich bin schon still.«
Bruno seufzt tief.
Das also ist die Generation, die in ein paar Jahren ans Ruder kommen wird, um Ordnung in diese verrottete Welt zu bringen.
Erregt sagt Bruno: »Wenn man euch so zuhört, dann hat man den Eindruck, ihr denkt: Die vor uns haben den Karren in den Dreck gefahren. Die nach uns müssen in die Hände spucken, und ihn wieder rausziehen.«
»Das ungefähr denken wir auch«, sagt Ronny. »Ungefähr. Nicht ganz. Unseretwegen können die nach uns die Karre auch weiter steckenlassen.«
»Was haben denn *Sie* gegen Ihren Vater?« erkundigt Bruno sich ironisch.
»Gegen welchen, Herr Knolle? Es gibt nämlich vier. Bis jetzt. Meinen Urheber. Der ist abgehauen und hat Mammy sitzenlassen, als ich noch in den Kindergarten ging. Wo er ist, wissen wir nicht. Mammy sieht verdammt gut aus. Heute noch. Früher muß sie eine Schönheit gewesen sein. Jedenfalls hat sie noch dreimal geheiratet. Einer von den Kerlen war widerlicher als der andere. Na, zum Glück ist sie jetzt auch vom vierten geschieden. Und zum Glück hatte der am meisten Geld. Muß ordentlich blechen. Wollte eine Miss Germany heiraten. Mammy machte einen feinen Rebbach bei der Scheidung. Leider ist sie doof wie 'n Ei.«
Gelächter.
Bruno sagt beklommen: »Ja, aber so kann doch kein Mensch leben. Braucht ihr denn gar keinen Trost? Gar keinen Menschen, mit dem ihr reden könnt, der euch versteht, den ihr versteht, vor dem ihr Achtung habt?«
»Natürlich braucht jeder von uns so einen Menschen«, sagt Ronny. »Ich, zum Beispiel, habe Vicky. Jet hat Diana. Obwohl es da nicht so nötig wäre.«
»Nicht so nötig?«
»Daß sie einen Menschen hat, einen richtigen Menschen – nicht nur was fürs Bett.« Bruno blinzelt. »Ihre Eltern sind nämlich okay. Aber sonst ... Die meisten Alten können den Jungen keinen Trost mehr geben. Da nehmen die Jungen sich eben Junge.«
»Und die Alten reden dann von frühreif und lasterhaft und verkommen«, sagt Vicky. »Eine Ahnung haben die! Klar denken wir auch ans Bett. Oft, kann ich Ihnen flüstern! Sex wird nicht kleingeschrieben bei uns.«

»Wie sollte das auch anders sein?« fragt Ronny. »Wissen wir, wann uns die erste H-Bombe aufs Haupt fällt? Morgen? Übermorgen? Heute noch? Wissen wir, wie lange wir noch zu leben haben? Sie, Sie leben schon eine ganze Weile. Wir noch nicht sehr lange. Wir haben auf dem Gebiet Sex sozusagen Zeitrafferbedarf.« Er legt einen Arm um Vicky.
Diana sagt: »Und nicht nur auf diesem Gebiet. In der kleinen Weile, die ihr uns noch laßt, wollen wir jemanden, der uns zuhört und uns versteht...«
»Das tun Ihre Eltern doch, Fräulein Diana!«
»Ich spreche jetzt allgemein. Ich bin eine Ausnahme. Die anderen sind weniger gut daran. Und die brauchen eben einen Gleichaltrigen, denn nur ein Gleichaltriger oder eine Gleichaltrige kann sie noch verstehen, ist noch vertrauenswürdig, lügt nicht, drischt keine Phrasen.« Pause. »In der kleinen Weile, die bleibt«, fügt Diana hinzu.

13

Die Diskussion wird immer erregter, keiner merkt, wie die Zeit vergeht. Vier junge Leute schütten Bruno ihre Herzen aus, ihre schweren Herzen. Es klingt hart und zynisch, was sie sagen. Ach, es klingt nur so...
Eine Stunde verstreicht.
Noch eine.
Nun ist es schon halb drei.
Da kommt Inge ins Zimmer. Sie sieht verstört aus.
»Telefon für Sie, Fräulein Diana. Ihr Vater...«
Diana springt auf.
»Was haben Sie denn, Inge? Sie sind ja ganz blaß!«
»Blaß? Ich? Ach, nein...« Das Mädchen eilt fort.
»Entschuldigt«, sagt Diana. »Meine Eltern werden irgendwo versackt sein, nehme ich an. Täte mir leid für Sie, Herr Knolle. Aber ab und zu verschwinden meine Eltern einfach. Sie wissen ja... gluckgluckgluck!«
Neuerliches Gelächter.
Diana geht.
Die anderen reden sofort weiter. Sie diskutieren jetzt über die Lächerlichkeit der Entrüstung, wie sie von den Eltern an den Tag gelegt wird, bloß weil ihre Kinder sich über sexuelle und moralische Konventionen hinwegsetzen.

»Was heißt hinwegsetzen?« ruft Jet. »Diese Konventionen sind doch aus dem Jahr 1864! Wir haben uns unsere eigenen Konventionen geschaffen. Schaffen müssen! Mit den alten ist nichts mehr anzufangen!«
Bruno schnüffelt, nickt und hört nur halb zu. Er hat ein schlechtes Gefühl. Warum ruft Lutter an? Warum kommt er nicht nach Hause? Verdammt, an diesem Tag passiert zuviel!
Diana kehrt ins Zimmer zurück. Sie ist so fröhlich, gleichmütig und ruhig wie zuvor. »Herr Knolle, würden Sie bitte an den Apparat gehen? Sie kennen sich ja aus im Haus und wissen, wo er steht. Mein Vater möchte auch Sie sprechen.«
»Wo ist er denn?«
»Soeben in Zürich gelandet«, antwortet Diana Lutter.

14

Neun Tage benötigte der Bundesverfassungsschutz nach diesem denkwürdigen Sonntag, um aufzuklären, wie es Renate und Franz Lutter gelungen war, derartig schnell und ohne jeden Anstand in die Schweiz zu kommen.
Das Ehepaar hatte einfach seit langer Zeit mit der Notwendigkeit einer plötzlichen Abreise gerechnet und sich entsprechend darauf vorbereitet. So fanden Kriminalbeamte heraus, daß Renate Lutter ein Kofferschließfach in der Halle des S-Bahnhofs Zoo belegt, regelmäßig bezahlt und den Inhalt des Fachs – zwei große Reisetaschen – ständig erneuert und durch Austausch lagernder Wäsche gegen frische appetitlich gehalten hatte.
Ferner hatte Renate Lutter den von den Eltern ererbten Hausbesitz in Berlin durch Strohmänner entweder hoch mit Hyotheken belastet oder die Gebäude überhaupt schon verkauft. Geld aus diesen Transaktionen lag auf einem Bankkonto im Tessin – eine große Summe, die es einem Anwalt in Lugano bereits 1962 ohne Schwierigkeiten ermöglicht hatte, für die Lutters nicht nur die Zuzugsgenehmigung, sondern eine mehrjährige Aufenthaltserlaubnis bei den Kantonalbehörden durchzusetzen.
Die entsprechenden amtlichen Schweizer Vermerke wurden in perfekt gefälschte Pässe auf die Namen Renate und Franz Lutter gestempelt. Renate verwahrte diese Dokumente in einem sicheren Versteck im Keller der Villa, ebenso zwei weitere gefälschte Pässe auf die Namen Ursula und Josef Heimer. So konnte sie dem Beamten des Verfassungsschutzes ruhig ihren und ihres Mannes echten

Paß aushändigen, als das an jenem Sonntag von ihr verlangt wurde. Sie besaß die gleichen Pässe ja noch einmal – mit den Schweizer Stempeln – und dazu die Pässe auf den Namen Heimer.
Hier mußten die Kriminalbeamten übrigens ihren einzigen Mißerfolg einstecken: Niemals vermochten sie den oder die Fälscher zu fassen. Es hatten sich in Berlin eben außerordentlich viele Fälscher auf die Nachahmung amtlicher Dokumente spezialisiert.
Ja, systematisch hatte Renate Lutter den Großteil ihres Vermögens in die Schweiz transferiert. Auch die Villa in der Bolivar-Allee war hypothekenbelastet.
Daß das Ehepaar unter solchen Umständen und in sicherer Erwartung, bald flüchten zu müssen, nicht schon viel früher emigriert war, lag an Franz Lutter. Mit der Beharrlichkeit des Gewohnheitstrinkers hatte er sich bis zuletzt geweigert, seine Stelle als Sprecher aufzugeben, in der (bereits halb bewußten, aber doch immer noch beruhigenden) Selbsttäuschung, er habe hier, vor dem Mikrophon, die Möglichkeit, etwas gegen die Schlächter der ›guten‹ kommunistischen Idee in der DDR zu tun. In dem Maße, in dem diese Überzeugung dünner und weniger beruhigend wurde, war sein Alkoholkonsum gestiegen ...
An jenem 16. August 1964, an dem Heinz Schuckert vom Amt für Verfassungsschutz Renates Mann verhörte und ihm seine Originalkennkarte abnahm, hatte der Sprecher aus dem Gebäude des Senders Freies Berlin seine Frau angerufen und um Wäsche, einen Rasierapparat und einen anderen Anzug gebeten. Das war das verabredete Zeichen. Renate fuhr zum Sender, Franz zog sich um. Sie holten die beiden Reisetaschen aus dem Gepäckschließfach am Bahnhof Zoo und fuhren mit einem Taxi sofort zum Flughafen Tegel. Von dort flogen sie – als Herr und Frau Heimer – zunächst nach München und anschließend nach Zürich. Die neuen Cavarelle-Maschinen schafften beide Strecken in kurzer Zeit ...

15

»Hier is Bruno!«
»Hallo, Bruno!« Die Stimme Franz Lutters klingt vergnügt und etwas lallend. Bruno starrt das Bild an, das an der Wand hängt, vor der er, am Telefon, steht. Es ist ein Chagall. »Sei mir nicht böse, daß ich mich nicht von dir verabschiedet habe, mein Alter. Diana sagt eben, du bist gekommen, um deine Sachen abzuholen. Du ziehst ... ziehst also aus?«

»Franz«, sagt Bruno erschüttert, »du bist ja besoffen.«
»Na, besoffen nicht. Angetütert schon. Herrliches Wetter hier draußen in Kloten. Wir sitzen auf einer Terrasse und trinken ein Schlückchen. Was für ein Jammer, daß du nicht bei uns bist.« Richtig verschmiert klingt Lutters Stimme.
Bruno blickt gramvoll das Bild an, das da vor ihm hängt. So ein kleines Dorf mit Häusern, die aussehen, als seien sie seekrank. Ein Hahn mit Regenschirm. Eine Kirche mit Zwiebelturm, auf ihm eine Kuh. Und in den Wolken liegen, größer als das ganze Dorf, ein Mann und eine Frau und haben sich lieb. Verrückt. Aber schön. Die Farben! Und überhaupt! Bruno gefällt das Bild. Obwohl es ihn traurig macht. Noch trauriger, als er wurde, nachdem die Stimme seines Freundes erklang.
»Ach, Franz«, sagt er bedrückt, »warum biste denn bloß so plötzlich wegjemacht?«
Darauf antwortet sein Freund mit zynischem Pathos: »Weil ich ein ganz gefährlicher Staatsfeind bin. Hättest du nicht gedacht, alter Bursche, wie?«
»Du bist kein jefährlicha Staatsfeind, du bist besoffen. Franz! Franz! Mit det Zeuch landest du noch uff'n Kürchhoff.«
»Nun, wenn ich das Zeug meide, lande ich auch dort. Korrekt? Logisch? Renate steht neben mir. Sie meint, das sei völlig logisch und korrekt.«
»Ihr ruiniert euch! Ihr jeht kaputt! Alle beede!«
»Aaah, das sag nicht, mein Alter! In Deutschland, ja, da hätte ich dir recht gegeben. Da wären wir kaputtgegangen, bald schon. Da gehen alle kaputt, die so sind wie wir, wenn sie nicht rechtzeitig verschwinden. Hier in der Schweiz haben sie noch eine Chance. Du bist auch so einer wie wir, Bruno. Komm her. Schnell. Ganz schnell. Bevor es zu spät ist. Bevor sie dich kaputtgemacht haben.«
»Der Schnaps«, sagt Bruno erschüttert. »Der vafluchte Schnaps! Kannste denn nich aufhörn zu saufen, Franz?«
»Ich könnte es versuchen. Ich habe heute vormittag mit einem sehr intelligenten Herrn gesprochen ... Heinz Schuckert heißt er, grüße ihn herzlich von mir ...«
»Den kenne ick doch janich.«
»Du wirst ihn kennenlernen, verlaß dich darauf. Und dann grüße ihn schön, ja? Herr Schuckert sagte, ich könnte versuchen, mit dem Saufen aufzuhören, aber es würde keinen Sinn haben. Er hat als Fachmann gesprochen, weißt du. Aber das ist ja alles Unsinn. Warte nicht, bis du ihn kennenlernst. Komm sofort. Diana gibt dir Geld.«

»Wozu?«
»Du wirst es brauchen. Ich verständige ein paar Herren. Du hast doch keine Papiere!«
»Nee.«
»Na, die Herren verschaffen dir welche. Erstklassige.«
Ein Hahn mit einem Regenschirm ... so etwas Sonderbares ...
»Franz, ick bin janz vazweifelt. Ick hab ja nich jewußt, daß et schon so schlimm is mit dir.«
»Schlimm? War nie besser mit mir!«
»Aba du hast doch bloß noch Schnaps in't Jehirn! Und deine Frau ooch ... entschuldje man. Det war doch reina Irrsinn, hier einfach abzuhaun.«
Franz lacht. »Irrsinn? Das war das Klügste und Vernünftigste, was ich je in meinem Leben getan habe!«
Und dieses Liebespaar in den dunklen Wolken ... meschugge, aber schön ...
Bruno sagt erstickt: »Irrsinn war es.« Die Situation gebietet Hochdeutsch.
Franz lacht wieder.
»Lach nicht. Du bist mein Freund! Mir ist übrigens egal, was du vielleicht wirklich getan hast ...«
»Getan? Ich habe gar nichts getan. Oder doch, ja. Wirst es morgen in allen Zeitungen lesen. Kannst auch Herrn Schuckert beim Verfassungsschutz anrufen und dich erkundigen. Sag ihm, es täte mir leid, daß ich ihn so enttäuschen muß. Er wird es verstehen.«
»Verfassungsschutz? Da wird doch dein Anschluß überwacht!«
»Sicher. Ist aber ganz gleich. Ich bin in Zürich, Bruno, in der Schweiz! Die Schweiz liefert wegen politischer Delikte nicht aus.«
»Du hast was Politisches ...«
»Der Verfassungsschutz ist der Ansicht. Ich bin es nicht. Ich bin es einfach satt.«
»Was?« (Mein Gott, ist der arme Kerl blau.)
»Alles, mein Alter, alles in unserm schönen Vaterland. Schon lange, oh, schon so lange. Trotzdem dachte ich noch immer ...«
»Was?«
»Nichts. Aber als du kamst, da mußte ich verschwinden. Komisch, nicht?«
»Und die Villa? Und deine Tochter?«
»Mit der habe ich eben alles besprochen. Sie löst den Haushalt auf und kommt in ein paar Tagen nach. Im freien Westen gibt es keine Sippenhaft, wie Herr Schuckert mir heute erklärt hat.« Lutter lacht wieder, dann wird seine Stimme ernst: »Als dein alter Freund, Bru-

no: Bitte, verschwinde auch. Geh weg aus Deutschland. Mit dem Land ist es zu Ende.«
»Ich weiß nicht, ob du wirklich was mit dem Verfassungsschutz zu tun hast, ob es wirklich einen Schuckert gibt ... Vielleicht ... vielleicht nicht ...« (Und die Kuh auf der Kirchturmspitze hat einen grünen Schwanz!) »Ganz ehrlich: Ich glaube, du bringst schon alles durcheinander ... vielleicht hast du Verfolgungswahn ... vom Suff ...«
»Verfolgungswahn vielleicht. Aber nicht vom Suff.«
»Daß ich in diese Entführungsgeschichte verwickelt bin, daß sich jetzt alle Behörden um mich kümmern, das hat dich völlig durcheinandergebracht!«
»Na schön, glaub, was du willst, aber komm! Komm! Wir haben eine Villa am Lago Maggiore, im Tessin. Schreib dir die Adresse auf, ja?«
»Ja.«
»Hast du Papier und etwas zum Schreiben?«
»Ja.« Bruno hat kein Papier, nichts zum Schreiben. Er sieht den Chagall an und denkt: Armer Franz. Na, wenigstens ist er mit seiner Renate zusammen. So wie dieses Liebespaar in den Wolken da auf dem Bild.
»Die Adresse ist Porto Ronco bei Ascona. Hast du?«
»Ja«, sagt Bruno, der sich nicht bewegt.
»Und die Villa heißt Casa Beatrice.«
Als er das letzte Wort hört, muß Bruno heftig schlucken.
Schon wieder diese Beatrix! Da kann der Mensch auch ganz ohne Schnaps in die Klapsmühle kommen!
»Soll ich Beatrice buchstabieren?«
»*Neien!!!*« schreit Bruno.
Lutter, in seinem Zustand, fällt das nicht auf.
»Da fahren wir jetzt hin. Und tun nichts mehr, überhaupt nichts mehr, Bruno. Nur warten ... auf Diana und auf dich.«
»Und Whisky trinken.«
»Das natürlich auch«, sagt Franz Lutter. »Ach, du weißt ja nicht, wie schön es da unten ist ... Moment, meine Frau will dir was sagen ...«
Dann vernimmt Bruno Renate Lutters vornehme Stimme mit dem Hamburger Akzent: »Es ist wirklich wunderbar dort, Bruno! Ronco, ein Dorf, das wie ein Vogelnest hoch in den Bergen über dem Lago Maggiore hängt! Rosen gibt es da und wilden Jasmin ... und Inseln im See ... Auf einer soll ein Venustempel gestanden haben zur Zeit der Römer ...«

»Renate...« Bruno schluckt.
»Ja?«
»Ihr Mann und ich, wir haben den Mistkrieg überlebt! In einer Strafkompanie! Ich weiß, er hatte kein leichtes Leben. Ich auch nicht. Aber ich, weil ich ein Ganove bin. Franz ist ein Ehrenmann, der für eine ehrliche Sache gekämpft hat...«
»Woher wissen Sie das?«
»Sonst hätten die Nazis ihn doch nicht verfolgt.«
»Ach, die Nazis...« Renates Stimme klingt verweht. »Das ist schon so lange her, Bruno. Warten Sie noch ein Weilchen, und es wird sich herausstellen, daß die *Nazis* für eine ehrliche Sache gekämpft haben, daß Hitler ein Heiliger war, der Mann, der sein Leben geopfert hat für die Freiheit des Abendlands, für die Vernichtung dieser Pest, des Kommunismus...«
»Ich verstehe nichts von Politik. Aber... aber... aber daß ihr jetzt weg seid... das ist schrecklich. Ganz schrecklich...«
»Na, Sie kommen doch zu uns!«
Die sind beide betrunken, denkt Bruno. Und mit Betrunkenen kann man nicht vernünftig reden. Konnte man mit ihm schon einmal vernünftig reden, wenn er betrunken war? Na eben, recht geben. Ja sagen. Traurig das alles, sehr, sehr traurig...
»Schön, Renate, ich komme!«
Er hört sie einen Freudenschrei ausstoßen.
»Bruno kommt, Franz! Er kommt zu uns! Ach, wie wir uns freuen, Bruno. Machen Sie schnell, so schnell wie möglich, ja?«
»Ja, Renate«, antwortet Bruno, und ihm ist so elend, so elend.
»Moment, Franz will noch etwas sagen.«
Die Stimme seines Kriegskameraden: »Gott sei Dank, Renate hat es geschafft! Ich hätte sie gleich reden lassen sollen. Sprich also jetzt mit Diana. Sie hat Freunde da, sagt sie. Die dürfen natürlich nicht wissen, daß ihr kommt.«
»Ja, Franz.«
»Ach, Mensch, was werden wir für eine feine Zeit haben hier! Du und ich, wir haben genug gekämpft. Und es war doch alles umsonst. Es war doch alles vergeblich.«
»Vergeblich?«
»Ich habe mir etwas gewünscht, als ich zu kämpfen anfing, und ich habe es nie bekommen. Du wünschst dir auch etwas, nicht wahr?«
»Ja...«
»Nun, du wirst es auch nicht bekommen. Du und ich, wir haben nicht mehr die Kraft dazu. Glaubst du mir das?«
Betrunken ist er, der Franz...

»Ich glaube es«, sagt Bruno.
»Alter Bursche! Wir gehen jetzt zu dem Jasmin und den Rosen und werden glücklich sein, endlich einmal glücklich ... in der Zeit, die uns noch bleibt. Bruno ... Bruno! Bist du noch da?«
»Ja, Franz.«
»Und du kommst? Versprichst du es mir?«
Betrunken ...
»Ja, Franz.«
»Mach's gut, alter Bursche.«
»Du auch«, sagt Bruno, »und grüß Renate.« Dann legt er den Hörer in die Gabel und sieht noch einmal den Chagall an. Aus der Ferne hört er die Stimmen Dianas und ihrer Freunde. Flüchten, denkt Bruno. Manche sind, die flüchten aus dem Osten. Manche sind, die flüchten aus dem Westen. Angst. Suff. Suff. Angst. Was für eine Zeit, was für eine Welt. Leb wohl, Franz, leb wohl, Renate. Versauft noch eine letzte schöne Frist da unten am See bei den Rosen, bei dem Jasmin. Redet euch ein, ihr seid im Paradies. Vielleicht gelingt es euch. Ich wünsche es von Herzen. Geld habt ihr genug, das ist die Hauptsache.
Ich, ich habe kein Geld. Aber dafür habe ich noch Kraft, obwohl du sagst, wir hätten beide keine mehr, Franz. Offenbar behält man länger Kraft, wenn man arm ist ...
Leise tritt Bruno in die Diele.
Da steht ein Koffer. Er öffnet ihn und sieht, daß seine ganze Habe darin verpackt ist. Geräuschlos schließt er den Koffer wieder, geräuschlos verläßt er die Villa. Er will hier niemanden mehr sprechen, niemanden!

16

Wunderbare Schnitzel mit Kartoffelsalat hat die Nelly vorbereitet, nachdem Bruno sie verlassen hatte. Man ersieht hieraus sonnenklar, daß Campbells Ratschläge ausgezeichnet gewesen waren. Nellys Argwohn, ihre Befürchtungen und Rachepläne, Mitzi Szapek betreffend, sind geschwunden. Fürs erste einmal wenigstens.
Dann ist der Salat fertig, die Schnitzel sind es auch. Nur noch panieren und braten muß man sie. Aber dann muß man sie auch gleich essen! Und Bruno ist noch nicht da. Also wartet Nelly, trinkt ein Fläschchen Bier und liest die Sonntagszeitungen, die Bruno mitgebracht hat, als er alkoholische Getränke für den mißglückten Besuch von Knarje und Wanda holte.

In diesen Sonntagszeitungen studiert Nelly immer mit brennender Neugier den Gesellschaftsklatsch (Wie die Soraya sich bei den Dreharbeiten zu ihrem ersten Film aufführt...!) und die Berichte über Mode. Was im Westen gesucht und geboten wird, interessiert die Nelly nach all den Jahren auch noch immer. Eine Zeitlang las sie sogar Ehevermittlungs- und Heiratsannoncen, aber als sie über die genug gelacht hatte und alle verschlüsselten Schweinereien auswendig kannte (›Höchst geselliges junges Ehepaar [42/39] sucht Bekanntschaft mit weltoffenem, unkonventionellem, etwa gleichaltrigem Paar zwecks amüsanter Freizeitgestaltung‹), wandte sie sich den Stellenangeboten zu.
Und da findet sie in der ›Welt am Sonntag‹ heute etwas Hübsches:

FÜR ALLEINMÄDCHEN
einmalig günstige Gelegenheit!
Welches ehrliche, solide Alleinmädchen möchte zu mir (Junggeselle, 45, Industrieller) in modernsten Villenhaus-Neubau, München-Herzogpark, in Dauerstellung kommen? Ich biete bis DM 500,- Gehalt, schönes, großes, sonniges Zimmer mit eigenem Bad und WC, Fernsehapparat und dgl. Vorhanden sind sämtliche modernen Küchen- und Haushaltsmaschinen sowie Reinemachefrau für grobe Arbeiten und Fensterputzer. Vorzustellen nach tel. Vereinbarung unter Chiffre 435641.

Der Rubel rollt im goldenen Westen, denkt Nelly, ich bin zu böse mit Bruno gewesen, alles hat wirklich sein Gutes, wenn wir nun nach München übersiedeln und dort die Kneipe aufmachen, dann kassieren wir todsicher mehr als in Berlin! Die müssen ja ganz besoffen sein von dem vielen Geld in der Bundesrepublik. Und das mit den ›Saupreißen‹ hat sich in Bayern auch schon lange gegeben. (Hier irrt Nelly ein wenig.)
Mein Gott, wo der Bruno nur bleibt? Na ja, seine Freunde werden ihn aufhalten. Nicht schon wieder böse werden. Ist doch der Beste von allen, mein Böckchen.
Nelly legt die Zeitungen fort und zieht sich das Aufregendste an, was sie besitzt. (Geschenk des dürren Herrn René Öxle aus Duisburg, des Gentlemans mit den kleinen Wünschelein.) Das Aufregendste, was Nelly besitzt, ist ein Kleid aus knallgrünem Seidenjersey. Das klebt am Körper wie eine zweite Haut. Nelly zieht nichts darunter an. Das Kleid hat überall Schlitze und Ausschnitte. Dort, wo sie hingehören. Nelly schminkt sich, wie Herr Öxle es gern hatte und wie es wahrscheinlich jeder Mann gern hat: So nuttig wie möglich. (Alle haben es gerne, viele sind nur zu feige, es zuzuge-

ben.) Danach besprüht die Nelly sich mit einem Parfüm, das heißt ›Ekstase‹. Riecht auch so.
Endlich sitzt sie absolut beschäftigungslos herum.
Es ist schon drei. Und keine Spur von Bruno.
Wenn ihm etwas ...
Schrecklich. Nicht daran denken. Nein, nein, nein, der kommt jetzt gleich!
Nelly bindet eine Schürze um, geht in die Küche und paniert und brät die Schnitzel, als könne sie damit Bruno herbeibeschwören.
Sie kann es nicht.
Halb vier.
Die Schnitzel sind kalt.
Nelly liegt wieder auf dem Prachtbett und denkt, daß sie lieb, sehr lieb zu Bruno sein wird, wenn er zurückkommt. Er ist doch alles, was sie hat.
Vier Uhr.
Es klingelt.
Nelly rast zur Tür.
Bruno ist gekommen, einen Koffer bringt er mit. Sehr erhitzt und sehr betrübt sieht er aus.
»Bruno!«
»Ach, Nelliken ... et is furchtbar ... die Luttas ... er war doch so 'n olla Kamerad von mir ...«
»Na ja, und? Und?«
»Und jetz ... jetz ...« Bruno schnieft tragisch.
»Jetzt komm erst einmal rein und setz dich hin und erzähle mir alles in Ruhe!«
Das tut Bruno alsdann. Teilnahmsvoll (was ihr diese Lutters egal sind!) hört Nelly ihm zu.
»... und allet bloß der Suff, Nelliken, bloß der Suff ... is det nich furchtbar?«
»Furchtbar. Bedauernswerte Menschen.« Nelly sucht und findet Worte des Mitgefühls. Für die Lutters. Für ihr Schicksal. Für Brunos Trauer. Sie versteht ihn, ach, sie versteht ihn ja so gut!
»Nelly, wenn ick dir nich hätte!«
»Du hast mich ja.«
»Ja! Ja! Und für immer! Nie mehr laß ick dir wech!«
(Na also. Wie man Männer behandeln muß, das weiß ich. Wenigstens das habe ich gelernt. Schwer bezahlt dafür. Aber nun weiß ich es.)
»Sieh mal, Bruno, die beiden sind in der Schweiz ... Sie haben Geld ... Sie haben keine Sorgen ... Trinken werden sie natürlich

weiter ... Aber wenn es sie glücklich macht? Hier in Berlin haben die Lutters sich doch nur herumgequält, nicht? Hast du gesagt. Na also. Nun brauchen sie sich nicht mehr zu quälen. Und du, du darfst das auch nicht tun. Im Gegenteil! Wenn deine Freunde froh sind, mußt du es doch auch sein!«
»Einmalich«, sagt Bruno. »So wat wie du ... det jibts nich 'n zweetet Mal. Weeßte, dette ma tatsächlich übazeucht hast? Und jetröstet?«
»Das wollte ich doch. Ich liebe dich doch.«
Der letzte Satz läßt den Bruno wieder einmal alles vergessen, die Lutters, die Mitzi Szapek, seine Befürchtungen, seine Sorgen – alles. Ein großes Kind ist er, der Bruno. Ein paar gute Worte, ein paar richtige Worte – und man kann mit ihm machen, was man will.
Jetzt sieht er Nelly an, als hätte er sie bisher nie gesehen. Die Augen treten ihm dabei leicht aus den Höhlen.
»Mensch, Nelliken, du bist vielleicht 'ne Wucht!«
»Gefalle ich dir?«
»Jefalln? Ick hab schon 'n Steifn, wenn ick bloß det Parföng rieche!« Er packt sie.
»Nicht doch, Bruno. Zuerst essen, dann baden, und dann haben wir alle Zeit von der Welt. Heute ist Sonntag ...«
»Nich lange jenuch«, antwortet er atemlos, während er sie ins Schlafzimmer trägt. Sie strampelt und tut, als ob sie sich wehrt: aber sie tut nur so.
Bruno. Bruno. Ihr gehört er. Nur ihr. Und er will keine andere. Er liebt nur sie. Das sagt er in der nächsten Stunde immer wieder. Beweisen tut er es auch. Das knallgrüne Kleid geht übrigens in Fetzen. Na, und wenn schon!
Nelly hat einen teuren Plattenspieler eingeschaltet. (Präsent von Herrn Öxle.) Auf dem Teller kreist eine Platte, die Bruno ihr gekauft hat, gleich nachdem sie sich wiedergefunden haben.
›Die Großen Erfolge‹ heißt sie. Gemeint sind die großen Erfolge der Hildegard Knef. Ihre Hits. Zu den Hits gehört auch Brunos Lieblingslied. Die Platte kreist, die Knef singt-spricht.
»Wenn die Sonne hinter den Dächern versinkt ...«
Diesen Hit spielen Nelly und Bruno sich immer wieder vor. Dazu. Sie verweilen ziemlich lange auf dem Baldachinbett.
Dann ist es fünf.
Da essen sie zu Mittag.
Kalte Schnitzel mit Kartoffelsalat. Bier und Alten Klaren.
»Süße, kochen kannste jenauso jut wie det andere!« lobt Bruno.
Sie haben beide einen sitzen, denn sie trinken, seit Bruno heimge-

kehrt ist. Auch im Badezimmer, wohin der menschliche Seehund dann um sechs Uhr befördert wird, trinken sie. Eben nimmt er wieder einen Schnaps zur Brust und mahnt dabei: »Wir dürfen uns nie so jehnlassen wie die Luttas, Nelly. Der Alkohol ist der tückischste Feind des Menschen.«

»Ja, mein Böckchen«, sagt sie und kippt auch einen.

»Nie dürfen wir abhängig werden von det Zeuch!«

»Nie, Bruno. Das ist eine Frage der Konstitution. Wir zwei können gar nicht abhängig werden vom Alkohol.«

»Nein, nich?«

»Nein. Sonst wären wir es doch schon längst!«

»Ja, det is richtich. Wat biste kluch, Süße. Denn könnwa ja vielleicht noch 'n bißken feian?«

»Können wir. Können wir ruhig.« Nelly gießt die Gläser wieder voll. Dann seift sie Brunos Rücken ab. Dabei hat der einen letzten trüben Moment. Er starrt in das Badewasser. »Und morgen wern alle lesen üba Knarje und mir ...«

»Na, das wissen wir aber doch schon!«

»Ja, bloß, stell dir vor, der arme Franz in sein Schumm, der hat doch jesacht, üba ihn wern wa ooch noch wat lesen ... Weil a 'n jefährlicha Staatsfeind is ... so 'n Quatsch mußte ick ma anhörn ... Suff ... der Suff ...«

»Eben schon charakterlich weitgehend abgebaut«, meint Nelly. »Natürlich werden wir nichts über ihn lesen.« (Oder doch? Nelly ist sich da nicht ganz sicher. Ganz sicher ist sie sich nur bezüglich der Behandlung, die sie Bruno im Moment angedeihen lassen muß.) »Jetzt höre aber bitte endlich auf damit, ja? Noch ist heute. In einer Zeit wie unserer Zeit, da kann man nur im Heute leben. Tauch unter, die Seife muß weg. So, jetzt steh auf, ich trockne dich ab.«

Er erhebt sich.

Sie schrubbert mit einem Frottierhandtuch.

Er lacht.

»Nich doch ... nich ... Nelliken ... Nelliken, mach det nich!«

»Und ob ich das mache. Ich werde gleich noch ganz andere Sachen machen! Los, raus aus der Wanne! Und ins Bett! Jetzt wird der kleine Junge verführt ...«

17

Den Privatbankier Otto Fanzelau hat der Kriminalrat Prangel noch nachts ins West-Sanatorium an der Joachimsthaler Straße bringen

lassen. Zu seinem Schutz und zur Beobachtung. Der alte Herr kann sich ja etwas weggeholt haben bei diesem Abenteuer.
Für Fanzelaus Schutz sorgen vier Kriminalbeamte. Die halten Wache auf dem Gang vor dem Zimmer, in dem Fanzelau liegt. Sie wechseln sich in einem Sechs-Stunden-Turnus ab.
Zu Fanzelaus Beobachtung hat Prangel den Psychiater Dr. Philipp Landon herbeigebeten. Dieser verständigte den bekannten Internisten, der den alten Herrn seinerzeit so gründlich untersucht hatte. Professor Merath heißt dieser Internist.
Die beiden Ärzte beschäftigten sich stundenlang mit Fanzelau. Er ist längst wieder bei Sinnen, bester Dinge. Er hat mächtigen Appetit, reißt Witze und bittet um ein Radio, damit er hören kann, was der Funk berichtet. Landon ist noch bei ihm.
Einer der Kriminalbeamten kommt ins Zimmer, nachdem er geklopft und Fanzelau ›Herein‹ gerufen hat.
»Verzeihen Sie die Störung. Ein Herr wartet draußen, der Herrn Fanzelau besuchen möchte. Ich habe im Präsidium angefragt und um Weisung gebeten. Grundsätzlich darf doch niemand zu Herrn Fanzelau, nicht wahr. Das Präsidium hat nichts gegen den Besuch dieses Herrn. Er kommt aus Frankfurt...«
Landon bemerkt mit Unbehagen, daß Fanzelau aufgeregt wird.
»...und wir haben beim Frankfurter Präsidium bereits Erkundigungen über ihn eingezogen. Absolut einwandfreier Mann, Herr Doktor. Alter Freund von Herrn Fanzelau. Wenn *Sie* natürlich einen Besuch verbieten...«
»Ist es Herr Martini?« erkundigt sich Fanzelau, nun sehr aufgeregt.
»Ja. Also, Herr Doktor?«
Dr. Philipp Landon denkt: Olaf Martini aus Frankfurt. Absolut einwandfrei, wie die Polizei mitteilt. Alter Freund Fanzelaus. Wieso alter Freund? Fanzelau hat mir während der Behandlung immer wieder erklärt, daß er nicht einen einzigen Freund habe, geschweige denn einen alten; daß er beziehungslos und kontaktunfähig sei; und nun auf einmal hat er einen alten Freund? Hier stimmt doch etwas nicht.
»Doktor! Lassen Sie Martini zu mir! Wenn er doch eigens und sofort nach Berlin gekommen ist...«
Stärker und stärker wird dieses seltsame Gefühl des Unbehagens bei Dr. Landon.
Fanzelau jetzt vorzuhalten, er habe doch behauptet, keinen einzigen wahren Freund zu besitzen, wäre völlig sinnlos, denkt Landon. Wenn ich herausbekommen will, was da vorgegangen ist und vorgeht, muß ich mitspielen.

»Bitten Sie Herrn Martini herein«, sagt er harmlos und beobachtet danach irritiert den erleichterten Gesichtsausdruck Fanzelaus, als ein mittelgroßer, schlanker Mann mit strahlenden hellgrünen Augen und kurzgeschnittenem, dabei gewelltem Haar von brünetter Farbe eintritt, die Arme ausgebreitet, schöne Zähne in einem breiten Lächeln entblößend.

»Mein lieber, guter, alter Otto ... !«

»Mein lieber, guter Olaf! Darf ich bekannt machen? Herr Olaf Martini, Herr Doktor Landon, mein Arzt.«

Der Psychiater und der Chemiker stehen einander gegenüber. Sie reichen sich die Hände. Beide lächeln.

»Mein Gott, endlich lerne ich Sie kennen, Herr Doktor! Gehört habe ich schon so viel von Ihnen!«

»Ja? Von wem?«

»Großer Gott, ich bitte Sie, Ihr Name ist ein Begriff bei uns im Westen!«

»Nanana ...«

»So wahr mir Gott helfe! Daß Sie der Arzt meines alten Freundes Fanzelau sind, wußte ich natürlich auch.« Ganz kurz sieht der Chemiker dabei den Bankier an. Der schließt ebenso kurz die Augen, wie zum Zeichen, daß er begriffen hat: Auf ihn ist Verlaß.

»Ich *war* Herrn Fanzelaus Arzt. Vor Jahren. Jetzt ist er längst wieder völlig gesund. Ich bin nur hergerufen worden, um zu sehen, ob die nächtliche Affäre irgendwelche Folgen bei Herrn Fanzelau hatte. Man hat mich gewählt, weil ich eben ein Bekannter von Herrn Fanzelau bin.«

»Ein Bekannter?« Fanzelau beißt sich auf die Lippen. Er ist verwirrt. Gerade das wollte Landon mit seinen Worten erreichen. »Sie sind viel mehr, das wissen Sie doch, Doktor! Sie sind ...«

Na, was? denkt Landon. Was wirst du jetzt sagen?

Fanzelau sagt gar nichts. Martini kommt ihm, händereibend, zuvor: »Ein großer Mensch sind Sie, Doktor. Wie vielen Kranken haben Sie schon geholfen! Auch meinem alten Freund ...«

»Der Patient ist es, der sich helfen muß, Herr Martini. Ich kann dem Patienten nur helfen, sich zu helfen. Herr Fanzelau hat sich geholfen. Darum ist er gesund geworden.«

»Sie haben mir den Weg gewiesen!« Fanzelau blickt Landon an. Sein Gesicht sieht jetzt ratlos, zerrissen aus. Ein Mann, der nicht weiter weiß. Ein Mann, der etwas sagen möchte – und nichts sagen darf. »*Das* war ausschlaggebend!« erklärt er ernst dem Chemiker. Der nickt und führt eine Hand streichelnd über sein interessant graumeliertes Haar.

»Sie kennen sich schon sehr lange?« Landon hat sich liebenswürdig an Martini gewendet.
»Eine kleine Ewigkeit! ... Deshalb kam ich ja auch sofort her, als ich im Radio hörte, was du erlebt und was du getan hast!« Martini sieht immer wieder Fanzelau an. Landon scheint für ihn kaum zu existieren. Aber Fanzelau scheint er hypnotisieren zu wollen mit seinen Blicken, in seinen Bann zu zwingen. Warum? Wozu? »Herr im Himmel, ich dachte wirklich, ich wüßte alles über dich. Und jetzt erfahre ich, daß du seit Jahren Tunnel finanzierst ... So etwas! ... Natürlich durfte das niemand wissen!«
Wie eine Warnung klingt dieser letzte Satz. Wie eine Drohung. Warnung wovor? Drohung wovor?
Landon provoziert: »Herr Fanzelau hat mir auch nie etwas davon erzählt, als ich ihn noch behandelt habe. Obwohl ich unter Schweigepflichte stehe. Kein einziges Wort hat er erzählt ...«
Aufmerksam betrachtet der Arzt die beiden Männer, während er spricht. Martini scheint aufzuatmen, Fanzelau verheddert sich immer mehr: »Ich habe damals doch gesagt, ich könne Ihnen nichts erzählen ... Erinnern Sie sich, Doktor?«
»Ich erinnere mich.«
»Nun wissen Sie, warum ich es nicht durfte! Zu viele andere Menschen wären unter Umständen gefährdet gewesen ...«
»Durch mich?«
»Nicht durch Sie, lieber Doktor!« Fanzelau verfällt, man kann es sehen. Martini blüht von Sekunde zu Sekunde mehr auf, das kann man auch sehen. »Aber wenn es der Teufel gewollt hätte, wäre irgend etwas über meine Tätigkeit bekannt geworden ...«
Es tut mir leid, denkt Landon, aber jetzt kann ich nicht mehr lockerlassen: »Was immer Sie mir erzählt hätten, Herr Fanzelau, bei mir hätte der teuflischste Teufel keine Chance gehabt. Nicht in meiner Praxis.«
»Und trotzdem ...«
»Und trotzdem haben Sie niemandem mehr getraut, keinem Menschen.«
»Das stimmt nicht! Ihnen habe ich immer getraut! Werde ich immer trauen.«
»Aber eben nicht alles erzählen.« Landon will Fanzelau nicht quälen. Landon hat ein Gefühl, daß sein ehemaliger Patient in Gefahr schwebt, in großer Gefahr. Dieses Gefühl allein läßt ihn so handeln, so reden.
Und es scheint richtig zu sein, dieses Gefühl.
Denn Martini sagt: »Mein Gott im Himmel, eine solche Sache wür-

de ich auch niemandem erzählt haben... nicht einmal dem Arzt meines Vertrauens. Ich verstehe meinen alten Freund Fanzelau. Gott behüte, es wäre ihm etwas zugestoßen!«

»Es ist ihm nichts zugestoßen«, sagt Landon. Und denkt: Olaf Martini sagt sehr häufig: ›Herr Gott‹, ›Gott im Himmel‹ und ›Mein lieber alter Freund‹.

Fanzelau fleht nun fast: »Das wissen Sie doch, Doktor, daß Ihre Patienten Ihnen immer in irgendeinem Punkt nicht die Wahrheit sagen! Nun, bei mir war eben *das* der Punkt! Also bin ich überhaupt nicht anders als all Ihre anderen Patienten.«

Dr. Philipp Landon fühlt unbestimmbare Furcht um Fanzelau in sich aufsteigen. Er sagt, absichtlich zögernd: »Vielleicht doch...«

»Was soll das heißen?«

»Das möchte ich nicht sagen. Ein Arzt spricht auch nicht über alles.«

»Sie wollen es nicht sagen?«

»Nein. Ich bitte Sie, wir sind ja nicht einmal allein!«

»Herr Martini ist...«

»...Ihr guter alter Freund, ja, das weiß ich nun schon. Meiner nicht. Wir haben uns eben kennengelernt.« Dr. Landon will den Bankier und diesen so selbstbewußten Martini in Rage bringen. Bei Martini gelingt das nicht, der nickt, zustimmend und ruhig. Bei Fanzelau gelingt es. Der wird nun böse: »Worauf wollen Sie eigentlich hinaus, Doktor? Haben Sie die Absicht, meinen Freund zu beleidigen?«

Was ist hier los? denkt Landon. Was ist hier los?

»Ihren Freund beleidigen? Eigenartige Vorstellung, Herr Fanzelau. Ich war Ihr Arzt, und nur als solcher spreche ich... darf ich sprechen.«

»Aber, aber«, sagt Martini, der die Szene zu genießen scheint, »was soll denn das? Wir alle wollen doch nur Herrn Fanzelaus Bestes! Nun lassen Sie uns darüber reden, wie Sie Ihren ehemaligen Patienten finden, Doktor.«

Plötzlich bemerkt Landon, daß Fanzelau ihn bittend ansieht. Immer unsympathischer wird dem Arzt dieser Martini.

»Wie ich ihn finde? Ausgezeichnet finde ich ihn«, antwortet Landon, während er denkt: Warum, Herr Olaf Martini, hat Otto Fanzelau Angst vor Ihnen?

»Mein Name«, sagt der Mann mit dem kurzgeschnittenen Haar, der hohen Stirn und dem breiten Kiefer, »ist Berthold Prangel.«
Er steht auf dem Gang, nahe Fanzelaus Zimmer, das Dr. Landon eben in Begleitung Olaf Martinis verlassen hat.
Der bleiche, bedrückt wirkende Kriminalrat mit den von langer Schlaflosigkeit geröteten und verschwollenen Augen hatte an einem Tischchen gesessen, zusammen mit dem diensttuenden Kriminalbeamten. Als die Männer aus Fanzelaus Zimmer traten, erhob er sich und hörte, wie die beiden sich verabschiedeten.
»Ich bleibe kurz in Berlin, Doktor. Darf ich mich bei Ihnen noch einmal nach dem Befinden meines alten Freundes erkundigen?«
»Jederzeit. Am besten, Sie kommen morgen in die Praxis. Um ...« Landon überlegt kurz. »Um zwanzig Uhr? Gut.«
Prangel sieht sich den Besucher an. Das wäre also dieser Olaf Martini, über den der Kriminalrat in Frankfurt Auskünfte eingeholt hat, bevor er ihm gestattete, den kleinen Bankier zu besuchen.
Stunden schon sind vergangen, seit Mr. A. C. Snowden den untersetzten Prangel heimgeschickt hat mit dem Auftrag, Schlafmittel zu nehmen und sich ins Bett zu legen.
Prangel hat die Mittel genommen und sich ins Bett gelegt, aber keinen Schlaf gefunden. Keine Minute lang. Er stand wieder auf, fuhr ins Präsidium und ging in sein Büro. Nun ist er hier im West-Sanatorium, nervös an seiner kalten Pfeife kauend.
In einiger Entfernung verabschiedet sich Martini von Landon. Der Arzt bleibt zurück. Er kratzt sein Kinn. Erst als Prangel, der zu ihm tritt, ihn zweimal angesprochen hat, bemerkt er den Kriminalrat.
»Ja, bitte?«
»Mein Name ist Berthold Prangel«, sagt der Kriminalrat.
»Ah!« Landon scheint mit seinen Gedanken weit, weit fort gewesen zu sein. Nun konzentriert sich sein Blick, wie er es als Psychiater gewohnt ist, auf Prangel. »Telefoniert haben wir schon miteinander, Herr Kriminalrat. Schön, Sie persönlich kennenzulernen.«
»Ich ... freue mich auch sehr, Herr Doktor.«
Landons Gesicht wird wieder nachdenklich, während er Prangel ansieht.
»Ist etwas?« fragt der. »Geht es Herrn Fanzelau nicht gut?«
»Wie kommen Sie auf die Idee, es könnte ihm schlecht gehen?«
»Schließlich ist er nicht mehr der Jüngste. Ich war auf Westberliner Seite für alles verantwortlich, was geschah.«
»*War?*« sagt Dr. Landon. Sonst nichts. Dieses eine Wort sagt er

sehr ernst, mit tiefer Stimme. Er sieht, wie Prangel, bemüht, nonchalant zu wirken, die Achseln zuckt.
»*War*, ja. Inzwischen hat der Bundesverfassungsschutz die Sache übernommen. Dort gehört sie ja jetzt auch hin.«
»Ja, wirklich?«
»Bitte?« Prangel, der krank aussieht, verzieht den Mund, der noch angewiderter wirkt als sonst.
»Gehört diese Sache wirklich dorthin?«
Pause.
»Natürlich«, sagt Prangel dann. »Man kann nicht wissen, was da noch dahintersteckt. Ich bin bei der normalen Polizei. Nun untersuchen die Alliierten und der Verfassungsschutz.«
Landon sagt beiläufig: »Ich glaube, in der Bundesrepublik gibt es eine ganze Menge westdeutscher Geheimdienste, wie?«
»Vier offizielle. Dazu noch eine Menge halb- oder nichtoffizielle.«
(So etwas! Ich bin hierhergekommen, um etwas über Fanzelaus Zustand zu erfahren, und statt dessen werde ich nun von seinem Arzt interviewt. Interviewt? Untersucht? Komisches Gefühl!)
Ein paar Angehörige von Patienten gehen vorbei und sehen die beiden Männer neugierig an.
»Kommen Sie doch bitte mit«, sagt Landon. »Man hat Professor Merath und mir ein Zimmer zugewiesen. Es liegt da unten, am Ende des Flurs. Dort können wir uns ungestört unterhalten.«
Sie marschieren nebeneinander auf dieses Zimmer zu, vorbei an dem diensttuenden Kriminalbeamten vor Fanzelaus Tür. Der weiße Ärztekittel macht Landon noch größer und hagerer. Am Revers des Kittels steckt die abgeschraubte Nadel einer Injektionsspritze.
»Wozu ist das gut?« fragt Prangel.
»Was? Ach, die Nadel?« Landon lacht. »Die verwende ich, um die Reflexe von Kranken zu prüfen. Streichen über die Fußsohlenhaut, Pieken und so weiter. Es gibt natürlich ein eigenes Instrument dafür. Ich nehme eine Injektionsnadel. Jeder hat seinen Tick, nicht wahr?«
Das Zimmer, in dem sonst der Arzt vom Nachtdienst schläft, sieht gemütlich, gar nicht nach Krankenhaus aus. Normale Möbel, normales Bett, kleiner Teppich, Lehnstuhl, Bücher. Die Männer setzen sich, Prangel in den Lehnstuhl, denn dorthin hat Landon ihn dirigiert, der Arzt auf das Bett.
»Zigarette?«
»Ich rauche nur Pfeife. Aber darf man hier ...«
»Ach was!«
Sie rauchen beide. Prangels Pfeife geht immer wieder aus.

»Nun«, sagt Landon, »Professor Merath ist schon fortgefahren. Er übernimmt die Verantwortung, wenn Herr Fanzelau heute noch entlassen wird. Keine Spur einer körperlichen Schädigung oder Überanstrengung.«
»Und was sagen Sie?«
Landon zögert. »Ich habe Herrn Fanzelau auch in bestem Zustand gefunden. Fast zu gutem ...« Er runzelt die Stirn. »Ein wenig euphorisch. Ich möchte ihn gern noch zwei, drei Tage hierlassen. Sagen Sie: Wenn er entlassen wird, kümmert man sich dann weiter um ihn, wie hier? Ich meine: Sein Haus, wird das dann auch bewacht?«
»Ganz bestimmt wird das der Verfassungsschutz veranlassen, Herr Doktor.« Die Pfeife ist wieder erloschen. Prangel reißt ein Streichholz an, seine Finger zittern dabei. Landon sieht es.
»Herr Fanzelau und Herr Martini sind dicke Freunde. Wußten Sie das?« fragt Landon abrupt.
»Nein. Ich habe nur Erkundigungen über den Herrn einziehen lassen. In Frankfurt. Er ist dort als tüchtiger Wissenschaftler und Chemiker bekannt.«
Tüchtiger Wissenschaftler und Chemiker.
Hm.
Der Arzt zündet eine neue Zigarette an. Sie schmeckt nicht.
Dieser Martini ...
Warum ist der Mensch mir so unsympathisch? überlegt Landon.
Fanzelaus wegen.
Ich habe den kleinen Herrn so weit gebracht! Ein Arzt darf seinen Patienten niemals im Stich lassen. Das werde ich auch jetzt nicht tun. Irgendeine Gefahr droht Fanzelau, ich fühle es deutlich. Ich habe mich nie von Antipathien beeinflussen zu lassen, denkt Landon. Doch hier wird es mir schwerer und schwerer, völlig neutral zu bleiben ...
Er wendet sich mit einem Ruck an Prangel.
»Warum machen Sie dann einen so unglücklichen Eindruck, Herr Kriminalrat?«
Prangel zögert lange.
Endlich:
»Warum sollte ich es nicht sagen? Unter den drei SSD-Agenten, die wir heute verhaftet haben, befand sich ein Mann namens Wilhelm Bräsig. Das hat mich ziemlich mitgenommen. Ich hatte keine Ahnung, wo er gelandet war. Früher haben wir jahrelang zusammengearbeitet, bei der Kripo. Dezernat Einbruch und Raub. Unsere Frauen waren auch befreundet ...« Prangel sieht auf: »Sie sind ein besserer Kriminalist als ich, Doktor!«

»Unsinn! Aber Sie befinden sich in reichlich schlechter Verfassung. Völlig abgekämpft. Na, Sie haben ja auch einiges geleistet! Warum sind Sie so verbittert, Herr Kriminalrat?«
»Verbittert? Ich?«
»Herr Kriminalrat ... !«
»Also gut, ich bin verbittert. Weil ich die Sache eben doch gern allein weiterverfolgt hätte, obwohl das nie gegangen wäre. Wegen des Verfassungsschutzes.«
»Habe ich recht, wenn ich annehme, daß dabei auch andere persönliche Motive mitspielen ... andere Motive als jene, die mit diesem Herrn Bräsig zusammenhängen?«
Der Kriminalrat sieht Landon an.
»Ja, da sind auch andere persönliche Motive.«
Berthold Prangel fühlt sich auf einmal sehr schlecht. Er denkt an sein Wohnzimmer, das Bild von Frau und Schwager, das da hängt, an die vielen Bücher, die Einsamkeit, den wütenden Entschluß, Bruno zu helfen, auf daß *er* ›erlöst‹ werde ...
Prangel sagt leise: »Haben Sie noch ein wenig Zeit, Doktor?«
»Natürlich.«
»Ich habe Ihnen nicht ganz die Wahrheit gesagt.«
»Nein, das haben Sie nicht getan.« Landon bläst Rauchringe aus.
»Bitte?«
»Für einen Mann in Ihrem Zustand, Herr Kriminalrat, haben Sie bisher zu leger geredet, zu unbekümmert über alles, als daß Sie glaubhaft wirken könnten«, sagt Dr. Landon. Danach sagt er nichts mehr. Nun soll Prangel reden. Nach einer Minute beginnt er prompt damit.
»Ich möchte Sie etwas fragen, Doktor. Ich wäre sehr dankbar, wenn Sie mir Ihre Antworten aus rein medizinischer Sicht geben würden, nur aus dieser.«
»Gerne. Wenn ich es vermag.«
Prangel geht ruhelos in dem kleinen Zimmer auf und ab.
»Sie wissen also, daß der Verfassungsschutz diesen ganzen Komplex weiterbearbeiten wird.«
»So lauten die Bestimmungen, haben Sie mir gesagt.«
»Ja, so lauten sie! Und trotzdem ... Es ist ... es ist üblich, daß der Mann, der den Fall von Anfang an bearbeitet hat, bei der weiteren Bearbeitung zumindest engstens herangezogen wird.«
»Und das werden Sie nicht?«
»Ich soll zunächst heimgehen, mich ausschlafen und mein seelisches Gleichgewicht wiederfinden, meint man.«
»Das würde ich auch meinen, lieber Herr Kriminalrat.« Landon lä-

chelt heiter, während er denkt: Hier sagt keiner die Wahrheit, keiner von allen, mit denen ich spreche. Keiner die ganze. Jeder nur einen Teil der Wahrheit, eine Halbwahrheit, eine Viertelwahrheit. Prangel hat es offen zugegeben. Dem drückt etwas ganz Schlimmes das Herz ab. Hat er eine Verpflichtung übernommen, die er nun nicht einlösen kann? Quält ihn eine unsinnige Hoffnung oder die Vorstellung, daß diese Hoffnung sich als unsinnig erweisen könnte? Er wird es mir auch jetzt nicht sagen. Ich muß versuchen, auf indirektem Weg dahinterzukommen. Wieviel Tricks und Zauberkunststücke habe ich in meinem Leben schon anwenden müssen, um hinter eine ganz einfache, ganz kleine Wahrheit zu kommen!

»Also Sie meinen das auch?« sagt indessen Prangel. »Gut, für den Moment haben Sie sicher recht. Aber Sie wissen nicht, was solche Aufforderungen in unserem Beruf wirklich bedeuten.«

»Was bedeuten sie?«

»Daß man mich möglichst ganz los sein, möglichst ganz abschieben will – auf Dauer!« (Herrje, da wäre ja schon wieder ein neuer Patient! Einer, der gar nicht weiß, daß er einer ist. Oder weiß er es? Ich glaube nicht. Aber antworten muß ich dem Mann, vielleicht hilft es ihm. Was werde ich antworten? Abwarten, was er noch sagt...)

»Warum will man das, Doktor? Gehöre ich schon zum alten Eisen? Mißtraut man mir plötzlich? Das wäre lächerlich... Ich habe mich immer loyal gezeigt. Also, was kann da vorgehen... wenn Sie es sich rein medizinisch überlegen?«

Dr. Philipp Landon überlegt sehr schnell sehr viele verschiedene Dinge. Zum Beispiel, wie er diesen aus der Bahn geworfenen Kriminalisten behandeln, was er ihm sagen, wie er ihm was erklären soll. Es gibt so viele Erklärungen für ein und dieselbe Sache in seinem Beruf.

Und gleichzeitig überlegt Dr. Philipp Landon: Wenn ich die richtige Erklärung gebe (die ›richtige‹ – diejenige, die Prangel paßt, ihm zusagt, ihn weniger hadern läßt mit seinem Los), dann komme ich vielleicht auf etwas, das mit Herrn Olaf Martini zusammenhängt. Denn das ist es, was *ich* möchte!

Otto Fanzelau habe ich gesund gemacht. Martini kann ihn wieder krank werden lassen, das fühle ich, mehr: Das weiß ich. Ich habe mein Leben lang viele Dinge gefühlt oder gewußt, ohne erklären zu können, wie das kam. Schon in der Schule war das so. Damals, als ich mich für den Beruf entschied, den ich heute habe. Was antworte ich Prangel! Nun, ich denke, ich werde so beginnen...

»Sehen Sie«, beginnt Dr. Landon, »unser aller Leben wird bestimmt von zwei Faktoren, von der Persönlichkeit und vom Milieu.«

Aus Prangels Pfeife steigt jetzt Tabakrauch wie Qualm aus dem Schlot einer Lokomotive. Er marschiert hin und her, her und hin.
»Ja, und?«
»Sie haben mich gefragt. Sie dürfen nicht verletzt über meine Antworten sein.«
»Bin ich bestimmt nicht.«
Dr. Landon zieht die Injektionsnadel aus dem Mantelrevers und spielt mit ihr. »Sie, die Herren des Verfassungsschutzes, die Herren vom SSD, vom CIC... überhaupt alle Menschen, die für Geheimdienste tätig sind, alle, alle gehören, meiner Erfahrung nach, der gleichen Kategorie an.«
Prangel bleibt abrupt stehen.
»Sie haben gesagt, Sie würden nicht verletzt sein.«
»Ich bin es nicht. Das ist eine medizinische Behauptung.«
»Vielleicht mehr«, sagt Landon. »Doch bleiben wir bei der Medizin. Für uns Psychiater gibt es nur sehr wenige menschliche Grundtypen, müssen Sie wissen. Tausende von Mischformen natürlich. Aber wenn zwei Menschen zu der gleichen Grundform gehören, dann ist es vollkommen egal, was sie tun, für wen, wo und wann. Sie werden es stets auf die gleiche Weise tun, sie werden sich stets bestimmter Methoden, Überlegungen und Motive bedienen.«
»Ja!« sagt Prangel, und es klingt erstaunt. »Aus bestimmten Motiven tat Bräsig alles – genau wie ich. Sie haben recht.«
»Natürlich habe ich recht«, meint Dr. Landon gelassen. »Das ist, was ich vorhin den Persönlichkeitsfaktor nannte. Persönlichkeiten mit der gleichen Struktur, der gleichen Dynamik, *müssen* gleich handeln, das ist nur logisch.«
»Nur logisch«, sagt Prangel. »Aber meine Frage ist noch nicht beantwortet. Warum hat man mir meinen Fall weggenommen?«
»Das«, sagt Landon (die dritte Zigarette!), »hängt nun wieder mit dem Milieu zusammen. Wollen Sie sich nicht setzen, Herr Kriminalrat? Nein? Sehr gut. Laufen Sie ruhig weiter hin und her. Wir sitzen alle viel zu viel.« Übergangslos: »Ich bin wahrhaftig kein Spießbürger. Obwohl Sie mich gleich für einen halten werden.«
»Ich Sie?«
»Sehen Sie, ich bin der Ansicht, daß viele Begriffe des vorigen Jahrhunderts, Moralbegriffe vor allem, über die man längst lacht, die früher aber *selbstverständlich* waren, ihr Gutes hatten. Warum sind heute derart viele Menschen seelisch gestört? Ich führe es darauf zurück, daß jene alten Begriffe von ordentlicher Eheführung, Geschäftsgebaren, Beziehungen zwischen den Geschlechtern, Christentum und so weiter und so weiter in unserer Zeit für viele Men-

schen zu ›altmodisch‹ geworden sind. Viel zu altmodisch! So, und jetzt sagen Sie Spießbürger!«

»Ich denke nicht daran«, antwortet Prangel und denkt an seine Frau und deren Bruder und alles, was er für die beiden getan hat und was wirklich mit dem ›altmodischen‹ Begriff von einem ›anständigen Leben‹ nicht zu vereinbaren war. »Bitte, sprechen Sie weiter.«

»Schön. Bleiben wir beim letzten Begriff. Beim Christentum. Ich möchte vorher ausdrücklich betonen, daß ich selber konfessionslos bin! Nun: Die gesamte abendländische Kultur wird, ob wir es wahrhaben wollen oder nicht, immer noch ganz stark vom Christentum bestimmt. Das Christentum verbietet gewisse Dinge. Also darf kein westlicher Politiker ... um bei unserem Thema zu bleiben ... sie fordern. Im Osten darf er es. Da zählt das Christentum nicht mehr, jedenfalls nicht in der Politik.«

Prangel setzt sich plötzlich.

Ich habe die richtige Spur gefunden, wieder einmal, denkt Landon und fährt fort: »Das hat nun, wenn die Politik in Ost und West ihre Geheimdienste einschaltet, verschiedene Folgen. Ich rede rein medizinisch! Ich mache keine Propaganda, für den Westen nicht und nicht für den Osten. Ich zeichne das Bild, wie es sich für den Wissenschaftler ergibt.«

Prangel hört gebannt zu.

»In einer paranoiden Grundeinstellung versucht die östliche Politik krampfhaft, jedes Individuum auf das Gleis der gleichen Denkungsart zu bringen. Das Individuum ist, wenn das gelingt, natürlich keines mehr. Und soll es ja auch nicht sein. Ein einziges riesenhaftes Kollektiv soll entstehen – mit *einer* Meinung, mit der Meinung der *Partei*! Infolgedessen muß der Osten offensiv vorgehen. Er will ja bestehende Zustände verändern, nicht wahr? Der Westen will seine Illusion, die auf der Wahrung der Rechte des Individuums beruht, nicht aufgeben. Er will nichts verändern. Infolgedessen ist der Westen ...«

»... in der Defensive.«

»Richtig! Das geht nun aber weiter, lieber Herr Prangel: Wer etwas Neues durchsetzen, wer die Welt verändern will, muß mißtrauisch sein. Kann gar nicht mißtrauisch genug sein. Klar?«

»Klar.«

»Dieses a-priori-Mißtrauen gegenüber dem Individuum fehlt im Westen. Das bringt den Westen im Augenblick in mißliche Situationen. Aber wir betrachten ja nur die augenblickliche Weltlage, nicht die auf weite Sicht. Auf weite Sicht hat sich immer noch das individuelle Menschentum durchgesetzt, das Menschentum jedes einzelnen. Der Mut jedes einzelnen! Die Bereitschaft zum Wagnis jedes einzelnen! All das wird im Osten bewußt und *notwendigerweise* bekämpft. Ein Kollektiv ist eben nicht eine Anzahl freier Menschen, die zufällig alle dieselben Ansichten haben. In einem Kollektiv kann deshalb keine Freiheit existieren. Wo keine Freiheit existiert, da existiert Angst. Ein Mensch in Angst vermag nicht soviel zu leisten wie ein von Angst freier Mensch.« Landon sticht sich mit der Nadel ins Knie und sagt: »Ich bin kein kalter Krieger. Ich bin Arzt. Sie haben nach meiner ärztlichen Ansicht gefragt. Das ist sie.«

»Noch nicht die ganze«, sagt Prangel.

»Noch nicht die ganze, nein. Nun komme ich auf Ihren Fall zu sprechen. Ich sagte bereits: Der Westen operiert stets im Sinne der Abwehr. Die Ziele, die der Osten sich gesetzt hat, *will* er nicht erreichen, *könnte* er auch nicht erreichen. Die Westpolitik darf deshalb, wenn sie ihre Geheimdienste einsetzt, von ihnen gewisse Dinge nicht verlangen. Nicht etwa, weil sie so edel ist! Nein, ganz einfach, weil das gebieterische Milieu derartige Dinge nicht zuläßt! Also kann man leicht zu der Ansicht kommen, der Osten habe die besseren Agenten.«

»Zu der Ansicht kommen auch immer mehr Menschen.«

»Natürlich. Weil sie eben das Milieu nicht berücksichtigen! In Wahrheit... davon sprachen wir schon... sind Ostagenten ebenso gut oder ebenso schlecht wie Westagenten. Sie sind genau gleich. Weil sie genau die gleiche Persönlichkeitsstruktur haben.« (Ich glaube, die Sache, die ich nicht jedem Menschen zu seiner Zufriedenheit erklären kann, gibt es nicht.) »Wenn man Sie mit Ihren Kollegen von drüben austauschte, würde sich zeigen, daß meine Überzeugung richtig ist. In einem solchen theoretischen Fall hätten Sie, Herr Kriminalrat, was Herrn Fanzelau angeht, ohne Zweifel ebenso gehandelt... und *handeln dürfen*!... wie Ihr Kollege Bräsig. Oder nicht?«

»Doch...«, antwortet Prangel zögernd.

»Daß der Westen zuletzt... aus *biologischer* Notwendigkeit!... die große Auseinandersetzung mit dem Osten *gewinnen muß*, steht fest. Indessen: Das wird lange, sehr lange dauern. Ich sage jetzt nicht mehr Westen und Osten. Ich sage Milieu Freiheit des Individuums und Milieu Unfreiheit des Individuums. Und der Milieufaktor Freiheit ist einfach stärker.«

»Schöne Worte«, meint Prangel.

»O ja! Besser gesagt: Unschöne Worte. Unsere Politiker müssen immer wieder erleben, daß ihre Gegner ihnen überlegen sind. Und

hier liegt nun die ganz große Gefahr. Denn so kommt es, immer wieder, zu Kurzschlüssen.« (Jetzt habe ich den Bogen geschafft. War nicht ganz einfach.)
»Kurzschlüssen?« fragt Prangel.
»Einer steht auf und sagt: So geht das nicht weiter. Wir müssen handeln wie die anderen. Das sagt immer einer, wenn die Freie Welt gerade wieder eine Niederlage erlitten hat. Dann klinkt der Milieufaktor Freiheit bei einem oder mehreren Politikern aus! Sie geben ihren Geheimagenten Aufträge, die den Milieufaktor Unfreiheit *voraussetzen*. Und das nenne ich einen Kurzschluß.«
Prangel raucht wieder, in regelmäßigen Zügen.
Ja, das tut dir wohl, denkt Landon.
»Die *Agenten* würden die Aufträge schon erfüllen! Sie haben selbst gesagt, Sie hätten gehandelt wie Bräsig. Aber im *Milieu Unfreiheit*. Im *Milieu Freiheit* versagt man mit der gleichen Methode. Da geht die Sache schief. Jedesmal! Denken Sie bloß an die U-2-Skandale. Was glauben Sie, wie viele solcher Flugzeuge aus dem Osten *uns* überflogen haben und überfliegen, ohne daß etwas passiert? Die Amerikaner aber fangen bloß damit an, und schon wird eine U 2 abgeschossen. Denken Sie an die in Panik geschaffenen Verteidigungsgemeinschaften. Wieviel ist die SEATO wert? Wir erleben es gerade. Überhaupt nichts! Was geschieht in Vietnam, Laos, Ägypten? Was soll das Hin und Her in Afrika? Die Sowjets müssen doch Lachkrämpfe bekommen! Ein Kurzschluß nach dem anderen, weil der Milieufaktor eben ein anderer ist. Die Pannen lassen sich reparieren. Vielleicht, wenn wir Pech haben, erst nach einem oder zwei oder zehn Kriegen. Zuletzt wird der Sieger ... doch das sagte ich schon.«
»Und das, was mir gerade passiert, ist also auch so eine Kurzschlußhandlung?« fragt Prangel erleichtert.
»Natürlich! Und als solche müssen Sie sie werten, als nichts anderes. Eine Dummheit. Ein Irrtum. Eine Panikreaktion. Die Unsicherheit des Westens, wenn er die Methoden des Ostens zu imitieren versucht, erleben Sie am eigenen Leib. Jemand erlebt sie immer. Völker, Regierungen ... diesmal sind *Sie* das Opfer! Man geht ganz hübsch skrupellos mit Ihnen um.«
»Ach«, sagt Prangel befreit, »was heißt skrupellos? Ich bin eine Mimose. Meine Eitelkeit ist verletzt worden, sonst nichts.«
»Untertreiben Sie nun nicht, Herr Kriminalrat! Es ist nicht nur verletzte Eitelkeit, da bin ich sicher. Es ist mehr, viel mehr, was in Ihrem Fall verletzt oder zerstört wurde ...«
Schlagartig wird Prangel wieder bedrückt. Bruno fällt ihm ein.

Er senkt den Kopf und schweigt.
Ich hatte das richtige Gefühl, ich bin auf der rechten Fährte, denkt Landon, während er nach all diesen Vorbereitungen endlich zu *seinem* Problem kommt.
»Das Schicksal ist nicht immer gerecht. Oft ist es ungerecht.« (Nun ganz direkt!) »*Sie* hat es getroffen, Sie, der soviel Gutes getan hat, soviel Böses verhindert oder gesühnt hat. Andere Menschen bleiben stets unberührt von derlei. Herr Martini zum Beispiel . . .«
»Was ist mit dem?« Prangel blickt Landon überrascht an.
»Nichts. Ich habe nur den ersten Namen genannt, der mir gerade eingefallen ist. Den Namen eines Mannes, der unberührt bleibt.«
Landon wartet gespannt auf eine Reaktion Prangels.
Drei Sekunden. Fünf Sekunden.
Überhaupt keine Reaktion.
Alles war umsonst, denkt Landon, während er Prangel sagen hört: »Herr Martini ist Chemiker. Wissenschaftler. Der Mann im Elfenbeinturm. Warum sollte *er* berührt, geschweige denn getroffen worden sein von dem, was geschehen ist?«
Der Kriminalrat mustert den Arzt ehrlich erstaunt.
Nein, denkt der, da ist nichts zu machen. Prangel weiß nichts. Überhaupt nichts. Martini – ein Name für ihn. Ein Name. Sonst nichts.
Schweigend sitzen die Männer einander gegenüber.
Berthold Prangel denkt: So ist das also. Ja, genauso. Klarer hätte es kein Mensch formulieren können. Nichts anderes als das, was Dr. Landon sagte, hätte mich getröstet. Nicht glücklich gemacht, natürlich! Aber getröstet. Es tröstet, wenn man einsieht, daß eine Sache nur so verlaufen kann, wie sie verläuft, und nicht anders . . .
Dr. Philipp Landon denkt: Er scheint getröstet zu sein, der Kriminalrat. Gut so – der Mann stand vor einem totalen Zusammenbruch. Ich habe die rechten Worte gefunden.
Worte! Worte! Worte! Mehr und mehr ekelt mich vor ihnen. Fanzelau ist ein anderer, ganz anderer Typ als Prangel. Bei ihm mußte ich andere Worte verwenden, eine andere Therapie. Ach, es gibt so viele verschiedene Therapien. So viele Worte. So viele Therapien. Und so vielen verschiedenen Menschen kann man helfen – durch diese vielen verschiedenen Worte, diese verschiedenen Therapien. Allen? Nie. Und wie lange jenen, denen man hilft?
Ich habe Angst. Plötzlich habe ich Angst. Seit ich erfahren habe, was Fanzelau in den letzten Jahren getan hat. Seit ich diesem Martini begegnet bin. Hier ist es, dieses Gefühl, das mich, leider, so selten trog. Etwas wird geschehen. Etwas, das ich nicht wiedergutma-

chen kann. Etwas, wofür es *keine* Worte, *keine* Therapie mehr gibt. Kann ich es aufhalten? Ich kann es versuchen. Ich muß es versuchen. Aber wie?

19

Am heißen Abend dieses 16. August 1964 sitzt die dreiunddreißigjährige blonde Anita Kornmann in der guten Stube der Wohnung des Kommissars Wilhelm Bräsig im Haus Müggelseedamm 347. Sie sitzt in dem Sessel, in dem am Abend zuvor noch der Kommissar selbst gesessen hat – der Kommissar, der nun schon lange in Westberlin in einer Gefängniszelle hockt, genau wie Ernst Kornmann und Fritz Rettich in anderen.
Hübsch, nein, schön ist Anita Kornmann! Wirklich, sie könnte zum Film gehen mit ihrem Katzengesicht, den dunklen Mandelaugen und ihrer schauspielerischen Begabung. Denn auch die besitzt sie. Mehrfach hat sie schon auf Bühnen gestanden. Jetzt leitet sie einen städtischen Kindergarten. Heute abend sieht Anita Kornmann aus, als wäre sie nicht dreiunddreißig, sondern dreiundfünfzig Jahre alt. Schlaff sacken ihre Schultern vor, verquollen von vielem Weinen sind Augen und Gesicht. Zerronnen sind Schminke und Make-up. Ein elegantes Kleid trägt Anita Kornmann – doch es ist zerdrückt und schmutzig. Sie stürzte auf der Straße, bevor sie hierherkam. Da war ihr plötzlich so schrecklich schwindlig geworden. Staubbedeckt sind die hochhackigen Schuhe. Ihre sonst stets tadellose Frisur ist ruiniert, Haarsträhnen hängen herab.
Neben Anita Kornmann sitzt die kleine, zweiundsechzigjährige Marie Bräsig. Sie sitzt in dem Sessel, in dem sie gestern saß, bevor Wilhelm fortging, als er noch rumänische Zigaretten rauchte und ihr das Gedicht von dem kleinen Hanus Hachenburg vorlas. Dasselbe Kleid wie gestern trägt Marie. Ihr weißes Haar, hinten zu dem tristen Knoten hochgesteckt, leuchtet in der Dämmerung.
Die Fenster stehen offen.
Vom See herüber schallen Stimmen, das Gelächter fröhlicher Menschen und fern, sehr fern, von Zeit zu Zeit das Tuten eines Dampfers.
Die beiden Frauen sitzen seit drei Stunden nebeneinander. Kaum ein Wort sprechen sie. Vorher haben sie viel und lange gesprochen. Das war am Nachmittag gewesen. Da hatte ein hohes Tier vom SSD, ein gewisser Peter Wieland, Anita Kornmann im Wagen hierhergebracht. Schon in ihre Wohnung, in die Wöhlertstraße war er

mit der schrecklichen Nachricht gekommen: »Genossin Kornmann, Sie müssen nun sehr tapfer sein. Ihr Mann...«
»*Nein!* Ist Ernst *tot?*«
»Nicht doch, tot.«
»Was denn?«
»Diese Gangster haben ihn in eine Falle gelockt und nach Westberlin entführt.« (So konnte man sich natürlich auch ausdrücken.) »Er hatte eine wichtige Mission zu erfüllen...«
»Seinen Bewährungsauftrag, ich weiß.«
»Sie wissen? Hm. Nun ja. Also, dabei ist es geschehen. Auch Kommissar Bräsig haben sie entführt. Die Hetzsender drüben berichten dauernd darüber.«
»Ich höre keinen dieser Hetzsender.«
»Natürlich nicht«, sagte Wieland und ließ den Blick flüchtig über die Skala des Radios gleiten, das neben einem Fernsehapparat stand. Der Zeiger war auf den Ostberliner Sender eingestellt, der Fernsehapparat auf den richtigen Kanal, auf den des Deutschen Fernsehfunks. »Wir aber hören uns das seit Stunden an. Es ist heute nacht passiert. Die drüben stellen die Sache ganz einfach auf den Kopf. Nach den Meldungen sollten Ihr Mann und der Kommissar jemanden entführen... und wurden dabei geschnappt. Typische Infamie, nicht?«
Anita konnte nur nicken.
»Böse für Sie, Genossin Kornmann. Aber Sie dürfen nicht den Mut verlieren. Wir haben auch Leute von drüben. Vielleicht kommt es zu einem Austausch...«
»Glauben Sie das wirklich, Genosse Wieland?« fragte Anita.
Wieland zögerte. Die Möglichkeit eines Austausches bestand immer. Die Wahrscheinlichkeit war sehr gering. Da hatte die Genossin recht. Wenn man sie nun in ihrem Pessimismus bestärkte, gewann man ihr Vertrauen eher, als wenn man ihr mit nichtssagenden Phrasen etwas versprach. Dazu, das hatte Wieland sofort erkannt, war Anita Kornmann viel zu intelligent.
(Besser also, sie weiter deprimieren. Dann wird sie in der Zukunft immer zu mir kommen, um sich auszuweinen. Dann werde ich – *ich, ich!* – in Zukunft eine gute Gelegenheit haben, sie bei all diesen Begegnungen geschickt auszuhorchen und noch so mancherlei erfahren, was ihr Mann ihr anvertraut hat – was andere Fälle angeht, andere Agenten des SSD.)
Also antwortete Wieland, indem er den Kopf senkte, mit einer Stimme, die männlich ergriffen klang: »Sie haben recht. Sehr wahrscheinlich ist ein solcher Austausch nicht. Ich darf Ihnen nichts

vormachen! Sie haben in Ihrem Leben, genau wie Ihr Mann, schon so viel gelitten unter dieser Faschistenbrut. Damals wie heute... es herrscht derselbe Geist drüben.«
»Das weiß ich«, sagte Anita, während sie zu weinen begann. »Und ich danke Ihnen dafür, daß Sie so offen zu mir sind, Genosse Wieland.« (Na also, dachte der. Funktioniert schon!) »Was...«, Anita weinte nun so sehr, daß sie kaum reden konnte, »was... erwartet... meinen Mann?«
»Zuchthaus«, antwortete Wieland schnell und brutal. Wenn man schon so eine gute Startposition besaß, mußte man sie nutzen.
»Wie viele Jahre?«
»Schwer zu sagen... Es können viele Jahre sein.« Anita schluchzte auf. »Und dennoch«, fuhr Wieland fort, »dürfen Sie nicht verzweifeln! Und dennoch müssen Sie weiterkämpfen für den Sozialismus. Jetzt erst recht! Ihr Mann ist den Banditen zum Opfer gefallen. Das ist eine Verpflichtung, Genossin Kornmann!«
Anita flüsterte: »Wir haben uns das schon ganz richtig überlegt, der Ernst und ich.«
»Was?«
»Daß wir keine Kinder haben dürfen, solange dieser Kampf tobt. Wir hätten so gerne Kinder gehabt. Stellen Sie sich aber vor...«
»Eben«, sagte Wieland. »Doch der Tag kommt, Genossin Kornmann, er kommt, der Tag, da werden die Menschen keine Angst mehr haben müssen, Kinder in die Welt zu setzen, da werden diese Kinder ohne Angst vor Krieg oder Lager oder Vernichtung groß werden... fröhlich, lachend, in einer besseren Welt.«
»Wir werden sie nicht mehr erleben, diese Welt.«
»Vielleicht nicht. Aber aufbauen müssen wir sie doch, Genossin Kornmann! Nur wir wollen, nur wir können das. Mut, Genossin Kornmann, Mut!«
Nun wird sie mich häufig besuchen, dachte Wieland zufrieden. Nun habe ich wirklich ihr Vertrauen. Erzählen wird sie mir, was sie weiß, ohne zu überlegen. Das habe ich gut gemacht. Es gibt in dieser Sache eigentlich nichts, was ich besser hätte machen können. Wieland sagte: »Ich habe noch eine große Bitte. Sie wissen: Frau Bräsig ist eine alte Dame, fast ganz blind. Ich muß auch ihr mitteilen, daß ihr Mann entführt worden ist. Aber ich kann nicht bei ihr bleiben. Ich mache mir Sorgen um Frau Bräsig. Würden Sie bei ihr bleiben, bis sie den ersten Schock überwunden hat? Sie wohnt so weit draußen... ganz allein.«
»Natürlich komme ich mit«, antwortete Anita Kornmann weinend. »Ich ziehe mich nur um... und mein Gesicht muß ich waschen...

und mich schminken... So verheult darf ich nicht vor Frau Bräsig treten.«
»Sie sind eine tapfere Frau«, antwortete Peter Wieland.
Anita wusch ihr Gesicht, schminkte sich, zog sich an. Aber die Nähte ihrer Seidenstrümpfe saßen schief, als sie schließlich vor Wieland erschien, sie weinte schon wieder, die Schminke zerrann, und durch den Puder zogen sich Tränenkanäle.
Sie fuhren zum Müggelsee.
Beim Aussteigen stürzte Anita, ehe Wieland sie auffangen konnte, und beschmutzte ihr schönes Kleid. Und laut schluchzte sie, während Wieland die alte Frau Bräsig informierte, die zuerst, als sie die Tür öffnete, ihr stilles Lächeln gezeigt und gesagt hatte: »Was soll denn das? Das bist doch nicht du, Wilhelm! Wer sind Sie, meine Herrschaften?« Wieland war bald wieder gegangen. Marie Bräsig war nicht in Tränen ausgebrochen. Sie weinte auch später nicht. Nur ihr Lächeln verschwand.
Sie saß in ihrem Sessel, Anita saß neben ihr, und lange Zeit sprachen sie über ihre Männer, wie gut sie gewesen waren, wie treu, wie zärtlich, wie ehrlich, wie anständig. Sie sprachen von ihnen, wie man von Verstorbenen spricht.
Dann begann es zu dämmern, sie sprachen weniger und weniger, und zuletzt schwiegen sie ganz.
Und so sitzen sie nun schweigend da, dunkler wird es und dunkler, und von draußen hört man Gelächter und fröhliche Stimmen und manchmal das Tuten eines fernen Dampfers.
Sagt die Marie Bräsig plötzlich: »Das Häuschen werde ich nicht verkaufen.«
Anita weiß, von welchem Häuschen die alte Frau spricht, und sie antwortet schnell: »Auf keinen Fall! Stellen Sie sich vor, Ihr Mann kommt zurück, und sein Häuschen ist nicht mehr da...«
»Mein Mann kommt nicht zurück«, sagt die Marie.
»So dürfen Sie nicht sprechen!«
»O ja, ich darf schon. Ich bin soviel älter als Sie. Vielleicht kommt er zurück, einmal. Aber dann werde ich nicht mehr leben. Vielleicht stirbt er auch drüben, im Zuchthaus.«
»Frau Bräsig...«
Die alte Frau schüttelt langsam den Kopf.
»Bei Ihnen ist es anders. Sie werden Ihren Mann wiedersehen, auch wenn es lange dauert. Weil Sie beide doch noch so jung sind. Aber das Häuschen verkaufe ich trotzdem nicht.«
Anita Kornmann sieht die kleine Frau an und vermag kein Wort hervorzubringen.

»Es ist *sein* Häuschen. Er hat es sich so gewünscht. Alles hat er getan, um es zu bekommen... *alles*!« Das sagt die Marie mit seltsamer Betonung, so, als wüßte sie viele Dinge, viele, viele, die sie nie verraten wird. »Kein anderer soll in dem Häuschen wohnen. Ich selbst werde natürlich nicht übersiedeln. Ich kann doch nicht, blind, wie ich bin. Ich hätte immer Angst, ins Wasser zu fallen.«
»Aber dann wird das Häuschen doch verkom...« O Gott, denkt Anita, was rede ich da? Nehme einer alten Frau noch die Hoffnung auf ein Wiedersehen, die sie natürlich hat, wenn sie auch das Gegenteil behauptet. »Was ich wirklich meine, ist: Es muß doch dauernd jemand... da ist doch so viel...«
»Ja, ja, Frau Kornmann«, unterbricht die Marie. »Ich weiß, was Sie wirklich meinen. Warum haben Sie mir bloß widersprochen, als ich es selbst sagte? Nein, das Häuschen wird nicht zusammenfallen! Ich werde jemanden finden, der es in Ordnung hält und mich hinüberführt, manchmal. Sie haben ja Ihren Kindergarten in der Stadt, nicht wahr?«
»Ja...«
»Sonst hätte ich gesagt, ziehen Sie zu mir heraus, wohnen wir zusammen. Aber das geht natürlich nicht.«
»Das geht wirklich nicht«, antwortet Anita unglücklich. »Meine Arbeit ist sehr wichtig, ich darf sie nicht aufgeben.«
»Niemals dürfen Sie das! Aber zum Wochenende... vielleicht... glauben Sie, daß Sie mich da manchmal werden besuchen können?«
»Oh, das bestimmt!«
»Nur manchmal. Rufen Sie an, wenn Sie Lust haben, ja?«
»Ach, Frau Bräsig...«
Die Marie tastet nach Anitas Kopf und streicht über das Haar der jungen Frau.
»Sie haben es schwerer«, sagt die Marie, »viel schwerer als ich. Ich habe ein so langes, glückliches Leben mit meinem Mann gehabt. Ich darf überhaupt nicht klagen. Immer ist es mir gut gegangen. Immer war Wilhelm bei mir. Nun... die kurze Zeit noch... was spielt das für eine Rolle? Man muß eben für alles Glück zahlen.«
»Ich bin so froh, daß ich jetzt bei Ihnen bin«, sagt Anita. »Allein... ich weiß nicht, wie ich das ausgehalten hätte.«
»Bleiben Sie hier heute nacht!«
»Wenn ich darf...«
»Natürlich!«
»Ich habe solche Angst vor dem Nachhausegehen... Im Radio bringen sie dauernd Lügenmeldungen, Hetznachrichten über unsere Männer, hat Genosse Wieland gesagt... Ich hätte doch einen

Westsender gesucht und zugehört! Furchtbar wäre das gewesen. Herr Wieland hat mir erzählt, Sie haben kein Radio hier?«
»Nein. Mein Mann wollte das nicht. Er sagte immer, er könne das Gerede nicht mehr hören, wenn er endlich heimkam. Nur ein Grammofon hat er mir einmal geschenkt ... mit sehr schönen Platten.«
»Und Sie haben auch keinen Fernsehapparat?«
»Auch keinen Fernsehapparat. Hier können Sie also das Westberliner Programm nicht sehen. Die bringen doch gewiß auch Berichte.«
»Mit *Bildern* von unseren Männern!« flüstert Anita und erstarrt, da ihr das erst jetzt zu Bewußtsein kommt.
»Natürlich mit Bildern«, sagt die Marie.
»Oh, bin ich froh darüber, daß es hier keinen Fernsehapparat gibt!«
»Und ich«, sagt die Marie, »bin zum erstenmal froh darüber, daß ich nichts mehr sehe. Denn sonst wäre ich doch noch zu den Nachbarn gelaufen und hätte mich vor denen ihren Apparat gesetzt. Die haben sicher auf West geschaltet heute abend. Schon weil sie unsere Nachbarn sind. Aus Neugier. Aber«, sagt die Marie leise in die milchige Dunkelheit der Halbmondnacht hinein, die nun das Zimmer erfüllt, »ich würde ja überhaupt nichts erkennen auf dem Bildschirm ...«

20

Montag – es ist der 17. August 1964 –, morgens um halb neun, holt Knarje seinen Freund Bruno aus Nellys Wohnung ab. So war es besprochen. Nelly übergibt ihm das Kuvert mit den fünftausend Mark, küßt ihren Bruno und spuckt beiden Herren symbolisch dreimal über die linke Schulter.
Mögen sie Glück haben heute, am großen Tag der Belohnung!
Es ist ein wenig kühler geworden – nach einem wüsten Gewitter, das sich gegen vier Uhr früh über Berlin entlud. In den Straßen, durch die Bruno und Knarje gehen, verdampfen noch Regenlachen. Die Sonne scheint strahlend, bald wird es mit der Abkühlung vorbei sein.
Während Bruno frohgemut einherschreitet, zeigt Knarje eine ziemlich bedrückte Miene. Er hat, berichtet er, mit seiner Wanda immer noch Krach – sie will und will nicht aus Berlin weg! Das wird ein Problem werden. Denn daß sie weg müssen, alle und schnell, hat Knarje bereits auf dem Weg zu Bruno festgestellt. An den Kiosken hängen Zeitungen mit ihren Bildern und Berichten über ihre Heldentat. Da die Herren leider keine ausgesprochenen Durchschnitts-

gesichter haben (beide vierschrötig, Knarje mit seiner Igelfrisur, Bruno mit seinem Seehundskopf), werden sie auf ihrem Weg zur Filiale der Handelsbank in der Wilmersdorfer Straße von mehreren Passanten, die gerade ihre Zeitungen lesen, erkannt und ausgiebig angestarrt.
»Da kannste mal sehn«, sagt Bruno, »wat schwarze Balken über 'ne Fresse wert sind.«
»Mir hat sojar schon eena anjesprochn in de Augsburja. Wollte 'n Autojramm. Na, den hab ick wat azählt!«
»Knarje! Du bist doch nich tätlich jewordn?«
»I wo. Ick habe bloß jesacht, er soll mir. Det hat jenücht. Aba wenn ick det nu den janzen Tach sagen soll ... ne, weeßte, nee! Die Pressefreiheit kann mir ooch! Deine Nelly hat jleich jefunkt. Wat soll ick bloß mit meine Wanda machn?«
»Die wird ooch noch funken. Ach, lassense ma doch zufrieden, lieba Herr.« Das galt einem Passanten, der auf Bruno zutrat, Zeitung in der Hand, einen Finger auf ein Bild gelegt, den Mund geöffnet. Der Passant weicht zurück. Bruno schreitet fürbaß. »*So* mußtet machen. Janich zum Reden komm lassen. Det is ooch bloß heute so, dēn ersten Tach. Bis morjen passiert schon wieda so ville in de Welt, detse uns vajessen ham. Det Volk natürlich bloß«, fügt Bruno ernst hinzu. »Die jewöhnlichen Leute. Die andan nich.«
»Ebent«, sagt Knarje.
Da die Herren entschlossen sind, Berlin schleunigst zu verlassen, wäre es unsinnig, wenn Knarje noch ein Konto eröffnete. Ein Banksafe genügt. Aber auch um ein solches zu bekommen, muß er Namen und Adresse nennen, einen Ausweis zeigen. Natürlich geht es da auch auf der Handelsbank wieder los: »Herr Knargenstein? *Sie* sind der Herr Knargenstein, der ... und Sie sind Herr Knolle, nicht wahr?«
Hier kann man leider nicht einfach weitergehen.
Knarje brummt, er wünsche ein Safe und möglichst kein Aufsehen. Aber gewiß ...
Zwei Minuten später starrt ihn die Belegschaft der ganzen Filiale an. Der Herr, an den er zuerst geraten ist, hat nicht dichtgehalten. Eine Viertelstunde später ist das Geld deponiert und alles erledigt. Die beiden Freunde sind es auch. Sie stehen mit krebsroten Köpfen auf der Straße und sehen ramponiert aus. Man hat ihnen kräftig auf die Schulter geschlagen, ihnen kräftig die Hände geschüttelt, sie mit kräftigen Stimmen beglückwünscht und sich bedankt.
»'n neuet Hemde hatte ick anjezogen«, klagt Knarje. »Nich die Spur vaschwitzt. Jetzt könnte ick et auswringen.« Er steuert auf eine Destille zu. Bruno hält ihn fest: »Da bleibste!«

»Ick brauch 'ne Stärkung.«
»Beßre Nerven brauchste! Heute wird nich jesoffn, solange wir jeschäftlich untawejens sind. Keen Troppen, vastandn? Reiß dir zusammen, Mensch! Nimm dir 'n Beispiel an mir. Reje ick mir uff? Ick werde jenauso anjestarrt. Na und? Ick lasse det allet janz lässich an mir abjleiten ...«
Die Busfahrt zum Polizeipräsidium dauert lange. Bruno und Knarje haben sich Zeitungen gekauft. Sie stehen auf der Einsteigplattform, in einer Ecke. Die Zeitungen halten sie vor ihre Gesichter. Das war Brunos Einfall.
Der weißblonde Meisterschränker von einst liest einen Bericht über den großen Auschwitz-Prozeß in Frankfurt. Am 20. Dezember 1963 hat der Prozeß begonnen, erfährt Bruno. Am 20. Dezember 1963 – da saß er noch auf Nummer Sicher im Zet! Und dieser Prozeß, der dauert und dauert an. Man will nun eine Lokalbesichtigung in dem ehemaligen Konzentrationslager vornehmen. Ein Termin für die Urteilsverkündung ist unter solchen Umständen noch nicht einmal theoretisch anzunehmen.
Die Angeklagten wissen natürlich von nichts, oder sie erklären, natürlich, sie seien unschuldig, oder sie behaupten, sie könnten sich an nichts mehr erinnern. Mein Gott, nach zwanzig Jahren!
Ein Verteidiger hat sogar den Antrag auf Hinzuziehung eines Psychologen eingebracht. Der Herr Verteidiger wünscht des Wissenschaftlers Ansicht darüber zu hören, ob man sich nach einer so langen Zeit überhaupt noch konkret an einzelne Erlebnisse erinnern könne – damit möchte er, wenn es geht, völlig die Aussagen ehemaliger Häftlinge entwerten, die nun im Zeugenstand auftreten.
In einer anderen Meldung (gleich neben der über den KZ-Prozeß) wird über die neueste Attraktion eines Nachtlokals berichtet, das seit einigen Tagen die ›Richard-Wagner-Striptease-Arie‹ bringt. Unter einem großen Bild Wagners tritt ein Stripper-Girl auf, verkleidet als Elsa von Brabant. Zur Musik der Brautgemachszene aus ›Lohengrin‹ beginnt das Stripper-Girl, das ein lang wallendes Gewand mit mittelalterlicher Haube und lange blonde Zöpfe trägt, sich zu entkleiden. Ganz. Sogar die Zöpfe nimmt sie ab. Die Vorführung dauert etwa zwanzig Minuten. In dem Etablissement wird übrigens – noch ein origineller Gag! – nur Whisky serviert.
Nur ...
Dem Bruno fällt plötzlich etwas ein, davon wird er so unruhig, daß selbst Knarje es bemerkt, der neben ihm steht und die Totoergebnisse rauf und runter liest, runter und rauf.
»Wat haste?«

»Späta.«

Als sie endlich auf der Straße sind, erklärt Bruno, was er hat: »'n Loch in Kopp habe ick. Der Franz hat mir doch jestan . . .«

»Wat for 'n Franz?«

»Na, der Lutta. Der Radiosprecha. Mensch, haste vajessen, wat ick dir azählt habe?«

»Nee, keen Wort. Wat is mit den Lutta?«

Bruno überlegt, daß er schließlich keine Veranlassung hat, Knarje genaue Mitteilungen über den tristen Gesundheitszustand eines Kriegskameraden zu machen, und erwidert allgemein: »Würde ooch wat über ihn in de Zeitung stehn heute, hatta jesacht. Kiek du mal in deine, ick kieke in meine.«

Sie haben beide während der Busfahrt die ersten Seiten ihrer Gazetten nicht betrachtet – aus begreiflichen Gründen. Nun blättern sie die Zeitungen ganz durch, lesen jede Überschrift, auch die der kleinen Meldungen.

»Bei mir is nischt«, sagt Knarje zuletzt.

»Bei mir ooch nich.«

Sie haben verschiedene Zeitungen.

Na ja, denkt Bruno, dann ist es also nun ganz sicher. Mein armer Franz hat durchgedreht. Völlig und endgültig durchgedreht . . .

Der Bundesverfassungsschutz pflegt seine Tätigkeit im geheimen auszuüben und ist jeder Reklame abhold. Beginnt eine Aktion gar gleich mit einer Niederlage, dann gibt das der Bundesverfassungsschutz erst recht nicht der breiten Öffentlichkeit bekannt. Hierin hat der Franz Lutter des Verfassungsschutzes Schamgefühl unterschätzt und gleichzeitig die Popularität seiner Person überschätzt.

21

»Det is wohl 'n kleena Scherz, wat?« fragt Bruno stirnrunzelnd. Er sitzt neben Knarje im Büro des Kriminalrats Berthold Prangel im Westberliner Polizeipräsidium am Tempelhofer Damm. Wieder einmal vor einem Schreibtisch. Hinter dem Schreibtisch sitzt Prangel.

»Das ist kein kleiner Scherz, Bruno«, antwortet der Kriminalrat, der noch blasser und elender aussieht als am Sonntag und tiefe, dunkle Schatten unter den Augen hat. »Das ist mein voller Ernst. Man hat mir euern Fall abgenommen. Wenigstens, was die Zusammenarbeit mit den Amerikanern betrifft. Leider.«

»Leida!« wiederholt Bruno, an seinem Hemdkragen zerrend. »Leida sagense, Herr Kriminalrat. Sonst hamse nischt zu sagen?«

»Nein, Bruno. Nur daß es mir wirklich sehr leid tut.«
»Von Kondolazjonen wird höflichst jebeten, Abstand zu nehmen«, sagt Bruno langsam. Seine gutmütigen Augen machen plötzlich einen gefährlichen Eindruck, er ballt die Fäuste auf den Knien.
»Herrgott, Bruno, denkst du, ich bin glücklich über diese Entwicklung?«
»Nein? Sind Sie es nicht?« (Hochdeutsch!)
»Bruno!«
»Immer noch *Herr* Knolle für Sie, Herr Kriminalrat, wenn ich bitten darf.«
»Also, hören Sie mal, Herr Knolle... ach was, Herr Knolle werde ich zu dir sagen, nach einem halben Menschenleben! Also höre mal, Bruno... halt den Mund, jetzt rede ich!... Du glaubst doch nicht etwa, daß ich mich vor meinen Versprechungen drücken will!«
»Genau das glaube ich, Herr Kriminalrat«, erwidert Bruno durch die Zähne. Er beugt sich vor. Jetzt legt er die Fäuste auf die Schreibtischplatte. »Und wissen Sie, was ich noch glaube? Daß Sie das *von Anfang an* vorgehabt haben, daß das eine *abgekartete Geschichte* ist zwischen Ihnen und den Amis. Der Mohr hat seine Schuldigkeit getan, der Mohr kann gehen.«
Für Knarje war das alles ein bißchen zu schnell abgelaufen, er ist nicht mehr mitgekommen. Jetzt kapiert er.
»Det is doch... nee, also wenn det nich die jrößte Jemeinheit is, die ick je alebt habe! Ick krieje noch fümfdausend Emm, Herr Kriminalrat! Und zwar jetz gleich! Ware is schon jeliefat, Arbeet schon jeleistet! Die fümfdausend sind fällich – jenauso, wie et besprochn war. Wo sindse, die fümf Mille?«
»Hier nicht«, sagt Prangel. Na schön. Na also. Nun ist es soweit. Genauso hat er sich das vorgestellt. Die ganze Nacht lang. Lesen konnte er nicht, schlafen konnte er nicht, weil er sich diese Szene vorstellen mußte. Immer wieder.
Soll er den beiden erklären, was dieser Dr. Landon ihm gestern erklärt hat? Sie würden es doch nie verstehen. Und selbst wenn sie es verstünden – wenigstens Bruno, der ist der Hellere –, was hätten sie davon? Nichts.
›Auf lange Zeit gesehen, bleibt der Westen Sieger...‹
Gewiß.
Da sitzen nun zwei, die sind *Verlierer* während dieser langen Zeit.
»Wat heeßt, hier nich?« jault Knarje auf.
»Ich habe die zweite Rate nicht«, sagt Prangel müde. »Die Amerikaner haben sie mir nicht geschickt... nur die erste, am Sonnabend. Sonst würde ich dir das Geld doch sofort geben, Knarje! Aber

ich habe es nicht. Ich sage doch, ich bin raus aus dem Fall, man hat ihn mir abgenommen. Wie oft wollt ihr das noch hören, verflucht?«

»Also die *Amis* ham die Penunse?«

»Ja. Oder der Bundesverfassungsschutz. Der bearbeitet die Sache an meiner Stelle weiter. Geh zu den Amerikanern. Fahr zum Bundesverfassungsschutz. Frag nach Herrn Schuckert. Der soll dir sagen, ob er das Geld für dich bekommen hat. Ich habe nichts bekommen. Das heißt, ich habe natürlich deine BVG-Akte von drüben bekommen, Bruno, falls dich das interessiert. Da liegt sie. Die Brüder haben sofort das ganze Material geschickt.«

»Ach nee«, sagt Knarje. »Und det über mir und die Fülme och?«

»Ja. Deine Akte liegt bei der Sitte. Brunos Akte ist zu mir gekommen, weil es sich um Einbruch handelt.«

»Womit die Affäre erledigt wäre, nicht wahr? Hipp hipp hurra!« Bruno steht auf, öffnet die Fäuste und streckt beide Arme vor.

»Was soll das?« fragt Prangel.

»Ich bitte um Handschellen, Herr Kriminalrat. Wenn ich höflichst ersuchen dürfte, mich gleich abführen zu lassen.«

»Setz dich hin!« schreit Prangel wild und so laut, daß Bruno erschrocken auf seinen Stuhl plumpst. »Du kleiner Idiot! Was denkst du, was ich jetzt für Mühe haben werde, dieses Material verschwinden zu lassen? Und die drüben in der Sitte deines, Knarje! Zum Glück habe ich da Freunde. In einem Rechtsstaat ist das nicht so einfach wie in einer Diktatur.« (Erinnerungen an das Gespräch mit Dr. Landon ...)

»Weißt du, was ein Rechtsstaat ist?« Bruno wendet sich an seinen Kumpel, der aussieht, als wollte er weinen. »Ein Rechtsstaat, Knarje, das ist ein Staat, der macht dir genau solche Versprechungen wie ein Unrechtsstaat. Bloß einen Unterschied gibt es: Der Rechtsstaat hält seine Versprechungen dann nicht.«

Prangel wird wütend.

»Nun aber Schluß, Bruno, ja? Möchte wissen, was der SSD mit dir gemacht hätte, wenn du nicht zu mir gekommen wärst und Fanzelau wirklich entführt hättest.«

»Ja, das täte mich auch interessieren, Herr Kriminalrat. Drüben haben sie mir eine Kneipe versprochen, Sie erinnern sich doch, nicht wahr? Und Streichung aller Vorstrafen im Register, damit ich eine Konzession bekommen kann. Und Kredite für die Kneipe. *Dasselbe haben Sie mir versprochen.*«

»Die Amerikaner.«

»Sie *und* die Amerikaner«, spricht Bruno mit unbarmherziger Schärfe. »Sie haben sogar gesagt, Sie würden mir die Kneipe auch noch verschaffen, selbst wenn dieser allmächtige Ami, der nie ein Versprechen gebrochen hat, sein Versprechen doch einmal brechen sollte.« (O Gott, denkt Prangel, ja, das habe ich gesagt!) »Ihr *Ehrenwort* haben Sie mir gegeben, wenn ich Sie daran erinnern darf, Herr Kriminalrat.« (Bruno, bitte, Bruno, hör auf!) »*Angefleht* haben Sie mich, Ihnen zu helfen! Oder irre ich mich?«

»Du irrst dich nicht, Bruno«, sagt Prangel, nach Luft ringend. »Das ist alles richtig. Ich habe auch noch gesagt, du kannst dir eine Kneipe in Berlin oder eine in der Bundesrepublik aussuchen...«

»Ich habe mich für München entschieden«, antwortet Bruno, dem in der Aufregung wieder einmal der Sinn für die harte Realität abhanden kommt – ganz kurz nur! »Das heißt: Ich *hatte* mich für München entschieden. Bißchen voreilig von mir.«

Knarje stottert: »Det... det könnense doch nich machen mit uns, Herr Kriminalrat!«

»Aber natürlich kann der Herr Kriminalrat das mit uns machen, Knarje«, sagt Bruno. »Mit solchen wie uns kann man alles machen. Wenn die Herren, die uns so fein beschissen haben... ach, verzeihen Sie den Ausdruck, Herr Kriminalrat, verzeihen Sie vielmals!... wenn die Herren, die so freundlich zu uns waren, noch ein wenig warten, erledigt sich die ganze Geschichte von selber. Das sind nämlich auch keine Idioten, die drüben im Osten. Die werden schon einen Weg finden, uns rüberzuholen. Bekannt gemacht hat uns der demokratische, der freie, der wunderbare Westen ja zur Genüge.« Plötzlich vollführt Bruno eine dialektische Wendung um hundertachtzig Grad. Schluß mit dem Hochdeutsch! »So hamse sich det vorjestellt, wa? Aba da hamse sich jeirrt! Da hamse sich *mächtich* jeirrt! So einfach is det nich, Herr Kriminalrat! Wir jeben nich uff! Wir wehren uns! Und wie wa uns wehren wern! Da jibts ville Weje, jawoll! Und wenn ick se *alle* uffliejen lasse, Sie, die Amis, *alle*! Und wenn ick mir an den ›Spiejel‹ wende! Und wenn ick nischt weita arreiche als 'n Skandal, det der Funkturm wackelt... ick wehre ma! Buchtense ma ein, wennse wollen! Okee, denn packe ick bei de *Verhandlung* aus! Da hab ick denn jenau det richtije Publikum! Se buchten ma nich ein? Ooch okee! Rede ick so mit die ›Spiejel‹-Leute!«

»Bruno...«

»Ick bin 'n *Mensch*, Herr Kriminalrat, keen *Vieh*!«

»Bruno...«

»Und Knarje is jenau so 'n Mensch! Und wir ham unsre Rechte und unsre Würde! Und nu wolln wa doch mal sehn, wer zuletzt lacht, und wer zuletzt so richtich in de Scheiße liecht! Det wollnwa...«

»Bruno, Himmelherrgott, halt endlich die Schnauze und laß mich reden!« schreit Prangel, der, wie der arme Knarje, mit Tränen kämpft. »Ich lasse euch doch nicht im Stich! Ich habe mein *Ehrenwort* gegeben! Glaubst du, das gilt nicht mehr?«
»He?« Bruno glotzt.
»Vielleicht denkt ihr zwei einen Augenblick nicht nur an euch, sondern auch an mich! Ich habe euch angestiftet... jawohl, angestiftet ist das Wort! Ich fühle eine *Verantwortung* für euch! Jawohl, auch das ist das Wort! *Verantwortung!* Ich werde keine Ruhe geben! Sie haben mir den Fall genommen! Aber noch bin ich ein wichtiger Mann für sie! Ich setze durch, daß die Versprechungen eingelöst werden! Ich setze es durch!«
»Herr Kriminalrat«, sagt Bruno, dem Prangel auf einmal leid tut, »hebense sich man bloß keenen Bruch dabei. Wie wollnse det denn jetz noch machen?«
»Es wird schwieriger werden, als wir alle gedacht haben, es wird länger dauern... Aber ich lasse euch nicht im Stich, das ist mein heiliger Ernst! Auf mich könnt ihr immer rechnen!«
Schweigen.
Dann sagt Bruno: »Tut ma leid, det ick so unvaschämt jewesen bin, Herr Kriminalrat. Knarje tuts ooch leid.«
»Ja«, sagt der.
»Wir kapiern jetz, det *Sie* uns nich bescheißen wolln. *Sie* uff keenen Fall, Herr Kriminalrat! Sie sind in 'ne miese Situazjon, det is uns nu klar. Und wennse uns helfen wolln, denn sagen wa von janzen Herzen danke!«
»Danke, jawoll«, echot Knarje.
»Um das Belastungsmaterial macht euch man keine Sorgen«, murmelt Prangel und sieht dabei die beiden Ganoven schwermütig an. »Das ist bei uns gut aufgehoben. Und was alles andere betrifft, so werden wir jetzt zweigleisig operieren... ihr auf eure Weise, ich auf meine. Ich sage euch, was ihr tun müßt.«
Der Kriminalrat Prangel sagt Bruno und Knarje, was sie tun müssen.

22

»Mr. Snowden ist leider nicht hier«, erklärt der junge Jack Campbell, der vom Dienst im Lager Marienfelde abgezogen worden ist, um den Komplex Bruno Knolle/Mitzi Szapek zu klären. Er sagt es in der schönen, kühlen Halle der Villa des CIC. Es ist halb elf, und

draußen ist es schon wieder sehr heiß. Campbell hat zu seinen Worten die Pfeife geschwenkt, die er gerade raucht, ein würziger Duft von Dunhill-Tabak weht durch den Raum.
»Mista Snodn, det is der Herr, den wa in 'n Weinmeisterhornweech jesehn ham, nich?« fragt Bruno.
»Ja. Er hat die Aktion geleitet, soweit sie *uns* betraf. Warum wollen Sie ihn sprechen?« fragt Campbell, der es natürlich schon weiß.
»Et is da noch vaschiedenet zu rejeln«, sagt Bruno. Er hat eine gewisse Gelassenheit zurückgewonnen, jene Knastbruder-Haltung, die darauf hinausläuft, daß man selbst so ruhig wie möglich bleiben und den anderen so massiv wie möglich reizen muß, wenn man etwas erreichen will, sei es bei einem Kalfaktor, bei einem Wachtmeister, beim Zuchthausarzt, beim Zuchthausdirektor.
»Ach so«, sagt Campbell. »Natürlich. Ich weiß schon, was Sie meinen. Es wäre allerdings besser gewesen, wenn Sie zuerst angerufen hätten. Wir stehen im Telefonbuch.«
»Der Kriminalrat Prangel, der hat jemeint, wir solln...«, beginnt Knarje, das Unglückstier mit der langen Leitung, und wird von Bruno mit einem scharfen »Schnauze!« gestoppt.
Zu spät gestoppt.
»So«, sagt Campbell, und nun wird er plötzlich ernst. »Herr Prangel hat also gemeint, Sie sollten selbst herauskommen.«
»Nee, nee, det nich.« Bruno versucht zu retten, was zu retten ist. »Er hat bloß jesacht, er is nich mehr *so janz* in den Fall drin und weeß nich so jenau über allet Bescheid, und da ham wir jedacht, der Zie-ei-ßie...«
»Ich verstehe«, sagt der Amerikaner. »Und es spielt auch keine Rolle – *für uns. Für Sie* schon! Sie sind einen verdammt weiten Weg umsonst gekommen. Das hätten Sie sich ersparen können.«
»Soll det heißen«, fragt Bruno langsam, »det Mista Snodn keene Anweisungen jejeben hat... wat *uns* betrifft?«
Arme Schweine seid ihr, denkt Campbell. Wenn ich meinen Roman schreibe, werde ich tragikomische Figuren aus euch machen. Du, Bruno, bist das gescheitere arme Schwein. Du, Knarje, bist das dümmere. Und ich selbst?
Kein self-pity!
Doch was ich mir da gestern noch von Snowden anhören mußte, als ich ihm sagte, ich hielte den Knolle-Szapek-Komplex für abgeschlossen, das war widerwärtig und entwürdigend. Der Alte stauchte mich zusammen. Aber wie! Kein Schuljunge hätte sich das gefallen lassen. Ich, ich war einfach überrumpelt. Denn leider kam er auch noch mit Zahlenmaterial: »Es ist besser, Jack, Sie überlassen die

Auswertung all unserer Recherchen immer noch mir, nicht wahr? Ich bin etliche Jahre länger in diesem Geschäft. *Eine* Entführung haben wir gerade verhindert. Darf ich Ihnen mitteilen, daß der Untersuchungsausschuß freiheitlicher Juristen zweihundertsechsundsiebzig ... *jawohl, zweihundertsechsundsiebzig!* ... Entführungen aus Westberlin registriert hat, seit drüben das Ministerium für Staatssicherheit besteht?«

»*Zweihundertsechsundsiebzig?*«

»Ja, mein Lieber. Sie sind begabt, ich habe Sie gern ... Aber Sie müssen noch viel, viel lernen, wenn Sie wirklich erfolgreich arbeiten wollen. Ich sage das in aller Freundschaft, doch auch mit allem Nachdruck: Sie bleiben dem Knolle und dieser Szapek auf den Fersen. Das dicke Ende kommt noch. Und, bei aller Freundschaft, *wenn* es kommt, möchte *ich* nicht der Verlierer sein, nur weil *Sie* glauben, schon alles zu überblicken. Das möchte ich auf keinen Fall. Habe ich mich deutlich genug ausgedrückt, Jack?«

»Yes, Sir«, antwortete Campbell und dachte: Verdammter Dickkopf.

»Was nun Sie beide betrifft«, antwortet der junge Agent jetzt Bruno, nachdem er ein paarmal an seiner Pfeife gesogen hat, um sie in Brand zu halten, »hat Mr. Snowden selbstverständlich Anweisungen gegeben.«

»Ja?« Knarjes Augen strahlen auf.

Eben das dümmere arme Schwein, denkt der Amerikaner.

»Dem *Kriminalrat* nich«, sagt Bruno schnüffelnd. »Und Ihn', wie 't mir scheint, ooch nich, Herr Kempell.«

Eben das klügere arme Schwein, denkt der Amerikaner.

»Nein, mir auch nicht.«

»Also wem?«

»Dem Mann, der jetzt für Sie zuständig ist. Herrn Schuckert vom Bundesverfassungsschutz. Was ist, Herr Knolle? Warum sehen Sie mich so an?«

»Isset vaboten, Sie anzusehn?«

»Natürlich nicht.« Je länger ich ihn kenne, um so besser gefällt mir dieser Bruno Knolle, denkt Campbell. Aber helfen kann ich ihm nicht. It's a tough life.

»Ick habse so anjesehn, weilse mir sympathisch sind, Herr Kempell. Sie ham schon so ville for mir jetan ...«

»Unsinn!«

»Doch, doch! Und jerade darum bin ick jetzt 'n bißken nachdenklich. Uff eenmal tunse nischt mehr for mir ... oder for Knarjen. Weilse nich *können*, klar, brauchen se ma nich beteuan! Aba Sie sind nu schon der zweete, der nischt machen kann, trotzdem er mir sympathisch is und ick ihm ooch. Bei Kriminalrat Prangel *weeß* ich det mit die Sympathie. Bei Ihn' *vamute* ick et bloß.«

»Sie vermuten völlig richtig.«

»Sehnse. Zwee bin ick sympathisch, und beede können nischt tun for mir. Sondan schubsen mir imma weita. Und Knarjen ooch! Da is doch der Wurm drin!«

Campbell wird verlegen, er hat ein – jedenfalls für seinen Beruf – zu zartes Gemüt. Er sucht nach Worten. Er findet keine.

»Schon jut, Herr Kempell. Sie sind eben ooch bloß 'n kleenet Rädchen, vastehe ick völlich. Komm, Knarje, wir jehn. Wir hätten wirklich bessa erst anjerufen.«

»Ich stelle Ihnen gerne einen unserer Wagen zur Verfügung, der Sie zum Amt für Verfassungsschutz bringt...«

»Sehr nett von Ihn', aba nee, danke. Könntense noch Unannehmlichkeiten kriejen mit Ihren jroßen Chef! Wir fahrn U-Bahn. Schön juten Tach, Herr Kempell...«

Der Agent geleitet Bruno und Knarje zum Ausgang. Dabei hält er Bruno etwas zurück und sagt leise: »Es tut mir leid, Herr Knolle.«

»Gloobe ick, Herr Kempell, gloobe ick ja.«

Der Amerikaner räuspert sich. »Das einzige, was ich im Moment für Sie tun kann, wäre, Ihnen bei dem Kettchen zu helfen.«

»Kettchen? Wat for... ach so! *Det* Kettchen!« Dieses verdammte Kettchen mit dem Amulett, das ein Bild der heiligen Beatrix zeigt, hat Bruno bereits in Nellys Wohnung gesucht. An den unmöglichsten Orten. Er hat es nicht gefunden. Wenn Nelly etwas versteckt, versteckt sie es gut.

»Hoppla!« sagt Bruno. »Woher wissen *Sie* denn wat von det Ding?«

Campbell hebt eine Hand und eine Augenbraue. »Das CIC weiß alles. Sie erwarten doch nicht, daß ich Ihnen im Detail erkläre, *wie* wir von dem Kettchen erfahren haben. Und woher wir wissen, daß Ihre Freundin Nelly es hat.«

»Det wissense ooch?«

Also richtig getippt, denkt Campbell und nickt.

»Allahand! Aba warum fangense jerade *damit* an? Und *jetzt*?« fragt Bruno.

Knarje wandert mittlerweile schon auf die Straße hinaus...

»Sie besuchen doch Fräulein Szapek wieder?«

»Ja, Herr Kempell.«

»Gewiß wird sie nach dem Kettchen fragen... wenn nicht heute, dann morgen.«

»Tja, det is anzunehmen.«

»Sagen Sie ihr, wir hätten Ihnen das Amulett beim ersten Verhör

abgenommen. Mit allen anderen Sachen, die Sie bei sich trugen.«
»Det habe ick . . .«
»Das haben Sie ihr schon gesagt?« Campbell zeigt sich überrascht. »Um so besser! Dann sagen Sie, Sie wollten Ihren Besitz nun wiederhaben, aber wir gäben ihn noch nicht her. Wir seien so eigenartig in diesen Dingen.«
»Det . . . det wollnse for mir tun, Herr Kempell?«
»Wenn ich schon sonst nichts tun kann . . . falls es ganz schlimm kommt, verliere ich das Kettchen auch.«
»Ach, Herr Kempell, Sie sind aba wirklich nett.«
»Sie sind auch nett, Herr Knolle.«
»Wenn wir beede bloß nich so ohne Macht wärn!«
»Ja«, sagt Jack Campbell, »wenn wir beide nur nicht so ohne Macht wären . . .«

23

Der rosige Heinz Schuckert mit den Patschhänden, dem Eierkopf und dem spärlichen Rest seines Haupthaars leidet außerordentlich unter der Augusthitze. Mit Hilfe von Sonnenblenden und Vorhängen hat er sein Büro fast völlig verdunkelt. Schuckert sitzt im Hemd da und betrachtet seine Besucher brütend.
Nun also diese beiden! Er hätte sie sich natürlich geholt, einen nach dem anderen, und sie ordentlich ausgequetscht – aber bevor er dazu kam, waren sie schon hier, und anstatt daß er Fragen stellt, stellen nun diese Ganoven sie.
Feiner Montag!
Seit gestern wird Schuckert ununterbrochen von seinen Vorgesetzten im Westen angeraunzt, zur Schnecke gemacht, wie das im Jargon solcher Dienststellen zu heißen pflegt. Telefonate mit Köln. Fernschreiben aus Köln. Nachdem die Flucht des Ehepaars Lutter bekannt wurde, war vollends die Hölle los. Wer trägt hier die Schuld? Er natürlich. Er ganz allein. Wird auch noch Folgen für ihn haben, gibt man ihm alle paar Stunden freundlich zu verstehen. Es sei denn, er zeige durch erhöhte Anstrengungen, daß er der rechte Mann am rechten Ort sei. Erhöhte Anstrengungen! Den Ton kennt er noch aus dem Osten . . .
Verfassungsschutzmann Heinz Schuckert ist gerade in der Laune, sich nun auch noch von zwei Knastbrüdern Vorwürfe machen zu lassen! Da es in solchen Lagen Unfug wäre, nach oben zu treten, tritt man nach unten. Das ist nur menschlich.

Heinz Schuckert, gestern noch so einfühlsam um das Innenleben dieses Franz Lutter bemüht, läßt heute jede Psychologie beiseite. Reine Zeitverschwendung. Diesen Burschen da werde ich mal zeigen, was eine Harke ist. (Ganz natürliche menschliche Reaktion.)
»Also, meine Herren, ich habe jetzt Ihre Unverschämtheiten satt!«
»Langsam, langsam, ja!« spricht Bruno.
»Ihre Unverschämtheiten, habe ich gesagt, und dabei bleibe ich. Habe sie mir lange genug angehört. Und bin höflich geblieben und geduldig. Damit ist Schluß. Jetzt hören *Sie* zu.«
Bruno murmelt etwas.
»Wie bitte?« fährt Schuckert ihn an.
»Ick habe bloß jesacht: Wir sind janz Ohr«, antwortet Bruno mit einem treuherzigen Augenaufschlag. Er hat natürlich etwas ganz anderes gemurmelt. Dieser dämliche Scheißer da glaubt, er kann sich aufspielen. Soll sein Wunder erleben, wenn er zu üppig wird. Außer dem ›Spiegel‹ gibt es noch andere Blätter, die sich für das, was bei uns passiert, interessieren. Ausländische zum Beispiel! Spiel nur nicht den zu Kessen, Schuckert!
Heinz Schuckert sagt: »Daß dieser Fall alles andere als abgeschlossen ist, dürfte Ihnen wohl klar sein, nicht wahr?«
»Wieso? *Wir* brauchen bloß noch abrechnen. Denn issa abjeschlossen.«
»So habe ich es nicht gemeint. Ich hab gemeint...«
Im nächsten Moment sagt Knarje, dieses hirnverbrannte Arschloch, ehe Bruno ihn hindern kann: »Ach so, Se meinen den Lutta, wa?«
Dem Bruno wird ganz schlecht vor Wut.
Knarje, ich könnte dich umbringen!
»Ja«, sagt Schuckert und blickt Knarje, der inzwischen bemerkt, was er da angerichtet hat, durchdringend an. »Den meine ich. Was wissen Sie von dem? Los, los, los! Sehen Sie *mich* an, nicht Ihren Kumpel! Raus mit der Sprache! Was wissen Sie über Lutter?«
»Janischt...« Knarje mümmelt wieder einmal wie ein Karnickelbock. »Ick kenne den Mann überhaupt nich. Det is 'n Bekannta von Herrn Knolle.«
Na, wenigstens komme ich nun zu Wort, denkt Bruno und spricht schnell: »Kriegskamerad. Det wissense doch bestimmt, nich? Na sehnse. Ick habe vor Knarje mal sein Namen erwähnt. Nu, in seine Enttäuschung, denkt er, et könnte wat mit Lutta sind. Det denkste doch, Knarje, nich?«
»Ja. Jenau det...«
»Vielleicht überlassen Sie es *mir*, Fragen zu stellen, Herr Knolle, ja?«

»Entschuldijense man.« Bruno macht ein so unschuldiges, Knarje ein so blödes Gesicht, daß Schuckert weiß: Aus Knargenstein bekommt er nichts mehr heraus. Nun *muß* er mit Knolle sprechen.
»Also, was wissen *Sie* über Lutter?«
»'ne Menge«, antwortet Bruno. »Aba nich, wat Sie erwartn. Sie sind uff'n falschen Dampfa, Herr Schuckat.«
»Wieso bin ich auf dem falschen Dampfer?«
»Weilse nu offenbar gloom, der Lutta wäre unsertwejen jetürmt oder aus irgendeen politischen Jrund.«
Schuckert verschlägt es vorübergehend die Sprache.
»Det is 'ne Berufskrankheit bei Ihn', vaständlich, detse imma hinter allet jleich wat Politisches wittan.«
Schuckert, der nie als *erster* von Lutter gesprochen hätte, weil er stets nach dem System vorzugehen pflegt, alle Verdächtigen so lange wie möglich voneinander fern und auseinander zu halten, sieht dieses System plötzlich außer Betrieb gesetzt.
»Sie wissen also, daß Lutter getürmt ist – wie Sie es nennen, Herr Knolle?«
»Klar.«
»Aha, das ist klar. Und warum ist er getürmt?«
»Suff«, erwidert Bruno eindringlich. (Idiot von Knarje!)
»Was?«
»Schnaps in't Jehirn. Die Frau ooch. Ham durchjedreht. Alle beede. Ick habe jestan noch lange mit beede telefoniert. Ick weeß, von wat ick spreche.«
»Moment mal. Sie haben gestern noch mit Lutter telefoniert?«
»Na ja doch.«
»Wann?«
»Am frühen Nachmittach. Ick war draußen in sein Haus, meine Klamotten holn. Da hatta anjerufn.« (Wenn Knarje nur das Maul gehalten hätte. Jetzt hakt der Schuckert hier natürlich ein!)
»Von wo?«
»Aus Zürich. Von Flughafen.« Bruno wird auf alle Fälle frech. »Schützense unsre Vafassung *imma* so prima? Hamse *wirklich* noch nich jewußt, det der Franz in de Schweiz is?«
Mist! denkt Schuckert. Man kann sich auf keinen Menschen verlassen in diesem Saustall! Ich habe Anweisung gegeben, *sofort* Lutters Telefon anzuzapfen. Um 17 Uhr hatten die Brüder es glücklich geschafft. Weil Sonntag war. Endlos lange niemand aufzutreiben. Seit Jahren erkläre ich, daß man den Laden hier nur rund um die Uhr führen kann. Nein, hübsch in Schichten wird weitergearbeitet. Braucht man jemanden, ist er nicht da. Am frühen Nachmittag war

Lutter also bereits in Zürich. Wie ist er aus Berlin herausgekommen mit seiner Frau? Falsche Pässe natürlich. Habe ich nicht Hentzsche und Weiß Befehl gegeben, Lutter auf Schritt und Tritt zu folgen? Was haben die getan? Stümper, verdammte. Aber ich, ich darf mich anbrüllen lassen für alle. Immer ich! Zwanzig Stunden fahnde ich bereits nach Lutter, versuche herauszufinden, wo er untergetaucht ist. Wer informiert mich endlich? Ein Ganove! Es ist zum ...

»Natürlich weiß ich, daß Lutter in der Schweiz ist«, sagt Schuckert.

Bruno blinzelt ironisch.

»Feixen Sie nicht!«

»Wer feixt denn?«

»Sie!«

»Erlaubense mal ...«

Schuckert schlägt auf die Schreibtischplatte.

»Ruhe!« So gescheit, wie er glaubt, ist dieser Knolle auch nicht. Suff, hat er gesagt. Die *Wahrheit* kennt er also nicht. *Oder doch?*

»Wennse noch eenmal so laut werden, Herr Schuckat, denn jeh ick und beschwer ma bei Ihre Vorjesetzten!« droht Bruno.

Schuckerts Patschhände zittern.

Das muß man sich sagen lassen. Was soll man tun? Der Dreckskerl ist dazu imstande – besonders, wenn das mit dem Suff ein Bluff war. Also auch noch höflich sein zu dem Louis.

»Ich bedauere meine Heftigkeit.«

»Det will ick hoffen!«

Heinz Schuckert holt Luft.

»Meine Herren«, beginnt er *(Meine Herren!)*, »es hat keinen Sinn, daß wir uns hier weiter unfreundliche Dinge sagen oder gegenseitig beleidigen. Damit wird Ihnen nicht geholfen ... und mir nicht. Ich erkläre noch einmal: Für mich ist der Fall alles andere als abgeschlossen. Das soll nicht heißen, daß ich Sie verdächtige, irgend etwas zu verbergen. Aber ich kann die Sache aus anderen Gründen nicht zu den Akten legen. Und solange ich das nicht kann, kann ich mit Ihnen nicht über Ihre diversen Wünsche sprechen.« (So, das habe ich hingekriegt. Die glotzen mich an wie Kühe, wenn's donnert – vor allem dieser dämliche Knargenstein!)

»Unterstützen Sie mich, wo Sie können. Geben Sie mir jede Auskunft, die ich fordere. Ich bin für jeden Hinweis dankbar. Für die kleinste Spur. Denken Sie scharf nach. Erinnern Sie sich an alles, was geschehen ist ... von Anfang an. Dinge, die Ihnen völlig unwichtig erscheinen, können für mich von größter Bedeutung sein. Sie helfen mir in Ihrem eigenen Interesse. Denn sobald diese Sache wirklich erledigt ist, kommen wir auf Ihre Angelegenheiten zu sprechen. Sehen Sie, Herr Knolle, mit dem Bericht über Ihren Kriegskameraden Lutter haben Sie mir bereits einen ganz großen Dienst erwiesen. Wir wußten natürlich, wo er steckt und daß er trinkt. Wir werden schnell festgestellt haben, wie es um die Trunksucht dieses Mannes, seine Zurechnungsfähigkeit und so weiter steht. Und wenn alles so ist, wie Sie annehmen ... wovon ich nun fast überzeugt bin ... dann darf ich diesen ganzen Teil wirklich als abgeschlossen betrachten. Das gilt für alles andere auch. Fräulein Szapek zum Beispiel ...«

»Einen Augenblick«, sagt Bruno. Diesmal spricht er hochdeutsch, weil ihn ein makabres Gefühl beschlichen hat. »Das soll also heißen, daß wir sozusagen ab sofort Ihre Angestellten sind und bleiben, bis Sie völlig klargekommen sind. Dann erst wird über Geld, Kneipe und so weiter geredet. Verstehe ich Sie so richtig?«

»Völlig richtig«, antwortet Schuckert, verblüfft über diese Hochdeutsch-Anfrage.

»Aha«, sagt Bruno. Er fixiert Schuckert. Der erwidert den starren Blick ruhig. Das hat er gelernt, das kann er in alle Ewigkeit aushalten. »Und diese Methode«, fährt Bruno fort, »ist zwischen Ihnen und den Amerikanern abgesprochen worden?«

»Ja, Herr Knolle.«

»Sie haben mit Mista Snodn telefoniert?«

»Woher kennen ...«

»Herr Knargenstein und ich hatten das Vergnügen, den Herrn in der Nacht kennenzulernen, wo wir die Entführung von Herrn Fanzelau vereitelten.«

›Vereitelten‹ – selbst ein so feines Wort kommt dem Bruno glatt über die Zunge!

»Ja, so habe ich es mit Mr. Snowden abgesprochen«, antwortet Schuckert, der unsicher wird, weil ihm ein Ganove wie dieser Knolle noch nicht begegnet ist. Der andere, dieser Knargenstein, ist so das übliche Gesocks. Aber der Knolle – da heißt es achtgeben!

»Mr. Snowden«, erklärt Schuckert, »hat mir mitgeteilt, daß man Ihnen eine Kneipe versprochen hat und Ihnen noch einmal fünftausend Mark, Herr Knargenstein.«

»Ja, und die will ick nu endlich ...«

»Still, Knarje«, sagt Bruno scharf. »Laß den Herrn reden.«

Schuckert spricht weiter: »Kneipe, Streichung der Vorstrafen, Konzession. Darlehen, die fünftausend Mark ... das alles sind wie gesagt Dinge, über die wir uns unverzüglich unterhalten und einigen werden, sobald der *Fall* bereinigt ist. Der hat jetzt Vorrang. Das begreifen Sie als gute Deutsche doch, nicht wahr? Oder sind Sie keine

guten Deutschen? Oder sind Sie nur auf Ihren Profit bedacht? Haben Sie nicht aus Idealismus gehandelt, sondern nur aus Gewinnsucht?«
Ein paar in die Fresse gehören dir für diese Fragen, denkt Bruno, aber er antwortet höflich: »Ich denke, wir sind gute Deutsche.«
»Das heißt: Sie wollen mir helfen.«
»Ja.«
»Sie sehen ein, daß Ihre persönlichen Belange zurückstehen müssen, bis ...«
»Ja.«
»Neien!« heult Knarje wieder einmal auf. »Det sehe ick nich ein! Det is 'ne Sauerei! Det is Betruch, jawoll, Betruch is det! Rinjeleecht hamse uns!«
»*Knarje!!!*« schreit Bruno so laut, daß nicht nur der, sondern auch Schuckert zusammenfährt. »Halt endlich die Klappe!«
»Aba siehste denn nich ...«
»Sei ruhich! Ick weeß, wat wa jetzt machen müssen, wenn wa iebahaupt noch zu unsa Recht kommen wolln. Keen Wort der Widerrede!«
»Schön, daß *Sie* so vernünftig sind«, sagt Schuckert. Jetzt hat *er* das makabre Gefühl. Brunos Ausdrucksweise zeigt, daß dieser es verloren hat. Oder daß er sich über gewisse Unabdingbarkeiten klargeworden und willens ist, sie hinzunehmen.
Geradezu lammfromm spricht Bruno: »In eene Lage wie die, in die wir uns befinden, muß man vanünftich sein, nich? Se ham unsre Untastützung, Herr Schuckat. Janz und voll.«
»Ausgezeichnet. Ich kenne Ihre Adressen. Sie verlassen Berlin nicht. Sie sind jederzeit für mich erreichbar.«
»Jut.«
»Herr Knargenstein geht seiner gewohnten Beschäftigung nach.«
»Wennse ma vahohnepiepeln wolln ...«
»Knarje!« ruft Bruno.
Knarje schweigt sofort.
»Sie, Herr Knolle, werden nun wohl ... neben der Arbeit für mich ... den Weg gehen müssen, den alle Flüchtlinge gehen. Wir haben hier einen Rechtsstaat.«
»Hat mir ooch schon Herr Kriminalrat Prangel jesacht.«
»Was?« Schuckert kneift die Augen zusammen.
»Det wa hier 'n Rechtsstaat ham.«
»Was hat er noch gesagt?«
»Noch? Nischt! Wat wollten denn *Sie* noch sagen?«
»Ich wollte sagen: Sie müssen nun hinaus nach Marienfelde.«

»Da wohnen ooch?«
»Nein. Sie haben ja eine Bleibe bei Fräulein Pietsch. Aber in Marienfelde müssen Sie alle Formalitäten erledigen. Sie brauchen die Anerkennung als politischer Flüchtling, die ...«
»Ick will die Kneipe in de Bundesrepublik, Herr Schuckat.«
»Gewiß, gewiß. Aber bevor Sie nicht alle Bescheinigungen und Bewilligungen haben, werden Sie nicht aus Berlin herausgeflogen. Das brauch ich Ihnen doch nicht zu erzählen.«
»Nee, det brauchense mir nich azähln. Det weeß ick schon allet.«
»Sehen Sie.«
»Ja, det sehe ick.« Fein habt ihr euch das ausgedacht, liebe Freunde. Aber ihr werdet noch staunen! Der Kriminalrat Prangel hält zu uns, der läßt uns nicht im Stich – so, wie *ihr* euch das vorstellt, wird es nicht gehen, Freunde, heißgeliebte.
Schuckert atmet auf.
»Ein intelligenter Mensch sind Sie, Herr Knolle.«
»Ick bemühe mir, eena zu sein.«
Wieder überkommt Schuckert dieses makabre Gefühl.
Ach was, zunächst einmal hat er die beiden friedlich gestimmt. Wenigstens diesen Knolle. Das ist die dominierende Persönlichkeit. Der wird auch Knargenstein auf Trab bringen.
»Na, dann würde ich gerne einmal von Ihnen hören, was sich alles abgespielt hat, seit Sie aus Brandenburg entlassen worden sind, Herr Knolle«, sagt Schuckert. »Wenn Sie inzwischen nebenan warten wollen, Herr Knargenstein ...«

24

Das war vielleicht ein Tag für Bruno. Kinder, Kinder!
Nach dem Schuckert-Gespräch tatsächlich hinaus nach Marienfelde. Stundenlang von Behörde zu Behörde getrabt. Geredet, geredet, geredet.
Dann den Riesenweg zu Mitzi Szapek gefahren, in das Krankenhaus Bethanien. Er hat doch versprochen, sie zu besuchen. Und was Bruno verspricht, das hält er.
Außer sich vor Glück war die Mitzi! Mit einiger Besorgnis stellte Bruno fest, daß sie viel besser aussah als gestern. Die wird also bald entlassen werden, wenn das so weitergeht. Vielleicht schon in zwei Wochen?
Was das ›Kettchen‹ betraf, so beherzigte Bruno Campbells Rat. Dieser Mann gibt ausgezeichnete Ratschläge! Mitzi glaubte sofort alles.

»Is ja wurscht, wo das Ketterl liegt, gelt? Hauptsache, wir wissens, und wir kriegen sie wieder, unsere Beatrix!«
Eine halbe Stunde lang blieb Bruno bei Mitzi. Machte kleine Späße, zeigte sich zärtlich und aufmerksam – trotz seiner mannigfachen Sorgen.
In gewissen Dingen ist Bruno eben eisern. Zum Beispiel in seiner Grundeinstellung zum Leben. Selbige Grundeinstellung fand er, zu goldenen Dichterworten gemünzt, in der Zuchthausbibliothek von Brandenburg.
›Es gibt nur eine Sünde im Leben‹, verkündete da ein Poet, dessen Werke Bruno aufstöberte, ›und die ist: Den Mut verlieren.‹
Den Mut verlieren! Da können sie lange warten bei Bruno Knolle! Um vor seiner geliebten Nelly auch nicht einmal das Gefühl von Niedergeschlagenheit aufkommen zu lassen, tat Bruno dann etwas, das er zum letztenmal vor rund sechs Jahren getan hatte: Er lud eine Dame zum Abendessen ein.
»Mach dir so schön du kannst«, sagte er, gegen sieben Uhr abends, staubbedeckt, fußwund und verschwitzt in die Meinekestraße heimkehrend, wo Nelly schon voller Ungeduld wartete. »Zieh dein feinstet Kleid an und beklunkere dir... aba ooch fein, vastehste, wat ick meine? Dezent meine ick, wir jehn aus heute abend.«
»Wir...«
»Umarme mir nich! Ick stinke und bin dreckich. Aba ick bade und mache mir ooch schnieke, und denn ziehn wa los!«
Nun sitzen sie beide im Restaurant Kempinski am Kurfürstendamm. Bruno trägt den zweiten erstklassigen Konfektionsanzug, den er noch zusammen mit Franz Lutter (mein Gott!) gekauft hat und der ein wenig geändert werden mußte. Nelly hat ihn abgeholt. Wie so ein neuer Anzug riecht!
Bruno blickt wohlwollend in die Runde. Nelly hat ein dezentes perlmuttfarbenes Kleid angezogen, sie ist dezent geschminkt, und sie ist schön! Die perfekte Lady.
Daß er auch bei Kempinski von ein paar Gästen angestarrt wird und daß ein Kellner sich flüsternd erkundigt, ob er *der* Herr Knolle wäre, macht dem Bruno nichts aus heute abend. Gelassen erträgt er das Angestarrtwerden, gelassen, mit einem matten Lächeln, das jedem Lord zur Ehre gereichen würde, bejaht er des Kellners Erkundigung. Daß er danach mit besonderer Aufmerksamkeit bedient werden würde, sah er voraus.
Er hat – unter Assistenz des begeisterten Kellners – eine kultivierte Mahlzeit zusammengestellt, ein kultiviertes Weinchen gewählt, und er freut sich so sehr, als er sieht, wie seine Nelly das alles genießt:

Das gute Essen, den guten Tropfen, die Höflichkeit. Ja, denkt er, wahrhaftig, nur eine Sünde gibt es im Leben: Den Mut verlieren.
Kommt die Nachspeise. Kommt der Mokka. Kommt der französische Kognak. Zigarre für den Herrn, Zigaretten für die Dame. Nelly stellt keine Fragen. Bruno läßt sich mit seinem Bericht Zeit. Als er zu erzählen beginnt, tut er es achselzuckend, Rauchwolken ausblasend, als spreche er von irgend etwas ganz Unwichtigem. Nelly darf keinen Schreck kriegen.

Sie kriegt ihn natürlich doch, als sie erfährt, wo Bruno heute überall gewesen ist, im Polizeipräsidium, beim CIC, beim Bundesverfassungsschutz, in Marienfelde – und was bei alldem herausgekommen ist, nämlich nichts.

Dieses Fazit spricht sie denn auch aus, nachdem sie aufmerksam zugehört hat. Ach, sie dachte, er hätte gute Nachrichten und sie deshalb so fein ausgeführt. Und nun ...

»Wat denn, und nu, Nelliken? Jerade weil *nich* allet so jeloofen is, wie wa jedacht ham, wollte ick mit dir ausjehn. Ick hab dir doch *lieb*, Nelliken!«

Sie streicht mit einer Hand über seine Wange.

»Sehr, sehr lieb. Bloß dir. Ick habe doch jewußt, det dir det an de Nieren jeht. Is mir jenauso jejangen ... *zuerst*. Aba denn ...«

»Was dann?«

»Denn, Nelliken, mein Schatz« (tiefer Zug aus der Brasil), »denn ha'ck mein seelischet Jleichjewicht wiedajefunden und mir jesacht: Athen hamse ooch nich an een Tach jebaut.«

»Rom.«

»He?«

»Rom.«

»Ja, det haste schon mal jesacht. Wat is mit Rom?«

»Rom wurde nicht an einem Tage erbaut.«

»Ach so. Habe ick mir also jeirrt. Na wenn schon! Gloobste, Athen wurde?«

Nelly muß lachen. Bruno atmet auf.

»Nu lachtse endlich, die Sieße! Siehste, jenau det wollte ick ... det du lachst!«

»Bruno, du bist ein so guter Kerl«, sagt Nelly.

Aber ihre Gedanken sind wirr und trübe, während sie das sagt. Sie hat viel mit Männern erlebt, netten, weniger netten, gemeinen, sie hat viele Erfahrungen gesammelt ...

Sehr traurig ist Nelly plötzlich. Aber sie nimmt sich zusammen (man muß sich immer zusammennehmen) und lacht weiter, während sie denkt: 1947, als wir uns kennengelernt haben, da kann es

mit unserer Liebe nicht weit hergewesen sein. Sonst hätt ich dich nicht einfach verlassen. Heute? Liebe ich dich heute mehr? *›Liebe!‹* Idiotenwort. *Hänge* ich heute mehr an dir?
Ja. Ehrlich: Ich hänge heute mehr an dir. Schön wäre es, wenn man an keinem hinge. Die schlimmen Zeiten blieben einem so erspart. Ach, Bruno, schlimme Zeiten, spüre ich, werden kommen, für dich und für mich...
»Du bist ooch so ein jutet Meechen«, sagt Bruno gerührt. »Du und ick, wir jehörn zusamm, wa? Wozu hättenwa uns sonst wiedajefunden? Ick schmeiße den Laden schon, keene Bange! Ick habe so ville Eisen in't Feuer. Im Jrunde jenomm sind die Kerle alle abhängich von mir...«
Ach, Bruno, denkt Nelly.
»... und deshalb sindse ooch alle irrsinnich höflich und jeben sich die jrößte Mühe, den Fall abzuschließen. Wir leben eben in een Rechtsstaat, und da muß allet seine Ordnung ham.«
So weit ist er schon, der Bruno, daß er das ganz ernst, ohne jeden Hohn, mit Überzeugung sagt! Kann viel geschehen an einem einzigen Tag voller unerwarteter Entwicklungen...
Mr. A. C. Snowden zum Beispiel, der weiß das.
»Sie sind noch sehr jung, Jack«, sagte er zu Campbell, als dieser ihm, sofort nachdem Bruno und Knarje die CIC-Villa verlassen hatten, von deren Aufbegehren, Zorn und dunklen Drohungen berichtete. Natürlich war Mr. Snowden daheim. Er wollte die beiden Ganoven einfach nicht sehen. Darum mußte Campbell lügen, er sei nicht da. »Es geht Ihnen alles noch so nahe! Das gibt sich. Bald, Jack, bald. Genauso, wie sich schnell, ganz schnell die revolutionäre Stimmung unserer Freunde legen wird. In Indochina, in Afrika, in Frankreich würde ich anders sprechen. Aber in *Deutschland*? Lieber Jack, die Deutschen haben doch noch nie eine auch nur halbwegs anständige Revolution zuwege gebracht!«
Sagte Mr. Snowden.
Ein großer Mann. Er kennt die Menschen. O ja, er kennt sie...
»Ick setze Fuß vor Fuß«, sagt Bruno bei Kempinski am Kurfürstendamm nun zu Nelly Pietsch. »Ick helfe Schuckaten, und Schuckat, die Amis und vor allem Prangel helfen mir! Wir ham einfach zu ville erwartet uff eenmal. Wie jesacht: Athen... ick meine Rom...«
»Du hast ganz recht, Bruno«, sagt Nelly liebevoll. »Nur jetzt nichts überstürzen. So viele Jahre hast du geträumt und gehofft. Da kommt es auf die kleine Weile nun wirklich nicht mehr an. Wie lange hat es gedauert, bis wir uns wiedergefunden haben? Wir sind zusammen! Das ist doch die Hauptsache.«

Da strahlt der Bruno!
»Nelliken! 'ne Bessere wie du jibts uff de janze Welt nich! Und ick hatte so 'n Bammel vor't Erzählen.«
»Bammel? Hast du denn kein Vertrauen zu mir?« fragt Nelly und überlegt: Wie lautete der Text dieses Spirituals, den mir nach dem Krieg der kleine Negersoldat immer vorsang? Ach ja: ›Nobody knows the trouble I see, nobody knows but Jesus . . .‹
»'türlich hab ick Vatrauen! Zu keen Menschen mehr wie zu dir! Jerade deshalb! Ick . . . ick bin doch jetzt vaantwortlich for dir!«
(Wie Bruno sich Mühe gibt! Vielleicht sehe ich auch alles zu schwarz. Vielleicht hat er recht mit seinem ›Fuß vor Fuß‹!)
»Und das Mädchen?« fragt Nelly.
»Meechen?«
»Na, dieses Fräulein Szapek.«
»Ach, die . . .«
»Hast du sie wieder besucht?«
Bruno zögert einen Moment, dann nickt er.
»Hast du ihr irgend etwas mitgebracht? Schokolade, Kriminalromane oder so?«
»Darf noch keene Schokolade essen. Lesen sollse ooch nich. Blum hab ick ihr jekooft. Gladioln. Die hatse so jerne . . .«
»Das ist schön, daß du das getan hast«, sagt Nelly. (Mir hast du keine Blumen mitgebracht.) »Weiß sie eigentlich von deinen Schwierigkeiten?«
»Nee. Der Dokter hat jesacht, nischt azähln, wat uffreecht.«
»Sehr vernünftig. Helfen könnte sie dir ja doch nicht, die Mitzi. Ist sie noch immer so verliebt in dich?«
»Ja . . .«
(Ach, Bruno, es ist ja bezaubernd, wie du dir die Würmer aus der Nase ziehen läßt, aber auf der anderen Seite verdienst du Ohrfeigen für deine Dämlichkeit!)
»Dann darfst du ihr aber nie erzählen, wie glücklich wir beide sind«, sagt Nelly. »Das würde sie sehr kränken.«
»Ick azähle doch nischt! Wie kannste denn sowat denken?«
»Fragt sie nicht, wo du wohnst?«
»In Marienfelde, ha'ck jesacht.«
»Und fragt sie nach einer anderen Frau?«
»Nee! Oder ja, doch, jestan. Da hatse nach dir jefracht. Weil nämlich der Bräsig . . . nee, det wird zu lang . . . also, eena in Osten hat ihr jesagt, sie sieht dir so ähnlich.«
»Tut sie das?«
»Ja, Nelliken. Als du zwanzich warst, da haste jenauso ausjesehn!«

(Jetzt verdienst du aber bereits eine ordentliche Wucht, Bruno, du Dussel! Verstehst du denn überhaupt nichts von Frauen?)
»Ach«, sagt Nelly, »sie ist erst zwanzig?«
»Wirdse. Im Herbst.«
»Zwanzig! Das ganze Leben liegt noch vor ihr. Ich hab dich lieb, Bruno, sehr, sehr lieb... jetzt noch mehr, nachdem du mir alles erzählt hast, ohne zu lügen.«
Er hat es auf einmal eilig, er ist aufgeregt.
»Jehn wir nach Hause, ja? Vakleidste dir wieda? Und spieln wa wieda die Knef-Platte?«
»Ja...«
»Zahln!« brüllt er so laut, daß ein paar Gäste erschrocken herumfahren.
Der Kellner bringt die Rechnung auf einem Tellerchen, zusammengefaltet in einer Serviette. Bruno sieht die Rechnung an. Bruno sucht in seinen Taschen. Bruno wird blaß und danach sehr rot im Gesicht.
»Ach du liebe Jüte...«
»Was ist?«
Bruno blinzelt, schnieft, bekommt Feueraugen, *eine* Freude!
»Jott, ist mir det peinlich! Nelly, ich weeß janich, wat ick sagen soll...«
»Dann will ich es sagen.«
»Du?«
»Ja.« Nelly unterdrückt ein Seufzen und streicht wieder über seine Wange. »Du kannst die Rechnung nicht bezahlen, stimmts?«
»Stimmt... ick habe doch bloß hundert Emm Friedlandhilfe da in Marienfelde jekricht, am Freitag. Und da habe ick nu Bier und Schnaps jekooft for, und mit 'n Bus und mit de U-Bahn bin ick jefahrn, kreuz und quer durch Berlin, und Blum habe ick jekooft...« Bruno schüttelt den Kopf. »Nee, nee, bei mir muß 'ne Schraube locka sein! Det wußte ick doch schon jestan, det mein Jeld bald alle sein muß! Und da lade ick dir ein zu so'n feinet Fressen? Nelly, ick schwöre dir, ick habe völlich vajessen, det ick fast pleite bin.«
»Das ist mir aufgefallen.«
»Det is dir uffjefalln? Wannehr denn?«
»Als du heimgekommen bist und mich eingeladen hast. Ich kann doch auch rechnen. Ich weiß doch auch, daß von dem Friedland-Geld nicht mehr viel übrig ist.«
»Warum haste denn aba nischt jesacht?«
»Du warst so aufgeregt, Bruno! Nach diesem langen Tag! Ganz durcheinander warst du...«

»Durcheinanda? Icke?«
»Ja, du selber hast es nicht gemerkt. Ich schon. Hätte ich widersprechen sollen? Siehst du. Ich konnte nur eins tun: Geld mitnehmen. Und das habe ich getan.«
»Du hast...«
»Nun, bekomm mir keinen Weinkrampf, ja? Halt eine Hand unter den Tisch!«
»Det kann ick niemals...«
»Ich denke, du wolltest mit mir nach Hause. Willst du nun auf einmal wegen Zechprellerei aufs Revier?«
Nelly kramt unauffällig in ihrer Handtasche.
»Ach, is det unanjenehm, is det schrecklich!« flüstert Bruno, während er mit einer Hand unter den Tisch greift. Er sucht und findet ihre Hand. Ein Hundertmarkschein wechselt den Besitzer. Bruno legt ihn zwischen die Serviette auf das kleine Tellerchen.
Danach sieht er Nelly an und lächelt verzagt.
»Kriste natürlich sofort wieda. Morjen. Knarje leiht ma wat. Der hat doch seine Piepen uff de Bank!«
»Kindskopf«, sagt Nelly Pietsch.
Nobody knows the trouble I see, denkt sie dabei, nobody knows but Jesus...

25

Die Praxis des Dr. Philipp Landon am Olivaer Platz ist in der großen Wohnung eines alten Hauses untergebracht, das von den Bomben verschont blieb. Es gibt da ein allgemeines Wartezimmer, aber viele Patienten (Schauspieler, Industrielle, Leute, die man kennt, oder solche, die Angst haben, erkannt zu werden), warten, nicht eben zum Entzücken von Landons Mutter, in verschiedenen Privatzimmern.
Die sehr kleine, sehr zarte und dabei sehr energische Schwester Hilde bringt diese Herrschaften, wenn die Reihe an ihnen ist, dann in die Praxis. Unter Umgehung des allgemeinen Wartezimmers, so, daß niemand sie sieht. Es gibt zum Glück kleine Gänge und Nebenräume in der Wohnung. Wie sie zum Sprechzimmer geführt werden, so verlassen diese Patienten es auch wieder, von Schwester Hilde geleitet.
Die bebrillte Hilde, die einer ernsten Musterschülerin gleicht, leistet trotz ihrer fragilen Erscheinung mehr als die kräftigste, resoluteste Oberschwester in einem Krankenhaus. Ohne sie wäre Dr. Landon

glatt verloren. Hilde ›schmeißt den ganzen Laden‹, wie jemand einmal sagte. Sie schreibt die Krankengeschichten, kümmert sich um alle Telefonate, Verpflichtungen, Verabredungen und Termine Landons, ihr Büro ist sozusagen sein Stabsquartier. Es liegt direkt neben dem Sprechzimmer des Psychiaters.
Die kleine Schwester Hilde kennt keinen Menschen auf der Welt, den sie so verehrt wie den Dr. Philipp Landon. Lange Zeit war sie selbst seine Patientin – schon als er noch an der Universitätsklinik arbeitete. Den anderen Ärzten erschien Hilde ein unheilbarer Fall. Ein hoffnungsloser Fall. Dr. Landon teilte diese Ansicht nicht. Das war kein hoffnungsloser Fall! Er würde Jahre benötigen, um es zu beweisen. Er benötigte Jahre. Er bewies es. Er heilte die kleine Frau. Heute ist sie völlig gesund. Und Dr. Landon ist für sie der größte Arzt der Welt.
Sie arbeitet, nein, sie schuftet geradezu blindwütig für ihn. Spätabends muß er sie immer wieder *zwingen*, endlich heimzugehen. Spätabends und nachts bestellt der Arzt nur Patienten, deren Schicksal ihm besonders am Herzen liegt, die er lange und gut kennt.
Zu der Zeit, da man Bruno und seiner Nelly bei Kempinski gerade die Horsd'œuvres serviert, sitzt eine fünfundzwanzigjährige, sehr hübsche und sehr elegant gekleidete Dame in Dr. Landons Sprechzimmer. Sie heißt Katinka Seyring, hat rehbraunes Haar und rehbraune Augen. Sie trägt ein Modellkleid aus weißer Shantungseide, hergestellt im Salon Detlev Albers, dazu Schuhe aus weißem Eidechsenleder, ein Täschchen aus demselben Material und weiße, durchbrochene Handschuhe. Sie ist kaum geschminkt. Ihre Mutter ist vor zehn Jahren an Krebs gestorben, der Vater ist ein hoher Beamter des Berliner Senats.
Dr. Landon behandelt Katinka Seyring seit eineinhalb Jahren. Sie ist sofort zu ihm gekommen, nachdem man sie aus der Klinik entlassen hatte. In die Klinik war Katinka, ein völliges Wrack, als Suchtkranke eingeliefert worden. Suchtkrank nach einem bestimmten Tranquilizer-Präparat. Katinka Seyring war Opfer der Meprobamat-Sucht geworden, nachdem sie jahrelang bis zu zwanzig Tabletten des Mittels täglich geschluckt hatte.
Im Anschluß an die Entwöhnung litt sie sehr unter Schlaflosigkeit, Unruhe und heftigen Angstgefühlen.
Dr. Philipp Landon hat sie inzwischen wieder weitgehend in Ordnung gebracht, sie ist eine folgsame Patientin. Natürlich hat sie sich in Dr. Landon verliebt. Sehr ungern denkt der Arzt an einen Abend zurück, an dem dieses Mädchen aus bestem Hause den Versuch unternahm, ihre Liebe mit nicht mehr zu überbietender Deutlichkeit

dem offenbar blinden Psychiater zu eröffnen. Zum Glück war sogleich die gute Schwester Hilde (Göttin aus der Maschine – oder Göttin der Eifersucht?) zur Stelle gewesen. Seither hat sich derartiges nicht wiederholt. Katinka Seyrings Liebe ist in Verehrung umgeschlagen. Hofft Landon.

Verflixt noch einmal, was heißt ›hofft er‹?

Da ist nun eine bildhübsche junge Frau, da sind *so viele* bildhübsche junge Frauen unter seinen Patientinnen, die sich alle in Landon verliebt haben. In diesen Mann, der nie Zeit hat. Der aber ein *Mann* ist, nicht nur ein Arzt! Wie oft könnte er . . . wie oft wollte er . . . aber er *darf* doch nicht! Feine Situation. Landon macht sich stets über sich selbst lustig, wenn er diese Aspekte seiner Arbeit bedenkt. *So* lustig ist das aber gar nicht, verflixt noch einmal!

Katinka Seyring zum Beispiel – ein Jammer.

Ein Jammer!

»Sie haben mir so geholfen. Wenn ich doch auch ein einziges Mal etwas für Sie tun könnte, Herr Doktor!«

Das sagt sie immer wieder.

Landon hat sich heute eine halbe Stunde mit Katinka unterhalten, die Sitzung ist beendet.

»Sie machen hervorragende Fortschritte. Eigentlich sind Sie längst gesund. Ich komme mir wie ein Dieb vor, wenn ich Ihnen noch Geld abnehme.«

»Ich werde immer weiter zu Ihnen kommen, Herr Doktor! Und reden Sie nicht von Geld! Geld? Damit kann man doch einen Menschen wie Sie nicht bezahlen. Einen Gefallen, eine Hilfe, eine echte Hilfe möchte ich Ihnen erweisen!«

»Das können Sie«, sagt Landon.

»Das kann ich?« ruft sie begeistert.

»Ja.«

»Wann?«

»Gleich jetzt. Sofort.«

»Oh . . . !«

Landon weiß, daß er immer noch vorsichtig sein muß in der Wahl jedes seiner Worte bei Katinka Seyring. Er weiß aber auch, daß er um des Schicksals eines anderen Patienten willen über gewisse Dinge Klarheit erhalten muß, und das schleunigst!

»Passen Sie auf, mein liebes Kind«, sagt Dr. Landon, »Sie verkehren doch in der ersten Gesellschaft. Ihr Vater reist oft in die Bundesrepublik. Sie begleiten ihn stets. Auch im Westen kennen Sie sehr viele Menschen, nicht wahr?«

»Sehr viele, ja . . .«

Nach der Begegnung mit Herrn Olaf Martini im West-Sanatorium und nach Otto Fanzelaus eigenartigem Verhalten bei dieser Begegnung hat Dr. Landon sich entschlossen, aktiv einzugreifen. Bis ins kleinste ist vorbereitet, was sich ereignen soll.
Nun also sagt Landon zu Katinka Seyring: »Nach Ihnen kommt ein Herr. Ich erkläre Ihnen sofort, daß es sich um keinen Patienten, sondern um den Bekannten eines Patienten handelt. Dieser Bekannte interessiert mich. Ich möchte, daß Sie ihn sich ansehen und mir danach sagen, ob Sie ihn kennen und was Sie über ihn wissen.«
»Aber natürlich! Aber selbstverständlich! Aber mit tausend Freuden! Nur, wie soll das vor sich gehen?«
»Kommen Sie, mein liebes Kind«, sagt Dr. Landon. Er führt Katinka in das angrenzende Büro. Die Tür läßt er einen Spalt breit offen. Der winzigen Schwester, die hier über Karteikarten sitzt, gibt er nur einen Blick. Sie erhebt sich sofort und verläßt das Büro durch eine zweite Tür.
»Schwester Hilde holt jetzt diesen Herrn«, erklärt Landon. »Am besten stellen Sie sich hierher, da kann er Sie nicht sehen. Bleiben Sie ganz still. Nach ein paar Sekunden, in denen Sie ihn betrachten, komme ich zu Ihnen. Gut?«
Sie nickt begeistert und tritt etwas näher. Sofort weicht der Arzt zurück. (Ein Jammer. Ein Jammer!)
»Also bis gleich«, sagt er brummig und geht in sein Sprechzimmer. Katinka sieht ihm durch den Türspalt nach.
Eine andere Tür des Sprechzimmers (es hat drei) öffnet sich. Schwester Hilde läßt einen Herrn eintreten und verschwindet wieder. Der Herr trägt einen leichten Freskoanzug.
»Guten Abend, Doktor«, sagt Olaf Martini.
Landon schüttelt ihm wortlos die Hand und weist auf einen Stuhl, der so steht, daß Katinka ihn gut sehen kann. Martini nimmt Platz.
»Einen Augenblick, bitte«, sagt Landon, geht zu einem Becken und wäscht sich umständlich die Hände. Martini wartet...
Schwester Hilde kommt auf die Bürotür zu, öffnet sie etwas weiter, ohne daß Katinka dadurch für den Besucher sichtbar würde, tritt ein und schließt die Tür. Danach blickt sie auf ihre Armbanduhr. Nach kurzer Zeit geht sie in das Sprechzimmer zurück.
»Ja, also...«, hat Landon hier eben begonnen und unterbricht sich nun selbst. »Was ist jetzt schon wieder?«
»Pardon!« sagt Schwester Hilde zu Martini. Derartige kleine Arrangements hat sie mit ihrem Chef bereits hundertmal getroffen, sie wirkt völlig überzeugend. »Der Arzt vom Rettungsdienst, Herr Doktor...«

»Ach, du lieber Himmel!« Landon greift sich an die Stirn.
»Vergessen? Das habe ich mir gedacht! Der Zettel mit der Telefonnummer liegt noch immer auf meinem Schreibtisch. Sie sollten doch sofort zurückrufen. Es ist wirklich keine Zeit ...«
Landon steht auf.
»Nein, da ist wirklich keine Zeit zu verlieren.« Er erklärt Martini: »Es handelt sich um einen Patienten von mir. Gestern abend habe ich die Polizei verständigt. Der Patient war in seinem depressiven Tief selbstgefährlich und hätte heute stationär aufgenommen werden sollen. Zu spät! Nun haben wir die Bescherung. Arzt vom Rettungsdienst! Einen Moment nur, ja?«
»Aber natürlich ...«
Hinter Schwester Hilde geht Landon in das Büro. Schließt die dichtgepolsterte Tür. Durch die zweite Tür verläßt Schwester Hilde das Büro bereits wieder.
»Kennen Sie den Herrn?« fragt Landon.
Katinka Seyring nickt.
»Ja! Ich habe ihn oft gesehen, wenn ich mit Papa in der Bundesrepublik war. Er heißt ... er heißt ...«
»Wie heißt er?«
»Es liegt mir auf der Zunge ... warten Sie ... wie ein Getränk ... Martini! Martini heißt er!«
»Aha?«
»Und mit dem Vornamen ... er hat so einen nordischen Vornamen ... Olaf, ja, Olaf!«
»Mhm. Wissen Sie vielleicht auch, welchen Beruf er hat?«
»Er ist Politiker.«
»Politiker?«
»Ist er das nicht?«
»Keine Ahnung. *Sie* meinen, er sei einer.«
»Ich hielt ihn für einen.«
»Warum?«
»Weil ich ihn immer nur in Bonn getroffen habe.«
»In Bonn?«
»Auf Empfängen der Regierung. Ich glaube, Herr Martini hat mit hohen Dienststellen zu tun. Jedenfalls kam er stets mit Politikern ...«
»Ohne weibliche Begleitung?«
»Nie mit einer Frau. Immer nur mit Männern. Mit Männern, die ich durch Papa kenne.« Katinka Seyring blickt Landon aufgeregt an. »Das überrascht Sie, ich sehe es! Kann ich Ihnen noch weiter helfen?«

Dr. Philipp Landon tut, als überlegte er, dann nickt er.
»Ja, Sie können mir noch weiter helfen...«
»Wunderbar!«
»Aber nur unter der Voraussetzung, daß Sie außer Ihrem Vater niemandem etwas von der Geschichte erzählen.«
»Das schwöre ich!«
»Ihr Vater ist Ihr bester Freund, der darf davon wissen. Und auch er kann mir helfen. Er soll doch versuchen, herauszubekommen, zu welchen Dienststellen Herr Martini Verbindungen hat. Vorsichtig muß er das tun. Um keinen Preis darf Mißtrauen oder Verdacht entstehen. Ich möchte gegebenenfalls auch gern wissen, *was* Herr Martini in welcher Dienststelle tut. Das ist alles sehr ungewöhnlich, nicht wahr, mein liebes Kind?« Seit er sie behandelt, nennt Landon Katinka Seyring ›Mein liebes Kind‹. »Aber wir kennen uns so lange, Sie sind hoffentlich davon überzeugt, daß ich nur meinem Patienten helfen will und keine dunklen Ziele verfolge.«
»Herr Doktor!«
»Na ja! Wenn Sie also etwas erfahren... wir sehen uns ja regelmäßig.«
»Sie können nicht ahnen, wie glücklich es mich macht, Ihnen endlich einmal helfen zu können! So sehr habe ich mich...«
Die kleine Schwester Hilde besitzt ein ausgezeichnetes Gehör. Deshalb tritt sie genau in diesem Moment durch die zweite Tür des Büros wieder ein.
»Also, dann herzlichen Dank, und bis Donnerstag, Fräulein Seyring.« sagt Landon und schüttelt seiner Patientin kräftig die Hand. »Schwester Hilde begleitet Sie hinaus.«

26

Als der Arzt in das Sprechzimmer zurückkommt, schaut Martini ihm neugierig entgegen. Landon schaut auf Martinis Schuhe. Der Winkel, in dem sie zueinander stehen, ist noch der gleiche, den sie bildeten, bevor der Arzt das Zimmer verließ. Genau der gleiche. Landon besitzt einen geschulten Blick für derlei. Sein Besucher hat sich, während er allein war, nicht erhoben. Oder er besitzt *auch* einen geschulten Blick für derlei...
Weiter also. Landon macht ein bedrücktes Gesicht, seufzt, nimmt Platz.
»Etwas Schlimmes?« fragt Martini. »Ich meine... mit Ihrem Patienten.«

Diesen Patienten gibt es überhaupt nicht. Es interessiert Landon nur, wie Martini auf eine ganz bestimmte Situation reagiert. Darum mimt er nun den Erschütterten und murmelt erstickt: »Tot.«
»Na ja ...« Martini lächelt, fährt sich mit der Hand über das so interessant melierte und wohlgepflegte Haar und bemerkt: »Lieber Gott! Sterben müssen wir schließlich alle einmal, Herr Doktor. Um nun auf meinen alten Freund Otto Fanzelau zu kommen ...«
So schnell geht das also bei dir, denkt Landon. Er läßt nicht locker. Er lügt dumpf weiter: »Selbstmord. Erhängt. Der Mann hinterläßt eine Frau und drei Kinder ...«
»Tck, tck, tck.«
»Drei Jahre bei mir in Behandlung. Alles ging wieder ganz normal. Dann kam der Rückfall.«
»Tut mir aufrichtig leid für Sie«, sagt Martini. Es klingt mitfühlend.
»Für mich?« Der Arzt hebt die Schultern. »Die Frau und die drei Kinder könnten Ihnen leid tun!«
»Die kenne ich doch nicht!« Martini winkt ab. »Fremde, uninteressante Leute. Warum sollen die mir leid tun? Sie, Sie kenne ich, Doktor, Sie tun mir leid. Drei Jahre ... mein Gott! Sie dürfen sich diesen Luxus, jeden einzelnen Patienten derart übertrieben zu betreuen, einfach nicht leisten.«
Das also ist die Reaktion des Herrn. Hat Landon erwartet. Nun geht er einen Schritt weiter. Er muß genau wissen, wie sehr Martini seine Mitmenschen, wie weit er menschliches Leben mißachtet.
»Selbstmord«, sagt Landon, »ist das Problem Nummer eins für die Ärzte dieser Stadt. Wissen Sie, daß Westberlin den Selbstmord-*Weltrekord* hält?« Er steht schnell auf, geht zu einem Regal und entnimmt ihm zwei dicke Bücher, mit denen er zurückkommt. »Das ist das Statistische Jahrbuch für 1962, das hier für 1963.« Er blättert in dem ersten Buch. »1962. Selbstmorde in der Bundesrepublik *plus* Westberlin: 18,5 auf 100 000 Personen.«
»Nun, das ist aber doch nicht besonders schlimm.«
»Moment! Jetzt halten Sie sich besser fest. Jahrbuch für 1963. Selbstmorde allein Berlin-West: 40 auf 100 000 Personen!«
»Um Gottes willen. Diese arme Stadt. Die Mauer natürlich. Diese elende Schandmauer! Wie wird das 1964 aussehen?«
»Schlimmer, vermutlich«, sagt Dr. Landon.
»Mein Gott! Jetzt verstehe ich, warum Otto mit solchem Fanatismus die Tunnel finanzierte!«
»Ich nicht.«
»Wie?«
»Ich verstehe es *nicht*. Was haben die Tunnel mit den Selbstmorden

zu tun? Das sind die Statistiken der Jahre 62 und 63. Da hat Herr Fanzelau doch bereits Tunnel finanziert! Ist deshalb die Selbstmordquote gefallen? Im Gegenteil, sie ist hochgeschnellt! Also hat Herr Fanzelau... so viele Menschen er gewiß retten konnte, die im Osten lebten... im Westen jedenfalls keinen einzigen zu retten vermocht, nicht wahr?«

Ein paar Sekunden lang schweigt Martini.

Dann sagt er unbewegt: »Das ist richtig. Ich habe mich falsch ausgedrückt. Ich meinte: Jetzt verstehe ich Otto erst richtig. Er wußte natürlich, daß er den Westberlinern ihre Verzweiflung nicht zu nehmen vermochte. Aber wenn er schon hier keine Menschen retten konnte, so konnte er es doch jedenfalls drüben – das sagten Sie selber!«

Schlau, denkt Landon. Verflucht schlau. Fast hätte ich dich in der Falle gehabt. Nun bist du mir entwischt. Nun weiß ich immer noch nicht, was mit dir los ist, wirklich los ist.

Landon blickt auf. Martini hat etwas gesagt, was ihm entgangen ist. Abermals eine Niederlage!

»Verzeihen Sie, ich...«

»Ich sagte: Und keinem hat Otto etwas von seiner Tätigkeit erzählt! Schon toll, nicht?«

»Toll, ja...«

»Mir nicht, Ihnen nicht. Obwohl Sie sein Arzt waren.«

»Und Sie sein alter Freund«, kontert Landon. Es ist ein schwacher Angriff, er weiß es selber. Er beginnt daran zu zweifeln, daß es ihm gelingen wird, irgend etwas Konkretes aus Martini herauszubekommen. Vielleicht, wenn er ihn beunruhigt?

»Trotz allem wußten natürlich Leute von den Tunnelbauten«, sagt er deshalb, sein Kinn streichend.

Martini blickt erstaunt auf. »Was für Leute?«

»Nun, jene, denen er das Geld gab, um die Tunnel zu bauen! Die doch auf alle Fälle.«

»Ach so, die... ja, die natürlich...«

»Und vermutlich auch Leute aus seiner Bank. Er hat immerhin Riesenbeträge abgehoben.«

»Dafür kann er die verschiedensten Erklärungen gegeben haben.«

»Richtig.« Wieder blufft Landon: »Dann kämen die Leute, mit denen Herr Fanzelau zusammenarbeitete, die ihn auf die Idee brachten.«

Martini wird blaß.

»Leute, die ihn auf die Idee brachten? Mit denen er zusammenarbeitete? Was sollen das für Leute sein? Kennen Sie sie?«

»Hm«, macht Landon nur. Das hat also gesessen!

»Ich fragte: Kennen Sie die Leute?«
»Ich habe eine Vorstellung davon, wer sie sind«, erwidert der Arzt. Er hat nicht die geringste Vorstellung.
Martinis hellgrüne, idealistisch strahlende Augen verengen sich.
»Liebster Doktor! So viel Arbeit – und nun wollen Sie auch noch Detektiv spielen.« Die Stimme klingt plötzlich drohend: »Das sollten Sie nicht tun. Ich würde es auch nicht tun.«
»Warum nicht?«
»Um mich nicht Unannehmlichkeiten auszusetzen ... Wer weiß, an wen man da geriete! Gewiß an Leute, die nicht das geringste mit der Sache zu tun haben. Die würden dann natürlich ungemütlich werden, verdammt ungemütlich!« Martinis Augen öffnen sich wieder weit, er lächelt sonnig, liebkost sein Prachthaar, hat sich gefaßt.
Wieder nichts, denkt Landon. Trotzig sagt er: »Der SSD wußte auf jeden Fall Bescheid, das steht doch wohl fest!«
»Dieser verfluchte SSD!« sagt Martini. »Wenn ich mir vorstelle, was da hätte passieren können ...« Er preßt die Lippen zusammen.
»Es ist ja noch einmal gutgegangen.«
»Gott sei Dank! Zu denken, daß mein guter alter Freund diesen Verbrechern in die Hände gefallen wäre ... daß er nach dem Osten verschleppt worden wäre ...«
(Also auch diesen Angriff hast du glatt abgeschlagen. Nein, dir bin ich nicht gewachsen, das sehe ich jetzt. Hoffentlich bekommt Katinka Seyrings Vater etwas über dich heraus.)
Martini spricht: »Als ich gestern früh die ersten Meldungen hörte, habe ich mich sofort ans Steuer gesetzt und bin losgerast.«
»Ich dachte, Sie wären geflogen.«
»Wollte ich zuerst. Gab aber erst Platz in einer Nachmittagsmaschine. Bevor die landete, war ich schon in Berlin. Ist doch keine Entfernung von Frankfurt!«
»Keine Entfernung? Was für einen Wagen fahren Sie?«
»Einen Ferrari. Ich habe aus dem Ding rausgeholt, was drin war, kann ich Ihnen sagen!« Martini bemerkt, daß Landon ihn aufmerksam betrachtet, und räuspert sich ärgerlich. »Rederei über mein Auto! Wie geht es Otto also?«
»Ausgezeichnet.«
»Wirklich?«
»Wirklich. Er bleibt noch bis morgen im Sanatorium, dann darf er nach Hause.«
»Um noch einmal entführt zu werden, mein Gott?« ruft Martini.
»Er wird von nun an bewacht. Peinlich genau bewacht. Man kann Ihren Freund nicht mehr entführen.«

»Ich spreche noch mit der Polizei. Die Bewachung muß perfekt sein! In diesem Alter... neue Aufregungen... wenn Otto das geringste geschieht... Gott behüte!«
»Ich bin auch noch da. Ich kümmere mich auch um Herrn Fanzelau«, sagt Landon langsam.
Im nächsten Moment hat Martini die rechte Hand des Arztes gepackt und drückt sie heftig. »Sie werden das tun? Sie versprechen mir das?«
»Sie können meine Hand ruhig loslassen. Denken Sie, ich höre ausgerechnet jetzt auf, mich um Herrn Fanzelau zu kümmern?«
Der veränderte Tonfall von Landons Stimme macht Martini noch einmal unruhig.
»Wie meinten Sie das, ›gerade jetzt‹?«
»Das ist doch nicht schwer zu verstehen... oder? Gerade jetzt, nach dem Zwischenfall.«
»Ach so...«
»Sie können meine Hand wirklich loslassen, Herr Martini.«
»Verzeihen Sie.« Der andere rückt den Stuhl zurück.
Er ist zu weit gegangen, zu deutlich geworden, er hat sich etwas vergeben, denkt er – und Landon sieht, daß er das denkt. Aber er sieht auch, wie leicht es Martini leider fällt, sich wieder zu beherrschen.
»Und was wird Otto nun tun?«
»Das weiß ich doch nicht. Sie sind sein guter alter Freund. Fragen Sie ihn!«
Martini blickt Landon ironisch an.
»Doktor...!«
»Bitte?«
»Er hat sein Geheimnis vor mir bis zuletzt gewahrt. Glauben Sie im Ernst, er würde mich jetzt einweihen, wenn er die Absicht hätte, weitere Tunnel zu finanzieren?«
Wieder ins Leere gegangen...
»Das stimmt. Er könnte es übrigens viel unbesorgter tun als bisher.«
Dies alles führt doch zu nichts mehr, denkt der Arzt. Nun spielt Martini Theater, man sieht es, man hört es.
»Otto litt an irgendeiner seelischen Erkrankung, sonst wäre er nicht zu Ihnen gekommen. Sie haben ihn geheilt. Aber besteht nicht auch hier die Gefahr eines Rückfalls? Sie erwähnten vorhin diesen Selbstmörder. Der war, wie Sie sagten, auch bereits wiederhergestellt. Und plötzlich kam die Katastrophe!«
»Das sind Fälle, die Sie nicht miteinander vergleichen können!«

»Ich verstehe nichts davon, natürlich. Trotzdem: Besteht theoretisch die Gefahr ... oder die erhöhte Gefahr eines Rückfalls, wenn Otto so weitermacht wie bisher?«
Ekelhaft hilflos kommt Landon sich vor. Mechanisch stellt er seine typische Frage: »Was meinen *Sie*?«
»Ich? Ich bin doch kein Arzt! Mich dürfen Sie doch nicht fragen!«
»Tja, und ich bin da auch überfordert...« Landon ärgert sich. So viele Fallen hatte er gestellt. In keiner vermochte er diesen Chemiker (Chemiker?) zu fangen.
Landon überlegt angestrengt: Liegt Martini daran, daß Fanzelau weiter Tunnel finanziert? Oder liegt ihm, im Gegenteil, daran, daß Fanzelau auf keinen Fall weiter Tunnel finanziert? So oder so: Warum liegt ihm daran? *Warum?*
Martini spricht bewegt: »Was immer Otto tun wird... mir liegt nur seine Sicherheit am Herzen, seine Gesundheit. Wir sind so alte Freunde. Ich bin darum sofort hergekommen. Leider muß ich wieder fort. Aber ich bin froh, sehr froh, Sie kennengelernt zu haben, Doktor! Und zu wissen, daß Sie sich um Otto kümmern werden!«
Landon nickt nur.
Umsonst. Alles war umsonst.
Katinka Seyrings Vater – das ist jetzt meine einzige Hoffnung!
Martini verabschiedet sich, überhöflich.
»... und ich darf Sie immer anrufen und nach Ottos Befinden fragen?«
»Jederzeit.«
»Danke, Doktor, vielen, vielen Dank!«
Schwester Hilde geleitet Martini hinaus.
Beklommen bleibt der Arzt zurück.
Er tritt so an das Fenster, daß Martini, der eben auf die Straße kommt, ihn nicht sehen kann. Direkt vor dem Haus parkt ein großer weißer Ferrari.
Martini steigt ein.
Schwester Hilde kehrt zurück. Landon winkt ihr, stehenzubleiben.
»Nun?« fragt Hilde.
»Nun gar nichts«, sagt Landon. »Da stehe ich, ein armer Tor, und bin so klug als wie zuvor.«
»Sie konnten überhaupt nichts aus ihm herausbekommen?«
»Nein.«
Von unten ertönt ein mächtiges Toben. Der Ferrari schießt davon.
»Was war das?« Schwester Hilde fährt erschrocken zusammen.
»Er hat einen Rennstart veranstaltet«, antwortet Landon, dreht sich um und betrachtet die kleine Schwester mit einem schiefen Lächeln.

»Zahlreiche meiner verehrten Kollegen hätten somit wenigstens etwas herausbekommen.«
»Und was hätten zahlreiche Ihrer verehrten Kollegen somit herausbekommen?«
»Daß Herr Olaf Martini an Potenz-Störungen leidet«, antwortet Dr. Philipp Landon grinsend. Aber ihm ist ganz und gar nicht fröhlich zumute.

27

Am 20. August 1964 sinkt die Temperatur in Berlin nach einem weiteren heftigen Gewitter jäh. Es ist kühl und trüb. Die Meteorologen rechnen mit neuen Niederschlägen.
Tags zuvor fuhr ein vollbesetzter Reisebus von München nach Berlin. Zehn Minuten nachdem er die bayerische Landeshauptstadt verlassen hatte, starb einer der Passagiere, ein vierundfünfzigjähriger Berliner, buchstäblich von einer Sekunde zur anderen an einem Herzschlag. Er war mit seiner Familie auf der Heimkehr aus dem Urlaub gewesen. Frau und Tochter saßen neben ihm. Jedoch nur die Frau bemerkte den plötzlichen Tod.
In Bayern goß es bereits in Strömen. Im Bus waren viele Kinder. Die Frau wollte keine Panik verursachen – und sie hatte Angst vor den Behörden an der Zonengrenze. Würde man ihr gestatten, den toten Mann heim nach Berlin zu bringen?
Die Frau legte eine Decke über den im Sitz Zurückgesunkenen. Sie verbarg seine Hände unter einer Strickjacke, als der Bus bei Töpen-Juchhöh die Zonengrenze erreichte, denn da war schon die Totenstarre eingetreten.
Den kontrollierenden Volkspolizisten und allen Mitreisenden erzählte die Frau: »Mein Mann ist leidend. Er schläft endlich wieder einmal friedlich. Bitte wecken Sie ihn nicht!«
Sie überreichte den Vopos die Ausweise des Leblosen. Niemand schöpfte Verdacht. Zehn Stunden lang saß jene Frau so neben ihrem toten Mann. Erst in Berlin informierte sie den Chauffeur, nachdem alle anderen Reisenden ausgestiegen waren. Der Bus fuhr die Leiche dann noch ein Stück weiter ins nächste Krankenhaus.
An diesem Tag – wie an den Tagen zuvor – waren Bruno und Knarje in Berlin ständig unterwegs. Zunächst besuchten sie stets Herrn Schuckert im Amt für Verfassungsschutz und beantworteten freundlich, bereitwillig und wahrheitsgetreu dessen Fragen.
Den Äußerungen Schuckerts entnahmen sie, daß dieser, ebenso wie

die Engländer und Amerikaner, aus allen möglichen Motiven (dem Exodus der Lutters, der Flucht der Mitzi Szapek sowie Gründen, über die Schuckert sich nicht ausließ) auf weitere Ereignisse im Zusammenhang mit der vereitelten Entführung warteten. Das war Bruno und Knarje sehr unangenehm, aber sie konnten nichts dagegen tun.

Nach dem Besuch bei Schuckert gingen die Freunde ins Polizeipräsidium. Knarje hätte da eigentlich schon nicht mehr hingehen müssen – aber er war furchtbar verstört und folgte Bruno auf Schritt und Tritt.

»Ick hab doch nischt zu tun, Mensch. Det einzije, wat mir intressiert, sind noch meine andan fümfdausend Eia. Und natürlich liecht ma ooch dein Bisness am Herzen! Laß ma doch mitloofn, ick machet ja jerne, so bin ick imma uffn Kiwief.«

Also läßt Bruno den Knarje, der ihm übrigens fünfhundert Mark geliehen hat, mitlaufen.

Wenn sie den Kriminalrat Prangel besuchen, hören sie zwar nichts, was zu Triumphgeheul Anlaß gäbe, aber doch Tröstliches: »Das mit eueren Akten kriege ich hin. Da bin ich mächtig hinterher, daß da nichts passiert. Und den Amerikanern gehe ich auch nicht von der Pelle, dauernd telefoniere ich mit ihnen. Habt Geduld, Jungs!« Elend, sehr elend sieht der Berthold Prangel aus...

Na ja, und nach der Visite im Polizeipräsidium fahren die beiden Freunde hinaus nach Marienfelde, wo Bruno von Dienststelle zu Dienststelle wandert, während Knarje geduldig wartet. Sodann kehren sie in die Stadt zurück, und Bruno spricht beim Arbeitsamt, beim Wohnungsamt, bei vielen Ämtern vor – wie das jeder Flüchtling tun muß. Zuletzt begleitet Knarje den Kumpel immer noch zum Bethanien-Krankenhaus. Bruno besucht Mitzi. Da er mit seinen Bemühungen um Anerkennung als politischer Flüchtling noch nicht sehr weit gekommen ist, sind auch alle seine anderen Bemühungen kaum weiter gediehen. Er erhält zum Beispiel nicht das Wochengeld der Arbeitslosenunterstützung.

Na, Knarje hat ihm ja fünfhundert Mark geliehen! Hundert gab er sofort Nelly zurück. Noch hat Bruno genug, noch kann er Mitzi stets ein kleines Geschenk mitbringen. Es wird nun doch drei Wochen dauern, bis die Ärzte sie entlassen und sie in das Lager Marienfelde übersiedeln soll. In drei Wochen, hofft Bruno inbrünstig, wird er nicht mehr in Berlin sein! Sondern schon in München – mit seiner Nelly. Die arme Mitzi ist dann natürlich allein. Das bedrückt Bruno. Darum bringt er stets die kleinen Geschenke und sagt Mitzi auch manchmal, wenn sie es unbedingt hören will, daß er sie liebt.

Die paar Wörter!
Knarje wartet bei diesen Besuchen stets brav im Garten des Krankenhauses. Gemeinsam fahren sie endlich in den ›Schwarzen Schimmel‹. Hier sitzen Nelly und Wanda. Man trinkt sein Bierchen, man plaudert ein Stündchen, dann gehen die Frauen an die Arbeit. Daran hat sich nichts geändert.
Bruno kommt auf diese Weise erst spät nach Mitternacht in die dann gästefreie Wohnung Nellys und in das Prachtbett, das stets frisch bezogen ist. Wenige Menschen erleben den Genuß *täglich* neuer Bettwäsche. Millionäre, Filmstars. Und Bruno Knolle!
Nelly beträgt sich sehr lieb zu Bruno in dieser Zeit.
»Alles braucht seine Weile«, sagt sie oft. »Sieh Knarje und Wanda an... die vertragen sich auch wieder. Wanda ist endlich bereit, nach München mitzukommen.«
»Na ja, na ja. Aba det is ma schon schrecklich, det allet so lange dauat, Nelliken... wo ick dir doch vasprochen habe, et is Schluß mit 'n Strich.«
Nelly geht (scheinbar) leicht über derlei Worte hinweg: »Nun laufe ich schon so lange... die paar Tage werde ich es auch noch aushalten.«
»Trotzdem! Seit ick dir wiedajefunden habe, macht mir det janz varrückt, wenn ick denke: Für jeden musse de Beene breitmachen!«
»Ich denke dabei immer nur an dich«, pflegt Nelly zu antworten. Und das beruhigt den Bruno dann, und er schläft friedlich ein. Nelly Pietsch aber liegt neben ihm und starrt in die Finsternis, und die Gedanken, die sie sich macht, sind noch schwärzer als die Nacht. Doch anmerken, anmerken läßt sie sich nichts!
Um aber auf den 20. August zurückzukommen...
Das ist der Tag, an dem die siebenundvierzigjährige Margot Heisterberg, Gattin des achtundvierzigjährigen Wirtschaftredakteurs der ›Weltpresse‹, Mutter eines vierzehnjährigen Sohnes, Unheil, nicht wiedergutzumachendes Unheil anrichtet in ihrer manischen Besessenheit, mit der unbarmherzigen Überzeugung, daß ihr Mann und diese rothaarige Hure namens Barbara Mittenzwey sie betrügen, im eigenen Haus, in der eigenen Wohnung, im eigenen Bett.
Es ist jetzt 15 Uhr 30.
Sorgfältig gekleidet und frisiert, jedoch außerordentlich nervös, sitzt Margot Heisterberg im Wartezimmer der Kanzlei des bekannten Scheidungsanwalts Dr. Jakob Goldner am Innsbrucker Platz. Des trüben, unbeständigen Wetters wegen hat Margot einen dieser zusammenlegbaren Schirme mitgenommen. Schwer liegt er auf ihren Knien.

Dr. Goldner verhandelt noch mit einem anderen Mandanten, Margot war erst für 16 Uhr bestellt, sie ist viel zu früh gekommen. Das Wartezimmer ist leer. Irgendwo klappern Schreibmaschinen, ab und zu hört man über den Dächern das Dröhnen einer Verkehrsmaschine, die sich unmittelbar vor der Landung, unmittelbar nach dem Start befindet.
15 Uhr 31.
Die Zeit vergeht und vergeht nicht.
Margot atmet hastig, spielt mit dem schweren Schirm, klappert mit der Spitze eines Schuhes.
Sie war schon einmal hier, am Montag.
Noch zwei Tage früher, gegen den Mittag des 15. August, hatte sie mit dem kleinen Farbfoto, das aus Kurt Mittenzweys Tasche geglitten und von Margot gefunden worden war, das Fotogeschäft Roland in der Grolmanstraße 21 aufgesucht und dabei Barbara Mittenzweys Namen und Adresse eruiert.
Am Montagvormittag meldete sie sich bei Dr. Goldner an. Zu ihrer Freude bekam sie noch einen Termin für den gleichen Tag: 15 Uhr. Pünktlich war die verblühte, verbitterte Frau erschienen.
In größter Erregung hatte sie vor dem Anwalt die Leidensgeschichte ihrer Ehe und alle Gegenstände aus der Lade ihrer Frisierkommode ausgebreitet. Die Kinokarten, die Blumen- und Restaurantrechnungen, die Briefe, Barbaras Foto, ihr seit Jahren zusammengetragenes ›Beweismaterial‹ gegen Egon.
Dr. Jakob Goldner war ein zuckerkranker, trauriger Mann mit schweren Tränensäcken unter den dunklen Augen. 1934 hatte er Berlin verlassen müssen, aber schon 1947 war er zurückgekehrt. Er liebte Berlin, es war für ihn die einzige Stadt, in der man leben konnte.
Sein Beruf hat Goldner ähnliche Menschenkenntnisse verschafft wie dem Psychiater Dr. Landon – wenn auch auf andere Weise. Wie dieser im Fall Olaf Martini, so empfindet Goldner im Fall Margot Heisterberg eine Spontan-Aversion, die stärker und stärker wird, je länger diese offensichtlich hysterische Frau auf ihn einredet.
Endlich läßt Margot den Anwalt zu Wort kommen.
Mit liebenswürdiger Routine beginnt Goldner: »Gnädige Frau, Sie und Ihr Mann haben sich also auseinandergelebt...«
»Auseinandergelebt ist gut! Der gemeine Kerl...«
»...und wenn in einer solchen toten Ehe auch noch ein Kind aufwächst, dann ist gewiß eine Scheidung das beste. Das beste für das Kind. Kinder leiden am meisten, das wissen Sie doch, wenn sie dauernd Zeugen der Zerwürfnisse ihrer Eltern werden.«

Sofort beginnt eine neue Litanei: »Mein armer Ulli! Alles werde ich für ihn tun, alles! Wie einen kleinen Prinzen will ich ihn verwöhnen, wenn er erst mit mir allein lebt. Wir werden doch die Wohnung für uns haben... und genug Geld. Egon verdient nun einigermaßen. Die Alimente für Ulli kann man ihm doch gleich vom Gehalt abziehen und an mich überweisen, nicht wahr? Ich erhalte als unschuldig geschiedene Frau doch das Sorgerecht!«
»Das«, antwortet Goldner, »erhalten Sie sicherlich, falls Ihr Gatte alle Schuld auf sich nimmt, beziehungsweise überhaupt mit einer Scheidung einverstanden ist.«
Margot starrt den Anwalt entgeistert an.
»Wenn er mit einer Scheidung einverstanden ist? Er *muß* doch einverstanden sein... schon dem Gesetz nach!«
»Nein, gnädige Frau, da irren Sie sich. Ihr Gatte muß nicht automatisch in eine Scheidung einwilligen. Sie können sich von ihm trennen, gewiß, aber das sieht dann ganz anders aus, das...«
»*Trennen?* Ich denke ja gar nicht daran! Da muß ja *ich* aus der Wohnung!«
»Nun, wenn Sie ein Zusammenleben nicht mehr ertragen...«
Margots knochige Hände flattern wie Gespenstervögel über den Krimskrams auf Goldners Schreibtisch.
»Aber er muß doch verurteilt werden! Hier! Hier! Hier! Sind das nicht genügend Beweise für seine Schuld?«
»Sie haben viel erduldet, viel mitgemacht«, erwidert Goldner beherrscht. »Dennoch ist es meine Pflicht, Ihnen ganz klar zu sagen, daß die Beweise, die Sie für die Untreue Ihres Mannes vorbringen können... dieses Foto eventuell ausgeklammert... *nicht* für eine automatische Scheidung von Ihrem Gatten als Alleinschuldigem ausreichen.«
Danach bleibt es eine lange Weile still in Dr. Goldners Kanzlei.
Margot ist erschüttert. Sie sieht so verzweifelt aus, daß sie den Anwalt trotz seiner spontanen Aversion dauert. Er sagt deshalb ermutigend: »Das Foto ist wenigstens ein halbwegs konkretes Schuld-Indiz.«
»*Halbwegs* konkret?«
»Ihr Gatte kann zu dieser Dame in ehewidrigen Beziehungen stehen...«
»*Kann?* Er tut es!« Goldner muß sich sehr zusammennehmen, um nicht die Geduld zu verlieren. »Ich erzählte Ihnen doch, daß ich die Person in unserem Haus...«
»...gesehen haben, ja. Sie haben in Ihrem Haus auch dieses Foto gefunden.«

»Auch andere Hausbewohner haben das Luder ... verzeihen Sie ... die Person gesehen!«

»Gut und schön. Das alles, liebe gnädige Frau, veranlaßt mich ja, von einem halbwegs konkreten Indiz zu sprechen. Ein einwandfreies Indiz ist es nicht. Ihr Mann, das haben Sie mir auch erzählt, erklärt, überhaupt keine rothaarige Frau zu kennen.«

»Daß er sie *ja* kennt, wird er zugeben!«

»So kommen wir nicht weiter«, erklärt Goldner. »Eine Begegnung im Treppenhaus, der Fund eines Fotos, die Erklärungen anderer Mieter, sie hätten jene Dame auch im Treppenhaus gesehen, sind kein eindeutiger Beweis für ehewidrige Beziehungen Ihres Gatten zu der Dame, ich sage es noch einmal.« Der Anwalt weist mit dem Kinn auf die Schreibtischplatte. »Und das hier, das bedeutet überhaupt nichts. Nicht vor Gericht! Nicht, wenn Ihr Mann alles abstreitet! So glauben Sie mir doch!« Goldners Stimme wird kalt. »Oder glauben Sie mir nicht, dann fragen Sie einen Kollegen. Ich bin nicht böse, wenn Sie einen anderen Anwalt wählen.«

Margot erschrickt.

»Nein! Bitte, Herr Doktor, ich will *Sie* zum Anwalt! Gerade Sie! Sie haben einen so großen Ruf ...«

»Wenn Sie mich zum Anwalt haben wollen, dann müssen Sie mir auch glauben.«

»Ich bin so schrecklich aufgeregt ...«

»Ja, leider. Passen Sie auf: In Fällen wie diesen schlage ich meinen Mandanten immer vor, mit dem Ehepartner *ruhig und sachlich* zu sprechen und ihm klarzumachen, daß eine Scheidung auch in seinem Interesse liegt. Konzentrieren wir uns dabei auf dieses Foto. Ich könnte mir vorstellen, daß Ihr Gatte nach einer Aussprache mit Ihnen in eine Scheidung einwilligt, sei es, um diese Dame nur zu schützen, sei es, um sie heiraten zu können. Voraussetzung ist natürlich immer, daß er wirklich in Beziehungen zu ihr steht.«

»Darauf können Sie Gift nehmen! Aber eine Aussprache nur in Ihrer Kanzlei!«

»Natürlich.« Goldner seufzt wieder. Derartige Aussprachen schätzt er besonders. »Ich schreibe Ihrem Gatten noch heute und bitte um seinen Besuch am ...« Der Anwalt blättert in einem Terminkalender, »... am Donnerstag. Das ist der Zwanzigste. Paßt Ihnen das?«

»Mir paßt jeder Termin. Je schneller, um so besser.«

»Sagen wir also: Am Zwanzigsten um sechzehn Uhr?«

»In Ordnung. Und was ist mit der da?« fragt Margot und zeigt auf das kleine Farbfoto.

»Mit ... wieso?«

»Na, die muß doch auch her!«
Ach, zum Teufel! denkt der Anwalt.
»Nein, gnädige Frau«, sagt er mit gepreßter Höflichkeit. »Das muß sie nicht. Ich hoffe, daß wir am Donnerstag zu einer gütlichen Einigung kommen werden.«
»Gütliche Einigung? Wie meinen Sie das?«
»Ihr Mann gibt zu, daß er die Schuld an der Zerrüttung der Ehe trägt, erklärt sich mit der Höhe der Alimentenzahlungen einverstanden und damit, daß das Kind ein, zwei Monate jährlich bei ihm lebt.«
»Ulli bei *dem? Nie!*«
»Wenn er für das Kind zahlt, darf er das verlangen. Schön ist so etwas nie, Frau Heisterberg.«
»Wer redet von schön? Scheußlich soll es sein, so scheußlich wie möglich ... für ihn und für dieses Weib, diese Mittenzwey.«
Goldner räuspert sich irritiert.
»Wieso für ... Frau oder Fräulein Mittenzwey?«
»Weil ich darauf bestehe, daß die Person vor Gericht mit vollem Namen als Ehebrecherin genannt wird!« ruft Margot hitzig.
»Frau Heisterberg, das wird ganz selten getan. Eigentlich nie.«
»Bei mir schon!«
»Wissen Sie denn, was der Dame dann passiert?«
Margots erloschene Augen leuchten auf. »Natürlich weiß ich das! Anzeige werde ich erstatten! Ein Verfahren muß dann gegen sie eröffnet werden! Ins Gefängnis muß sie! Oder habe ich unrecht?«
»Sie haben recht«, sagt der Anwalt degoutiert. »Sie geht ins Gefängnis, wenn es uns gelingt, den Nachweis zu erbringen, daß sie ein intimes Verhältnis mit Ihrem Mann hatte.«
»Na also!« Margots Augen flammen jetzt. »Und von wegen Beweis ... er liegt vor Ihnen!«
»Ein Foto, liebe gnädige Frau«, sagt der Anwalt und bewundert die eigene Langmut, »ist noch kein Beweis. Haben Sie die beiden in flagranti ertappt?«
»Nein, aber ...«
»Hat jemand anderer das getan?«
»Sie ist in unserem Haus aus und ein gegangen, das haben viele gesehen!«
Goldner schüttelt den Kopf. »Frau Heisterberg ...«
»Er hatte ihr Foto in der *Tasche*!«
»Er ist Journalist. Er wird tausend Gründe dafür angeben können, wie das Bild in seine Tasche gekommen ist, wenn es sein muß. Wenn man ihn reizt. Was wissen wir denn von dieser Barbara Mit-

tenzwey? Wo sie wohnt, sonst nichts! Vielleicht ist sie eine kleine Schauspielerin, ein Mannequin ... und ihr Bild lag in der Redaktion.« Margot will unterbrechen, aber Goldner hebt die Stimme: »Vielleicht ist sie glücklich verheiratet. Auch das kann sein.«

»Also eine noch größere Schlampe! Betrügt den eigenen Mann!«

Wenn das so weitergeht, werfe ich die Person hinaus, denkt Goldner. Habe ich es nötig, mich mit einer solchen Hysterikerin abzugeben? Wahrhaftig nicht!

»Ihr Schmerz, Ihre Empörung in Ehren. Vielleicht gelingt es Ihnen trotz dieser Behinderungen, logisch zu denken. Das Foto ist alles, was wir Ihrem Mann zu präsentieren haben. Er kann so und so reagieren. Wenn man in Ruhe und sachlich ... ich muß mich dauernd wiederholen! ... wenn man sachlich und in Ruhe mit ihm spricht, dann besteht Aussicht auf eine gütliche Einigung, wie ich sie vorhin skizziert habe. Dann haben Sie doch alles. Was wollen Sie dann noch?«

»Daß die da ins Gefängnis geht!«

»Die da geht nicht ins Gefängnis! Nicht auf Grund dieses Fotos! Frau Heisterberg, ich flehe Sie an, nehmen Sie Vernunft an.«

Skandierend spricht Margot: »Sie geht ins Gefängnis. Ich will es so.«

»Was Sie wollen, spielt leider vor Gericht nicht die Hauptrolle. Da entscheiden Richter und Gesetze. Bei *mir* entscheidet noch etwas anderes, um es gleich zu sagen!«

»Und das wäre?«

»Ich bin ein alter Scheidungsanwalt. Ich habe ixmal erlebt, wie sehr man sich irren kann. Wir müssen, als Möglichkeit, immerhin auch annehmen, daß diese Barbara Mittenzwey wirklich glücklich verheiratet ist. Wir müssen ... ach was, *ich* muß! ... nach Lage der Dinge auch immer noch annehmen dürfen, daß Ihr Mann *keine* intime Verbindung zu der Dame hat oder hatte.«

»Keine ...«

»Lassen Sie mich reden! Sie haben selber mit schweren Strafen zu rechnen, falls Sie die Dame öffentlich zu Unrecht beschuldigen ... und *sie* das beweisen kann.«

»Beweisen? Die? Ha! Die kann überhaupt nichts beweisen!«

»Vorläufig sind wir es, die überhaupt nichts beweisen können«, sagt Goldner und denkt: Jetzt habe ich genug! Er wird eisig: »Entweder Sie machen sich meine Ansichten zu eigen, wenigstens im gegenwärtigen Stadium, oder ich muß Sie ersuchen, sich durch einen Kollegen vertreten zu lassen.«

Margot schluckt schwer.

Dann antwortet sie: »Bitte. Ich tue, was Sie vorschlagen.«
»Gut«, sagt Goldner kühl. »Das wäre dann alles für heute. Ich rufe nun eine Sekretärin und diktiere den Inhalt unserer Besprechung. Ihnen empfehle ich, meine Ausführungen gründlich zu überdenken.« Goldner drückt auf die Taste eines Sprechgerätes. »Fräulein Kirchner, kommen Sie bitte herüber. Danke.« Der Anwalt sieht Margot an. »Es ist noch lange hin bis Donnerstag. Sie versprechen mir, sich dann zu beherrschen und gemeinsam mit mir zu versuchen, eine gütliche Einigung zu erzielen?«
»Wenn er aber alles ableugnet...«
»Dann reden wir beide weiter. Doch zunächst versprechen Sie es mir?«
»Ja«, antwortet Margot, der ganz wirr und dumm im Kopf ist. »Natürlich, Herr Doktor. Sie wollen doch mein Bestes. Das muß ich mir immer wieder vor Augen halten.«
»Also bitte am Donnerstag um vier«, sagt Dr. Jakob Goldner.

28

Margot kommt schon um halb vier an diesem kühlen, regnerischen 20. August. Sorgfältig gekleidet und frisiert, außerordentlich nervös. Da sitzt sie im Wartezimmer, den zusammenlegbaren Schirm auf den Knien.
Irgendwo klappern Schreibmaschinen, ab und zu hört man über den Dächern das Dröhnen einer Verkehrsmaschine, die sich unmittelbar vor der Landung, unmittelbar nach dem Start befindet.
15 Uhr 31. 15 Uhr 32.
Die Zeit vergeht und vergeht nicht.
Margot atmet hastig, spielt mit dem schweren, kleinen Schirm, klappert mit der Spitze eines Schuhes.
Jeden Moment muß nun Egon auftauchen. Margot hat Angst vor diesem Auftauchen, sosehr sie es wünscht. Egon war ganz eigenartig in den letzten drei Tagen. Er bekam das Schreiben des Anwalts, Margot selbst hatte dem Postboten das Kuvert mit dem Kanzleistempel abgenommen und Egon abends den Brief gegeben. Er las ihn auch – am nächsten Morgen fand sie den geöffneten Umschlag im Papierkorb. Das Schreiben nicht. Das mußte Egon eingesteckt haben. Er sprach in diesen drei Tagen kein einziges Wort über die Sache. Er war genau wie immer. Mürrisch, wortkarg, müde. Nach Hause kommen. Essen. Fernsehen. Ins Bett. Schlafen.
Anzeichen von Unruhe?

Nicht die Spur! Der Kerl hat Nerven. Nerven hat der Kerl!
15 Uhr 46.
Kein Egon.
Vielleicht ist er aufgehalten worden. Vielleicht hatte er einen Unfall mit dem Volkswagen. Sähe ihm ähnlich, jetzt noch schnell einen Unfall zu bauen!
16 Uhr.
Die Kanzleitür öffnet sich, Dr. Goldner verabschiedet einen Mandanten und kommt danach sofort auf Margot zu. Daß sie allein ist, scheint ihn nicht im geringsten zu überraschen.
»Guten Tag, gnädige Frau. Darf ich bitten?«
»Aber mein Mann ist noch nicht da...«
»Nein.«
»Wollen wir nicht auf ihn warten?«
»Nein.«
»Warum nicht?«
»Weil er nicht kommen wird«, antwortet Dr. Jakob Goldner und schiebt Margot mit sanfter Gewalt in seine Kanzlei, wo er sie auf einen Stuhl drückt.
»Er wird nicht kommen?« stammelt Margot.
Mit einem Gesicht, als hätte er etwas Verdorbenes gegessen, geht der Anwalt um den Schreibtisch herum und setzt sich gleichfalls.
»Ihr Gatte«, sagt er, »hat sich einen eigenen Anwalt genommen. Den Kollegen Hellwig aus der Uhlandstraße. Wie mir Kollege Hellwig am Telefon mitteilte, hat Ihr Mann nicht die Absicht, sich scheiden zu lassen.«
Margot fährt empor, der Schirm poltert zu Boden.
»*Bitte!*« sagt Goldner.
»Verzeihen Sie...« Margot setzt sich wieder, hebt den Schirm auf.
»Ihr Gatte, sagt Kollege Hellwig, steht auf dem Standpunkt, er habe Ihnen überhaupt nichts angetan, sondern in liebevoller und aufmerksamer Weise alle seine ehelichen Pflichten erfüllt, für die Erziehung des Sohnes und ein komfortables Zuhause gesorgt, et cetera, et cetera.«
»Das ist... das ist...« In Margots Schläfen beginnt das Blut zu hämmern. »Eheliche Pflichten! Liebevoll und aufmerksam! Komfortables Heim! *Wer* hat dafür gesorgt? Arbeitslos war er jahrelang! Heute noch bin ich Sprechstundenhilfe, weil sein Gehalt so klein ist!« (Am Montag verdiente er noch ›einigermaßen‹, denkt Goldner. Die Mandantin, wie man sie sich erträumt.) »Ullis Erziehung! Da kann ich nur lachen! Wenn ich, ich! ich! Ullichen nicht erzogen hätte...«

»Gnädige Frau, bitte! Das ist alles ohne Bedeutung. Sie müssen ... darf ich aussprechen, ja? Vielen Dank! ... Sie müssen nun die Realität sehen, nichts anderes. Ihr Mann bestreitet jede eheliche oder sonstige Verfehlung. Warum er das tut ...«
»Weil er aus dem warmen Nest nicht raus will! Weil er keine Alimente zahlen will! Weil er glaubt, mit mir kann er alles machen!«
»Warum er das tut«, beginnt Goldner zum zweitenmal, »spielt im Moment keine Rolle. Nicht für uns. Sie wollen die Scheidung. Dann ist es an uns, Beweise für so schwere Verfehlungen vorzulegen, daß eine Scheidung ausgesprochen wird. Was Sie mir gebracht haben, sind keine solchen Beweise. Damit müssen Sie sich heute endgültig abfinden.«
»Und alles weiterlaufen lassen? Das muß ich auch, ja?«
»Davon habe ich kein Wort gesagt. Wenn Sie es fertigbrächten, Ihre Erregung ein wenig zu zügeln, so daß ich normal mit Ihnen sprechen kann, wäre es möglich, weitere Schritte zu besprechen. In Ihrem gegenwärtigen Zustand ist das nicht möglich.«
»In meinem ...« Margot strafft sich. »Ich bin ganz beherrscht. Bitte, Herr Doktor. Sie können mit mir alles besprechen. Nun?«
Goldner sieht sie zweifelnd an.
»Tja«, sagt er, »wenn es also eine Scheidung sein muß ...«
»Es muß eine Scheidung sein!«
»... dann würde ich zunächst eine Privatdetektei empfehlen, mit der ich schon oft erfolgreich zusammengearbeitet habe.«
»Privatdetektei? Das kostet doch ein Vermögen!«
»Billig sind die Leute nicht. Aber ein Vermögen kostet es auch nicht. Nur Zeit. Zeit wird es wohl kosten. Und es ist meine Pflicht, Ihnen noch etwas zu sagen: Wenn die Nachforschungen des Büros kein belastendes Material zutage fördern und Ihr Mann erfährt, daß Sie ihn beobachten lassen, hat *er* einen Scheidungsgrund.«
»Dann hat ...« Margot verschlägt es die Sprache.
»Völlig zerrüttetes Vertrauensverhältnis.« Goldner hebt eine Hand und läßt sie wieder fallen. »Falls Sie also nicht ganz überzeugt von der ehelichen Untreue Ihres Mannes sind, kann die Überwachung ein Schuß werden, der nach hinten losgeht.«
»Detektivbüro kommt nicht in Frage!« ruft Margot erschrocken.
»Dann muß es Ihnen gelingen, den einwandfreien Nachweis für Ehebruch allein zu erbringen. Ich will Ihnen dabei gerne nach Kräften behilflich ...« Zu seiner Überraschung sieht der Anwalt, daß Margot sich blitzschnell erhoben hat.
»Ich danke Ihnen, Herr Doktor.«
Goldner steht auf.

»Ja, aber ... was wollen Sie denn jetzt tun?«
»Ich weiß noch nicht. Ich muß es mir überlegen. Ich rufe Sie an.«
»Wie Sie wünschen, gnädige Frau ...«
»Die ... die Gegenstände lasse ich bei Ihnen.«
»Sehr gut. Ich finde es auch sehr gut, daß Sie sich nun erst noch einmal alles genau überlegen wollen. Tun Sie das in aller Ruhe. Machen Sie vielleicht eine kleine Reise oder ...«
Die Kanzleitür fällt zu.
Dr. Jakob Goldner starrt sie verblüfft an.
Margot ist ohne ein weiteres Wort davongestürzt.
Hm.
Eine Hysterikerin, natürlich ... aber müßte man nun nicht eigentlich ...
Aus dem Sprechgerät ertönt eine Mädchenstimme.
»Herr Triller ist gekommen, Herr Doktor. Er bittet um Verständnis für den Überfall. Seine Frau hat, während er fort war, das Mädchen aus der Wohnung geholt. Er befürchtet, daß sie mit dem Kind in den Westen fliegt, wenn man nicht sofort etwas unternimmt und ...«
»Schicken Sie Herrn Triller herein«, sagt Dr. Jakob Goldner.
Auch ein Beruf, den man sich da ausgesucht hat!

29

Die Beweise reichen nicht aus. Er läßt sich nicht scheiden. Einen anderen Anwalt hat er sich genommen. Drei Männer gegen eine Frau. Halten natürlich alle zusammen. Schweinerei. Dieser Goldner hat mir von Anfang an nicht gefallen. Aber er wurde mir so sehr empfohlen. Da sieht man wieder einmal, was man auf Empfehlungen geben darf! Wahrscheinlich macht er halbe-halbe mit diesem Hellwig. Und mit dem Detektivbüro auch. Detektivbüro! O Gott, ist mir schlecht ...
Margot Heisterberg fühlt jähe Hitze in sich aufsteigen, sie hat Angst, sich erbrechen zu müssen. Stöhnend sinkt sie gegen die Mauer eines Hauses am Innsbrucker Platz. Da stehen Taxen. Ein Chauffeur kommt herbei.
»Is Ihnen nicht jut! Jotte doch, wie Sie aussehn!«
»Ich ... ich habe mich gerade sehr aufgeregt.«
»Uffjerecht. Achtung, det Herz!« sagt der Chauffeur, ein älterer Mann mit Schirmmütze und Lederjacke. »Se brauchn 'n Schnaps.«
»Ja!« Margot sieht ihn dankbar an.
»Da is 'n Lokal. Kommense man, liebe Dame.«

Mit dem Chauffeur, der sie leicht stützt, betritt Margot eine kleine Bar und bestellt Kognak. Einen doppelten.
»Eine besondere Marke?«
»Nein.«
»Aber französischen?«
»Ja.«
»Vielleicht Hennessy?«
»Ja doch! Und für den Herrn auch, bitte.«
»Nee, nee, nich for mir. Ick muß fahren.«
»Ach so, natürlich. Also vielen, vielen Dank!«
Der Chauffeur sieht zu, wie Margot ihren Kognak kippt. Einen ordentlichen Zug hat die, denkt er und fragt: »Bessa?«
Sie nickt und lächelt verzerrt.
»Nu bleibense aber noch 'n paar Minuten sitzen, ja?« sagt er, zieht die Mütze und geht.
Kaum ist er fort, bestellt Margot einen zweiten doppelten Kognak. Die kleine Bar ist leer, die Beleuchtung schummerig. Ein junger Mixer hat Gläser geputzt, als Margot hereinkam. Nun tritt er an ihr Tischchen.
»Bitte sehr, gnädige Frau.«
Den zweiten Kognak trinkt Margot langsamer. Ihr wird endlich wirklich wohler. Sie wird endlich wirklich ruhiger. Für eine Weile wenigstens. Jene Weile, in der sie nicht denkt.
Als sie wieder zu denken beginnt, denkt sie dies: So kann man mit mir nicht umgehen. Mit keinem Menschen kann man so umgehen. Und wenn alle meine Beweise Tinnef sind – die Fotografie von dieser Barbara Mittenzwey ist kein Tinnef!
Drecksnutte! Saunutte! Dazu bin ich dir nachgelaufen, tagelang, wochenlang, Aas, gemeines. Dazu habe ich bei Foto-Roland das ganze Tamtam aufgeführt? Dazu habe ich geschwiegen und geschwiegen und geduldet und geduldet – damit der Goldner jetzt sagt: Foto? Auch kein Beweis!
Wann hast du wohl Egon zum letztenmal gesehen? Gestern? Heute? Ist er jetzt bei dir? Warum nicht? Eine Wohnung hast du. Aus der Redaktion verschwindet er häufig genug. Liegst du gerade im Bett mit ihm, Hure? Lacht ihr euch beide scheckig über mich? Über die dämliche Alte?
Nun wird Margot wieder schwindlig, nun wird ihr wieder schlecht.
»Noch einmal dasselbe!«
Der junge Mixer mustert seinen Gast besorgt: »Stark, der Hennessy, gnädige Frau ...«
»Na und? Noch einmal dasselbe!«

»Bitte sehr.« (Wenn ich nur nicht ganz allein mit der Person wäre!)
Margot bekommt ein neues Glas.
Sie stürzt den Kognak hinunter.
Mit unsicheren Bewegungen zündet sie eine Zigarette an. Inhaliert.
Die Bar dreht sich ein weinig.
Es geht wieder los, diesmal schon heftg unter Alkoholeinwirkung.
Hast wohl auch mit dem Goldner geschlafen, Dreckstück, was? Und auch gleich den Kollegen Hellwig drübergelassen. Dir ist das doch gleich! Die Schweinerei, die du nicht machst, gibt es nicht. Ich sehe ganz klar: Ihr haltet alle zusammen, du steckst mit den Kerlen unter einer Decke. Unter einer Decke, bei Gott!
Anwälte. Was sind Anwälte? Doch lauter Rechtsverdreher und Betrüger! Und Privatdetektive? Gescheiterte Existenzen, aus dem Polizeidienst rausgeflogen wegen irgendwelcher Verfehlungen. Und so einen Kerl soll ich bezahlen, damit er dich überwacht. Damit du ihn auch noch drüberläßt.
Und dann?
Dann dreht sich überhaupt alles um! Was denn? Bei berufsmäßigen Rechtsverdrehern? Herr Dr. Goldner und Herr Dr. Hellwig werden das schon hinkriegen. Aber leicht!
Ehescheidung?
Ja, der liebe Egon wird eine einreichen – *gegen mich*! Und *ich* werde verurteilt werden! Schuldig des Ehebruchs. Wirst ja wohl noch ein paar meineidige Luden auftun können, Misthure, die schwören mit Freude, daß ich was gehabt habe mit ihnen! Dann ist Egon mich los – *sein Traum!* Und er muß nichts zahlen. Und ich habe keinen Ulli mehr und keine Wohnung – diese Wohnung, für die *ich* geschuftet habe! – und sitze auf der Straße.
Ja, so ist das geplant. Natürlich.
›Machen Sie vielleicht eine kleine Reise ...‹
Da hätte ich es bereits merken müssen!
Dieses Schwein von einem Goldner! Machen Sie eine kleine Reise. Dann heißt es zuerst: Sittenwidriges Verlassen der ehelichen Gemeinschaft. Und dann schickt die Rote ihre Luden vor, die was gemacht haben mit mir auf dieser kleinen Reise. Und dann ist Schluß. Dann kann die Rote in meine Wohnung ziehen. Heiraten kann Egon sie sogar, wenn er will. Denn verheiratet ist die natürlich nie. Auch so ein Goldner-Trick! Frau Heisterberg heißt das Aas dann. Und hat alles. Alles! Das ist der Plan. Oh, diese Gemeinheit! Diese Bestien! Diese Rote!
Margot ist so erregt, daß sie plötzlich alles rot, wirklich rot sieht – wie durch gefärbtes Glas.

»*Was* sagten Sie, gnädige Frau?« hört sie den jungen Mixer fragen. Hat sie etwas gesagt? Offenbar.
Margot Heisterberg spricht schwerzüngig: »Ich habe gefragt, ob Sie mir eine Flasche Hennessy verkaufen können.«
Der Mixer zögert.
»Wenn Sie nicht wollen, kaufe ich sie woanders. War bloß eine Frage. Ich bin in Eile, ich muß gehen.«
Damit hat sie den Mixer gefangen. Der möchte schon die längste Zeit diese unheimliche Säuferin, die da vor sich hinbrabbelt, los sein. Wenn sie nun wirklich geht...
»Bitte, gnädige Frau. Ich habe eine Flasche eingepackt.« Er nennt den Preis. »Bißchen teurer natürlich. Wir schenken ja im allgemeinen gläserweise aus, nicht wahr?«
»Jajaja.« Sie legt einen Geldschein auf den Tisch, packt die Flasche, steht auf. Der Raum dreht sich wieder.
Augen zu. Tief atmen. Augen auf. Alles in Ordnung.
»Moment! Sie bekommen noch heraus...« Der Mixer hebt eine Hand mit Wechselgeld. Da hat Margot die kleine Bar schon verlassen.
»Puh!« Der Mixer genehmigt sich selbst einen.
Auf der Straße stolpert Margot. Nicht etwa aus Trunkenheit! Aber wenn so ein rücksichtsloser Kerl in einen hineinrennt. Ein Glück, daß die Flasche nicht zu Boden gefallen ist...
»Soll ick Sie nich lieba nach Hause fahren?«
Margot erblickt durch einen leichten roten Schleier den älteren Chauffeur, der ihr vorhin geholfen hat. Er sieht sie besorgt an, aber das bemerkt sie nicht. Sie bemerkt auch nicht, daß sie auf jeden Nüchternen den Eindruck einer Volltrunkenen macht.
Nach Hause fahren? Guter Witz. Darf ich noch nach Hause, du Hure, du dreckige?
Aber ein Taxi wäre natürlich angenehm jetzt... man könnte noch etwas trinken. Aus der Flasche trinken. Sähe keiner. Auf der Straße, im Bus, in der U-Bahn schon. Es ist weit nach Hause. Und Margot fühlt schon wieder Übelkeit. Sie braucht einen Schluck.
Stolpernd geht sie auf eine Droschke zu.
»Nicht die. Die hier ist meine!« Der Chauffeur öffnet den Schlag seines Wagens. Margot gelingt es, ohne Hilfe einzusteigen. Sie läßt sich auf den Sitz fallen, sinkt zurück.
»Wohin?«
Da kommt der Gedanke. Wie ein Blitz schlägt er ein!
Sehr langsam und plötzlich sehr deutlich antwortet Margot Heisterberg: »Bleibtreustraße elf.«

Gleich in der Bundesallee hat sie die Flasche geöffnet und den ersten Schluck genommen. Daß der Chauffeur sie im Rückspiegel beobachtet, merkt sie nicht.
Kreuzung Berliner Straße. Zweiter Schluck. Jetzt kannst du was erleben, du Luder.
Ranke-Platz. Großer Schluck. Nun wird wieder alles sehr rot, was Margot sieht: Menschen, Autos, Häuser.
Joachimsthaler Straße. Der nächste Schluck.
Beim Einbiegen in den Kurfürstendamm hält sie die Flasche gerade am Mund. Der Wagen ruckt. Die Flasche schlägt gegen Margots Zähne. Au! Na warte, du Hure, na warte!
Kurfürstendamm hoch.
Röter und röter sieht alles aus. Sehstörung durch Aufregung. Betrunken bin ich überhaupt nicht. Komisch, daß so viel Alkohol so wenig Wirkung zeigt. Da: *Bleibtreustraße*!
Ein letzter Schluck. Jetzt will ich mich zusammennehmen. Ich bin eine Dame. Vorhin hat dieser dämliche Chauffeur sich einmal umgedreht. Der soll nur ja keinen falschen Eindruck bekommen!
Die Taxe hält.
Bleibtreustraße 11.
Wieder beginnt das Blut in Margots Schläfen zu hämmern.
»Was bin ich schuldig?« Sie spricht geradezu überklar, findet sie.
Der Chauffeur findet das nicht. Junge, Junge, ist die blau! Schon doll, was in Berlin gesoffen wird, denkt der alte Mann. Auch von Frauen. Gerade von Frauen! Man sehe sich nur die da an. Ein schlechter Kerl könnte der jetzt glatt einen Fünfziger abnehmen!
Der Chauffeur ist kein schlechter Kerl. Er nennt den wahren Fahrtpreis. Margot bezahlt. Er ist ihr beim Aussteigen behilflich. Er reicht ihr den kleinen Schirm. Die Flasche lehnt sie ab.
»Wollen Sie sie haben? Schluck nach Feierabend? Noch halbvoll!«
»Also schönen Dank ooch, jnädije Frau.« Der Chauffeur steigt wieder ein und fährt sofort weg. Weg hier, bevor die Dame hinschlägt in ihrem Zustand ...
In ihrem Zustand hat Margot es nicht ganz leicht, sich zurechtzufinden. Lange sucht sie auf einer Tafel beim Eingang. Namen verschwimmen vor ihren Augen. Sie kneift sie zusammen. So sieht sie klar. Da ist es.
MITTENZWEY. Dritter Stock.
Margot benützt den Lift.
Dann steht sie vor der Tür, die ein Messingschild trägt:

MITTENZWEY

Rot, rot, rot ist nun wieder alles!

Margot klingelt.

Hure. Du verfluchte Hure. Nun wirst du ...

Die Tür geht auf.

Vor Margot steht, in Rock und Bluse, Barbara Mittenzwey. Rothaarig, grünäugig, jung, schön.

Und furchtbar erschrocken! Denn sie erblickt eine Furie, mit wirrem Haar, grauem Gesicht und irren Augen, der Speichel aus dem Mund rinnt, die keuchend atmet. Betäubender Alkoholgeruch schlägt Barbara entgegen.

Barbara ist allein zu Hause, ihr Mann hat eine Besprechung mit seiner ›Crew‹. In Angst vor dieser schrecklichen Person will Barbara schnell wieder die Tür schließen.

Das besiegelt ihr Schicksal.

Mit einem tierischen Schrei springt Margot Heisterberg vor, den schweren, zusammengelegten Schirm schwingt sie in der Hand, reißt die Hand hoch – und läßt den Schirm danach auf Barbaras Schädel niedersausen.

Die junge Frau schreit gleichfalls auf, fällt nach hinten und bewegt sich nicht mehr. Blut strömt über ihr Gesicht.

Margot stolpert und stürzt über die Liegende. Sie schlägt weiter zu, immer auf den Kopf, in das Gesicht hinein, rasend, von Sinnen, und rot, rot, rot ist alles, rot, rot, rot – so viel Blut ...

Nachbarn haben die beiden Schreie gehört. Sie kommen herbeigerannt. Sie reißen Margot Heisterberg hoch, halten sie fest. Reglos steht die alternde, knochige Frau da. Reglos liegt die junge, vor zwei Minuten noch so schöne Frau Barbara Mittenzwey auf dem Boden. Ihr Gesicht ist ein Stück rohes Fleisch, gar kein Gesicht mehr.

31

An diesem Abend regnet es stark, aber es ist kein Gewitterregen. Egon Heisterberg und Kurt Mittenzwey sitzen in der Wohnung in der Bleibtreustraße. Sie schweigen, seit sie eingetroffen sind, seit einer halben Stunde schweigen sie.

Sie sind vom nächsten Polizeirevier gekommen. Beamte dieses Reviers waren auf den entsetzten Anruf eines Mieters am Nachmittag hierher gerast, um Margot Heisterberg zu verhaften, ihr Handschellen anzulegen und sie mitzunehmen – sieben Minuten nachdem sie

Barbara Mittenzwey erschlagen hatte. Die Handschellen wären überflüssig gewesen. Völlig ruhig hat Margot sich abführen lassen. Seither wird sie unablässig von den Kriminalbeamten des Reviers vernommen. Sie hat wenig zu sagen. Eifersucht war es, erklärt sie, eine Affekthandlung unter dem Einfluß von Alkohol. Den hohen Promillegehalt in ihrem Blut hat ein Polizeiarzt sogleich festgestellt. Daß man die betrunkene Frau, die lallend und wie im Schlaf spricht, trotzdem immer weiter befragt, geschieht auf Veranlassung Heinz Schuckerts vom Amt für Verfassungsschutz in Berlin, der den Verhören persönlich beiwohnt. Immerhin haben die Heisterbergs in dem Haus Hasenauerstraße 67 gelebt, von dessen Keller aus jener Tunnel nach Ostberlin getrieben wurde – jener Tunnel, durch den Bruno Knolle gekommen ist.
Als Schuckert von der Ermordung Barbara Mittenzweys erfuhr, war er überzeugt, hier neue Zusammenhänge aufdecken zu können. Er ist noch immer davon überzeugt. Die Kriminalbeamten, die Margot verhören, sind das nicht. Für sie ist dies kein sensationeller Fall. Passiert häufig. Langweilig. Der Polizeiarzt hat zum Glück gefordert, daß die Befragung bald abgebrochen wird – angesichts des erschöpften Zustands der Verhafteten. Diese soll die Nacht in der Haftzelle des Reviers verbringen und morgen ins Untersuchungsgefängnis überführt werden.
Reine Routine bedeuteten für die Polizei auch die kurzen Verhöre Mittenzweys und Heisterbergs.
Die beiden Männer, die einander ein einziges Mal – in der Fluchtnacht – begegnet waren, erkannten sich auf dem Revier zunächst überhaupt nicht wieder. Sie wurden nacheinander befragt. Dabei stellte sich heraus, daß Heisterberg auch Barbara Mittenzwey nur ein einziges Mal, nämlich während des Tunnelbaus, zufällig begegnet war. Daß er kein Verhältnis zu ihr unterhielt, erschien dem vernehmenden Inspektor bald klar, Heisterberg brauchte es nicht mehr zu beteuern. Kriminalbeamte hatten in Eile Informationen über die Ehe der Mittenzweys eingeholt. Sie galt in der ganzen Nachbarschaft als außerordentlich glücklich.
Auch wie Barbaras Fotografie in Margots Hände geraten war, stand nach zwei Stunden fest. Mittenzwey wußte endlich, wo und bei welcher Gelegenheit er das Bild verloren hatte. Die Angestellte des Fotogeschäfts Roland wurde geholt; sie berichtete von ihrem Zusammentreffen mit Margot Heisterberg. Die Verhaftete bestätigte ihre Aussage. Es gab keine Widersprüche, keine Rätsel. Margot bat, Mittenzwey kurz sprechen zu dürfen. Der stille Mann mit den braunen Augen und dem braunen Haar lehnte ab, sie zu sehen. Er

bat höflich, ihn zu entlassen. Er sagte, er wolle nach Hause gehen. Auf der Straße holte Heisterberg ihn ein.
»Würden Sie ... ich könnte gut verstehen, wenn Sie nein sagen ... würden Sie gestatten, daß ich Sie begleite?«
»Meinetwegen«, erwiderte Mittenzwey.
In der Wohnung waren die Kriminalbeamten und Fotografen und Spezialisten vom Erkennungsdienst längst verschwunden, Barbaras Leiche hatte man fortgebracht, das viele Blut weggewaschen. Der Boden war noch feucht ...
Nun sitzen sie im Wohnzimmer, Mittenzwey und Heisterberg, der Regen trommelt gegen die Fensterscheiben, und die beiden Männer schweigen, schweigen seit einer halben Stunde.
Als endlich ein stockendes Gespräch in Gang kommt, ist es zuerst nur ein Monolog Heisterbergs.
»Grauenvoll«, murmelt er. »Entsetzlich ... diese Sinnlosigkeit ... Ich weiß nicht, was ich Ihnen sagen soll, Herr Mittenzwey ... Ich bin mitgekommen, weil ich das Gefühl hatte, Ihnen etwas sagen zu müssen ... aber nun weiß ich nicht, was ... Es muß furchtbar sein ... ganz furchtbar für Sie ...«
Der Regen rauscht.
»Meine Ehe war eine Hölle ... Sie können sich das nicht vorstellen! Krank, seelisch krank war Margot ... pathologisch eifersüchtig, verstehen Sie? Auf mich, der ich bei Gott der treueste und solideste Mann der Welt bin! Aber eben diese Hysterie ... nun wollte sie plötzlich auch noch die Scheidung ... Das habe ich abgelehnt ... ich ... ich hatte vor, heute abend einmal ernst mit ihr zu sprechen. Unser Sohn ... was, denken Sie, wie der gelitten hat unter diesen ständigen Ausbrüchen seiner Mutter?« (Arme Margot. Aber so etwas von Schwein, was ich habe! Wenn Margot weiter herumgeschnüffelt hätte, wäre doch alles mögliche herausgekommen. Bestimmt die Sache mit Lizzy Müller. Da habe ich jetzt Ruhe. Ich habe jetzt eigentlich überhaupt überall und ständig Ruhe. Natürlich tut mir dieser Mittenzwey leid. Man ist ja kein Unmensch.) »Es muß ein medizinischer Sachverständiger herangezogen werden ... meine Frau ist nicht zurechnungsfähig ... Aber ich, ich wußte das! Ich wußte das schon lange! Und so bin ich schuld an dem, was geschehen ist!«
»Niemand ist schuld.«
»Aber jemand muß doch schuld sein!«
»Nein«, sagt Mittenzwey, unendlich müde. »Nicht immer.«
Das wäre zu einfach. Das wäre zu schön. Zu schön für mich, wenn ich wüßte: Der oder die ist schuld daran, daß Barbara nicht mehr

lebt. Wirklich schuldig! Aber so einen Menschen gibt es nicht...
»Ich werde das alles nie vergessen können...«
»Aber ja...«
Der Regen trommelt gegen die Scheiben.
»*Sie* doch bestimmt nie!«
»Lange Zeit wohl nicht. Meine Frau erwartete ein Kind...«
»Oh...«
»...aber einmal werde auch ich es vergessen. Irgendwann einmal... Ich hoffe, daß ich es einmal vergessen werde.« Zusammengesunken sitzt Mittenzwey da.
»Kann ich Ihnen nicht helfen? Etwas für Sie tun...«
Mittenzwey schüttelt den Kopf.
»Vielleicht doch?«
»Bestimmt nicht. Ich kann auch Ihnen nicht helfen, Herr Heisterberg.«
»Wenn Sie mich brauchen, wenn Ihnen etwas einfällt... rufen Sie mich dann sofort?«
Mittenzwey nickt.
»Versprechen Sie es mir!«
»Ich verspreche es«, sagt Mittenzwey, ohne sich aufzurichten. Er hat das Gefühl, daß er nie mehr die Kraft aufbringen wird, den Kopf zu heben.
Der Regen trommelt, trommelt, trommelt.
»Ich muß es dem Jungen sagen«, murmelt Heisterberg.
Keine Antwort.
»Es tut mir leid... furchtbar leid für Sie...«
Keine Antwort.
Heisterberg steht auf.
»Ich gehe also dann jetzt... Auf Wiedersehen, Herr Mittenzwey.«
»Leben Sie wohl.«
Heisterberg verläßt die Wohnung.
Mittenzwey sitzt reglos. Er starrt auf den Boden.
Die Eltern, denkt er. Ich muß Barbaras Eltern verständigen. Eltern verständigen. Eltern verstän...
Natürlich – so haben wir zu Beginn dieses Berichtes geschrieben – zerstört das Leben uns alle, früher, später, ob wir uns nun bewahren wollen oder nicht. Es gab eine Zeit, da wollte Kurt Mittenzwey sich ängstlich bewahren vor allem. Danach kam eine Zeit, da wollte er das nicht mehr. Nun ist es soweit. Das Leben hat mit seiner Frau und mit ihm getan, was es mit allen Menschen tut, später, früher. Daß er noch atmet und seine Frau nicht mehr, spielt keine Rolle. Es ist soweit.

32

Am Tage, an dem die vierundzwanzigjährige Barbara Mittenzwey in Westberlin begraben wird, am 25. August 1964, wird auch der einundsiebzigjährige italienische Kommunistenführer Palmiro Togliatti in Rom beerdigt.
Die Westberliner SED, die aus diesem Anlaß ein Beileidstelegramm aufgeben wollte, wurde vom Schalterbeamten eines Westberliner Postamts abgewiesen. Der Beamte weigerte sich, das Telegramm anzunehmen. Daraufhin gab es einen kleinen Skandal.
Die Landespostdirektion sah sich schnellstens zu der Erklärung genötigt, der Beamte habe den Paragraphen 1 der Telegraphenordnung ›zu eng‹ ausgelegt. Dieser Paragraph 1 erlaubt es der Post, eine Annahme von Telegrammen mit bestimmten Texten politisch oder sittlich anstößigen Inhalts zu verweigern. Die Landespostdirektion fügte hinzu, daß im gegenständlichen Fall vorschriftswidrig unterlassen worden sei, ihre Entscheidung einzuholen.
Dieser Zusatz wiederum brachte den Westberliner Senat in Rage. Einer seiner Sprecher erklärte: »Die törichte Weigerung, das Telegramm weiterzuleiten, ist also auf das Versagen oder den Übereifer einer *nachgeordneten* Dienststelle zurückzuführen!«
So schob hier einer immer hübsch dem anderen den Schwarzen Peter zu.
Die Togliatti-Affäre interessiert Heinz Schuckert vom Amt für Bundesverfassungsschutz nicht. Ihn interessieren nur jene Schwarzen Peter, die *ihm* zugeschoben werden – im Zusammenhang mit dieser Knolle-Affäre.
Das ist wohl eine der verkorkstesten Geschichten, die er je zu bearbeiten hatte. Und der Dank für sein Mühen?
Heinz Schuckert ist kein Narr und keine Beamtenmaschine. Die ständigen Verhöre mit den verhafteten SSD-Leuten Bräsig, Kornmann und Rettich gehen ihm mächtig an die Nieren. Vor fünfzehn Jahren noch war er auf ihrer Seite, mächtiger als sie, von der großen ›Idee‹ wahrscheinlich besessener als sie. Und nun ...
Was das rein Beruflich-Kriminalistische angeht: Zuerst war Schukkert, wie Mr. A. C. Snowden, fest davon überzeugt gewesen, daß mit dem Erscheinen Bruno Knolles und der geplanten Entführung Fanzelaus eine große Aktion des SSD eingeleitet werden sollte. Vielleicht sollte die Ouvertüre überhaupt nur ablenken. Auf jeden Fall war mit weiteren Ereignissen zu rechnen – daran glaubte Schuckert unbedingt.
Dann ließ ihn dieser Glaube im Stich, er begann Snowden für einen

Mann zu halten, der sich in eine falsche Idee verrannt hatte. Mehr und mehr neigte Schuckert der Ansicht zu, daß die Aktion Knolle als Einzelunternehmen betrachtet werden mußte. Als Einzelunternehmen mit gewissen Folgen eben – wie der Flucht Franz Lutters.

Dann, sobald er vom Tod Barbara Mittenzweys erfahren hatte, änderte Schuckert seine Ansicht wiederum. Nun war sie neuerlich die des Mr. Snowden. So viele Zufälle, so viele Ereignisse, ohne Zusammenhang, in einem kleinen, genau zu umreißenden Kreis – das gab es nicht. Hier lag ein Grundmuster, ein ›pattern‹ vor, an dem weiter und weiter gewebt wurde.

Mit neuer Energie greift Schuckert ein. Er tut sein Bestes, wahrhaftig. Vorläufig noch ohne Ergebnis. Manche Untersuchungen dauern monate-, jahrelang, ehe sie zum Erfolg führen.

Aber was tut die Zentrale?

Die Zentrale des Verfassungsschutzes rüffelt Schuckert ohne Unterlaß für seine Unfähigkeit. Noch jemand weist dauernd auf das dilettantische Vorgehen der Berliner Dienststelle hin. Das wenigstens hat der Mann mit den Patschhänden und dem katastrophalen Haarausfall rasch feststellen können.

Kriminalrat Berthold Prangel ist dieser Jemand!

Immer verzweifelter darüber, daß er die Versprechen, die er Bruno und Knarje gegeben hat, nicht einlösen kann, hetzt Prangel gegen Schuckert. Natürlich nicht direkt. Es gibt da viele Wege...

Berthold Prangel – aber er hat ja offiziell nichts mehr zu vermelden! – ist felsenfest davon überzeugt, daß Snowden und Schuckert sich auf dem Holzweg befinden. Der Fall war eine von vielen Entführungsaktionen. Die Entführung ist vereitelt worden. Damit hat es sich. Hätte es sich haben sollen. Hatte es sich nur nicht.

Durch sein Hetzen, durch seine ironischen Kommentare hofft Prangel immer noch, die Leute, die da blind wie Maulwürfe herumwühlen, von *seiner* Ansicht zu überzeugen. Jedes Mittel ist ihm dabei recht. Und wenn der Herr Schuckert gefeuert wird! Und wenn der Mister Snowden gefeuert wird! Ach, aber das sind doch alles Wunschträume...

Berthold Prangel schläft kaum noch. Er liest die Nächte hindurch. Zur Zeit steckt er mitten im ›Zauberberg‹. Der hilft nicht weiter. Erlösung, endlich Erlösung hat Prangel sich versprochen, als Bruno bei ihm auftauchte. Anders, ganz anders ist alles gekommen...

Die Hauptleidtragenden sind natürlich Bruno und Knarje. An denen läßt Schuckert seinen Zorn aus. Auch andere Menschen haben unter dem Verfassungsschützer zu leiden: Kurt Mittenzwey, Egon Heisterberg, Margot Heisterberg. Immer wieder werden sie verhört, einander gegenübergestellt – aber immer sind Bruno und Knarje in der Nähe, um jederzeit greifbar zu sein.

Schuckerts Verhöre verlaufen allesamt ergebnislos. Bruno und Knarje haben Kurt Mittenzwey niemals gesehen, er sie auch nicht. Sie haben Egon Heisterberg nie gesehen, er sie auch nicht. Und sie sind Margot Heisterberg niemals begegnet.

Das können die Herrschaften ihren Großmüttern erzählen! tobt Schuckert. Margot Heisterberg darf sich auf Anklage wegen Mordes, *politischen* Mordes, nicht wegen Totschlags gefaßt machen – und Bruno und Knarje dürfen sich ruhig schon als Mitangeklagte sehen!

Bei Margot Heisterberg wirken derlei Drohungen nicht. Sie befindet sich in einem Zustand, in dem ihr alles gleichgültig ist.

Auch Bruno reagiert nicht. Nur seine Empörung über die Behandlung, die man ihm und Knarje angedeihen läßt, steigt. Und seine Sorge, er könne noch in Berlin sein, wenn die Mitzi aus der Klinik entlassen wird. Ach, aber er ist und war doch immer ein Masselmolch! Es wird schon gut gehen, toi, toi, toi!

Als einziger ist Knarje von diesen ewigen Gegenüberstellungen, dem Geschrei, den Verdächtigungen erschüttert, heftig erschüttert. Seine Angst steigt täglich, man kann es direkt sehen.

»Mensch, nimm dir zusamm«, mahnt Bruno.

»Ick kann nich ... ick kann nich mehr ... Jeht doch allet schief ... wenn der Schuckat uns ooch nischt nachweisen kann ...«

»Det kann der *nie*!«

»... denn holn uns die Brieda aus 'n Ostn. Wirste sehn. Wie lange solln wa denn noch in Berlin bleim? Wir wartn ja hier direkt uff't Abjeholtwerden!«

»Knarje«, spricht Bruno feierlich, »et jibt bloß eine einzije Sünde im Leben, und det is, den Mut verlieren.«

»Quassel doch nich so'n Stuß!«

»Det is keen Stuß! Und det is ooch nich von mir. Det hat 'n berühmta Dichta jesacht.«

»Hinter den war bestimmt nich der SSD her!«

Ernste Sorgen muß man sich machen um Knarje.

Wie kann ein Mann, ein erwachsener Mann, sich so gehenlassen?

Und dieser Schuckert, der bohrt weiter, tagein, tagaus.

Zum Verzweifeln.

Wenn Knarje nur durchhält! Er wird immer stiller und schmäler. Bruno wird immer wütender. Am 25. August, wieder einmal über Franz Lutter befragt, platzt ihm dann der Kragen ...

»Sie sind also nach wie vor der Überzeugung, daß Ihr Kriegskamerad an jenem Sonntag infolge Überarbeitung und chronischen Alkoholmißbrauchs seelisch einfach zusammengeklappt und in die Schweiz geflogen ist... mit seiner Frau?«
»Ja, der Überzeujung bin ick.«
»Und wenn ich Ihnen nun sage, daß dieser Flug vorbereitet war? Daß die Lutters ihre Häuser in Berlin mit Hypotheken belastet und den größten Teil ihres Vermögens Zug um Zug und Jahr um Jahr in die Schweiz gebracht haben?«
»Herr Schuckat, det hab ick Ihn' vielleicht nu schon zwanzichmal jesacht: Die Luttas, die warn nich bloß total vasoffn, die warn ooch anjekotzt bis hier von diese janze Politik und diese janze Weltlage. Darum hamse wohl ooch so jesoffen.«
»Haben die beiden mit Ihnen je über Politik gesprochen?«
»Bloß so... üba Relijon und wat im Westen los ist... det wissense doch ooch schon längst von mir!«
»Und Sie finden es gar nicht verdächtig, daß solche Leute unmittelbar nach einer mißglückten Entführung flüchten?« (Schuckert spricht niemals davon, daß das Ehepaar floh – unmittelbar nachdem er sich mit Lutter in einem Studio des Senders Freies Berlin unterhalten und ihm Fragebogenfälschungen vorgeworfen hatte.)
»Nee. Det finde ich übahaupt nich vadächtich. Im Jejenteil. Det hat Franz vamutlich jerade noch jefehlt.«
»Was?«
»Na, det ick, sein Kamerad, mir nu ooch noch politisch betätije!«
»Schreien Sie nicht, Herr Knolle!« schreit Schuckert.
»Vielleicht sindse selbst ooch'n bißken stilla! Anjekotzt von all det, wat in unsa jeliebtet Vataland passiert, is der Franz schon seit Jahren jewesen! Also warum soll der denn nich schon seit Jahren seine Emigrazjon vorbereitet ham?«
»Fräulein Diana Lutter ist übrigens gestern ebenfalls in die Schweiz geflogen.«
»Ach nee!« Bruno ballt bereits die Fäuste.
»Ach ja! Wir hatten keine gesetzliche Handhabe, das zu verhindern.«
»Schade. Nich, detse keene Handhabe ham. Det is 'n Glück! Schade, det ick die Kleene nich uff Wiedasehn sagen konnte.«
Schuckert fährt sich gereizt durch das spärliche Haar. Er schwitzt plötzlich heftig. Am Dienstag, dem 25. August, ist es wieder heiß in Berlin. (Auch die Trauergäste am Grabe Barbara Mittenzweys schwitzen. Ihre Mutter erleidet einen Schwächeanfall.)
»Werden Sie bloß nicht frech, Herr Knolle, ja?«

»Frech? Ick? Wieso frech? Ick hätte Dianan wirklich jerne Adschöh jesacht.«
Bruno betrachtet den Fast-Kahlkopf.
Jetzt ran, aber richtig!
»Ick will Ihn' mal wat flüstan, Herr Schuckat: Mein Freund Knarje und ick, wir sind nu satt, vastehnse?«
»Jawohl, satt«, echot Knarje, aber sehr leise. Er sieht schrecklich bedrückt aus. Die zweiten fünftausend Mark bekommt er nie, davon ist er überzeugt, da kann der Bruno noch so loslegen. Diese Hunde von den Behörden sind immer stärker. Ach...
»Herr Knolle...«
»Glooben Sie villeicht, wa lassen uns det in alle Ewichkeit jefalln? Det Vahörn und Vahörn und Vahörn, wat zu nischt führt? Glooben Sie villeicht, wir lassen uns behandeln wie Vabrecha? Wir, wir ham den Westen einen Dienst erwiesen!«
»Ja, gegen entsprechende Entlohnung!«
»Sie nehmen mir det Wort aus'n Mund! Wo isse denn, die Belohnung? Hat Knarje seine Penunse? Habe ick meine Kneipe? Scheiß hamwa – alle beede. 'n Wunda, detse mir nich überhaupt schon an 'n Osten ausjeliefat ham wejen die BVG-Sache und den Knarje in Kahn jeschickt wejen die Fülme!«
»Was nicht ist, kann noch werden, Herr Knolle. Hüten Sie Ihre Zunge. Kriminalrat Prangel ist nicht die Justizverwaltung. *Die* entscheidet, was mit dem belastenden Material geschieht. *Ewig* wird es nicht im Polizeipräsidium bleiben!«
Ja, und da platzt Bruno dann der Kragen. Bedauerlicherweise...
»Ach, 'ne kleene Erpressung, wat? Det kenne ick bloß leida schon, Herr Schuckat. Det hamse nämlich schon in Osten mit mir jespielt!... Laß mir, Knarje, ick weeß, wat ick rede!... So 'ne Sauerei! Also wenn Knarje und ick Ihn' nich huschhusch zu een janz prächtijen Erfolg vahelfn, denn lassense uns hochjehn, wat? Janz kleen und mickrich müssen wa sein vor Ihn', wat? Imma weita herkomm, bis Sie 'n jroßa Mann jeworden sind – in die Augen von die Amis und die Tommies und Ihre Vorjesetzten!« Heinz Schuckert ist über den gefährlichen Ausbruch dieses bislang so sanften Ganoven derart verblüfft, daß er nicht antworten kann. Bruno tobt weiter: »Aba daraus wird nischt, des lassense sich jesacht sein! Ick und Knarje, wir retten eenen det Leben... und wat is der Dank? Det wa behandelt werden wie der letzte Dreck! Ick, zum Beispiel, ick könnt glatt vahungan, wenn et nach Ihn' jinge!«
»Wie... wieso?«
»Hundat Mark Friedlandhilfe ha'ick jekricht. Und nu endlich hun-

datzwanzich Mark im Monat von't Sozialamt.« Danach sehr laut und sehr hochdeutsch: »Leben Sie mal von hundertzwanzig Mark im Monat, Herr Schuckert!«
»Sie könnten ja vielleicht auch arbeiten.«
»Nee, det kann ick vielleicht ebent *nich*! Weil se mir noch keene Arbeet vamittelt ham! Und det hamse nich, weil ick noch keen Ausweis habe, als anerkannta Flüchtling!«
»Bruno ...«
»Laß man, Knarje, laß man. Det muß jesacht wern! Wie lange soll det denn mit uns noch so weitajehn, Herr Schuckat? Wie lange soll ick meine Valobte noch uff de Tasche liejen? Wie lange soll ick det noch ertragen, dieset Leben, wo ick nich weeß, wat is nu eijentlich ... dieset Leben zwischen Boom und Borke?«
»Sie müssen doch einsehen ...«
»Ick sehe janischt mehr ein!« ruft Bruno. Und jetzt verliert er zum erstenmal ganz die Beherrschung. »Wenn nich bald wat für uns jeschieht, und zwar janz vaflucht bald, denn dreh ick 'n Ding!«
»Bruno!« flüstert Knarje, erbleichend.
»'n Ding, jawoll! Du hast nischt mit zu tun! Mache ick janz alleene. Fümf Jahre hat 'n Mann wie der Kriminalrat Prangel jebraucht, bis er mir hochnehmen konnte wejen die Zookasse! Und det war in seine Blütezeit! Nu issa ooch schon alt. Und wenn ick mir det so ansehn muß, wat sich heute allet Kriminala nennt, da kann ick janz beruhicht meine zehn Jahre lang arbeetn ... wenn nich übahaupt für imma!« Bruno steht auf. »Los, Knarje, wir jehn. Morjen kommwa wieda. Wenn der Herr Schuckat sich 'n bißken abjereecht hat. Denn kann er uns noch eenmal denselben Salm fragen. Aber denn is Sense, Herr Schuckat, denn is Schluß!«
Bruno stößt den wachsbleichen Knarje zur Tür.
Der Verfassungsschützer schreit: »Morgen frage ich Sie nicht mehr denselben Salm! Morgen stelle ich Sie beide zum erstenmal den SSD-Leuten gegenüber! Im Untersuchungsgefängnis!«
Aber da ist Schuckert schon allein. Lautlos verflucht er zunächst Bruno und Knarje, dann Snowden, Prangel und seine Vorgesetzten in Köln, schließlich sich selbst. Dabei wird er immer trauriger. Und als seine Traurigkeit ihn endlich kaum noch atmen läßt, denkt Heinz Schuckert dies: Was für ein Unglück, was für ein großes Unglück, daß Kommunisten den Kommunismus verraten haben ...

33

Auf der Straße sagt der verstörte Knarje: »Nee, weeßte, nee, Bruno, da biste aba doch zu weit jejangen! Du hast wohl nich mehr alle Tassn in Schrank, wat? Azählst den Mann, dette 'n Ding drehn willst... *Mensch!*«

»Na ja«, antwortet sein Freund, »da hamse mir valassn, meine Nerven, ick jebe't zu. In den Moment, Knarje, da hab ick übahaupt nich mehr jewußt, wat ick sage, so 'n Rochus hatte ick! Laß man: Die ham jewirkt, die Worte! *Ooch die!*«

»Denkste!« Knarje starrt auf das Pflaster.

»Aba jewiß doch! Dir klammer ick dabei doch absolut aus, Junge. Und der Trimoli heute, der war fällich! Übafällich! Det is doch die einzije Sprache, die der Schuckat vasteht. Wenn wa jetzt nich loslejen, ham wa unsre letzte Schangse vasaut und kieken in Mond.«

»Ja«, murmelt Knarje verloren, »und morjen stellta uns die SSD-Brüda jejenüba. Det ooch noch!«

Der Gedanke an diese Gegenüberstellung ist Bruno alles andere als angenehm, aber er muß Knarje aufrichten, ihm Mut machen, neue Hoffnung. Wie soll das denn sonst noch enden?

»Det ooch noch, jawoll! Und wenn schon! Haste Angst vor die dreie, die da sitzen? Isset dir villeicht peinlich? Peinlich! Müßte mir doch ville peinlicha sind, Mensch! Du, du hast den Bräsig und den Hauptreferenten eenmal in dein janzet Leben jesehn. Icke – mir hattense wochenlang in de Mache drüm. Und trotzdem isset mir vollkomm schnuppe; det ickse nu wiedasehe.«

»Et is dir *nich* schnuppe, Bruno.«

Nein, das ist es nicht, aber antworten kann man nur: »Wat? Det gloobste nich? Denn warte mal ab; wat ick morjen uffführe, Mensch! Außadem – vielleicht war det bloß 'n Trick von den Schuckat, und er stellt uns die nie jejenüba.« Bruno meint, daß er immer noch in Fahrt ist, doch Furcht, Sehnsucht nach einem Freund bestimmen seine nächsten Worte: »So. Und nu jehnwa bei Prangeln. Der kricht ooch Zunda!«

»Du«, sagt Knarje leise, »nimmste mir det sehr übel, wenn ick nich mitkomme?«

»Schiß?«

»Ja.«

»Junge, Junge, mach man jetzt bloß nich schlapp. Fümf Minuten vor 'n Endsiech!«

»Et jeht vorüba...«

»Also, leje dir heute mal uff de Feije. Kann ja vastehn, det dir det

aschrockn hat, wie ick mit den Schuckat, den Hund, Schlitten jefahrn bin. Aber morjen biste wieda okee, wat?«
»Ja«, sagt Knarje. Er sieht Bruno todtraurig an. Dann greift er in die Tasche, holt einen Fünfzigmarkschein heraus und drückt ihn dem Freund in die Hand.
»Hast wohl 'n Knall?«
»Mehr ha'ck nich bei mir.«
»Aba ick schulde dir doch noch imma die Fümfhundat!«
»Det hat Zeit. Nu nimm schon die Fuffzich!«
»Na, denn danke ick dir ooch schön«, sagt Bruno gerührt und steckt den Schein in die Tasche. »Bist schon in Ordnung, Knarje. Und nu paß uff, wie schnell wa det Ding hinkriejn!«
»Ja«, sagt Knarje zum drittenmal. Er gibt Bruno die Hand, dann trottet er fort, mit hängenden Schultern, den Kopf eingezogen, ein Bild des Jammers. Bruno sieht ihm lange nach. Seine Wut steigt ins Maßlose. Nein, nein, was die mit uns machen!
Brunos Erbitterung legt sich erst gegen Abend. Bis dahin hat er herumgetobt, im Lager, bei Prangel, beim Sozialamt. Alle, alle wollen ihn reinlegen! Einzige Ausnahme: Prangel. Der tut wirklich, was er kann. Er kann nur fast nichts tun...
Der Mitzi bringt Bruno wieder Gladiolen mit. Am Abend ist er müde und friedfertig, und friedfertig lauscht er ihrem Geplapper.
»Bald komm i hier raus, Bruno... dann ins Lager... da sind wir schon zusammen... und dann dauert's gewiß nimmermehr lang, und wir sind frei! Und bleiben beieinander, für immer!« Diese heiteren Zukunftsaussichten werden Bruno nach einem so anstrengenden Brüll-Tag nicht mehr klar. Er nickt abwesend. »Des is mei ganzes Glück. Ein schönes Leben werden wir haben, gelt?«
»Ja«, sagt er, weit, weit fort mit seinen Gedanken, »'n schönet Leben.«
Dann verabschiedet er sich und fährt in den ›Schwarzen Schimmel‹, um dort, wie immer, Nelly und Wanda vorzufinden, und heute auch noch Knarje.
Keiner von den dreien ist da, als Bruno erscheint.
Mit einem bösen Vorgefühl fragt Bruno den Wirt nach seinen Freunden.
»Frollein Pietsch war da. Am Nachmittag. Se solln gleich nach Hause kommen.«
»Nach Hause? Warum denn?«
»Hatse nich jesacht.«
»Hatse nich... aha...«, murmelt Bruno und geht in die Meinekestraße.

Hier erwartet ihn ein neuer Nackenschlag, ein arger.
Nelly öffnet die Wohnungstür, nachdem er geklingelt hat. Bevor er sprechen kann, hält sie ihm den Mund zu und flüstert aufgeregt: »Wanda sitzt im Salon!«
Bruno hebt die weißblonden Brauen.
»Knarje ist weg«, flüstert Nelly. »Er hat mich gegen drei Uhr angerufen. Von der Bank. Muß sein Geld abgehoben haben. Wir sollen ihm nicht böse sein... besonders du nicht... Er sagte, er würde Wanda vom Flughafen aus anrufen...«
Bruno schiebt Nellys Hand von seinem Mund.
»*Flughafen?*« Ihm wird eiskalt. »Knarje is *jetürmt?*«
»Ja. Längst im Westen... wer weiß, wo.«
»Du liebe Jüte...«
»Er sagte, er hielte das nicht durch. Er sei mit den Nerven am Ende. Du würdest ihn verstehen. Er hätte furchtbare Angst. Er glaube nicht daran, daß er auch nur noch einen Groschen bekäme. Und diese Gegenüberstellungen halte er ganz gewiß nicht aus. Was für Gegenüberstellungen?«
Bruno flüstert: »Na, die bei 'n Vafassungsschutz und bei de Polente und so... Diesa Idiot! Jetzt, wo wir 't fast jeschafft ham, kippt mir der Armleuchta um.«
»Er wird schreiben, hat er gesagt. Und wir sollen uns um Wanda kümmern...«
Bruno grinst schmerzlich. Um Wanda kümmern. Leicht hat er sich das gemacht, der Knarje!
»Sie ist natürlich völlig verzweifelt. Er hat sie wirklich noch angerufen. Ganz kurz. Sagte, daß er für eine Zeit aus Berlin fort müsse und sich melden wolle. Das arme Ding kam zu mir gelaufen. Nun weint sie sich die Augen aus dem Kopf. Und dabei weiß sie noch nicht einmal etwas von den Fünftausend!«
Bruno seufzt abgrundtief. »Na, denn wollnwa mal«, sagt er.
Im Wohnzimmer hockt die arme Wanda in einem tiefen Sessel und weint und weint und weint. Ihr blondes Haar fällt ihr ins Gesicht. Tränen tropfen auf das Kleid, sie ist so verzweifelt, daß sie überhaupt erst nach zwei Minuten Brunos Anwesenheit bemerkt und erfaßt, was er zu ihr spricht.
»Vastehn?« schluchzt sie. »Wat jibt's denn da zu vastehn? Sitzenjelassen hatta mir, der Hund. Nach all det, wat ick mitjemacht habe mit ihm! Jerade, wo ick dachte, nu endlich is Schluß mit 'n Strich, und wir jehn alle nach München...«
»Das werden wir ja auch tun«, sagt Nelly.
»Nischt wern wa tun! Jarnischt! Ick war bei de Stanior in de ›Pen-

sion Florida‹ ... hab ick dir noch nich azählt, Nelly, in meine Uffrejung ...«
»Und?«
»Und die Stanior hat jesacht, Knarje hätte ausjeräumt, Kamera, Scheinwerfa ... schon vor zwölwe ... Det hatta natürlich vascheuat, det janze Zeuch, ehe detta abjehaun is ...«
»Nee, nee, Wanda, also det kannste nich einfach so behaupten ...«
»Wat kann ick nich behaupten?« Wanda fährt auf. »Allet kann ick behaupten! Ick weeß Bescheid! Ick kenne det Lebn! 'ne andre hatta ...«
»*Knarje?* Nie!«
»Du bist keene Frau, du hast keen Jefühl for so wat. Er *hat* 'ne andre, sage ick dir! Und mit die issa nu in 'n Westen jemacht ... und hat mir sitzenlassen, det Schwein!«
»Aba hör doch mal, Wanda ...«
Aber Wanda hört nicht, sie schreit, während Tränen über ihre Wangen kullern: »Det jemeine Schwein, jawoll! Und ick, ick bin 'ne doofe Kuh, 'ne doofe Kuh bin ick! Sonst hätt ick doch schon längst wat merkn müssen!«
»Wat merken?« Bruno blinzelt und schnieft. Dieser Knarje ... dieser Knarje ... verflucht und zugenäht!
»Erst hieß et: Heiraten? Wennwa 'ne Wohnung ham! Denn hattenwa eene. Heiraten? Erst, wennwa jenug Piepen ham von die Fülmerei! Imma wieda 'ne neue Ausrede. Und ick bin druff rinjefalln! Imma wieda bin ick druff rinjefalln! Weil ick ihn jeliebt habe, den Hund!« Neuerlicher Tränenstrom.
»Komm, trink noch einen Schluck«, sagt Nelly.
»Ick will nischt mehr trinken! Ick will sterbn!«
»Jajaja«, sagt Bruno.
»Det is mein Ernst! Wat hat mein Leben denn noch for 'n Sinn?«
»Weißt du, Wanda ...«
»Nee, Nelly, nee, laß ma zufrieden, bitte! For dir sieht det allet andas aus, janz andas. Du hast deinen Bruno! Der liebt dir uffrichtich! Der verläßt dir nie! Ha'ck dir imma jesacht! Weeßte noch?«
»Ja«, antwortet Nelly, nachdem sie Bruno ganz kurz angesehen hat, mit leiser Stimme, »das weiß ich noch genau.«
»Mit deinen Bruno, da haste det jroße Los jezogn! Der jeht mit dir durch dick und dünn! *Du*, du wirst bald nicht mehr trabn müssen ... aber icke? Bis an mein selijet Ende!«
Bruno legt plötzlich eine Hand auf Nellys Schulter.
»Ihr seid glücklich, ihr zwee ... und jerade darum könnta mir nich vastehn ...«

»Eine Frau versteht eine andere Frau immer, Wanda.«
»Nich imma ... Der Hund! Der Schweinehund, der elende! Verrekken solla mit seine Pische!«
»Aber er hat doch jarkeene ...«, beginnt Bruno, doch Nelly winkt ihn zur Ruhe. Das ist sinnlos. Man muß die arme Wanda ausweinen lassen. Und während diese das tut und weiter und weiter und weiter ihren Knarje verflucht und ihr eigenes Schicksal dazu, denkt Bruno: Ich muß es schaffen. Ja, ich muß! Jetzt erst recht! Was auch geschieht! Ich muß mein Wort halten und Nelly *wirklich* glücklich machen! Und wenn dabei die halbe Welt unglücklich wird! Ich muß das tun, ich muß das tun. Arme, arme Wanda. Nie, nie, nie soll meine Nelly so weinen müssen. Himmel und Hölle setze ich nun in Bewegung, Hölle und Himmel. Jawohl ...
Zu dieser Zeit sitzt Katinka Seyring in Dr. Landons Sprechzimmer. Heute trägt sie ein dunkelblaues Leinenkostüm. Sie spricht erregt: »... ganz plötzlich, Doktor, von einem Tag zum anderen, wurde Papa befördert!«
»Ich gratuliere«, sagt Landon.
»Ja, wir freuen uns auch beide sehr. Obwohl Papa selbst nicht weiß, wie das alles kam. Vor ihm wären noch zwei andere dran gewesen. Die hat man einfach übersprungen. Anregung von irgendwo ganz hoch oben. Er sitzt nun nicht mehr in seinem alten Büro, er hat ein neues Ressort ...« Katinka Seyring sagt, welches. Danach zuckt sie die Achseln: »Mit den vielen Reisen in den Westen ist es nun allerdings vorbei.«
»Man kann eben nie alles haben«, sagt Landon mit unbewegtem Gesicht. »Also kein Bonn mehr?«
»Sehr selten. In der Hauptsache Berlin. Natürlich können wir fahren, wohin wir wollen, wenn Papa Urlaub hat, aber sonst ...«
»Ich verstehe. Und diese Beförderung und Versetzung kam ganz plötzlich?«
»Aus heiterm Himmel! Wann war ich zuletzt bei Ihnen? Vor drei Tagen, nicht?«
Landon nickt.
»Und diesen Herrn Martini, den haben Sie mir Montag vor einer Woche gezeigt ...«
Landon nickt.
»Nun, und in den Tagen dazwischen wurde Papa beför ...« Katinka Seyring unterbricht sich selbst. Sie starrt den Arzt an. »Oh!«
»Hm?«
»Glauben Sie ... meinen Sie ... halten Sie es für möglich ...«
»Was, mein liebes Kind?«

»Daß diese Beförderung mit Herrn Martini zusammenhängt?«
»Ich verstehe nicht«, antwortet der Arzt, der sehr gut versteht und an nichts anderes denkt.
»Halten Sie es für möglich, daß man Papa kaum noch nach Bonn kommen läßt, weil dort irgend jemand von ihm nicht mehr gesehen werden will?«
»Nicht mehr gesehen ... Sie meinen Herrn Martini?«
»Ja, den! Wenn er ... oder jemand, für den er arbeitet, hinter der ganzen Beförderung steckte? Wenn verhindert werden sollte, daß Papa sich über Herrn Martini erkundigt? Wenn ...«
»Mein liebes Kind, Sie dürfen nicht so viele Kriminalromane lesen!«
»Immerhin wissen sehr viele Leute, daß ich bei Ihnen in Behandlung bin. Also könnte es auch Herr Martini wissen!«
»Mein liebes Kind ...«
»Sie haben recht ... das wäre ja wirklich der reinste Krimi ... Fest steht jedenfalls: Papa wird sich nicht mehr um Herrn Martini kümmern können. Und daß diese Entwicklung eigenartig ist, müssen Sie doch zugeben!«
»Eigenartig?« wiederholt Landon. »Nicht einmal das. *Zufall!* Blinder Zufall! Vergessen Sie Herrn Martini, mein liebes Kind. Bitten Sie auch Ihren Papa, er möge ihn vergessen. Die Sache hat sich übrigens mittlerweile erledigt.«
»Erledigt?«
»Ja. Auch ein Zufall ... nicht wahr?«
»Stimmt das wirklich, Doktor?«
»Glauben Sie mir etwa nicht?« Landon droht mit einem Finger.
Katinkas Gesicht wird blutrot. »Natürlich glaube ich Ihnen ...«
Landon lächelt.
»Das möchte ich mir auch ausgebeten haben«, meint er und denkt: Also Katinka Seyrings Vater ist ausgeschaltet worden. Schnell ging das. Sehr schnell. Herr Martini muß sehr wertvoll sein ... für wen immer.
Welche Menschen sind heute sehr wertvoll?
Forscher, Militärs, Politiker, Ideologen, Abenteurer – alle, die *brauchbar* sind im gegenwärtigen Kalten Krieg der beiden Hälften unserer Welt.
Jeder Kalte Krieg wurde zuletzt ein heißer, forderte maßlose Opfer, verursachte maßloses Unglück, maßloses Leid. Am Ende aller Kriege stand, solange diese Welt sich dreht, neben den Siegen immer Elend, soviel Elend.
Und Elend, jeder Soziologe weiß das, ist es, was die Verzweifelten

dann stets zu furchtbaren Untaten trieb. Elend ist die Wurzel aller bösen Mächte.
Man bestrafte und bestraft stets Menschen, nicht das Elend, obwohl das Ganze doch ein Teufelskreis ist. Aber das Elend kann man eben nicht bestrafen.
Ach, denkt Landon, wenn man das Elend doch einmal bestrafen könnte – und nicht die Menschen; die großen Ideen, großen Ismen, großen Erfindungen – und nicht ihre Urheber.
Die großen Erfindungen, Ismen und Ideen entstehen in den Gehirnen der ›Brauchbaren‹: der *Spezialisten*. Sie müßte man ungefährlich werden lassen. Aber auch das kann man nicht. Denn der *Wert* dessen, was die ›Brauchbaren‹ ersinnen, erfinden, entwickeln, wagen, propagieren, der Wert für Glück und Fortschritt der Menschheit erweist sich doch – wenn überhaupt – immer erst lange nach dem großen Elend.
Die *›Brauchbaren‹* ...
Sie haben keinerlei menschliche Qualitäten. So sind sie eine ständige Gefahr für die Menschheit.
Menschlichkeit? Persönlichkeit? Niemand unter den Mächtigen unserer Welt kümmert sich heute bei diesen Leuten noch darum. Allein um ihre Brauchbarkeit kümmert man sich. Und diese *›Auslese der Brauchbaren‹* muß letzten Endes zu einem Desaster führen ...
Mit solchen Gedanken ist Dr. Philipp Landon dem Geheimnis um die Person Olaf Martinis nahe, ganz nahe gekommen. Und kann dennoch nichts tun.
Nichts.

1

Am Vormittag des 13. Oktober 1964 sieht Bruno Knolle plötzlich die beiden Schränke. Glatte Riesen. Jung, Muskelpakete, Totschlägertypen. Viel ist geschehen zwischen jenem 25. August, an dem Knarje türmte, und heute – wir werden darüber berichten.
Bruno Knolle hat sich in den vergangenen Wochen sehr verändert. Er wirkt übernervös, der Gesichtsausdruck ist düster, er vernachlässigt seine Kleidung. Nach Knarjes Verschwinden haben ihn noch andere Schicksalsschläge getroffen. Ganz andere.
Die Schränke ...
Was das für welche sind, weiß der Bruno, sobald er sie erblickt. Er hat gerade einen Brief an seinen Kriegskameraden Franz Lutter, der sich in die Schweiz abgesetzt hat, in einen Kasten an der Mauer eines Hauses in der Duisburger Straße geworfen. Als er aufsieht, erblickt er die Kerle. Etwa zehn Meter entfernt stehen sie und schauen ihn an, als sei er gar nicht da. Diese Art von Anschauen kennt Bruno auch. Panik packt ihn. Zum erstenmal, seit er aus dem Knast heraus ist, schüttelt ihn die Angst.
Langsam, betont langsam geht Bruno zur Konstanzer Straße hinunter. Sein heller Trenchcoat ist zerdrückt, das Hemd nicht sehr sauber, die Krawatte schlecht gebunden. Die Schuhe sind ungeputzt. Zum Friseur müßte Bruno auch dringend, sein weißblondes Haar wächst ihm schon in den Kragen. Und baden sollte er wieder einmal ...
Konstanzer Straße links hinauf. In ein Haustor.
Bruno blickt zurück.
Die Schränke stehen an der Kreuzung und sehen sich um. Verflucht! Bruno hat sich zu weit aus dem Eingang gebeugt. Einer der Kerle sieht es. Sagt etwas zu seinem Kumpel. Beide kommen wieder auf Bruno zu, der eilends das Haustor verläßt und dem Kurfürstendamm entgegenstrebt.
Jetzt ist er ganz sicher.
Die sind hinter ihm her. Natürlich werden und können sie ihn nicht am hellichten Tag mitten in der Stadt zusammenschlagen oder ihm eine von diesen Spritzen hineinjubeln und ihn entführen, das ist klar. Sicher ist das auch nicht ihre Aufgabe. Ihre Aufgabe wird es sein, Bruno in heillose Furcht zu versetzen – und in eine bestimmte Gegend zu treiben. Und dann ...

Kurfürstendamm. Starker Verkehr, 10 Uhr vormittags.
Bruno schlängelt sich durch Reihen von Autos hinüber zur Leibnizstraße. Sieht sich wieder um. Die Schränke folgen.
Es ist stürmisch an diesem Tag und schon sehr herbstlich. Papierfetzen flattern durch die Luft. Einer fängt sich an Brunos Hosenbein. Wild tritt und strampelt er, um die alte Zeitungsseite loszuwerden. Endlich fliegt sie weiter. Die Schränke sind stehengeblieben, als er stehengeblieben ist. Jetzt setzen sie sich prompt in Bewegung.
Polizei!
Er muß sofort zur Polizei. Wo ist hier ein Revier, verdammt?
Nun geht Bruno schneller, immer schneller. Biegt um Ecken. Läuft. Hält. Sieht zurück. Die Schränke folgen.
Mommsenstraße. Dahlmannstraße. Sybelstraße. Heilbronner Straße. Rein in die Katharinenstraße.
Da, endlich! Ein Doppelposten auf Streife.
Bruno stürzt den Schupos entgegen, er ist völlig außer Atem.
»Bitte, helfense mir! Die wolln ma vaschleppn!«
Die Polizisten sehen den Mann mit dem großen Körper und dem kleinen Kopf, den abstehenden Ohren und den zierlichen Händen prüfend an. Hm. Ziemlich abgerissen. Betrunken? Ein Stromer! Ein Original? Ein harmloser Irrer? Wirklich ein Verfolgter?
Die Polizisten sind viel gewöhnt.
Gemütlich beginnt der erste: »Nun mal langsam, lieber Herr. Ruhig! Wir sind ja bei Ihnen. Kann gar nichts passieren.«
»Ja ... ja ...«
»Also, wer will Sie verschleppen?«
Bruno sprudelt von neuem los: »Da hinta mir. Zwee so Riesenkerle. Die müssense vahaftn!«
Der zweite Polizist lacht freundlich: »Gleich verhaften? So schnell schießen die Preußen nun auch wieder nicht. Wie kommen Sie denn überhaupt auf die Idee, daß man Sie entführen will?«
Bruno, wie stets, wenn er überfordert ist, redet wirr drauflos: »Ick hab doch den SSD det Ding jedreht ... drei sind hochjejangen, weil ick ... Da is der Verfassungsschutz drin und die Amis und die Tommis ... Det war doch 'ne janz dolle Sache damals! Ick muß den Kriminalrat Prangel sprechen! Det is mein Freund ...«
Derlei Äußerungen bekräftigen die beiden Polizisten in einer Ansicht, der sie von Anfang an zugeneigt haben: Nicht ganz normal, der Herr.
»Kriminalrat Prangel ist Ihr Freund?«
»Ja doch!«
»Wie heißen Sie denn?«

»Bruno Knolle.«
Wenn er das gleich gesagt hätte, anstatt herumzufaseln, wäre vielleicht noch etwas zu machen gewesen. So sind kostbare Sekunden verlorengegangen.
Bruno Knolle! Den Namen kennen die Polizisten.
»Sie sind der ...«
»Ja, der! Hier is 'n Ausweis! Und nu wolln die mir natürlich ...«
Die Polizisten reden gleichzeitig.
»Wo sind die Kerle?«
»Zeigen Sie uns die Männer!«
Bruno dreht sich um.
Keine Spur von den beiden Schränken.
»Die müssen um de Ecke zurückjegangn sein.«
»Welche Ecke?«
»Heilbronner Straße.«
Drei Männer rennen die Katharinenstraße hinunter bis zur Heilbronner Straße.
»Da!« schreit Bruno.
In weiter Entfernung laufen die beiden Schränke auf einen Privatwagen zu, springen hinein, der Wagen rast los.
»Det warnse!« Brunos Lider flattern, seine Hände zittern.
»Scheiße!« Der erste Polizist schlägt mit der Faust in die Luft.
Auch sein Kollege ist jetzt erregt: »Nichts mehr zu machen. Hast du wenigstens die Nummer erkennen können?«
»Nee. Sie?«
»Ooch nich ...«
»Wir müssen aufs Revier. Meldung machen.«
»Darf ick ... darf ick gleich mitkomm?«
»Was wollen Sie? Den Kriminalrat anrufen?«
»Den Kriminalrat anrufen«, wiederholt Bruno. »Nu jeht et um mein Lebn ... um mein Lebn jeht et nu!«
»Sie müssen sich wirklich beruhigen, Herr Knolle. Wirklich! Sehen Sie! Fast wären Sie hingeschlagen vor Aufregung.« Der eine Polizist nimmt Bruno hilfreich am Arm.
Jeden Grund zur Aufregung hat Bruno Knolle in dieser zweiten Oktoberhälfte – nach allem, was ihm widerfuhr, nach allem, was geschah. Das waren vielleicht Wochen! Nicht nur für Bruno Knolle. Für die ganze Welt. Eine Zeit der Hochspannung – wohin man blickte.
Türkische Flugzeuge hatten Zypern bombardiert. In Sagorsk, sechzig Kilometer von Moskau entfernt, war in einer Kirche ein Giftgasanschlag auf den deutschen Botschaftsangehörigen Schwirkmann

verübt worden. In Südvietnam wurde es ärger und immer ärger. Militärrevolten. Schwere Zwischenfälle, welche die Welt täglich an den Rand eines großen Krieges brachten. Ein Lichtpunkt, aber auch mit Aufregung verbunden: Das neue Passierschein-Abkommen war unterzeichnet worden. Westberliner sollten wieder einmal die Erlaubnis erhalten, Verwandte in Ostberlin zu besuchen. In Kairo tagte eine Konferenz der blockfreien Staaten. Die Vereinigte Arabische Republik zeigte sich täglich aggressiver. China zündete die erste A-Bombe. Mehr und mehr spitzte die Lage im Kongo sich zu. Hunderte, Weiße und Schwarze, wurden da täglich ermordet. Und nun, vor zwei Tagen, am 15. Oktober 1964, war der Staatschef der Sowjetunion, der allmächtige Nikita Chruschtschow, all seiner Ämter enthoben worden.
Das alles bereitete den Großen dieser Erde im Augenblick schwerste Sorgen.
Was heißt denn das eigentlich immer: Sorgen der Großen? Das sind doch in Wirklichkeit stets die Sorgen der *Kleinen*! Der kleinen Leute, zu denen auch Bruno Knolle gehört, dem es nun auch noch an den Kragen geht. Als ob gerade *der* nicht wahrhaftig schon genug durchgemacht hätte seit jenem 25. August 1964, an welchem Knarje türmte!

2

Ein Wunder, wahrhaftig ein Wunder, daß Bruno all das überhaupt so lange ausgehalten hat, Knarjes Flucht verschlechterte seine Lage natürlich mächtig ...
»Da hat Herr Knargenstein Ihnen und sich selbst ja einen herrlichen Dienst erwiesen«, sagte Heinz Schuckert beim nächsten Zusammentreffen. »Unschuldig sind Sie beide, wie? Völlig unschuldig! Deshalb verschwindet Ihr Freund auch. Weil er mit unserem Fall überhaupt nichts zu tun hat.«
»Herr Schuckat, Knarje hat den Kopp valorn, det is allet. Hatte Angst, der Osten würde ihm vaschleppn, det Rindvieh.« Bruno ist wütend auf Knarje, richtig wütend. Verdammter Esel! Entkommen tust du denen doch nie – aber uns beide reitest du mehr und mehr in den Dreck!
»Natürlich entkommt Herr Knargenstein uns nicht«, sagt Schuckert prompt. »Es wird bereits nach ihm gefahndet, ein Haftbefehl liegt auch schon vor.«
»Haftbefehl?«

»Na, was denn? So gescheit wie Sie bin ich noch lange! Ich kann dem Herrn nichts nachweisen – *noch nicht* –, aber die Sittenpolizei hat das ganze Material über seine Rolle bei der Herstellung der pornographischen Filme. Das heißt: Sie hatte es. Ich habe sofort veranlaßt, daß es zur Staatsanwaltschaft kam. Da ging es dann ruck-zuck mit Haftbefehl und Fahndung.« (Idiot, Idiot, idiotischer Idiot Knarje!) »Herr Knargenstein kann nicht mehr aus der Bundesrepublik heraus. Der geht ins Netz. Und kehrt schön zurück nach Berlin. Sofort in Haft. Da kann ich mich dann in Ruhe mit ihm weiterunterhalten. Knast kriegt er nun natürlich auf jeden Fall.«
»Jeden Fall...«
»Wegen der Filme.«
»Aba, Sie ham uns doch vasprochn...«
»Herr Knargenstein hat auch einiges versprochen. Zum Beispiel, nicht auszurücken.«
Erwürgen könnte ich dich, Knarje, du Arschloch!
»Na, mir soll es recht sein. Bis wir Ihren besten Freund wieder haben, müssen Sie jetzt leider für sein Verhalten büßen.«
»Icke?«
»Denken Sie, ich schicke Sie in Urlaub so lange? Ich konzentriere mich jetzt ganz auf *Sie*! Das wird heiter werden, Herr Knolle, sehr heiter.«
Bruno knirscht mit den Zähnen. Eine Wut hat er auf Knarje, eine Wut! Was ihm nun blüht, kann er sich denken. Und was er sich denkt, geschieht auch. Eine Stunde später stellt Schuckert Bruno Knolle bereits dem Wilhelm Bräsig, dem Ernst Kornmann und dem Fritz Rettich gegenüber. Zum erstenmal. In den folgenden Tagen und Wochen tut er es immer wieder. Stets läßt Schuckert Bruno in Gegenwart eines der SSD-Agenten seine Geschichte erzählen, detailliert, mit allen Drohungen, denen er ausgesetzt gewesen ist, mit allen Versprechungen, die man ihm gemacht hat. Und stets fragt er die Verhafteten, ob Brunos Erzählung richtig sei.
Die drei bestätigen das immer. Was sich mit der Zeit daraus entwikkelt, ist eine steigende Angst Brunos vor diesen Gegenüberstellungen, die ihn, soweit sie Bräsig betreffen, mit Scham, Pein und schlechtem Gewissen erfüllen. Er wird nervöser und nervöser und verliert mehr und mehr seinen Gleichmut. Schuckert hofft, daß Bruno zusammenbricht und jene ›Wahrheit‹ bekennt, der Schuckert nachjagt, jene ›Wahrheit‹, die es einfach *nicht gibt*.
Die drei Ost-Agenten sehen schlecht aus, deprimiert, in ihr Schicksal ergeben. Ernst Kornmann hat man seinen schönen Anzug fortgenommen und ihn durch einen abgetragenen ersetzt. Das allein

genügte, um den ›Hauptreferenten‹ fast gänzlich seiner Personalität zu berauben. Fritz Rettich wird immer blaß, wenn Schuckert Bruno auffordert, genau über die technischen Installationen zu berichten, die der Funkbastler so genial ersonnen hat. Rettich sieht dann aus wie ein gefeierter Zauberer, der vor einem atemlosen Publikum komplizierteste Tricks vorführt – und plötzlich einen Mann auf der Bühne hat, der höhnisch erläutert, wie alles gemacht wird. Am ärgsten setzen Bruno die Begegnungen mit dem vierundsechzigjährigen Wilhelm Bräsig zu. Das hatte Schuckert bald bemerkt und dafür gesorgt, daß diese Begegnungen so häufig wie möglich stattfanden.

Groß, ungebeugt, jovial und burschikos – so lebte Bräsig in Brunos Erinnerung. Nun, in der Haft, ist der Kommissar zusammengesunken, er wirkt kleiner, die grauen Haare sehen verfilzt aus, die grauen Augen erloschen. Der Mann gleicht einem Ballon, aus dem langsam, aber stetig Luft entweicht. Jedesmal, wenn Bruno den Bräsig wiedersieht, ist dieser ein wenig schrumpeliger, ein wenig trister, ein wenig erbarmungswürdiger geworden. Er hat viel Kummer, der Wilhelm Bräsig, er schläft nicht, ißt kaum, verliert rapide an Gewicht. Er weiß, was ihm bevorsteht.

»Es ist alles ganz genau so, wie Herr Knolle berichtet«, erklärt er immer wieder dem Untersuchungsrichter und Heinz Schuckert. Und Bruno erklärt er: »Ich bin Ihnen nicht böse. Ich habe Sie zu dieser Aktion gezwungen. Sie haben sich herausgedreht. Man darf niemanden zwingen. Wenn man es tut, verdient man Strafe. Nun, ich bekomme sie.«

Diese Sätze, dutzendmal wiederholt, machen Bruno halb verrückt. Bräsig, der Realist, weiß: Mit ihm ist es aus. Wenn er bei diesen Zusammenkünften auch noch Brunos Anwalt spielt, als sei jener angeklagt und nicht er, ist dem Bruno einfach zum Heulen.

»Wissen Sie«, sagt der Kommissar an einem der ersten Septembertage, »ich habe ein gemeines und schmutziges Leben geführt. Mit einer Selbstentschuldigung natürlich. Meine arme Frau. Aber das eben war mein größtes Verbrechen ... diese Selbstentschuldigung. Viele von uns haben so ein Pseudo-Alibi. Darum sieht es in der ganzen Welt so aus.« Bräsig lächelt Bruno zu. »Hier gibt es eine kleine Bibliothek. In Brandenburg gab es eine große, ich weiß. Damals haben Sie dort gelesen, jetzt lese ich hier. Es sind lauter garantiert ungefährliche Bücher. Zeitungen erhalte ich natürlich nie. Und natürlich auch keine Briefe, von meiner Frau zum Beispiel. Was die wohl macht ...« Bräsig unterbricht sich selbst. »Da! Ich fange schon wieder an. Marie wird zurechtkommen. Sie ist immer

zurechtgekommen ... Ja, also die Bücher hier! Eines habe ich gefunden, da steht etwas drin, das habe ich auswendig gelernt. Ist von einem ganz berühmten Dichter. Walther von der Vogelweide.«
»Nie gehört«, sagt Bruno. »West-Schreiberling, wa? ›*Von*‹ ooch noch! Sowat hatten wa in Brandenburch 'türlich nich.«
»Der Mann hat um zwölfhundert herum gelebt. In Würzburg.«
»Zwölfhundat? 'ne komische Bibliothek muß det hier sind! Warum lesense ausjerechnet so 'n ollen Poeten, Herr Bräsig?« fragt Bruno, der den Kommissar einst so gehaßt hat und nun gar nicht mehr haßt.
»Weil das, was er schreibt, oft so aktuell ist, als sei es heute geschrieben. Es handelt sich also um ein Gedicht, und es heißt so: ›Nun wachet! Uns geht auf der Tag, an dem wohl Angst ergreifen mag jeglichen Christen, Juden oder Heiden. Wir haben der Zeichen viel gesehen, dran wir sein Kommen wohl erspähen, wie uns die Schrift mit Wahrheit läßt bescheiden. Die Sonne hat ihren Schein verkehret, Untreue ihren Samen ausgeleeret allenthalben auf den Wegen: Der Vater bei dem Kind Untreue findet, der Bruder seinen Bruder belüget, geistlich Leben in Kutten trüget, das uns führen sollte zu Himmelssegen: Gewalt geht auf, Recht vor Gerichte schwindet. Wohlauf! Hier ist zu viel gelegen.‹ Ja, so heißt das Gedicht.«
»Und det is aktuell?«
»Ich könnte mir nichts Aktuelleres denken.«
»Det vasteh ick nich.«
Der Franz Lutter und seine Frau hätten Wilhelm Bräsig verstanden. Großartig hätten sie ihn verstanden, sie, die der Proklamation eines längst verstorbenen chinesischen Kaisers nachjagten. Und auch Heinz Schuckert versteht Bräsig. Es ist nicht angenehm, dieses Verstehen, es macht den Verfassungsschützer verlegen und traurig.
Bruno murrt: »Ick bin eben zu doof. Ick finde da nischt Aktuellet!«
»Auch Sie werden es noch finden«, antwortet Bräsig darauf. »Und was Herrn Schuckert betrifft, so ist er sehr nachdenklich geworden, während ich zitierte ... oder irre ich mich?«
Heinz Schuckert schweigt.

3

Und fährt fort, Bruno zu ängstigen, wo es nur geht. Immer wieder droht er mit dem Belastungsmaterial über den Einbruch bei der BVG-Ost. Diese Akte liegt weiter bei dem guten Prangel, den Bruno häufig besucht. Schuckert weiß das.

»Laufen Sie nicht so fleißig zu Ihrem Kriminalrat. Die Akte bleibt schon noch bei ihm... bis ich mit Ihnen fertig bin. Denn so lange brauche ich Sie *hier*. Wenn sich herausstellt, daß Sie gegen den Westen arbeiteten, lasse ich Anklage erheben. Wenn sich das nicht herausstellt und kein Zweifel darüber besteht, daß Sie nur ein gewöhnlicher Verbrecher sind, der herübergekommen ist, um drüben für eine kriminelle Tat nicht verurteilt werden zu können, muß Prangel die Akte den Justizbehörden übergeben. Und diese müssen Sie ausliefern. So lauten die Bestimmungen. Entweder hier Knast oder drüben Knast. Oder was Ärgeres. Es sei denn...«
»Wat?«
»... Sie helfen mir endlich! Es werden natürlich Ausnahmen gemacht. Besonders, wenn sich herausstellt, daß jemand dem Osten nur *unter Druck* Dienste geleistet hat. Dann liefern wir ihn selbstverständlich nicht aus.«
»Ick *habe* doch unta Druck jestandn! Det wissense doch, Herr Schuckat! Mehr *kann* ick Ihn' nich sagen!«
»Ein bißchen mehr würden Sie mir schon noch sagen können. Ich warte ja auch noch ein bißchen. Aber dann...«
Dieser Satz bleibt stets unvollendet. Es ist nicht notwendig, ihn zu vollenden. Notwendig ist, ihn immer wieder zu beginnen. Der halbe Satz wirkt mehr als der ganze. Bruno wird ängstlicher, hilfloser, schreckhafter. Alle seine Felle sieht er davonschwimmen. Nelliken geht weiter auf den Strich. In ein paar Tagen kommt Mitzi aus der Klinik. Und in ein paar Tagen oder höchstens Wochen schnappen sie den Knarje, diesen elenden Narren. Es ist zum Verzweifeln!
Wenn Schuckert den Bruno einmal zufriedenläßt, wenn Bruno die Mitzi nicht im Krankenhaus besuchen muß, um ihr vorzulügen, wie herrlich die Zukunft für sie beide aussehen wird (er lügt nicht aus Gemeinheit, er ist schwach und gutmütig, arme Menschen tun ihm leid – vielleicht wäre es gut für diese Welt, wenn es mehr Bruno Knolles gäbe!), wenn er also weder hier noch dort festgehalten wird, geht Bruno stur weiter von Amt zu Amt – wochenlang schon jetzt. Die Beamten sind nicht unfreundlich zu ihm. Hilflose kleine Leute sind sie, wie er, und sie können ihm auch nicht helfen.
Ein Beispiel: Das Arbeitsamt. Da erscheint Bruno regelmäßig. Einige Papiere hat man ihm in Marienfelde bereits gegeben – auf Schukkerts Veranlassung. (Bruno darf auch nicht denken, daß man ihn hier im Westen *unbedingt* vor die Hunde gehen lassen will. Zuckerbrot und Peitsche, die alte Methode.)
Nun, und so eine Unterhaltung mit einem der Beamten des Arbeitsamtes sieht dann so aus wie die am 11. September 1964...

»Ja, Herr Knolle«, sagt der Beamte, »Sie haben aber auch ein scheußliches Pech! Herr Skorupky, der Sachbearbeiter für die Anfangsbuchstaben G bis K, Sie kennen ihn...«

»Klar kenne ick den. Wat hatta denn?«

»Seine Nierengeschichte.«

»Nu hörense mal«, ruft Bruno in gelinder Verzweiflung, »Herr Skorupky hat doch jesagt, er wird mir wat besorjen. Ooch, wenn ick noch nich *alle* Fleppen zusammenhabe. Und jetz issa krank. Jetz...«

»Herr Skorupky kommt aber doch zurück! Geduld, ein wenig Geduld, Herr Knolle. Er verschafft Ihnen Arbeit, da bin ich sicher. Ich bin auch sicher, daß er beim Sozialamt noch mehr Geld für diese lange Wartezeit herausschlagen wird, er ist da sehr tüchtig.«

»Ach ja«, sagt Bruno. »Jewiß, jewiß. Det is ein netta Herr, der Herr Skorupky. Ick wünsche ihm ooch jute Besserung. Und besten Dank ooch. Ick komme wieda vorbei.«

Und dann geht er, sorgenvoller denn je.

Abends, wenn er in den ›Schwarzen Schimmel‹ kommt, wo Wanda und Nelly sitzen, nimmt er sich ungeheuer zusammen und spielt den Optimisten, obwohl ihm zum Heulen ist. Alles geht mächtig voran, lügt er, eine ganz kurze Zeit noch, dann ist alles gut!

Nelly verzieht nicht einen Muskel ihres Gesichts, wenn Bruno so spricht. Sie kann sich vorstellen, wie es in ihm aussieht. Ob er, denkt Nelly, sich auch vorstellen kann, wie es in *mir* aussieht?

Wanda hat sich noch nicht von ihrem Schock erholt. Abend für Abend, bevor die beiden jungen Frauen losziehen, muß Bruno sich anhören, wie sie auf Knarje schimpft. Furchtbar schimpft Wanda.

Sie hat da etwas gehört von einer Kollegin, die aus Wiesbaden gekommen ist. Was die Kollegin erzählt hat, brachte die arme Wanda fast um den Verstand.

Dieser Hund, dieser verfluchte, dieser Knarje!

In Wiesbaden (berichtete die Kollegin) ist momentan der Teufel los. Die Stadt hat schon vor längerer Zeit die Dirnen an der Ausübung ihres Gewerbes in den feinen Gegenden gehindert, weil die Huren dort, angeblich, den Kurbetrieb störten. Die Innenstadt wurde zum Dirnensperrgebiet erklärt. Daraufhin zogen die Huren vor die Stadt, auf die Bundesstraße B 263, die von Wiesbaden nach Mainz führt.

Die B 263 ist eine schöne Straße, richtig idyllisch, in den Sommermonaten dank der nahen Wälder ein ideales Arbeitsgebiet. Das sprach sich schnell herum. Damen aus der ganzen Bundesrepublik kamen angereist. Sie standen entlang der Straße und warteten auf

Freier. Und Freier trafen in Scharen ein. Die B 263 wurde der Bundesrepublik berühmtester Landstraßenstrich.
Von rechts und links des Rheins erschienen Herren mit ihren Autos, Gastarbeiter charterten ganze Omnibusse. Es ereigneten sich Verkehrsunfälle en masse.
Viele Damen verdienten in *einer* Nacht mit Leichtigkeit ihre vierhundert D-Mark. Wiesbadens Polizeipräsident erklärte: »Es ist unbeschreiblich, was sich da draußen abspielt!«
Die Polizei, Freund und Helfer, griff ein.
Spezialagenten, mit Farbfilmkameras ausgerüstet, hielten Szenen, in denen Damen warben, auf Zelluloid fest – für spätere Strafprozesse. Andere fotografierten die Nummernschilder der Autos, die Gesichter der Männer und Mädchen. Und die ganze Straße entlang ließ der Polizeipräsident Halteverbotsschilder aufstellen.
Das brachte zunächst Erfolg: In wenigen Wochen erhielten eintausendneunhundert Herren gebührenpflichtige Verwarnungen, weil sie trotz Verbots ihre Autos angehalten hatten, und achthundert Damen wurden angezeigt.
Das können die Zuhälter von Wiesbaden, die Beschützer der Damen, nun natürlich nicht zulassen.
Die Polizei fährt die Straße mit Streifenwagen ab. Dasselbe tun die Zuhälter. Sie tun noch mehr: Wenn sie einen Polizeiwagen erblikken, schießen sie grüne Leuchtraketen ab. Zur Warnung. Dann gibt es da eine Brücke. Sobald ein Polizeiauto sie passiert, schmeißen die Zuhälter Knallfrösche in oder auf das Vehikel. Ein begüterter Beschützer hat sogar auf den Kopf des Leiters dieser Polizeisondereinheit eine Prämie ausgesetzt: »Fünftausend Mark! Wenn den einer umlegt, das ist mir fünf Mille wert!«
Die Freunde und Helfer sind Menschen wie du und ich. Sie wollen nicht Nacht für Nacht ihr Leben riskieren. Zur Zeit wird der Überwachungsdienst auf der B 263 äußerst lax betrieben. Und das Geschäft blüht... Solches erzählte Wandas Kollegin.
Wanda, als sie es nun Bruno berichtet, kann kaum reden vor Empörung: »Nu weeß ick, wo der Knarje is, det Aas! Er und seine Schneppe! Die läßt der loofen uff de B 263... so wie er mir hat loofen lassen hier in Berlin! Jetzt schafft *die* an! Wetten könnte ick, det mit die Leuchtraketen is ooch uff seinen Mist jewachsen, Sauhund vafluchta!«
Da reicht es Bruno. Er hat selbst einen Riesenrochus auf Knarje, diesen Idioten, aber so etwas von weiblicher Unlogik erträgt er einfach nicht: »Wanda, du bis meschugge! Hundatmal habe ick dir azählt, detse dein Knarje suchen, det jefahndet wird nach ihm. Der

arme Hund, der muß sich doch jetz vastecken, so jut er kann.« (Weichherziger, großherziger Bruno, ach!) »Ausjerechnet der wird da in Wiesbaden Menkenke machen, ausjerechnet der!«
Wanda ist nicht kleinzukriegen: »Und warum nich? Jibt ville Weiba, die vasteckn so eenen wie Knarje. Seine Schneppe vasteckt den!«
Brunos Stimme wird streng: »Dir is nich zu helfen. Gloob, watte willst, und werde seelich damit.« Er blickt auf die Wanduhr.
»Nu müßt ihr raus«, sagt Bruno. »Lange jenuch jequasselt.«
Die Frauen gehen. Bruno bleibt zurück. Er sieht den Luden zu, die zocken, und denen, die an den Spielautomaten stehen, und denen, die flüsternd ein Ding beraten, das sie drehen wollen.

4

»Achtung, bitte! Pan American World Airways geben den planmäßigen Start ihres Fluges 431 nach Köln-Wahn bekannt. Passagiere werden gebeten, sich durch Ausgang drei an Bord der Maschine zu begeben. Wir wünschen Ihnen einen angenehmen Flug!«
Aus vielen Lautsprechern hallt die Mädchenstimme durch das gewaltige Gebäude des Flughafens Tempelhof. Ein milder, sonniger Tag ist dieser 18. September 1964. Der schönste, der wunderbarste Tag ist er im Leben des kleinen Jürgen Machon. An der Seite seiner Mutter, einer adretten fünfunddreißigjährigen Frau, steht er in der Abflughalle, die Tragtasche mit der Schildkröte an die Brust gepreßt. Er strahlt die beiden Männer an, die Mutter und Sohn begleitet haben: Bruno Knolle und Jack Campbell.
Der magere Junge mit den feinen Gesichtszügen, dem schwarzen Haar und den großen schwarzen Augen ist erfüllt von lauter Seligkeit. Seine Mutter kam vor einer Woche nach Berlin. Sie redete mit den Behörden, die Grete Machon, mit vielen Behörden, sie unterschrieb viele Formulare.
Nachdem die blonde Verkäuferin in dem großen Kölner Warenhaus erfahren hatte, daß Jürgen geflüchtet war und in Marienfelde saß, hatte sie nach kurzem seelischem Ringen mit jenem Onkel Schluß gemacht, der Jürgen nicht leiden konnte. Dieses Mannes wegen war der Junge immer wieder von Köln nach Ostberlin zurückgekehrt, weil er sich sagte, daß seine geliebte Mutti jenen Onkel heiraten und nicht länger Verkäuferin sein wollte, und daß er, Jürgen, ihr beim Aufbau eines neuen Lebens nicht im Wege stehen durfte.
Nun, Grete Machon hat dem Onkel den Laufpaß gegeben.
Sie wird weiter als Verkäuferin arbeiten.

Sie ist eine Mutter. Keine besonders gute, keine besonders schlechte. Eine Mutter eben. Sie hat endlich erkannt: Auf Jürgen, nur auf Jürgen kommt es an. Und wenn sie für ihn noch jahrelang schuften muß in diesem Riesenkaufhaus mit seinen widerlichen Kunden, den überlangen Geschäftsstunden, der bescheidenen Entlohnung. Gleich, ganz gleich ist ihr das alles nun! Jürgen kann doch nicht im Lager bleiben. Und da der Vater wegen Republikflucht im Zuchthaus sitzt, hat sie einfach die *Pflicht*, sich um den Jungen zu kümmern. Ihr Kölner Geliebter sah das nicht ein. Sie gingen im Streit auseinander. Wenn schon! Nur Jürgen ist wichtig! Es wird schon gehen in Köln. Nächstes Jahr soll Grete Machon mehr Lohn erhalten. Gesund ist sie. Die Arbeit strengt an. Aber ihr Sohn wird nun da sein, wenn sie heimkommt am Abend, immer wird er da sein...
Grete und Jürgen Machon verabschieden sich von Bruno und Campbell. Sie bedanken sich bei den beiden Männern, besonders bei Bruno, den sie dauernd als Jürgens Retter preisen.
»Nu machense schon 'n Punkt, bitte!«
»Aber es ist doch wahr«, sagt Jürgen. »Ohne Sie, Herr Knolle, wäre nie alles so gekommen... so schön... so sehr schön...«
»Wir schreiben Ihnen, Herr Knolle«, verspricht die Mutter. »An welche Adresse?«
Bruno nennt Nellys Adresse.
»Und was werden Sie tun?«
»Ick bleibe noch 'ne Weile da. Hab noch vaschiednet zu aledijen. Denn mach ick ooch in 'n Westen.«
»Oh, das werden wir aber feiern, Herr Knolle!«
»Und wie!« Bruno fährt dem Jungen durch das Wuschelhaar. »Paß uff dir uff, Kleena.«
»Ja«, antwortet Jürgen und öffnet die Tragtasche. Er spricht zu der gelähmten Schildkröte. »Wir dürfen nun fortfliegen, Happy. Weil dieser Herr uns so geholfen hat. Bald werden wir ihn wiedersehen.«
Die Schildkröte starrt unbeweglich den Boden der Tasche an.
»Sie müssen gehen«, mahnt Campbell.
»Winken Sie noch?« fragt Jürgen.
»Klar«, sagt Bruno.
Gleich darauf bekommt er einen Kuß von dem Jungen.
»Nanana«, sagt er verlegen.
»Danke, Herr Knolle! Danke!«
»Auch ich danke noch einmal von ganzem Herzen«, sagt Grete Machon. Sie schüttelt den Männern die Hände. Jürgen verbeugt sich. Dann gehen Mutter und Sohn zur Paß- und Zollkontrolle. Etwa ein Dutzend Ostflüchtlinge wird bei diesem Flug mit ihnen ausgeflogen.

Hinter der Sperre dreht sich Jürgen um und ruft: »Das ist der erste Flug für Happy, Herr Knolle!«
»Und for dir?« schreit der zurück.
»Ach so! Für mich natürlich auch!« antwortet Jürgen lachend.
»Kommen Sie«, sagt Campbell zu Bruno. Er geht schnell mit ihm durch die Halle zu einem Gang mit großen Fenstern, durch die man das Flugfeld sehen kann. Viele Maschinen stehen da. Auf eine marschieren, im Trupp der anderen Passagiere, Jürgen und seine Mutter zu. Der Junge dreht sich dauernd um. Er hat die Männer entdeckt und winkt. Campbell und Bruno heben die Arme.
Jürgen winkt ununterbrochen, noch als er die Gangway hinaufsteigt, noch im Einstieg der Maschine.
Dann wird dieser Einstieg geschlossen. Die Motoren springen an, einer nach dem anderen. Das Flugzeug rollt los und erreicht den Take-off-Point einer fernen Piste. Nacheinander heulen die Motoren auf. Dann endlich rollt die Maschine los, schneller und schneller. Hebt ab. Zieht steil hoch über die Dächer der nahen Häuser. Und ist gleich darauf verschwunden.
»Tja«, sagt Campbell. »Das gibt es also auch noch auf der Welt.«
»Wat?«
»Glück«, antwortet der Amerikaner. Er sieht Bruno an. »Ist Ihnen übel?«
»Ja«, sagt Bruno, sehr bleich. Er lehnt sich gegen das Fenster. »Ick denke jerade, det heute der Achtzehnte is.«
»Und?«
»Und am Neunzehnten wird die Mitzi entlassen.«
»Hm«, macht Campbell.
»Wat soll ick nu bloß machen?«
»Kommen Sie, wir trinken etwas drüben im Restaurant. Dabei fällt mir gewiß ein, was Sie nun machen müssen.«
»Ach, Herr Kempell«, sagt Bruno gerührt, »wenn ick Sie nich hätte...«

5

»Nein«, ruft die Mitzi begeistert, »is *des* wunderschön hier!«
Sie sitzt neben Bruno in einem großen Gartenrestaurant am Ufer des Wannsees, der in der Herbstsonne funkelt und leuchtet. Mild ist die Luft, vom Wasser her kommt eine sanfte Brise, hohe Kiefern ragen in den hellen Himmel.
Seit acht Tagen zeigt Bruno der Mitzi die verschiedensten Kneipen

und Gaststätten und Gartenrestaurants in Westberlin – seit sie aus dem Krankenhaus entlassen wurde, noch sehr blaß und schmal, aber überlebhaft und optimistisch.
Sie wohnt im Lager Marienfelde. Sie muß zu Behörden und Ämtern, doch es bleibt ihr genug Zeit, um mit ihrem Bruno selig, so selig zu sein. Meistens am frühen Nachmittag, in einem Wäldchen nahe dem Lager. Mitzi geht es ausgezeichnet. Temperamentvoller denn jemals im Osten drüben zeigt sie sich bei jenen Aufenthalten im Wäldchen.
Bruno ist kräftig, er hält einiges aus. Aber immerhin: Neunundvierzig Jahre sind neunundvierzig Jahre. Und da gibt es ja nicht nur die Mitzi ...
Man muß seine Kräfte einteilen, wenn man sich in Brunos Lage befindet. Die Lage an sich ist nicht schlecht. Es funktioniert alles prima, was Jack Campbell sich ausgedacht hat, nur müde macht es Bruno, scheußlich müde, er könnte dauernd schlafen.
Um den Liebesbeteuerungen und -forderungen der Mitzi nicht mit Haut und Haar ausgeliefert zu sein, hat er sich angewöhnt, nach angemessener Frist die Aufenthalte im Wäldchen (Verflucht, wenn es doch wenigstens *einmal* regnen würde! Aber wir haben das schönste Herbstwetter, das man sich denken kann ...) abzubrechen und Mitzi ›sein‹ Berlin zu zeigen.
Mitzi, die dann, wenn man den Ausdruck verzeiht, immer halbwegs gesättigt ist, lernt in diesen Tagen also das Gastronomen- und Kneipier-Berlin kennen. Das billige, natürlich. Ins ›Ritz‹ führt Bruno die Mitzi nicht. Auch nicht zu ›Schlichter‹ oder zu ›Aben‹ am Kurfürstendamm. Aber immerhin – er geht mit ihr auch in gute Lokale. Er zeigt ihr den ›Alten Krug‹ in Dahlem, der dreihundert Jahre alt ist und unter Denkmalschutz steht. Er geht mit ihr in die Kneipe von Konrad Liftin am Oranienplatz, die seit 1888 existiert und nur ein paar Meter von der Mauer entfernt liegt, und in die Stampen beim Zuchthaus Tegel. Da draußen präsentiert er auch die ›Alte Waldschenke‹, 1660 erbaut, ebenfalls unter Denkmalschutz (hier machte schon der Alte Fritz regelmäßig Teepause, wenn er nach Neuruppin unterwegs war, und damals stand die ›Waldschenke‹ schon hundert Jahre! – Bruno hat das neulich mal in der Sonntagsbeilage einer Zeitung gelesen), na ja, und endlich führt Bruno die Mitzi in die vielen, vielen Gartenlokale. Im Tiergarten sitzt er mit ihr am Neuen See und im Zoo auf der Terrasse. Er zeigt ihr die kleinen und größeren Etablissements an der Havel, wo, mit ernster Miene, Schwäne in Rudeln kreuzen; sie besuchen die ›Alte Fischerhütte‹ im Grunewald, und sie wandern zur Bucht von Schildhorn,

wo noch immer, wie zu Großvaters Zeiten, das Wasserradfahren, ein echter Familiensport, betrieben wird.
Apropos Familie...
Beim Eingang des Gartenlokals, in dem Bruno heute mit Mitzi sitzt, da draußen am Wannsee, hängt eine Tafel:

Der alte Brauch wird nicht gebrochen.
Hier können Familien Kaffee kochen!

Bruno und Mitzi sind keine Familie, sie kochen keinen Kaffee, sondern sie haben ihn bestellt, und Bruno bemüht sich, nicht an die Tafel zu denken, denn der Spruch darauf erinnert ihn an einen anderen, welcher lautet:

Der alte Brauch wird nicht geknickt,
wenn's regnet, wird im Saal getanzt!

Auf diesem Gebiet, wenn wir uns so vorsichtig wie möglich ausdrücken wollen, liegt der einzige schwache Punkt in Jack Campbells ansonsten so wundervollem Einfall, dank dessen Bruno der Mitzi immer noch Nellys Anwesenheit in Berlin verheimlichen und dieser wiederum erklären kann, Mitzi sei nun also in Marienfelde gelandet, er sehe sie nur noch ganz selten, nämlich wenn er da draußen zu tun habe, sonst aber nicht mehr. Er muß doch, sagt er, von früh bis spät dem CIC und diesem verdammten Schuckert zur Verfügung stehen (der ihn in diesen Tagen übrigens nur wenig belästigt) und unter allen Umständen seine Anerkennung als politischer Flüchtling durchsetzen, auf daß er endlich für Nelly und sich in den Genuß der versprochenen Belohnung kommt. Daran arbeitet er übrigens wirklich, denn er weiß, jeder Tag zählt, er muß aus Berlin weg, ehe die Bombe platzt. Jack Campbells Einfall war gut, aber es war kein Einfall für die Ewigkeit.
Campbell, von Snowden immer noch mit der Klärung des Komplexes Knolle-Szapek beauftragt, überschritt bereits einen Tag vor Mitzis Entlassung aus der Klinik seine Machtbefugnisse, indem er dem Leiter des Lagers Marienfelde erklärte, zum Zwecke eben jener Klärung benötige er Bruno Knolle für verschiedene, selbstverständlich geheime Aufträge, nachts immer ab 22 Uhr bis zum nächstem Morgen.
Der Lagerdirektor hat seine deutschen Untergebenen verständigt und nichts einzuwenden. Natürlich besteht Gefahr, daß Snowden von der Sache erfährt. Aber das ist Campbell egal. Er will Bruno

helfen, solange er kann! Wie lange er das können wird, weiß natürlich niemand...

Mitzi ist tief beeindruckt, als sie aus Campbells und Brunos Mund erfährt, warum ihr Geliebter die Nächte nicht im Lager verbringen darf: »*Du*! Wann du a Glück hast, du und der nette Ami, und ihr kriegts endlich was raus, *alles* raus, dann können wir zwei *endlich* in Frieden leben!«

»Ebent, Mitzilein«, antwortet Bruno.

Frauen und Männer, soweit sie nicht verheiratet sind, wohnen im Lager getrennt. So verabschiedet sich Bruno also allabendlich gegen 22 Uhr von Mitzi und fährt zu Nelly. (Der hat er ja erklärt, Schukkert und die Amis vom CIC beschäftigen sich von früh bis spät mit ihm. Die vom CIC in letzter Zeit sogar bis *sehr spät*. Und das sei gut. Denn nur so komme man vorwärts. Einzige traurige Begleiterscheinung: Bruno kann Nelly nun nicht mehr im ›Schimmel‹ treffen, bevor sie zu arbeiten beginnt. Im Hinblick auf die gemeinsame Zukunft muß seine Süße den Fortfall der Dämmerschoppen-Begegnung leider hinnehmen. Er, Bruno, muß das ja leider auch. Sagt er. Sagte Campbell, daß er sagen müßte.)

Bruno braucht sich, wenn er die Mitzi verläßt, nicht allzusehr zu beeilen, denn vor Mitternacht kommt er ja doch nicht ins Bett, dieweilen dieses belegt ist.

Immerhin, *nach* Mitternacht, wenn Bruno gerne schlafen möchte, zeigt Nelly sich munter. Wer tagein, tagaus so hart arbeitet wie sie, ohne etwas davon zu haben, der möchte wenigstens nach Dienstschluß etwas haben davon! Das gibt Nelly ihrem Bruno deutlich zu verstehen. Dieser wird noch magerer, hat tiefe Schatten unter den Augen und häufig das Gefühl, seine Knie seien aus Götterspeise.

Zu Campbell sagt Bruno in dieser Zeit einmal traurig: »Jeht allet okee!«

»Aber Sie sehen miserabel aus! Überanstrengung?«

Bevor ein Mann *das* zugibt, bringt er sich eher um.

»Überanstrengung?« wiederholt Bruno denn auch prompt. »Da kennense ma schlecht! Nee, nee, det isset nich, Herr Kempell.«

»Was denn?«

»Det Seelische«, antwortet Bruno ernst. »Is doch beschissen, nich, wenn eena so 'n jutet Herze hat wie ick und keene von die beeden Meechens weh tun will und deshalb 'n falscha Fuffzja sein muß!«

»Leute mit gutem Herzen sind böse dran in dieser Zeit, Herr Knolle. Eines Tages werden Sie Mitzi *doch* weh tun müssen.«

Bruno nickt.

»Und zwar hoffentlich bald.«

Wieder nickt Bruno.
»Sobald Ihre Angelegenheiten geregelt sind... und ich bearbeite meinen Chef und Herrn Schuckert täglich... verschwinden Sie mit Ihrer Nelly. Dann bleibt Mitzi allein zurück, dann verlassen Sie sie.«
»Ja, schrecklich.«
»Sind Sie denn noch nie verlassen worden?«
»Doch. Von Nelliken.«
»Also! Einer verläßt immer. Kommt nur darauf an, wer schneller ist. Das letzte Mal war es Nelly. Diesmal werden Sie es sein. Such is life. So ist das Leben.«
Bruno nickt.
»Zum Kotzen«, meint er. Und beeilt sich hinzuzufügen: »Aba natürlich hatten Sie recht. Det war die einzije Möchlichkeit. Ick muß die Weiba auseinandahalten!«

6

Und so – man kann es nicht anders nennen – schuftet der arme Bruno also weiter. Mitzi. Nelly. Nelly. Mitzi. Dazwischen Kämpfe mit Schuckert, Ämtern, Behörden.
»Bist am End krank?« fragt die Mitzi ihn einmal.
»Warum?«
»Schaust so schlecht aus, mein Herzerl.«
»Bist du krank?« fragt die Nelly ihn einmal.
»Warum?«
»Du siehst so aus, mein Böckchen.«
Bruno gibt in beiden Fällen dieselbe Antwort: »Krank? I wo. Bloß die ewijen Uffrejungen. Die könn ja den stärksten Mann aus de Hose haun.«
Man sieht: Sein Arbeitspensum hat ihn schon *ganz* elend gemacht, denn er konstatiert es fast allzu deutlich.
Das ist ja aber auch zum Verrücktwerden!
Kaum hat er bei Nelly ein wenig geschlafen, da ist es auch schon wieder Zeit, aufzustehen. Sieben Uhr. Behörden. Schuckert. Mitzi. Bruno muß weg. Er verläßt Nelly stets, während diese noch schlummert. So fängt der neue Tag an. Am Nachmittag, im Wäldchen... Ajajaj!
Verschiedentlich faßt Bruno den festen Vorsatz, Mitzi die Wahrheit zu sagen und Schluß zu machen. Jedesmal, wenn es dann soweit ist, verläßt ihn der Mut. Er *kann* ihr die Wahrheit nicht sagen, nein, nein, das kann er nicht...

»Bruno!«
Er fährt auf.
Da sitzt er neben Mitzi, die ihn schüttelt, am Ufer des Wannsees, in jenem Gartenrestaurant, das der Mitzi so gefällt, blinzelt, schnuppert, kneift die geröteten Augen zusammen.
»Du bist richtig eingeschlafen!«
»'tschuldije.«
»Was heißt entschuldigen? Armer Kerl. So viel hast am Gnack.«
»Am wo?«
»Am Genick.«
Ach so, ja, da auch...
Bruno holt tief Luft, richtet sich auf, lächelt und streichelt Mitzis Hand. Er muß durchhalten. Verflucht, das kann doch nicht bis Weihnachten dauern! Und das Wetter muß sich doch auch verschlechtern. Damit fiele das Wäldchen weg. Aber dann wird Mitzi einen anderen Ort finden, der zum Austausch von Intimitäten geeignet ist. Diese Weiber. Haben die nichts anderes im Kopf als *das*? Den Bruno erfaßt jähe Wut. Er sagt nichts, aber Mitzi merkt trotzdem, daß etwas nicht stimmt.
»Du...«
»Ja?« (Vielleicht macht der Kaffee mich munter. Ich trinke jetzt die ganze Tasse in einem Zug aus.)
»Wie du geschlafen hast, hab i dir erzählt, daß i mich hier in den Garterln so zu Haus fühl wie in Wean bei die Heurigen in Neustift am Wald oder in Salmannsdorf oder in Grinzing. Da hab i mich auch immer so gfühlt! Is schon lang her. Aber auf einmal glaub i jetzt, i bin garnet in Berlin, sondern in Wean!«
»Det freut mir aba, Mitzilein, det freut mir aufrichtich.«
»Soviel Müh gibst dir mit mir. Mußt mich sehr lieb ham.«
»Sehr, Mitzilein.« Ohgottohgottohgott. Ich bin einfach zu feige, hier reinen Tisch zu machen. Eine feige Ratte, das bin ich. Eine sehr müde feige Ratte. Müde? Schlapp bin ich wie noch nie.
Mitzi spricht: »Glaubst, es wird noch lang dauern?«
»Wat?«
»Die Arbeiterei, die nächtliche, mit dem Ami.«
»Tja...«
»Des kann doch net immer so weitergehen! I weiß überhaupt net, was die wollen. Der Ami is nett, den hab i gern. Aber seine Vorgesetzten, wern die nie a Ruh gebn? Und einsehen, daß du ihnen net mehr helfen kannst, weil einfach net mehr drin steckt in der Gschicht? Papiere könntens dir wirklich wenigstens endlich ausstellen! Damit du arbeiten derfst als Kellner.«

Die Absicht, als Kellner zu arbeiten, hat Bruno Mitzi bekanntgegeben, als sie einmal nach seinen Zukunftsplänen forschte. Von der Kneipe, die man ihm in Westberlin versprochen hat, weiß sie ebensowenig wie von der Nelly.
»Da bin i ja schon weiter wie du! I hab schon fast alle Papiere! Es heißt, sie wern mich net ausweisen, trotz dem Fremdenpaß. I werd in Berlin bleiben dürfen. Hast an Krampf in der Hand?«
»Ja.« Bruno reibt mit der linken Hand heftig die schmerzende rechte. Da soll der Mensch keine Krämpfe bekommen. Mitzi frei in Berlin. Und er? Und er?
Dämliches Lied, das da aus einem Lautsprecher über den Garten und auf den See hinausweht. Dämliche Zicke, die sich da einen abjault: ›Was wird aus mir, was soll jetzt werden ...?‹
Die hat's gut! Schallplattentrampel. Für die sind das nur Worte, Worte nur.
Aber für Bruno?
Schicksal, denkt er gramvoll, Schicksal ...
»Is schon besser?«
»Wat?«
»Der Krampf.«
»Ach so. Ja. Schon weg.« (Ich lasse mich nicht unterkriegen. Ich schaffe es. Ich schaffe es. Der Radke, dieser verkrachte Medizinstudent, muß mir Pervitin verschaffen oder sonst was zum Aufputschen. Und ›Okasa-Gold‹ muß ich mir besorgen.)
»Mitzi, die ham schon ihre Jründe, die Amis. Det is nu wirklich 'ne jeheime Sache, *janz* jeheim. Polletik, vastehste? Nich mal dir darf ick wat azähln.«
»Des is es«, sagt die Mitzi. Sie sieht Bruno plötzlich unglücklich an.
»Wat is wat?«
»Net amal die heilige Beatrix hams dir zruckgebn.« (Ajajajaj, dieses *verfluchte* Kettchen!) »Auch Politik, geheime, ja?«
»Mitzi! So darfste nich redn. Die wolln unsa Bestet!«
»Wann i's nur glauben könnt. In der Nacht hab i jetzt immer wieder denselben schrecklichen Traum ...«
»Kommt vom Magen.«
»Des stimmt net. Des kommt von der Angst. I träum immer wieder, wie des alles gwesen is drüben im Osten. Wie du mir da auch net a Wort hast erzählen dürfn. Wie du immer gsagt hast, daß alles gutgehn wird und wir glücklich sein wern und zusammen für immer.«
»Und?«
»Und ... Jessas, schau doch net so bös! Und jetzt sagst dasselbe,

daß alles gutgehen wird und wir zusammen bleiben und glücklich sein werden.« Mitzi blickt Bruno an. In ihren schönen, blauen Augen stehen Tränen. »Und dann, wenn i dann aufwach, muß i immer denken, daß des ja alles ganz genauso is, wie's drüben war ... und drüben war's doch nur Lug und Trug!«
»Aba nich hier«, sagt Bruno verbissen. »Hier nimmt allet 'n jutet Ende!« (Ja, für mich. Und für Nelly. Wenn überhaupt. Ein Schwein bin ich. Ein Schweineschwein. Guter Mensch, weiches Herz – von wegen!)
»I bet' immer drum. Aber immer hab i auch Angst, Bruno.«
»Angst? Angst darfste nie ham. Nie und vor keenem«, sagt er.
Große Worte. Die Angst, die er wohl hätte, wenn er nicht mit dem Gesicht zum Wasser säße, sondern anders herum! Wenn er sehen könnte, wer eben hinter einer Ecke des Lokals verschwindet – nach einem langen Blick auf ihn und Mitzi ...

7

Um 0 Uhr 30 in dieser Nacht sperrt Bruno Nellys Wohnungstür auf. Er weiß immer, wann er heraufkommen darf, denn sobald der letzte Freier fort ist, öffnet Nelly ein bestimmtes Fenster, das man von der Straße aus sieht. Gewöhnlich findet Bruno das Bett dann frisch überzogen und seine Süße in der Badewanne vor.
Nicht so in der Nacht vom 28. zum 29. September 1964.
In dieser Nacht sitzt Nelly Pietsch nicht in der Badewanne, und das Bett ist nicht frisch überzogen. Zerwühlt, eben noch benützt ist es, und auf dem Laken steht Brunos Koffer. Und in den Koffer packt Nelly Pietsch all seine Habe auf Erden.
»Nelliken ...«
Sie blickt auf. Nicht Eifersucht, nicht Zorn, nicht Haß verzerren ihre Züge. Schön wie immer ist das geliebte Gesicht, es trägt nur einen Ausdruck großer Traurigkeit.
»Wat soll denn det bedeuten?«
»Das«, antwortet Nelly Pietsch, noch stark geschminkt, »soll bedeuten, daß ich dich hinauswerfe.« Sie beherrscht sich vollkommen. Ruhig ist ihre Stimme, bestimmt sind ihre Bewegungen.
Hemden. Unterhosen. Krawatten. Ordentlich und überlegt verstaut Nelly das alles, während sie spricht, während Bruno, nach Luft japsend, sich auf das Bett fallen läßt.
»Du schmeißt ma raus?«
»Sobald deine Sachen gepackt sind, verläßt du meine Wohnung.

Sonst rufe ich die Polizei.« Ein Pyjama. Ein Paar Socken.
»Aba ... aba wat is denn in dir jefahren, Nelliken? Wat ...«
»Rühr mich nicht an.«
»Wat is denn passiert?«
»Oh, nichts Besonderes«, antwortet die Dentistentochter mit der bewegten Vergangenheit »Ich bin heute zum Wannsee hinausgefahren, weißt du. Es gibt da so hübsche Gartenrestaurants. Ich war in einem.« Brunos zweites Paar Schuhe steckt Nelly penibel in einen Cellophansack.
»Du bist ...«
»Ja.«
»Und hast ...«
»Ja.« Pantoffel. Morgenmantel.
Bruno produziert ein jämmerliches Gelächter: »Nelliken! Also det is doch nu ... *eenmal* hab ick se mitjenomm, die arme Kleene ...«
»Nicht einmal, Bruno. Jeden Tag. Und nicht nur in Lokale. Muß ich weitersprechen?«
Seine Nase ist so verlegt, daß Schniefen nicht hilft. Er benützt ein Taschentuch, bevor er weiterspricht: »Du hast uns also nachspioniert?«
»Ja«, sagt Nelly Pietsch. »Ich habe euch nachspioniert. Ohne Freude, Bruno. Ich mußte es tun. In meinem Alter muß man viele Dinge tun, die man noch nicht tun muß, wenn man zwanzig ist.« Immer weiter packt Nelly methodisch den Koffer voll. »Du hast Pech mit mir. Ich bin zu alt. Eine Jüngere, die hätte dir geglaubt, was du an Entschuldigungen vorbrachtest.«
»Entschuldigungen wofür?«
»Für die viele Arbeit! Für deine Müdigkeit. Dein ewiges Schlafbedürfnis.«
»Hab ick nich trotzdem imma ...«, beginnt er hilflos, aber sie stoppt ihn: »Darauf kommt es nicht an. Meinetwegen hättest du *nie* mehr müssen, wenn es nicht gegangen wäre. Aus körperlichen Gründen. Oder aus anderen, die du mir erklärt hättest, *wahrheitsgetreu* erklärt. Aus Gründen, bei denen mir keine Zweifel gekommen wären, daß du mich trotzdem liebst und daß du mich *nie* verlassen wirst.«
»Aba ick liebe doch nur dir! Und will dir ooch nie valassn!«
»Du verläßt mich noch heute nacht. Und von Liebe wollen wir nun nicht mehr reden. Man soll immer auf erste Eindrücke achten. Mein erster Eindruck war richtig. Dann habe ich mich irritieren lassen, durch dich, durch Mr. Campbell. Jetzt sehe ich wieder klar.«
»Allet falsch siehste, Nelliken!« Er springt auf.

»Du sollst mich nicht anrühren!«
»Allet falsch ... janz falsch ... Herr Kempell und ick, wir ham uns det doch bloß ausjedacht, um die Kleene zu schonen ...«
»Ach.«
»Nelly! Gloobste, ick hätte dir nich lieba die Wahrheit jesacht?«
»Warum hast du es dann nicht getan?«
»Weil ick ... weil ick ... weil ick zu feije war.« Bruno wechselt ununterbrochen die Gesichtsfarbe. Er schwitzt. Das weißblonde Haar hat sich verwirrt, die Ohren leuchten.
»Zu feige«, sagt Nelly, »ja, das mag vielleicht noch hinzukommen.«
»Nich *hinzukommen.* Zu feije, Punkt! Sonst is da nischt! Ick hatte nich die Traute, die Mitzi, det arme Luda, von dir zu azähln ...«
»... und mir nicht von ihr.« Nelly nickt. »Siehst du, Bruno, wenn es auch wirklich *nur* Feigheit war ... das genügt schon. Einen feigen Mann kann ich mir nicht mehr leisten. *Leisten,* jawohl! In meinem Alter muß man sehr, sehr vorsichtig sein. Du warst für mich die letzte Station. Nach dir sollte keiner mehr kommen. Es wird nun auch keiner mehr kommen.« Behutsam legt Nelly die Langspielplatte in den Koffer, die Bruno ihr gekauft hat – die ›Großen Erfolge‹ der Hildegard Knef.
»Du siehst«, sagt sie dazu, »ich habe alles zusammengetragen, ich behalte nichts zurück. Vor allem nicht dieses Geschenk.«
»Nelly ...«
»Sei bitte still, Bruno. Es hat keinen Sinn mehr. Gar keinen. In mir ist alles tot und erloschen«, sagt Nelly, die sich aus einer nahen Leihbücherei ständig mit gehobener schöngeistiger Literatur versorgt. »Es wäre nichts geworden mit uns beiden ... auch *ohne* Fräulein Szapek. Und du wirst deinen Traum nie in Erfüllung gehen sehen ...«
»Doch werde ick! Doch!« ruft er, und dabei ist ihm ganz schlecht und schwindlig vor Müdigkeit. Sich aufs Bett fallen lassen und schlafen. Nicht mehr reden. Schlafen ...
Nelly schüttelt den Kopf.
»Nein, Bruno. Denn auch um dich durchzusetzen, bist du zu feige. Das ist kein Vorwurf. Manche Menschen sind eben mutig, andere nicht. Ich bin übrigens auch feige. Ich wage es nicht mehr, weiter mit dir zu leben. Nach dem, was geschehen ist. Ich habe Angst, daß so etwas immer wieder geschehen wird ...«
»Nie mehr! Morjen früh rede ick mit Mitzi!«
»Mitzi! Nach ihr wird etwas anderes passieren. Es muß nicht einmal mit einer Frau sein. Eine Situation, ein Problem genügen. Immer würde ich, wie heute, allein entscheiden müssen. So wie bisher.

Eine sehr kleine Zeit des Glücks haben wir gehabt, Bruno. Sie ist vorüber. Sie kommt nicht wieder. Wenn ich also schon alleinsein muß bis zu meinem letzten Atemzug« (die Leihbibliothek liegt wirklich ganz nahe), »dann will ich aber auch allein für mich arbeiten ... und nicht auch noch für dich. Du bist ein Mensch geworden, für den ein anderer arbeiten, denken, sorgen muß. Ein Kind bist du wieder geworden im Alter. Was soll ich mit einem alten Kind?«

»Nelliken, ick schwöre dir ...«

»Ich halte nichts von Schwüren. Ich bin zu alt für so etwas. Wozu sind Schwüre gut? Zu gar nichts. Nicht ein Stück Brot kann man für einen Schwur kaufen. Das habe ich auch deiner kleinen Mitzi gesagt.«

Brunos Knie schlottern. Er sinkt auf das Bett.

»Du hast mit ihr *jesprochen*?«

»Heute abend. Nachdem du sie verlassen hast. Ich habe dadurch Arbeitszeit verloren, aber es war wichtig. Ein nettes Mädchen, die Kleine. Sie könnte wirklich meine Zwillingsschwester sein ... äußerlich, meine ich. Und wenn ein Zwilling zwanzig Jahre jünger sein könnte als der andere. Ich«, sagt Nelly und schließt Brunos Koffer, »empfand plötzlich Verantwortung für Mitzis Zukunft. Sie ist noch so dumm, so leichtgläubig, wie ich es mit Zwanzig war ...«

»Hör endlich mit den Zwanzig auf!«

»Sie spielen eine große Rolle, Bruno, zwanzig Jahre Altersunterschied. Nicht so sehr für Männer. Aber für Frauen. Ich habe Fräulein Szapek zum Lagereingang gebeten und wie eine Schwester mit ihr geredet. Sie war sehr dankbar. Dafür, daß ich ihr die Augen geöffnet habe. Sie ist noch so jung. Sie kann noch so viel mit ihrem Leben beginnen.«

Bruno sitzt reglos. Er fühlt, wie ihn die letzte Kraft verläßt.

Nelly schlagen?

Das kommt nicht in Frage.

Sie anbrüllen?

Keine Stimme mehr.

Widersprechen?

Keine Energie mehr.

Aus. Vorbei. Jedes Wort überflüssig. Mußte so kommen. Hätte ganz anders kommen sollen. Bestimmt wirklich ER darüber, was kommt? Und nach welchen Gesichtspunkten?

Dem Bruno fällt der gute Pastor Oslanski drüben im Osten ein. Den würde er jetzt gerne fragen, wie sich das so alles zusammenreimt für einen frommen Menschen. Aber den Pastor Oslanski kann Bruno nicht fragen. Da ist eine Mauer zwischen ihm und dem

Pfarrer, von Menschenhand gemacht. Warum gemacht? Wollte ER sie auch? War IHM Berlin gleichgültig? Kann, darf IHM jemals irgend etwas gleichgültig sein in SEINER Schöpfung?
Brunos Gedanken wandern dahin, dorthin.
Er sagt heiser und hochdeutsch: »Was soll denn nun mit mir geschehen, wenn du mich nicht mehr willst?«
»Ja, das ist dein Problem«, antwortet Nelly darauf. »Ich habe meine Probleme. Mitzi hat ihre. Jeder Mensch hat welche. Man muß fertigwerden mit ihnen. Dein Koffer ist gepackt. Ich habe nichts vergessen.«
Das stimmt nicht ganz. Das Kettchen mit dem Amulett hat Nelly vergessen. Aber das hat Bruno ihr ja einmal geschenkt. Also stimmt es doch ganz, nicht wahr?
»Nun mache mir keine Szene mehr, bitte. Es ist spät, wir sind beide müde. Gib mir den Wohnungsschlüssel und den Haustürschlüssel zurück. Die Portiersfrau wird dich hinauslassen.«
Willenlos legt Bruno die Schlüssel auf das Bett.
»Leb wohl«, sagt Nelly. »Ich wünsche dir Glück. Du wirst es brauchen. Du kannst es mir auch wünschen. Ich werde es auch brauchen.«
Er antwortet nicht.
»Geh«, sagt Nelly.
Er bewegt sich nicht. Aber das kommt, weil er keine Kraft hat, sich zu bewegen, nicht etwa, weil er sich nicht bewegen *will.* Er hat begriffen: Er *muß* gehen.
»Bitte, geh«, sagt Nelly. »Erlöse mich von deiner Gegenwart.«
Das gibt Bruno wieder Kraft.
Erlöse mich, hat Nelly gesagt.
Bruno steht auf. Nimmt seinen Koffer. Geht ins Vorzimmer. Nelly folgt ihm. Er tritt auf den Gang hinaus. Schwer benommen schleppt er den Koffer die Treppe hinab. Hinter ihm schließt sich eine Tür. Nelly versperrt das Sicherheitsschloß und legt die Stahlkette vor. Sie geht zurück in das Schlafzimmer und läßt sich auf ihr Bett fallen. Da liegt sie minutenlang reglos. Dann erst beginnt sie zu weinen.
Zu dieser Zeit hat Bruno es sich bereits tief unten im Keller gemütlich gemacht. Er brachte nicht mehr die Energie auf, die Portiersfrau zu wecken. Er beschloß, im Hause zu übernachten. Morgen früh, ganz zeitig, wird er weggehen. Angenehm warm ist es hier im Dunkeln. Daß er auf dem harten Boden liegt, stört Bruno nicht. Die Augen fallen ihm zu, so müde ist er. Nun hat er keine Pflichten mehr zu erfüllen. Nun ist Ruhe.

Ruhe. Ruhe.
Brunos Kopf liegt auf dem Koffer. Er schläft tief und fest. Leise geht sein Atem.

8

Halb zehn ist es, als er erwacht – mit schmerzenden Gliedern, Kopfweh, fröstelnd. Erst nach einer Weile erinnert er sich an das, was geschehen ist.
Leise schleicht er fort. Den Koffer trägt er in den ›Schwarzen Schimmel‹. Der Wirt wird ihn einstweilen aufbewahren. In der Kneipe wäscht und rasiert Bruno sich auch und zieht ein frisches Hemd an.
Alles kommt ihm ein wenig unwirklich vor an diesem Vormittag. Er fühlt sich immer noch benommen. Und keinen einzigen Gedanken kann er zu Ende denken, bevor er nicht zwei Schnäpse getrunken hat. Dann geht es besser.
Zuerst ruft er Campbell an und erstattet Bericht.
Der Amerikaner zeigt sich bestürzt.
»Lassen Sie mir Zeit. Nur etwas Zeit. Mir fällt etwas anderes ein. Alles hat auch seine guten Seiten. Denken Sie daran, welchen ... hrm! ... von welchem seelischen Ballast Sie nun erlöst sind.«
Wer da alles erlöst und erlöst wird ... !
»Ja, Herr Kempell.«
»Rufen Sie mich heute abend an, um acht?«
»Ja, Herr Kempell. Und ich danke auch schön für alles, was Sie für mich tun.«
»Hören Sie auf!« ruft der junge Amerikaner, sehr verlegen.
»Warum? Sie tun doch so viel für mich«, antwortet Bruno. »Also bis abends. Wiederhören, Herr Kempell.«
»Auf Wiederhören«, sagt der Amerikaner und hängt ein. Dann sitzt er still vor dem Telefon, raucht seine Pfeife und denkt angestrengt nach, wie er Bruno nun noch helfen kann ...
Dieser, von zwei Schnäpsen beflügelt, fährt mit dem Bus zum Sozialamt. Monatsende. Bruno will seine hundertzwanzig Mark für Oktober abholen. Er muß ziemlich lange warten, vor den Schaltern herrscht einiges Gedränge, eingekeilt steht Bruno da. Sogar den Weg zum Ausgang zurück muß er sich freikämpfen.
Dann fährt Bruno zum Arbeitsamt.
Das bißchen Alkohol im Blut, das neue Geld im Portemonnaie wirken Wunder. Bruno fühlt sich – seit Wochen – paradoxerweise aus-

gerechnet heute wieder von neuer Hoffnung erfüllt. Die Untersuchung gegen ihn wird eingestellt werden. Seine Belohnung wird er bekommen. Aus Berlin wird er abhauen. Nach München. Und da seine Kneipe aufmachen. Jawohl, das wird er!

Es ist nicht nur das bißchen Alkohol, es ist nicht nur das neue Geld, das diese Euphorie verursacht. Es ist die Situation, in der Bruno sich nun befindet und die ihn überfordert. Sooft er überfordert ist, klinkt sein Verstand aus, versagt seine Logik.

Also zum Arbeitsamt! Wenn jetzt alles klappt, muß er bereits das Seine getan, den ganzen Behördenkram hinter sich haben, nicht wahr?

Herr Skorupky, Sachbearbeiter für Fälle, bei denen der Familienname des Arbeitsuchenden mit G, H, I, J oder K beginnt, hat sich erholt und tut wieder Dienst, erfährt Bruno.

Gutes Zeichen!

Herr Skorupky ist ein kleiner, blasser Mann. Mit den Nieren hat er es schon seit zehn Jahren. Da gibt es einen Stein. Herr Skorupky ist neunundfünfzig. Den Stein kann man nicht mehr herausoperieren. So erträgt der kleine Mann ergeben die immer wiederkehrenden Koliken, die ihn immer wieder für einige Zeit ans Bett fesseln.

Warm halten muß sich Herr Skorupky, jede Zugluft vermeiden, sehr viel Bärentraubenblättertee trinken, auch im Amt. Nie dürfen die Fenster seines Büros offenstehen. (Zugluft!) Die lange Erkrankung und ihre Behandlung mit den ungeheueren Flüssigkeitsmengen, die der Durchspülung dienen, haben Herrn Skorupkys Blase in Mitleidenschaft gezogen. Nicht arg. Er muß nur häufig ganz schnell mal raus, und das kann er nicht immer im Dienst. Wenn er nicht ganz schnell raus kann, wird Herr Skorupky ein bißchen undicht. Es riecht darum seit Jahren nach Ammoniak in seinem Büro. Alles riecht nach Ammoniak, die Möbel, die Akten, Herr Skorupky.

In eine Wolldecke ist Herr Skorupky heute eingehüllt. Auf dem Schreibtisch steht ein Tablett, darauf erblickt Bruno eine geblümte Stoffhaube über einer Teekanne und eine volle Tasse. Trotz seiner Krankheit ist Herr Skorupky nie bitter und böse, sondern stets geduldig und sanft.

»Ja, Sie waren da, während ich krank war, hörte ich,« sagt er. »Es tut mir leid.«

»Sie brauchen sich doch nicht dafür zu entschuldigen, daß Sie krank waren!«

Der Beamte sieht Bruno verzagt an. Er macht immer einen freundlich-verzagten Eindruck. Aber heute wirkt er besonders verzagt und besonders freundlich. Das ist nun kein gutes Zeichen, denkt Bruno.

»Ich wollte sagen: Es tut mir leid, daß ich Ihnen noch immer nicht weiterhelfen kann«, erklärt Herr Skorupky und trinkt Bärentraubenblättertee. »Ich habe mich so bemüht! Aber die wichtigsten Papiere liegen noch immer fest beim... bei einer anderen Dienststelle.«
»Beim Verfassungsschutz«, sagt Bruno ruhig und hochdeutsch, »ich weiß.«
»Nun, wenn Sie es wissen... ja, da liegen sie.«
»Bei Herrn Schuckert.«
»Bei Herrn Schuckert. Er braucht Sie noch, er braucht die Papiere noch, er kann noch keine Unbedenklichkeitserklärung abgeben, weil Ihr Fall noch nicht abgeschlossen ist. Sagt er immer. Ich weiß ja nicht, was das heißt.«
»Ich schon!«
In diesen Zuständen der Überforderung ist Bruno völlig unberechenbar. Vorüber das große Selbstgefühl, die große Freude, die große Erleichterung. Müde, todmüde ist Bruno nun, ohne Hoffnung, ohne Selbstvertrauen, furchtbar bedrückt. Derartig schnell geht das bei ihm!
In großen Zügen erklärt er dem teeschlürfenden, blassen Herrn Skorupky mit dumpfer Stimme, warum es nicht weitergeht in seinem Fall. Weil alles so kompliziert liegt – abgesehen von dem Fall selbst. Da sind doch noch die Versprechen, da müssen doch noch Vorstrafen gestrichen werden, da gibt es doch noch dieses Belastungsmaterial.
Es ist absolut unverantwortlich, was Bruno da ausschwätzt. Aber so benimmt er sich eben zu gewissen Zeiten. Ein finsterer Winkel zum Verkriechen für ihn und seinesgleichen müßte geschaffen und seine Benützung gestattet werden. Das wird natürlich nie geschehen. Da versteckten sich ja dann täglich Millionen. Wo käme man denn da hin?
Als Bruno endlich fertig ist, zeigt Herr Skorupky sich verzweifelt. »Ach, lieber Herr Knolle, jetzt begreife ich erst richtig! *Deshalb* also. Ach, ist das alles traurig...«
»Ja, schön ist es nicht.«
»Selbst wenn ich Ihnen endlich eine Arbeit zuweisen darf, dann gewiß nur als Kellner oder Hilfsarbeiter oder so.« Der nierenleidende Herr Skorupky erregt sich, er hat einen ausgeprägten Sinn sowohl für Gerechtigkeit wie für Realitäten. »Das ist ja vielleicht ein Ding!«
Bruno kommt etwas zu sich. Erschrocken: »Das habe ich Ihnen alles im *Vertrauen* erzählt, Herr Skorupky. In meiner Verzweiflung.

Weil ich nicht weiter weiß. Wenn jemand erfährt, daß ich ...«
»Herr Knolle, wofür halten Sie mich? Was wir hier unter vier Augen besprechen, erfährt niemals ein anderer Mensch von mir.«
»Danke ...«
Der Beamte ist sehr empört: »Die großen Herren! So treiben sie es. Goldene Berge versprechen sie! Ihnen Streichung der Vorstrafen, Kneipe, die Anerkennung als politischer Flüchtling, den Transport in den Westen ...«
Herr Skorupky zieht entrüstet die Wolldecke enger.
»Ja, und was bekomme ich? Nischt! Nicht mal Arbeit! Nicht mal einen neuen Ausweis. Ich laufe noch immer mit dem alten aus dem Osten rum!«
Der Beamte seufzt tief. Es duftet auf einmal etwas kräftiger in seinem Büro.
»Ich würde Ihnen so gerne helfen. Aber Sie müßten ganz andere Helfer haben!«
»Der Kriminalrat Prangel ...«
»Der hält das Belastungsmaterial zurück. Gut und schön. Wenn er es den Justizbehörden übergeben muß ... und das wird er einmal tun müssen ... werden die Sie natürlich nie an den Osten ausliefern. Das nicht. Aber sehen Sie: die Leute, die Ihnen die Streichung der Vorstrafen versprochen haben ...«
»Warum reden Sie nicht weiter?«
»Herr Knolle, ich bin nur ein Beamter. Ich darf nicht so reden. Wenn das je herauskommt ...«
»Glauben Sie, *ich* werde je ein Wort über diese Unterhaltung erzählen?« Bruno ist sehr ernst geworden. »Nie, Herr Skorupky, nie! Sprechen Sie weiter, bitte! Ich bin so ratlos ... und es braucht doch jeder Mensch einen anderen, wenigstens *einen*, dem er alles erzählen kann, dem er vertrauen darf, der ihn berät! Das muß es doch geben, nicht? Haben Sie noch nie so gedacht?«
»Oft«, antwortet Herr Skorupky leise. Und leise fährt er fort: »Ich vertraue also auf Ihre Verschwiegenheit. Die Leute, sagte ich, die Ihnen die Streichung der Vorstrafen versprochen haben, können eine solche Streichung selber nie vornehmen! Das können nur die Justizbehörden. Und *die* haben Ihnen gar nichts versprochen. Die lassen sich auch von jenen Leuten nichts vorschreiben ...«
Der Ammoniakgeruch verstärkt sich weiter.
»Aber ich habe doch immerhin einen Menschenraub verhindert!« sagt Bruno erregt.
»Das war anständig von Ihnen, Herr Knolle. Es hat nur überhaupt nichts mit den Vorstrafen zu tun. Wir leben in einem Rechtsstaat«

(Bruno grunzt etwas), »und in einem Rechtsstaat kann man Vorstrafen nicht einfach mit einem Federstrich tilgen, nur damit eine Schankkonzession erteilt werden darf.«
Bruno, dem nun wieder dauernd die Augen zufallen, knurrt: »Dann sollen sie die Vorstrafen eben nicht tilgen und mir die Konzession so geben!«
»Aber das ist doch unmöglich. Das wäre doch gegen alle Gesetze. Vorbestrafte ...«
Da winkt Bruno ab.
»Herr Knolle, Sie sagten, ich sollte weiterreden. Über Gesetze darf man sich nicht einfach hinwegsetzen.«
»Dann hätte man mir auch nicht einfach solche Versprechungen machen dürfen.«
»Nein«, sagt Herr Skorupky, sehr leise. »Das hätte man nicht tun dürfen. Das war ... gewissenlos«, sagt er, noch leiser, fast flüsternd.
»Sie sehen meine Lage sehr düster.«
»Danken Sie Gott, wenn man Sie endlich als politischer Flüchtling anerkannt hat! Dann dürfen Sie ...«
»Aber ich will doch die *Kneipe*!«
»Jeder von uns, Herr Knolle«, sagt Skorupky, »will etwas Großes, Wunderbares im Leben. Jeder jagt einem Traum nach. Glauben Sie, ich habe das nicht getan?«
»*Getan?*«
»Ich tue es nicht mehr. Man wird bescheiden, Herr Knolle, ganz bescheiden wird man, wenn man ein kleiner Mann ist wie Sie und ich. Beten Sie, daß es wenigstens mit Ihrer Anerkennung nicht mehr allzu lange dauert.«
»Allzu lange?«
»Ach, Herr Knolle! Draußen in Marienfelde und in den Siedlungen dort, da wohnen Familien, die haben *keine* Vorstrafen und warten seit zwei, drei Jahren darauf, daß sie als politische Flüchtlinge anerkannt werden.«

9

Zwei, drei Jahre. Zwei, drei Jahre. Zwei, drei Jahre.
Diese Worte dröhnen in Brunos Schädel, als er Herrn Skorupky verläßt und die breite Treppe zum Ausgang hinabgeht.
Zwei, drei Jahre. Zwei, drei Jahre ...
Ihm ist schwindlig, er stolpert, er sieht alles durch Schlieren und

Schleier – und so stößt er zuletzt, unten in der Halle, mit einer jungen Frau zusammen, die eben eintritt.
Das bringt ihn wieder zu sich.
Er ringt nach Luft.
Vor ihm steht Mitzi Szapek.
Mitzi Szapek.
Von allen Menschen Berlins muß es die Mitzi Szapek sein.
Er starrt sie an.
Ihr Gesicht ist verquollen von vielem Weinen. So schmal, so klein sieht sie aus.
»Servus, Bruno«, sagt die Mitzi.
»Tach ...«
»Hast hier was zum Erledigen ghabt? I muß auch wieder zu meinem Referenten heut.« Sehr, sehr zusammen nimmt sich die arme Mitzi. »Komisch, daß wir uns grad hier noch einmal treffen, net?«
»Wieso noch einmal? Ick ... ick wäre int Lager rausjekomm ...«
»Warum?«
»Na, ick muß doch da wohn ...«
»Ah, geh«, sagt die Mitzi. »Des is doch a Schmäh. Immer a Schmäh gwesen. Versprich mir, daß du nimmermehr kommst. Nach dem, was gestern war. Du derfst doch in der Stadt wohnen, bei dem Fräulein Pietsch, die was mit mir geredet hat. Alsdern nimmermehr, ja? Bestimmt nimmermehr! I könnt des nämlich net ertragen ... seit i alles weiß ...«
Menschen eilen vorbei. Draußen hupen Autos, klingeln Fahrräder. Rund um Bruno und Mitzi pulsiert das Leben. Das Leben, das immer weitergeht, was auch geschieht, ob du glücklich bist oder unglücklich, ob dein bester Freund gestorben ist, ob du auf einmal ganz allein bist – immer.
Da stehen zwei, die sind nun ganz allein. Wie auf einer Insel stehen sie da. Und das Leben geht weiter, als existierten sie nicht. So viel Leben. So viele Menschen. So viele Hoffnungen, so viele Sorgen ...
»Mitzi«, beginnt Bruno, »ick ... ick hab doch det allet jut jemeint ...«
»Freilich«, sagt die Mitzi. »Bestimmt.«
»Du vahöhnst ma.«
»Verhöhnen? Nie im Leben! Des glaub i dir ganz sicher. Gelogen hast du und geschwindelt, nur damit i net traurig werd, weil du eine andere lieb hast.«
»Ja, Mitzilein, wirklich!«
»Es is aber danebengangen. Hättest mich halt nie treffen dürfen.«

»Ach, Mitzi, du tust ma so leid...«
»Warum? So is des Leben. Unsere Eltern, wenn die uns gefragt hätten, ob wir auf die Welt kommen wollen, wir hätten nein gsagt, gelt?«
»Die ham uns nich jefracht.«
»Ham ja net können!«
»Ooch wennse hätten können... die ham doch bloß an sich jedacht und ihr Plesir!«
»San mir anders? A jeder denkt immer nur an sich...«
»Det stimmt nich! Wenna liebt...«
»Dann doch erst recht! Denn da will er doch seine Liebe behalten, so wie du deine Nelly.« (Sie weiß nicht, daß Nelly mich hinausgeworfen hat, denkt Bruno. Wozu es ihr noch sagen?) »Und des is auch richtig«, meint die Mitzi, »des is der einzige Weg. Die, die des erkennen, früh genug, ham noch soviel Chancen, hat das Fräulein Pietsch mir gesagt. Recht hat sie! Aber jetzt muß i wirklich zu meinem Referenten. Servus, Bruno. War trotzdem eine schöne Zeit mit dir. Die Zeit, wo du so gelogen hast.«
»Aba ick kann dir doch nich einfach so jehn lassen...«
»Warum denn net? Bist doch froh, daß dich jetzt nimmer kümmern mußt um mich!... Na siehst. I paß schon auf, daß mir nix passiert. Paß auch auf dich auf, Bruno.«
Er nickt.
»Dir soll *nie* was passieren! Dir net und dem Fräulein Pietsch net... Denn so... wie ihr zwei euch lieb habts... so hab i... hab i... hab i dich immer noch lieb!« Heroisch hat die Mitzi Haltung bewahrt. Nun ist es damit vorbei. Tränenströme brechen bei den letzten Worten aus ihren Augen, laut schluchzend läuft sie die breite Treppe empor und verschwindet.
Bruno steht wie erstarrt. Ein Mann rempelt ihn an. Er bemerkt es nicht. Als wäre er betrunken, so schwankt er auf die Straße hinaus.

10

Er ist keine Spur betrunken, aber er weiß: Er muß jetzt etwas trinken, schnell, sonst kippt er um. Ein Mann verträgt viel. Alles verträgt er nicht. Bruno hat eine Menge ertragen in den letzten zwölf Stunden.
Er stolpert in die Kneipe gegenüber dem Arbeitsamt. Hier kennt man ihn schon, hier kommt er häufig her, nach seinen Besuchen bei Herrn Skorupky.

Eine kleine, verräucherte, trostlose Kneipe ist das, stets voll. Hier sitzen die noch Hoffenden, die schon Hoffnungslosen, die noch Ungebrochenen, die schon Gebrochenen. Hier lacht niemand. Hier spricht niemand laut.
Bier und Schnaps bestellt Bruno an der Theke. Der Wirt – er hat den sorgenvollen Gesichtsausdruck seiner Gäste angenommen – mustert ihn mitleidig: »Wat Schlimmet?«
Bruno kann nur nicken. Dann trinkt er. Dann will er zahlen. Dabei macht er eine entsetzliche Entdeckung. Lose in den Taschen seiner Jacke findet er noch ein wenig Kleingeld. Die hundertzwanzig Mark Unterstützung für Oktober hat er in seine Geldbörse gesteckt. Das Kleingeld reicht nicht aus, um die Zeche zu begleichen. Bruno will seine Börse hervorholen. Die Börse ist weg.
Bruno sucht verzweifelt in allen Taschen.
Nichts.
Weg ist sie, die Börse.
Der Wirt betrachtet Bruno ernst.
Dieser stottert: »Mein Portmonneh ... ick weeß nich ... Da is eena in mir rinjerannt ... Drüm, int Arbeetsamt ... Vielleicht det ick da ... darf ick mal schnell rübaloofn?«
Der Wirt nickt ernst.
Bruno eilt zum Arbeitsamt. In der Halle findet er das Portemonnaie nicht. Beim Pförtner wurde es nicht abgegeben. Also hier geklaut? Oder schon früher, auf dem Sozialamt?
Himmelarschundzwirn!
Bruno rennt zurück in die Kneipe und erstattet dem Wirt mit den schweren Lidern atemlos Bericht. Dann ruft er die Fundstelle beim Sozialamt und den Pförtner dort an.
Nein, es ist kein Portemonnaie abgegeben worden.
Bruno wankt zur Theke.
»Ooch nischt.«
»Böse.«
»Wat mach ick nu? Noch mal jeben die mir nischt for Oktoba!«
»Nee, det bestimmt nich.«
»Aba wie soll ick denn ...« Bruno steht praktisch mittellos da. Fünfundfünfzig Pfennig hat er noch. »Ick kann ja nich mal det Bier und den Korn hier zahln, Herr Kulicke!«
Der Wirt ist ein Mensch mit Gemüt. (Täglich soviel Jammer.) Herr Kulicke spricht: »Da machense sich man keene Sorjen. Sie warn mein Jast.«
Brunos Blick ist stier geworden. Er bewegt die Lippen, aber man hört nicht, was er sagt.

»Nu fassense sich! 'n Weltuntajang is det ooch nich!« Herr Kulicke drückt Bruno ein Fünfmarkstück in die Hand.
»Wat... wat soll denn det?«
»Darlehen. Jebense mir zurück, wennse wieda Penunse ham. Se brauchen doch jetz wenichstens Fahrjeld, wennse Ihre Freunde abklappan!«
»Meine Freunde...«
»Freunde, ja! Leute, denen *Sie* mal jeholfen ham. Die wern Ihn doch jetz jewiß ooch helfn, Herr Knolle.«
Leute, denen ich einmal geholfen habe...
Brunos Hand schließt sich jäh um das Fünfmarkstück.
Schon ganz den Mut verloren hatte er. Obwohl das die einzige Sünde im Leben ist. Und da lebt einer, ein reicher, ein ganz reicher Mann, dem er geholfen hat, dem er das Leben gerettet hat!
Zu dem wird Bruno nun gehen. Und ihm sein Leid klagen. Und Hilfe finden. Wo denn sonst, wenn nicht bei dem?
Bruno bedankt sich überschwenglich.
»Heute noch kriejense die fünf Emm zurück, Herr Kulicke! Ehrnwort.«
»Is Ihnen schon eena injefalln?«
»Ja!«
»Jenau wie ick prophezeit habe. Also, viel Jlück!«
»Danke, danke«, stammelt Bruno. Er verläßt die Kneipe und fährt in den Grunewald. Da geht er dann die Koenigsallee hinauf bis zu der kleinen Villa, die in dem großen Park steht, umgeben von einem hohen Gitter. Da ist das Tor mit den beiden Säulen aus Sandstein. Da ist die Klingel. Da ist die Sprechanlage. Da ist das Loch, in dem sich das Fernsehauge befindet. Da hängen die Scheinwerfer in den Bäumen.
Bruno sieht alles, was er schon einmal gesehen hat. Unendlich lang kommt ihm die Zeit vor, die seither verstrichen ist – und es sind doch nur ein paar lumpige Wochen.
Bruno klingelt. Aus der Sprechanlage ertönt eine Stimme, die er nicht kennt: »Ja, bitte?«
»Ich heiße Bruno Knolle. Ist es möglich, Herrn Fanzelau zu sprechen?« (Der Kerl, der sich da gemeldet hat, muß der englische Diener sein.)
Es kommt keine Antwort mehr.
Ein Summen ertönt. Ein Torflügel öffnet sich.
Bruno geht über den breiten Kiesweg auf die Villa zu. Im offenen Eingang steht tatsächlich ein Diener in schwarzen Hosen, schwarzweiß gestreifter Weste, weißem Hemd.

»Tach«, sagt Bruno.
»Guten Tag, mein Herr«, sagt Butler John. »Bitte, folgen Sie mir.« Er geht voran. Garderobe. Vorraum. Das kunstvoll getäfelte Zimmer, das Bruno schon kennt, das Zimmer mit den vielen Kostbarkeiten aus fernen Ländern: Den afrikanischen Dämonenmasken, den chinesischen Schnitzereien, den griechischen Vasen, dem Tisch mit den vielen, vielen Glückselefanten.
»Ein Herr Knolle möchte Herrn Fanzelau sprechen«, sagt Butler John und verschwindet.
Wem sagt er das? denkt Bruno. Ist doch niemand im Zimmer. Nicht einmal der große Hund. Oder?
Hinter einem Mauervorsprung tritt ein Mann hervor. Vielleicht hat er etwas gesucht, vielleicht sich dort versteckt. Unwichtig.
Wichtig: Bruno kennt diesen Mann. Es ist Heinz Schuckert vom Verfassungsschutz. Der kleine Rosige mit der Fast-Glatze und der ›Sardellen‹-Frisur sieht verbissen aus.
»Sie ... Sie sind hier?« stottert Bruno.
»Was wollen Sie, Herr Knolle?«
»Ick ... ick ... Herrn Fanzelau sprechen.«
»Warum?«
»Wat soll denn det? Is det wieda 'n Vahör?«
»Was wollen Sie von ihm?« schreit Schuckert. Er ist außerordentlich nervös und deshalb so brutal.
Bruno sagt, was er von Fanzelau will.
Schuckert sieht ihn lange an.
»Wat kiekense mir denn so an, Herr Schuckat? Is det 'n Vabrechen, wat ick will? Wose ma doch mein Portmonneh ...«
Schuckert winkt mit einer fetten, rosigen Patschhand ab.
»Herr Fanzelau kann Ihnen nicht helfen.«
»Kann nich ...?« Bruno wird es unheimlich.
»Nein.«
»Wie wollen *Sie* denn det wissen? Lassense ma doch erst mit ihm reden!«
»Das geht leider nicht.«
»Jeht leida nich?«
»Nein. Es ist etwas geschehen, das ein Gespräch zwischen Ihnen und Herrn Fanzelau unmöglich macht.«
»Wat is jeschehn?«
»Ich sage es Ihnen gleich. Ich halte mich schon lange hier auf, um herauszufinden, *warum* es geschehen ist. Nun kommen Sie. Nun können Sie mir vielleicht helfen, herauszufinden, warum Herr Fanzelau das getan hat.«

»Wat jetan hat?«
»Selbstmord begangen«, antwortet Heinz Schuckert.

11

Als Butler John am Morgen dieses 29. September 1964 wie jeden Tag pünktlich um 6 Uhr 30 aufstand, erblickte er auf dem Fußboden seines Zimmers, nahe der Tür, einen großen dicken Umschlag, der mehrfach versiegelt war. Das Kuvert trug in der präzisen, kleinen Handschrift Fanzelaus den Vermerk:

Bitte sorgen Sie unter allen Umständen dafür,
daß niemand anderer als Herr Dr. Philipp Landon
diesen Brief erhält.

Butler John kannte Dr. Landon gut.
Von bösen Ahnungen erfüllt, versteckte er den Umschlag und eilte danach in Fanzelaus Schlafzimmer.
Reglos lag der Financier auf dem Bett. Er hatte das Kissen vollgebrochen. Butler John entdeckte vier leere Röhrchen, die Veronaltabletten enthalten hatten; dazu die leere Packung eines Tranquilizer-Präparates, das, wie der Diener wußte, seinem Herrn erst vor kurzem von Dr. Landon verschrieben worden war.
Otto Fanzelau atmete nur noch so flach, daß man es kaum wahrnehmen konnte. Endlos schien John die Zeit, die zwischen den einzelnen Zügen verstrich.
Der Butler alarmierte den Kriminalbeamten, der sich gerade im Hause aufhielt. Seit Fanzelaus Rückkehr aus dem West-Sanatorium befand sich stets ein Beamter in der Villa. Der Kriminalist telefonierte nach einem Rettungswagen. Der Arzt, welcher mit diesem kam, konstatierte, daß Fanzelau noch – *noch*! – lebte, und ließ ihn schnellstens in das nächste Krankenhaus bringen. Der Kriminalbeamte fuhr mit.
Bei seiner Einlieferung in die Klinik atmete Fanzelau überhaupt nicht mehr. Fieberhaft wurde versucht, das Leben des alten Herrn zu retten. Als erstes nahm man einen Luftröhrenschnitt vor. Danach wurde eine Kanüle eingeführt und diese mit einem Beatmungsgerät verbunden. Fanzelau mußte atmen, atmen!
Noch bevor in der Koenigsallee andere Kriminalbeamte und Heinz Schuckert eintrafen, verständigte Butler John telefonisch Dr. Landon.

Auf die Nachricht von dem Selbstmordversuch hin ließ der Arzt alles liegen und stehen und brauste mit seinem Wagen in die Koenigsallee. Er überfuhr zweimal ein Rotlicht und verursachte fast einen Zusammenstoß.
Butler John überreichte Landon das dicke, versiegelte Kuvert und nannte die Adresse des Krankenhauses, in das Fanzelau gebracht worden war.
Der Psychiater steckte den Brief ein und raste zu der angegebenen Klinik. Die Ärzte dort behandelten ihn mit übertriebener Höflichkeit. Man gestattete Landon, seinen Ex-Patienten zu sehen ...
Dr. Leopold Waldorf, ein Unfallchirurg, führt Landon in Fanzelaus Zimmer.
Erschüttert sieht der Psychiater den kleinen, bewußtlosen Mann auf dem großen Bett an. Waldorf beobachtet Landon mit einer hochgezogenen Augenbraue.
Was ist geschehen? Was ist bloß geschehen? denkt Landon. Warum hat Fanzelau das getan? Wie eh und je ist er pünktlich in meine Praxis gekommen. Er hat nie von seinem Erlebnis gesprochen, nie von Martini. Ich habe ihn nie gefragt. Das wäre sinnlos gewesen. Einen völlig intakten Eindruck hat Fanzelau noch bei unserer letzten Unterhaltung gemacht. Und nun ...
Der junge, blonde Unfallchirurg fragt mit jener Freundlichkeit, die Ärzte verschiedener Fachgebiete einander gemeinhin beweisen und die im Grund stets Anlaß zu einer Beleidigungsklage wäre: »Sie kennen Herrn Fanzelau gut, verehrter Herr Kollege?«
Landon nickt.
»Sie haben ihn lange behandelt?« (*Noch* freundlicher.)
Wieder nickt Landon.
»Wann haben Sie ihn zuletzt gesehen?«
»Vor ... heute ist Dienstag ... ich war mit meiner Mutter noch am Sonnabend bei ihm zu Besuch. Vor drei Tagen also.« (Um jeden möglichen Kontakt aufrechtzuerhalten, forcierte Landon diese Wochenend-Besuche in den letzten Wochen.)
»Vor drei Tagen«, sagt Dr. Waldorf. »Und da ist Ihnen nichts Ungewöhnliches an ihm aufgefallen?«
»Nichts.«
»Aha.«
»Bitte?«
»Ich sagte, aha.« Dr. Waldorf sieht Landon ausdruckslos an. »Nun liegt also alles bei uns.«
Landon schweigt.
»Schwer«, sagt Dr. Waldorf. »Sehr schwer. Der Mann ist alt, psych-

isch gestört war er auch. Muß er plötzlich wieder gewesen sein, sonst hätte er das nicht getan. Selbst wenn wir ihn hinkriegen ...«
»Hören Sie auf«, sagt Landon schwach. »Kriegen Sie ihn bloß hin!«
»Tja, das ist das Primäre, nicht wahr?«
»Was werden Sie tun?«
»Das Übliche. Temperatur derzeit 39,5. Wir müssen sehen, daß das Fieber heruntergeht, müssen den Patienten hibernieren. Durchspülen mit Tropfinfusionen. Herz und Kreislauf stützen, etcetera. Hoffentlich kommt die Atmung wieder in Gang. Aber, wie ich schon sagte: Selbst *wenn* wir ihn hinkriegen – ob sich sein Gehirn noch jemals erholen wird?«
»Das werden wir dann sehen«, antwortet Landon kurz und blickt den kleinen Mann auf dem Bett an, der einem Zwerg gleicht, einem toten Zwerg.
»Ja, das werden Sie dann sehen. Das ist dann *Ihr* Gebiet.« Der Chirurg hebt wieder eine Braue. »Wir retten ihm hier nur das Leben. Hoffentlich. Im Moment kann niemand auf der Welt mehr tun.«
»Das weiß ich.«
In der Brusttasche des Ärztemantels, den Dr. Waldorf trägt, befindet sich ein elektrisches Hörgerät von der Größe einer Zigarettenpakkung. Alle Ärzte des Krankenhauses tragen so ein Gerät. Es gibt eine Zentrale, von der aus sie gerufen werden können. Das Krankenhaus ist groß, manchmal muß ein Arzt schnell irgendwo zur Stelle sein. Dann sucht die Zentrale ihn über Funk, der kleine Empfänger piepst dann wie ein Vogel.
Das Gerät in Dr. Waldorfs Mantel stößt kurze, helle Laute aus.
Der Chirurg hält es ans Ohr.
»Ich muß auf Station 8«, sagt er danach kurz zu Landon. »Verzeihen Sie ...«
»Darf ich ... darf ich noch ein wenig hierbleiben?«
»Solange Sie wollen, verehrter Kollege. Da ist ein Stuhl. Nehmen Sie Platz.«
Dr. Waldorf geht.
Landon setzt sich neben Fanzelaus Bett. Wieder betrachtet er diesen winzigen Menschen, der umgeben ist von funkelnden Geräten und Kunststoffschläuchen, die an seinen Körper angeschlossen sind.
Nur etwas größer als Landons Faust ist Fanzelaus Gesicht. Uralt wirkt es. Hundert, zweihundert Jahre alt. Ein Mumiengesicht.
Gleichmäßig arbeitet die Beatmungsmaschine. Sie verursacht das einzige Geräusch in der großen Stille.
Philipp Landon nimmt den dicken Umschlag aus der Tasche, bricht die Siegel, öffnet das Kuvert.

Zwölf Bogen Papier fallen heraus.
Auf einem Bogen stehen wenige Zeilen in Fanzelaus Schrift, die anderen sind einseitig eng mit Schreibmaschinentext bedeckt.
Dr. Landon überfliegt zuerst die kurze handschriftliche Mitteilung...

12

Lieber, sehr verehrter Herr Doktor!
Wenn Sie diese Zeilen lesen, werde ich, so Gott will, tot sein. Ich bitte sehr um Vergebung dafür, daß ich Ihnen die große Mühe, die Sie sich mit mir gaben, so schlecht lohne.
Sie, Herr Doktor, hätten verhindern können, was geschehen ist – wenn ich Sie nicht belogen, wenn ich Ihnen nichts verheimlicht hätte. Davon bin ich fest überzeugt. Allein, nun ist es zu spät – für mich, durch meine eigene Schuld.
Ich bin aber ebenso davon überzeugt, daß Sie – *nur Sie*, der klügste und aufrechteste Mensch, der mir je begegnet ist –, wennschon nicht mehr mir, so doch Millionen anderen helfen können. Deshalb eine große Bitte: Übergeben Sie nach Lektüre die beiliegende Anzeige, sofern Sie das für richtig halten, einer staatlichen Stelle, die Ihnen vertrauenswürdig erscheint. Mir selbst erscheint keine einzige mehr des Vertrauens würdig. Ich will nicht noch einen zweiten furchtbaren Fehler begehen. *Sie* sollen deshalb diese Anzeige erhalten und so weiterverwenden, wie *Sie* es für gut halten.
Erfüllen Sie meine letzte Bitte, lieber Doktor, und verzeihen Sie Ihrem
Otto Fanzelau.

Philipp Landon hebt den Kopf.
Er sieht den Zwerg auf dem Bett an. Er hört die Beatmungsmaschine arbeiten. Er hört Schritte draußen auf dem Gang. Er senkt den Kopf wieder und betrachtet die erste Seite des Schreibmaschinenmanuskripts. Darauf steht:

ANZEIGE

Berlin, 28. September 1964

Ich, Otto Fanzelau, geboren am 11. November 1897 zu Berlin, letzter polizeilich gemeldeter Wohnort: Berlin-Grunewald, Koenigsallee 314, zeige hiermit den folgenden Tatbestand an:
Am 15. April 1960 suchte ich auf Anraten von Herrn Professor Dr. Hans Merath den Psychiater und Neurologen Herrn Dr. Philipp

Landon auf, um mich in seine Behandlung zu begeben, denn ich war seelisch erkrankt.
Ich entbinde Herrn Dr. Philipp Landon hiermit ausdrücklich von seiner ärztlichen Schweigepflicht.
Es ist mein Wunsch, daß Herr Dr. Landon über die Art meiner Erkrankung, ihre Behandlung durch ihn und seine Erfahrungen mit mir berichtet – jenen Personen, denen er diese Blätter vorlegen wird.
Die Behandlung durch Herrn Dr. Landon blieb lange Zeit erfolglos. Erst im November 1961 hatte ich meine seelische Krise überwunden. Ich führe das auf die Begegnung mit einem gewissen Olaf Martini, wohnhaft Frankfurt am Main, Nibelungenplatz 18, zurück – und auf Ereignisse, die dieser Begegnung folgten, welche am 19. August 1961 im ›Hotel Atlantic‹ in Hamburg stattfand.
Am Abend jenes 19. August 1961 hatten wir eine lange Unterredung, danach viele weitere, und zuletzt übernahm ich auf Bitten Martinis eine Aufgabe, die, so schien es mir, meinem Leben endlich Sinn gab ...

Wieder blickt Landon den bewegungslosen Fanzelau an. Der Sauerstoffsack des Beatmungsgeräts öffnet und schließt sich wie eine Ziehharmonika, präzise, monoton. Die Menschen, denkt Landon, sind arme Hunde. Er liest weiter, was Otto Fanzelau in seiner ›Anzeige‹ nun über die folgenden Begegnungen mit Olaf Martini berichtet, über die ›Verschwörung aller Wissenschaftler der Welt, den Frieden zu erzwingen‹, über Martinis Bitte, Fanzelau möge als Vertrauensmann in Berlin den Bau von Tunneln unter der Mauer finanzieren und bestimmten Menschen aus Ostdeutschland zur Flucht verhelfen, die nach Martinis Worten dort auf das höchste gefährdet waren. Dr. Landon liest:

Ich mußte gleich bei der ersten Begegnung *ehrenwörtlich* versprechen, niemandem ein Wort über das Projekt zu sagen, nicht einmal meinem Arzt, ja *insbesondere* nicht ihm, denn, so argumentierte Martini, gerade Herr Dr. Landon würde versuchen, eine Tätigkeit, die nicht ohne Aufregungen für mich bleiben konnte, zu verhindern.
Um unsere häufigen Begegnungen harmlos erscheinen zu lassen, schlug Martini damals auch schon die Version vor, wir seien alte gute Freunde. In Wahrheit war Martini nichts als ein geschäftlicher Bekannter von mir. Allein, ich akzeptierte seinen Vorschlag sogleich, und in der Folgezeit, bis heute, log ich Herrn Dr. Landon, meiner ganzen Umgebung, zuletzt der Polizei vor, Martini sei mein

bester und vertrautester Freund. So fasziniert war ich von der Aufgabe, die mir dieser Mensch damals übertrug, daß ich *jede* Lüge gebraucht hätte, wenn Martini von ihrer Notwendigkeit überzeugt gewesen wäre.
Ich finanzierte also Tunnel. Mehr und mehr entstanden. Immer neue Listen von schwer gefährdeten Menschen in Ostdeutschland gab mir Martini. Mehr und mehr dieser Menschen kamen herüber. Nicht nur sie kamen, sondern auch solche, die meine Tunnelbauer und Fluchthelfer herüberholen wollten, weil sie sich ebenfalls in Gefahr befanden. Gerade diese Mischung war es, die Martini, wie er sagte, wünschte.
Es lief alles ideal – bis zu dem Tag nach meiner vereitelten Entführung, an dem Herr Dr. Landon und Olaf Martini einander im West-Sanatorium begegneten. Selbstverständlich sah mein Arzt sofort, wie sehr ich mich vor ihm schämte, wie sehr ich unter meinem seinerzeitigen Betragen litt – und, mehr noch, unter dem Zwang, mich weiterhin so betragen zu müssen. Denn immer noch hielt ich Martini ja für einen Ehrenmann, dem ich ein Ehrenwort gegeben hatte.
Nach meiner Entlassung aus dem Sanatorium allerdings erschien mir seine Behauptung, die Wissenschaftler der Welt könnten durch Einsatz von Männern wie mir an den Krisenherden der Welt einen Atomkrieg verhindern, plötzlich kindisch, will sagen, nur der Glaubensbereitschaft eines Kindes zumutbar. Ich muß wahrhaftig ein Kind gewesen sein, damals im ›Hotel Atlantic‹, geistig unausgereift – um nicht zu sagen, behindert!
Keinem Menschen, der seine fünf Sinne beisammen hat, würde Martini diese Geschichte zu erzählen gewagt haben. *Ich* hatte meine fünf Sinne damals nicht ganz beisammen.
Nun, 1964, nach der mißglückten Entführung, geistig genesen, empfand ich einen brennenden Wunsch: *die Wahrheit* über Martini zu erfahren.
Er vermutete solches natürlich sofort, kam deshalb eiligst nach Berlin, suchte, um die Lage zu sondieren, Herrn Dr. Landon auf und errichtete sodann eine unüberwindliche Mauer des Schweigens um sich, die mir – und jedermann – Nachforschungen unmöglich machte. Er setzte mich praktisch außer Betrieb. Ich erhielt keine neuen Aufträge zu Tunnelbauten, keine neuen Listen mehr. Ich war allem Anschein nach für Martini ein unbrauchbarer Handlanger geworden.
Handlanger wobei?
Nachdem alle meine Versuche, etwas Konkretes über Martini zu er-

fahren, gescheitert waren, erschien heute, am 28. September, um 10 Uhr vormittags bei mir Herr Kurt Mittenzwey, ein Mann, der für mich Tunnel gebaut und – wie gewiß noch erinnerlich – durch die Wahnsinnstat einer eifersüchtigen Frau seine geliebte Gattin verloren hatte.

Nur mit Mühe gelang es mir, mein Erschrecken über die Veränderung des Herrn Mittenzwey zu verbergen. Stets war er der zuverlässigste, ambitionierteste und kultivierteste meiner Mitarbeiter gewesen. Nun erblickte ich einen ungepflegten, krank aussehenden Mann, der bereits um 10 Uhr morgens, seinem Betragen und Geruch nach, eine große Alkoholmenge zu sich genommen und offensichtlich jede Hoffnung und jede Selbstachtung verloren hatte.

In meinem Arbeitszimmer befindet sich ein verstecktes Mikrophon, das zu einem Tonbandgerät gehört. Dieses steht in einem Nebenraum. Die Apparatur besitze ich, seit ich die verschiedensten Sicherheitsanlagen installieren ließ – seit Beginn meiner Tätigkeit als Tunnel-Financier.

Ich gestehe, daß ich, ohne Herrn Mittenzwey davon in Kenntnis zu setzen bzw. seine Erlaubnis dazu einzuholen, das Magnetophon einschaltete und unser Gespräch aufnahm.

Das besprochene Band befindet sich im Hauptsafe der Berliner Zentrale meines Bankhauses. Der Erste Direktor, Herr Hubert Warhake, wurde von mir angewiesen, das Beweisstück jederzeit und unter allen Umständen Herrn Dr. Landon auszuhändigen – *ihm allein*.

Da ich – nach allem, was ich heute erfuhr – *nichts* mehr für unmöglich halte, also nicht einmal, daß das Band verschwindet, folgt hier eine wortgetreue Abschrift des auf dem Band festgehaltenen Gespräches zwischen Herrn Mittenzwey und mir.

MITTENZWEY: ... Kognak, ja, meinetwegen. Habe schon ein paar intus. Merkt man es? Nicken Sie nicht so beklommen, lieber Herr Fanzelau. Gießen Sie ruhig voll bis zum Rand. Und lassen Sie die Flasche stehen. Danke. Na denn, Ihr Wohl!

ICH: Was ist geschehen? Sie sehen ja grauenhaft aus. Wenn Sie so weitermachen mit dem Alkohol ...

MITTENZWEY: He. Und ob ich so weitermache mit dem Alkohol! Ich darf doch noch ein Glas ...

ICH: Bitte ... natürlich ... der Tod Ihrer Frau ...

MITTENZWEY: ... war nicht grade ein erfreuliches Ereignis. Reden wir nicht darüber. Ich muß Ihnen etwas erzählen. Auch nichts Erfreuliches. Aber ich muß es erzählen. Dieser Horster flehte mich an ...

ICH: Was für ein Horster?

MITTENZWEY: Erwin heißt er. Erwin Horster. War mal Angestellter Ihres Bankhauses. Vor dem Krieg. Will nicht, daß Ihnen was zustößt.

ICH: Ich kann mich nicht erinnern, je einen Angestellten namens Erwin Horster ... aber ich hatte natürlich sehr viele Angestellte ...

MITTENZWEY: Und der Horster heißt auch gar nicht Horster.

ICH: Wie?

MITTENZWEY: Das ist nur der Name, den er die beiden letzten Jahre lang getragen hat. Jetzt trägt er ihn nicht mehr. Jetzt trägt er schon wieder einen neuen falschen Namen. Nicht, nicht ... ich erkläre Ihnen sofort alles. Wenn ich mit Ihrer gütigen Erlaubnis vorher noch ein Schlückchen ... wirklich gut, der Kognak ... Sie nicht?

ICH: Um diese Tageszeit? Nie!

MITTENZWEY: Ah, nie! Warten wir's ab. Der Reihe nach also. Ich erzähle Ihnen, was mir dieser Horster erzählt hat. War beim SD im Krieg. Von zweiundvierzig bis fünfundvierzig. Tobte sich in Rußland aus. Dann erwischten ihn die Sowjets.

ICH: Das hat dieser Mann Ihnen erzählt?

MITTENZWEY: Ja doch! Und ich habe nichts gegen ihn unternommen, um auch gleich Ihre nächste Frage zu beantworten. Weil er mir nämlich alles am Telefon erzählte. Heute früh. Von einem Durchwählautomaten in Düsseldorf aus. Schwer was zu machen in so einem Fall, nicht? Besonders, wenn der Herr erklärt, daß sein Flugzeug in einer Stunde startet und er nach Beendigung der Unterhaltung nicht mehr Horster heißen wird. Immerhin: Anhänglicher Mensch. Hat Sie gern, Herr Fanzelau. Müssen ihm mal sehr geholfen haben. Hätte Sie lieber selbst angerufen, sagte er. Aber Ihre Leitung ist doch sicher angezapft.

ICH: Von wem?

MITTENZWEY: Habe ich ihn auch gefragt. Er hat gesagt, vom Westen oder vom Osten ... oder von beiden Seiten. Das wollte er nicht riskieren. Darum rief er mich an. Muß übrigens sehr abgelegen sein, die Zelle, aus der er telefonierte. War nämlich ein langes Gespräch.

ICH: Hrm. Also diesen Mann, der sich Horster nannte, erwischten 1945 die Russen ...

MITTENZWEY: Ja. Damals hatte er noch seinen *richtigen* Namen. Wenn er mir den gesagt hätte, könnten Sie sich vielleicht an ihn erinnern. Spielt keine Rolle, daß er es nicht getan hat. Hören Sie ... hören Sie weiter: Also, was die Russen sind ... also die stellten ihn und alle Angehörigen seiner Einheit vor Gericht. Rund hundert Mann. Nur Todesurteile, ausnahmslos. Im Frühjahr sechsundvierzig war das. Ich kippe schon nicht vom Stuhl oder reihere Ihren wertvollen Teppich voll, Herr Fanzelau. Ich vertrage noch einiges, lassen Sie bloß ... Ja, also, zum Tode verurteilt. Ich erzähle alles genauso, wie der Horster es erzählt hat. Zum Tode verurteilt ... aber sonst? *Nichts.*

ICH: Was heißt, nichts?

MITTENZWEY: Den Kerlen geschah überhaupt nichts. Sie saßen da und warteten auf die Hinrichtung. Aber die Hinrichtung kam nicht. Statt dessen kam dann, im Juni sechsundvierzig, einer ins Zuchthaus und redete mit diesen Toten auf Urlaub. Ein Deutscher. Am 21. Juni 1946 kam er, das ist das genaue Datum.

ICH: Ich verstehe wirklich nicht ...

MITTENZWEY: Nicht unterbrechen! Gleich werden Sie verstehen. Und *wie* Sie verstehen werden ... hahaha! Also dieser Deutsche, sagte der Horster mir am Telefon, nannte sich Peter Wieland.

ICH: Peter Wieland?

MITTENZWEY: Lalle ich schon? Peter Wieland, jawohl. Emigrant. Kam aus Moskau. Wurde dort während des Krieges ausgebildet. Als Agent. Vor dem Krieg soll er in Berlin Anwalt gewesen sein. 1946 jedenfalls war er ein großer Mann drüben. Heute ist er angeblich einer der größten. Im Staatssicherheitsdienst. Und der gefürchtetsten. Also der kam. War sehr originell, was er tat.

ICH: Was ... können Sie nicht wenigstens für kurze Zeit mit der Trinkerei aufhören? ... was tat dieser Wieland?

MITTENZWEY: Trinkerei aufhören ... Als ob ich ... dabei ... entschuldigen Sie ... Also dieser Wieland, der berichtete den Todeskandidaten zunächst wahrheitsgetreu, was einen Tag vorher in Nürnberg zur Sprache gekommen war.

ICH: In Nürnberg?

MITTENZWEY: Im Nürnberger Prozeß. Am 20. Juni. Klar? Horster hat mir erzählt, was dieser Wieland ihm und den anderen damals erzählte. Am 20. Juni 1946, da wurde in Nürnberg eine Denkschrift verlesen. Abgefaßt hatte die der Reichsminister Speer ... an Hitler geschrieben ... als Antwort auf den totalen Vernichtungsbefehl, den der gerade gegeben hatte ... Also in dieser Denkschrift ... also, da ist die Rede davon, daß wir den Krieg ohnehin verlieren werden ... und daß das stärkere Westvolk ... Quatsch! Das stärkere Ostvolk natürlich ... daß die Zukunft dem stärkeren Ostvolk ... und daß es daher besser ist ... nein, schlechter ist ... nein ...

ICH: Herr Mittenzwey!

MITTENZWEY: Ganz klar und deutlich hat der Horster zitiert. Zu blöd. Jetzt kriege ich es nicht zusammen. Ich muß noch was trinken.
ICH: Sie kriegen es nicht mehr zusammen, weil Sie schon zuviel getrunken haben.
MITTENZWEY: Das werden Sie gleich sehen, daß das nicht stimmt! Noch ein Glas, und...
ICH: Und Sie wissen überhaupt nichts mehr, ja. Warten Sie mal. Ich habe eine große politische Bibliothek. Exakt geordnet... alles ist exakt geordnet bei mir... ich stehe ja im Ruf eines manischen Pedanten... Die Nürnberger Protokolle sind längst veröffentlicht... ich besitze die Texte... Ich sehe mal nach... 20. Juni 1946, sagen Sie?
MITTENZWEY: 20. Juni 1946, ja.
ICH: Ich hole den Band. Gleich wieder da.
MITTENZWEY: Meinetwegen. Prost, Herr Fanzelau.
ICH: So. Da habe ich den Band. Zwanzigster Juni... zwanzigster Juni... *hier*! Am 20. Juni 1946 wurde in Nürnberg die Denkschrift des Reichsministers Speer verlesen.
MITTENZWEY: Was habe ich gesagt?
ICH: Diese Schrift stammt vom 29. März 1945... Speer beschwört Hitler, den sogenannten totalen Zerstörungsbefehl zurückzunehmen...
MITTENZWEY: Na ja doch, na ja doch! Aber ich bin besoffen, wie? Bloß weil mir momentan nicht der genaue Text einfällt! Diese Stelle mit dem stärkeren Ostvolk und so...
ICH: Da! Da ist die Stelle. Ich lese Sie Ihnen vor, und Sie sagen mir, ob es die richtige ist, ja?
MITTENZWEY: Bitte sehr.
ICH: Das steht also in dem sogenannten ›Beweisstück Speer 24‹ auf den Seiten drei und vier. Da schreibt Speer an Hitler: ›... Sie machten mir jedoch am Abend Ausführungen, aus denen – wenn ich Sie nicht mißverstanden habe – klar und eindeutig hervorging: Wenn der Krieg verlorengeht, wird auch das Volk verloren sein. Dieses Schicksal ist unabwendbar. Es sei nicht notwendig, auf die Grundlagen, die das Volk zu seinem primitivsten Weiterleben braucht, Rücksicht zu nehmen. Im Gegenteil sei es besser, selbst diese Dinge zu zerstören. Denn das Volk hätte sich als das schwächere erwiesen und dem stärkeren Ostvolk...‹
MITTENZWEY: Habe ich doch gesagt! Das ist die Stelle! Stärkeres Ostvolk!
ICH: › ... und dem stärkeren Ostvolk gehöre dann ausschließlich die Zukunft. Was nach dem Kampf übrig bliebe, seien ohnehin nur die

Minderwertigen. Denn die Guten seien gefallen. Nach diesen Worten war ich zutiefst erschüttert. Und als ich einen Tag später den Zerstörungsbefehl ...‹

MITTENZWEY: Das genügt. Mehr hat dieser Wieland damals vor Horster und seinen tapferen Kameraden auch nicht zitiert. Nur bis hierher.

ICH: Und dann?

MITTENZWEY: Und dann ... dann hat er, wie mir Horster erzählte, sinngemäß zu ihnen gesagt: ›Deutschland *hat* den Krieg verloren. Das Ostvolk *war* stärker. Jetzt *realistisch* denken, Freunde, *ganz realistisch*! Übrig bleiben nach dem Kampf werden nur die Minderwertigen, die Guten werden gefallen sein – goldene Worte eures geliebten Führers. Ihr, ihr seid nicht gefallen. Aber ihr seid zum Tode verurteilt. Und werdet es bald sein. Tot nämlich. Es sei denn – immer schön realistisch denken! –, ihr wollt jetzt mit dem stärkeren Ostvolk kämpfen. Dann gehört ihr *doch* zu den *Guten*! Und könnt eure Verbrechen sühnen. In einem neuen Kampf.‹

ICH: Neuem Kampf?

MITTENZWEY: Ich erzähle Ihnen, was der Horster mir erzählt hat. Der Frieden, hat dieser Wieland damals erklärt, sei trotz dem großen Sieg noch nicht gesichert. Weil es nämlich immer noch faschistische Verbrecher in Ostdeutschland gebe. Er hat gesagt, er hätte den Auftrag, eine Organisation aufzubauen, die diese letzten Gegner vernichtet. Er hat gesagt, wer von den SD-Herren ihm dabei helfen will, ist willkommen und wird nicht hingerichtet. Das nenne ich originell. Ist doch originell, nicht?

ICH: Natürlich wollten die Herren alle helfen.

MITTENZWEY: Na was denn! Mit ihnen – und mit vielen anderen SD-Leuten – baute der Wieland also seine Organisation auf. Sie haben ihr Bestes gegeben, die Herren. Sie haben den Gerichten ausgeliefert, sie haben unschädlich gemacht, wen Sie nur erwischen konnten. War ja schließlich ihr Handwerk, nicht? Vernichten. Säubern. Töten. Der Wieland ... der Wieland hätte keine besseren Mitarbeiter wählen können. Außerordentlich kluger Mann. Horster hat viele Jahre lang für ihn gearbeitet. Dann kam 1961. Die Mauer. Die ersten Tunnel. Da übertraf Wieland sich sozusagen selbst. Er setzte einen gewissen Olaf Martini in Aktion.

ICH: *Olaf Martini?*

MITTENZWEY: Den Namen hat mir Horster genannt. *Olaf Martini*! Und ich irre mich nicht, ich habe da nichts vergessen. Olaf Martini. Olaf Martini.

ICH: Wieland kannte Martini?

MITTENZWEY: *Kannte?* Die beiden waren gute alte Freunde. Den Martini, den hatten sie schon 1947 in den Westen gebracht ... Als Agenten. Na also. Ich habe ja gewußt, daß Sie noch etwas trinken werden ... langsam, langsam ... Sie werden noch mehr nötig haben ... Martini ist Chemiker ... arbeitet in einem Riesenbetrieb ... ist glänzend getarnt so ... und außerdem kann er noch Reisen in die ganze Welt unternehmen ... überallhin ... für diesen Riesenbetrieb ... Kontakte zu anderen Unternehmen ... Zusammenarbeit mit anderen Wissenschaftlern und so ... Was glauben Sie, wie viele von diesen Wissenschaftlern nur Wissenschaftler waren – und sonst nichts? Haha. Aber ich muß Ihnen ja berichten, was Horster erzählte: Also, in der Bundesrepublik gibt es zahlreiche Geheimdienste. Na, und einen von ihnen – er arbeitet für irgendeine hohe Stelle in Bonn – also diesen Geheimdienst baute der Martini auf. Angesehener Mann bei seinen Auftraggebern. Auftraggebern in Bonn meine ich. In Pankow sowieso. Der Martini war natürlich dauernd in Verbindung mit dem Wieland. 1961, nach der Mauer, ist er dann bei dieser Stelle in Bonn erschienen und hat erklärt, er weiß alles über das Treiben ehemaliger hoher SD-Leute in der DDR. Die Männer seien in der ganzen Zone eingesetzt, hat er gesagt. Wenn man sie nun umdrehte ... das ist so ein Fachausdruck ... und wenn man sie durch die Tunnel in den Westen bringt, dann könnte man mit ihrer Hilfe der verbotenen KP endgültig das Genick brechen. Und dem ganzen nonkonformistischen Pack von rosaroten bis dunkelroten Journalisten, Schriftstellern, Professoren und so weiter und so weiter endlich das Maul stopfen! Denn, hat der Martini in Bonn gesagt, die Kerle im Osten, die wüßten natürlich genau Bescheid über alles und jedes, was sich in der Bundesrepublik unter diesem Gesindel abspielt. Und über die Verbindungen all dieser Links-Intellektuellen zur DDR, zur sogenannten ... Na, in Bonn war man ganz begeistert! Der Martini bekam den Auftrag, diese ›Spezialisten‹ schnellstens herbeizuschaffen. Geld, sagte man ihm, spielt keine Rolle.

ICH: Das ist ja ...

MITTENZWEY: Trinken Sie lieber gleich noch einen. Jetzt wird's nämlich ganz heiter! Der Martini hatte also im Westen alles vorbereitet. Im Osten hatte der Wieland seine Recken versammelt und ihnen gesagt: ›Die Säuberung der DDR ist abgeschlossen. Nun werdet ihr in der Bundesrepublik arbeiten – gegen das ohnedies zum Untergang verurteilte schwächere Westvolk. Nach außen hin als Bekämpfer kommunistischer Umtriebe, in Wahrheit als Pioniere der Weltrevolution, als mutige Wegbereiter für den Sieg des Kommunismus in der Bundesrepublik, als Vernichter des da herrschenden Systems, als ...‹ und so weiter, und so weiter, blablabla! Jetzt gab es doch diese Tunnel, nicht? Na, da kam man ganz leicht als politischer Flüchtling rüber. Und drüben, hat der Wieland den Brüdern gesagt, gibt es Geld, viel, viel Geld. Er hat Horster und den anderen Kerlen eine Über-Dolce-Vita ausgemalt... ihnen erzählt vom Luxus und vom Wohlstand und vom Überfluß und vom Fräuleinwunder in der dekadenten Bundesrepublik... An all diesen Herrlichkeiten sollten die Brüder noch profitieren, während sie das Land reif für den Untergang machten... Prima Köpfchen, der Wieland, was?

ICH: Und die Männer kamen durch die Tunnel?

MITTENZWEY: *Kamen?* Sind längst da! Längst am Werk!

ICH: Und ich brachte sie herüber...

MITTENZWEY: Ha. Hahaha! Sie, ja, Sie! Der Martini hat eigens Sie ausgesucht dafür. Er wußte alles über Sie... als Sie sich so zufällig begegneten... über Ihre Ängste... Ihre Einsamkeit... Ihre Behandlung durch den Doktor Landon.

ICH: Woher kennen Sie diesen Namen?

MITTENZWEY: Na, Horster nannte ihn. Sie sehen, ich hatte recht: Noch etwas mehr Schnaps, und mein Gehirn funktioniert wieder.

ICH: Aber...

MITTENZWEY: Nein. Nein, Herr Fanzelau, da war der Horster ehrlich! Das war nun kein Trick mehr. Ich habe die Listen aufgehoben, die Sie mir gaben... die Listen bekamen Sie doch von Martini, nicht?

ICH: Ja...

MITTENZWEY: Klar. Und auf der Liste für den Tunnel, den ich Anfang 1963 gebuddelt habe, steht der Name drauf: *Erwin Horster!* Da kam er rüber. Mit SD-Kollegen. Er hat mir auch die Namen von den Kollegen genannt – die Namen, mit denen sie rüberkamen, *neue* Namen natürlich... denn jeder hatte von dem Wieland einen neuen Namen gekriegt, bevor er loszog... und neue Dokumente... und neue Vergangenheiten... herrliche Vergangenheiten... konstruiert natürlich, aber bis ins Detail! Eine verfolgte Unschuld nach der anderen kam da rüber... Dem Verfassungsschutz fiel bei den Vernehmungen im Lager Marienfelde nie etwas auf... nie... *in keinem einzigen Fall*! Toll, was? Das nenne ich Maßarbeit... Der Martini, der wurde immer größer, immer geachteter... Was für Genies lieferte er doch der Bundesrepublik in ihrem Kampf gegen den Kommunismus! Diese Genies ließen zunächst westdeutsche Genossen hochgehen...

ICH: *Eigene Leute?*

MITTENZWEY: Na klar doch! Erstaunt Sie das? Machte der große Stalin was anderes bei seinen Säuberungen? Als er älteste und bewährteste Mitkämpfer umbrachte? Ist das nicht längst eine liebgewordene Methode geworden? Bedenken Sie: Martinis Genies mußten sich doch zuerst *Ansehen* verschaffen – he? Und das haben sie getan ... Waren lauter alte, idealistische Genossen, die sie hochgehen ließen ... Wurden zu hohen Zuchthausstrafen verurteilt, alle diese anständigen Genossen ... Bonn war außer sich vor Entzükken! Und die Genies vom seligen SD können jetzt in aller Ruhe ihrer *wahren Aufgabe* nachgehen ...

ICH: Ihrer wahren Aufgabe?

MITTENZWEY: Sie erpressen oder korrumpieren Politiker ... Publizisten ... Wirtschaftler ... was Sie wollen, lieber Herr Fanzelau ... und zwar entweder mit Belastungsmaterial, das gegen diese Leute im Osten liegt, oder mit Geld ...

ICH: ... das sie ja in so reichem Maß vom Westen erhalten ...

MITTENZWEY: Mit dem Geld der Freien Welt, hihihi ... Jeder weiß, daß es in der Bundesrepublik viele, viele Männer in Schlüsselpositionen gibt, die Dreck am Stecken haben ... Ist eben nie reiner Tisch gemacht worden nach fünfundvierzig ... ein Fressen für die SD-Brüder! Die kennen ihre Kunden, die wissen Bescheid über die, wo die auch sitzen ... es sind ihresgleichen ... Jetzt werden sie gezwungen, genau wie die Erpresser zu handeln: Gegen die Bundesrepublik! Da gibt es so viele Möglichkeiten ... Man kann realistische Pläne oder vernünftige Absichten von Vorgesetzten kaputtmachen ... Man kann dafür sorgen, daß sich Politiker untereinander befehden, daß die Regierung immer schwächer und schwächer wird ... daß sie falsche Entscheidungen trifft ... oder gar keine ... daß das Ansehen der Bundesrepublik tiefer und tiefer sinkt in der Welt ... Wie denkt Amerika heute über uns? Und England? Und Frankreich? Wie sieht unsere Innenpolitik aus? Unsere Außenpolitik? Unsere Justiz? Unser Schulwesen? ... Vor diesem ganzen Schlamassel resignieren die anständigen Leute im Land ... und das gehört natürlich auch zum Plan des Herrn Wieland ... Unbeliebt, verhaßt und lächerlich muß die Bundesrepublik in der Welt werden, mehr und mehr ... und sie wird es! Denn was tut denn dieser Staat gegen das Gebrüll der Rechtsradikalen, der Revanchisten, der Berufsflüchtlinge?

ICH: Nichts ...

MITTENZWEY: Nichts! Nichts! Nichts! Und da wundert man sich, wenn der Osten behauptet, die Bundesrepublik sei ein einziges braunes Drecknest, ein kriegslüsternes Ungeheuer, das alle Völker fürchten müssen, weil diese Bundesrepublik unbedingt, unbedingt einen dritten Weltkrieg, den *Atomkrieg* haben will?

ICH: Die indirekte Methode...

MITTENZWEY: ... war immer die wirkungsvollste! Sehen Sie doch! Diese SD-Schweine... sie werden geehrt in der Bundesrepublik, werden bezahlt, durch die Tunnel herübergeholt...

ICH: Unter meiner Leitung...

MITTENZWEY: Unter Ihrer Leitung, ja! Ist das nicht wahnsinnig komisch? Ist das nicht...

ICH: Hören Sie auf. Mir... mir...

MITTENZWEY: Los, trinken Sie... mehr... noch mehr!... Geht's wieder?

ICH: Was habe ich getan? Was habe ich getan?

MITTENZWEY: Was haben wir *beide* getan, Herr Fanzelau? Ich sage Ihnen: Politik, das ist die gemeinste und dreckigste Sache von der Welt. Wer sich da einmischt...

ICH: Sie selber taten es. Ihre Frau tat es.

MITTENZWEY: Ja, und was ist mit ihr geschehen?

ICH: Ein gräßlicher, sinnloser Zufall.

MITTENZWEY: Ah nein, nein, nein... das war kein sinnloser Zufall... das war die Strafe Gottes!

ICH: Sie sind betrunken.

MITTENZWEY: Ja. Und ich werd's bleiben. Ich habe Barbara verloren... damit bin ich selber verloren... Hören Sie auf diesen Horster, Herr Fanzelau: Ziehen Sie sich zurück, völlig zurück aus der Geschichte...

ICH: Zurückziehen? Ich muß zur Polizei... die Behörden... das ist so ungeheuerlich...

MITTENZWEY: ... daß Sie nichts dagegen tun können. Überhaupt nichts. Sehen Sie es doch ein! Nur so haben Sie noch eine Chance, weiterzuleben.

ICH: Weiterzuleben...

MITTENZWEY: Immer noch besser, als zu sterben.

ICH: Ja? Ist es besser?

MITTENZWEY: Blech! Das elendeste Leben ist schöner als der schönste Tod... Man gewöhnt sich... gewöhnt sich an alles... Schauen Sie mich an... mein Leben ist verpfuscht, aber ich habe meine Lektion gelernt... wenn ich dieses Haus verlasse, weiß *ich* nichts mehr von der ganzen Geschichte! Die Listen habe ich schon verbrannt... Zeugen bei unserem Gespräch gab es nicht... Ich weiß nichts... ich werde nie etwas wissen... ich werde mich totsaufen, sicher... aber nicht *gleich*! Für eine Weile Leben reicht's noch!

ICH: Wieso ... wieso ...
MITTENZWEY: Wieso was?
ICH: Wieso erzählte Horster das alles erst jetzt?
MITTENZWEY: Weil Sie eben erst jetzt angefangen haben, Martini zu verdächtigen, ihm nachzuspionieren ... Das hat Horster gerade erfahren ... Die Welt ist ein Schweinestall ... Sie müssen sich abfinden damit.
ICH: Das kann ich nicht.
MITTENZWEY: Aber ja doch. Wird schon gehen! Ist ja auch schon alles vorüber.
ICH: *Was?*
MITTENZWEY: Die ganze Aktion. Alle Männer, die Wieland im Westen haben wollte, sind schon im Westen ... Wieland und Martini ... das ist vielleicht ein Team! Hut ab! Sehen Sie: Der Martini, der wußte natürlich, daß Sie unruhig und mißtrauisch werden, wenn er Ihnen keine neuen Listen mehr gibt ... Er wußte, Sie werden Nachforschungen anstellen ... Das ging natürlich nicht ... und so gab Wieland Auftrag, durch den Tunnel unter der Hasenauerstraße diesen Bruno Knolle herüberzuschicken ... damals, am 13. August ... Der Knolle, der sollte Sie entführen ... bevor Sie hier zuviel Tamtam machen konnten ... Man hätte sie auch in Westberlin ermorden können ... aber das wäre zu riskant gewesen ... Hätte Untersuchungen zur Folge gehabt ... nein, nein. Entführung war sicherer. Das erklärte der Martini dem Horster ... Sie bekamen Krach miteinander ... denn der Horster, der hat Sie doch gern, nicht? Aber er wußte, was ihm nun, nach dem Krach mit Martini, über kurz oder lang blühen würde. Und deshalb nahm er Verbindung zur ›Spinne‹ auf ...
ICH: Zu wem?
MITTENZWEY: Zur ›Spinne‹ ... das ist ein Verein im Westen, der bringt seit Jahren Nazis aus Europa raus – meistens nach Südamerika ... hat überall Filialen, Agenten, Sender, Privatflugzeuge ... in Mailand sogar eine Klinik für kosmetische Gesichtsoperationen ... beschäftigt erste Fälscher, erste Chirurgen ... Die Zentrale liegt in Malmö ...
ICH: Und wo kommt das Geld her?
MITTENZWEY: Von Gönnern, hat mir Horster gesagt. Spanischen Gönnern, südamerikanischen Gönnern ... Ja, der Herr Horster ... jetzt ist er schon nicht mehr in Deutschland ... wahrscheinlich schon nicht mehr in Europa ... die Warnung war eine letzte gute Tat vor dem Verschwinden.
ICH: Eine gute Tat ...

MITTENZWEY: Was wollen Sie? Mörder mit Herz. Kennen wir doch! Denken Sie an die SD-Leute in Rußland ... Rilke und Stefan George haben die gelesen ... und zwischen zwei Sonetten ein paar Säuglingen die Schädel an Baunmstämmen zerschmettert ... Und zu Weihnachten standen sie mit feuchten Augen um den Lichterbaum und sangen ›Stille Nacht‹ ... und gingen schnell zwischendurch mal raus in die Heilige Nacht, um Gefangene zu erschießen oder Juden oder Geiseln ...

ICH: Hören Sie auf! *Bitte*, hören Sie auf!

MITTENZWEY: Ich bin gleich fertig ... ich habe dem Horster versprochen, Ihnen alles zu erzählen, damit Sie zur Besinnung kommen.

ICH: Was gibt es *noch*?

MITTENZWEY: Ihre Entführung mißglückte ... das war eine böse Panne ... Wieland mußte versuchen, das Beste daraus zu machen. So schickte er diesen Kommissar Bräsig rüber ... wußte natürlich, daß auch der nichts mehr retten konnte ... Der Bräsig war, wie auch der Kornmann und alle anderen in der Warschauer Straße, nicht eingeweiht in diesen ... diesen SD-Männer-Transfer ... Der hatte nur den Auftrag, Ihre Entführung zu bewerkstelligen ... Irgendwann muß dem Bräsig dabei der Verdacht gekommen sein, daß der Wieland ein dreckiges Spiel spielte ...

ICH: Woher wissen Sie das? Woher weiß Horster das?

MITTENZWEY: Er weiß es nicht, er vermutet es ... spricht sehr viel dafür ... Denn fest steht doch, daß der Wieland den Bräsig ins Feuer geschickt und ihn genauso verheizt hat wie den Kornmann und den Rettich! Jetzt kann er drüben sagen: Mein Spiel ist aufgegangen ... ! Das kann er natürlich nur, wenn Sie schweigen. Wenn Sie nicht schweigen wollen, wird er dafür sorgen, *daß* Sie es tun ... Der Martini wird dafür sorgen in Wielands Auftrag ... und es wird ihm gelingen! Da gibt es keinen Zweifel! Das hat mir der Horster gesagt, und der muß es schließlich wissen. *Ich*, ich glaube dem Horster. Ich schweige von jetzt an. Glauben Sie dem Horster auch – bitte, Herr Fanzelau! Und schweigen auch Sie. *Bitte, bitte, schweigen Sie!*

Das ist das Ende der Tonbandaufzeichnung meines Gespräches mit Herrn Mittenzwey.

Mein Gast verließ mich bald.

Allein geblieben, tippte ich diese Seiten voll.

Am Nachmittag brachte ich das Tonband zur Bank.

Ich kann nicht schweigen.

Ich kann nicht weiter leben.

Ich kann nur noch eines: Anzeige erstatten.
Hier liegt sie vor.

Otto Fanzelau

13

Mindestens zehn Minuten sitzt Philipp Landon reglos an Fanzelaus Bett, nachdem er zu Ende gelesen hat.
Umsonst, denkt er, umsonst, alles umsonst. Wenn man den alten Herrn hier noch einmal auf die Beine bringt, dann nur auf die Beine. Sein Kopf wird wohl nie mehr klar zu denken vermögen. Er wird vermutlich den Rest seines Daseins in jener anderen Welt verbringen, der Welt nebenan.
Schwerfällig steht Landon auf und verläßt das Krankenzimmer, das Krankenhaus. Er fährt ins Polizeipräsidium und übergibt Fanzelaus ›Anzeige‹ dem Kriminalrat Prangel. Der verständigt sofort Mr. A. C. Snowden vom CIC, dieser wiederum Heinz Schuckert vom Bundesverfassungsschutz.
Schuckert verhört Dr. Landon. Er fährt mit ihm zum Bankhaus Fanzelau. Landon erhält das Tonband und übergibt es Schuckert. Die ›Anzeige‹ hat bei deutschen und amerikanischen Abwehrleuten wie eine Bombe eingeschlagen. Hektische, panische Aktivität bricht aus. Dr. Landon darf endlich gehen. Man wird ihn wieder rufen, wenn man ihn benötigt.
Fanzelaus Selbstmordversuch läßt sich nicht verheimlichen. Bald wird Wieland von ihm erfahren. Daß Horster verschwunden ist, weiß er ohne Zweifel schon von Martini. Unschwer kann Wieland sich aus Einzelinformationen ein richtiges Gesamtbild dessen machen, was geschehen ist. Wie wird er reagieren? Er hat doch auch für das CIC ein West-Agentennetz in der Zone aufgebaut! Alle Mitglieder dieses Netzes befinden sich in höchster Gefahr, nun, da feststeht, daß Wieland das CIC von Anbeginn irreführte und immer nur ein Ost-Agent war und blieb.
Dr. Philipp Landon fühlt sich schwer bedrückt und elend an diesem Tag. Er hält sich lange in der Psychiatrischen Universitätsklinik auf – als hätte er Angst, in seine Praxis zurückzukehren.
Erst gegen 17 Uhr trifft er da ein.
Schwester Hilde empfängt ihn vorwurfsvoll.
»Wo waren Sie bloß, Doktor? Das Wartezimmer ist voller Patienten. Manche warten seit Stunden!«
Landon geht in das Sprechzimmer, setzt sich hinter den Schreibtisch und stützt den Kopf in beide Hände.

»Ist Ihnen nicht gut?« fragt Schwester Hilde.
Landon hebt den Kopf.
»Alles in Ordnung, meine Liebe. Wollen Sie bitte den ersten Patienten hereinführen?« sagt er. Seine Stimme ist vollkommen klanglos.

14

Zur gleichen Zeit hört der junge CIC-Agent Jack Campbell, den sein Vorgesetzter rufen ließ, auf dem Wege zu Mr. A. C. Snowdens Privatzimmer die brüllende Stimme des Joseph Goebbels: *»Ich frage euch: Wollt ihr den totalen Krieg?«*
Campbell, die Pfeife in der Hand, bleibt stehen.
Aus Snowdens Zimmer ertönt das tobende Geheul einer fanatisierten Menge: *»Ja! Ja! Ja!«*
Campbell steckt seine Pfeife in den Mund und den Tabak in Brand, während er Goebbels kreischen hört: *»Wollt ihr ihn, wenn nötig, totaler und radikaler haben, als wir ihn uns heute überhaupt erst vorstellen können?«*
Noch rasender klingt das Antwortgeheul: *»Ja! Ja! Ja!«*
Die Stimme des Joseph Goebbels überschlägt sich: *»Und darum lautet von jetzt an die Parole: Nun, Volk; steh auf, und, Sturm, brich los!«*
Der Begeisterungsschrei, der folgt, dröhnt durch die Halle der CIC-Villa.
Campbell klopft an Snowdens Tür.
»Come in!« ruft sein Chef. Die folgende Unterhaltung wird in englischer Sprache geführt.
Campbell sieht Snowden, in Hemd und Hose, vor einem tragbaren Plattenspieler sitzen, der auf dem Boden steht. Eine Langspielplatte kreist. Snowden stellt den Apparat ab und blickt Campbell an.
»Hey Jack, da sind Sie ja. Nehmen Sie Platz.«
»Danke, Sir.« Campbell setzt sich auf einen harten Stuhl an einem Tisch, dessen Platte eine kleine Spitzendecke trägt. Er ist unruhig. Er hat Snowden den ganzen Tag lang nicht gesehen. Sein Chef arbeitete ununterbrochen, in der Villa und in der Stadt. Erst vor einer halben Stunde kam er zurück.
Campbell weiß natürlich, was Snowden so beschäftigt hielt. Daß sein Chef viele andere Agenten an diesem Tag der Alarmstufe I einsetzte, aber just ihn nicht, erschien dem jungen Mann gleich als böses Zeichen. Natürlich weiß Snowden – *muß* Snowden wissen,

wie er Bruno Knolle zu helfen versucht hat. Campbell denkt: Bis jetzt hatte Snowden zu tun, nun kommt die Auseinandersetzung.
Sie scheint nicht zu kommen.
Snowden entzündet eine mächtige ›Henry Clay‹, bläst eine Wolke blauen Zigarrenrauch aus und holt einen Aschenbecher herbei, der auf dem Nachttisch des spartanisch eingerichteten Zimmers steht, neben einem Feldbett. Es gibt noch ein Spind, sehr viele Zeitungen und Magazine, deutsche und amerikanische, einen Radioapparat, ein paar Stühle. Und den Plattenspieler. Nervös liest Campbell, was auf dem Etikett der Platte steht, die eben lief:

ATHENEA

DEUTSCHLAND IM ZWEITEN WELTKRIEG

SEITE 4

Snowden kommt zum Tisch zurück und setzt sich.
Campbell hebt den Blick.
Was ist mit dem Alten los? denkt er. Warum beginnt er nicht endlich zu toben? Warum, im Gegenteil, lächelt er plötzlich so väterlich?
Snowden weist mit dem Kinn, während er spricht: »Diese Firma Athenea hat zwei Langspielplatten produziert. Mit Auszügen aus Reden von Top-Nazis zwischen 1939 und 1945. Was Sie eben hörten, leistete sich Goebbels am 18. Februar 1943 im Berliner Sportpalast.« Tiefer Zug aus der Zigarre. »Ich spielte mir das Ding da vor, seit ich zurück bin. Lenkt mich ab. Auch eine Art der Entspannung, wie, Jack?« Er verzieht kurz den Mund. »Ja! Ja! Ja! Sie wollten ihn, den totalen Krieg! Wenn nötig, totaler und radikaler, als sie ihn sich überhaupt erst vorstellen konnten. Well, sie haben ihn ja auch bekommen. Aber«, fährt Snowden fort, nachdem er wieder an der Zigarre gezogen hat, »der Krieg war für sie nicht zu Ende, als sie ihn verloren hatten. Er wurde immer totaler, immer radikaler. Wurde *der Krieg im Dunkeln.*« Snowden seufzt. »Ein Volk ist das, ein Volk! Wir hatten da doch diesen kleinen Flüchtling mit der gelähmten Schildkröte...«
»Ja, Sir.«
»Sie erzählten mir die Geschichte, weil sie Ihnen solchen Eindruck machte. Mir... mir hat sie auch Eindruck gemacht. Die Mutter der Schildkröte besaß zwei Köpfe, nicht wahr?«
»Ja. Und als das Tier Junge bekam, begannen die Köpfe miteinander um diese Jungen zu kämpfen, begannen die Köpfe, einander zu hassen. So sehr zu hassen, daß sie im Kampf miteinander alle Jungen durch die Wucht ihres gemeinsamen Leibes, der in Krämpfen hin und her geschleudert wurde, erschlugen. Alle bis auf jenes eine,

das der kleine Flüchtling besitzt. Jürgen Machon heißt er. Happy nennt er seine Schildkröte. Auch sie bekam einen solchen Tritt von der doppelköpfigen Mutter, daß sie völlig gelähmt ist.«
»Und dann, zuletzt, biß einer der Köpfe den anderen ab ...«
»Ja, Sir. Die Mutter starb daraufhin natürlich. Denn mit einem Kopf konnte sie nicht leben.«
»Mit einem Kopf konnte sie nicht leben«, wiederholt Snowden.
Campbell starrt seinen Chef, den er stets nur zynisch, blasiert, überlegen und menschenverachtend gekannt hat, fasziniert an. Snowden ist völlig verändert. Rauchwolke um Rauchwolke bläst er aus. Ein Muskel zuckt an seinem Hals, die Hände zittern. Vor Erschöpfung? Unterdrückter Erregung?
»Warum sehen Sie mich so an?«
Campbell schüttelt verlegen den Kopf und beschäftigt sich mit seiner Pfeife.
»Ach so!« Snowden nickt. »Natürlich! Sie dachten, ich ließe Sie kommen, um Sie anzupfeifen. Wegen der Hilfe, die Sie diesem Bruno Knolle gewährten, wegen des Schwindels mit den angeblichen nächtlichen Aufträgen! Das weiß ich doch schon lange!«
»Schon lange?«
»Denken Sie, Sie werden nicht überwacht? Jeder von uns wird es. Auch ich. Sie haben einen Narren an diesem Knolle gefressen. Na schön. Ein armes Schwein mit seinen beiden Weibern. Ich hätte ihm wie Sie ... oder ähnlich ... zu helfen versucht.«
»Sie hätten ...«
»Aber das ist ja nun alles schiefgegangen, nicht wahr.«
»Gründlich ...« Campbell beißt sich auf die Lippe. »Ich ... ich ...«
»Ja?«
»Ich verstehe das nicht, Sir. Wenn Sie es schon so lange wußten, warum haben Sie mich nicht früher zur Rede gestellt?«
Snowden antwortet: »Dafür gibt es zwei Gründe. Der erste: Mir hing das alles hier schon lange zum Hals heraus. Meilenweit! Es war mir egal, was Sie taten. Es war mir egal, was geschah. Es ist mir, ganz allgemein, egal, was *noch* geschehen wird. Egal?« Snowden überlegt. »Nein«, korrigiert er sich, *»es kotzt mich an,* Jack!«
Campbell legt die Pfeife fort.
Snowden – das war für ihn stets nur eine Gehirnmaschine, kein Mensch. Hat er sich geirrt?
»Ich habe Sie gern. Das ist der zweite Grund, warum ich Sie nicht früher wegen dieses Knolle zur Rede stellte. Ja, ich habe Sie gern. Sie merkten es nie. Sie konnten es nie merken. Ich betrug mich stets reichlich ruppig gegen Sie. Das ist ... ist meine Art. Aber nun,

heute, mußte ich etwas für Sie tun... habe ich etwas für Sie getan...«

»Was?«

»Sie rausgehalten aus diesem Riesenschlamassel zunächst«, antwortet Snowden, »und dann habe ich Bayreuth mitgeteilt, daß ich Sie in Anbetracht der jüngsten Ereignisse als schweres Sicherheits-Risiko ansehen muß.«

»Schweres Sicherheits-Risiko?« Campbell fährt erschrocken zusammen.

»Mit den berühmten ungefährlichen Erklärungen dafür, natürlich. Sie sind im Fall Knolle emotionell und dazu *generell psychisch erschöpft.* Also gerade momentan *absolut untragbar.* Kann *überhaupt* nichts passieren, Jack! Ich brauchte gar nicht weiter zu sprechen. Man ruft Sie sofort ab, entläßt Sie sofort, *in Ehren,* versteht sich, aus dem CIC...«

Campbell findet keine Worte.

»... und ich nehme an«, schließt sein Chef, »daß ich Ihnen damit den größten Dienst erwiesen habe, den Ihnen irgend jemand erweisen konnte.«

»Sir... ich...«

»Sie *wollen* doch raus aus dem Verein... oder?«

»Ja, das will ich.«

»Nun, dann los! Ami, go home! Sie dürfen nicht beim CIC bleiben. Schreiben Sie Bücher, tun Sie irgend etwas, zu Hause, in den Staaten... nur nichts, was mit Geheimdiensten zusammenhängt...«

Snowden, der Mann, dem die Frauen sein Leben lang nachlaufen, sieht heute verfallen, kraftlos, beinahe greisenhaft aus.

»Ich verschwinde hier übrigens auch, Jack.«

»Bitte?«

Snowden lächelt mit schiefem Mund. »Ich habe Bayreuth gebeten, einen Mann herzuschicken, der mich ablöst. Dabei kam mir ein glücklicher Zufall zustatten. Bei früherer Gelegenheit hatte ich einen scharfen Zusammenstoß mit jenem Geheimdienst des Herrn Martini. Das CIC muß dieser dreckigen SD-Männer-Affäre nun doch nachgehen, nicht wahr? Dabei wird es unvermeidlich sein, sich für Herrn Martinis Dienst und seine Arbeitsmethoden zu interessieren. *Ich* darf so etwas nicht mehr tun. Schon anläßlich eines ersten Versuchs, an die Brüder heranzukommen, gab es in Bonn Ärger.« Snowden reibt sich die Hände. »Glück muß der Mensch haben! Und intelligente, um das deutsch-amerikanische Verhältnis besorgte Vorgesetzte!«

Campbell begreift nichts mehr.

»Aber ... aber jetzt ist doch alles anders!«
»Was ist anders?«
»Jetzt gibt es doch Fanzelaus Anzeige, das Tonband mit Mittenzweys Erzählungen, Mittenzwey selber ... Jetzt geht dieser Martini doch hoch, ohne daß Sie auch nur einen Finger rühren müssen!«
»Ha!« Snowden neigt sich vor. »Wissen Sie, was bei unserer ganzen Schufterei heute herauskam? *Nichts!* Es ist die reinste Groteske. Das Tonband, das Fanzelau in seiner Bank verwahrte, bleibt stumm, wenn man es abspielt.«
»Wie gibt es das?«
»Der alte Herr war entschlossen, sich das Leben zu nehmen. Tippte das Band in höchster Erregung ab. Ließ es – Schuckerts Techniker haben das inzwischen festgestellt – bei eingeschaltetem Mikro zurücklaufen ... und *löschte* damit die ganze Aufnahme.«
»Holy Moses!«
Snowden lacht heiser. »Das ist die eine Möglichkeit. Es gibt noch eine andere. Fanzelau gab dem Ersten Direktor seiner Bank, einem Herrn Hubert Warhake, das Tonband zur Aufbewahrung. Was wissen wir über Herrn Hubert Warhake? Nichts. Vielleicht hat er einen kleinen Wink bekommen, das Band zu löschen ...«
»Warhake?«
»Was wissen wir, wie weit Martinis Verbindungen reichen?«
»Sie können sich wirklich vorstellen ...«, beginnt Campbell erschüttert.
»Ich kann mir alles vorstellen, Jack«, antwortet Snowden und verzieht den Mund.
»Aber ... aber da ist doch noch die Niederschrift! Da ist doch noch Mittenzwey ...«
»Mittenzwey haben wir verhört. War recht schwierig, ihn zu verhören, denn er war ziemlich besoffen, als wir ihn endlich fanden. Er erklärt, Fanzelau besucht zu haben, um ihm von einem neuen Tunnelprojekt zu berichten. Von nichts sonst. Kein Wort von Horster, kein Wort von der SD-Männer-Affäre. Davon hat Herr Mittenzwey keine Ahnung. Sagt er. Wird er immer wieder sagen. Sagt er.«
»Konnte man ihn nicht mit dem Tonband bluffen? Er wußte ja nichts von ihm!«
»Ja, daran dachte ich sofort. Ich wollte ihm erklären, wir hätten seine Stimme auf Band – er *könne* uns nicht belügen!«
»Und?«
»Nichts. Sie wissen, wie schlau Betrunkene manchmal sind ... und wie idiotisch Leute aus unserer Branche. Einer von Schuckerts Leuten verquatschte sich, bevor ich bluffen konnte. Mittenzwey begriff

blitzschnell, daß es zwar ein Band gab ... aber ein *gelöschtes*! Danach hatte ich keine Chance mehr.«

»Aber die Abschrift seines Gespräches ...«

»Wir lasen sie ihm vor. ›Schrecklich‹, sagte er, ›der arme Herr Fanzelau! Muß schon völlig verwirrt gewesen sein, als ich ihn besuchte. Na ja, gleich darauf versuchte er ja auch, sich umzubringen. Traurig, traurig!‹ Wenn Mittenzwey bei dieser Haltung bleibt, dann ist die Anzeige allein, ohne Tonband, nicht das geringste wert. Nicht das allergeringste.«

»Und Fanzelau selber? Sobald der wieder reden kann ...«

»Das wird der lange Zeit nicht können, sagte mir Doktor Landon. Möglicherweise nie mehr. Wollen Sie Herrn Martini oder Herrn Wieland mit dem Gestammel eines Geistesgestörten erschrecken? Nein, nein, da ist nichts zu machen, und Wieland weiß das längst. So schlau ist er, daß er sogar unser West-Agentennetz in der Zone vollkommen in Ruhe läßt! Käme es drüben jetzt zu Verhaftungen, dann hätten wir vor Bonn wenigstens einen, wenn auch nur schwachen, indirekten Beweis für die Berechtigung der Anzeige. Aber Wieland bleibt völlig ruhig. Und so besitze ich nichts, aber auch *gar nichts*, was ich gegen Martini vorbringen könnte. Und Wieland hat unsere Leute drüben nach wie vor in der Hand. Er kann sie vernichten, wann er will. Er kann uns mit dieser Vernichtung erpressen, wann er will. Wobei ich, nebenbei gesagt, überzeugt bin, daß alles, was er uns in den letzten Jahren berichtet hat, nicht stimmt.«

»Das ist ja ...«

»Zum Kotzen ist es, Jack, wie ich schon bemerkte!« Snowden verschluckt Rauch und hustet. »Ich habe nicht die kleinste Chance in Bonn. Martinis Geheimdienst arbeitet doch wundervoll. Immer neue Kommunisten macht er unschädlich. Und da soll jetzt ich hingehen und eine absolut phantastisch klingende Geschichte erzählen, in der ich nichts, nichts, nichts beweisen kann? Es war einmal eine Schildkröte, die hatte zwei Köpfe ...« Snowden richtet sich auf.

»Aus. Schluß. Und was bin ich froh darüber. Jack! Mein Ersatzmann kommt bereits morgen früh. Hugh Bentley heißt er. Hervorragender Mann. Kenne ihn aus Japan. Vielleicht fällt ihm noch etwas ein. Ich habe versprochen, so lange in Berlin zu bleiben, bis Bentley mit der gesamten Materie vertraut ist, also vielleicht zwei Wochen. Aber schon in den zwei Wochen führt Bentley die Untersuchung. *Ich treffe keine Entscheidungen mehr in dieser Sache.* Dem CIC stehe ich weiter zur Verfügung. Man wird mich anderswo einsetzen. In Europa. Im Fernen Osten. In Afrika. In Lateinamerika. Nur in Deutschland geht es eben nicht mehr. Leider, leider!«

»Aber Sie arbeiten weiter, Sir?«
Snowden erhebt sich und geht im Zimmer auf und ab.
»Sie sind jung, Jack. Sie haben das Leben vor sich. Ich werde alt. Seit zwanzig Jahren bin ich Agent. Es fällt mir nichts ein, was ich nun noch werden könnte. Einmal war ich Anwalt. Damit ist es natürlich vorbei. Aber noch eine kurze Zeit Service, dann werde ich ... auch in Ehren, versteht sich ... entlassen, erhalte eine Pension, kann mir irgendwo daheim ein Häuschen auf dem Lande kaufen. Golf spielen, jagen ... und versuchen, zu vergessen.«
»Was vergessen?«
»Alles, Jack. Ich dachte immer, ich dürfte es nie vergessen, weil alles so erregend, so interessant war. Nun habe ich meine Ansicht geändert. Nun will ich vergessen. *Bald!*« Snowden kommt zum Tisch zurück. »So. Und nun sagen Sie mir ein kräftiges Dankeschön dafür, daß ich sie erlöst habe von Ihrer Drecksarbeit. Das habe ich doch, eh?«
Jack Campbell denkt an seinen Roman, an die Staaten, an ein ziviles Leben. Jack Campbell antwortet: »Ja, Sir, das haben Sie. Ich danke Ihnen.«
»Ihre Maschine startet in zwei Stunden. Sie haben sie zu benützen. Das ist ein *Befehl*, Mr. Campbell!« Snowden zwinkert.
»Yes, Sir«, antwortet Campbell und zwinkert gleichfalls.
»Sie fliegen nach Frankfurt und melden sich beim Hauptquartier. Die üblichen Formalitäten. Verhöre. Entlassungspapiere. Wenn Sie Glück haben, sind Sie in drei Tagen daheim.«
In drei Tagen!
Eine Welle wunderbarer Wärme durchflutet Campbell.
»Danke, Sir. Ich danke Ihnen«, wiederholt er.
»Okay, okay. Sie schreiben mir, ja? Zuerst nach Berlin. Dann erfahren Sie, wohin man mich versetzt hat. Ich möchte nicht, daß der Kontakt zwischen uns abreißt, Jack. In ein paar Jahren sind Sie vielleicht ein berühmter Autor. Und ich, wenn ich es erlebe, ein müder Pensionist.«
»Ich werde Ihnen oft schreiben«, verspricht Campbell.
Snowden lacht.
»Na, hatte ich nicht recht mit meinem sturen Beharren darauf, daß hinter dieser Entführungsgeschichte mehr, viel mehr steckte? Es steckte viel mehr dahinter, wenn auch etwas ganz anderes, als ich dachte.«
Jäh wird Campbell ernst.
»Und Herr Knolle?« In seiner Euphorie hatte er diesen ganz vergessen. »Was wird aus dem?«
Ja, was wird aus dem? denkt Snowden.

Er schweigt zwei Sekunden. Nur zwei Sekunden. Man kann so viel überlegen in zwei Sekunden.
Mr. A. C. Snowden überlegt dies: Keine Ahnung, was aus Bruno Knolle werden wird. Ein glücklicher Mensch? Dazu ist hier alles viel zu verworren, dazu fehlen alle Voraussetzungen. Aber, verflucht, was geht mich Bruno Knolle an? Soll ich um ihn weinen? Ein Deutscher ist er. Kein schlechter vielleicht. *Vielleicht.* Auf jeden Fall kein Amerikaner wie Jack Campbell. Vor zwanzig Jahren haben wir noch Krieg geführt mit Deutschland. Hunderttausende von jungen Amerikanern wie Jack Campbell sind verreckt in diesem Krieg gegen die Deutschen.
Die Deutschen!
Sollen sie doch im eigenen Saft schmoren – alle miteinander. Ich will, daß Campbell nichts geschieht, daß er hier verschwindet, gleich. Ich habe alles vorbereitet. Campbells Zukunft liegt mir am Herzen – die Knolles ist mir gleich. Wenn ich das laut sage, fliegt Campbell nicht los, wird er Einwände vorbringen, sich unglücklich machen. Ich darf es nicht sagen. Im Gegenteil! Etwas anderes muß ich sagen, etwas ganz anderes ...
Solches denkt Mr. A. C. Snowden in jenen zwei Sekunden. Er will Gutes tun, uneigennützig Gutes. Er hat sich sehr verändert. Heute. Er ist noch unsicher auf diesem neuen Gebiet des Uneigennützig-Gutes-Tuns. Wäre er sicherer, würde er vielleicht wissen, was nötig ist, um nicht nur Campbell, sondern gleichzeitig auch Bruno zu helfen. Er weiß es nicht. Oh, Gutes tun ist eine Kunst, die gelernt sein will! In einem Jahr – vielleicht – wird Snowden sie perfekt beherrschen. Im Moment ist er noch ein Abc-Schüler.
Für eine gute Sache lügt es sich leichter als für eine schlechte, wenn man kein schlechter Mensch ist. Mr. Snowden lügt leicht, überzeugend, heiter: »Ihr Knolle? Der ist fein raus ... genau wie Sie!«
»Fein raus?«
»Na, hören Sie! Jetzt, wo wenigstens endlich sonnenklar ist, daß er wirklich unschuldig in diese Schweinerei hineinschlidderte? Jetzt, wo es um ganz andere Probleme geht? Ein paar Tage wird man ihn hier wohl noch benötigen ... aber dann können wir ihn vergessen.« (Nun ist Snowden in Fahrt. Bruno Knolle – ach, was!) »Ich werde Bentley erzählen, daß wir dem Gauner eine Kneipe im Westen versprochen haben ... mein Gott, was ist das schon? Nein, nein, Jack, wenn es in dieser Geschichte *einen* Deutschen gibt, der ehrlich Grund hat, zufrieden zu sein, dann ist es Ihr Knolle! Der ist durch das Chaos hindurchgerollt wie eine Kugel. Nur noch ein wenig Geduld ... und er hat es geschafft!«

(Ich muß so reden, denkt Snowden, ich muß!)
»Ich... ich möchte ihn noch einmal sehen, Sir.«
»Wissen Sie, wo er ist?«
»Nein. Er wollte um zwanzig Uhr anrufen.«
»Um zwanzig Uhr sind Sie in Frankfurt. *Müssen* Sie in Frankfurt sein! Wollen Sie Ihren Knolle in der ganzen Stadt suchen? Dazu haben Sie keine Zeit mehr. Sie müssen packen! Packen und verschwinden, sonst fällt den Herren in Bayreuth noch etwas anderes ein, und alles, was ich vorbereite habe, war umsonst.«
»Aber...«
»Was aber?«
»Nichts. Sie sagen, er wird davonkommen?«
»Todsicher, Jack!«
»Darf... darf ich ihm wenigstens noch schreiben?«
»Ein paar Zeilen. *Unverfängliche.* Sie müssen mich den Brief lesen lassen. Ich schicke dann sofort jemanden damit in den ›Schwarzen Schimmel‹. Und nun los, los! Bitte, Jack!«
»Okay, Sir«, sagt Campbell. Er steht auf und geht zur Tür.
Snowden setzt den Plattenspieler wieder in Gang.
Die Stimme Adolf Hitlers ertönt...

15

An diesem Abend geht Wanda, die Blonde, den gewohnten Strich entlang. Viele andere Huren spazieren gleich ihr herum und suchen Freier. Nelly hat Wanda noch nicht entdecken können. Sie haben sich zuletzt am Nachmittag gesehen, beim Friseur. Anschließend tranken sie Kaffee, und dabei erfuhr Wanda, was sich ereignet hatte. Nelly war immer noch mächtig erregt. Wanda enthielt sich jeden Kommentars.
Kann sein, daß Nelly heute überhaupt nicht arbeitet, denkt sie nun. Immerhin, in der Verfassung, in der die sich befand...
»Ssst! Wanda!«
Sie erschrickt.
Ein Mann in einem dunklen Hauseingang hat sie gerufen. Jetzt erkennt sie ihn. Es ist Bruno. Da steht er neben einem Koffer.
»Ach, du. Wat is 'n?«
»Haste 'n paar Minuten Zeit for mir?«
»Jerade jetz?«
»Et is dringend, Wanda. Ick muß dir wat fragen.« Bruno sieht so unglücklich aus, daß Wandas weiches Herz sogleich schmilzt. Im-

merhin: Nelly hat ihr auch erzählt, wie sie mit Bruno verfahren ist. *Ungerecht* verfahren ist, findet Wanda.
»Wat jibts?« fragt sie freundlich.
»Komm hier wech. Bloß um de Ecke. Ick will nich, det uns eena hier sieht...«
»Wer...« Ach so, seine Nelly natürlich.
Gutmütig folgt Wanda Bruno, der den Koffer schleppt. In einer düsteren Seitenstraße bleiben beide stehen.
»Neemlich«, beginnt Bruno, »det is so...«
»Mit Nelly und dir?«
»Ja.«
»Hatse ma schon allet azählt. Und?«
Bruno fährt sich mit dem Handrücken über die Stirn.
»Wanda, denn muß ick dir zuerst fragen: Hältste nur zu Nellyn oder hältste zu mir?«
Diese direkte Frage bringt die mollige Wanda, zu deren vielen Vorzügen nicht besondere Klugheit gehört, in Verlegenheit.
»Na also, det mit det zweete Meechen, det war nich scheen von dir, Bruno. Hätte ick nie jedacht von dir... Andraseits...«
Seit Wanda die Nelly kennt, empfindet sie eine schwer zu definierende Aversion gegen diese. Nicht wegen der Keilerei vor Jahren, viel eher wegen Nellys ständigen Feintuns, ihrer guten Erziehung, ihrer schönen Wohnung, der wunderbaren Abenteuer im Westen, lauter Dingen, welche die Nelly so überheblich und selbstgerecht gemacht haben!
»Andraseits«, beginnt Wanda wiederum, »war det ooch sehr hart von Nelly. So hättse dir nich fallnlassen dürfen. Nee, so nich! 'ne Frau muß zu ihren Kerl halten, und janz besondas musse det, wennt ihm dreckich jeht. Kiek mal, ick un Knarje...«
Bruno unterbricht schnell und erleichtert: »Also du hältst zu mir. Nu paß uff. Nelly hat ma rausjeschmissen. Und die kleene Wienerin hatse ooch allet azählt. Also kann ick nich mehr bei Nelliken schlafen – und int Laga ooch nich.«
»Warum nich int Lager?«
»Weil ick Mitzi vasprochen habe, det ick ihr nie wieda sehe. Int Laga *würdenwa* uns aba wiedasehn! Müsstenwa. Zwangsläufich. Det wäre seelische Grausamkeit, wäre det, nich? Die Kleene kann doch nu wirklich nischt dafür.«
Wanda verspürt heftige Rührung über Brunos Zartgefühl.
»Ick habe Mitzin anjeschwindelt, jenau wie Nellyn. Ick... ick könnte jarnich mehr da raus nach Marienfelde... die villen Erinnerungen an die villen Lüjen... Nee, Wanda, raus bloß, wenn ick

unbedingt muß. Zu 'ne Amtsstelle oda so. Aba da wohnen? Würde ick nie aushalten. Offizjell bin ick ja imma noch bei Nellyn jemeldet. Die da draußen wissen von nischt. Wäre ihn' ooch schnurz. Aba mir nich, wie jesacht. Wejen det moralische Schuldjefühl«, spricht Bruno, und er spricht ehrlich.

»Ja, ick kapiere schon. Nu stehste also da und hast übahaupt keene Bleibe.«

»So isset. Heute hat ma eena ooch noch mein Portmoneh jeklaut, mit die hundatzwanzich Eia von de Wohle for Oktoba.«

»Also pleite ...« Wanda ist den Tränen nahe.

»Det war 'n Tach der Katastrophen, kann ick dir flüstan ... for ville Leute. Erzähl ick späta allet. Frage: Kann ick bei *dir* wohnen?«

Wanda macht ein erschrockenes Gesicht.

»Ick will nich schnorrn! Ick habe Jeld, ick bezahle!«

»Du hast Jeld? Eben haste doch jesacht ...«

»Ja, ja. Aba den Koffa da, den hatte ick bei'n Wirt von 'n ›Schimmel‹ unterjestellt heute morjen. Und als ick ihn nu abhole, da jibt mir der Wirt ooch 'n Brief.«

»'n Brief? Von wem denn?«

Bruno zieht ein Kuvert aus der Tasche.

»Kannste dir noch an den netten Ami erinnan, der mir aus Nellikens Wohnung jeholt hat, damals, an den Sonntachvormittach? Kempell heeßta.«

»Ja, ick erinnere mir.«

Bruno holt traurig und geräuschvoll Luft. »For den war det heute ooch 'n schwarza Dienstag. Sind ihm wohl druffjekomm, det er mir so oft jeholfen hat, und da hamse 'n vasetzt oda so. Er is schon nich mehr da. Jerade noch schreibn hatta mir könn.«

Bruno tritt neben ein erleuchtetes Schaufenster und entfaltet einen Briefbogen.

»Mein lieber Herr Knolle«, liest er feierlich, »ich muß in der nächsten Stunde Berlin verlassen. Es tut mir so leid, daß wir uns nun nicht mehr sehen können. Die Umstände verbieten es.« Bruno sieht Wanda an. »Du vastehst, wat det bedeutet, nich? Den ham nu *seine* Leute in de Mache.« Er liest weiter: »Ich lege diesem Brief fünfzig Dollar bei, denn ich weiß, daß Sie Geld benötigen. Ihnen mehr zu geben, ist mir leider nicht möglich. Vieles wird sich in allernächster Zeit ereignen – zu Ihren Gunsten, das kann ich Ihnen versprechen. Alles, alles Gute, lieber Herr Knolle, wünscht Ihnen Ihr ergebener Dscheck Kempell.« Bruno hebt Geldscheine hoch. »Det sind die Dollars. Und *ajebena*!«

»Mensch, Bruno, zweehundert Mark!«

»Na ja. Glück im Unglück. Ick bin nich mittellos, Wanda! Wenn ick bei dir wohne, denn bezahle ick, det is klar. Ick möchte nur in keen Hotel, denn die sind so teua, und einteiln muß ick mir det bißken Penunse nu doch, und ...«
»Bruno«, sagt Wanda und streicht über seinen Arm, »mißvasteh mir bitte nich falsch. Du bist Knarjen sein besta Freund ...«
»Ja, ebent!«
»... und jrade deshalb kann ick dir nich bei mir wohn lassn, wose nu Knarjen jeschnappt ham.«
Bruno fällt mit dem Rücken gegen die Schaufensterscheibe.
»Wat hamse?« japst er.
»Jeschnappt hamse 'n.« Wanda nickt tragisch. »Und zurückjebracht nach Berlin. In U-Haft sitzt er.«
»Aber det... aba wann... aba wo ...« Bruno kann es nicht fassen. Knarje verhaftet. Auch das noch. Oooohhh, ist das ein Tag!
»Vorije Woche schon. In Nürnberg hamse 'n hochjenomm. Jestan issa hier injeliefat wordn. Det hat dir Nelly nich azählt?«
»Nee. Da kannste mal sehn, wat det for eene is ... nich doch, ick tu ihr Unrecht«, sagt Bruno. »Wann hättse ma det azähln solln, wenn Knarje erst jestan jekomm is? Jestan hattn wa doch unsan jroßen Krach.«
»Na ja, ick hab et ooch erst jestan erfahrn. In 'n ›Schimmel‹ wußten et 'n paar schon länga. Aba die hatten ma nischt jesacht, die hatten ma wohl schonen wolln.«
»Ach Wanda, is det traurich! Der arme Knarje! Weswejen denn?«
»Schweinische Fülme.«
»Du liebe Jüte!«
»Nee, nich die mit mir. Anjeblich welche mit Mindajährije. Soll schon 'ne Weile her sind. Der Osten hat Materjal jesammelt, det is nu rübajekomm, sagense in 'n ›Schimmel‹.«
Ich möchte wissen, wer das sagt, denkt Bruno, und woher er das weiß. Ach, und wenn ich es wüßte? *Knarje sitzt.* Das heißt also, Schuckert hat seinerzeit nicht geblufft: Die Sittenpolizei ist wirklich längst von ihm gezwungen worden, das Material dem Staatsanwalt zu übergeben. Auweiauwei. Vorbestraft ist Knarje. Für diese Filme bekommt er gut und gerne seine ein, zwei Jahre. Unbedingt. Wegen der Vorstrafen. Hoffentlich fragt mich Wanda nun nicht...
»Wenn det wahr is, mit die Fülme, wat kanna denn da kriejen, der Knarje?« fragt Wanda.
»Also zuerst mal weeß ick übahaupt nischt von irjendwelche Fülme«, beginnt Bruno entschlossen.
»Aba die in'n ›Schimmel‹ ...«

»Die Klugscheißa! Woher wissen denn die wat? Det hängt vamutlich damit zusamm, det Knarje abjehaun is. Hätta nie machn dürfn.«
»Wenn er aba mit de Nervn so runta war ...«
»Na ja, aba nu sitzta in Dreck.«
»Wie lange kann er kriejen, Bruno?«
»Mein Jott, ick weeß et nich! Nischt weeß ick! Det kann sich allet uffklärn als'n Mißvaständnis. Oda Knarje kommt frei, wenna Schuckatn jetzt schöntut ...«
»Wer is Schuckat?«
»Eena von Vafassungsschutz ... Ick kann da wirklich nischt zu sagen, Wanda, nich im Moment ... Morjen erkundije ick mir sofort ...«
Wanda sagt: »Ick wollte dir schon vorhin allet azähln, als ick sachte, 'ne Frau muß zu ihren Kerl halten, *besondas* wennt ihm dreckich jeht. Aba da haste ma untabrochn.«
»'tschuldije.«
»Macht ja nischt. Bloß, *jetzt* vastehste doch, dette nich bei mir wohn kannst, nich? Er in Kahn, du sein besta Freund ... 'türlich würde *er* nie gloobn, det wir beede ... Aba die *Leute*! Wat würdn die Leute int Haus sagn, wenn 'n fremda Mann bei mir wohnt?«
Darauf kann man nichts erwidern.
Rein gar nichts.
»Siehste«, sagt Wanda. Jähe Wut packt sie plötzlich. »Diese vafluchte Nelly! Jroßzüjich muß 'ne Frau sind, jawoll, jroßzüjich! Und wat machtse mit dir, die Zicke? Ick könnte ...« Jäh bricht Wanda ab.
»Wat haste?«
»'n Einfall. 'n prima Einfall. Komm mit, Bruno!«

16

»Also hör mal, Ilseken«, sagt die blonde Wanda zehn Minuten später im plüschigen Vorraum der ›Pension Florida‹ zu deren Besitzerin, der hexengesichtigen, alten Ilse Stanior, die Bruno verärgert anstarrt, »ick bezahle doch mein Zimma hier anständich, nich? Und jeden Abend schlepp ick Freia ruff. Und jeda Freia muß dir außadem erst mal fümf Mark jebn for Zimmabenutzung. Du vadienst dir dumm und dämlich an mir.«
Die Stanior mustert mißtrauisch Bruno Knolle, an den sie sich noch gut erinnert, weil er seinerzeit soviel Unruhe mit sich brachte.
»Worauf soll det raus?«

»Wenn ick fertig bin mit meine Arbeet«, fährt Wanda werbend fort, »steht det Zimma, det ick bezahle, imma leer bis 'n nächstn Abnd. Et jehört aba doch mir. Und da ...«
Die Stanior kneift ihre Hexenaugen zusammen: »Und da könnte der Herr sich denn auspennen, wa?«
»Ja, Ilse.«
Bruno fühlt, wie er wieder einmal rot wird. Oh, diese Demütigungen! Die beiden reden von ihm, als wäre er ein Tisch, ein Stuhl, ein totes Ding, gar nicht vorhanden.
»Ick will aba nich fremde Leute hier ham!«
»Meine Freia sind doch ooch fremde Leute!«
»Die bringste aba imma wieda weg.«
»Zujejem, bloß ...«
»Knarje hat in 'n Westen jemacht. Is det vielleicht dein Neua?«
»Ilse!« ruft Wanda wütend. »Herr Knolle is nich mein Neua, sondan 'n sehr lieba alta Freund. Und mein Knarje is nich in'n Westen, der is hier in Berlin, in Untasuchungshaft.«
»Pardong. Det wußte ick nich.«
»Nu weeßtet.«
Die Stanior mustert Bruno brütend und schweigt.
Ich glaube, ich gehe, denkt Bruno. Er will gerade seinen Koffer aufheben, als Wanda sagt: »Weeßte, Ilse, den Herrn Knolle, den jeht et im Augenblick sehr mies.«
»Na ja, det is schlimm ...« Endlich wird dieser Drachen menschlicher. »Aba wem jehts nich mies von uns?«
»Nu sei doch nich so«, bettelt Wanda, die Gute, Brave.
Mit Erfolg!
»Na, dann werd ick man nich so sein«, krächzt Ilse Stanior. Zum erstenmal sieht sie Bruno etwas freundlicher an.
»Ick danke ooch schön«, sagt der.
Sofort ärgert sich die Stanior über ihre Gutmütigkeit.
»Da hintn steht'n Schrank. Da stellnse den Koffer ruff!« Sie öffnet eine Tür. »Da is det Zimma. Wenn et Ihn' nich ekelt ...«
»Wovor?«
»Na, vor det Bett, in det Se sich denn lejen ...«
Einen Moment ekelt sich Bruno wirklich, und er denkt an das stets frisch überzogene Bett bei Nelly.
Nicht weich werden, Bruno!
Hart bleiben. Durchhalten. Nerven bewahren.
»Nee, det is schon in Ordnung.«
Die Stanior versucht weiter, ihre erstmalige Großmut und deren Folgen rückgängig zu machen: »Det Zimma is ja man bloß'n Loch.«

»Ick finde et sehr schön«, sagt Bruno.
Ilse Stanior gibt achselzuckend auf.
Wanda senkt verlegen die Stimme: »*Een* Nachteil hat die Sache, Bruno. Du kannst imma erst rin, wenn ick Dienstschluß habe.«
»Na«, sagt Bruno lachend, »aba *daran* bin ick doch jewöhnt, nich?«

17

Da gibt es in Westberlin einen jungen Mann, der heißt Fritz Fichtler. Ein reicher junger Mann ist das, eine wunderschöne Villa hat er am Jansenweg in Dahlem, direkt an dem Park dort. Herr Fichtler ist sechsunddreißig Jahre alt. Von seinem Vater, welcher, knapp nach der Mutter, 1958 verstarb, erbte Fichtler ein gewaltiges Vermögen und eine Kette von Geschäften für feinste Bekleidungsstoffe. Es gibt neun solcher Geschäfte, in der ganzen halben Stadt. Sie laufen sozusagen von selbst – Fichtler muß nur überall täglich kurz nach dem Rechten sehen. Sein Vater hatte schon vor vielen Jahren absolut vertrauenswürdige Leute eingestellt, die ihr Handwerk verstehen.
Das Unternehmen blüht. Fichtler fährt mit seinem Thunderbird gelangweilt von Filiale zu Filiale, macht hier ein Schwätzchen, da ein Schwätzchen, hat immer mehr Geld auf der Bank – und sehr viel freie Zeit.
Ein glücklicher Mensch. Sollte man meinen. Aber da meinte man falsch. Fichtler betrachtet sich selbst als den unglücklichsten Menschen auf Erden.
In der Pubertät litt er unter einer sehr starken Gesichts-Akne. Trotz Behandlungen verschiedenster Art verschwand sie nicht. Sie besteht heute noch. Im Sommer, wenn es heiß ist, und im Winter, wenn es kalt ist, blüht diese Akne besonders arg. Im Frühling und im Herbst geht es. Ganz rein ist Fichtlers Gesicht nie. Wird es auch nie werden, das steht fest.
Diese Akne auf Zeit bescherte Herrn Fichtler einen Komplex. Er ist davon überzeugt, daß er niemals eine Frau finden wird, die ihn um seiner selbst willen liebt. Natürlich, wenn ein Mann viel Geld hat, tut eine Frau alles. Aber das will Fichtler nicht! Davor eben hat er Angst: Daß Frauen seine Akne nur seines Geldes wegen ertragen, wenn sie sich hingeben.
Folge: Sogenannte ›anständige‹ Frauen sind Fichtler ein Greuel. In ihrer Gesellschaft ist er immer noch linkisch und verlegen wie ein Schuljunge. Nur *eine* Rettung gibt es für ihn: *Huren!*
So eine Hure nimmt Hübsche und Häßliche, Normale und Perverse,

auch Verunstaltete, nicht wahr – sofern sie bezahlen und nicht gerade geschlechtskrank sind. Herr Fichtler interessiert sich ganz besonders für einen bestimmten Typ von Huren: Schwarzhaarige, blauäugige. Wenn er so eine sieht, ist es um ihn geschehen. Die muß er dann haben!
Da er durch ganz Berlin gondelt in seinem feinen Wagen, sieht er zahlreiche Frauen mit schwarzen Haaren und blauen Augen auf den verschiedensten Strichen – in der City, in den Vororten. Entdeckt er eine Dame dieser Art, schnappt automatisch ein Mechanismus ein: Fichtler stoppt den Wagen, steigt aus, spricht die Dame an, macht seine Offerte und zeigt ein ärztliches Attest vor, das er stets bei sich trägt und in dem ein berühmter Professor bestätigt, sein Ausschlag sei harmlos und *unter keinen Umständen* übertragbar.
Manchmal ist Fichtler bei diesen Gelegenheiten so aufgeregt, daß er eine *ehrbare* Dame für eine Nutte hält. Da wird er dann manchmal abschlägig beschieden. Zweimal bekam er sogar Ohrfeigen. Doch auch unter den ehrbaren Damen gibt es viele, die sich angesichts eines Thunderbird und eines eindrucksvoll hohen Honorars in Sekundenschnelle verwandeln – in Huren.
Na ja, und dann ins Hotel, in eine Privatwohnung, eine Absteige, irgendwohin. Herr Fichtler ist enorm rege! Vielleicht darf man hier endlich einmal wieder von Überkompensation eines Minderwertigkeitsgefühls reden?
Der arme Millionär empfindet das Bedürfnis, mehr und mehr Frauen zu kontaktieren. 1964 wäre er olympiareif – wenn es bei jenen weihevollen Spielen seine Sportart gäbe. 1964 hat Herr Fichtler sich aber auch einen *neuen* Komplex zugelegt.
Die Huren nehmen sein Geld. Er gibt reichlich. Es ist nicht an dem. Es ist an dem, daß Herr Fichtler sich nun einredet, für weniger Geld würden nicht einmal Huren ihn willkommen heißen. Reiche Leute haben auch ihre Sorgen, wie man sieht.
Herr Fichtler hat nun ein Ritual ersonnen: Er bezahlt zuerst. Danach bittet er die Hure, ihm etwas zu *schenken*. Eine Kleinigkeit nur. Dann hat Herr Fichtler das Gefühl, nicht nur bezahlt zu haben, sondern auch *beschenkt* worden zu sein!
Ein Zimmer seiner Villa ist ständig verschlossen. Es gleicht einem Museum: Grellbunte Strumpfbänder liegen da herum, Seidenhöschen, billige Pantöffelchen, Kämme, Lippenstifte, halbleere Parfümfläschchen, Lockenwickler – die ›Geschenke‹. Stundenlang sitzt Herr Fichtler oft in diesem seltsamen Museum, betrachtet seine Schätze. Dann ist er glücklich. Jeder Mensch hat seine eigene Vorstellung von Glück.

In der Nacht zum 4. Oktober 1964 ist Herr Fritz Fichtler bei Nelly Pietsch zu Gast. Sie wurde von dem jungen Millionär auf dem Strich in der Chimanistraße angesprochen. Er bot viel. Nelly merkte gleich, daß sie es mit einem *Herrn* zu tun hatte, und machte sich darauf gefaßt, allerlei mühsame Arbeit leisten zu müssen.

Sie wird angenehm enttäuscht. Herr Fichtler äußert lediglich, und das verschämt und verlegen, seine Bitte nach einem kleinen Erinnerungsgeschenk.

Zuerst ist Nelly irritiert.

Geschenk?

Herr Fichtler erklärt, er halte das immer so. Es müsse nichts Wertvolles sein, im Gegenteil, es *dürfe* nichts Wertvolles sein.

Nelly, auf ihrem Baldachinbett kauernd, überlegt kurz.

Dann verzerrt sich ihr Gesicht zu einer Grimasse des Zorns, sie springt auf und ruft: »Ich glaube, ich habe etwas für dich!« Damit eilt sie, bereits nackt, in die Küche, zieht eine Schublade auf, holt eine Blechschachtel hervor, die sie dort einst versteckt und inzwischen vergessen hatte. Nun ist sie ihr wieder eingefallen, die Schachtel. Denn in ihr liegt, in Papier gewickelt, das Kettchen. Natürlich muß Nelly nun auch an Bruno denken.

Nelly spuckt auf das Amulett, verflucht Bruno, wischt die Spucke fort und kehrt in das Schlafzimmer zurück.

»Hier, das kannst du haben.«

»Was ist das?« Herrn Fichtlers Augen glänzen.

»Kettchen mit Amulett. Soll den Träger beschützen.«

»Und das . . . das willst du mir wirklich schenken?«

»Mit Freuden«, sagt Nelly bitter.

Diese Bitterkeit in ihrer Stimme nimmt der enthusiasmierte Herr Fichtler nicht wahr, er legt sich bereits das Kettchen um den Hals und schließt es.

»Du hast mir eine sehr, sehr große Freude gemacht«, sagt er. »Ich werde das Kettchen immer tragen! Es soll mich beschützen!«

»Ja«, sagt Nelly, »das soll es. Ich wünsche dir alles Gute, mein Liebling.«

Und so landet das alte Geschenk aus dem alten Prag bei Herrn Fritz Fichtler, Millionär in Westberlin.

18

Am 12. Oktober 1964, gegen 23 Uhr, klingelt Bruno an der Eingangstür der ›Pension Florida‹. Er ist den ganzen Tag herumgelau-

fen. Alles hat er wieder einmal versucht, alles! Nicht einen einzigen Schritt ist er weitergekommen, nicht einen einzigen Schritt.
Seit zwei Wochen, seit Fanzelaus Selbstmordversuch, hat sich Brunos Situation verändert. Man müßte lachen darüber, *wie sehr* sie sich verändert hat – wenn es nicht zum Heulen wäre!
Auf einmal ist er nicht mehr der Mann, der Schuckert am meisten interessiert. Auf einmal interessiert er niemanden mehr besonders. Auf einmal ist er eine winzige Randfigur geworden.
Verständlich!
Fanzelaus Anzeige hat den Beweis erbracht, daß Bruno wirklich nur ein winzig kleines Rädchen war in dieser großen, großen Aktion des Ostens. Nur diese Aktion ist nun interessant. Alles versucht man, um Munition für einen Gegenschlag zu sammeln. Die kann Bruno nicht liefern. Mittenzwey, der könnte sie liefern. Er tut es nur nicht. Nicht ums Verrecken. Und wenn man ihn von früh bis spät verhört. Und wenn man ihn totfragt! Nichts zu machen.
»Aber es *muß* etwas zu machen sein!« erklärt Hugh Bentley vom CIC leidenschaftlich immer wieder Schuckert und Prangel. Der Nachfolger Snowdens, ein dicker, energiegeladener, rotgesichtiger Mann von einundvierzig Jahren, hat sich noch schneller in die Materie eingearbeitet, als Snowden angenommen hatte. Schon nach einer Woche war er völlig im Bilde. Seit einer Woche ist Snowden nicht mehr in Berlin.
»Diese Schweinerei lasse ich nicht auf sich beruhen!« erklärt Bentley immer wieder Schuckert und Prangel. »Wir *werden* Beweise liefern, die Bonn überzeugen! Wir *werden* Martini und seine Gang erledigen!«
Er ist noch so unverbraucht, so empört über das Vorgefallene, der Mr. Hugh Bentley. Mit größtem Geschick operiert er. Vielleicht bringt er Mittenzwey wirklich dazu, sein verbocktes Schweigen zu brechen. Nur nicht lockerlassen!
Unter solchen Umständen benötigt man Bruno nur noch, damit er diese kleine Frage beantwortet, jene kleine Unklarheit aus der Welt schafft. Ein Komparse ist Bruno geworden, ein Statist. Noch nie hatte er so viel freie Zeit. (Außer im Knast.) Noch nie sah er seine Lage so düster. Er steht jetzt auf der Warteliste. Wie lange?
Ja, wie lange?
Immer wieder muß er in diesen Tagen an seinen Kameraden Franz Lutter denken, dem es gelang, in die Schweiz zu entweichen, und der ihn so flehentlich bat, nachzukommen. Deutlicher und deutlicher erinnert sich Bruno an Lutters Angebot...
Tag um Tag vergeht.

Nichts geschieht. Litt Bruno eben noch darunter, daß man ihn ununterbrochen verhörte, bedrohte, lockte, so leidet er nun darunter, daß man das nicht mehr tut; daß man ihn offenbar sanft zu vergessen im Begriff ist.
Campbells zweihundert Mark reichen bis Ende Oktober. Dann kommen vom Sozialamt wieder hundertzwanzig Mark für November. Bruno lebt äußerst bescheiden, läßt seine Wäsche nur reinigen, wenn es wirklich nicht mehr anders geht, verzehrt billigste Gerichte in billigsten Lokalen, legt alle Wege, die man zu Fuß zurücklegen kann, zu Fuß zurück und ist der guten Wanda dankbarer denn je dafür, daß sie ihn bei Ilse Stanior untergebracht hat – kostenlos.
Doch abgesehen von der finanziellen Misere: Bruno hat auch nur Nerven. Das hält ja kein Schwein aus, diesen Dornröschen-Zustand! Heute hat er noch einmal mit allen Mitteln versucht, sich bemerkbar zu machen: bei Heinz Schuckert, Hugh Bentley, Berthold Prangel. Umsonst.
Geduld soll er haben, hat man ihm empfohlen. Geduld *muß* er haben.
Geduld ...
Aber die hat er nicht mehr!
Und so faßt er am Abend dieses 12. Oktober den Entschluß, seinem Kriegskameraden Lutter zu schreiben. Ja, das hat er getan, und deshalb kommt er nun, früher als sonst, in die ›Pension Florida‹, denn er möchte diesen Brief schnell schreiben, schnell. So geht das nicht mehr weiter!
Die alte Stanior öffnet auf sein Läuten hin und verzieht ihr Gesicht, erbost, als sie ihn erblickt.
»*Sie? Schon?* Is doch noch nicht zwölwe.«
»Ick weeß. Aba ...«
»Wanda is noch da.«
»Darf ick ... darf ick denn vielleicht hier uff de Diele bleim? Et regnet nämlich.«
Die Stanior knurrt: »Jerne seh ick det nich, detse hier rumsitzen!«
»Denn wart ick unten ...«
»Nee, nu bleimse schon. Bloß 'ne Anjewohnheit darf et nich werdn, vastehnse? Se vagrauln ma ja die Jäste!«
»Et passiert nich mehr, Frau Stanior ...«, beginnt Bruno, da öffnet sich die Zimmertür, und Wanda erscheint mit einem feinen älteren Herrn, der traurig aussieht. Hat sich wohl zuviel zugemutet ...
Müde sagt Wanda zu ihm: »Machste det Licht im Zimma noch aus, Häschen?«
»Ja«, sagt der alte Lustmolch.

Bruno und die Stanior wenden sich diskret ab, als er nun mit Wanda an ihnen vorübergeht. Wanda erkennt Bruno natürlich trotzdem sofort. Sie sagt betont: »Also, Wiedersehn, Ilse. Ick komme heute nich mehr.«
»Is jut, Wanda.«
Der ältere Herr sieht sich hilflos um.
»Geht es hier hinaus?«
Wanda tritt zu ihm.
»Ja, hier.« Sie öffnet die Tür der Pension. »Warte, Häschen, ick mach bloß die Flurbeleuchtung an ...«
Die Tür fällt zu.
»Gute Nacht«, sagt Bruno.
»Schlafense schön«, brummt die Stanior und verschwindet.
Bruno geht in Wandas Zimmer. Er riecht nicht, wie es hier riecht, er sieht nicht, wie es hier aussieht. Er setzt sich an den Tisch, holt Tinte, Feder und Papier hervor und beginnt zu schreiben.
Lutters Adresse hat er seinerzeit – entgegen dessen Bitte – nicht notiert. Mittlerweile ist die Anschrift in Gesprächen mit Schuckert so oft erwähnt worden, daß Bruno sie auswendig kennt.
Casa Beatrice. Porto Ronco bei Ascona. Tessin. Schweiz.
Morgen früh werfe ich den Brief ein, denkt Bruno. Marken habe ich. ›Eilboten‹ und ›Luftpost‹ schreibe ich auf den Umschlag.
Er senkt die Feder in das Tintenfaß.
Mit ungelenken Buchstaben beginnt er:

Berlin, 12. Oktober 1964

Mein lieber, alter Franz!
Ich hoffe, es geht Euch allen gut. Von mir kann ich das nicht behaupten. Es ist nun alles ganz verkorkst hier. Könntest Du mir wohl ...

Und geschickt verschlüsselt (so geschickt man derartiges überhaupt zu verschlüsseln vermag!) fragt Bruno an, ob der Franz ihm nun Geld in Berlin zukommen lassen könnte und falsche Papiere ...
Bruno schreibt lange an diesem Brief, er überlegt jedes Wort. Antwort erbittet er umgehend an die Adresse der ›Pension Florida‹.
(Dieser Brief wird, wie alle an den Franz Lutter gerichteten Briefe, die man in Berlin oder der Bundesrepublik aufgibt, auf Anordnung des Verfassungsschutzes von der Post einer bestimmten Stelle zugeleitet, daselbst geöffnet und fotokopiert werden. Dann erst wird der wieder verschlossene Brief seine Reise in die Schweiz antreten.

Franz Lutter weiß natürlich, daß das geschieht, seit er geflüchtet ist. Bruno weiß das nicht. Er könnte es sich denken. Wenn man sehr verzweifelt ist, denkt man leider oft nicht an alles. Franz Lutter wird Brunos Brief natürlich niemals beantworten – um Bruno, die Berliner Fälscher und jene Freunde, die Bruno Geld geben könnten und würden, nicht zu gefährden. Er wird zu seiner Frau, nach einem mächtigen Schluck Whisky, nur sagen: »Der arme Teufel. Jetzt ist es bei ihm soweit. Und ich kann nichts für ihn tun, nichts...« Dann wird er diesen Brief verbrennen.)

Nach Abfassung der Epistel ist Bruno total erschöpft. Trotzdem schläft er kaum eine Stunde in jener Nacht.

Am nächsten Vormittag, als er den Brief in den Kasten an der Mauer eines Hauses in der Duisburger Straße wirft, erblickt er plötzlich die beiden Schränke. Glatte Riesen. Jung. Muskelpakete. Totschlägertypen.

Panik erfaßt Bruno, der sein Äußeres in den letzten Wochen mehr und mehr vernachlässigt hat. *Panik!*

Hätte ihn viel früher schreiben sollen, den Brief, denkt der Mann in dem zerdrückten hellen Trenchcoat, dessen Hemd nicht sauber, dessen Krawatte schlecht gebunden ist, dessen Schuhe ungeputzt sind und dessen weißblondes Haar ihm bereits in den Kragen wächst.

Raus, raus, raus muß ich aus Berlin! denkt Bruno Knolle, während er durch Kreuzundquerlaufen in verschiedenen Straßen feststellt, daß die beiden Schränke wirklich hinter ihm her sind. In der Katharinenstraße findet er endlich einen Doppelposten Schupos.

»Die wolln ma vaschleppn«, stammelt er. »Die müssense vahaftn...«

Er ist furchtbar aufgeregt, der Bruno, und durch sein wirres Reden vergehen kostbare Sekunden. Als er endlich sagt, wie er heißt, reagieren die Schupos sofort. *Bruno Knolle – den* Namen kennen sie! Hätte er ihn doch gleich genannt...

Er tat es nicht. Er hat herumgefaselt.

Das gab den beiden Schränken Gelegenheit zu verschwinden. Die Schupos sahen sie wohl noch, wie sie in ein Auto sprangen, aber verhaften konnten sie die beiden nicht mehr. Sie eilten sofort zu ihrem Revier, um Meldung zu machen. Bruno bat, mitkommen zu dürfen.

»Was wollen Sie? Den Kriminalrat anrufen?«

»Den Kriminalrat anrufen«, keuchte Bruno. »Nu jeht et um mein Lebn... um mein Lebn jeht et nu!«

19

Der Kriminalrat Berthold Prangel kommt Bruno Knolle mit ausgebreiteten Armen, strahlend vor Glück, entgegen, als dieser das Büro im Polizeipräsidium betritt.

»Na, also so 'n Jrund, vajnücht zu sein ...«

»Quatsch nicht!« Händeschütteln. »Ich hatte schon Angst um dich!« Neuerliches Händeschütteln. »Was hat dich so lange aufgehalten?«

»Der Vakehr, Herr Kriminalrat.«

»Brachte dich ein Funkwagen, wie ich es angeordnet habe?«

»Jawohl, Herr Kriminalrat. Die Herren ham ma bis vor Ihre Zimmatür bejleitet.«

»Ach, Bruno, Bruno ...« Der Kriminalrat sieht seinen alten Bekannten gerührt an. »Was hast du alles durchmachen müssen! Zigarette? Zigarre? Nein? Kann ich verstehen. Zu aufgeregt, nicht? Ich bin auch zum Pfeiferauchen zu aufgeregt.« Er röhrt plötzlich: »Als ich erfuhr, daß diese Schränke hinter dir her sind, da ist mir der Kragen geplatzt! Da hatte ich die Schnauze voll! Das kann man nicht machen mit einem Menschen! Du wärst mir ja noch krepiert, Bruno, wenn das so weitergegangen wäre!«

»*Wäre?* Aba et *jeht* doch so weita!«

»*Nein!* Es geht *nicht* so weiter, Bruno! Ich habe das nicht länger ausgehalten! Ich habe es riskiert!«

»Wat?« fragt Bruno. »Wat ham Sie riskiert, Herr Kriminalrat?«

Prangel ist außer Atem geraten, er braucht ein paar Sekunden, um sich zu beruhigen.

»Den ehrwürdigen Mr. Bentley anzurufen und ihm endlich meine Meinung zu flüstern! Über gesunden Menschenverstand und Verantwortung und so! Mensch, Bruno, viel früher hätte ich das riskieren sollen! Natürlich, die Schränke jetzt, die halfen. Was soll ich dir sagen? *Alles ging glatt!* Mr. Bentley hat es eingesehen, Herr Schukkert, den er anrief, hat es eingesehen, die draußen in Marienfelde haben es ein ...«

»Wat?« fragt Bruno laut. »Wat hamse einjesehn, die Herrn?«

»Daß du nicht länger in Berlin bleiben darfst. Nicht einen Tag.«

»Aha.«

»Daß du sofort alle Papiere erhalten mußt, um in die Bundesrepublik fliegen zu können ... in Sicherheit!«

»Aha«, sagt Bruno zum zweitenmal. Er bekommt nicht mit, was Prangel ihm da eröffnet. Er blinzelt, schluckt, glotzt.

»Auf einmal flutscht alles nur so, Junge! Die Papiere sind schon da oder unterwegs zu mir! Du fliegst nach München, heute nachmittag

bereits! Meldest dich da bei der Polizei. Bekommst Geld. Man paßt auf dich auf, solange der Wirbel hier noch im Gang ist...« Immer schneller redet Prangel, immer mehr leuchten seine Augen. »Wenn man dich verhören muß, wird man es in München tun... Jetzt geht es noch einmal rund, Bruno! Jetzt setze ich für dich durch, was du willst... in ein paar Tagen setze ich es durch! Bentley, Schuckert, die im Lager, das sind ja lauter anständige Leute... Nur dieser ewige Trott... dieses Keine-Verantwortung-Übernehmen-Wollen... Aber damit ist es nun vorbei! Ich muß wirklich sagen: Dank der Schränke. Der Himmel lohne es ihnen!«
Bruno würgt. Ist der Prangel übergeschnappt? Ist er selber übergeschnappt? Träumt er? Ist er tot?
Nein, er träumt nicht, tot ist er wohl auch nicht, sonst spürte er nicht so schmerzhaft, wie der vor Seligkeit stotternde Prangel ihm auf die Schulter haut.
»Aua...!«
»Bißchen viel auf einmal, wie? Na, du wirst es schon verdauen! Die sieben mageren Jahre sind vorbei. Ich habe *noch* eine Überraschung für dich!«
»Überraschung...«, wiederholt Bruno blödsinnig und leicht schwankend vor Benommenheit, während Prangel zu einer zweiten Tür geht und diese öffnet.
»Bitte, gnädige Frau«, sagt der Kriminalrat mit einer Verbeugung. Im nächsten Moment kommt jene Dicke, die Bruno am 13. August 1964 k. o. geschlagen hat, um sie durch das Einsteigloch des Tunnels im Hofe des Hauses Mottlstraße 36 befördern zu können, einer gewaltigen Fettkugel gleich auf ihn zugeschossen. Der Zusammenprall wirft Bruno fast um. Die übergewichtige Dame verhindert seinen Sturz, indem sie ihn herzhaft umarmt, an den Busen preßt und ihm zwei sehr nasse Küsse gibt.
»Herr Knolle! Herr Knolle!« Die Dame ist völlig außer sich. »Mein Lebensretter! Endlich sehe ich Sie wieder!« Noch ein Kuß, der feuchteste. »Endlich kann ich Ihnen danken!«
»Bibibitte...«, stammelt Bruno.
»Setzen wir uns«, sagt Prangel mitfühlend.
Bruno plumpst auf einen Stuhl, die Dame auf den Stuhl neben ihm. Sie atmet immer noch hastig, ihre freudige Erregung klingt nur langsam ab. Sie ist geschminkt und trägt ein sicherlich sehr teures lilafarbenes Herbstkostüm, das sie noch dicker erscheinen läßt, als sie ohnedies ist. Prangel geht hinter den Schreibtisch und betrachtet seine Gäste wie ein gütiger Vater.
»Bruno, das ist Frau Martha Jacobs.«

»Anjenehm, jnädije Frau«, sagt Bruno und sieht aus wie ein Kretin. Prangel sagt: »Frau Jacobs hat versucht, mit dir in Verbindung zu treten, seit du ihr in den Westen geholfen hast. Ununterbrochen hat sie es versucht. Auf allen Wegen. Doch alle Wege waren ihr versperrt.«

»Wieso versperrt?«

»Weil diese Ochs ...« Prangel fängt sich im letzten Moment. »Weil die Behörden, die deinen Fall untersuchen, auf das strengste verboten, daß Frau Jacobs mit dir zusammentrifft, ehe alles geklärt ist. Auch mir wurde verboten, eine Verbindung herzustellen. *Strengstens.* Als ich nun aber erfuhr, daß sie hinter dir her sind, da habe ich auch gleich dafür gesorgt, daß dieses Verbot aufgehoben wird. Und danach rief ich Frau Jacobs an und bat sie zu mir und sagte, hier würde sie dich wiedersehen.«

»Und das tue ich jetzt! Ach, Herr Knolle! Ach, Herr Kriminalrat!« Die Fettkugel in Lila gleitet fast vom Stuhl.

»Wir beide werden es schaffen, Frau Jacobs!«

»Schaffen ... wat?«

»Dir zu helfen«, sagt Prangel.

»Das wollte ich doch von Anbeginn«, zwitschert Frau Jacobs wild drauflos. »Ich habe drei reiche und einflußreiche Brüder in der Bundesrepublik, einen Politiker darunter ...«

»*Deshalb*, verstehst du, sollte Frau Jacobs dich nicht sehen. Man hatte Angst, daß sie all diese Leute mobilisiert. Aber damit ist Schluß!« Prangel wird laut. »Hat sich doch alles geändert hier, nicht? Deine Unschuld steht doch fest! Du hast dem Westen einen großen Dienst erwiesen. Das steht auch fest. Und darum können wir es schaffen! Du fliegst in den Westen! Du kriegst deine Kneipe!«

»Kneipe ...«

»In München!« tiriliert Frau Jacobs. »Da wohnen zwei meiner Brüder. Sie haben die Mehrheitsanteile an einer großen Brauerei. Diese Brauerei hat viele Lokale. Und eines von ihnen können Sie pachten! Habe ich bereits mit den Brüdern besprochen. Kleines Zeichen meines großen Dankes!«

Bruno starrt die Dicke an.

Er schnieft. Er blinzelt. Nun wird er kurzatmig.

»Ach du meine Jüte ...«

»Beruhige dich, Bruno. Noch ist es nicht soweit. Zuerst brauchst du noch mehr Papiere. Die Konzession zum Beispiel. Ich verschaffe sie dir ... trotz der Vorstrafen. Und die BVG ist vergessen! Die lassen wir unter den Tisch fallen. Fällt oft was unter den Tisch in solchen Fällen«, sagt Prangel.

Da fängt der Bruno an zu weinen.
Drei Minuten fast weint er. Es ist einfach zu viel für ihn, es ist einfach zu schön das alles – nach dem großen Elend.
Frau Jacobs und der Kriminalrat betrachten Bruno schweigend.
Der wischt mit dem Handrücken zuletzt Tränen fort und schnieft: »Danke ... ick danke Ihn' ... allen beeden ...«
»Ja, ja, nun aber los«, sagt Prangel. »Jetzt ist keine Zeit zu verlieren. Die Funkstreife bringt dich in die Pension, da holst du deine Sachen ab. Papiere gebe ich dir, wenn du zurückkommst. Und dann nichts wie zum Flughafen!«
Alle stehen auf.
»Du siehst, ich habe Wort gehalten«, sagt Prangel leise.
»Ja, Herr Kriminalrat, ja ... Wenn ick meine Kneipe erst habe, denn müssense mir aba ooch besuchen«, stammelt Bruno, der das alles immer noch nicht fassen kann. »Sie ooch, jnädije Frau!«
»Natürlich komme ich auch. Es heißt übrigens nicht Kneipe in München, sondern Wirtschaft.«
Noch leiser sagt Prangel zu Bruno, während er ihn zur Tür geleitet: »*Ich* danke dir. *Du* hast das Größte getan, was ein Mensch für mich tun konnte.«
»Det kapiere ick nich.«
»Macht nichts«, sagt Prangel. »Wenn es nur so ist.«
Im Hintergrund bläst Frau Martha Jacobs in ihr Taschentuch.
Es klingt wie schweres Artilleriefeuer.

20

Am Nachmittag dieses Tages marschiert die Mitzi Szapek beim S-Bahnhof Mariendorf am Steglitzer Ring auf und ab, wie sie in Wien auf dem Baby-Strich marschierte. Mit denselben Intentionen. Obwohl sie, gleich Bruno, nach Fanzelaus Selbstmordversuch auch nur noch eine uninteressante Komparsenrolle spielt, hat sich ihre Situation sehr ungünstig entwickelt. Sie wohnt weiterhin im Lager Marienfelde. Von Zeit zu Zeit stellte man ihr in den letzten beiden Wochen da ein paar Fragen – genau wie Bruno. Vor zehn Tagen jedoch machte ihr ein Vernehmer des Verfassungsschutzes eine böse Mitteilung ...«
»Fräulein Szapek, uns ist ein Auslieferungsansuchen der österreichischen Regierung zugegangen. Sie haben doch in Wien eine Handlung begangen, für die Sie noch Strafe erwartet. Wir werden Sie ausliefern müssen.«

»Aber es hat doch immer geheißen, i derf hierbleiben!«
»Ja, mein Gott, das hieß es. Wir haben auch bereits versucht, mit den Österreichern klarzukommen. Aber die bleiben stur. Wir können über internationale Abmachungen nicht hinaus.«
»Alsdern, Sie schieben mich ab.«
»Nicht gleich! Wir haben gesagt, daß wir Sie hier noch benötigen. Die Österreicher erklärten, sie wollten warten. Nicht ewig natürlich. Über kurz oder lang werden wir Sie abschieben *müssen*. Es tut mir wirklich leid, Fräulein Szapek...«
»Na freilich«, hat die Mitzi geantwortet.
Und ging noch am gleichen Tag zum erstenmal wieder auf die Straße, auf den Strich.
Sie macht sich schon lange keine Illusionen mehr. Also man wird sie ausliefern. Wann? Bald schon. Sicherlich vor Weihnachten. In Wien wird sie einen Anwalt brauchen, nach der zu erwartenden Gefängnisstrafe ein wenig Kapital. Da muß man vorsorgen. Wie heißt es in der Fabel?
›Tanze nur, tanze‹, sagte die Ameise zur Grille, ›im Winter wirst du bitterlich Hunger leiden.‹
Das möcht die Mitzi nicht, bitterlich Hunger leiden. Sie wird schon wieder auf die Beine kommen, nach der Heimkehr ins schöne Österreich – aber Geld, Geld muß sie vorher noch heranschaffen. Sie tut es fleißig...
Am Nachmittag dieses 13. Oktober – Herr Otto Fanzelau ist an diesem Tag in der Psychiatrischen Universitätsklinik, wo er sich nun aufhält, noch immer verwirrt, Herr Bruno Knolle befindet sich auf dem Flug in die bayerische Landeshauptstadt – stoppt ein schnittiger Thunderbird neben der schwarzhaarigen, blauäugigen Mitzi. Der Fahrer, ein gutgekleideter Herr mit sehr vielen Pickeln im Gesicht, steigt aus, eilt auf sie zu, weist ein ärztliches Unbedenklichkeitsattest vor und macht sein Angebot. Ein hohes Angebot! Ein guter Tag!
Zehn Minuten später befinden sich die beiden bereits in einem kleinen Hotel, das die Mitzi als Arbeitsstätte gewählt hat. Sie ist im Nu nackt. Als ihr Freier sich ausgezogen hat, sieht die Mitzi das Kettchen, das Herr Fritz Fichtler um den Hals trägt. Einen Augenblick stockt ihr Herzschlag.
»Was... was hast denn da, Schatzi?«
»Wo? Ach, das Kettchen! Ein Talisman.«
Die Mitzi ist plötzlich sehr aufgeregt.
»Schenkst mir das Ketterl?«
»Wie?« Herr Fichtler ist verblüfft.

»Ob du mir das Ketterl schenkst! I geb dir dein Geld zurück, i will überhaupt kein Geld. Aber des Ketterl ... schenkst mir des?«
Herr Fichtler zögert.
»I ... i kann nämlich Tschechisch, weißt ... und des is Tschechisch, was da steht rund ums Bild von der heiligen Beatrix ... i ... i bin abergläubisch ... und i brauch a bissel Glück ...«
»Natürlich kannst du es haben. Ganz wertlos. Wirklich. Bitte, behalte auch das Geld.«
»Na, i will ka Geld! Nur des Ketterl!«
»Also ... also so etwas ist mir noch nie ...« Auch Herr Fichtler wird aufgeregt. »Kein Geld? Das ist doch ein bißchen verrückt, nicht?«
»Die ganze Welt is verrückt ...«
»Ja, vielleicht ... Du! Schenkst du mir auch etwas? Irgend etwas?«
»Brauchst auch Glück?«
»Ja. Ich ... ich hoffe immer noch, daß meine Akne vergeht ...«
»Deine was? Ach so, *des*! Des is doch überhaupt nix! Wenn einer soviel Geld hat wie du ... und so an feschen Wagen ... und so charmant is ... und großzügig ... die paar Wimmerln... geh weiter! Da gibts Leut, die ham ganz andere Sorgen ... aber natürlich quälts dich, kann i verstehen. Hast es schon mit einer Petri-Kur versucht?«
»Nein. Was ist das?«
»Genau wiß i's net. Frag an Arzt. In Wean hab i a paar Madeln kennt, die sind Ihre Wimmerln los wordn so ...«
»Ich gehe morgen sofort zu meinem Professor!« Herr Fichtler ist nun sehr aufgeregt.
»Du, mit dem Rat, hab i dir da vielleicht schon a Geschenk gemacht, das groß genug is? Weil, nämlich so a Petri-Kur ... *allen* Madeln hat sie gholfen damals ...«
»Natürlich ist das Geschenk groß genug ... ich weiß gar nicht, wie ich dir danken soll ...«
»Mußt mir nur das Kettterl geben ...«
Mit zitternden Händen legt Herr Fichtler der Mitzi das Kettchen um den Hals. Das Amulett liegt zwischen ihren schönen Brüsten ...
Es ist das größte Erlebnis, das Herrn Fichtler bislang mit einer Frau beschert wurde. Das erstemal, daß eine kein Geld nimmt, *ihn* um ein Geschenk bittet – und noch eines gibt: Den Hinweis auf eine bislang von ihm unerprobte Behandlungsmethode seiner Akne.
»I dank dir auch schön«, sagt die Mitzi und küßt Herrn Fichtler mit geschlossenen Augen, während sie sich vorstellt, daß sie den Bruno küßt, den Bruno, die einzige wirkliche Liebe ihres Lebens. Warum,

warum nur ließ sie ihn gehen? Warum schrieb sie ihn sofort ab? Wäre vielleicht noch alles anders gekommen, wenn ...
»Ich fühle mich wunderbar«, sagt Herr Fichtler, »froh ... befreit ... richtig erlöst!«
»Des is schön«, sagt die Mitzi abwesend.
So also kehrt das alte Geschenk aus dem alten Prag endlich zu ihr zurück.

21

Über dem Flugplatz München-Riem muß Brunos Maschine längere Zeit kreisen. Der Ministerpräsident eines neuen afrikanischen Staates, welcher die Bundesrepublik besucht hat, reist eben ab. Die Rollbahnen sind blockiert. Hat die Stewardeß bekanntgegeben. Und um etwas Geduld gebeten.
Wenn Bruno in die Tiefe blickt, sieht er viele Zivilisten, schwarzer und weißer Hautfarbe, und ein Riesenaufgebot von Polizei. Funkstreifenwagen. Polizisten in Lederjacken, Polizisten in Gala-Uniform.
Er hat sich immer noch nicht in seiner neuen Lage zurechtgefunden, der Bruno, ihm ist immer noch schwindlig und so, als sei er besoffen. Obwohl er heute keinen einzigen Tropfen getrunken hat.
Es ist das Glück, das große, große Glück!
Sogar die böse Ilse Stanior hat ihm zu seinem endgültigen Sieg gratuliert, als er den Koffer abholte. Wanda war leider nicht zu finden. Bruno bat die Stanior, ihr seine herzlichsten Grüße und seinen besten Dank auszurichten.
Danach ging alles wie in einem wunderbaren Traum zu. Die Übergabe der Papiere durch Prangel. Die Fahrt nach Tempelhof. Der Flug über von Herbstsonne beschienene Erde.
Ach ja, nur eine Sünde gibt es im Leben: Den Mut verlieren!
Bruno hat durchgehalten, er hat sich nicht unterkriegen lassen, er hat den Mut nicht verloren. Lieber Gott im Himmel, ich dank Dir auch schön ...
Diese Kreiserei im Warteraum über dem Flughafen Riem macht den Mann, der neben Bruno sitzt, immer nervöser. Bruno nicht. Der hat das Gefühl, Walzer zu tanzen, sich zu wiegen in einer Hängematte unter alten Bäumen.
Der Mann schimpft vor sich hin.
»Schweinerei, so etwas! Zu meiner Konferenz komme ich nun natürlich zu spät. Wer entschädigt mich für den Geschäftsabschluß,

wenn er mir durch die Lappen geht? Verdammte Kaffern! Jede Woche kommt jetzt so einer. Und wir geben und geben und geben ... und haben zu wenig Schulen und zu wenig Krankenhäuser. Schichtunterricht! Sterbende auf Spitalsgängen! Aber Entwicklungshilfe für jeden, der sie haben will! Millionen! Milliarden!«
»Jeben wa wirklich jedem?« fragt Bruno, der sich bereits als Bürger der Bundesrepublik fühlt.
»Jedem! Bloß damit sein Land Pankow nicht anerkennt, bloß damit da in Afrika keiner kommunistisch wird. Der ganze Kontinent ist kommunistisch! Und ein Land nach dem anderen nimmt Kontakt zu Pankow auf. Aber wir zahlen und zahlen und zahlen! Feine Politiker haben wir.«
»Die Maschine fliecht jleich ab«, sagt Bruno, der aus dem Fenster blickt, beruhigend. »Steijen schon ein, die Nejer. Mensch, so viel Polizei! Warum bloß?«
»Damit keinem der Kaffern was zustößt bei uns! Stellen Sie sich das Unglück vor! Folgen unausdenkbar. Jeden Kannibalen bewachen wir so. Jeder kriegt seinen Großen Bahnhof, sein Festbankett, seine Milliarden. Dann haut er wieder ab, und alle sind erleichtert: Gott sei Dank, nichts passiert! Gott sei Dank, er *hat* unser Geld genommen!«
Bruno riskiert ein Späßchen: »Könnte man eijentlich jleich mit de Post übaweisen, nich? Müßte man keene Angst ham, det den hohen Jästen ein Leid jeschieht bei uns« *(Bei uns!)* »und die hohen Jäste müßten nich herfliejen.«
»Soweit kommt's bestimmt auch noch«, knurrt der Mann.
Zehn Minuten später erhält Brunos Maschine endlich Landeerlaubnis. Vor dem Flughafengebäude rollt sie aus. Als Bruno aus der Kabinentür auf die herangerollte Gangway tritt, muß er sich festhalten, so stark wird auf einmal dieses süße Schwindelgefühl.
München! Bundesrepublik! Freiheit! Am Ziel!
Selig grinsend stolpert er die Treppe hinab.
Zwei Herren kommen auf ihn zu.
Das sind die Brüder von der Dicken, denkt Bruno. Die haben mich erwartet! Die holen mich ab. Oh, schöne Welt! Oh, gute Menschen ...
Die beiden Männer sind herangekommen.
»Herr Bruno Knolle?« fragt der erste.
»Ja, det bin ick ...«
»Kriminalpolizei«, sagt der zweite Mann und weist seine Marke vor. »Sie sind festgenommen. Bitte, folgen Sie uns unauffällig.«

»Es freut mich, daß Sie so vernünftig waren und keinen Krach geschlagen haben draußen in Riem«, sagt der Haftrichter Xaver Obermeier eine Stunde später in seinem Büro im Münchener Polizeipräsidium an der Ettstraße zu Bruno, der ihm still gegenübersitzt. »Und auch, daß Sie mir keine Schwierigkeiten bereiten, ist sehr anständig von Ihnen, Herr Knolle. Erleichtert doch alles! Besonders, daß Sie den Einbruch in die BVG-Hauptkasse Ostberlin gleich *freiwillig* zugeben.«

»Den hab ick ja imma zujejeben. Mit den Einbruch hamse mir doch seinazeit apreßt in 'n Osten.«

Bruno spricht höflich. Er begreift überhaupt nichts mehr. Sein Seehundsgesicht trägt einen Ausdruck unendlichen Staunens.

Herr Obermeier, ein kräftiger, fröhlicher Bajuware, reibt sich die kräftigen roten Hände.

»Ihre Akte ist schon unterwegs. Heut schlafens noch im Polizeigefängnis, morgen in der Früh schick ich Sie hinaus nach Stadelheim, in Untersuchungshaft.«

»Wieso, bitte?« fragt Bruno, immer höflich.

»No, wenns das Verbrechen doch selber zugeben . . .«

»Nich doch. Wieso is meine Akte schon untawejens?«

Herr Obermeier lächelt freundschaftlich.

»Weil man sie uns sofort zugeschickt hat. Festgenommen worden sind Sie auf Grund eines Fernschreibens.«

»Fernschreibens?«

»Das Berliner Präsidium hat uns verständigt. Verständigen müssen. Sie haben Berlin verlassen. Sie sind jetzt in Bayern. Also müssen wir uns doch jetzt um Sie kümmern. Zigarette?«

»Nee, danke. Wat heeßt kümman, Herr Direkter?«

»Na, vor Gericht stellen, verurteilen, einsperren.«

Bruno beginnt zu schniefen.

»Was hams denn? Fühlen Sie sich nicht gut?«

»Doch. Aba . . . aba det vasteh ick nich, Herr Direkter! Meine Akte, die hatte doch der Kriminalrat Prangel, und der hat doch jesacht, er würde . . .« Gerade noch rechtzeitig bricht Bruno ab.

»Was würde er, hat er gesagt?«

»Schon det Richtije machn damit.«

»Na, das hat er ja auch gemacht. Oder besser: Der Polizeipräsident von Berlin hats getan. Wie der erfahren hat, daß Sie jetzt nach Bayern ziehen, da hat er sich die Akte sofort vom Herrn Kriminalrat Prangel geben lassen und sie uns zugeschickt. Kommt mit der

Abendmaschine, denk ich. Das Fernschreiben war natürlich gleich da. Alles doch ganz einfach und klar ... net?«
Dem Prangel hat man das Material weggenommen, denkt Bruno, und er denkt es milde, sanft und gottergeben. Das hat der Prangel in seiner Freude nicht vorausgesehen. Das hat keiner vorausgesehen, daß nun noch so etwas passieren würde.
»Bitte, Herr Direkter?« Bruno blickt auf. Der Haftrichter fragte ihn etwas, das hörte er. Aber verstanden hat er es nicht.
»Ich hab gesagt, das ist doch alles ganz einfach und klar... oder net, Herr Knolle?«
Bruno spricht hochachtungsvoll: ›Nich janz, Herr Direkter. Ick meine: Dettse den Kriminalrat die Akte wegnehmen, hätte ick mir denken könn. Aba wieso komm ick nu wieda in 'n Knast? Oben in Berlin hieß et die janze Zeit, der Fall wird niedajeschlagen. Weil ick doch den Westn 'n Dienst erwiesn habe, 'n jroßen Dienst!«
»Ja, in Berlin hats das vielleicht geheißen. Und dort wärs auch möglich gewesen... vielleicht. Aber durch Ihre Übersiedlung nach Bayern ham jetzt wir von der Geschichte erfahren, Ihre Straftat ist uns *offiziell* zur Kenntnis gebracht worden. Da können wir einfach gar nichts anderes machen, mein lieber Herr, als daß wir diese Straftat verfolgen. Verstehns das net?«
Bruno schüttelt den Kopf.
Herr Obermeier spricht beinahe zärtlich und mit jenem Enthusiasmus, den jeder Mann an den Tag legt, wenn man ihn ersucht, Regeln und Finessen seines Berufs zu erläutern: »Ich erkläre es Ihnen gern. Daß Sie net glauben, es geschieht Ihnen Unrecht. Nein, nein, geht schon alles mit rechten Dingen zu ... nach dem Gesetz.« Immer eifriger wird Herr Obermeier. »Das Grundprinzip, auf dem unser ganzes Recht beruht, ist das sogenannte Gesamtdeutschland-Recht.«
»Aha.«
»Danach ist jede Straftat zu verfolgen, die im deutschen Inland begangen wurde. Zum deutschen Inland gehört als Teil Gesamtdeutschlands auch die sowjetische Besatzungszone. Das wird bei uns in der Rechtswissenschaft a priori ...«
»A wat?«
»... von vornherein und durchwegs angenommen. Der Bundesgerichtshof hat diese Praxis von Anfang an gutgeheißen. Denn warum, Herr Knolle? Unsere ganze Politik ist doch darauf aufgebaut, daß es nur *ein* Deutschland gibt! Darum heißt es ja auch immer die *›sogenannte* DDR‹. Weil das ein Terror- und Willkürregime ist, das sich in Gesamtdeutschland momentan – *momentan!* – breit-

macht. Deshalb erkennen wirs ja auch net an und schaun so drauf, daß kein anderer Staat, der zu uns Beziehungen unterhält – zu *uns*, die das gesamte Deutschland vertreten! –, die sogenannte DDR anerkennt. Wenn wir da net verflucht aufpassen würden, könnten die drüben ja sagen: Na also, endlich seht ihrs ein, daß es zwei Deutschlands gibt!« Herr Obermeier hebt die Stimme. »*Die gibts aber net! Es gibt nur ein einziges, unteilbares Deutschland.* Das müssen wir wieder und wieder sagen und dokumentieren und beweisen – auch in der Rechtsprechung. Wenn wir Sie net vor Gericht stellen täten – ja das wäre doch vollkommen unverantwortlich gegenüber unserem Vaterland! Was glaubens, wie die Verbrecher drüben sich da freuen würden! Im übrigen liefern auch wir ja Kriminelle, die in die Bundesrepublik flüchten, an die SBZ aus. Nein, nein, Sie müssen vor Gericht, jetzt sehn Sie's ein, gell?«

»Jetz seh ick et ein, Herr Direkter.«

»Insbesondere, da Sie Ihre Straftat ja zugeben. Das wird Ihnen übrigens sehr helfen. Auch das, was Sie in Berlin für den Westen getan haben. Sie können mit vielen mildernden Umständen rechnen. Aber ins Gefängnis müssens natürlich.«

»Natürlich«, sagt Bruno. Er denkt: Knarje in Berlin, ich in München. Zurück in den Knast. Weil es eben das Gesamtdeutschland-Recht gibt. Und weil wir niemals die DDR anerkennen dürfen. Logisch. Völlig logisch.

»Leider«, sagt Herr Obermeier, »sind Sie vorbestraft, Herr Knolle. Da wird es, selbst mit mildernden Umständen, nicht unter einem Jahr abgehen. Ich halt Ihnen die Daumen, daß es net mehr wird. Freilich, wenn Sie dann herauskommen und noch einmal rückfällig werden, nachher sind Sie ein Gewohnheitsverbrecher. Das wär dann bös! Da müßtens mit bis zu fünfzehn Jahren Zuchthaus oder gar mit permanenter Sicherheitsverwahrung rechnen. Aber Sie stellen gwiß nix mehr an, gell?«

Bruno schüttelt den Kopf.

»Brav. Wird sich eine Stelle als Kellner für Sie finden... nicht gerade in den ›Vier Jahreszeiten‹ natürlich, aber in irgendeiner kleinen Wirtschaft...«

»Und daß ich selber nach Verbüßung der Strafe eine kleine Wirtschaft...«, beginnt Bruno, hochdeutsch, weil mit letzten Kräften.

»Herr Knolle!«

»Ich hätte da nämlich etwas in Aussicht. Selbstverständlich brauchte ich eine Schankkonzession. Und die bekäme ich nur, wenn meine Vorstrafen gestrichen würden.« Der Satz klingt wie eine Frage, und wie eine Frage faßt Herr Obermeier die Worte auch auf.

»Herr Knolle! Bittschön, Herr Knolle! *So* gescheit und vernünftig warens bisher... fangens jetzt net noch zum Spinnen an. Vorstrafen streichen? Das wissens doch, daß das nicht so schnell geht, oder?«
»Doch«, sagt Bruno. »Ich weiß es schon.«
»Na sehens.«
»Und noch etwas weiß ich jetzt endlich«, sagt Bruno und senkt den Blick, denn er fühlt, daß seine Augen sich mit Tränen füllen.
»Nämlich?«
»Jetzt weiß ich endlich ganz genau, was das bedeutet: *Unteilbares Deutschland*«, antwortet der menschliche Seehund sehr leise, sehr höflich und sehr ernst.

23

Um 22 Uhr an diesem 13. Oktober 1964 liest Kriminalrat Berthold Prangel den letzten Satz des Romans ›Der Zauberberg‹ von Thomas Mann: ›Wird auch aus diesem Weltfest des Todes, auch aus der schlimmen Fieberbrunst, die rings den regnerischen Abendhimmel entzündet, einmal die Liebe steigen?‹
Nebenan läutet jenes Telefon, das überhaupt keine Wählerscheibe besitzt und nur direkt mit einem einzigen anderen Anschluß verbunden ist – im Hauptquartier des CIC.
Prangel geht an den Apparat und meldet sich.
Eine atemlose Stimme ertönt: »Bentley hier. Herr Kriminalrat, bitte kommen Sie ins Polizeipräsidium. Ich komme auch. Herr Schuckert ist schon unterwegs. Es ist etwas passiert...«
Prangels Herz klopft plötzlich wild.
»Passiert? Mit Bruno Knolle?«
»Knolle? Wieso? Verstehe ich nicht. Der sitzt doch in München im Polizeigefängnis.« Prangel senkt den Kopf und beißt sich auf die Lippe. »Nein, hier in Berlin! Mit Mittenzwey!«
Niedergeschlagen läßt sich Prangel auf einen Stuhl sinken.
»Er wurde ständig überwacht in den letzten Wochen... von Herrn Schuckerts Leuten, von uns...«
»Das weiß ich. Und?«
»Er ist verschwunden!« schreit Bentley. »Er soff doch jeden Abend in diesen dreckigen Kneipen herum. Heute abend wieder. Zusammen mit einem etwa gleichaltrigen Mann. Die beiden zogen von Lokal zu Lokal. Studienfreunde, dachten unsere Leute. Zuletzt tranken sie in einer Kneipe an der Eisenzahnstraße. Gingen zusammen

auf die Toilette. Sind nicht wiedergekommen. Unsere Leute haben nach ihnen gesucht. Sahen eben noch, wie Mittenzwey in einen Privatwagen gestoßen wurde, der in der Mansfelder Straße parkte.«
»Mittenzwey ...« Prangel steht wieder auf. Müde, müde, unendlich müde ist er. »Wer hat ihn entführt? Haben das Ihre Leute noch gesehen?«
»Ja ... zwei Riesenkerle waren es ... der Beschreibung nach jene, die heute morgen hinter Knolle her waren ... Der Mann, mit dem Mittenzwey getrunken hatte, saß am Steuer ... Sie fuhren alle zusammen los, bevor man etwas unternehmen konnte ...«
»Seit heute morgen ist unsere Polizei alarmiert. Sie sucht nach diesen beiden Schränken, Mr. Bentley.«
»Suchen genügt nicht! Eine Großfahndung muß sofort einsetzen! Jeder verfügbare Mann auf die Straße, an die Sektorengrenzen ... Veranlassen Sie beim Überfallkommando noch von zu Hause aus das Nötige ... auch bei der Bereitschaftspolizei ... Ich hetze die MP und die Army los, verständige die Briten und Franzosen ... Wir treffen uns bei Ihnen im Präsidium ... das wird wohl die beste Kommandozentrale sein ... Nun vorwärts, machen Sie! Jede Sekunde ist kostbar!«
In dieser Nacht kommt es in Westberlin zur größten Fahndungsaktion seit der Teilung der Stadt. Sie verläuft ergebnislos. Wird am nächsten Tag fortgesetzt. Wird in der folgenden Nacht fortgesetzt. Ergebnislos.
Kurt Mittenzwey bleibt verschwunden.
Er taucht nie mehr auf.

24

Als die Verkäuferin Grete Machon am Abend des 14. Oktober 1964 in ihre kleine Kölner Wohnung heimkehrt, erschöpft und doch, wie jeder Abend, glücklich, Jürgen wiederzusehen, da kommt ihr dieser bereits in der Diele entgegengerannt, aufgeregt, mit hektischen roten Flecken im Gesicht.
»Mutti ... Mutti ...«
»Was ist? Hast du Fieber? Du bist ja ganz heiß! Fühlst du dich schlecht?«
»Schlecht?« Jürgen Machon schüttelt den Kopf, daß die Haare fliegen. »Komm ... komm mit mir ...«
»Ich muß doch wenigstens den Mantel ausziehen.«
Das gestattet Jürgen.

Dann zerrt er die Mutter in sein Zimmer. Hier steht das Kistchen, in dem die gelähmte Schildkröte lebt.
»Ich habe es selber gesehen! Heute nachmittag!«
»Was?«
»Na, Happy kann doch nur den Kopf bewegen, nicht? Und heute nachmittag ... und heute nachmittag hat sie zuerst den linken Vorderfuß vorgeschoben und dann den rechten und die Hinterbeine nachgezogen! Mutti! Mutti! Sie hat die Vorderfüße bewegt!«
Grete Machon und Sohn kauern nun vor der Kiste, in der, auf Sand, das Tier sitzt.
»Seitdem beobachte ich sie dauernd! Ob sie sich vielleicht noch einmal bewegt. Wenn sie es einmal getan hat, dann kann sie es doch wieder tun!«
»Bestimmt.«
»Sie hat's aber nicht mehr getan!«
»Das sagt nichts. Es war vielleicht eine große Anstrengung für Happy. Jetzt muß sie sich ausruhen.«
»Ich habe Salat aus der Küche geholt ... du bist nicht böse, nein? Ich versuche es jetzt mit Salat. Happy hat Salat doch so gern! Schau, ich halte ihr ein Blatt hin, aber so, daß sie einen Schritt machen muß, um es zu erreichen.«
Jürgen tut, was er sagt. Happy bleibt bewegungslos.
»Laß sie jetzt zufrieden, mein Junge. Wir wollen selber essen. Dann versuchen wir es wieder.«
So geschieht es.
Nach dem Abendessen hocken Mutter und Sohn wieder vor der Kiste. Jürgen wedelt mit Gemüseblättern und spricht aufmunternd: »Der schöne Salat ... sieh doch nur, Happy ... der wunderschöne Salat ... ist noch viel mehr da ... mußt nur *einen* Schritt machen, dann hast du das Blatt. Und zur Belohnung bekommst du ein zweites!«
Happy bewegt sich nicht.
Jürgen ruft verzweifelt: »Warum tut sie nichts, Mutti? Sie konnte es doch am Nachmittag! Warum jetzt nicht?«
»Weil es eben wirklich so sehr anstrengend für sie war, Jürgen. Jetzt braucht sie Ruhe. *Morgen* versuchen wir es wieder. Dann wird es funktionieren, dann wird sie wieder einen Schritt machen, vielleicht sogar zwei. So etwas dauert lange, sehr lange.«
»Natürlich wird es lange dauern. Du ... du glaubst, daß die Lähmung einmal verschwinden wird?«
»Ja, Jürgen. Wenn du *sehr* viel Geduld hast.«
Der Junge streichelt das Tier, während er die Mutter ansieht.

»Ich werde sehr viel Geduld haben!«
»Die muß man auch haben bei einer so schlimmen Sache.«
»Aber das glaubst du *ehrlich*, daß alles wieder gut wird mit meiner Happy... zuletzt?«
Grete Machon nickt.
Jürgen sieht die Schildkröte an und sagt: »Es wird alles wieder gut werden, Happy. Alles und ganz. Nur Geduld, viel, viel Geduld müssen wir haben. Am meisten natürlich *du*.« Er hat sich über das reglose Tier geneigt, während er sprach, tiefer und tiefer, er hat eindringlicher und eindringlicher gesprochen. Nun schweigt er. Und ein kleines Lächeln über eine große Hoffnung erhellt sein Kindergesicht.

Knaur

Jürgen Thorwald im Knaur-Taschenbuch-Programm:

Foto: Isolde Ohlbaum

Jügen Thorwald, 1916 in Solingen geboren, bis zum Zweiten Weltkrieg Student der Medizin und Philologie, danach Angehöriger der Kriegsmarine, wurde nach dem Krieg mit Büchern wie »Die große Flucht«, »Das Jahrhundert der Chirurgen«, »Die Entlassung« und »Das Jahrhundert der Detektive« bekannt.

Die Entlassung
Das Ende des Chirurgen Ferdinand Sauerbruch.
Roman. 224 S. Band 11

Hoch über Kaprun
Ein packendes Geschehen um das größte Kraftwerk Europas.
Roman. 298 S. Band 191

Der Mann auf dem Kliff
Ein ungewöhnlicher Kriminalfall – von Jürgen Thorwald meisterhaft erzählt.
Roman. 256 S.
Band 1042

Blut der Könige
Das Drama der Bluterkrankheit in den europäischen Fürstenhäusern.
192 S. Band 3468

Die Illusion
Das Drama der Rotarmisten in Hitlers Heeren.
367 S. Band 3428

Das Ende an der Elbe
Ein dokumentarischer Bericht vom Ende des Zweiten Weltkrieges.
344 S. Band 3093

Es begann an der Weichsel
Ein fesselnder und eindringlicher Bericht über den Zusammenbruch der deutschen Ostfront 1944/45.
304 S. Band 3092

Das Gewürz
Die Saga der Juden in Amerika.
592 S. Band 3666

Das Jahrhundert der Detektive
Weg und Abenteuer der Kriminalistik.
Band 1:
Das Zeichen des Kain
221 S. mit 37 Abb.
Band 3157
Band 2:
Report der Toten
223 S. Band 3160
Band 3:
Handbuch für Giftmörder
204 S. Band 3164

Das Jahrhundert der Chirurgen
Ein Klassiker der Medizinhistorie.
203 S. mit 43 Abb.
Band 3275

Macht und Geheimnis der frühen Ärzte
Die Welt der frühen Ärzte in den frühen Hochkulturen: Ägypten, Babylonien, Indien, China, Mexiko und Peru.
320 S. mit 300 Abb.
Band 3138

Die Patienten
Menschen wie du und ich stehen im Mittelpunkt dieses großen Tatsachenromans.
544 S. mit 14 Abb.
Band 3383

Die Stunde der Detektive
Werden und Welten der Kriminalistik.
Band 1:
Blutiges Geheimnis
298 S. Band 3210
Band 2:
Spuren im Staub
317 S. Band 3211

Das Weltreich der Chirurgen
Dramatische Höhepunkte und Niederlagen der modernen Chirurgie.
296 S. mit 26 Abb.
Band 3281

Knaur

Romantic Thriller

Eden, Dorothy:
Antonias Geburtstag
158 S. Band 1011

Eden, Darothy:
Der düstere See
159 S. Band 818

Eden, Dorothy:
Die entführte Braut
160 S. Band 1004

Eden, Dorothy:
Nachmittag für Eidechsen
160 S. Band 823

Holt, Victoria:
Der Schloßherr
192 S. Band 776

Holt, Victoria:
Der Teufel zu Pferde
320 S. Band 679

Markstein, George:
Das Gold des Lebens
252 S. Band 821

Randall, Rona:
Der Adler über dem Tor
336 S. Band 797

Randall, Rona:
Die grüne Kutsche
144 S. Band 807

Randall, Rona:
Der Wächterstein
191 S. Band 782

Rock, Philip:
Sturmwind der Zeit
448 S. Band 822

Rogers, Rosemary:
Die Unbesiegbare
Ein Lied von Liebe.
576 S. Band 784

Rogers, Rosemary:
Die Wildnis der Liebe
Eine titanische Familienfehde, Liebe, Haß und Leidenschaften von nicht alltäglichen Menschen.
377 S. Band 1008

O'Hara, John:
Elizabeth Appleton
280 S. Band 761

Simmons, Mary Kay:
Feuer im Blut
320 S. Band 759

Simmons, Mary Kay:
Im Taumel des Glücks
382 S. Band 800

Sherwood, Valerie:
Glück ist wie Glas
378 S. Band 805

Stewart, Mary:
Die Geisterhunde
272 S. Band 633

Wolff, Victoria:
König im Tal der Könige
224 S. Band 726

Wolff, Victoria:
Das weiße Abendkleid
176 S. Band 798